FOLIO SCIENCE-FICTION

Jean-Marc Ligny

AQUA™

Gallimard

Jean-Marc Ligny naît en 1956. Il publie sa première nouvelle en 1978. Suivront de nombreuses autres ainsi qu'une quarantaine de romans, dont une quinzaine pour la jeunesse. Il a reçu la quasi-totalité des prix dédiés à l'imaginaire : Grand Prix de l'Imaginaire et prix Ozone en 1997, prix Rosny aîné en 1999 et 2007, prix Tour Eiffel en 2001, prix Bob Morane en 2006 et 2007, prix Une autre Terre et Julia Verlanger en 2007 et prix Utopiales européen en 2013.

Prologue

EAU, VENT, POUSSIÈRE

... Voici les sujets que nous évoquerons au cours de notre flash météo offert par AirPlus, l'air sain de vos logis. Les îles Britanniques font le gros dos sous l'ouragan de force 12 qui a abordé les côtes il y a un peu plus d'une heure, on compte déjà une trentaine de victimes : notre fait du jour. Les Pays-Bas renforcent leurs digues et se préparent tant bien que mal à résister : nos conseils pratiques. Treizième mois de sécheresse en Andalousie, les derniers orangers se meurent : notre dossier spécial société. En Italie, des millions de méduses mutantes s'échouent en ce moment sur les côtes de l'Adriatique, leur venin peut être mortel : notre reportage exclusif. Enfin, si vous circulez dans les Alpes, prenez garde aux glissements de terrain, de nombreuses routes sont coupées : le point sur la situation. Mais tout d'abord quelques flashs de notre sponsor Green Links. Restez avec nous sur EuroSky, la météo de *votre* région en temps réel !

CHECK POINT

Vous avez des problèmes d'approvisionnement en eau potable ? Avec le système Global Filter, même l'eau de votre rivière devient consommable ! Grâce au procédé PolluKill™ à base de bactéries transgéniques, une exclusivité de BioGen Labs, vous obtenez de l'eau pure en toutes circonstances, sans danger pour votre organisme. 1 499 € seulement, avec *deux* recharges gratuites ! Ne pas utiliser pour les biberons ni la toilette de votre bébé.

Des trombes d'eau s'abattent en rafales sur le pare-brise du 50 tonnes Volvo, que les essuie-glaces à vitesse maximum ne parviennent plus à balayer. Le vent hurlant secoue le camion avec acharnement, mais ses douze roues aux pneus en polycarbonates le cramponnent au bitume de l'autoroute, et sa trajectoire ne dévie pas d'un pouce. À cent mètres dans son sillage, enveloppé d'un nuage de pluie vaporisée, un second poids lourd le suit avec la même rectitude. L'eau panache au sommet de leurs citernes luisantes estampillées du coquillage Shell.

Un signal d'alarme résonne soudain dans les

cabines obscures, aux tableaux de bord pointillés d'une galaxie de contrôles électroniques. Un message lumineux s'inscrit en lettres rouges et en trois langues – néerlandais, anglais et allemand – sur le haut des pare-brise : CHECK POINT À 500 M – ARRÊT OBLIGATOIRE.

Avec une synchronisation parfaite, les deux camions en pilotage automatique ralentissent régulièrement. Celui de tête s'arrête en soupirant devant la barrière clignotante qui ferme l'échangeur de Zurich, au bord de la mer des Wadden. Au-delà des voies autoroutières plus ou moins transformées en torrents, les vagues furieuses se fracassent sur la digue côtière, ensemencent le paysage vert-de-gris d'écume de sel jaunasse, sous-tendent les hurlements de l'ouragan de leurs roulements sourds et menaçants. Les rangées d'éoliennes plantées au bord du lac d'IJssel ont été arrêtées – trop de vent –, mais vibrent et oscillent dangereusement au sommet de leurs mâts, ajoutant leur plainte lugubre au charivari général. L'une d'elles tournoie follement – sans doute un bug de la sécurité –, vrombit tel un frelon dément : elle peut rompre à tout moment, et ses pales de quarante mètres de long, emportées par les bourrasques, risquent alors de décapiter tout ce qui se dresserait sur leur trajectoire.

La barrière clignotante est flanquée d'une guérite en préfa, abri précaire au sein des éléments déchaînés. Les flics ne se risquent pas à mettre le nez dehors, ils préfèrent communiquer par radio avec le pilote de la citerne de tête :

— Identifiez-vous, SVP.

— Transports 106A et 106B, pour la Shell.

Un silence.

— Vous n'êtes pas enregistrés. Que transportez-vous ?

De la limonade, connard, pense le pilote avec une moue. Il répond d'un ton neutre :

— Du GPL. Livraison d'urgence.

— Où ça, la livraison ?

— Le Helder.

— De l'autre côté ? L'Afsluitdijk est fermée pour cause de tempête. Faut faire le tour.

Merde. Le pilote envisage une seconde de forcer le barrage, mais les flics peuvent commander l'ouverture du pont tournant sur les écluses Lorentz avant que les camions n'y parviennent, et la mission tomberait à l'eau. Il choisit la négociation : elle a été prévue, préparée et répétée, n'empêche qu'elle reste toujours le point faible du plan.

— Ce n'est pas possible. Ils sont dans le noir, au Helder. Quinze éoliennes sont tombées, le courant est coupé, l'hôpital et l'aéroport ne fonctionnent plus, ils ont un besoin urgent de carburant pour leurs générateurs.

— C'est pas mon problème, rétorque la voix grésillante du flic dans ses écouteurs. L'Afsluitdijk est fermée, point. J'applique le règlement.

Le chauffeur envoie un bip discret à son collègue, sur un canal crypté, lui signifiant de se tenir prêt à appliquer la phase 1 *bis* du plan, au cas où le flic serait trop obtus ou pointilleux.

— Écoutez, j'ai un ordre de circulation prioritaire de la Shell, contresigné par les autorités de Groningen, m'autorisant à effectuer cette livraison le plus vite possible et par le plus court chemin, quelles que soient les conditions météo. Vous voulez le voir ?

Silence de nouveau. Puis une autre voix retentit

dans les écouteurs, plus grave et âgée : le chef sans doute.

— Pourquoi voulez-vous emprunter l'Afsluitdijk ?

Le pilote explique de nouveau, tout en tâtonnant sous son siège à la recherche de son mini-Uzi. Il peut venir au chef la fantaisie de vérifier ses dires, auquel cas il faudrait appliquer la phase 1 *bis* immédiatement. Mais celui-ci est plus compréhensif ou n'a pas envie de risquer un blâme :

— O.K., je vous ouvre. Mais je vous préviens, c'est à vos risques et périls : ça fouette salement sur la digue.

— Merci, chef.

— J'avertis les collègues de l'autre côté de votre passage exceptionnel.

— D'accord.

Tandis que le flash rouge passe au vert et que la barrière se soulève, le chauffeur glisse le pistolet-mitrailleur sous son siège, déconnecte le pilotage automatique et enclenche la seconde. La lourde citerne s'ébranle, suivie par sa jumelle qui inonde au passage la guérite de gerbes d'eau boueuse.

APOCALYPSE

Afsluitdijk (digue de fermeture) : digue de sable, pierre et basalte sur lit d'argile et matelas de fascinage, reliant la Hollande septentrionale à la Frise, séparant le lac d'IJssel de la mer des Wadden et supportant l'autoroute A7. Longueur : 30 km. Largeur : 90 m. Hauteur moyenne : 7,50 m au-dessus du niveau de la mer (au XXe siècle). 25 écluses de décharge, 3 à sas pour les bateaux. Débit d'évacuation maxi : 5 000 m³/s. Année d'achèvement : 1932.

Passé les écluses Lorentz à Kornwerderzand, nul retour en arrière n'est possible. Le pilote du Volvo de tête trace un signe de croix sur le volant, embrasse son crucifix et récite un Pater Noster à mi-voix, tout en appuyant sur l'accélérateur. Il aurait aimé partager cet instant de recueillement avec son collègue, deux cents mètres en arrière, mais tout contact radio autre qu'un bref bip est strictement prohibé entre eux.

L'autoroute déserte et rectiligne s'étire devant lui jusqu'à l'horizon, du moins ce qu'il peut en voir à travers les cataractes sur le pare-brise. En effet, ça « fouette salement » : des vagues énormes, poussées par l'ouragan et amplifiées par la marée d'équinoxe, s'écrasent en monstrueux panaches d'écume sur le talus – pourtant rehaussé à 10 m depuis le premier plan Delta – et déferlent en coulées boueuses sur la chaussée, emportant des tonnes de terre et d'argile qui dégoulinent dans le lac d'IJssel. Celui-ci est agité par une méchante houle brunâtre et moussue qui charrie de nombreux déchets végétaux et cadavres d'oiseaux ou de poissons. Le ciel n'est qu'un vaste chaos de nuages boursouflés et violacés, terrifiants en cette heure crépusculaire. Partout la furie des eaux fait rage ; la langue de terre et de bitume qui s'enfonce dans ce capharnaüm paraît tellement fragile...

Crispé par l'angoisse, le pilote s'agrippe au volant, tente de maintenir autant que possible la trajectoire du camion secoué par les rafales, dérapant dans les paquets de mer qui balaient la route. Manquerait plus qu'il se plante avant d'atteindre l'objectif... Un coup d'œil au radar de proximité lui indique que son collègue maintient la distance de 350 m, malgré les embardées dont il est aussi victime. C'est bon. Il accélère encore : 130... 140... Le limiteur de vitesse est cracké d'origine, pourtant des voyants clignotent sur le tableau de bord, des alarmes se mettent à striduler. Il les déconnecte. Il n'entend plus le sifflement du moteur à hydrogène, noyé par la colère de Dieu qui rugit autour de lui. Il renouvelle ses prières au Seigneur tout-puissant, tout en songeant que Lui-même pourrait accomplir la mission de purification qui leur a été assignée... Mais il ne faut pas trop y compter : depuis un siècle, la vieille Afsluitdijk a essuyé force tempêtes d'ampleur sans cesse croissante, elle a toujours tenu bon. Les Hollandais ont beau être dépravés et pervertis par l'esprit du Mal, ils savent construire solide.

150 km/h. Pas moyen d'aller plus vite, sous peine de valser dans le décor. Mais ça devrait suffire. Il traverse le terre-plein du Breezanddijk et ses parkings, maisons et stations-service en ruine noyées sous les eaux. L'objectif est encore à huit kilomètres. Le pilote espère que les flics de l'échangeur ne se sont pas renseignés au Helder ou à Groningen, qu'une patrouille de chasseurs n'est pas en train de foncer vers les camions pour les bombarder. Mais non, impossible : rien ne peut voler dans cet enfer. Nouveau coup d'œil au radar : l'autre suit toujours à 350 m, valsant comme lui d'un bord à l'autre de la chaussée, traversant les nuées d'écume telle une baleine métalloïde. *Notre Père qui êtes aux Cieux, que Votre nom soit sanctifié, donnez-nous la force d'accomplir notre mission divine, acceptez ma pauvre âme de pécheur en Votre gloire éternelle... Oh mon Dieu, quelle vague énorme ! Elle va nous balayer, on va se planter, aïe-aïe-aïe, non, ça passe, ça passe, alléluia, le Seigneur est avec nous, vive Dieu et la sainte Amérique !*

Objectif en vue. Il vient d'apercevoir, dans une trouée de pluie, la tour cylindrique du monument élevé à la gloire des bâtisseurs, à l'endroit précis de la fermeture de la dernière passe, le 28 mai 1932. Les pilotes ont appris l'histoire de l'Afsluitdijk par cœur. Ultime coup d'œil au radar : le collègue est toujours là, à 370 m. *Accélère, mon vieux. Pas le moment de flancher. Dieu est avec nous. Il nous accueillera en Sa gloire éternelle. Le paradis nous attend !*

Le poids lourd s'engage à pleine vitesse sur la voie de dégagement qui grimpe sur le talus, mène à un parking et aux cinq cylindres de béton retraçant l'historique de la digue. Deux sont manquants, emportés par les lames. Au bord opposé de l'autoroute, le monument a également souffert : la tour est éventrée côté mer, la pluie s'engouffre dans la brèche avec rage. La voie de dégagement est prise d'assaut par les flots en furie, mais – sûrement par bonté divine – la tempête connaît un bref instant d'accalmie qui permet aux deux camions de s'y maintenir.

Le pilote fonce jusqu'au bout du parking, presse le bouton de la télécommande et donne un coup de volant sec à droite.

— *À Dieu vat !* hurle-t-il tandis que le Volvo quitte la chaussée, défonce la rambarde de sécurité, arrache le grillage, dévale le remblai de pierre et s'abîme dans la mer déchaînée. À quatre cents mètres en arrière, l'autre poids lourd fait de même.

Dix secondes plus tard, c'est l'apocalypse.

Les citernes ne sont pas remplies de GPL, mais de vingt tonnes de vapeurs de mercure, d'argon et de krypton confinées à haute pression dans une enveloppe composite (époxy aux nanotubes de carbone, Kevlar et Téflon), elle-même enrobée par le cylindre d'acier. Celui-ci contient en outre deux super-magnétrons, placés de part et d'autre de l'enveloppe et alimentés par la pile à hydrogène du camion. La télécommande, enclenchée par le pilote juste avant son suicide, est réglée sur la profondeur de l'eau au pied de la digue. Elle active les magnétrons sitôt que les camions touchent le fond. Le bombardement d'électrons ionise les gaz, qui se transforment en plasma et montent à une température de 3 500 °C. En cinq secondes, le plasma franchit son seuil critique, devient instable et explose, générant une boule de feu à 10 000 °C.

Sur plusieurs centaines de mètres de part et d'autre des explosions, la digue se transforme instantanément en un magma bouillonnant. Soufflée, vaporisée, la mer recule et génère une colonne de vapeur brûlante qui transperce les nuages. Puis le flot revient, plus furieux que jamais, en une vague de raz-de-marée qui abat ses millions de tonnes d'eau sur la digue en fusion. Elle est arasée comme un vulgaire tas de sable – nouvelle émission d'un dantesque champignon de vapeur. La mer se rue dans le lac d'IJssel et sur les polders environnants, noire falaise d'eau écumante, chargée de débris, écrasant tout sur son passage. D'autres vagues géantes suivent immédiatement, parachèvent l'œuvre de destruction, éventrent de larges brèches dans l'Afsluitdijk sillonnée de lézardes et fissures, franchissent sans faiblir les digues côtières et noient des milliers de kilomètres carrés de basses terres sous des flots limoneux tumultueux.

En outre, la double explosion plasmatique induit une onde de choc électromagnétique qui se propage à la vitesse de l'éclair jusqu'à cent cinquante kilomètres à la ronde, détruisant aussitôt tous les appareils électriques et électroniques en service. Elle réduit tout le pays, excepté le Limbourg et le sud du Brabant, au silence et aux ténèbres. Les lumières s'éteignent. Voitures, trains, métros s'immobilisent. Les avions tombent. Les télés splitent. Les radios se taisent. Les ordinateurs plantent. Toutes les télécommunications s'interrompent. Dans les hôpitaux, scanners et dialyses ne fonctionnent plus, les appareils de téléchirurgie se bloquent dans la chair des patients. Les éoliennes cessent de tourner, les centrales électriques de fournir du courant. Les pompes hydrauliques s'arrêtent, les canaux s'engorgent et débordent. Les serres hydroponiques et les élevages en batterie sombrent dans le noir et le froid. Les feux de circulation sont coupés, les GPS divaguent, les contrôles de flux des autoroutes sont anéantis. Les phares s'éteignent, les bateaux tombent en panne et dérivent dans la tempête. Les usines cessent de produire. Police, secours et pompiers sont paralysés. Les Pays-Bas plongent dans le chaos, près d'un quart du pays est submergé. Par-dessus cet enfer, l'ouragan hurle, cogne et déferle, indifférent au sort des humains.

TULIPES

... Et maintenant mes chers amis, voici le moment que vous attendez tous ! Nous allons désigner le vainqueur de notre grand jeu « Plus con tu meurs », celui ou celle qui aura dit ou fait les plus belles conneries au cours de notre sélection impitoyable. L'heureux gagnant qui va hériter d'un splendide logement dans la prestigieuse enclave suisse de Sion, parmi l'élite de l'élite, dans un environnement to-ta-le-ment préservé ! Mais laissez-moi d'abord vous présenter ce charmant nid d'amour offert par notre sponsor, Rebuilt...

« C'est totalement con », soupire Aneke Schneider, vautrée dans le canapé du salon de sa maison standard de Swifterbant, au nord du polder du Flevoland. Un joint éteint entre les doigts, elle suit d'un œil vague sur sa télé murale « Plus con tu meurs », l'émission cent pour cent débile du célèbre animateur Wim Brinker, plébiscité par dix millions de Néerlandais, paraît-il. Aneke voudrait zapper, mais l'herbe que cultive Rudy est trop bonne, elle ne sait plus où elle a fourré la télécommande et n'a pas le courage de se lever pour la chercher. De temps à autre, elle surveille d'un œil non moins vague sa fille Kristin, quatre ans, à plat ventre sur le tapis, occupée à massacrer avec application des monstres aliens sur sa console Babybox. Ça grogne, ça beugle et ça détone à intervalles réguliers, ponctué tout aussi régulièrement par un « Ouais ! J'l'ai eu ! » de Kristin.

Faudrait que je fasse à bouffer, songe Aneke, lâchant un nouveau soupir. *Il est bientôt sept heures et la petite a faim... Et faudrait que j'aille jeter un œil aux serres.* Car la tempête fait rage au-dehors, le vent rugit et la pluie crépite sur les stores ; elle craint qu'il n'y ait des dégâts. Jeter un œil aux serres consiste simplement à aller dans le bureau de Rudy, réveiller l'ordi, passer en revue les caméras et les divers contrôles : température, hygrométrie, pH des bacs, débit des diffuseurs, etc. Mais même cet effort lui paraît surhumain. Aneke a tendance à trop fumer quand Rudy n'est pas là. Une façon de combler son ennui et sa solitude, s'excuse-t-elle. Néanmoins elle en éprouve une certaine culpabilité. À trente-cinq ans, elle devrait un peu lever le pied... Et puis elle gaspille son temps devant « Plus con tu meurs » tandis que Rudy est à Bruxelles, en train de défendre la filière avec son syndicat devant la commission agricole... Rudy cultive des fleurs, les célèbres tulipes hollandaises, entre autres. Ce n'est peut-être pas très original, mais au moins c'est mieux que de fabriquer dans des usines homéostatiques des poulets transgéniques sans plumes pour la FAO. Or les tulipes hollandaises sont menacées par une concurrence sauvage venue de Chine, où, imagine Aneke, les producteurs doivent employer des milliers de gosses de sept ans, payés deux yuans par jour à se casser le dos pour repiquer des semences Universal Seed. De plus, la commission agricole européenne a encore diminué les subventions aux horticulteurs néerlandais, les obligeant à vendre plus cher sur un marché déjà peu reluisant – qui a les moyens d'offrir des fleurs aujourd'hui ? –, ce qui risque de couler à brève échéance un petit exploitant comme Rudy.

Tout ça emmerde profondément Aneke. Et puis le Flevoland, sa morne platitude et son non-paysage la dépriment. Elle regrette sa Bavière natale, où il y a de vraies montagnes et une vraie végétation. Voilà pourquoi elle fume tant en vérité. *Rroooarrr-fiiiiu-BOUM-arrrgh*, émet la Babybox. Ça aussi, ça l'énerve.

— Baisse le son, mon poussin, marmonne-t-elle. D'ailleurs tu vas arrêter, c'est l'heure de dîner.

— Oh non, m'man ! J'ai presque fini !

Soudain tout s'éteint. La Babybox. La télé murale. Les lumières. La clim.

— M'man ! Ça marche plus ! Et y fait tout noir !

— Ça doit être à cause de la tempête. Ne bouge pas, ma chérie, je vais chercher des bougies.

— M'man, j'ai peur…

Kristin se met à sangloter. Aneke la rejoint à tâtons, sa fille se cramponne à ses jambes.

— Ce n'est rien, mon poussin, c'est juste la tempête. La lumière reviendra bientôt. En attendant, on va allumer des bougies partout, ce sera très joli.

— Comme à Noël ?

— Oui, c'est ça, comme…

Aneke s'interrompt, l'oreille tendue. Un son étrange a pris naissance dehors, domine rapidement le charivari habituel de la tempête. Un vaste grondement, un énorme roulement liquide… qui s'amplifie, s'amplifie. Absorbe tous les autres bruits.

— Qu'est-ce que... Kristin, ôte-toi de mes jambes !

Aneke écarte sa fille qui se met à brailler, gagne rapidement la fenêtre, heurtant la table basse au passage, remonte le store à l'aide de la manivelle, la commande électrique ne fonctionnant plus. Et dans la pénombre violacée du crépuscule, elle voit...

Elle n'en croit pas ses yeux. Swifterbant est à trois kilomètres du lac d'IJssel, elle ne *peut pas* voir ça. Et pourtant...

Une vague. Gigantesque. Une muraille d'eau noire luisante, frangée d'écume blafarde. Qui roule et s'approche dans un grondement d'enfer, avalant tout dans son ventre liquide. Roule et S'APPROCHE. S'APPROCHE.

— Poussin ! Va t'abriter...

Inutile. Dérisoire.

NUAGES

Seul(e) ? Moche ? Timide ?
Rencontrez l'ami(e) de vos rêves sur **Love Links** !
• Composez votre plus bel avatar parmi des millions de combinaisons possibles
• Optimisez votre conversation grâce à *Optimizer*, téléchargeable ici gratuitement
• Choisissez votre ami(e) sur mesure, adapté(e) à votre psychoprofil
• Touchez-le (la), sentez palpiter son cœur, respirez le parfum de ses cheveux avec votre Manside* ou votre filet sensor**
• En un mot, **vivez l'amour !**

* v2.3 ou supérieure ** v8.0 + carte MultiSense
Love Links® est un produit MAYA™
Avec MAYA, dites NON aux télédrogues !

Elle est jeune, belle et très timide. Elle s'appelle Jennifer. Depuis une cinquantaine d'heures, Wilbur essaie de la « ferrer », comme il dit. La ferrer signifie coucher avec elle. Pas en basse réalité, bien sûr : il n'a *jamais* fait l'amour en basse réalité. Trop dangereux, trop de maladies, de virus mutagènes. Trop d'aléas, d'imprévus. Et puis quelle fille voudrait de Wilbur en basse réalité ?

En haute réalité, Wil est un dragueur impénitent, un renard dans les poulaillers d'Atout Cœur ou de Love Links. Son tableau de chasse est impressionnant : pas moins de soixante filles en deux ans, dont plusieurs actrices, top models et stars des réseaux. Pourtant les Marie-couche-toi-là, celles qui se foutent à poil en un rien de temps, ne l'intéressent pas : ce qu'il aime avant tout, c'est la conquête. Rencontrer une jeune fille réputée difficile, lui faire une cour patiente et passionnée, déployer tous les ressorts de sa séduction… la « ferrer », finalement. Puis l'abandonner pour une autre…

L'atout principal de Wilbur est son avatar qu'il a composé avec minutie, en piochant des éléments parmi cent mille visages et quinze mille corps disponibles. Un assemblage unique, métissage indéfinissable : des cheveux mi-longs aux nuances cuivrées, une peau hâlée, des traits mixés philippins-masaïs, un œil vert et l'autre bleu, un grain de beauté au coin des lèvres : des petits défauts qu'il sait très séduisants – un visage parfait est antiérotique. Pour son corps, il n'a pas sacrifié au look haltérophile à la mode, préférant des courbes longilignes, des formes juvéniles, privilégiant la grâce et l'harmonie à l'impression de force et de puissance. Côté vêtements, la garde-robe disponible sur Maya est illimitée ; Wil adapte ses atours aux goûts de l'élue de la semaine. Ce que Jennifer apprécie, c'est le style ninja : tunique de soie rouge au col ouvert, brodée d'idéogrammes japonais, large pantalon noir à mi-mollets, espadrilles légères, noires également.

Jennifer porte un bustier de dentelle blanche, un saroual écru, des babouches de cuir ornées d'arabesques, une perle rose dans le nombril. Ses cheveux blonds sont serrés sous un bandana fuchsia qui dégage ses délicates oreilles percées d'anneaux. Elle a adopté un type nordique prononcé : de grands yeux bleus innocents, une peau très pâle, des lèvres roses ourlées, un menton volontaire, un nez fin dans son visage ovale. Les courbes de son corps sont idéales, mais qui ne l'est pas en haute réalité ?

Tous deux cheminent, main dans la main, dans une prairie d'herbe tendre mouchetée de pâquerettes multicolores, cernée par une forêt de chênes moussus qui descend en pente douce vers un ruisseau cristallin bordé d'aubépine fleurie. Au-delà, la campagne ondule de collines douces en vallées boisées, riante sous les rayons dorés du soleil. Des papillons diaprés butinent de fleur en fleur, des oiseaux gazouillent, des grillons stridulent : une magnifique journée de printemps, qui incite au farniente et au lutinage… Heureuse, Jennifer sourit aux moineaux qui virevoltent autour d'eux, peu farouches. Wil se dit qu'il est temps de la pousser dans ses derniers retranchements.

— C'est si beau, Wilbur ! s'écrie-t-elle en battant des mains. Je ne connaissais pas cet endroit…

— Je peux t'en montrer d'encore plus romantiques, sourit-il en frôlant d'un doigt léger ses cheveux soyeux.

— Non, j'ai envie de rester un peu ici…

Une mésange vient se percher sur son épaule. Jennifer dépose du bout des lèvres un baiser sur sa huppe. La mésange lui sourit, du moins donne-t-elle cette impression. Wil en ressent un léger agacement : il devrait programmer des oiseaux un peu plus sauvages, qui ne distraient pas trop sa conquête. La mésange s'envole en pépiant. Jennifer se tourne vers Wil, l'air grave soudain.

— Quand on vit des moments pareils, on a du mal à croire que la basse réalité est si pourrie…

Il saisit ses mains, lui sert son sourire le plus enjôleur.

— Jennifer, ma douce… pourquoi se soucier de la basse réalité ? Alors qu'ici tout nous sourit, tout nous invite ! Cette prairie fleurie, par exemple, n'est-elle pas là pour qu'on s'allonge dedans ?

— Qu'on s'allonge ?

La jeune fille fronce ses fins sourcils. *Mollo*, se dit Wilbur.

— Oui, un brin d'herbe entre les dents, on écoute les oiseaux, on regarde passer les nuages… As-tu remarqué que certains ont des formes extraordinaires ?

Jennifer lève les yeux au ciel.

— Il n'y a pas de nuages…

Wil clique discrètement de l'œil droit sur l'option *Nuages*, sélectionne *Cumulus* puis *Immédiat*.

— Si, regarde…

De mignons petits nuages floconneux progressent lentement au-dessus des chênes centenaires. Leur forme est aléatoire, toutefois l'un d'eux affecte nettement l'apparence d'une paire de fesses.

— Oh ! s'écrie Jennifer.

Elle rougit et porte une main à sa bouche, se retient de pouffer. Wilbur rit franchement, autant de sa gêne que de cette facétie du logiciel. Il reprend la main de sa conquête, l'entraîne dans l'herbe où un tapis de mousse enveloppe un rocher affleurant, judicieusement disposé en appuie-tête.

Tous deux s'allongent sur la mousse, le bras de Wil glissé sous la nuque de Jennifer, sa main lui caressant l'épaule. Elle fait mine de se relever, y renonce. Contemple rêveusement les nuages, un sourire flottant sur ses lèvres. Wilbur, lui, bout intérieurement mais affiche un calme olympien. Il sent – très loin, ailleurs, dans son corps oublié en basse réalité – qu'il bande douloureusement.

— Je suis heureuse, soupire Jennifer. Un tel moment ne m'était pas arrivé depuis…

— Chut, murmure Wilbur, qui se redresse et pose un doigt sur ses lèvres. Ce moment arrive maintenant. Savourons-le…

Il se penche sur elle. Jennifer ouvre de grands yeux faussement étonnés, mais qui au fond lui disent : *Viens…*

Leurs lèvres se joignent, s'entrouvrent, douces et chaudes, leurs langues se mêlent… Wil a particulièrement soigné l'option sensitive de son avatar. Les bras de Jennifer se referment sur sa nuque, les doigts fins de la jeune fille s'égarent dans ses cheveux cuivrés. *Enfin*, jubile-t-il, *enfin! Cinquante heures non-stop, je l'ai bien gagnée, celle-là!* Leur baiser devient fougueux, la main de Wil caresse le ventre nu de Jennifer, se glisse sous son bustier… Elle se raidit.

— Wilbur, s'il te plaît…

— Quoi donc, ma chérie?

— Je… (Elle rougit de nouveau.) Je n'ai jamais fait ça.

— Oh! *(Une vierge totale! Incroyable!)* Détends-toi, mon amour. C'est le plus doux des plaisirs…

Sa main s'insinue de nouveau sous la dentelle tandis qu'il embrasse fougueusement les lèvres de Jennifer. Elle frémit…

Message important de MAYA – priorité 1

Merde! s'insurge Wil en son for intérieur. *Pas le moment!* Il caresse le sein de Jennifer, titille son téton dur et dressé. *Un avatar supérieur, qui réagit finement aux stimulations*, note-t-il avec satisfaction. Mais l'avertissement de Maya qui flashe au bas de son champ de vision le gêne. C'est un message personnel apparemment, que Jennifer n'a pas reçu : paupières closes, lèvres entrouvertes, respiration légèrement saccadée, elle découvre le plaisir sexuel. Elle doit être équipée comme lui d'une Manside, ou d'un filet sensor, qui lui transmet en feedback toutes les sensations perçues en haute réalité. *Tu n'attendais que ça, hein, petite jouisseuse ? On ne s'équipe pas d'une Manside juste pour causer !*

Attention – sécurité : MAYA communique
Veuillez cesser toute activité SUP

Plus tard, Maya, merde !

Les deux amants roulent dans la mousse, se couvrent de baisers. La main de Wil pétrit les seins de Jennifer, il ne sait à quel moment elle a effacé son bustier. Il les embrasse, les lèche, descend vers son ventre, suce la perle rose de son nombril…

Extrêmement important – priorité 1++
MAYA communique – entrez votre login
Cessez immédiatement toute activité

J'ai dit plus tard ! Tandis qu'il insinue des doigts fureteurs sous le saroual de Jennifer – laquelle promène sur ses reins une main encore hésitante –, Wilbur appelle dans son œil gauche un utilitaire pirate de sa Manside qui lui permet, outre de cracker son limiteur de temps (chose faite depuis longtemps), de couper tout contact avec Maya et d'effacer sa présence des réseaux. Un petit hack pratique, tout aussi illégal que le zipzap, la télédrogue qu'il charge régulièrement pour tenir le coup.

Un clic de l'œil droit : le message agressif de Maya s'efface.

— Wilbur… non… je… Ooohh…

Le sexe de Jennifer est doux, soyeux, humide et chaud sous ses doigts. *Une Manside haut de gamme*, reconnaît Wil. *Qui transmet les sécrétions corporelles. Virtual Life ou Hyperreal, probablement. Mademoiselle a les moyens! Eh bien, mademoiselle en aura pour son argent…*

Jennifer craint d'effacer son saroual ou a oublié comment faire. *Tant mieux*, se réjouit Wilbur. Effeuiller sa conquête est devenu un plaisir trop rare en haute réalité, où l'on peut se vêtir et se dévêtir en un clin d'œil, au sens propre du terme. Il fait glisser la pièce de tissu – Jennifer se contorsionne et résiste faiblement –, dévoile le trésor qu'il convoite depuis cinquante heures : suave, rose, luisant dans son écrin de boucles blondes, entre deux cuisses satinées au galbe de danseuse. D'un clic, Wil efface ses propres vêtements. La taille de son membre impressionne Jennifer, mais les formes juvéniles de son corps la rassurent : elle ose quelques timides caresses du bout des doigts… puis, toute réticence évanouie, empoigne l'objet de son désir et l'embouche goulûment. *Eh bien, pour une vierge, tu sais y faire !*

En vérité, Jennifer s'avère une amante insatiable. Pas de défaillances en haute réalité, pas de fatigue, pas d'irritation des muqueuses, pas même de satiété autre que purement mentale. Et le zipzap booste le plaisir… Wilbur déploie tout son talent, assouvit ses fantasmes et ceux de son amante, la fait surfer sur les ondes de l'orgasme. Il jouit plusieurs fois dans sa Manside, là-bas, dans un autre monde ; ça ne le calme pas pour autant, il repart à l'assaut de sa conquête…

Soudain tout s'efface – noir total.

HORDES

Cette fameuse réduction des gaz à effet de serre, dont on voit bien l'inefficacité, est une pure invention des Européens qui veulent couler notre économie. Il est hors de question de limiter notre train de vie ou de sanctionner nos industriels, alors que nos experts démontrent que l'évolution du climat est naturelle et s'est déjà produite des centaines de fois dans le passé. De plus, notre technologie est capable de faire face à la plupart des phénomènes climatiques.

John BOURNEMOUTH, gouverneur du Kansas.

Il était là, dans la prairie, chevauchant Jennifer qui lui offrait son cul sans pudeur – et plus rien. Néant absolu, silence, aucune sensation tactile à part sa Manside qui l'irrite, moite de transpiration : un rappel désagréable de la basse réalité. Il clique de l'œil droit, gauche, tente vainement de rappeler la scène, de revenir au menu principal... Que dalle. *Breakdown.*

— Et *merde* ! grommelle-t-il.

Mains en avant, tâtant devant lui, Wilbur rejoint

sa console, palpe le tactile, effleure la zone de connexion manuelle, sans résultat. Néant. Abyssal, angoissant.

Avec précaution, il enlève les cyglasses collées autour de ses yeux : cinquante heures de connexion non-stop, ça laisse des traces. Sans parler des flashs de zipzap qu'il n'a même pas comptés, il a encore la cervelle en ébullition. Il cligne des paupières, s'attend à être agressé par la lumière de son « nid d'amour » – en basse réalité, la cave de la résidence secondaire de ses parents, qu'il a aménagée de façon à pouvoir y vivre connecté en quasi-permanence ; il peut même manger et chier en haute réalité : le frigo est à portée de main, et il a programmé un *wayout* qui le mène direct aux toilettes.

Pas de lumière. Juste la veilleuse de secours au-dessus de la porte. Console éteinte. Frigo éteint. Chiottes nauséabondes.

Panne d'électricité ?

Enfin, quoi, ce n'est pas *possible* ! Wilbur vit dans l'enclave de Garden City, Kansas, où les communications, l'eau et l'énergie sont *garanties* ! Si la distribution défaille, l'enclave dispose de ses propres générateurs, d'une réserve de flotte, et les réseaux télécom sont quatre fois redondants…

Wil se défait non sans mal de sa Manside collée par la sueur. Elle pue la pisse et le foutre, immonde. Il se dirige vers le lavabo en flageolant sur ses jambes grêles, nu, frissonnant, son corps larvaire secoué de spasmes dus au zipzap. Ouvre le robinet, d'où glouglroute un filet d'eau ocrasse aux relents de rouille et de chlore. *Pas l'eau du réseau, ça… Les vieux n'ont pas payé la facture ou quoi ?* Pourtant ses parents sont riches : son père est P.-D.G. de Resourcing, le plus gros consortium *worldwide* en technologies de l'environnement. Ils n'habitent pas souvent ici, d'accord, mais lui si, bordel ! Tout le monde le sait ! Du moins, les fournisseurs le savent…

Il sort de sa piaule pestilentielle, grimpe au rez-de-chaussée, traverse les pièces désertes en plissant les yeux, agressé par la lumière du jour. Curieuse, la lumière du jour : jaunâtre, poussiéreuse… rasante. Il gagne la salle de bains de marbre vert, presse le bouton de douche plaqué or : la même flotte dégueulasse s'écoule chichement des cinq pommeaux orientables. Il se lave néanmoins sommairement, s'essuie dans une serviette éponge en coton véritable, enfile un peignoir brodé aux armoiries de la famille : une serre d'aigle agrippant le globe terrestre.

Par réflexe, il appelle la domotique pour se faire servir un déjeuner car il réalise qu'il a grand faim : le zipzap coupe les sensations corporelles parasites en haute réalité.

Pas de réponse. *Qu'est-ce qui se passe, bon Dieu ?* Il allume le visiophone du salon (un circuit lent, peu interactif mais sécurisé, censé fonctionner en toutes circonstances) : rien. L'écran ne s'éclaire même pas. En dernier ressort, il presse la touche rouge EMERGENCY, sans plus d'effet. Wil commence à paniquer.

Les voisins, réfléchit-il. *Il faut que j'aille voir les voisins. C'est peut-être juste la maison qui déconne…*

Les voisins sont à deux cents mètres. Ça va être dur, surtout s'il y a du soleil : Wilbur est une créature de la haute réalité, son corps n'est pas adapté aux UV solaires. Il est question de mettre l'enclave sous dôme, mais ça coûte très cher…

Il se poste à la baie vitrée pour voir où en est le temps – c'est ainsi qu'il découvre le message, flashé par un drone sur la vitre photosensible. Il est déjà à moitié effacé, mais Wil peut encore le déchiffrer en transparence :

ATTENTION – RISQUE IMMINENT DE TORNADE F6.
ÉVACUATION IMMÉDIATE PAR HÉLICOPTÈRES.
N'EMPORTEZ QUE LE STRICT MINIMUM.

Il se rappelle alors l'avertissement insistant de Maya, qu'il a zappé d'un geste agacé tandis qu'il « ferrait » sa dernière conquête… Comment déjà ? Ah oui, Jennifer.

En sortant sur le perron, il jette un œil machinal au panneau météo installé près de l'entrée, qui normalement l'informe s'il peut sortir ou non et avec quelles protections. Le panneau est éteint.

Aussitôt la chaleur l'accable : quarante degrés au moins… L'air est lourd, suffocant, chargé de poussière et d'ozone atmosphérique. Wil traverse la pelouse transgénique toujours verte, mais pelucheuse et fripée comme une vieille moquette, gagne la rue bordée d'arbres grillés, squelettes pétrifiés. La rue est jonchée de papiers, de jouets, d'objets domestiques variés : l'évacuation a dû être précipitée. Des traces de chenilles dans la poussière, sans doute des blindés de l'armée. Des traces d'hélicoptères aussi.

Un grondement lointain sourd derrière lui. Il se retourne…

À l'horizon, par-delà les villas blanches, les piscines turquoise, les pelouses-toujours-vertes et les arbres mourants, les hordes de l'enfer montent à l'assaut du ciel.

Un nuage énorme, d'un noir d'encre, enflé de tumeurs et de nodosités violacées, déchiré d'immenses éclairs livides. Des tentacules en émergent, tourbillonnent et se tordent comme des langues de démons. Et au milieu…

L'horrible, incroyable, monstrueux entonnoir de la tornade. La trombe démesurée spirale dans un vrombissement d'apocalypse, charrie des myriades de débris tournoyants, minuscules vus de loin mais qui peuvent être des camions, des pans de murs, des travées de ponts… Une F6 : des vents à plus de 500 km/h, un entonnoir de 5 km de large – de quoi anéantir l'enclave tout entière. Le soleil se voile, boule sulfureuse. Le vent se lève, la poussière volute, agacée. Feuilles, papiers, résidus légers tourbillonnent dans les rues désertées.

Cloué sur place par une peur atavique, Wilbur tremble de tous ses membres et se pisse dessus. Le vent gémit dans les rues vides, un volet claque quelque part et, par-dessus tout, le grondement titanesque de la tornade couvre les roulements continus du tonnerre. Elle a déjà dévoré la moitié du ciel, elle n'est plus qu'à quelques kilomètres. Elle fonce droit sur l'enclave – le doigt même de Satan.

Wil réagit, se rue vers sa maison, se précipite dans la cave, en verrouille la porte métallique – geste dérisoire, il le sait.

Il empoigne son matelas puant et taché, se faufile sous la table de sa console, coince le matelas devant lui puis attend, tremblotant de ses chairs flasques, claquant des dents, les yeux écarquillés dans le noir, écoute le grondement envahir l'extérieur.

Quelques minutes plus tard, l'enfer se déchaîne.

La tête entre les cuisses, les mains sur la nuque, encoconné dans son matelas, Wil sent le mur auquel il est adossé vibrer, craquer, se fendre. Au-dessus, ça hurle, cogne, s'écrase, explose, s'éparpille. Le plafond de la cave est arraché – valse de gravats, de poutrelles, nuée plâtreuse qui le fait suffoquer. Le charivari atteint son paroxysme : tout n'est plus que débris qui tourbillonnent dans la pièce, percutent les murs et son matelas, lequel absorbe néanmoins les chocs. Curieusement – par chance – la table tient bon. Animal terrorisé, Wilbur braille à s'en briser les cordes vocales, il ne s'entend même pas. Une eau boueuse envahit son réduit, lui mouille les pieds et les fesses. Un incendie s'est déclenché quelque part, il en flaire la fumée. La pression lui bouche les oreilles, le fait saigner du nez, il suffoque…

Puis tout se calme, aussi soudainement que l'horreur est survenue. L'orage tonne encore, mais ce n'est qu'un orage. Une pluie lourde et noire s'abat sur les ruines.

Tétanisé, nez bouché, oreilles bourdonnantes, Wil reste longtemps sans bouger… réalise enfin qu'il est toujours vivant.

Il a survécu. Survécu à une F6 !

Lentement, douloureusement, il se déplie, repousse le matelas imbibé d'eau et de plâtre, s'extirpe de son recoin. La table, de guingois, est couverte de gravats sous lesquels sont ensevelis les restes de sa console. Il n'en éprouve aucun chagrin – pas encore. Il traverse la pièce aux murs lézardés, patauge dans la bouillasse, escalade les décombres. Le plafond est béant : de la maison ne subsistent que des ferrailles et des pans de murs, sous le ciel noir qui vomit une pluie tropicale. Il lève le visage, laisse la pluie le doucher. Elle est tiède et acide, mais il s'en fiche. Il vit !

Au-dessus, parmi les ruines, il entend des voix.

Les secours, pense Wil aussitôt.

— Je suis làààà ! crie-t-il. Dans la cave ! Sortez-moi de là !

Il dévale l'éboulis, atteint la porte. Pliée dans son

cadre tordu, elle refuse de s'ouvrir. Il remonte sur l'éboulis, se remet à crier :

— Au secououours ! Je suis coincé dans la cave !

Les voix s'approchent, des bruits de pas, des débris déplacés. Du plâtre et de la poussière tombent par le trou.

— Venez m'aider, s'il vous plaît, sortez-moi...

Les paroles de Wilbur meurent dans sa bouche tandis qu'il découvre le visage penché sur lui : noir, crasseux, tavelé, couturé de cicatrices, des cheveux gris filasse, un sourire édenté, un regard injecté de sang. Une barre de fer dans la main.

Un *outer*.

— Hé, les mecs, ricane l'outer, y a un cafard dans cette cave !

Évidemment, la barrière plasmatique de l'enclave n'a pas résisté à la tornade.

Wil recule, horrifié, s'affale au pied des gravats. Quatre, cinq outers en haillons sautent dans la cave. Tous horribles, armés, joyeux.

— Oh, il a un joli p'tit cul, celui-là !

— Ouais, putain, on en tient un !

— On va lui faire sa fête !

AGONIE

... Bref, toute l'Europe est atterrée par l'ampleur de cette catastrophe qui, je vous le rappelle, a causé hier soir la perte de deux à trois cent mille vies humaines et de plus de cinq millions de foyers, selon les premières estimations. Notre présidente, madame Fatimata Konaté, a aussitôt envoyé un message de condoléances et de soutien à la reine Juliana II et au peuple néerlandais, dans lequel elle déclare, je cite...

Morne étendue d'eau boueuse et clapotante, jusqu'à l'horizon engrisaillé du petit matin. Des ruines de bâtiments en émergent, effondrés par le tsunami. Des arbres vaseux, couchés, aux branches cassées. Des panneaux tordus indiquant l'emplacement des routes. Des ponts d'échangeurs partiellement écroulés. Des câbles électriques emmêlés. Sur l'eau flottent des myriades de débris, des meubles à demi immergés, des objets en plastique, des livres et des journaux, toutes les choses de la vie. Des cadavres d'animaux par milliers, d'humains aussi parfois. Rien ne bouge à part la flotte qui clapote. Pas de son hormis la voix neutre du correspondant.

Le logo Euronews s'affiche dans l'eau brunâtre, en bas à droite de l'écran.

La famille du maire de Kongoussi est scotchée devant la vieille télé 16/9 qui trône dans le salon pénombreux, aux persiennes closes sur la fournaise. La clim est en panne, le ventilo ne brasse que les ondes de chaleur, il fait 45 °C dans la pièce et l'écran de la télé au bord de la surchauffe tressaute par moments. Les images glauques des Pays-Bas noyés sous les eaux qui sont diffusées en boucle depuis le début du journal paraissent à la famille Zebango venir d'une autre planète. Ils contemplent bouche bée ces immensités liquides, plombées par un ciel lourd et bas crachant sur les ruines.

C'est Félicité, la fille cadette, qui exprime la première une opinion sans doute partagée :

— Tch ! C'est pas juste : les autres là, ils crèvent d'avoir trop d'eau, et nous d'en avoir pas assez. Ils devraient nous en donner !

— Félicité, tais-toi ! gronde sa mère Alimatou. C'est trop grave, tout ça. Faut pas plaisanter avec la mort.

Félicité a raison, se dit Étienne, son père. *Trois cent mille noyés aux Pays-Bas, c'est une catastrophe mondiale. Un million et demi de morts chez nous à cause de la sécheresse, on n'en parle même pas. Tout le monde s'en fout, du Burkina.*

En homme politique conscient de la situation internationale et de ses retombées sur la vie locale, Étienne Zebango devine déjà ce que cette catastrophe européenne aura comme conséquences sur son pays : un maximum de fonds vont être octroyés à la reconstruction des Pays-Bas, ce qui signifiera une nouvelle diminution de l'aide déjà congrue aux PPP, les Pays les plus pauvres, dont le Burkina Faso fait partie ; les ONG vont être appelées à la rescousse par les pouvoirs publics défaillants et seront indisponibles ici pour lutter contre la sécheresse et le paludisme ; les médias seront mobilisés sur les lieux du désastre et continueront d'ignorer la mort lente de la moitié du continent africain. Kongoussi va crever sous les vents de sable et personne n'en saura jamais rien.

Étienne ne peut s'empêcher de jauger chaque « situation d'urgence » (comme on dit par euphémisme) que subissent quasi quotidiennement la plupart des nations du monde à l'aune de la sienne propre, celle de la ville dont il est le principal responsable : à l'agonie de Kongoussi, peu spectaculaire mais inexorable. Désertifiée par ses forces vives, parties en quête d'eau dans le sud du pays ou autour de ce qui reste du fleuve Niger ; décimée par la faim, la soif et les maladies véhiculées par des eaux insalubres : paludisme, dengue, diarrhées, bilharzioses, sans parler du choléra qui l'a épargnée jusqu'ici, Dieu merci ; ruinée par dix années de sécheresse consécutives, qui ont réduit à néant tout espoir d'élevage, de récoltes, de tourisme ou d'investissements ; humiliée par une mendicité permanente auprès des pouvoirs publics, des ONG, de l'Union africaine, des organismes internationaux : juste un dossier parmi des milliers…

Membre du PRB (Pour le renouveau du Burkina, le parti actuellement au pouvoir) depuis sa fondation en 2011, Étienne Zebango s'est toujours efforcé, en tant que conseiller municipal, puis adjoint, puis maire, de défendre et d'appliquer les principes prônés par sa présidente : économie solidaire, développement durable, respect de l'environnement, autosuffisance énergétique et alimentaire, éducation libre et gratuite, services publics accessibles à tous. Beaux principes en vérité, mais qui présupposent un minimum d'organisation sociale... Or comment faire quand les conseillers municipaux meurent ou s'en vont l'un après l'autre, quand les commerces ferment faute de clients, quand les agriculteurs en sont réduits à gratter un sable stérile et les éleveurs à manger les carcasses de leurs animaux morts, quand les canaux d'irrigation ne charrient plus que de la poussière, quand la route fond au soleil sans qu'aucun camion n'y imprime plus ses traces ? Quand l'eau n'est plus distribuée par l'État, mais par des mafias qui en doublent le prix sans aucune garantie sanitaire ? Que promettre, que projeter, qu'annoncer ? Où trouver les budgets nécessaires ? Comment croire encore en la survie de Kongoussi ?

Étienne songe parfois à démissionner, laisser à d'autres le poids écrasant de sa responsabilité : gérer l'agonie d'un bourg, d'une région. À emmener lui aussi sa famille en Côte d'Ivoire, au Mali, quelque part où il y a de l'eau. Mais, outre que cela mettrait un terme à sa future carrière de député – ce qui lui semble aujourd'hui de peu d'importance –, cela achèverait Kongoussi avant l'heure. Il sait que personne d'aussi compétent que lui ni d'aussi dévoué à son idéal démocratique n'est prêt à prendre la relève : le pouvoir se déliterait, s'évaporerait comme une flaque au soleil, et la région livrée à elle-même sombrerait dans le chaos, le sauve-qui-peut, le *struggle for life*, comme disent les Américains. Sinistres perspectives que Fatimata Konaté s'efforce de juguler à tout prix. Étienne est *responsable*, cela le ronge d'angoisse mais il ne peut s'y soustraire sous peine d'opprobre éternel, condamné surtout par sa propre conscience.

— Étienne, tu ne bois pas ton thé? Qu'est-ce qui te tracasse présentement?

Il lève les yeux vers la plantureuse Alimatou, en train de débarrasser la table des reliefs du repas – un foutou sans sauce gombo, car on ne trouve plus de gombos au marché –, les reporte sur son thé vert à la menthe séchée (la fraîche est hors de prix, même pour un fonctionnaire). Il en siffle une gorgée : le thé est presque froid et à peine sucré – le sucre est rationné lui aussi, allez savoir pourquoi. Heureusement, ils ont encore de l'eau : prévoyante, Alimatou a su constituer une réserve, certes pas inépuisable, mais qui rend les restrictions plus supportables.

— Alors, tu me dis? insiste-t-elle. Ou je dois deviner?

Étienne hausse les épaules et finit son thé. Elle lui sert aussitôt le second.

— Tu sais bien, soupire-t-il. La situation… (Geste vague vers la télé, qui diffuse maintenant une pub pour des tests à 9 900 CFA le kit permettant de mesurer instantanément la qualité de l'eau.) Je me demande comment on va s'en sortir cette fois.

Il lui fait part de son analyse du cataclysme néerlandais et ses retombées indirectes sur Kongoussi. Son épouse est sa conseillère privée, armée d'un solide bon sens populaire, informée sur la vie locale aussi bien que sur l'évolution globale du monde. Elle est fan absolue de Fatimata Konaté qu'elle a élevée au rang d'idéal féminin, qu'elle appelle « Fatou » et prétend bien connaître, vu que sa tante Bana est une amie intime d'Hadé Konaté, la mère de la présidente qui vit à Ouahigouya, où elle anime un cercle de bangré.

Assise à table, le menton dans les mains, Alimatou écoute son mari sans mot dire. Les enfants ont quitté la pièce, partis à l'école – encore ouverte malgré tout – ou chercher ailleurs une hypothétique fraîcheur.

— Tch! Tu te tracasses pour rien, répond-elle. La situation va s'arranger en tout cas.

— Qu'est-ce qui te permet de croire ça ?

— Fatou va trouver une solution.

— Ah oui ? Elle t'a téléphoné pour te l'annoncer ?

— C'est Bana qui me l'a dit.

— Ah, ta tante Bana! Elle a vu ça dans le bangré sûrement ? Tes histoires de sorcières, c'est des fables, Alimatou. Tu es plus sensée d'habitude. C'est le soleil qui te chauffe la tête ou bien ?

— Tu as tort de ne pas croire à ces choses-là, Étienne. Madame Konaté est une grande *silatigui*, réputée à Ouahigouya et plus loin même. À ce qu'il paraît, elle a vu un miracle se produire à Kongoussi. Elle dit que Fatou va s'occuper de nous personnellement.

Étienne hausse les épaules, boit son thé, tend son verre.

— Femme, tu divagues. Ressers-moi donc au lieu de raconter des bêtises.

VAUTOURS

<Sidwaya.com> – *10 octobre.*

Nouvelles restrictions d'eau

➤ L'ONEA impose de nouvelles restrictions dans toute la zone sahélienne [lire l'article]

➤ Vivre à Dori avec un litre par jour [conseils pratiques]

➤ Ouagadougou : du sable dans les robinets [voir le reportage]

➤ L'usine d'eau de Ziga à sec : 500 licenciements [lire l'article]

➤ Mme Claire Kando, ministre de l'Eau et des Ressources : «Importer de l'eau dessalée de Côte d'Ivoire coûterait très cher» [écouter l'interview]

➤ «Exode de la soif» : vives tensions à Banfora entre autochtones et réfugiés du Nord [voir le reportage]

Fatou n'a plus la force de bouger.

Avachie dans une chaise longue défoncée, à l'ombre du mur en briques crues de sa maison, elle promène un regard morne et chassieux sur la cour déserte, écrasée de soleil et envahie de poussière.

Des mouches tentent avec obstination de butiner ses yeux mi-clos et ses lèvres craquelées ; elle les chasse de temps en temps d'une main languide, geste machinal mais vain. *Des mouches, il y en a toujours*, songe-t-elle. *Celles-là, elles n'ont pas de mal à trouver à manger.* Les vautours non plus, du reste. Depuis des jours, ils sont perchés sur les plus hautes branches du tamarinier desséché au milieu de la cour. Ils attendent sa mort ou celle d'Idrissa qui agonise du paludisme dans la chambre du fond. Les vautours doivent savoir… Ils savent à l'avance quand quelqu'un va mourir. Parfois, ils quittent le tamarinier, de leur vol lourd et lent, et Fatou les entend se disputer un cadavre, dans la rue ou une autre cour. Puis ils reviennent, repus, et attendent. Ils ont tout leur temps.

Fatou lève les yeux au ciel, en quête d'un nuage, d'un répit, d'un miracle. Mais c'est toujours pareil : le ciel est ocre, saturé de latérite, le soleil voilé cogne à mort. La température doit atteindre 55 °C dans la cour. Des nuages, ça fait bien cinq ans qu'elle n'en a pas vu, du moins assez épais pour donner de la pluie. Le Gouvernement a beau les bombarder de cristaux de sel, les *wackmen* opérer des sacrifices, les imams et les prêtres adresser des prières, ça ne sert à rien. Dieu les a abandonnés, les esprits des ancêtres aussi et les ONG également. Quant à l'État, il n'a pas les moyens. Il n'y a plus que les vautours, qui attendent patiemment. Ceux-là n'abandonnent jamais.

Idrissa gémit dans la chambre du fond. Que dit-il ?… Peu importe. Fatou ne peut rien pour lui de toute façon. Elle n'a plus de Nivaquine à lui donner, ni d'aspirine. Même pas d'eau. Ce qui reste au fond du canari, un chien n'en voudrait pas. D'ailleurs tous les chiens sont morts, de faim ou bouffés par les gens. Avant, ça a été les poules. Encore avant, les moutons, les chèvres. Maintenant c'est le tour des hommes, en commençant par les vieillards et les enfants.

Fatou avait trois gosses. Les deux premiers sont morts de typhoïde et de diarrhée, à sept et cinq ans, à cause de l'eau dégueulasse que vendait à prix d'or ce salopard d'Omar Kélémory, avec sa citerne pourrie. Dans quel marigot infect allait-il la pomper, celui-là ? Puis le Gouvernement a repris la distribution en main, ça allait un peu mieux. Toutefois ça n'a pas empêché Alpha, le petit dernier, de mourir dans ses bras, grouillant de vers et gonflé comme une baudruche. Fatou n'avait plus assez de lait pour lui, ni d'argent pour acheter du lait en poudre. Les seins flasques, le ventre creux, la peau sur les os : elle a trente ans mais en paraît le double.

Idrissa gémit encore. On l'entend bien dans le silence. Le silence… Juste les crissements du vent de sable et les croassements des vautours. Jadis, il y avait des gosses qui jouaient et criaient dans la cour, des vieux qui palabraient à l'ombre du tamarinier, des femmes qui taillaient une bavette autour de la borne-fontaine. Quand les voisins musulmans tuaient le mouton de l'Aïd, toute la cour profitait de la fête, même les non-musulmans. Et les disputes entre filles pour savoir laquelle le beau Morin emmènerait au bord du lac sur sa moto… Jadis, on partageait, on s'entraidait. Maintenant, chacun s'occupe de ses morts… ou ne s'en occupe pas. Kongoussi est devenue une ville fantôme livrée aux vautours, aux mouches et à l'harmattan.

Fatou pleurerait si elle avait des larmes à gaspiller. Elle est aussi sèche que le tamarinier. Pas aussi morte, mais ça ne saurait tarder. Les vautours l'attendent… Elle n'a pas envie de se livrer à eux. Pas encore. Idrissa se met à râler. Elle devrait aller voir quand même… elle n'a plus la force de se lever. Plus la force… Elle ferme les yeux. Ne chasse plus les mouches.

MARCHE

Communiqué de l'ONEA
Office national de l'eau et de l'assainissement
Distribution de l'eau
(provinces de Ouagadougou, Bam, Dori, Fada n'Gourma)
Livraison maximale : 20 l par personne et par semaine
Citernes : livraison le vendredi
Réseaux : de 18 h à 19 h, les lundis, mercredis et vendredis
Prix public autorisé : 10 CFA/l

— Fatou, tu dors ou t'es cadavrée comme ça ?

Elle entrouvre les yeux. C'est Joséphine, sa voisine, debout devant elle. Sa dernière voisine… seule autre survivante de la cour. Son homme, Blaise, est mort l'an dernier du sida ; elle aurait dû y passer aussi, mais non. Avant, elle avait chopé la dengue, en a réchappé. Après, elle s'est prostituée sur la route de Ouaga pour se faire trois sous : elle n'a rien attrapé, même pas une blenno. Joséphine a survécu à tout, elle a la *baraka*. Petite et presque boulotte, elle a encore le courage de s'apprêter, se maquiller. Son boubou a l'air propre, avec quoi le lave-t-elle ? Joséphine est ainsi : pimpante et coquette en toutes circonstances.

Elle porte un jerricane de vingt litres en plastique jaune. Vide.

— C'est le jour de l'eau?

— Hi, Fatou, on est vendredi! T'as oublié ou bien?

— Attends-moi, j'arrive.

Motivée, Fatou parvient à s'extraire de la chaise longue et à se traîner dans sa maison. Nouveau râle d'Idrissa dans la chambre du fond, qui l'a sans doute entendue entrer.

— Je vais chercher de l'eau, annonce-t-elle. Peut-être que je trouverai aussi de la Nivaquine...

Elle dit ça pour lui remonter le moral, mais elle sait pertinemment qu'elle n'aura pas les moyens d'en acheter. Il lui reste juste un billet de 100 CFA, de quoi obtenir dix litres de flotte, si c'est bien l'eau du Gouvernement dont les prix sont bloqués. Il faudra qu'elle tienne une semaine avec ça et un fond de sac de mil, elle n'ose pas vérifier combien. Après... on verra bien.

Elle se coiffe d'un foulard poussiéreux et décoloré, glisse son billet dans un pli, empoigne son vieux bidon Total qui sent encore l'essence qu'il a contenue dans une vie meilleure, et rejoint Joséphine à la porte.

— Comment va ton mari? s'enquiert celle-ci.

— Comme ci comme ça, répond Fatou sans s'avancer.

Bruit de lèvres équivoque de Joséphine, et les voilà parties cahin-caha sous le cagnard. Direction la place du marché, où la citerne devrait bientôt arriver.

Joséphine a envie de causer mais pas Fatou, et les sujets de conversation s'épuisent vite : l'harmattan qui souffle depuis des jours, la chaleur anormale pour la saison – quand a-t-elle été normale ? –, la pluie qu'on n'attend même plus, le désert qui gagne et Kongoussi qui s'ensable, ceux qui partent tenter leur chance dans le Sud, et les morts, les morts, les morts… Ils en croisent plusieurs sur leur chemin : squelettes proprement nettoyés par les vautours, un vieux lépreux – ceux-là, ils n'y touchent pas – le moignon encore tendu en quête d'une improbable aumône, un bébé fraîchement abandonné dans le fossé, qu'un charognard déchiquette déjà. Les femmes n'y prêtent pas attention, c'est devenu banal. Une circulation anémique, alors que jadis les rues grouillaient de monde et puaient les gaz d'échappement… Maintenant, seul le vent de sable gêne leur respiration, au point qu'elles doivent se protéger avec un pan de leur foulard. Elles avancent à petits pas, Fatou surtout : un vertige la saisit parfois, elle doit s'asseoir sur un muret ou s'appuyer sur Joséphine pour ne pas tomber. Celle-ci s'inquiète de sa santé et Fatou lui répond «ça va…». Que peut-elle dire d'autre ? Si ça n'allait pas, qu'est-ce que ça changerait ?

Elles arrivent enfin au marché, réduit à des alignements d'étals vides, à demi ruinés sous les arbres morts. Çà et là quelques légumes chétifs, des ignames ratatinés, une poignée de noix de cola fripées, les pauvres babioles de ceux qui bradent leurs derniers biens, l'indéracinable vendeur de grigris (chance ! bonheur ! protection ! richesse ! amour !), un étal de viande de chien ou d'on ne sait quoi couverte de mouches, un réparateur de scooters sans scooters… Jadis, le marché occupait toute la place, bruyant, odorant, ombragé, chamarré.

La citerne n'est censée venir que dans une demi-heure mais une centaine de femmes font déjà la

queue, avec leurs bidons, leurs jerricanes, leurs cale-
basses. Quelques-unes s'aventurent entre les étals,
sans perdre de vue la route par où doit arriver le
camion. Quelques salutations et conversations, mais
la plupart ne disent rien, accroupies dans la poussière, l'œil flou, la tête basse. L'une d'elles – un squelette ambulant, vêtu de hardes sans couleur – lâche sa
calebasse et s'écroule soudain. Elle gît dans le sable
et personne ne vient la secourir, s'inquiéter de son
état. Un peu plus tard, une autre femme, constatant
qu'elle est morte, ramasse sa calebasse et la serre
contre elle comme si c'était un trésor.

Une heure passe et la citerne n'est pas là. Normal.
Une autre femme tombe, d'insolation ou d'inani-
tion. Elle tente de se relever, on vient l'aider quand
même, on la traîne à l'ombre d'un étal, on lui fait
boire un peu d'eau. Trop faible, elle ne reprend pas
sa place dans la queue : elle va rater son tour.

Une autre heure s'écoule. Un vent d'inquiétude
commence à souffler dans la file : et si la citerne ne
venait pas ? Ça s'est déjà vu : tombée en panne, attaquée par des pillards, tournée annulée pour d'obscures raisons administratives… Où trouver de l'eau
alors ? Des rumeurs courent : le maire posséderait
une grosse réserve, un sorcier en aurait fait jaillir du
lac à sec depuis dix ans, il paraît qu'on attend la pluie
pour la semaine prochaine, quelqu'un connaît quelqu'un qui a appelé quelqu'un qui en amènerait du
Mali…

Enfin la citerne arrive : ce n'est pas celle du Gouvernement. C'est un très vieil Isuzu diesel qui brin-
quebale sur ses amortisseurs morts et crache une
épaisse fumée noire à forte odeur d'huile. Effervescen-
cence et bousculade autour du camion, d'où sautent
quatre mastards armés de M16. Ils écartent sans

ménagement les femmes à coups de crosse tandis que le chauffeur raccorde le tuyau à la pompe.

— L'eau est rationnée ! annonce-t-il. Dix litres maxi par personne !

Protestations, nouvelle bousculade. Les caïds se postent autour du livreur, fusils en main, prêts à frapper de nouveau. Les femmes se calment, la queue se reforme tant bien que mal. La première avance son bidon, reçoit ses dix litres. Tend son billet de 100 CFA.

— C'est deux cents, annonce le livreur.

— *Quoi ?* Mais c'est du vol !

— J'y peux rien, l'essence a encore augmenté, donc la flotte aussi. C'est deux cents.

Vociférations indignées, cette fois la cohue manque tourner à l'émeute. Les gardes tirent plusieurs coups de feu en l'air et menacent carrément la foule de leurs armes. Gueulantes, palabres, discussions, négociations, larmes, colère, rien n'y fait : c'est 200 CFA les dix litres, point barre. Si ça ne vous plaît pas, allez chercher votre flotte ailleurs. Les femmes se font livrer leur portion congrue à un prix mafieux et repartent en traînant les pieds, la mort dans l'âme. Avec cinq litres contre son dernier billet de cent, Fatou se demande comment elle va survivre au-delà de trois jours, quatre si elle ne se lave pas du tout.

Joséphine ne l'a pas attendue. Elle s'en retourne seule chez elle, à pas encore plus lents qu'à l'aller. Ses cinq litres sont lourds au bout du bras, et encore plus lourds dans son cœur. Elle n'a pas résisté à en boire quelques gorgées : l'eau est brunâtre, a un fort goût de vase et des débris indéfinissables stagnent dedans. Déjà son estomac gargouille. *Ce n'est pas la soif qui va me tuer, c'est l'eau*, songe-t-elle. Elle s'en fiche. Peut-être que les vautours s'empoisonneront aussi.

Fatou arrive enfin chez elle, épuisée, flageolante. Lâche le bidon avec un soupir de soulagement. Elle a mal au ventre et envie de s'asseoir. Mais d'abord, s'occuper d'Idrissa... Elle n'a même pas pensé à la Nivaquine.

Elle verse un peu de cette eau croupissante dans un gobelet, va le porter dans la chambre du fond, obscure, étouffante.

— Idrissa, je t'amène de l'eau. Je n'ai pas trouvé de Nivaquine.

Silence.

— Idrissa ? Tu m'entends ?

Silence. Pas même le souffle rauque de sa respiration.

Fatou pose le gobelet sur un tabouret et s'approche de la natte où Idrissa est allongé, enveloppé dans l'unique couverture de la maison. Elle sait déjà à quoi s'attendre mais tient à s'en assurer.

La tête parcheminée d'Idrissa repose bien droite, les yeux grands ouverts et tournés vers le toit de tôle. Fatou repousse la couverture, colle une oreille sur sa poitrine creuse aux côtes saillantes. Se redresse et lui ferme les yeux. Elle ne ressent pas de chagrin. C'est la fatalité, trop éprouvée déjà.

Tout en buvant le gobelet d'eau tiède, elle songe à l'effort qu'elle devra fournir pour le traîner dans la cour, où les vautours s'en occuperont. Mais ce qui la réconforte, c'est qu'elle aura davantage d'eau pour elle.

Chapitre premier

PULSIONS DE MORT

276 000 morts ou disparus, 5,3 millions de sans-abri, des dégâts qui s'élèvent à 700 ou 800 milliards d'euros, tel est le bilan – encore provisoire – que nous pouvons tirer de la catastrophe survenue avant-hier aux <u>Pays-Bas</u>, catastrophe qui, je vous le rappelle, a noyé près d'un quart du pays sous les eaux de la mer du Nord, a privé d'électricité et de communications 90 % du territoire. Ce sont d'ailleurs ces derniers éléments qui font dire aux experts que l'éventration de la digue de fermeture (<u>voir schéma</u>) sur un kilomètre de long pourrait avoir été *provoquée*, en dépit de la violence de l'ouragan qui traversait la région à ce moment-là. Le mot *attentat* n'a pas été prononcé, mais il est sur toutes les lèvres. Or qui dit attentat songe forcément à l'une ou l'autre faction du <u>Jihad islamique international</u>. Toutefois les enquêteurs n'excluent pas une autre piste, issue des milieux intégristes américains, très hostiles, comme chacun sait, à la politique européenne : <u>la Divine Légion</u>...

EXOTARIUM

Ni Français, ni Breton : Malouin suis[1].

Debout à la fenêtre de sa chambre, le front appuyé contre la vitre, Laurie observe d'un œil morne l'eau boueuse qui suinte à travers les pavés disjoints de la place Vauban, en contrebas. La pluie vient juste de cesser, mais ce n'est pas un excédent d'averses que dégorge ainsi la vieille place malouine. C'est la mer qui s'infiltre.

À chaque grande marée, désormais, ça recommence : l'eau inonde la place, glauque et puante, pénètre dans la maison de plain-pied de Laurie, s'étale au rez-de-chaussée durant une heure, puis se retire en laissant un dépôt grisâtre, un miasme vaseux. Les murs sont imprégnés, tout est moite et moisit, le rez-de-chaussée n'est quasiment plus habitable. Ce n'est pas la faute des remparts : depuis des siècles, ils résistent vaillamment aux tempêtes de noroît ; régulièrement injectés de silicone, ils ne laissent passer que les embruns. Vauban avait tout

1. Devise de Saint-Malo depuis la Ire République (1590).

prévu, contre la mer et contre l'Anglais, mais pouvait-il songer qu'un jour le niveau des océans allait monter ? Maintenant l'eau s'insinue dans la zone basse de la vieille ville, pourrit les murs et la vie des habitants. Tout est vain : pompage, drainage, assèchement, rehaussement, étanchéification, on a tout essayé – on essaie encore –, l'eau revient toujours. Saint-Malo n'en est pas au stade de Venise, qui agonise et sombre lentement dans la lagune, pourtant certains osent la comparaison. Et plient bagage.

Laurie frissonne, éternue, se mouche avec peine : de nouveau le nez bouché. Ce maudit rhume va s'installer tout l'hiver, compliqué de bronchites, angines et autres infections. Sans parler des coups de soleil ni des crises d'asthme en été. Mauvaise santé, mauvais temps, mauvaise mer… *Qu'est-ce que je fous ici ?* Reniflant et soupirant, elle lève les yeux sur les remparts, son unique horizon. Les vagues se fracassent contre la muraille ancestrale, éclaboussent le chemin de ronde d'une écume de sel jaunasse. La tempête s'est un peu calmée depuis hier, les nuages ont moins l'air de vouloir s'écraser sur la terre. Temps de chien, malgré tout. Ce n'est pas bon signe quand on entend la houle cogner contre la pierre.

Quand Laurie était petite, elle craignait que les remparts ne s'écroulent sous l'assaut des tempêtes. Dans ses cauchemars, elle voyait une énorme vague noire s'engouffrer sur la place, écrabouiller sa maison. Ses parents affirmaient que les murailles étaient indestructibles, qu'elles pouvaient résister à tout. (Eux non plus n'avaient pas prévu que l'eau passerait *dessous*…) Ça ne rassurait pas Laurie pour autant. En vérité, elle avait déjà peur de la mer. Or son père était malouin, pêcheur fils de pêcheur : il était hors de question que dans la famille on ait peur de la mer.

La respecter, d'accord. La craindre, jamais ! Quand les parents avaient réussi à acheter à prix d'or cette ancienne boutique intra-muros, c'était le paradis pour le père Prigent. De plus, avec sa façade ornée d'une authentique vergue de voilier et sa porte flanquée d'une grosse ancre rouillée, c'était carrément un signe. Avant qu'ils ne ravalent la façade, sur la vitrine était écrit *Exotarium*. Laurie s'est toujours demandé quelles « exoteries » on vendait jadis dans cette boutique, et ses parents ne lui ont jamais donné d'explication satisfaisante : des poissons tropicaux, des vestiges du temps des corsaires, des babioles issues des colonies… Ils n'en savaient rien, probablement. Lorsqu'ils sont morts, Laurie s'est promis qu'elle se renseignerait. Elle ne l'a pas fait. Ça ne l'intéresse même plus. Cette maison la dégoûte.

Elle y ressasse, elle y rumine, elle y tourne en rond, elle y moisit de la tête aussi sûrement que les murs du pied. Pourquoi pense-t-elle à ses parents maintenant, alors qu'elle s'en est éloignée dès qu'elle a pu ? Est-ce leurs âmes damnées qui la hantent ? *Ils sont morts, Laurie, tu ne peux pas changer le passé. Si tu veux te taper une bonne déprime, tu n'as qu'à continuer comme ça.*

Ou songer à Vincent, tiens. C'est radical.

Vincent. Le beau, le doux, le spirituel Vincent. Vincent qui lui a fait découvrir l'amour, la sérénité, un havre de paix dans ce monde de brutes et de folie. Qui l'a aidée, par ses caresses et sa sagesse, à surmonter la mort de ses parents. Vincent le taoïste… le fataliste. Fragile, désabusé, terrassé par ce monde qu'il prétendait maîtriser, dont il croyait s'être libéré. Net-addict, réfugié dans le virtuel, vite accro au zipzap, cette saloperie de télédrogue qui lui a grillé les neurones en quelques semaines, l'a transformé en zombie spasmodique, en avatar de lui-même. Il a ignoré Laurie, l'a rejetée, ne l'a plus reconnue. «Tu es trop bien pour moi», lui a-t-il marmonné un jour, ce dernier jour où elle essayait encore de l'arracher à sa Manside, à ses flashs psychotroniques. Il l'a repoussée, elle s'est enfuie. Elle a accepté n'importe quelle mission qui traînait chez SOS : distribuer des vaccins contre le sida aux prostituées de Tirana, déjà trop contaminées pour la plupart – une immersion d'un mois dans la misère humaine et sexuelle la plus noire, qui ne lui a pas fait oublier pour autant son propre désastre amoureux. *Save OurSelves*, tu parles ! Elle n'avait même pas réussi à sauver Vincent de lui-même.

Quand elle est revenue, il avait disparu. Son appart à Paramé était squatté par des récos. Phagocyté par Maya, la Grande Illusion, réduit à un légume apathique au fond d'un hôpital… Laurie n'a pas cherché à le retrouver. Elle voulait garder de lui un souvenir des jours heureux, des jours d'amour, des jours détachés du monde. Trop tard… Ce souvenir lui tire des larmes, qui roulent sur ses joues comme la pluie sur les vitres.

T'as gagné, ma vieille. Qu'est-ce tu vas faire maintenant ?

À travers ses larmes et la pluie, elle distingue une forme gris et blanc qui virevolte au-dessus des remparts, ballottée par la tempête. Un oiseau ? Son comportement est bizarre… Laurie s'essuie les yeux, scrute avec attention. Oui, c'est un goéland. Il n'arrive pas bien à voler. Tourneboulé dans le vent, ses ailes écartées ne saisissent pas les courants, battent par à-coups, d'une façon désordonnée. Le voilà au-dessus de la place. Le vent le pousse vers la maison. Il devrait se poser, s'abriter… Il n'y parvient pas. Les bourrasques le bousculent de-ci de-là comme un fétu, il ne contrôle rien. Il se jette violemment contre la fenêtre. Fracasse la vitre ! Laurie bondit en arrière, se cogne à son lit où elle s'affale. Le goéland gît sur le parquet, frémissant, sanguinolent, au milieu des éclats de verre. La pluie s'engouffre en rafales par la vitre brisée. Laurie s'approche de l'animal ensanglanté, va pour le prendre dans ses bras, le soigner, le réconforter – se ravise *in extremis*. Elle comprend soudain. Ces yeux rouges, exorbités, ces ailes figées, ces pattes recroquevillées, ce bec ouvert sur un cri muet, cette respiration laborieuse et saccadée : l'oiseau est atteint de botulisme. Mouettes et goélands l'attrapent en bouffant les poissons crevés des eaux eutrophisées, ou dans les champs saturés de lisier de porc. Une forme mutante, extrêmement contagieuse, qui peut se transmettre à l'homme par simple contact, d'autant plus s'il y a du sang. On en périt en trois jours, et il n'y a pas d'antidote efficace.

Laurie recule, la main sur la bouche, regarde agoniser l'oiseau qui la regarde en retour, s'efforce de tendre le cou vers elle, comme pour implorer son aide. Il essaie de se redresser, mais ses pattes, comme ses ailes, sont paralysées. Il a du mal à respirer... Il va bientôt crever.

— Désolée, mon vieux, murmure Laurie. Je ne peux rien pour toi... Si je te touche, je risque de mourir aussi.

Le goéland frémit, ses efforts sont faibles et vains, ses yeux dilatés transpirent la souffrance et la panique. La pluie le mouille et trempe le parquet, se mêle aux éclats de verre. Laurie se demande comment l'évacuer... Son téléphone se met à sonner.

Elle le décroche de sa ceinture, le clipe à son oreille, se rassoit sur le lit.

C'est Markus Schumacher, le big boss de SOS-Europe en personne.

— Alors Laurie, tu fous quoi? lance-t-il dans son français approximatif avec un accent de la Ruhr à couper au couteau. J'envoie à toi beaucoup d'e-mails et tu réponds pas?

— J'étais occupée, élude Laurie. Qu'est-ce tu veux?

— Qu'est-ce je veux? explose Markus. Il y a cinq cent mille morts aux Pays-Bas, millions de récos, tout est détruit, et tu demandes moi quoi je veux? Tu vas là-bas, Laurie. On a besoin tout le monde. Quoi tu fous encore ici?

Bonne question, se dit-elle. *Que je me suis d'ailleurs posée moi-même.*

— Non merci, décline-t-elle. Trop d'eau pour moi.

— *Was?* Tu refuses?

— Oui, je refuse. J'ai *déjà* les pieds dans l'eau, ma maison est envahie par la mer, un goéland m'a pété une vitre et est en train de crever sur mon parquet, et j'ai vraiment pas envie d'aller aux Pays-Bas attraper la mort à ramasser des cadavres et soigner des survivants hystériques. J'ai ma dose de flotte et de malheurs pour aujourd'hui. Je rêve d'un pays *sec*, où il y a du *soleil*, où les oiseaux ne viennent pas mourir à mes pieds. Tu te passeras de moi, Markus.

— Tu as pas le droit...

— Si, j'ai le droit. J'ai le droit, de temps en temps, de ne pas être solidaire de la misère du monde, et de m'intéresser un peu à mes propres problèmes.

Le goéland ouvre son bec à la langue tuméfiée, tente encore de se mettre sur ses pattes, retombe lourdement, le souffle court. Laurie lui tourne le dos, elle ne veut pas assister à cette lente et pénible agonie.

— Je peux toi virer, menace Markus.

— Eh bien, vire-moi donc, ricane Laurie. Tu te prends pour qui ? Un P.-D.G. *worldwide* ? C'est une ONG que tu diriges, ou une transnationale ? On est obligé de pointer, maintenant, à SOS ?

— Pense à ces malheureux…

— Oh, j'y pense, je ne fais que ça ! Et je me compte dans le lot, figure-toi. Save OurSelves, hein ? « Sauvons-nous nous-mêmes » ! Donc je commence par me sauver moi-même. Et je n'appelle personne au secours.

— Laurie, je reconnais toi pas.

— Désolée, mais t'appelles au mauvais moment, Markus. Recontacte-moi plus tard. J'aurai peut-être changé d'avis. *Tschüs.*

Elle coupe, raccroche le téléphone à sa ceinture. Se retourne avec appréhension…

Le goéland est mort.

KILL THEM ALL

Vous qui vivez seul(e) et en souffrez, vous dont les amis sont absents, dont la famille est loin, dont le (la) conjoint(e) est parti(e), NE SOUFFREZ PLUS ! *Virtual Companion*™ est là, à vos côtés, dès que vous avez besoin de lui. Il vous parle, vous écoute, vous comprend, vous console. *Virtual Companion*™ possède un vocabulaire de 75 000 mots en version de base, évolutive par téléchargement gratuit. Il parle 42 langues et connaît 1 200 jeux de société. Il est entièrement modulable et configurable selon votre profil social et psychologique. Il peut s'installer n'importe où chez vous, et même vous suivre dans vos déplacements. Il se décline en version homme, femme ou enfant, pour tous les âges de la vie. Alors n'hésitez plus, adoptez *Virtual Companion*™, et retrouvez la joie de vivre !

Virtual Companion™ est une exclusivité HoloLife®,
une entreprise du groupe MAYA.

Après avoir jeté le goéland (protégée par deux paires de gants de ménage) bien emballé dans un conteneur à ordures, ramassé les éclats de verre, nettoyé le parquet taché de sang à l'eau de Javel, et scotché un sac-poubelle sur la vitre brisée, Laurie ne sait plus quoi faire. Elle pourrait poursuivre ses tâches ménagères au rez-de-chaussée, mais à quoi bon ? Demain, la marée a encore un coefficient de 124 et les infiltrations vont recommencer…

La nuit approche, apportée par les nuages, et s'approche avec elle le moment que Laurie redoute le plus : la solitude du soir, le triste dîner réchauffé au micro-ondes et avalé sur un coin de table, le téléphone qui ne sonne pas, le vide chatoyant de la télé, sa boîte e-mail bourrée de spams et de pubs, l'errance futile sur le Net pour se donner l'illusion d'être reliée au monde, la rumeur de la ville qu'elle va estomper derrière une musique mélancolique puis le lit glacé, trop grand pour elle… Sortir ? Côtoyer des sacs à vin dans les bars, qui n'auront d'yeux que pour son cul ? Appeler des copains-copines à qui elle n'a rien à dire, à qui elle va infliger son spleen ? Errer dans les rues étroites, sombres et oppressantes, se faire aborder/ agresser à tout bout de champ par des récos et autres SDF ?… Si elle avait eu une voiture, Laurie serait partie, loin, vite, tout de suite. Mais une voiture est un luxe à l'heure actuelle, un luxe qu'elle n'a jamais pu se permettre. Bosser pour une ONG, ça fait voir du pays, mais ça ne paye guère… Doit-elle accepter l'offre (l'ordre) de Markus finalement ? Aller clapoter aux Pays-Bas, au milieu des cadavres, des débris, des maladies ?

— Dieu nous punit ! Le Seigneur nous châtie pour nos péchés ! Il a jeté sur nous l'anathème et nous envoie les sept fléaux de l'Apocalypse, car nous avons adoré le veau d'or et pactisé avec Satan ! Demain viendront les quatre cavaliers qui ont pour nom Jugement, Guerre, Famine et Peste ! Babylone la grande prostituée va tomber ! Repentez-vous, repentez-vous !

Merde, encore lui, soupire Laurie. Elle se colle de nouveau à la fenêtre. En bas, un homme gris, hirsute et décharné, vêtu d'une tunique blanche imprimée *Divine Légion* qui lui descend jusqu'aux genoux, pieds nus dans la boue, arpente à grands pas la place Vauban en agitant les bras. Elle ne distingue pas son visage – la moitié des lampadaires sont cassés – mais c'est inutile, elle le connaît : c'est un des récos qui squattent l'ancien hôtel de la Cité, au coin de la rue Sainte-Barbe. Un illuminé, un fou comme tant d'autres...

— Les sept sceaux sont ouverts, la Bête est parmi nous ! Nous portons tous sa marque ! Repentez-vous, impies, fornicateurs, Net-addicts ! Ô Seigneur, préserve-nous du mal, de la marque infamante de la Bête ! Préserve-nous des prostituées, des pluies de grenouilles, de la réalité virtuelle ! Mécréants, prosternez-vous devant la lumière du Christ ! Car Babylone va tomber !...

Laurie esquisse le geste de fermer la fenêtre, constate qu'elle est déjà fermée : les vociférations du réco passent à travers la double feuille de plastique qui bouche mal la vitre brisée. Elle empoigne la télécommande de sa microchaîne, l'allume, programme le truc le plus violent qu'elle a en mémoire – *Holocaust* de Kill Them All, un groupe de harsh que lui a envoyé son frère Yann – et monte le son au maximum. Un vacarme infernal envahit la pièce et fait vibrer les carreaux, genre mix de bombardements et d'usine d'emboutissage, dans lequel se noient les hurlements saturés du chanteur. D'ordinaire, Laurie déteste ce genre de chaos sonore mais, pour le coup, elle esquisse un sourire sardonique en voyant le prédicateur brandir le poing vers sa fenêtre en braillant d'inaudibles imprécations.

Finalement vaincu par cette technologie satanique, le réco s'en va proférer ailleurs ses anathèmes.

Laurie baisse le volume et remplace le boucan par Kirlian Camera, un groupe électronique italien du début du siècle devenu la bande-son favorite de son spleen, qu'il restitue selon elle à merveille. Or Kill Them All lui a rappelé son frère et lui a donné une idée : si elle descendait lui rendre visite, là-bas dans les Pyrénées ? Ça fait trop longtemps qu'ils se sont perdus de vue ; depuis, en fait, qu'elle l'a présenté à Markus en vantant ses qualités de programmeur, à l'époque où Schumacher cherchait un nouveau web-mestre pour animer le site de SOS-Europe, l'ancien ayant sombré dans le zipzap (un de plus). Depuis, Yann a dû faire son chemin… Laurie n'a plus de nouvelles, et ses rares e-mails sont toujours restés sans réponse.

Elle décroche son téléphone de sa ceinture, hésite : comment va-t-il la recevoir ? Elle n'a pas vraiment d'atomes crochus avec son frère, bien qu'ils ne se détestent pas non plus. Mais tous deux sont tellement différents… leur seul point commun étant d'avoir fui les parents dès leur majorité. Laurie en a profité pour courir le monde et se colleter au réel, tandis que Yann, lui, est parti jouer à l'ours des Pyrénées et ne sort pratiquement jamais de sa tanière, explorant plutôt l'univers des octets, des algorithmes et des commandes système. Heureusement, il n'est pas accro au zipzap… aux dernières nouvelles du moins.

Bon, je l'appelle, se décide Laurie.

— Yann Prigent, dit-elle au téléphone, qu'elle clipe à son oreille.

Elle tombe sur sa messagerie : *Salut, c'est Yann Prigent, je suis hyperoccupé, rappelez plus tard ou dites-moi ce qui vous amène.*

— Yann, c'est Laurie, réponds s'il te plaît.

Elle attend. Réitère :

— Yann, c'est Laurie, ta sœur, on peut se causer deux minutes ?

Elle attend encore, insiste :

— Yann, merde, enclenche, c'est Laurie ! J'ai un truc à te dire !

Enfin Yann répond :

— Ouais Laurie, tu tombes hypermal, je suis dans le feed, sur un hypergros poisson, si je décroche je coule. Rappelle-moi demain, si je suis encore en vie.

Clic – bzzzzzzzzzz.

Ah l'enfoiré ! Deux ans qu'on s'est pas vus, même pas échangé un mot, et il m'envoie paître ! Enfin, Yann, je suis ta seule *famille ! Tu peux pas me faire ça !* Elle s'apprête à le rappeler – Laurie est du genre têtu – mais se fige soudain, la main sur son téléphone. *« Si je suis encore en vie » ? Ça veut dire quoi ça ?... Yann, rassure-moi, t'es pas tombé dans le zip-zap ?*

DANS LE FEED

Satellite Mole-Eye 2Ac
Type : EcoSat (à défilement).
Mission : Détection, comptage et analyse des ressources hydriques profondes.
Moyens de détection : 1 maser à hydrogène, 2 lasers moléculaires, 3 spectrographes, 3 scanners multifréquences, 12 caméras HRV dont 4 panchromatiques à 1,5 cm de résolution.
Transmissions : par laser U.V., cryptage quantique OverCode© Enigma *ww.*
Orbite : basse polaire, 301.7/542.4 km.
Vitesse orbitale : 7.4 km/s.
Masse : 4 237 kg.
Année de construction : 2029.
Durée de vie estimée : 8 ans.
Constructeur : US Robotics.
Exploitant : GeoWatch Inc.
Propriétaire : Resourcing *ww.*
Lancement : 12/11/2029 à 13 : 41 TU par lanceur MDD 4.5 sur plate-forme SeaLaunch-Energia.

Source : R2O (Répertoire des objets en orbite)

Non, Yann n'est pas tombé dans le zipzap. Il regrette d'avoir été un peu sec avec Laurie, mais ce qu'il prépare est bien plus important que sa sœur. Une intrusion dans un satellite de GeoWatch, un Mole-Eye qui plus est – un EcoSat chargé des recherches de nappes aquifères –, on ne voit pas ça tous les jours...

Dans trois minutes, ce sera à lui de jouer.

Bouillant d'impatience, il revérifie une fois de plus son matériel, surtout ses démodulateurs, nœuds du système. Dehors, la nuit frissonne et gémit sous le vent glacé descendu des cimes, mais Yann n'en a cure : il n'a même pas vu le jour. Il ne sait depuis combien d'heures il attend, prépare, planifie, simule son intrusion dans le Mole-Eye... Un sommet dans sa carrière de hacker – s'il réussit. Car s'il se plante, s'il est repéré, il sera *mort* en effet : traqué, pisté, espionné, infesté par des centaines de fouineurs, incapable de faire un pas sur le Net sans allumer des constellations d'alarmes. Virtuellement mort. Mais s'il réussit...

Tout a commencé grâce à un jeune «élève» de Yann, un script-kid qui, au hasard d'une promenade, est tombé sur une backdoor de service de GeoWatch. Mal codée ou coup de loto, Yann n'a pas su : le novice a pu tout juste lui uploader sa pêche avant d'être dévoré par les chiens de garde d'Enigma. Dommage, un tel coup de bol, ça vous lance une carrière...

Encore deux minutes à attendre.

Yann ajuste son filet sensor et enfile ses gants avec la minutie et l'aisance que confère l'habitude de gestes mille fois répétés. Il sourit en se rappelant la tête de Steph, son pote du pic du Midi, lorsqu'il a reconnu un des fichiers repêchés comme étant les vecteurs de déplacement du Mole-Eye.

— Il passera à 19 h 32 à 471 kilomètres au-dessus de chez toi, lui a traduit Steph. Mais ne fais pas de conneries, hein ? GeoWatch, c'est un très gros poisson qui mord *très* fort.

— T'inquiète pas pour moi, et envoie ses coordonnées.

— Si t'attaques GeoWatch, je te connais plus. Je tiens à ma peau !

— Steph, t'existes pas dans ma bécane, et cette conversation n'a jamais eu lieu. File-moi ses coordonnées.

Quand on bosse pour une ONG comme SOS, avoir un accès même fugace à une backdoor d'une entreprise aussi secrète que GeoWatch, c'est toujours utile. Mais choper cette chance infime d'accéder directement aux données d'un EcoSat, alors *là* c'est le nirvana. Yann a insisté, et Steph a cédé.

Plus qu'une minute.

Yann chausse ses cyglasses et presse d'un doigt ferme la touche CONNECT de sa console. Il plonge dans son wayout personnel, une simple plate-forme antigrav dérivant dans la nébuleuse aléatoire de son imaginaire. Il n'y a vraiment qu'ici qu'il se sent en sécurité. Même les cyberflics de NetSurvey seraient incapables de débloquer la débauche de serrures et verrous qu'il y a placés. En tout cas, ils y mettraient du temps.

Concentré, Yann répète mentalement ce qu'il a prévu de faire. L'orbite du Mole-Eye n'est qu'à 470,8 km au zénith et à raison d'une vitesse de 7,4 km/s, ça ne lui laisse qu'une fenêtre de 24 secondes pour agir. La moindre erreur de phasing et Yann aura perdu une occasion unique, sinon la raison : la puissance du feedback peut lui griller les neurones aussi sûrement qu'une overdose de zipzap.

— Je dois réussir… grommelle-t-il. Je *vais* réussir ! ajoute-t-il aussitôt, comme pour s'en convaincre.

30 secondes.

Il sent dans son corps, à travers le filet sensor, les vibrations du moteur de l'antenne parabolique en train de se caler.

Yann charge ses utils, lance son automorph, prend une profonde inspiration – rue son avatar dans le feed qui vient de s'ouvrir.

L'hyperaccélération du faisceau à 1,3 To lui soutire un hoquet de surprise : il est déjà devant le sas pare-feu. Comme prévu, son automorph le fait passer pour un parasitage basse fréquence, très commun à cette altitude. C'est maintenant que tout va se jouer. Yann génère une instruction prioritaire de maintenance et y injecte son amibe, un simple troyen polymorphe encapsulé dans Tequila, un virus vieux d'un demi-siècle, depuis longtemps jugé obsolète et ignoré par les antivirus.

3 secondes. D'après son estimation, Tequila doit en être à 30 % de son déploiement. Encore 21 % et le troyen entrera en action.

5 secondes. Yann se morigène de ne pas avoir utilisé un virus plus rapide, mais il est vrai que ça aurait été moins discret, donc plus dangereux.

5,6 secondes. Ça y est, le troyen s'active, il s'insère sous forme d'hologramme dans son champ de vision. Yann, fébrile, entreprend de s'ouvrir un port dans le pare-feu tandis qu'il active son fil d'Ariane, un chouette petit util qui insère des points clés invisibles entre les trames, lui permettant de revenir instantanément en arrière en cas de problème. Un truc piqué à un decyb de Monet... Faut pas laisser traîner ses utils.

8,1 secondes. Le pare-feu est retors, mais le port s'ouvre enfin et l'aspire dans un sous-programme créé par son troyen. Yann exulte, son plan marche à merveille... Un peu trop même : Tequila est plus efficace qu'il ne le prévoyait et commence à attaquer la trame du noyau. L'exploration de Yann devient pénible et surtout risquée. Ça fait déjà trois fois que le sol se dérobe sous ses « pieds », manquant de justesse le faire tomber dans les oubliettes des mémoires mortes.

Il faut que je me grouille sinon Enigma va être alerté par les défaillances...

14,5 secondes. Yann vient enfin de mettre la « main » sur les banques de données, mais la dégradation des structures atteint un niveau critique. Un de ses mouchards l'alerte soudain qu'une liaison laser intersatellites vient d'être lancée. Il doit récupérer le plus de données possible et sortir de là avant que la situation ne tourne mal. Il pioche au hasard, tant pis, il fera le tri plus tard.

21,9 secondes. Deux sysex d'Enigma pénètrent dans le noyau. Heureusement Yann vient de remplir son dernier secteur de mémoire disponible. Juste le temps d'envoyer une ultime instruction au troyen pour qu'il s'autoeffface et Yann active son fil d'Ariane puis s'éjecte dans le feed.

23,1 secondes. Il se matérialise dans son wayout à l'instant même où les sysex coupent le feed.

— Pffiiiouuuu... C'était hyperjuste... Mais j'ai *réussi* !

Plus tard, tandis que Yann fouille joyeusement les données détournées, les sysex d'Enigma concluent après analyse à une défaillance due à une saute de vent solaire. Inutile d'alerter le client pour si peu. Ils réinitialisent le système du Mole-Eye, non sans avoir préalablement sauvegardé sur un disque inaccessible l'intégralité des banques de données du satellite, afin de vérifier que rien n'a été perdu.

Car chez GeoWatch l'information ne se diffuse pas : elle se vend. Cher.

L'EAU MAUVAISE

Rudy parcourt les rues de Swifterbant le cul au ras
de l'eau, assis sur le boudin bâbord d'un Zodiac des
pompiers de Lelystad, un chaton trempé et tremblant pelotonné dans la fourrure de son bomber en
peau de mouton. Aussi largué que le chat, Rudy
erre, un regard hagard sur les ruines alentour. Il ne
reconnaît rien : pans de murs, toits éventrés, arbres
déracinés, emmêlés dans les câbles électriques. Des
milliers de débris flottent sur l'eau boueuse, ainsi que
des cadavres gonflés de chiens, de chats, d'oiseaux,
de lapins, de moutons, de vaches. La plupart des

humains ont été enlevés. Pas de lumière, pas de couleurs : un ciel lourd et plombé, une flotte brunâtre à
perte de vue, les gris des gravats, les blêmes de vies
brisées, de biens éparpillés. Pas de bruit non plus,
hormis les clapotis de l'eau dans les décombres et le
ronronnement du moteur du Zodiac. Parfois, une
toux, un gémissement, un sanglot émanant de l'un
ou l'autre rescapé.

Ils sont cinq à bord, plus les quatre pompiers,
Rudy et le corps allongé entre leurs pieds : le Zodiac
est en limite de surcharge. Trois femmes, deux
hommes, emmitouflés dans des couvertures de survie brillantes, hébétés, silencieux, pas encore bien
conscients d'avoir été sauvés. Le mort est emballé
dans un sac plastique, mais tous ont vu les pompiers le hisser à bord, livide et ballonné, la langue et
les yeux déjà bouffés par les bestioles. L'une des
femmes, une vieille, une perfusion de glucose dans
le bras, paraît sur le point de tourner de l'œil :
blanche comme un linge, les lèvres mauves comme
le bout de ses doigts crochés dans la couverture de
survie. Une autre femme la soutient, lui tient son
flacon. La troisième est prostrée, secouée de frissons
fiévreux, ses longs cheveux gouttant sur ses genoux.
L'un des hommes émet de curieux bruits de gorge,
essaie vainement d'étouffer les sanglots qui le sub-
mergent par vagues. L'autre homme, plus jeune,
voudrait bien aider les pompiers mais il est blessé à
l'épaule et trop épuisé pour bouger.

Les pompiers aussi sont épuisés : c'est leur quatrième jour sur la brèche, trempés jusqu'aux os, à
patauger dans la boue, crapahuter dans les gravats,
charger les morts par dizaines, dégager les survivants
à coups de pelle et de pioche, fouiller les décombres
instables et croulants, tenter de calmer les hysté-

riques et maintenir en vie les moribonds, à dormir et manger quand ils le peuvent (autant dire jamais), à se soutenir mutuellement – surtout ne pas craquer.

Rudy ne connaît personne sur le Zodiac à part Herman Van der Hoek, pompier volontaire à Swifterbant et ex-voisin, grâce à qui il a pu embarquer. Pour aider en principe, or il n'a pas été très utile... Même le petit chat, c'est Herman qui l'a sauvé, manquant tomber à l'eau pour attraper du bout du croc le guéridon sur lequel il dérivait, miaulant faiblement, les poils collés de boue.

— Laisse-le, il a dû choper des maladies, il va crever de toute façon, a grogné le chef du groupe, un professionnel de Lelystad.

Herman ne l'a pas écouté. Il a sauvé le chaton et l'a confié à Rudy avec un fantôme de sourire sur sa bouille joufflue. Ce brave Herman... Toujours le cœur sur la main, jovial et boute-en-train, aussi prompt à lancer des vannes qu'à décapsuler des canettes de Faxe. Comme Rudy, il a perdu toute sa famille le soir de la catastrophe, pendant qu'appelé au service il secourait d'autres gens ailleurs. Herman ne rigole plus, ne lance plus de vannes, n'a plus de canette à décapsuler. Mais il bosse au moins, il extrait les survivants des décombres, les hisse à bord, les réchauffe, trouve même à leur dire quelques mots réconfortants, à filer aux gamins un jouet repêché au passage.

Rudy regrette de ne pas se montrer aussi efficace et généreux, mais, depuis qu'il a pénétré dans les ruines de Swifterbant, il est comme paralysé. Il savait pourtant à quoi s'attendre : au long de ces trois jours passés à jouer des pieds et des mains pour essayer de regagner sa maison, il en a vu des images cataclysmiques, entendu des propos poignants de rescapés, rencontré des secouristes fourbus qui lui ont décrit l'horreur ou secouaient simplement une tête désespérée. Il a appris assez vite le sort d'Aneke et de Kristin : elles étaient sur la liste, actualisée en permanence, qui défile à la place des horaires des trains sur les écrans de la gare de Lelystad, devenue point info et QG des secours du fait de sa construction surélevée. L'interminable liste des morts et disparus, scrutée par des centaines d'yeux angoissés... scrutée par Rudy, au milieu de la foule, des cris, des larmes. *Aneke Schneider, décédée. Kristin Klaas, décédée.* Lu deux fois en entier la liste, lettres vertes papillotantes, pour être sûr, dans l'espoir fou d'une erreur, d'une correction : *Correction, M. Ruud Klaas : Aneke et Kristin vous attendent à l'accueil.* Mais non, pas de miracle. *Aneke Schneider, décédée. Kristin Klaas, décédée.* Immuablement. Et personne pour lui dire comment, pourquoi. Où les voir. Personne. Partout des gens débordés, courant en tous sens, téléphones collés à l'oreille, râlant et soupirant. Comptoirs et guichets pris d'assaut, englués, inaccessibles. Rumeurs insensées, captées au hasard des queues, des rencontres, des bousculades : la vague faisait pas loin de cent mètres de haut ; paraît que l'eau est empoisonnée ; mon oncle est mort du botulisme ; certains ont été électrocutés par les câbles à haute tension qui trempent ; impossible, il ne reste plus une éolienne debout ; paraît que certaines pompes se seraient remises en route ; à tous les coups, l'explosion de la digue, c'est un attentat ; oui, c'est le Jihad islamique international ; mais non, c'est la Divine Légion, ces enculés d'intégristes ; un nouvel ouragan va arriver... *Aneke Schneider, décédée. Kristin Klaas, décédée.* Où les trouver ? Comment savoir ?

Je dois y aller, s'est convaincu Rudy. *Je dois voir, me rendre compte sur place.* Il ne pouvait pas se contenter de ça, faire son deuil de ces lettres vertes scintillant sur un écran fatigué. Il ne pouvait pas rester extérieur, spectateur du drame tamisé par les médias. Elles sont *mortes*, bon Dieu, pendant qu'il assistait à des discussions de maquignon à Bruxelles sur le tarif minimal du bulbe de tulipe. Elles ont pris la vague de plein fouet, elles ont vu la mort en face, tandis qu'il a tout juste senti les lumières vaciller... Il doit *voir* lui aussi, embrasser l'ampleur de la catastrophe, partager leur angoisse, leur terreur. C'est pourquoi Rudy s'est focalisé là-dessus : aller à Swifterbant, bien que la zone soit totalement interdite aux badauds, aux civils, aux familles des victimes, à tout le monde sauf aux sauveteurs ; voir sa maison ruinée, ses serres éparpillées, toute sa vie anéantie. Souffrir comme elles ont souffert, mourir un peu avec elles. Tant qu'il n'aura pas *vu*, il ne pourra pas y croire, ça restera un atroce cauchemar qui obsède déjà ses nuits, les rares heures où il arrive à dormir.

Par chance, il est tombé sur Herman au QG de la gare – enfin un visage connu. Rudy ne lui a même pas demandé des nouvelles de sa famille, la réponse était visible sur les traits décomposés de son voisin. Il l'a d'emblée considéré comme son sauveur, une lumière dans sa nuit :

— Herman, t'es pompier, tu peux m'emmener là-bas ?

— Pas de problème, a répondu le brave Herman, je t'appelle dès qu'on y va.

Il a appelé Rudy ce matin à six heures, réveillant ses voisins blottis dans la salle d'attente de la gare, pour lui donner rendez-vous une heure plus tard à la base navale de Lelystad-Haven, «et démerde-toi pour être à l'heure, on va pas spécialement t'attendre». Rudy s'est démerdé, il avait prévu son coup. Maintenant il est 15 heures, ils ont récolté un cadavre et cinq survivants, c'est inespéré. Rudy a découvert que c'était bien pire que sur les écrans tamisés des médias : il a vu les champs inondés jusqu'à l'horizon, morne étendue liquide jonchée de cadavres, de troncs, de débris, les bois massacrés, méli-mélo d'arbres enchevêtrés, les éoliennes fauchées comme des quilles, les maisons effondrées dans la flotte, les équipes de sauveteurs pataugeant parmi les ruines, munies d'outils dérisoires. Il a humé les remugles de décomposition, de putréfaction, de composés chimiques libérés, l'odeur fade de l'eau mauvaise, rongeuse, destructrice. Il a senti le grand suaire gris de la mort posé sur toutes choses. Il a entendu les âmes des trépassés gémir dans le vent, sous les appels des vivants. Il n'a guère aidé, mais les pompiers ont compati : ils ont respecté son mutisme, son immobilité. Tant qu'il ne les gêne pas...

Ils atteignent son quartier, sa maison. Il échange un regard avec Herman, qui serre les lèvres et détourne les yeux. Rudy scrute les ruines... Il ne reconnaît rien. Il *sait* que c'est là, pourtant. Pans de murs, toits effondrés, arbres abattus, comme partout. Des reliques flottant sur l'eau caséeuse... Il en chope une au hasard, à portée de main : une console de jeux Babybox. Appartenait-elle à sa fille ? Il n'en est pas sûr. Il ne retrouve rien de son passé, rien qui peut le raccrocher à la vie qu'il a connue. La vague a tout emporté, y compris Aneke et Kristin. *Décédée. Décédée.* Des lettres vertes sur un écran...

Et lui, Rudy, vide et sec au sein de ce paysage de mort, privé de drame, privé de deuil. Condamné à survivre, obsédé par ce cauchemar qu'il n'a pas vécu.

Au creux chaud de son blouson, le chaton se met à ronronner.

REFUGEES.ORG

La bénévole de Refugees.org a beau rester assise derrière le comptoir de la gare de Lelystad, elle est aussi épuisée que les milliers de victimes qu'elle a vues défiler toute la journée. Milliers de tronches ravagées, de joues ravinées, de barbes hérissées, de mains blêmes et sales, de cheveux gouttant sur le comptoir. Milliers de regards éteints, implorants, révoltés, désespérés. Milliers de dossiers incomplets, de cas particuliers, de traitements spéciaux. Des vieux largués, des bébés braillant, des mères à bout de nerfs, des hommes abrutis d'angoisse, des ados muets et fébriles. Tous la considèrent comme si leur vie dépendait d'elle, alors qu'elle se borne à les diriger vers tel ou tel centre de transit ou camp d'hébergement provisoire, en attendant un statut de réco que fort peu, elle le sait, auront une chance d'obtenir. Fraîchement arrivée de Dresde en renfort, confrontée à toutes les palettes de la détresse humaine, elle a fini par se blinder, étouffer sa compassion naturelle, refuser les mains tendues, ignorer les larmes. Afin de préserver son équilibre mental, d'être ce roc dans la tempête que tous espèrent d'elle. Tant pis pour ceux qui ne parviennent pas à s'y cramponner.

Elle balance le dossier précédent dans la corbeille «incomplets», lève ses yeux bleus et las vers le suivant que la foule a extrudé devant le comptoir : un gars trapu, la quarantaine, cheveux noirs et raides, nez épaté, traits allongés, une moustache de Viking tombant sur son menton semé d'une barbe de quatre jours, un anneau à l'oreille droite. Engoncé dans un bomber en peau de mouton, avec un renflement au niveau de la poitrine : une arme ? Va-t-il l'attaquer ? Elle n'a pas encore affronté ce genre de situation, mais d'autres si – certains l'ont même payé de leur vie.

La mine de chien battu de l'homme dément toute velléité d'agression. Le renflement émet un miaulement et produit la tête ébouriffée d'un chaton roux qui pose sur la fille de Refugees.org des yeux ronds étonnés. Elle sourit : c'est comme un rayon de soleil, un îlot de tendresse dans cet océan de malheurs. Elle tend la main vers l'animal qui renifle le bout de ses doigts.

— Il s'appelle Moïse, déclare le gars. Enfin, c'est le nom que je lui ai donné. Parce qu'il a été sauvé des eaux. (Il caresse le chaton entre les oreilles, et celui-ci se met aussitôt à ronronner.) C'est un réfugié, comme moi, ajoute-t-il d'une voix sourde.

— Justement, se reprend la bénévole, j'espère que votre dossier est complet ?

Une chance sur mille pour qu'il le soit. Malgré l'affluence permanente, la corbeille des dossiers est béante. À croire que la liste kafkaïenne de documents à fournir n'a été établie que pour diminuer le nombre de récos « officiels » et faire ainsi baisser les statistiques.

— Vous êtes allemande, découvre le type à l'écoute de son accent saxon.

— Oui, soupire-t-elle. Faites voir votre dossier.

— Vous ressemblez à Aneke. Ma femme, Aneke. Elle est… elle était allemande, elle aussi.

La fille soupire encore, avec une moue agacée qui lui creuse des fossettes.

— Depuis ce matin, vous êtes au moins le cinq centième à qui je rappelle la femme, la sœur, la fille ou la cousine disparue. Je ne suis pas votre nounou, O.K. ? Ni votre psychologue-conseil. Vous me donnez votre demande de statut ou vous dégagez. Il y en a dix mille qui attendent derrière vous.

— Ouais, ça fait des heures que je poireaute !

— Y en a marre !

— Ça n'avance pas !

— Alors il le sort, son putain de dossier ?

— Le mien est complet, mademoiselle !

Rudy extirpe de son bomber – nouvelle apparition de Moïse – quelques feuillets mal imprimés sur du papier recyclé grisâtre, humide et semé de poils de chat. L'employée de Refugees.org les parcourt rapidement, hoche une tête dépitée.

— Il manque plein de pièces.

— Je n'ai pas pu les obtenir. Les réseaux sont en panne ou saturés. Tout a explosé ici…

— Bon. Monsieur… (coup d'œil sur les papiers) Ruud Klaas, je suppose que vous n'avez pas d'endroit où aller, famille ou amis qui peuvent vous héberger ?

Rudy secoue lentement la tête. En vérité, il n'a sollicité l'aide de personne. Il ne voit pas chez qui il oserait s'imposer pour une durée indéterminée, à part ses parents à Haarlem – mais n'importe quel camp boueux vaut mieux que ses parents à Haarlem. Comme beaucoup d'Européens de son époque, Rudy est un être individualiste et solitaire, aux amitiés superficielles et éphémères, préférant le cocon douillet de son foyer domotisé aux agressions du monde extérieur. Quand la nature se montre hostile et le climat dévastateur, quand les nuits d'Amsterdam sont sillonnées de desperados, Full Moon Killers et autres adeptes de la tuerie collective, quand sortir devient une aventure à l'issue incertaine, le foyer demeure l'ultime rempart, le dernier nid de confort et de sécurité. Du coup, les amis se font plutôt rares ou se virtualisent, c'est tellement plus facile. Quant aux parents à Haarlem… Il suffit à Rudy de se rappeler que son père est un membre éminent du Nederlander EuroFront et sa mère très certainement une adepte de la Divine Légion pour opter d'emblée pour le camp de réfugiés, quels que soient son éloignement et sa précarité. En outre, ils l'ont renié.

La bénévole de Refugees.org glisse rapidement les doigts sur le tactile de son portable, marmonnant en

allemand mais Rudy comprend : « Saturé… saturé…
épidémie… saturé… » Elle lève enfin les yeux sur lui.

— Buchholz.

— Pardon ? se penche Rudy.

— Buchholz. C'est en Allemagne. Près de Hambourg.

— Il n'y a pas plus près ?

— Non. Sinon il y a Wroclaw, en Pologne.

— Et… c'est comment ?

— Tennis, golf, piscine, sauna, restaurant gastronomique, répond la fille d'un ton sarcastique. Franchement, vous vous attendez à quoi ?

Rudy hausse les épaules. Durant ces jours d'errance, de désarroi, de noir désespoir, il a capté toutes
sortes de rumeurs sur les camps de réfugiés, du pire
et du meilleur, et des jugements divergents sur chacun de ceux ouverts en Belgique ou aux Pays-Bas.
Mais il n'a jamais entendu parler de Buchholz. Un
nouveau camp sans doute.

— O.K. pour Buchholz.

La bénévole acquiesce d'un signe de tête, tapote
un instant sur son tactile. Le graveur connecté au
portable crache une microcarte qu'elle donne à
Rudy. La carte est gravée à son nom et sent le plastique chaud.

— C'est votre code provisoire de demandeur de
statut. Il vous permet d'accéder au camp de
Buchholz et d'y séjourner pour une période maximale de trois mois. Surtout, ne le perdez pas !

— Et… pour mon dossier ?

Elle chope un papier imprimé, coche quelques
croix dessus, le plaque sur le comptoir.

— Voilà les papiers qui manquent. Je garde le
reste. À Buchholz, vous trouverez en principe une

connexion Internet sécurisée afin de compléter votre dossier. On vous expliquera là-bas. Bonne chance !

Une ombre de sourire signifiant que l'entretien est terminé, l'enveloppe jetée dans la corbeille, le regard déjà posé sur un autre. Rudy tourne le dos, mais la bénévole le rappelle :

— Monsieur Klaas !

Elle lui tend un reste de sandwich emballé dans un papier gras. Rudy fronce les sourcils : est-ce qu'il a déjà l'air d'un clodo ?

— Pour Moïse, sourit la fille. Il aime le salami ?

SYNDROME DE DOLLY

« Mon fils, c'est tout moi ! »
Bien sûr, car chez **General Genomics** nous
garantissons une reproduction fidèle à 99,99 %*
des meilleurs gènes issus des parents, optimisés par
notre procédé exclusif et breveté *BodyCount®*.
« Votre enfant sera le meilleur de vous-mêmes »,
telle est notre devise chez **General Genomics** !

* *Statistiques extrapolées*
General Genomics est membre
de **Posthuman** *ww*

— … et notre cher Wilbur avait certainement
comme projet de fonder une famille et un foyer dans
la grâce de Notre Seigneur. En effet, n'est-ce pas
le sens qu'il faut donner à sa quête ardente de
l'âme sœur sur les réseaux de rencontres, à l'aveuglement de l'amour que Dieu lui a prodigué en abon-
dance, au point de ne pas écouter les alarmes de
sécurité…

Tu parles, se dit Anthony Fuller, qui capte par
hasard cette bribe de l'homélie du pasteur. *« Notre
cher Wilbur »* était défoncé à cette saloperie de zip-

zap, comme d'habitude. Quant à sa « quête ardente »,
c'était plutôt sa « quéquette ardente » !

Fuller plaque sa main devant sa bouche pour dissimuler le sourire que lui tire sa plaisanterie graveleuse, feint une petite toux, au cas où on l'aurait surpris. Car la situation ne prête pas à rire : c'est son fils, après tout, qui va être incinéré. Bien qu'il trouve ce pasteur abruti, cette cérémonie ridicule, le décor du crématorium aussi original qu'un hôtel d'aéroport ; bien qu'il ait répudié, déshérité, ignoré son fils, l'ait chassé de sa vie. Si ça n'avait tenu qu'à lui, Wilbur n'aurait eu que les ruines de la maison de Garden City comme sépulture, et que les vautours comme sacrements. C'est sa mère qui a voulu tout ce cirque, le prêtre, les cierges, les fleurs, le cercueil gravé aux armoiries de la famille… Il lui jette un regard dérobé, assise à ses côtés sur le banc de bois inconfortable (comme si les vivants n'avaient pas le droit d'être à l'aise) : yeux ronds, rouges et larmoyants, rimmel coulé sur les joues, son mouchoir dans son poing crispé sous son nez crochu, Pamela a l'air d'une poule sur le point de pondre.

Cette image déclenche un nouveau sourire, que Fuller s'efforce tant bien que mal de camoufler en grimace chagrinée. Il s'agite sur le banc, s'impatiente. Il a envie d'envoyer tout ça au diable, pasteur, croque-morts, décorum, de fourrer Wilbur dans le four et qu'on n'en parle plus. *Hum, j'ai peut-être abusé du Dexomyl*, reconnaît-il. C'est un puissant antistress indispensable aux négociations de contrats et réunions d'actionnaires, mais qui provoque des effets secondaires euphorisants. En prendre *deux* avant la cérémonie ne se justifiait peut-être pas… Il devrait avaler un Calmoxan pour supprimer son envie de fou rire, atténuer la crispation de ses mâchoires, mais cette fois tout le monde le verrait.

Tout le monde, c'est-à-dire bien peu de gens en vérité. Fuller prétexte un changement de position sur le rude banc de bois pour en faire rapidement le tour : outre lui et Pamela, sont présents John et Jackie Hutchinson, ses beaux-parents raides comme des piquets, coulés dans l'amidon, John rêvant sans doute de pogroms grandioses de youpins, nègres, métèques, camés et autres pédés, tous responsables de la mort de Wilbur ; son père, Richard Fuller III, qui a tenu à venir dans son hélico personnel (à quatre-vingts ans !) et afficher ainsi la puissance de la famille devant toute l'enclave d'Eudora ; un sous-directeur quelconque de l'université K-State où Wilbur était censé étudier, sans doute envoyé là pour essayer d'obtenir un sponsoring ou une sub-vention ; Rachel, une voisine bigote qui ne rate aucun enterrement, genre veuve noire tapie dans la pénombre ; un couple de vagues cousins de Pamela, dont Fuller a oublié les noms, se demandant ce qu'ils foutent ici ; Consuela, la nurse vénézuélienne de Tony Junior, soumise et effacée comme il se doit ; et Tony Junior lui-même...

Rabougri dans son fauteuil roulant au milieu de l'allée centrale, celui-ci fixe son père d'un regard gris perçant. Anthony se détourne, mal à l'aise. N'est-ce pas un sourire narquois qu'il a cru deviner sur ces lèvres parcheminées ? Impossible, Junior est para-lysé, son visage ratatiné ne peut exprimer aucune émotion, les médecins sont formels. Mais il voit, écoute, comprend. Et n'en pense pas moins.

Tony Junior a quinze ans et ressemble à Anthony à quatre-vingts ans. Il est plus racorni que son grand-père, qui entretient sa forme il est vrai. Paralysé à 100 %, seuls ses yeux restent mobiles, ses immenses et intenses yeux gris cernés de mauve. Il est le masque même de la dégénérescence, d'autant plus douloureuse que sa vue, son ouïe et son intellect sont en parfait état, voire surdéveloppés. Tony Junior est le clone raté de son père, atteint du « syndrome de Dolly », une maladie génétique rarissime, variante de la progeria, provoquant un vieillissement prématuré et accéléré des cellules. Il suit depuis l'âge de cinq ans – date de la découverte de son mal – une thérapie génique lourde à base de cellules-souches modifiées d'embryons humains, qui coûte à ses parents quinze mille dollars par mois. Chaque année en moyenne, son médecin, le docteur Kevorkian, tire la sonnette d'alarme et prédit une fin rapide et affreuse si Junior ne se soumet pas à un nouveau protocole thérapeutique expérimental et hors de prix, « sa survie en dépend, vous comprenez ». Fuller raque sans rechigner, mais voit son fils se transformer inexorablement en momie vivante sans jamais constater d'amélioration notable.

Il évite autant que possible de rester trop longtemps en sa présence. Car le seul progrès qu'il observe, difficilement mesurable mais néanmoins perceptible, c'est l'influence pernicieuse que Junior exerce sur son entourage, en premier lieu sur lui-même : Anthony a l'impression de se trouver face à une incarnation du mal, à la mort qui le défie derrière ce demi-sourire figé sur ce visage cireux, à quelque chose d'horriblement malsain qui lui tire des frissons de dégoût – pire : de terreur.

Bien sûr, le labo qui a procédé à la sélection génétique et au clonage, BioGen Labs, a été victime d'une OPA dévastatrice qui a permis à Fuller de l'acquérir pour presque rien, son P.-D.G. a été viré et empêché de retrouver le moindre emploi – Fuller y a veillé. BioGen fabrique désormais uniquement des semences de céréales transgéniques à haut rendement et bas prix (mais stériles) pour les PPP. Bref, tout ça s'est avéré rentable finalement, et compense bien le coût de la vie génétiquement modifiée de Tony Junior.

Néanmoins Anthony se demande encore comment il a pu commettre cette énorme erreur. Certes, il y a quinze ans, il était jeune, fougueux, plein d'allant, il fonçait tête baissée dans toutes les innovations technologiques, n'hésitait pas à investir du capital-risque. À cette époque, les grandes familles se devaient d'avoir un enfant cloné, dans le noble but d'épurer et d'améliorer les lignées de prochains maîtres du monde. Et puis le prétexte est tombé à pic : après la naissance difficile de Wilbur, Pamela est devenue stérile. Or elle voulait « à tout prix » un second enfant. (Anthony a réalisé plus tard que Pamela avait été manipulée par ses parents, car son père possédait un joli portefeuille d'actions de BioGen Labs…) Ils ont donc suivi la mode, et quand les premiers symptômes de la dégénérescence de Junior sont apparus, ils ont consacré leur temps – surtout Pamela – à le soigner. Ils ont délaissé l'éducation de Wilbur, qui est devenu un fainéant, un bon à rien, un Net-addict et un drogué, pour finir massacré par des outers. Anthony croyait avoir engendré deux futurs directeurs adjoints puis héritiers de ce vaste conglomérat qu'est devenu Resourcing *ww* ; il se retrouve avec un mort et un paralytique mortifère, sans parler d'une épouse abrutie par le Prozac4 et tombée dans la bondieuserie…

Nouveau regard circulaire à la dérobée, mais cette fois Anthony n'a plus envie de rire. Il aurait plutôt envie de se lamenter, non sur Wilbur mais sur son sort et sa triste famille. Légère dépression due à la descente de Dexomyl… Car Fuller ne se plaint jamais, ne s'apitoie jamais sur lui-même : il affronte toute situation droit dans ses bottes, la tête haute, le regard clair et les dents serrées – il est là pour *gagner*. Une leçon bien apprise de son père, l'imposant Richard III : « Tu es un descendant de Jayhawker, mon fils, et les Jayhawker ont construit l'Amérique, donc le monde libre. N'oublie jamais ça ! » Et vlan, coup de pied au cul si le petit Anthony se mettait à rechigner ou pleurnicher. Il aurait dû appliquer la même méthode à Wilbur, au lieu de dépenser une fortune à entretenir ce parasite…

Coup d'œil en coin : Junior le fixe toujours. *Bon Dieu, pourquoi m'ont-ils mis dans son champ de vision ? Quelqu'un peut-il tourner son fauteuil ?*

Soudain tout le monde se lève et se met à entonner un requiem. Surpris, Fuller se met debout et essaie de suivre mais il ânonne n'importe quoi car il n'y connaît rien, n'ayant jamais été instruit des choses de la religion. (Pour Richard III, le seul dieu digne d'être honoré et servi a toujours été le dollar.) Pamela le remarque et, sans cesser de psalmodier, lui désigne d'un œil sévère le livre de psaumes posé sur le banc près de lui. Fuller le saisit, mais il ignore à quelle page on en est, il feuillette fébrilement le fascicule qui lui échappe des mains et tombe bruyamment sur le carrelage sonore. Cette fois c'est le pasteur qui scrute Fuller d'un œil sévère. Celui-ci explose :

— Nom de Dieu, y en a marre ! Qu'on en finisse avec ces putain de simagrées !

Ça jette un froid. Un froid durant lequel Junior, la bave aux lèvres, lâche un chapelet de cris stridents – on dirait un ricanement d'hyène.

RELIQUE

State of Kansas – Douglas County
WELCOME TO EUDORA
People 3 800 (~~growing~~)
Visitor's rates :
$ 19 per hour
$ 59 half a day
$ 99 per day
week-end special rate !
Get your member card
Refugees not admitted

La cérémonie est enfin terminée, c'est le moment des condoléances et des adieux. Tous sont réunis dans le hall d'accueil du crématorium d'Eudora, à l'écart d'une autre famille qui attend son tour. Pamela, qui n'a cessé de sangloter durant toute l'incinération, tient l'urne funéraire que lui a remise le pasteur comme s'il s'agissait d'une relique du Christ. Anthony est déçu par l'aspect de l'urne, une vulgaire boîte de plastique noir genre coffret à bijoux de pacotille. Il s'attendait à quelque chose de plus massif, en marbre ou en pierre, dans un style vaguement grec ou romain. Toutefois il ne veut pas attirer l'attention de Pamela sur les urnes exposées dans une vitrine du hall, brillantes comme des coupes de base-ball. Avoir Wilbur exposé en permanence sur la cheminée dans une coupe de base-ball à mille dollars, merci bien ! Il a déjà payé tout ce cirque assez cher, pour un vaurien qui ne valait même pas le prix de son cercueil.

Fuller se sent nerveux et abattu à la fois, ce qui le rend irritable. Il a réussi à prendre un Calmoxan dans les toilettes pendant la crémation, mais son effet doit être combattu par le cocktail d'hormones et de vitamines qu'il avale chaque matin avec son petit-déjeuner. La cérémonie a repris après son coup de gueule, comme si de rien n'était, mais Fuller a tout du long senti peser sur lui les regards réprobateurs de l'assistance.

Les cousins de Pamela viennent le saluer, l'air compassé de circonstance, marmonnent de banales condoléances, lui tendent une main molle et se rétractent vivement, comme s'il pouvait transmettre la peste. Ils sont plus diserts avec Pamela, l'embrassent, hochent la tête et murmurent, sûrement contre Anthony. Il se rend compte qu'il ne sait toujours pas leur nom. Il est distrait de leurs manigances par l'accolade virile de son père, Richard III. La moustache lisse et conquérante, ses cheveux blancs ondulant au vent du succès, son complet taillé sur mesure, la Remote Manager plaquée or de Texas Instruments au poignet : le capitaine d'industrie typique du siècle dernier – ce qu'il croit toujours être, même si son poste chez Exxon Hydrogen n'est plus qu'honorifique et son siège au CA de Resourcing un moyen de payer ses call-girls.

— Courage, fils. Tu sais, à Lawrence, les phénix renaissent toujours de leurs cendres.

Toujours le mot pour rire, papa, se dit Anthony en grimaçant sous l'étreinte nanoassistée de Richard III. *En plus on est à Eudora, pas à Lawrence.*

Les parents de Pamela, outrés par son coup d'éclat lors de la messe, ne daignent pas lui accorder la moindre attention. Vient le tour de l'envoyé de la K-State de Manhattan (Kansas), qui s'approche timidement, son e-case serrée sur sa poitrine. Fuller décide aussitôt que ce petit bonhomme lui est antipathique et qu'il ne lui cédera rien.

— Monsieur Fuller... Mes sincères condoléances... Wilbur était un très bon élément de notre université...

— Ne dites pas de conneries. Wil n'y mettait jamais les pieds.

— En effet, monsieur, et j'en suis navré. Néanmoins il aurait pu devenir brillant. Certains professeurs l'ont remarqué...

— Écoutez, Je-ne-sais-plus-qui *(foutus trous de mémoire, il faut que je lève le pied sur la métacaïne)*, j'ai retiré mon fils de la KU parce qu'il me coûtait trop cher pour un résultat nul, et je l'ai envoyé dans ce trou du cul de Manhattan uniquement pour m'en débarrasser. Alors n'essayez pas de me faire croire qu'il s'est pris là-bas d'une passion pour les études. Où voulez-vous en venir au juste ? Qu'essayez-vous de me vendre ?

Le petit homme se tasse sous cette diatribe.

— Peter Lawson, sous-directeur adjoint de l'université du trou du cul en question. Qui n'a certes pas les moyens qu'octroie Consulting *ww* à la prestigieuse Kansas University de Lawrence. Ni, bien entendu, aucun subside d'un gouvernement vendu aux *worldwide*. Et qui malgré tout se débrouille comme elle peut pour dispenser son savoir aux quelques étudiants qui se soucient encore de leur avenir et de celui du pays... Ce qui n'était pas le cas de votre fils, monsieur, je suis désolé de vous le dire.

— Les Fuller *construisent* l'avenir de l'Amérique, Lawson ! explose Anthony. Les Fuller sponsorisent des boîtes *performantes* et *vitales* pour le Kansas, non des nids à cafards largués en plein désert ! Et je vous défends d'insulter mon fils pendant ses obsèques !

Toutes les têtes se tournent vers son éclat de voix. Lawson se recroqueville dans son costard gris souris.

— Mais je n'ai pas... commence-t-il.

Il n'achève pas sa phrase, tourne les talons et sort précipitamment du crématorium. De nouveau la cible des regards, Fuller préfère le suivre. Il fumerait bien une cigarette tant il est nerveux. Dommage que le tabac soit prohibé dans tout l'État... En outre il n'a plus jamais fumé depuis ses folles années d'étudiant à Harvard. Il saisit la boîte de Calmoxan dans sa poche, mais hésite à en prendre un second : il a du travail.

Il regarde, sur le parking planté d'arbres anémiques, Lawson monter dans une vieille Chevrolet convertie à l'éthanol, peiner à démarrer et s'éloigner cahin-caha sur la 1420e Rue nord vers la sortie de l'enclave. *Bonne chance pour le retour*, lui souhaite Fuller. La K10 Highway va lui refuser sa vieille guimbarde, il devra prendre la 442 puis l'US 24 et vu l'état de la route, il en a pour trois bonnes heures à se taper les cent cinquante bornes du trajet. Avec plusieurs nids d'outers à traverser, ainsi que des Shawnees hostiles et prompts à rançonner le visage pâle. *Il a risqué sa vie pour venir jusqu'ici*, réalise Fuller. *Et je ne sais même pas ce qu'il voulait…*

Son regard erre dans le paysage immobile comme un décor sous le ciel d'un blanc uniforme. Le cimetière, planté d'arbres souffreteux et de fleurs fanées par la sécheresse, semé d'une pelouse Evergreen (© Universal Seed™) d'un vert Véronèse, est entouré de champs arides qui descendent en pente douce vers le lit de la Wakarusa, réduite à un filet d'eau saumâtre sinuant entre les cailloux. Sa rive marque la limite de l'enclave, cernée par un mur de plasma de quinze mètres de hauteur alimenté par sa propre centrale à fusion. Une double haie de grillage barbelé, munie de toutes les alarmes et détecteurs imaginables, en interdit l'approche côté Eudora. Côté «sauvage», eh bien, qui s'y frotte s'y pique… où plutôt s'y grille, le mur de plasma délivrant une énergie de 40 000 volts. Le seul point faible de ce rempart est l'arrivée de la bretelle de la K10, gardée par deux mitrailleuses, un lance-roquettes, un radar antibrouillage et une unité permanente de l'Eudora Civic Corp. La vie est tranquille ici, offre encore une illusion de richesse et d'insouciance… Pour combien de temps? En observant mieux les champs, Fuller constate que de la moisine, cette herbe virale mutante issue des cultures transgéniques et résistant à tous les herbicides, a réussi à franchir le mur de plasma et à répandre son horrible pelade vert-de-gris. La couleur dominante du Kansas désormais… Fuller soupire, découragé. Arrivera-t-on un jour à redresser la barre? À réparer les erreurs passées? Ou le fameux génie de l'Amérique n'est-il qu'une fuite en avant éperdue – vers le désert?

L'apparition de sa femme sur le porche interrompt les réflexions désabusées d'Anthony. Elle tient toujours l'urne de Wilbur comme si le gros lot se trouvait à l'intérieur et, malgré le Prozac4 dont elle a dû se gaver, elle bout de colère.

— Bravo! persifle-t-elle entre ses dents. Belle performance! Tu es fier de toi, j'imagine! Mon Dieu! s'écrie-t-elle, de nouvelles larmes perlant à ses yeux rougis, que vont penser les gens de nous? Et George, ce pauvre George…

— Qui est George?

— George Parrish, le pasteur! Oh, bien sûr, si tu venais un peu plus souvent à l'église, tu saurais…

— Ça suffit, Pamela, la coupe sèchement Anthony. Tu as tes convictions et j'ai les miennes, on en a discuté mille fois, inutile de revenir là-dessus. En plus tu me déranges, j'étais en train de lire mes messages.

Ce n'est pas vrai, mais c'est le prétexte bien pratique qu'il a trouvé pour éviter de se disputer avec Pamela. Les affaires étant au-dessus de tout dans la vie conjugale, celle-ci s'efface généralement en maugréant.

Anthony consulte ostensiblement sa remote de poignet – une Nokia *made in China* plus puissante et performante que la Texas Instruments plaquée or de son père –, parcourt d'un index nerveux les nombreux messages reçus durant la cérémonie. Pamela s'éloigne en grommelant, comme prévu.

Fuller n'a pas envie de replonger tout de suite dans les affaires, il voudrait jouir encore de ces 28 °C plutôt cléments pour une mi-octobre. Mais un flash codé priorité rouge, émanant de GeoWatch, attire son attention.

GeoWatch? Qu'est-ce qui se passe? Ils ont perdu un satellite?

Il active le message, le décode, lit le texte qui se déroule sur le petit écran :

Sat Mole-Eye 2Ac piraté
rapport Enigma attaché
attendons instructions

DON JUAN DES MINISTÈRES

En ce temps-là, le monde se transformera. [...]
Les hautes berges des fleuves s'affaisseront
comme des murailles de pisé
sous l'effet de la tornade.
Les eaux des rivières descendront à l'étiage,
les forêts deviendront des déserts,
les grandes cités ne seront plus qu'amas de ruines.
Là où ruisselaient les cours d'eau,
on ne verra plus que bancs de sable.

in *Njeddo Dewal*, conte initiatique peul
retranscrit par Amadou Hampâté Bâ
(Nouvelles Éditions ivoiriennes, 1993).

— Désolée, monsieur Coulibaly, Madame la présidente est très occupée, elle ne peut pas vous recevoir présentement.

— Comment donc, elle ne peut pas ? Nous avions rendez-vous !

Yéri Diendéré, la jeune, jolie et compétente secrétaire de « Madame la présidente », plisse les lèvres d'un air navré, hausse ses épaules dénudées par le boubou. Ce mouvement fait tressauter ses seins sous l'étoffe chamarrée, ce qui n'échappe pas à l'œil sagace du Premier ministre.

— Elle a annulé tous ses rendez-vous. Elle a un travail urgent à finir.

— Quel travail urgent? Le travail urgent, c'est moi qui l'ai.

Issa Coulibaly soulève ostensiblement son épais attaché-case par-dessus sa bedaine. Il est gras, suintant, fringué comme un mafioso de série Z, et dragueur invétéré : Yéri ne l'aime pas. Elle hausse de nouveau les épaules, capte le regard de Coulibaly et rajuste son boubou.

— Madame la présidente ne m'a rien précisé. Elle ne me raconte pas tout…

Elle fait mine de s'intéresser à l'écran de son ordinateur, signifiant ainsi qu'elle considère l'entretien terminé. Mais le Premier ministre insiste :

— Fatimata en a pour longtemps, de son travail urgent?

— Elle a annulé tous ses rendez-vous, répète Yéri, laconique.

— Parce que, en ce cas… insinue Issa avec son sourire de limace, on pourrait aller boire un verre, tous les deux, en attendant qu'elle ait fini…

— J'ai du travail, réplique la secrétaire d'un ton sec comme l'harmattan.

— Allons donc! Quand je suis entré, tu étais en train de te vernir les ongles.

— Mon travail consiste justement à éloigner les importuns.

— Oh, oh! On est dans un mauvais jour? On a des soucis? (Issa Coulibaly pose une cuisse éléphantesque sur un coin du bureau, dans une vaine tentative de souplesse désinvolte.) Raconte à tonton Issa.

Il se penche sur le bureau dans l'espoir d'une vue

plongeante sur l'échancrure du boubou de Yéri. Celle-ci recule sa chaise, franchement dégoûtée. Elle se demande comment se débarrasser de ce pot de colle quand la porte du fond s'ouvre soudain sur Fatimata tout excitée. Coulibaly se remet debout précipitamment, plus transpirant que jamais.

— Ah, Issa, tu tombes bien !

— Comment, je tombe bien ? Je te rappelle qu'on avait rendez-vous ! (Il soulève de nouveau son attaché-case.) Le déficit du commerce extérieur...

— Oublie le commerce extérieur. On a une manne à l'intérieur.

— Je ne comprends pas.

— Viens voir.

Fatimata l'entraîne dans son bureau ombragé, à peine plus climatisé que le four dans lequel sa secrétaire rôtit stoïquement toute la journée, restrictions d'énergie obligent. Yéri pousse un fort audible soupir de soulagement quand la porte se referme sur le coulant Coulibaly, qui suit Fatimata comme un chien sa maîtresse.

Il ne viendrait pas à l'idée du Don Juan des ministères de seulement tenter de séduire Madame la présidente – dont la quarantaine plantureuse correspond mieux à ses canons de la beauté africaine que la maigrelette Yéri –, car elle impose le respect. Physiquement d'abord : elle possède cette force tranquille des grands baobabs, dont rien ne peut entraver la croissance lente et obstinée. Politiquement ensuite : depuis deux ans qu'elle est au pouvoir, elle maintient héroïquement le Burkina la tête hors du sable, malgré la sécheresse, les pénuries de tout, les épidémies, les exodes ruraux, les incidents frontaliers, l'aide internationale de plus en plus congrue... Historiquement enfin : n'est-elle pas la fille d'Alpha Konaté, héros national à l'égal de Thomas Sankara, celui qui osa sortir le pays de l'«infernale spirale ultralibérale» pour l'orienter vers une économie plus durable, celui qui fut lâchement assassiné lors du putsch de 2011, celui qui inspira Adama Diallo et son PRB – lequel, après avoir chassé en 23 les militaires corrompus, prit Fatimata comme Premier ministre... Le souffle historique et la hauteur de vue du *naaba* Konaté n'ont-ils pas été transmis à sa propre fille ? N'est-ce pas le renouveau du Burkina qui se poursuit en dépit des difficultés, l'histoire toujours en marche à laquelle Issa Coulibaly participe ?

Sis au cœur du nouveau palais présidentiel reconstruit dans un style néo-soudanais à la place de l'ancien, brûlé lors des émeutes populaires de 2023, le bureau de la présidente est spacieux et aéré, meublé à la spartiate mais équipé d'un ordinateur Quantum Physics à liaisons quantiques intermoléculaires vieux d'un an à peine. Même un pays situé dans le bas de l'échelle des PPP se doit d'être relié au monde avec les moyens techniques exigés par ledit monde : l'ère du fil de cuivre est tout aussi révolue que celle des pigeons voyageurs. Et ne pas être connecté aujourd'hui, c'est disparaître dans les oubliettes de l'histoire, s'enfoncer dans le chaos sans foi ni loi des zones grises.

Le Quantum Physics se compose d'un élégant écran tactile translucide serti dans un cadre en okoumé et d'un clavier holographique modulable, projeté à la surface du bureau sur lequel il scintille d'une douce aura rosée, petite lueur électronique luttant faiblement contre les rais de soleil incandescents qui filtrent à travers les persiennes closes. Au plafond

la clim ronchonne, impuissante à tempérer cette chaleur saharienne.

— Qu'est-ce que tu vois ?

Coulibaly étudie l'écran, sourcils froncés, tout en
s'épongeant avec un mouchoir en soie qui empeste
l'eau de Cologne. Fatimata s'écarte par réflexe.

— On dirait une image-satellite…

— Mais encore ? Tu ne reconnais pas l'endroit ?

Le Premier ministre examine l'image de plus près :
une région de collines semi-désertiques, affichée en
fausses couleurs, sillonnée de courbes de niveau, sur-
chargée de taches aux teintes diverses et aux signifi-
cations mystérieuses. Non loin d'un agglomérat de
pointillés gris figurant sans doute une ville, une zone
attire son regard, d'un bleu profond virant bleu nuit
en son centre. Un lac ?

Il se redresse et secoue la tête, dubitatif.

— Ici (Fatimata montre l'amas de pointillés gris),
c'est Kongoussi. Et là (elle désigne la zone bleue),
c'est le lac Bam.

— Comment donc, le lac Bam ? Il est asséché
depuis dix ans !

— Pas seulement asséché. Il a été surexploité pour
l'irrigation, et les pluies de plus en plus rares l'ont
sous-alimenté, mais surtout son lit s'est ensablé. Le
déboisement des berges, l'érosion, l'harmattan…
tout ça a fait que l'eau a peu à peu disparu sous le
sable. Elle a fini par s'infiltrer dans le sous-sol,
rejoindre la nappe phréatique d'où elle était issue,
que cette image-satellite nous révèle présentement.

Coulibaly hausse ses vestiges de sourcils, bajoues
gonflées par la surprise.

— Toute cette masse bleue, là ? C'est une nappe
phréatique ?

Fatimata hoche la tête, un large sourire illuminant son franc visage. Elle touche un coin de l'écran où s'incruste un cartouche de légendes.

— Le volume de cette nappe est estimé à 12,7 milliards de mètres cubes, lit-elle dans le cartouche.

Coulibaly empoigne son double menton, signe d'une réflexion intense.

— De quoi abreuver chaque habitant de ce pays pendant cinquante ans, conclut-il.

— Je n'ai pas fait le calcul, mais je te crois. En tout cas, on peut résister à la sécheresse et relancer notre agriculture sinistrée.

— Qui nous envoie cette info ? Les Chinois ?

Fatimata sourit à cette boutade populaire. Depuis la défection quasi totale de l'Occident – hormis quelques ONG – en matière d'aide aux Pays les plus pauvres victimes des changements climatiques, le seul État à investir massivement en Afrique est la Chine, nouvelle puissance mondiale, qui y distribue par millions ses biens de consommation basiques à bas prix, installe des comptoirs là où le dernier épicier est mort de la dengue ou du sida, fournit équipements « gratuits » et techniciens « bénévoles », s'impose comme fournisseur de réseaux bon marché, place discrètement mais sûrement ses pions sur chaque case de l'échiquier africain. Tout ce qui vient d'ailleurs et paraît gratuit ou pas cher est à coup sûr chinois, d'où l'expression à la mode, dès que l'on parvient à obtenir un extra au frugal quotidien : « Ça vient des Chinois ! »

— Non. Je l'ai trouvée sur le site de… SOS-Europe.

Fatimata a hésité un bref instant avant de prononcer ce nom : elle n'ose pas avouer à Issa qu'elle se livre presque à la mendicité auprès des ONG, mais il ne relève pas.

— Mais eux, où l'ont-ils captée ? Ce n'est pas le genre d'information destinée gratuitement au grand public, ça…

La présidente n'ignore pas les défauts de son Premier ministre – le personnel féminin du palais s'en est plaint à plusieurs reprises – mais elle lui reconnaît au moins une qualité : sa faculté d'analyse et de déduction ultrarapide, presque toujours juste. Elle souligne du doigt deux petites lignes au bas du cartouche de légendes :

Image captée par le satellite Mole-Eye 2Ac de GeoWatch codée « secret ressource », crackée et décodée par *Truth*

UN DON DE LA TERRE

SAVE OURSELVES

Si ton voisin a faim, au lieu de lui donner du poisson,
apprends-lui à pêcher. (Proverbe baoulé)

Vous avez un projet ?
Nous pouvons vous aider.

\<SOS.org\>

Ceux qui peuvent pour ceux qui veulent.

De : Fatimata Konaté \<f.konate@gov.bf\>
À : Markus Schumacher \<markus@sos-europe.org\>
Date : 25/10/2030 – 15 : 53 GMT
Niveau de sécurité : *confidentiel*

Cher Markus,

Peut-être ne vous souvenez-vous pas de moi, accaparé que vous êtes en permanence par les victimes de catastrophes et les déshérités de la terre. Pourtant votre organisation est déjà intervenue plusieurs fois au Burkina, lors de mon mandat de Premier ministre ou sollicitée par les services de mon prédécesseur, le président Adama Diallo ; notamment en 24, pour nous aider à relancer la production rizicole de Hiéna-Djonkélé. J'ai eu le plaisir de faire votre connaissance à cette époque, et d'apprécier « sur le terrain » votre compétence et votre efficacité. Hélas, la sécheresse a eu raison des rizicultures... Nous tentons de reconvertir la région au sorgho, moins productif mais moins gourmand en eau.

Ce n'est pas pour dresser le bilan des réalisations passées que je vous écris, mais plutôt pour évoquer une possible collaboration future. J'ai découvert sur votre site l'image-satellite d'une nappe phréatique insoupçonnée, située près de Kongoussi (au nord de Ouagadougou), à l'emplacement du lac Bam asséché depuis dix ans. Mon Premier ministre Issa Coulibaly estime que cette réserve souterraine pourrait alimenter en eau l'ensemble du Burkina pendant une cinquantaine d'années.

Vous n'ignorez certainement pas, cher Markus, la situation dramatique que vit actuellement mon pays, du fait d'un déficit chronique en eau qui réduit à néant tous nos efforts de survie économique, voire de survie tout court. Chaque jour on ramasse les morts dans les rues par dizaines ; un quart de la population est dans l'incapacité de travailler, trop faible ou terrassée par les maladies ; notre agriculture satisfait à peine 20 % de nos besoins les plus élémentaires ; l'« exode de la soif » draine des populations décharnées vers le sud où elles se heurtent à l'hostilité des autochtones guère mieux lotis qu'elles. Des heurts souvent violents aux frontières et une tension croissante avec la Côte d'Ivoire qui s'estime « envahie » font planer le spectre de la guerre de 2002-2003, et je crains le pire. Présentement c'est le Ghana qui nous fournit en eau du lac Volta (à un prix exorbitant), mais le niveau du lac baisse et ce pays connaît aussi des problèmes de pénurie : il pourrait décider de fermer les vannes. Qu'avons-nous comme alternative ? Qu'avons-nous à échanger contre de l'eau ? Que du sable, du vent et des larmes.

Je ne cherche pas ici à me plaindre, seulement à vous

exposer un bref aperçu de la situation. Si j'étais croyante, je dirais que cette nappe phréatique est un don du Ciel. (Ma mère, animiste, dirait plutôt que c'est un don de la terre...) Il ne reste qu'à l'exploiter... Or elle est située à plus de 200 m de profondeur. Nous ne possédons pas, dans le pays, le matériel adéquat pour réaliser de tels forages, ni n'avons les moyens de l'acquérir. Nous pourrions faire appel à une entreprise étrangère, mais cela grèverait les coûts de production qui doivent nécessairement être le plus bas possible.

Vous avez déjà compris où je voulais en venir : j'ai vu sur votre site que SOS-Europe offrait des programmes « clés en main » de forages et d'irrigation raisonnée aux pays victimes de sécheresses récurrentes. Dans la mesure, bien sûr, où l'eau existe et peut être captée... C'est le cas ici. Vous nous avez montré que cette eau existait, il faut maintenant faire un pas de plus : nous aider à la capter.

Je me doute, cher Markus, que toute votre énergie doit être sollicitée par les terribles inondations qui frappent les Pays-Bas, et je compatis de tout mon cœur au sort des malheureuses victimes. Mais ici aussi c'est par milliers que les gens meurent, tombent en silence dans la poussière.

En espérant que cet e-mail retiendra votre attention,
votre dévouée,

Fatimata Konaté
Présidente du Burkina Faso

OÙ SONT ENFUIS LES JOURS HEUREUX ?

> Ceux qui sont morts ne sont pas morts...
> Les morts ne sont pas sous la terre.
> Ils sont dans l'arbre qui frémit.
> Ils sont dans l'eau qui coule.
> Ils sont dans l'eau qui dort.
> Ils sont dans la case, ils sont dans la foule.
> Les morts ne sont pas morts.
>
> Birago DIOP.

Son cabas sous le bras, Alimatou Zebango parcourt d'un pas déconcerté les allées du marché de Kongoussi, dont les étals aux trois quarts vides sont rouges de latérite. Étrange et triste spectacle que ce marché à l'abandon, dont les cabanes prennent la poussière, écrasé sous un soleil impitoyable que ne tempèrent plus les rangées de nérés réduits à des chicots ébranchés, sur lesquels sont perchés les sempiternels vautours... Les quelques stands sont maigrement fournis de choses rabougries et ratatinées qui n'évoquent guère des légumes, de quelques poignées de mil, de sorgho, de haricots *niébé* ou de noix de cola, d'une ou deux volailles squelettiques à moitié mortes. C'est pourtant le « 21 de Kongoussi », le grand marché du dimanche, censé attirer tous les éleveurs, cultivateurs, artisans et paysans de la région... En tant qu'épouse du maire et native de Bam, un village bordant feu le lac, Alimatou mesure la décrépitude de l'économie locale à l'aune de ses souvenirs d'enfance : les étals regorgeaient de tomates, d'oignons, d'aubergines, de gombos, de haricots verts produits par irrigation ; les pêcheurs vendaient du silure, du poisson-chat, du tilapia pris dans le lac ; ici l'allée des épices, dont les effluves forts et piquants la faisaient éternuer ; là-bas, le coin des féticheurs – les *wackmen* – où l'on trouvait des reliques bizarres et des masques effrayants ; les éleveurs peuls amenaient leurs vaches nerveuses et bossues vers l'abattoir ; les gamins vendaient des boissons fraîches sur leurs triporteurs-glacières ; au bout de cette allée, la boutique de Maurice dégorgeait d'articles et colifichets clinquants *made in China* – Maurice qui avait toujours une babiole à donner à la petite Alimatou... Où sont enfuis les jours heureux ? Quelle peste a laminé les habitants de ce pays, éteint leur joie de vivre, les a réduits à l'état de spectres errants ? Alimatou le sait bien, son mari le lui a maintes fois expliqué : la mondialisation, l'exploitation du Nord, le néocolonialisme, l'« infernale spirale ultralibérale »... et les changements climatiques, largement provoqués et fort mal combattus par l'Occident. *Mais pourquoi ? Pourquoi tant d'injustice ? Qu'avons-nous fait pour mériter ça ?*

Alimatou trouve enfin ce qu'elle cherchait : des feuilles de baobab pour la sauce de tô – poussiéreuses et desséchées mais ça fera l'affaire quand même –, auprès d'une vieille femme sèche et ridée comme une souche, dont les pieds couverts de croûtes et de poussière témoignent du nombre de kilomètres qu'elle a dû parcourir. Cette trouvaille lui redonne espoir : *Fatou va nous sortir de cette misère noire. Sa mère Hadé est une grande* silatigui, *elle a vu dans le bangré, elle a vu les baobabs reverdir à Kongoussi, et ça c'est un très bon signe.*

Alors qu'Alimatou sort son porte-monnaie d'entre ses seins plantureux, elle se sent tirée par la manche, en même temps qu'assaillie par un remugle pestilentiel. Elle se retourne, dégoûtée, face à une femme décharnée, aux cheveux prématurément gris, au ventre ballonné sous des haillons informes et merdeux. Un filet de sanie liquide coule entre ses jambes torves comme des sarments. Son visage raviné, fariné de poussière, est percé d'yeux chassieux où butinent les mouches, où vacille une raison défaillante. Les mouches s'attaquent également à ses lèvres craquelées, purulentes, qui s'efforcent de balbutier quelques mots :

— Madame… la charité… un peu d'eau…

— Fatou ! s'écrie la vieille femme, avec des gestes comme pour chasser les moustiques. Il n'y a rien pour toi ici ! Va-t'en ! Va-t'en !

— Elle ne s'appelle pas Fatou, c'est pas *possible* ! s'écrie Alimatou horrifiée.

— Si, elle s'appelle Fatou, rétorque la marchande. Son mari est mort, elle n'a plus rien…

Alimatou n'écoute plus : elle s'enfuit en courant, le souffle court, l'horreur dans les yeux, elle qui aurait volontiers donné quelques CFA à cette pauvre femme. Car à l'image quasi mystique de « sa » Fatou, Fatimata la présidente bénie des dieux, aimée des génies, la providence faite femme, s'est brutalement substitué le visage sale et purulent du dénuement, de la déchéance, de la mort lente – le terrible visage de la réalité.

Chapitre 2

RÉSISTANCES

... désormais aucun doute que l'effondrement de l'Afsluitdijk a été provoqué par un attentat. L'enquête s'oriente une fois de plus vers le Jihad islamique international. Nous avons interrogé à ce propos le général Horst Zimmermann, spécialiste de l'armement tactique non conventionnel au sein de l'Euroforce. Alors, mon général, attentat ou pas ? Jihad ou pas ?

— Attentat, certainement. Tous les indices tendent à prouver qu'une ou plusieurs bombes à plasma ont été utilisées. Notamment le degré de fusion du point d'impact, ainsi que le clash électromagnétique qui a affecté l'ensemble des Pays-Bas.

— Le Jihad islamique posséderait des bombes à plasma ?

— Ce n'est pas totalement impossible, mais personnellement j'en doute. Ce type de bombe requiert une haute technologie et des matériaux stratégiquement sensibles, dont la fabrication, le stockage et le transport sont sous notre contrôle. Introduire cette bombe au sein de l'UE n'aurait pas échappé à nos services de renseignements. Elle a donc été montée sur place, en Europe. Or les réseaux islamiques implantés sur le territoire n'ont pas, à notre connaissance, les moyens d'acquérir ou d'accéder à un tel matériel. En revanche, la Divine Légion...

— Merci, mon général. Donc, vous l'avez entendu comme moi, il est possible qu'une nouvelle antenne du Jihad islamique ait réussi à s'infiltrer au cœur même de l'Europe et possède un laboratoire high-tech lui permettant de fabriquer des bombes à plasma. L'affaire est sérieuse et nous vous tiendrons informés de ses développements en temps réel, restez avec nous sur Euronews !

UN TABLEAU ROMANTIQUE

Home, silent'n'crying home
How many years in your womb...
Home, silent'n'crying home
Stars have passed through your shore
Distant like little flames...
Home, silent'n'crying home
Home, crying'n'silent home
Voices often spoke
In your cold telephones.
Home, silent'n'crying·home
Home, silent'n'falling home [1].

Kirlian Camera, « Anti-light » (*Still Air* [Aria immobile],
© Radio Luxor 2000).

Accoudée au parapet de pierre, Laurie engloutit son regard dans le ressac de la mer au pied des remparts. Elle s'imagine prendre son essor du bord du

---

1. Maison, maison du silence et des larmes/Combien d'années dans ta matrice.../Des étoiles ont passé par tes rives/Lointaines comme de petites flammes.../Souvent des voix parlaient/Dans tes téléphones froids./Maison, maison du silence et des larmes/Maison, maison du silence et de la chute. (*TdA*)

parapet, bras tendus dans les embruns, s'envoler tel un goéland, planer un instant dans le vent et s'abîmer dans les flots, petite flamme vite éteinte... Qui la regretterait? À qui manquerait-elle vraiment? Qu'aurait-elle à perdre? Ces questions volettent parmi ses pensées tels des corbeaux criards, mais elle n'y accorde guère d'attention, caresse juste l'idée de ce geste, comme une belle image, un tableau romantique, la scène finale d'un film dramatique. En vérité, la mer l'horripile depuis qu'elle a empoisonné ses parents et qu'à chaque grande marée, comme pour la narguer, elle insinue chez Laurie ses eaux grises et grasses, tapissant le sol et les murs de sa vase nauséabonde.

Laurie défie la mer, derrière l'abri précaire du parapet qu'une vague un peu plus haute peut franchir à tout moment pour s'abattre sur elle. Trempée, elle grelotte, mais ne peut détacher ses yeux des fracas écumants, fascinée par l'objet de sa répulsion, hantée par cette pulsion de noyade proche du vertige. Elle devrait bouger de là, se mettre au chaud : fragilisée par son rhume chronique, elle risque de choper une méchante grippe, évidemment résistante aux antibiotiques. Mais où aller? La place Vauban est inondée pour une heure encore, sa maison également, inaccessible à moins de patauger jusqu'aux mollets dans cette bouillasse.

Elle avait prévu de passer la soirée – voire la nuit – à Saint-Servan chez ses amis Tanguy et Aziza, et de regagner ses pénates à marée basse pour nettoyer. Or elle les a trouvés en plein conflit, emplis de colère et de ressentiment, se contenant à grand-peine pour tâcher de faire bonne figure.

Laurie n'a pas supporté plus d'une demi-heure cette ambiance préexplosive. Elle aurait dû intervenir, jouer les médiateurs, tenter d'apaiser les tensions. Elle n'en a pas eu le courage, trop chargée du poids de sa propre détresse, retranchée dans sa coquille de solitude.

Sur le chemin du retour, elle a contacté sa vieille copine Gwen, qui l'a accompagnée dans maintes aventures humanitaires avant de se mettre à pondre des gosses avec n'importe qui – comportement antisocial inexpliqué (« Pas ce soir, la petite est malade, je sais pas ce qu'elle a, elle arrête pas de gerber partout et ce foutu toubib n'arrive pas ! ») ; puis Frank, un ex d'avant Vincent avec qui elle a conservé des liens distants mais relativement amicaux (« Je ne suis pas là, laissez un message ») ; et même Loïc, un voisin qui l'aide parfois à nettoyer ou à monter ses meubles et ne rêve que de la baiser, mais il est trop pochetron (« Ouaiais Lllaurie, j'suis à l'Aviso a-avec des potes, t'as qu'à nous r'joind' »). Chacun sa merde et chacun pour soi, c'est ça le consensus social aujourd'hui.

Soudain le soleil couchant perce à l'horizon la voûte nuageuse, répand des rivières de diamant sur la mer, pare les Bés et le Fort national de reflets d'or et de cuivre. Effleure d'une langue tiède la joue mouillée de Laurie. Un oiseau chante, quelque part. Son téléphone se met à sonner.

Ce n'est pas quelqu'un – ç'aurait été trop beau –, juste un message. Signé *Yann*. Laurie l'ouvre avec excitation. Enfin des nouvelles de son frère, depuis trois jours qu'elle appelle en vain...

> cesse de m'appeler.
> je suis en vie.
> jette un œil à ton site favori
> Yann

MR SMITH & MR JONES

NetSurvey
Fiche de renseignements concernant :
Truth

Autres pseudos assimilés : X-Track, Crack Them All, WITF (worm in the fruit), Glasnost

État civil : inconnu

Adresse physique : inconnue

Localisation : Europe de l'Ouest (prob. France)

Outils et moyens : troyens, fils d'Ariane, leurres, virus, vers. Avatar mimétique.

Types d'actions : capture, décodage et diffusion de données confidentielles.

Dernier acte repéré : 22/10/2030 – 19 : 33 : 37. Piratage de l'EcoSat Mole-Eye 2Ac (@ GeoWatch). Diffusion de données classées « secret ressource » sur le site public de l'ONG SOS-Europe (Save OurSelves)

En activité depuis : 04/2028

Code nuisance : 160

Priorité recherche : A+

Voir le rapport Enigma △
<u>Voir historique des actes attribués à Truth</u> △

Laurie est à peine rentrée chez elle, glissant dans la gadoue, éternuant plus que jamais dans cette humidité froide et pestilentielle, qu'on frappe à sa porte. L'intervid a été court-circuité par l'eau de mer, aussi Laurie doit-elle redescendre, traverser de nouveau le rez-de-chaussée obscur et vaseux pour aller ouvrir. Ou plutôt entrouvrir car elle a enclenché la chaîne de sécurité, la main prête à empoigner le couteau posé sur une étagère : elle n'attend personne, et les nuits de Saint-Malo ne sont plus très sûres, surtout pendant les grandes marées.

Elle entrevoit deux silhouettes noires avant qu'on lui colle sous le nez une carte luminescente, estampillée du logo NetSurvey.

La police des réseaux. Des cyberflics qui apparaissent rarement dans le monde réel, mais qui – dit-on – savent tout sur chacun, dès lors qu'on se connecte ou qu'on téléphone. Que lui veulent-ils ? Qu'a-t-elle fait d'illégal ?

— Excusez-nous de vous déranger à cette heure tardive, mademoiselle. Nous avons quelques questions à vous poser.

— À quel sujet ? se méfie Laurie. (Le coup des faux flics est classique, et rien ne lui prouve que cette carte est authentique.)

— Au sujet de votre frère, Yann Prigent. Pouvons-nous entrer ?

Les questions se bousculent dans son esprit pendant qu'elle les fait monter à l'étage et les introduit dans l'ex-chambre des parents transformée provisoirement en salon-cuisine : qu'a fait Yann ? C'était quoi son « gros poisson » ? Pourquoi ne répond-il jamais ? Que signifie son message sibyllin ? Que lui veut NetSurvey ? Pourquoi viennent-ils la voir *elle* ?

Les deux flics sont pareillement vêtus d'un costume noir et portent des lunettes noires – qui sont en
fait des cyglasses, remarque-t-elle. Ils ressemblent à
Mr Smith et Mr Jones, les deux protagonistes de
Men in Black, un vieux film qu'elle a vu récemment.
La comparaison la ferait sourire si leur présence chez
elle ne l'inquiétait pas autant.

— Enfin, dites-moi ce qui se passe! s'énerve-t-elle
devant leur silence et leurs regards inquisiteurs.

— Vous avez un ordinateur? demande l'un des
cyberflics, disons Mr Smith.

— Oui, dans mon bureau, mais pourquoi…

L'homme en noir s'éclipse aussitôt dans le bureau,
comme s'il connaissait parfaitement la maison. Son
collègue – Mr Jones – s'assoit à la table, sur laquelle
il pose un petit boîtier gris carré.

— Commençons, si vous le voulez bien, mademoiselle Prigent. Où se trouve votre frère?

— C'est quoi ça? (Laurie désigne la boîte grise.)
Un enregistreur?

— Ainsi qu'un détecteur de mensonges. Je vous
conseille de répondre avec franchise, mademoiselle.
Nous gagnerons du temps.

— Qu'est-ce que vous lui voulez, à Yann?

Mr Jones réprime un geste d'agacement.

— C'est moi qui pose les questions. Où se trouve
votre frère?

— Chez lui, je suppose…

— Non. Y a-t-il un endroit où il a l'habitude de se
rendre? De la famille? des amis? une petite amie?

— J'en sais rien. *(Yann n'est pas chez lui? Lui qui
ne sort jamais?)*

Mr Smith revient dans la pièce, portant également un petit boîtier gris. Il fait non de la tête, l'air

dépité, en réponse au regard interrogatif de son collègue. Celui-ci revient à Laurie.

— Vous n'en savez rien? (Coup d'œil au détecteur.)

— Je ne communique pas beaucoup avec mon frère.

— Pourtant vous l'avez appelé plusieurs fois ces derniers jours, et il vous a récemment envoyé un message.

Laurie sursaute, indignée : elle est sur écoute !

— Puis-je voir votre téléphone? demande Mr Smith en avançant la main.

— Attendez, c'est quoi cette intrusion? Vous pénétrez chez moi, vous fouillez mon ordi, vous me soumettez à un détecteur de mensonges, vous écoutez mon téléphone, et puis quoi encore? J'ai le droit, j'*exige* de savoir la raison de ce harcèlement policier !

— Mademoiselle, ne compliquons pas les choses. Nous pouvons vous arrêter, vous mettre en garde à vue durant cinq jours, vous faire subir un interrogatoire poussé et fouiller jusqu'aux détails les plus intimes de votre vie privée. Or nous vous demandons simplement de nous aider à trouver votre frère. Ce n'est pas grand-chose en comparaison.

— Mais j'en sais rien, moi, où il est ! Il me raconte pas sa vie ! Il m'appelle *jamais* !

— Votre téléphone, s'il vous plaît, insiste Mr Smith.

À contrecœur, Laurie le déclipe de sa ceinture et le lui tend. Il le connecte par un fil minuscule à son boîtier gris.

— Il était webmestre pour le site de SOS-Europe, et vous travaillez pour cette ONG. J'ai du mal à croire que vous n'êtes jamais en contact, souligne Mr Jones.

— C'est pourtant le cas. Les liens familiaux sont assez distendus chez nous.

— Le message a été émis depuis un cybercafé à Singapour, annonce Mr Smith.

— Vous ou votre frère connaissez quelqu'un à Singapour? enchaîne aussitôt Mr Jones.

— Vous plaisantez! ricane Laurie. Yann est un vrai ours des Pyrénées, il ne sort pratiquement pas de chez lui. En tout cas, il n'a jamais quitté la France.

— Vous me semblez connaître assez bien son style de vie, pour quelqu'un qui ne vous contacte jamais, remarque le cyberflic.

— C'est mon frère, quand même.

— Pourquoi tous ces appels récents? Qu'aviez-vous à lui dire?

— Je voulais simplement aller le voir. Histoire de renouer les liens familiaux, justement.

— Pas d'autre motif? Une affaire en cours? Des arrières à assurer?

— Je ne vois pas de quoi vous parlez. Quelle affaire en cours? (*Yann, qu'est-ce que tu as fait?*)

Mr Jones opère un microréglage, corrige l'angle de balayage. Ça ne change rien: le détecteur capte bien un trouble, mais la courbe n'accuse pas le pic propre au mensonge ou à l'omission délibérée.

— Quel est votre site favori? intervient Mr Smith.

— Je n'en ai pas. Je n'aime pas Internet. Je ne me connecte que le strict nécessaire.

— Vous allez régulièrement sur le site de SOS-Europe...

— Bien obligée. Je bosse pour SOS, comme vous savez.

— Sauf ces trois derniers jours. Pourquoi?

— Je me suis fâchée avec le président, Markus Schumacher. Du coup, j'ai pris mes distances.

— Cette dispute, c'était au sujet de votre frère?

— Non, au sujet d'une mission que j'ai refusée. Pourquoi vous ramenez tout le temps mon frère sur le tapis? Qu'est-ce qu'il a fait, à la fin?

Les deux agents de NetSurvey échangent un regard – ou peut-être des données – à travers leurs cyglasses. Mr Jones reprend:

— Savez-vous pourquoi il a été licencié de son poste de webmestre?

— *Quoi?* Yann a été licencié?

— Vous l'ignoriez?

L'écran affiche les couleurs d'une franche surprise, mais toujours pas le moindre pic signalant un mensonge ou une dissimulation. Nouveau coup d'œil – ou échange de données – de Mr Jones à son collègue, à la suite de quoi il se lève, éteint son appareil et le glisse dans une poche de son costume.

— Bon. Excusez-nous de vous avoir dérangée, mademoiselle.

— Veuillez rester joignable. Il se peut que nous ayons à vous interroger de nouveau.

Laurie raccompagne les cyberflics jusqu'au palier, mais pas plus loin: redescendre dans les remugles de cave du rez-de-chaussée est au-dessus de ses forces. De la fenêtre de sa chambre, elle les regarde sortir, refermer soigneusement la porte et se dissoudre dans la nuit chichement éclairée par un lampadaire grésillant, le dernier en état de marche.

Elle doit appeler Markus. Tout de suite. Tant pis si Mr Smith et Mr Jones l'écoutent.

ILLÉGALE

Conséquemment aux actes délictueux susmentionnés, et en vertu des articles L127, L128, L129 et C254§3 du Code international de la propriété commerciale et de la protection des données, nous exigeons le retrait immédiat de l'image incriminée de votre site et sa destruction totale dans vos archives et mémoires, sous peine d'une astreinte de $ 10 000 par minute de présence à compter de la réception dûment notifiée de ce courrier, et sans préjudice de poursuites ultérieures auprès des tribunaux compétents.

Recevez, Mr Schumacher, l'expression de notre considération distinguée.

Grabber & Associates, avocats d'affaires,
pour le compte de Mr Grant Morrison,
président de GeoWatch, inc.

Fait à Kansas City (KS), le 25/10/2030.

— Markus ?

— *Guten Abend*, Laurie. Comment tu vas ?

— Il paraît que t'as viré Yann ? C'est quoi, cette histoire ?

— Oui, c'est vrai. J'étais… obligé. Tu as vu quoi il a fait ?

126

— Non, j'ai pas vu. Qu'est-ce qu'il a fait, bordel, à la fin?

— Il a mis sur le SOS website une image pirate. Capturée à un satellite. Secret ressource, illégale.

— Mon Dieu! C'est si grave que ça, pour que tu le vires? Il en circule des millions sur Internet, d'images illégales.

— Oui, mais c'est le satellite de GeoWatch. Et GeoWatch, c'est Resourcing. Et Resourcing, c'est pas des... comment vous disez? *Zart*. Pas des doux. Leurs avocats ont contacté moi. Et NetSurvey questionné moi. Obligé effacer l'image et licencier mon webmaster. Et comme responsable, je risque... justice. Poursuites. Pro... procès. SOS n'a pas besoin ça, Laurie.

— Et Yann n'a pas besoin de boulot, sans doute. Tu le fous dans la merde, Markus. Tu y as pensé une seconde?

— Mais je peux rien faire, Laurie! C'est le loi! Je suis obligé le respecter. SOS peut pas risquer un procès.

— *Obligé*, hein! T'as bien fait partie de Greenpeace jadis, Markus? Quand t'allais barrer la route aux baleiniers à bord d'un Zodiac, t'étais pas dans l'illégalité? N'empêche que la chasse à la baleine est interdite maintenant.

— J'ai jamais fait ça. J'étais dans la communication.

— Peu importe. Tu faisais partie d'une organisation qui prenait des *risques*, Markus. Qui n'hésitait pas à braver la loi s'il le fallait, à défier les puissances de l'atome et du pétrole. Aujourd'hui tu t'encroûtes dans ton rôle de bureaucrate en chef de SOS, tu te couches devant les premiers mister Smith et mister

Jones venus et t'hésites pas à virer ton meilleur web-mestre à cause d'une simple image piratée. C'était quoi, cette image, au fait ?

— Un... lac d'eau souterrain. Au Burkina Faso, en Africa. Belle ressource pour le pays.

— Et tu t'es empressé de l'effacer ! Bravo, Markus. T'es le larbin de GeoWatch ou quoi ?

— Laurie, ça suffit tes insultes ! SOS agit et fonctionne justement pour éviter les conneries comme ton frère a fait. Et plus, l'image a atteint sa cible : la présidente de Burkina Faso a envoyé un e-mail pour demander l'aide de SOS. Pour exploiter le... nappe. La nappe. J'ai répondu j'envoie une mission pour forage.

— C'est bien, Markus. Mais t'es sûr que c'est pas illégal ?

— Stop te moquer, Laurie. C'est *toi* la mission pour forage.

— *Hein ?*

— Tu vas au Burkina. Quand j'ai rassemblé camion et matériel, j'appelle toi et tu pars. Tu veux soleil et chaleur, n'est-ce pas ?

— Oui, mais attends, je suis pas compétente en forages, moi...

— Tu es la seule, Laurie. Tout le monde travaille au Nederland encore.

— Mais je sais pas conduire un camion !

— Tu te... comment vous disez ? Démerdes. Je trouve matériel, tu trouves personnel. Pourquoi pas ton frère ? Il sera payé et défrayé comme toi.

— D'abord je ne sais pas où il est, apparemment pas chez lui, ensuite lui demander d'aller au Burkina, c'est comme lui demander d'aller sur Mars.

— Tu fais comme tu veux, mais tu dois prête très

vite. La situation est urgente. J'ai donné ton e-mail
à la présidente du Burkina. Elle a pas écrit à toi?

— J'ai pas regardé mes mails.

— Regarde. Elle compte sur toi, Laurie. Tu vas
sauver son pays. Je rappelle.

RAPACES

Isolé ? Agressé ? Victime de la racaille ?
Ne vous laissez plus faire !
Réagissez ! Luttez ! Défendez-vous !
Soyez FORT et COMBATIF
Rejoignez les **SURVIVAL COMMANDOS**
Stages de survie en milieux hostiles
Techniques de combat et self-défense
Initiation à la guérilla urbaine
<survivalcomm.org>
Stages réservés aux Européens

Rudy a l'impression qu'on le suit.

C'est un sentiment qui ne le quitte presque jamais
– et le tient sans cesse sur ses gardes –, depuis qu'il a
rejoint le nouveau camp de transit « provisoire » de
Buchholz, au sud de Hambourg. Parano nécessaire
et justifiée, même s'il n'a pas encore été agressé physiquement... Ce qui ne saurait tarder.

C'est maintenant, réalise-t-il, alerté par un frisson
glacé sur sa nuque, une brusque décharge d'adrénaline. Il résiste au réflexe de se mettre à courir ou de se
retourner, ce qui déclencherait l'assaut à coup sûr. Il

s'efforce de réfléchir, d'analyser froidement la situation : Rudy se trouve sur la passerelle piétonne couverte qui enjambe la gare, à environ cinquante mètres de la sortie sur la Königsbergerstraße, un escalier en zigzag; il vient de laisser derrière lui la dernière échappée vers les quais, un autre escalier en zigzag; il n'est armé que de son couteau d'horticulteur, à la lame tranchante mais courbe et peu propice à blesser ou tuer; il est bientôt vingt heures, il fait noir, froid et venteux à travers les entretoises d'acier, la passerelle est déserte hormis son ou ses assaillants – qui s'approchent.

Son cœur bat la chamade, la peur lui noue les tripes et prend le dessus : Rudy détale ventre à terre. Ça court aussi derrière. Deux grandes formes sombres, aperçoit-il par-dessus son épaule.

Ils le rattrapent alors qu'il dévale la première volée de marches descendant vers la rue. Ils se jettent sur lui comme des rapaces, roulent avec lui au bas des marches. Rudy tente de sortir son couteau mais son poignet est brutalement tordu et l'outil lui échappe. Il balance des poings maladroits, se tasse bien vite sous une grêle de coups aussi violents que précis. On lui arrache sans ménagement son bomber en peau de mouton – soudain ses agresseurs sautent par-dessus le parapet et disparaissent dans la nuit. Rudy n'a même pas entrevu leurs visages.

Il reste un moment recroquevillé telle une araignée écrasée sur le béton souillé, humide et glacé : il ne peut bouger, souffle coupé, brasier de souffrance. Finalement il parvient à se traîner jusqu'au muret, qui sent la pisse rance. Ses douleurs s'estompent un peu, ou plutôt se localisent : ses testicules ratatinés; son ventre en feu; son plexus solaire bloqué; sa mâchoire défoncée – il crache du sang et des bouts

de dent ; un marteau-piqueur dans le crâne, où fleu-
rissent de belles bosses ; et le froid qui le transperce
de ses piques de givre, comme si ce n'était pas encore
assez.

C'est d'ailleurs le froid qui le pousse à réagir, à se
relever avec peine. Sinon il serait bien resté là, dans
la pisse et la fange, à mourir de désespoir. Rudy a
néanmoins de la chance dans son malheur : ils ne
l'ont pas tué, et n'ont pas fauché son portefeuille
planqué dans son slip (un conseil avisé qu'on lui a
donné dès son arrivée). Titubant, plié en deux, il
reprend tant bien que mal le chemin du camp, où ne
l'attend aucun réconfort.

DREHSCHEIBE

... Les camps de transit pour réfugiés écologiques sont une aberration sociale qui ravale l'Europe au même niveau d'insécurité que les États-Unis. J'y vois le résultat navrant d'un demi-siècle d'incurie ultra-libérale, qui a ruiné la capacité d'intervention de nos pouvoirs publics face à une catastrophe comme celle qui a frappé les Pays-Bas.

— Vous voulez supprimer les camps de transit ?

— À terme, oui. Bien entendu, il est nécessaire, dans un premier temps, de relancer un ambitieux programme de logements sociaux, qui font cruellement défaut dans l'ensemble de l'Union européenne.

— Qui financerait ce programme ?

— La Chine, entre autres, peut nous aider. Elle possède une longue expérience dans ce domaine.

Interview d'Eduardo Pascual,
président du Conseil de l'Europe,
par Sabine Conelly d'Euronews.

Le camp de transit BJ273.de a été aménagé à la hâte dans la Drehscheibe, l'ancienne rotonde de triage de la DB, un bâtiment semi-circulaire en briques rouges qui pourrit tout au fond de la zone la plus désaffectée de la gare de Buchholz. Restauré, la Drehscheibe pourrait avoir belle allure : des lignes pures et sobres, percé de vastes portes-baies en plein cintre, coiffé d'une couronne de cheminées de briques. Les baies sont murées ou tendues de plastique, les cheminées sont à moitié écroulées, liseron et moisine rivalisent pour ronger les murs, d'inextricables ronciers en défendent les abords. Les bâtiments annexes sont tout aussi décatis, hormis celui abritant les services médicaux et administratifs, sommairement nettoyé et rafistolé.

Le site a été choisi non sans réticences par le Land de Basse-Saxe en raison de sa proximité de Hambourg, port de tous les naufrages, et de la gare de Buchholz, nœud ferroviaire qui regagne de l'importance avec l'afflux de réfugiés. En outre, la Drehscheibe était déjà squatté par des tribus de SDF et de récos « sauvages », zone grise *non grata* au sein de cette ville qui s'efforce malgré tout d'avoir l'air riche et pimpante. Il a suffi d'officialiser l'occupation du lieu, d'apporter un minimum de matériel, d'ériger autour de hauts grillages constellés de caméras et d'instaurer le couvre-feu en ville à partir de vingt-deux heures (les élus discutent pour l'avancer à vingt heures). Les habitants ont protesté, manifesté, pétitionné, en vain : aider les récos est un devoir civique, a décrété le maire, chaque Buchholzer devrait se sentir fier et responsable de participer à cette œuvre humanitaire. Car les Buchholzer participent en effet : depuis l'installation du camp, les impôts locaux ont augmenté de 10 %. Et l'insécurité de 68 %.

Rudy franchit le portail en claudiquant bas – ils lui ont aussi écrasé le pied droit, il a peut-être quelque chose de cassé – et en se tenant le ventre, sous les regards impassibles des microcams de surveillance. Il longe les deux gros générateurs à hydrogène posés sur un ancien quai de chargement lézardé, qui sifflent poussivement et dégagent une forte odeur d'ozone. Il se dirige vers l'antenne de Médecins du monde, fermée, obscure, barricadée comme le reste du bâtiment administratif. Rudy le savait : le camp est livré à lui-même de vingt heures à huit heures, mais il conservait un faible espoir…

Rudy revient du centre-ville, où il a longtemps cherché un cybercafé ou une borne Internet en état de marche. Apparemment, les Allemands se connectent chez eux, en solitaire… On ne lui a proposé qu'une connexion bas débit à un prix de com satellite – non merci. Il voulait démarrer ses recherches et requêtes administratives afin de compléter son dossier pour avoir peut-être une chance d'obtenir un relogement et/ou une pension de réco. Or les dix malheureuses bornes Internet du camp – également bouclées de vingt heures à huit heures – sont assaillies toute la journée, surchauffent et boguent, et Rudy n'a pas envie de passer la nuit devant la porte comme certains n'hésitent pas à le faire.

Il décide d'aller s'écrouler sur sa paillasse et d'attendre que ses douleurs se calment, si possible. S'il a encore une paillasse… C'est la loi de la jungle ici pour acquérir ou conserver un coin où dormir. Prévu pour héberger 5 000 récos, le camp en accueille déjà près de 10 000, et il en arrive tous les jours. De temps en temps, No Home International distribue des matelas et quelques produits de première nécessité, mais il n'y en a jamais assez et c'est toujours la foire d'empoigne. Les meilleures places – l'étage de bureaux sous le toit de la Drehscheibe – sont en principe réservées aux vieillards, aux familles avec enfants et aux femmes enceintes, mais elles sont de fait occupées et âprement défendues par les premiers squatters et les récos les plus caïds. (Les familles et les femmes seules, enceintes ou non, ne restent pas dans les camps de transit et trouvent très vite une solution, n'importe quoi d'autre étant préférable. Quant aux vieillards, s'ils n'ont pas de proches pour les recueillir ou les moyens de se payer l'hôpital, les conditions de vie les achèvent rapidement. Du coup les camps sont en majorité peuplés d'hommes seuls, largués, plutôt pauvres ou qui ont tout perdu... Une masse supercritique.) Reste le rez-de-chaussée et ses quais, plates-formes et entrepôts surpeuplés, ou l'étage intermédiaire, un niveau suspendu boulonné à la va-vite et tout aussi surchargé : les paris vont bon train sur le moment où il va s'effondrer.

Rudy s'est fait son nid à l'étage intermédiaire, partant du principe que s'il est au-dessus quand le niveau s'effondrera, il aura une petite chance de survivre. Le hic, c'est que beaucoup ont la même idée et s'y entassent férocement, accroissant d'autant son poids. Peu à peu Rudy a été repoussé tout près du bord, muni d'un garde-fou en tubes d'alu qui laisserait passer une vache. Il doit s'arrimer chaque nuit au garde-fou pour éviter de choir sur le tapis de corps, quatre mètres au-dessous.

Il traverse lentement la « cour des miracles » – ainsi a-t-il surnommé le terrain vague boueux qui sépare le bâtiment administratif de la Drehscheibe elle-même, et qui est le lieu de tous les commerces, trafics, bagarres et règlements de comptes. Il croise des stands de fringues, de bouffe, de bière, d'objets divers sûrement volés (peut-être que son bomber s'y trouve déjà) ; il croise un brasero autour duquel une bande d'ivrognes vocifèrent une vieille chanson nazie; il croise un duel où les couteaux dansent et brillent à la lueur des feux; il croise un dealer fourguant des pilules à deux jeunes hâves et décharnés; il croise une prostituée ravagée qui fixe la nuit d'un air hébété – nuit dans ses yeux, nuit dans sa tête; il croise un gang armé, paré pour sa virée nocturne; il croise au large. Rudy ne veut pas d'ennuis, il a eu son compte aujourd'hui. Il a son compte tous les jours.

Dès son arrivée, on lui a tiré son sac. Il n'avait pas grand-chose dedans: son téléphone, quelques affaires, des photos d'Aneke et de Kristin... Le lendemain, il a perdu Moïse. Ça devait arriver: le chaton avait commencé à flipper lors de l'interminable voyage en train, dans l'angoisse et la promiscuité, et n'a pas supporté l'ambiance brouet d'humains de la Drehscheibe. Rudy lui avait confectionné une laisse avec un bout de ficelle, mais l'animal l'a déchiquetée à coups de dents et s'est enfui. Le surlendemain, c'est son matelas et sa couverture qui ont disparu; il a eu toutes les peines du monde à obtenir un pucier puant et taché auprès de No Home – sans couverture. Hier, il a retrouvé Moïse non loin de la clôture, attaqué par les mouches, la tête écrasée. Accident, meurtre gratuit, il ne saura jamais. Comme pour Aneke et Kristin: il ne saura jamais. Au moins pouvait-il faire son deuil de Moïse: il l'a enterré près du grillage et lui a souhaité de belles chasses au paradis des chats...

Rudy pénètre dans la Drehscheibe par une étroite porte métallique sur le côté – l'un des deux seuls accès pour 10 000 personnes, au mépris de toutes les règles de sécurité –, se heurte aussitôt à la cohue et aux remugles de sueur, de crasse, de merde, d'eau croupie, de détritus pourrissants. L'odeur est encore plus prégnante à l'étage, dans la chaleur lourde et miasmeuse de tous ces corps entassés que les ventilos ne brassent pas la nuit : eux aussi s'arrêtent à 20 heures.

L'intérieur du bâtiment est éclairé (jusqu'à 22 heures) par de puissantes rampes au xénon suspendues au plafond, alimentées par les générateurs. Du coup l'étage intermédiaire reçoit toute la lumière, qui n'atteint le sol que sur un quart de sa surface. Ce défaut de conception oblige les occupants du rez-de-chaussée à s'éclairer comme ils peuvent : une galaxie mouvante de torches, lampes, bougies et lumignons de toutes sortes et tous combustibles produit un smog épais et suffocant qui monte le long des murs et envahit peu à peu tout le bâtiment.

Rudy aspire une dernière bouffée d'air relativement propre, et se lance dans la périlleuse traversée jusqu'à l'escalier métallique menant au niveau intermédiaire, d'autant plus qu'il peut à peine poser son pied droit par terre. Il n'est pas tard mais la plupart des récos sont déjà là, craignant d'abandonner trop longtemps leur place ou leurs maigres affaires à la voracité des rapaces nocturnes. Il se faufile, enjambe, trébuche, tombe, creuse un sillage d'insultes et de jurons. Il est bousculé sans ménagement, on marche sur son pied abîmé, mais ses cris de douleur n'émeuvent personne. Grimper les étroites marches d'alu en colimaçon s'avère une nouvelle rude épreuve, qu'il subit en serrant les dents, la rage au ventre : gare à celui qui lui aurait piqué son matelas !

Celui-ci est toujours là, ficelé au garde-fou. Il y a quelqu'un dessus.

Rudy serre les poings, prêt à en découdre malgré son sale état. Il a l'impression que la rage amoindrit sa douleur. Le gars le voit approcher, roule aussitôt sur la paillasse d'à côté. C'est son voisin : un grand mou au crâne dégarni, un air de chien battu sous ses lunettes, un Hollandais de Hoorn arrivé hier qui se prénomme Nils et qui l'a pris en amitié, il ne sait pourquoi.

— Je t'ai gardé ta place, sourit Nils comme s'il attendait une caresse.

— Merci.

Rudy s'écroule enfin sur son grabat, avec maintes grimaces et précautions.

— T'es bien arrangé, dis donc…

— M'ont chouré mon bomber.

Il tente non sans mal de trouver une position plus confortable, disons moins douloureuse. Puis cherche sa bouteille de flotte, une eau potable qu'il a rapportée de toilettes payantes en ville, plus buvable que la flotte recyclée amenée par citerne au camp. C'est Nils qui la lui tend, presque vide. Rudy n'a plus la force de gueuler. Il finit la bouteille, s'affale sur sa couche en gémissant. Il a mal partout, pire que jamais.

— T'as pas de l'aspirine, ou un antalgique ?

Nils secoue la tête, l'air sincèrement désolé.

— Si tu veux, je peux te faire des massages. Ça te soulagera un peu.

— Tu sais faire ça ?

— Je suis… j'étais masseur-kinésithérapeute, à Hoorn.

— Tu peux voir si j'ai pas le pied cassé ? Le pied droit.

— Bien sûr. Enlève tes chaussures. Attends, je vais t'aider.

Nils s'accroupit aux pieds de Rudy, le déchausse avec d'infinies précautions. Son pied droit est bleu et très enflé. Nils le masse délicatement, explore chaque muscle, chaque tendon, chaque os du bout de ses doigts experts.

— Rien de cassé apparemment, diagnostique-t-il. Des muscles froissés, des tendons écrasés, mais rien de grave. Des massages, du repos, un anti-inflammatoire, et dans quelques jours tu cavaleras comme avant. Tu as mal où, à part ça ?

— Le ventre, la poitrine, l'épaule gauche, la mâchoire, le crâne, les couilles…

— D'accord. Déshabille-toi.

— Complètement ?

— Tu peux garder ton slip.

Rudy s'exécute, lentement, avec l'aide de Nils, tout en douceur. Enfin il est en slip. Pas très propre, le slip, mais il n'en a pas d'autre. Il a un peu honte de se montrer ainsi en public mais les voisins s'en contrefoutent, accaparés par leurs propres problèmes.

— Allonge-toi sur le ventre, si ce n'est pas trop douloureux.

Rudy obéit – c'est supportable – et Nils commence à le masser. Les pieds, les mollets, les cuisses. Les reins, le dos. Ses mains fines et déliées le soulagent vraiment. Ce n'est pas juste de la relaxation, ni un effet placebo : Rudy sent bien que le Hollandais lui remet les muscles et les nerfs en place, dénoue et détend ce qui est trop noué ou tendu, fait de nouveau circuler l'énergie.

— Ça va ?

— Génial. Tu pourrais soulager un tas de gens ici, dis donc.

— Ça ne m'intéresse pas.

— Pourquoi ?

— La plupart n'ont pas les moyens de me payer.

— Moi non plus j'ai pas les moyens.

— Pour toi c'est gratuit. Mets-toi sur le dos, maintenant. Doucement...

Le massage reprend. Les cous-de-pied. Les genoux. Les cuisses, à nouveau. Le ventre, la poitrine. Le cou. La douleur reflue, s'assourdit. Poitrine encore, ventre, reins, cuisses. Bas-ventre. Une main s'insinue sous le slip.

— Hé là ! Qu'est-ce tu fous ?

— Tu n'avais pas dit les couilles ?

— Laisse tomber, Nils.

Les mains expertes et graciles du Hollandais continuent de se promener sur le corps mince et musclé de Rudy. Pressent, massent, pétrissent, lissent. Caressent... s'attardent en haut des cuisses, frôlent le renflement du slip. Soudain Nils se penche, embrasse le ventre de Rudy juste sous le nombril.

Il le repousse brusquement, se redresse.

— J'ai dit *laisse tomber* ! gronde-t-il, étonné par sa propre colère.

— Excuse-moi, je croyais... bafouille Nils, piteux.

— Ben, non. (Rudy se calme.) Je préfère les femmes. Merci pour le massage, mais t'avise plus de me toucher, O.K. ?

— Désolé, Rudy, je... ça... c'était plus fort que moi...

— Ça va, c'est bon, n'en parlons plus. Trouve-toi un autre mec.

Tandis que Rudy se rhabille – toujours avec mille précautions –, il découvre que, trois matelas plus loin, un jeune tondu aux joues scarifiées a assisté à toute la scène et observe le Hollandais prostré sur sa couche avec une expression carrément gourmande.

Eh bien voilà, Nils, t'as pas à chercher loin, se dit Rudy, content pour son voisin : toute forme de réconfort est toujours bienvenue...

NEUWEISSBLOCK

« Race aryenne = race reine »
« Place aux Vrais Hommes Blancs »
« Négros, youpins, bougnoules, tous au four »
« Mort aux pédés »
« Hitler avait raison »

Graffitis signés « NWB » (NeuWeissBlock),
tagués sur les murs extérieurs de la Drehscheibe.

Le lendemain matin, en descendant clopin-clopant faire la queue pour le petit-déjeuner – un gobelet de café clairet et une tranche de pain rassis –, Rudy remarque une certaine effervescence : on s'interpelle, on discute, on s'agite, on accourt auprès des généra-teurs où s'assemble déjà une foule conséquente. Il cède à la curiosité ambiante : quitte à attendre, autant savoir… Mais, avec son pied enflé, il n'ose pas trop se faufiler dans la cohue et ne réussit pas à voir l'objet de tant d'animation.

— Vous avez une idée de ce qui se passe ? demande-t-il à la ronde.

— Ouais, c'est un mec qui s'est fait buter, répond un grand Black.

— Paraît qu'on lui a enfoncé une bouteille dans le cul, précise son copain hilare.

Tous deux éclatent de rire, échangent des vannes dans une langue africaine. La foule est fendue par quatre types armés, aux gueules de gangsters, portant l'uniforme beige de Safe & Secure, l'«agence de sécurité» – en fait une milice privée – embauchée par le Land pour assurer la sûreté du camp (de 8 heures à 20 heures). Rudy se glisse dans leur sillage, parvient ainsi jusqu'au cadavre.

Celui-ci est allongé sur le ventre, nu et livide, au pied de la rampe menant au quai de chargement. Il a effectivement le goulot d'une bouteille de vin blanc du Rhin enfoncé dans l'anus. Dans la bouteille a été roulé un message. Il a reçu de nombreux coups de poignard et a saigné comme un porc, vu la flaque pourpre qui s'étale autour de lui. Il a dû mettre un certain temps à mourir.

Ce n'est pas la première mort violente du camp, toutefois elles sont assez rares en regard du nombre de vols, viols, bagarres et agressions. C'est plus sûrement le manque d'hygiène, les privations, de sales drogues, des maladies brutales ou mal soignées qui emportent les plus fragiles... Le meurtre se pratique avec discrétion, plutôt la nuit et hors de l'enceinte. Dans le cas présent, on a manifestement voulu faire un exemple.

Les miliciens de Safe & Secure déplient une civière et déposent le cadavre dessus. Rudy le reconnaît : c'est Nils, son voisin de lit. En effet, se rappelle-t-il, Nils n'était pas là à son réveil, ce qui l'a soulagé : il n'a pas eu à supporter dès l'aube sa tronche de chien battu. Parti pisser, prendre l'air... parti se faire tuer.

Tandis que deux miliciens l'emportent, le troisième délimite à la bombe fluo le périmètre du meurtre et le quatrième secoue la bouteille au goulot ensanglanté pour en faire tomber le message. Il ne parvient à extraire le papier qu'à l'aide d'une brindille ramassée par terre. Il le déroule, le lit avec une moue équivoque.

— Alors? s'écrie la foule qui n'attendait que ce moment.

— Qu'est-ce qu'il y a d'écrit?

— Lisez-nous le message!

— C'est des conneries, se défile le milicien.

— Allez!

— Lisez-nous ce papier, quoi!

— On veut savoir!

Le milicien quête du regard l'assentiment de son collègue, qui hausse les épaules. Il déroule à nouveau le papier, marmonne:

— «Ici, on n'aime pas les pédés.» C'est signé NWB. Voilà.

Cette phrase est répétée de bouche en bouche et diversement accueillie: huées et sifflements, mais aussi cris de joie et applaudissements, ce qui brise aussitôt la belle cohésion de la curiosité unanime. Rudy s'éloigne en boitillant de la bagarre qu'il pressent inévitable.

Le NeuWeissBlock est un mouvement néonazi apparu il y a une dizaine d'années dans les grandes conurbations allemandes, qui prône l'eugénisme à outrance et la domination sans partage de la «race aryenne». Ultraviolent, faisant fi de toute prétention à accéder légalement au pouvoir, il n'hésite pas à mettre ses idées en pratique à coups de meurtres et d'attentats dirigés surtout contre les minorités ethniques (Turcs, Noirs, Arabes…) et les lieux qu'elles fréquentent. Les commerces juifs et gays sont aussi la cible de leurs persécutions. Le NWB est interdit dans toute l'Allemagne, mais sa répression s'opère avec plus ou moins de sévérité selon les Lander et la virulence du noyau local. La police estime l'ensemble du mouvement – constitué de groupuscules autonomes très mobiles – à une dizaine de milliers de membres, la plupart jeunes (moins de vingt-cinq ans) et issus de milieux aisés, voire de la haute bourgeoisie des enclaves. Plusieurs affaires concernant le NeuWeissBlock ont été étouffées parce que les accusés étaient fils ou neveux de tel ou tel influent P.-D.G. *worldwide.* Rudy les hait de toute son âme, en tant que fachos d'abord, en tant que rejetons pernicieux de l'élite ultralibérale ensuite. S'il en avait le courage, il s'inscrirait aux Brigades rouges internationales pour écrabouiller tous ces nazis comme les cafards qu'ils sont.

Tandis qu'il rejoint à pas traînants la queue du petit-déjeuner qui s'est allongée, Rudy s'étonne à nouveau de nourrir des pensées si agressives, lui qui ne s'est presque jamais battu, même pas dans son enfance, n'a jamais rien tué sauf des insectes – encore fallait-il vraiment qu'ils l'importunent –, a toujours fui et rejeté la violence, dans son entourage et pour lui-même, au point qu'Aneke lui reprochait d'être trop cool avec Kristin – c'est vrai qu'il n'aimait pas la voir pleurer. Est-ce l'ambiance du camp qui déteint sur lui? Cette vie de merde qui le durcit? Son malheur et sa détresse qui se changent en rage et en haine? Il songe à Nils, ce pauvre gars qui a cherché auprès de lui un moment de tendresse hier soir et l'a payé de sa vie… Moïse, Nils… La tendresse est punie de mort ici.

Si ça se trouve, c'est ce jeune tondu scarifié qui l'a dénoncé au NWB… Il se souvient du regard jubilatoire du gars, qu'il a naïvement pris pour de l'appétit sexuel. *Putain, si je le revois, je lui fais cracher le morceau, et ses dents avec*, enrage Rudy derechef, empli d'une colère noire, brûlante, incoercible.

Merde! Le voilà justement!

Le jeune tondu, l'air d'un guerrier papou de pacotille avec ses scarifications aux joues, est en train de remonter la queue en distribuant des tracts. *Si c'est de la pub pour le NWB, je les lui fais tous bouffer*, s'exhorte Rudy. Mais une fois le jeune arrivé à sa hauteur, il prend le tract sans mot dire. Tous deux échangent néanmoins un regard et Rudy frémit, car l'autre a des yeux très clairs, presque translucides, et une expression de prédateur. Il poursuit sa distribution en silence. Rudy soupire longuement – trop tendu – puis jette un œil sur le tract.

Ce n'est pas la propagande abjecte du NeuWeiss-Block, mais une pub pour les Survival Commandos, un organisme paramilitaire qui propose des stages de survie et de combat. *Tout à fait ce qu'il me faudrait*, réfléchit Rudy. *Je dois admettre que je ne sais pas me battre, que j'ai même peur de la bagarre, or à quoi ça sert d'avoir la haine si on ne sait pas se battre?* Cependant, il doit tenir compte du fait que ce genre d'organisme est souvent noyauté par l'extrême droite, s'il n'en est pas une émanation directe. *Et alors? Une technique de combat, c'est une technique de combat, elle n'est pas de droite ou de gauche. Je ne serai pas obligé d'écouter leurs discours. Et comme disait Sun Tzu, si tu veux bien combattre ton ennemi, apprends d'abord à le connaître.* Il relit le tract avec attention.

Quand Rudy parvient enfin devant la grande marmite de café tiède et délavé, sa décision est prise. Enfin quelque chose à faire, un lieu où aller.

LE DÉMON DES AFFAIRES

Dow Jones	451.14	-0.81
American Springwater	132.68	+4.92
AOL Networks	6.32	-1.01
Coca-Cola	14.91	-1.74
Exxon Hydrogen	36.44	-0.32
General Genomics	53.02	-5.88
IBM	24.55	-2.17
Resourcing *ww*	97.37	+0.19
Rocky Mountains Waters	99.76	+2.67
US Steel	7.98	-3.76

Déprimant.

Fuller referme sa remote de poignet d'un geste las, reporte son attention sur le chili cuisiné par Consuela qui refroidit dans son assiette. Même si Resourcing maintient à peu près la tête hors du sable, la plupart des grandes entreprises américaines sont dans le rouge, et le Dow Jones dégringole de record de plongée en record de plongée. 451 points! Dire qu'au début du siècle, il frôlait les 10 000! La Bourse de New York brasse désormais moins d'affaires que celle de Manille. Où est-il, le grand empire américain ? Que sont les puissants devenus ? Oh, Fuller le sait bien. Comme tous les décideurs qui comptent aujourd'hui, il a retenu la leçon : une économie fragilisée par un marché hors contrôle et un gouvernement lobbyiste ; un président va-t-en-guerre qui dépense en coûteux conflits des crédits qu'il ne possède pas et dresse contre lui la quasi-totalité du monde ; le dollar qui chute, l'euro et le renminbi (ex-yuan) qui montent en puissance, deviennent les principales monnaies d'échange et de réserves ; des entreprises peu patriotes qui se délocalisent en Asie où l'économie paraît plus saine et les tensions sociales moins vives ; les catastrophes écologiques qui gagnent en fréquence et en ampleur, le pouvoir fédéral réalisant avec effroi qu'il a privatisé tous ses services publics et n'a plus la capacité de secourir ses concitoyens ; les émeutes et guerres civiles ; les États de la côte ouest qui font sécession ; le Mexique et le Brésil qui dénoncent l'ALENA pour se rallier à l'ASEAN, brisant ainsi l'un des derniers grands marchés captifs américains ; une guerre de trop contre le Mexique (allié aux États de Californie, un comble !) suivie d'un isolationnisme aussi borné que suicidaire… Bref, l'empire a pourri de l'intérieur, a perdu son sang et ses forces vives, victime de son arrogance et de son hégémonisme, comme tous les empires.

Lorsqu'il a fondé Resourcing en 2008, Anthony Fuller aurait pu délocaliser son siège social à Hong-Kong ou à Bangkok, pénétrer ainsi plus facilement le marché asiatique et ne pas avoir à soutenir une économie battant de l'aile. D'autres bien plus prestigieux et «américains» que lui ne s'en sont pas privés – IBM, Microsoft, Pepsi, Universal, Monsanto, General Motors… tous chinois, coréens ou philippins désormais – jusqu'à ce que le *Homemade Act* freine l'hémorragie en obligeant les entreprises américaines *ww* à conserver leurs sièges sociaux et à payer leurs impôts au pays. En outre, Anthony est descendant de Jayhawker, Richard III le lui a amplement rappelé : les Jayhawker ont créé à Lawrence le premier État libre du Sud pendant la guerre de Sécession, ils se sont battus contre l'esclavage et pour défendre les valeurs yankees, qui sont devenues celles des États-Unis. Il était donc hors de question qu'un Fuller aille s'installer chez les niakoués pour payer moins d'impôts et faire bosser leurs gosses pour un dollar par jour. Un Fuller doit défendre l'Amérique et, s'il le faut, la sauver. Compris ?

Il aurait dû investir plus tôt dans la flotte. Le seul secteur 100 % américain qui fait des profits aujourd'hui, c'est celui de la distribution d'eau. Le Canada s'en tire bien grâce à ses nombreux lacs, sources et glaciers. Les États montagneux – Oregon, Idaho, Montana, Wyoming, Colorado – vivent sur leurs réserves naturelles qu'ils gardent jalousement. Les régions côtières s'en sortent avec le dessalement de l'eau de mer, mais un État enclavé et asséché comme le Kansas ? Il doit importer son eau à prix d'or, depuis les Grands Lacs ou le golfe du Mexique. De plus, les pipelines sont souvent sabotés ou détournés par les outers... Cette situation n'est pas viable à terme. Et la Kansas Water Union ne fait rien pour arranger les choses : tant que les enclaves et les entreprises payent, elle survit.

Mais ça va changer, jubile Anthony en son for intérieur. Il possède maintenant, dans ce foutu pays d'Afrique dont il oublie toujours le nom, une nappe phréatique comme il n'en existe plus dans tout le Middle West, qui va faire de lui le roi de la flotte, et du Kansas un État de nouveau riche à l'agriculture florissante. La Water Union viendra lui manger dans la main – il n'en fera d'ailleurs qu'une bouchée : une trente-huitième filiale dans le giron de Resourcing… ce serait pas mal comme bonus. *À étudier avec Sam, tiens. Mais d'abord, voyons où en est cette affaire.* Il rouvre sa Nokia high tech pour appeler.

— Tu ne manges pas ? remarque Pamela.

Il la dévisage comme s'il découvrait son existence, baisse les yeux sur son assiette froide, la repousse.

— Plus faim.

En vérité, le démon des affaires le reprend : il a envie de régler cette histoire de nappe phréatique au plus vite.

— Tu penses à Wilbur, c'est ça ? Il nous manque, n'est-ce pas ?

— Non.

C'est la dernière chose qui lui serait venue à l'esprit : ce parasite de Wilbur. Anthony jette un coup d'œil machinal à l'urne en plastique noir qui trône comme il se doit sur la cheminée en marbre de Carrare du salon, flanquée de deux cierges que sa femme allume chaque soir. C'est d'un goût… Il jetterait volontiers tout ça à la poubelle.

— Comment oses-tu dire une chose pareille ? s'offusque-t-elle mollement, car le Prozac4 qu'elle a pris au début du repas commence à faire effet.

— Comme je le pense. La vie continue, Pamela : je songe d'abord à l'avenir, le nôtre et celui du pays. J'ai des décisions importantes à prendre, qui m'accaparent davantage que perpétuer la mémoire de Wilbur. Désolé. (Il se lève.) Du reste, j'ai du travail.

À cet instant Consuela sort de la cuisine en poussant le fauteuil de Tony Junior. *Oh merde*, grimace

Anthony. La nurse fait manger Junior à la cuisine, car il bave et c'est un spectacle peu ragoûtant. Toutefois la règle instaurée par Pamela veut que les rares fois où son père déjeune ou dîne à la maison il assiste à la fin du repas afin de le voir un peu, tout de même.

Anthony se rassoit, transforme sa grimace en un sourire qu'il tâche de rendre avenant.

— Salut Junior, comment ça va ? Je crois qu'on ne s'est pas encore vus aujourd'hui…

Tony balaie son père de son regard éteint qu'il pose sur Pamela. Laquelle se tortille sur sa chaise, courroucée.

— Tu sais bien que non. Tu fais tout pour l'éviter.

— Pamela, je t'en prie, ne commence pas. Junior n'a pas à supporter nos…

— Hi, fait Junior. (Un filet de bave coule sur son menton, que Consuela s'empresse d'essuyer.)

— Il veut qu'on allume la télé. N'est-ce pas, mon chéri ? (Pamela sourit à ce visage inexpressif et ratatiné comme s'il était le plus beau des enfants.) Tu aimes ça, la télé ?

— Cesse de lui parler comme à un bébé. Il a quinze ans, je te rappelle.

— Vous pouvez débarrasser, Consuela. Nous avons terminé.

Pamela saisit les poignées du fauteuil et pousse Junior devant l'écran holographique de trois mètres sur deux qui occupe le fond du salon, encadré de bibliothèques. Elle touche la boule de commande chromée posée sur la table basse en laque de Chine – qui reconnaît son empreinte et cale la télé sur Love Me Tender, une chaîne exclusivement consacrée aux films et séries d'amour –, s'affale avec un soupir d'aise dans le canapé en peau d'ours de Sibérie, tandis que John Coriusco et Sherri Lee de *Passion Lovers* s'embrassent en gros plan et en relief sur le tapis en yak du salon.

— Ah, enfin, ils se retrouvent ces deux-là, commente Pamela sur un ton satisfait. Consuela, vous serez gentille de nous apporter le café ici.

Fuller saisit ce prétexte au vol pour s'éclipser :

— Au bureau, pour moi. Je vais travailler.

Paroles accompagnées d'un clin d'œil discret à l'adresse de Consuela. La bonne remporte à la cuisine le chili con carne à peine entamé qu'elle a mis tant de temps à préparer – se retient *in extremis* de l'éclater sur le carrelage.

Anthony quitte la pièce à son tour, avec un sourire faux jeton à sa femme – captivée par les émois de John et Sherri, mais elle va s'endormir dans les cinq minutes, il la connaît – et à Junior, qui le transperce de ses yeux gris acérés. Le sourire d'Anthony se fige sur ses lèvres. Il a l'impression désagréable que Tony n'a pas cessé de le fixer, qu'il a surpris son clin d'œil à Consuela et sait ce que ça signifie.

Et merde, après tout, qu'est-ce que ça peut foutre ? s'insurge-t-il, tandis qu'il gagne à grands pas son bureau. *Junior est comme un chien : même s'il comprend, il ne peut rien dire, rien exprimer. Crier et baver, c'est tout ce qu'il sait faire.* Il n'empêche que cette impression malsaine a compromis son début d'érection : il devra prendre un Erectyl.

TRÉSOR

Samuel Grabber & Associates
Avocats d'affaires
Droit commercial, industriel et financier
Affaires internationales
Gestion de biens et de fonds
*Consultants auprès de l'OMC, du TCI
et de la Banque mondiale*
<grabber.com>
Vous êtes dans votre droit, Grabber le prouve.

— Bonjour, Grabber & Associates à votre ser...
oh, monsieur Fuller ! Comment allez-vous ?

— Très bien. Pouvez-vous me passer Sam ? Je
n'arrive pas à le joindre en direct.

— Monsieur Grabber est en rendez-vous, et je
crains de ne...

— Allons, Martha. Sam a toujours une oreille disponible pour moi. Dites-lui que c'est urgent.

— Je vais faire mon possible.

— Parfait, Martha. Rappelez-moi de vous inviter
à dîner, un de ces soirs.

— Heu... oui, entendu, monsieur Fuller.

...

— Anthony ! Comment allez-vous ?

— Ça va, Sam, on tient le coup.

— Vous voulez des nouvelles de votre courrier au Burkina Faso, j'imagine ?

Burkina Faso. Il faut que Fuller se rentre ce nom barbare dans la tête. Quelle idée de donner un nom pareil à un pays !

— Oui, alors ?

— Votre lettre est bien arrivée. Pas par la poste, parce que j'ai une confiance très limitée envers les services postaux américains, mais par TransWorld Express. Ça coûte un peu mais ça vaut le coup. Elle a été remise en mains propres à la présidente.

— C'est *une* présidente ?

— Oui. Une femme coriace, d'après mes informations. Elle peut nous donner du fil à retordre.

— Qu'a-t-elle répondu ?

— Rien. Elle a juste renvoyé l'accusé de réception par e-mail sécurisé.

— Ils sont connectés, dans ce pays perdu ?

Un silence.

— Anthony, vous êtes très naïf ou vous plaisantez ?

Samuel Grabber est noir et très susceptible au sujet des gens de sa couleur, quels que soient leur ethnie ou leur pays d'origine, même s'il est chargé de leur intenter un procès. Fuller a gaffé par ignorance.

— Je plaisantais, bien sûr. Rien d'autre ? Pas le moindre commentaire ?

— Non, mais c'est normal. Il faut leur laisser le temps de réagir. De réaliser que cette nappe phréatique ne leur appartient pas.

— Vous êtes *certain* de ça, Sam. Cette nappe m'appartient *vraiment*.

154

— Oui. En fait, selon les lois internationales, un trésor – car c'en est un – découvert dans un sous-sol public revient pour moitié à son «inventeur» – en l'occurrence GeoWatch, donc Resourcing – et pour moitié à l'État où se trouve le sous-sol en question.

— Oui, mais alors…

— Laissez-moi finir, si vous permettez. Or, en étudiant de près le Code du commerce burkinabé, j'y ai découvert une vieille loi datant de 2013 et apparemment non abrogée qui prévoit de céder le terrain *et ses ressources* à toute entreprise étrangère promettant de s'implanter et d'investir dans le pays. Vous allez investir dans le pays, Anthony ?

— Eh bien…

— Procéder à des forages, construire une usine de pompage, des pipelines, des routes peut-être. Faire travailler la population locale. Je me trompe ?

Fuller n'a pas encore réfléchi à l'aspect technique du problème, qu'il va de toute façon déléguer à l'une de ses filiales, Kubotaï ou Vivendi par exemple.

— Non, Sam, vous avez raison.

— Donc, *ipso facto*, cette nappe vous appartient. L'affaire me paraît très simple en vérité.

— Vous pensez qu'il est inutile de la porter devant le Tribunal de commerce international, comme on le menace dans la lettre ?

— Tracasseries superflues à mon avis, d'autant que le TCI n'est pas toujours favorable aux intérêts américains. Le Burkina va s'incliner : ses propres lois sont contre lui.

— C'est une très bonne nouvelle que vous m'annoncez là, Sam.

— Par contre, j'ai dans mon bureau Grant Morrison, qui me demandait quelle attitude adopter vis-à-vis de SOS et de leur piratage de l'image-satellite de GeoWatch.

— Un procès, bien sûr. Il faut leur montrer qui a le pouvoir, qu'on ne rigole pas avec le cyberterrorisme.

— Vous en êtes certain, Anthony ? SOS est une ONG très populaire, surtout dans les PPP. Un procès risque de ternir l'image de Resourcing...

— Qui vous parle de Resourcing ? Cette image appartient à GeoWatch, or personne ne connaît GeoWatch, qui n'a donc rien à fiche d'être impopulaire. Passez-moi Grant.

...

— Hello, Grant.

— Hello, monsieur Fuller.

— C'est quoi cette histoire ? Vous hésitez à attaquer SOS-Europe ?

— Eh bien, monsieur Grabber me suggérait que ce n'était peut-être pas une bonne idée, et que je devrais plutôt...

— C'est qui votre patron, Grant ? Sam Grabber ou moi ?

— C'est vous, monsieur Fuller. (Soupir.)

— Alors vous allez me faire le plaisir de traîner SOS-Europe en justice. Je veux que son président se chope des dommages-intérêts qui le laisseront en slip, et que leur hacker finisse ses jours en taule. Il a été arrêté, au fait ?

— Eh bien, aux dernières nouvelles, les decybs de NetSurvey auraient repéré son domicile quelque part en France, mais il semblerait qu'il se soit évaporé dans la nature...

— Il *faut* le retrouver. Je n'ai pas acquis GeoWatch à prix d'or – sans compter son passif – pour voir ses découvertes diffusées sur Internet. Au contraire. Donc vous corrigez le tir ou c'est vous qui sautez, Grant. Est-ce que je me fais bien comprendre ?

— Oui, monsieur Fuller.

— Repassez-moi Sam.

...

— Oui, Sam, une dernière question : que pensez-vous de la Kansas Water Union ?

— Pas grand-chose de bon *a priori*. Pourquoi, vous voulez en faire votre filiale d'exploitation ?

— Je vois que vous pensez aussi vite que moi. Alors ?

— Faites gaffe, vous marchez sur les plates-bandes de John Bournemouth.

— Le gouverneur ? Je le connais bien. *(Surtout sa femme...)* La KWU lui appartient ?

— Il détient personnellement 38 % des parts. Une minorité de blocage.

— Je vois. J'irai lui parler.

— La négociation est toujours préférable au conflit, surtout entre gens de bonne compagnie.

— Comme vous dites. Excusez-moi, j'ai de la visite. On reparlera de tout ça.

— Entendu, Anthony. Mes amitiés à votre épouse.

— Je n'y manquerai pas. *(Clic.)* Consuela, tu peux entrer.

HABANAS DE CUBA

Nous rappelons à nos aimables visiteurs que la consommation de tabac, de drogues, d'alcool (par les mineurs), la pornographie et les pratiques sexuelles contre nature sont interdites sur tout le territoire de l'État du Kansas.

Avertissement défilant sur les panneaux d'affichage de l'aéroport de Kansas City.

Consuela est à genoux sur le tapis de Samarkand, la tête contre le dossier du fauteuil en cuir de bison réservé aux invités, les seins ballottant sur le siège en cadence, le cul en l'air, besognée par Fuller. *Besognée*, oui, car Anthony a pris deux Erectyl pour être sûr de son coup ; maintenant il bande à s'en péter la verge et ne parvient pas à jouir. Tout ce qu'il ressent c'est de l'irritation, et baiser Consuela commence à l'ennuyer. Il faut dire qu'elle n'y met guère du sien. Elle fait tout ce qu'il veut mais ne prend aucune initiative. Pour le moment, elle se cramponne au fauteuil et attend que ça se passe.

Anthony se retire.

— Ça ne va pas, Consuela. On s'ennuie, là.

Elle s'assoit au bord du siège, saisit son pénis tumescent et violacé pour le porter à sa bouche. Elle suce bien, convient-il, mais dans l'état où il est ça ne donnera rien, et il a déjà le sexe irrité.

— Attends, j'ai une meilleure idée.

Il se dirige vers son bureau, fourrage dans les tiroirs, en sort une boîte métallique estampillée *Habanas de Cuba* d'où il extrait un cigare format barreau de chaise, qu'il fait tourner entre ses doigts avec un sourire égrillard.

— Vous fumez, monsieur ? s'étonne Consuela. Mais c'est interdit !

— Ce n'est pas pour fumer. (Son sourire s'élargit.) Un président a fait ça avec une secrétaire, il y a une quarantaine d'années... Viens ici. Assieds-toi sur le bureau et écarte les jambes.

Résignée, la jeune Vénézuélienne se juche sur le vaste bureau en teck massif, prend appui sur ses mains, ouvre les cuisses, lui présente sa vulve velue. Anthony fait tourner le cigare entre ses lèvres, puis en promène le bout rond autour du clitoris de Consuela. Elle le regarde agir, intriguée, un peu dégoûtée. Du pouce et de l'index, il lui écarte les grandes lèvres, tente d'introduire le cigare dans son vagin. Elle se rétracte aussitôt, serre les cuisses. Fuller fronce les sourcils.

— Eh bien ?

— Je... je n'aime pas ça.

— Consuela, je ne te demande pas ton avis. N'oublie pas d'où tu viens, ce que tu me dois. Donc tu fais ce que je veux, sinon t'es virée. C'est clair ?

Les larmes aux yeux, elle acquiesce d'un signe de tête soumis, misérable. Elle n'oublie pas en effet d'où elle vient, comment les Fuller la tiennent, en ont fait leur bonne et l'esclave sexuelle de Monsieur.

Partie de Caracas au Venezuela, Consuela a traversé toute l'Amérique centrale en stop – payant parfois de sa personne – pour entrer clandestinement aux États-Unis, paradoxalement par un des postes les plus contrôlés qui soient : Laredo, sur la Pan-American Highway. Elle est passée de nuit, cachée parmi cinq cents porcs en route pour les abattoirs de San Antonio, au Texas. Elle a failli mourir : étouffée, écrasée, piétinée, suffoquée par l'odeur, révulsée par tous ces groins qui la reniflaient, ces gros corps merdeux qui se frottaient contre elle. C'est sûr, ni les chiens ni les détecteurs des douaniers n'ont pu la repérer. Quand les deux chauffeurs mexicains l'ont libérée sur une aire d'autoroute à une centaine de kilomètres de la frontière, elle était à moitié dans les vapes et croyait sa dernière heure arrivée. Ils ont fait d'elle ce qu'ils voulaient, ça leur plaisait qu'elle sente le cochon. Elle s'en souvient à peine, de toute façon ça ne pouvait pas être pire. Elle a campé trois jours sur l'aire d'autoroute, à se laver dans les toilettes publiques quand il y coulait chichement de l'eau, à se planquer des rondes de flics et des pirates, à se nourrir de restes de pique-nique.

Quand Consuela s'est sentie en état de reprendre la route, elle a été embarquée par un couple plutôt gentil qui lui a fait franchir tout le Texas et l'Oklahoma jusqu'à Wichita au Kansas, à bord d'une voiture puissante, climatisée et blindée. Une bonne chose car ils ont eu à essuyer plusieurs attaques de pirates et des barrages d'outers qu'ils franchissaient sans ralentir, n'hésitant pas à renverser les gens. Elle a vécu une semaine chez eux, durant laquelle elle s'est refait une santé, appréciant la vie riche, protégée et sans souci des enclaves, tellement loin du désert, de la misère et de la détresse des bourgs délabrés que traversait l'Interstate 35, tellement loin de son *barrio* de Caracas… Puis le type l'a remise sur la route sans rien exiger en échange, pas même un baiser ni une caresse. Ça changeait…

L'objectif de Consuela était de rejoindre Winnipeg au Canada, où une amie avait trouvé un job d'hôtesse dans un bar et affirmait qu'il y avait du boulot bien payé pour elle. Consuela ne se faisait pas d'illusions sur la nature du boulot : elle se savait mignonne, bien roulée, nantie d'un cul à damner un saint, et ces atouts pouvaient lui ouvrir de lucratifs débouchés au nord. À Caracas, elle serait devenue prostituée, actrice dans des pornos minables ou, au mieux, potiche d'un baron de la coke. Or voilà, sur la 35, peu avant Emporia, elle a croisé la route d'Anthony Fuller qui revenait de Garden City et l'a tirée des pattes d'un gang local bien décidé à la violer collectivement. Fuller s'est arrêté, a brandi un gros flingue et tiré dans le tas sans sommation. Consuela a profité de l'effet de surprise pour s'arracher à leurs griffes et se jeter dans la voiture, qui est repartie en trombe.

C'était il y a un an.

Depuis elle est prisonnière de cette famille et d'Eudora, dont elle ne peut sortir sans papiers en règle ou accompagnée d'un résident. Fuller prétend qu'il l'a embauchée comme nurse pour Junior, qu'il lui verse un salaire et s'occupe de régulariser sa situation, mais elle ne voit rien venir, ni contrat d'embauche, ni paye, ni papiers. Seulement la grosse bite de Monsieur, qu'il lui introduit à chaque occasion et sans aucun égard pour son propre plaisir, ses envies ou sa disponibilité. Elle le hait, elle voudrait pouvoir le tuer. Le tuer et s'enfuir, mais c'est ça le plus dur : s'enfuir. Quand Fuller menace de la virer, cela ne signifie pas la remettre sur la route mais aux flics de l'enclave. Et là, qui sait ce qui peut advenir…

À tout prendre, elle préfère un cigare dans le vagin. C'est dégueulasse, mais elle survivra. N'empêche, ces *hijos de puta* de *gringos* sont vraiment pervers.

— Ouvre tes cuisses, Consuela.

Elle obéit, des larmes roulant sur ses joues. Fuller n'en a cure. Penché sur l'objet de son plaisir, il en explore les replis avec le bout du cigare. Consuela appréhende le moment où ce rêche cylindre va pénétrer en elle, y semant des fragments de tabac…

Un vacarme soudain crée une diversion salutaire.

— Qu'est-ce qui se passe ? se redresse Anthony, alarmé.

Cris, coups de feu, hurlements, rafales d'armes automatiques, bris d'objets, clameurs… Fuller se rue à la fenêtre, soulève deux lames du store qui masquait leurs ébats, glisse un regard à l'extérieur sur les pelouses Evergreen, les arbres roussis, les massifs avachis sous la chaleur blanche : tout va bien, l'enclave n'est pas envahie. Ce boucan provient du salon… Il constate incidemment que Consuela a laissé la porte du bureau entrouverte, au risque d'être surpris par Pamela si le Prozac ne l'a pas assommée.

Reportant les remontrances à plus tard, Anthony se rhabille en vitesse, se précipite au salon : Pamela est endormie dans le canapé, et, à côté, Junior pétrifié dans son fauteuil scrute intensément la télé. C'est elle qui émet tout ce raffut.

Ce n'est plus Love Me Tender, mais le réseau de surveillance de l'enclave, calé sur les caméras de la sortie vers la K10 Highway, le volume poussé à fond. (Chaque logement d'Eudora peut recevoir le réseau de vidéosurveillance, ce qui permet à chacun d'espionner son voisin et de pouvoir le dénoncer s'il commet des actes illicites. D'où une réduction effective des coûts de police et de gardiennage.) L'image en 2D de trois mètres sur deux montre une émeute qui se déroule en temps réel sur la bretelle, devant l'entrée de l'enclave : des centaines d'outers armés de couteaux, haches, pioches, fourches, mais aussi de quelques fusils et pistolets, brandissant des banderoles et pancartes, tentent en désordre et en vain de forcer l'entrée hautement sécurisée. La barrière routière a été abaissée et énergisée, des grilles de protection aux nanocarbones ont été dressées devant, sur lesquelles viennent ricocher toutes sortes de projectiles. Un blindé multicharge a pris position en deçà. Son double canon crache sur la foule des jets de poudre bleue antiémeute : un produit corrosif, très irritant, qui provoque des démangeaisons incoercibles et ne se dilue que sous une longue douche… Or – Fuller apprécie l'ironie de la situation – ce que les outers réclament, par leurs clameurs et leurs calicots, c'est précisément de l'eau, de l'eau saine et potable !

Derrière la barrière, l'Eudora Civic Corp au complet, en tenue de combat antiguérilla (on dirait de gros insectes), repousse à coups de *shockballs*, de Taser et de grenades innervantes les assaillants les plus agressifs ou qui s'approchent trop près. Par moments, les mitrailleuses installées sur les deux miradors lâchent des rafales de semonce, en principe au-dessus des têtes mais il n'est pas rare qu'un outer s'écroule sur le bitume : la tension monte alors d'un cran. Un bandeau d'information, au bas de l'écran, annonce que des renforts sont attendus de Lawrence d'une minute à l'autre : les manifestants seront pris à revers et ça va être un massacre.

Rejoignant Anthony dans le salon, Consuela découvre cette scène d'émeute avec surprise, puis exultation dès qu'elle comprend où ça se passe – exultation empreinte d'un fol espoir : s'ils réussissaient à forcer l'entrée, elle-même pourrait s'échapper… Elle coule un regard en biais à Anthony en train de secouer Pamela pour la réveiller, sort discrètement de la pièce et court vers sa chambre, où ses affaires sont toujours prêtes.

— Pamela ! Réveille-toi ! C'est toi qui as mis ce bordel ?

— Hein ? Quoi ? (Pamela entrouvre des yeux papillotants, qui s'écarquillent sous le vacarme et la violence ambiante.) Qu'est-ce qui se passe ?

Fuller baisse le son en effleurant de l'index la boule de commande.

— Je te le demande, justement. C'est toi qui as zappé sur la vidéosurveillance ? Tu t'intéresses aux émeutes, maintenant ?

— Mais non, pas du tout, je… j'ai dû m'assoupir…

— Si ce n'est pas toi, alors qui ? Cette télé ne s'est pas déréglée toute seule !

— Consuela ? suggère Pamela en papillottant de plus belle.

— Non, Consuela était… occupée à la cuisine.

— Alors je ne sais pas…

Pamela tend la main vers la boule de commande, remet Love Me Tender et se renfonce dans le canapé. Anthony, de son côté, ne peut s'empêcher de reluquer Junior. Paralysé dans son fauteuil, totalement hors de portée de la commande et sans aucun moyen de l'atteindre, Junior scrute son père de ses yeux aiguisés comme des lames, et cette fois – Fuller en jurerait – lui sourit.

STRATÉGIE

— « ... c'est pourquoi nous parviendrons, j'en suis persuadé, à un accord satisfaisant pour nos intérêts respectifs. Dans l'attente de votre réponse, recevez, Monsieur le président, mes salutations les plus cordiales. » C'est signé Anthony Fuller, P.-D.G. de Resourcing *ww*.

Yéri Diendéré repose devant Fatimata, sur la longue table ovale, la lettre de Fuller qu'elle vient de traduire de l'américain, en direct devant le Conseil des ministres. Elle se rassoit gracieusement à gauche de sa patronne, reprend calepin et stylo, prête à noter tout ce qui va être dit : Yéri remplace le rapporteur qui se meurt du sida. Fatimata la remercie d'un sourire. Elle apprécie grandement sa secrétaire, non seulement belle, intelligente et cultivée, mais également efficace et dévouée. Un peu trop dévouée, même, pour rester célibataire à son âge. Fatimata aimerait bien que son fils cadet Abou s'y intéresse mais il est encore jeune et, de plus, accomplit son service militaire. On verra plus tard, si Yéri n'a pas choisi parmi ses nombreux courtisans... Bref, revenons à l'ordre du jour.

Fatimata fait du regard le tour de ses ministres, afin de déceler jusqu'à quel point chacune et chacun a compris l'importance des enjeux et la nature du conflit qui se prépare. Un bon tiers sont absents, la plupart pour cause de maladies liées au manque d'eau potable et à la malnutrition qui les affectent eux-mêmes ou leurs familles. Elle capte des sentiments mitigés, allant de l'incompréhension à la sourde colère, en passant par la surprise, le fatalisme ou le calcul (chez Claire Kando, ministre de l'Eau et des Ressources). Elle se lève, coupant court aux murmures :

— En résumé, ce Fuller – qui n'a pas eu la correction élémentaire de se renseigner avant de me servir du « Monsieur le président » – prétend depuis sa lointaine Amérique être *propriétaire* de la nappe de Bam, que selon lui nous n'aurions jamais découverte sans son satellite. De plus nous aurions exploité et diffusé une image classée « secret ressource » dans la plus totale illégalité, sans la moindre autorisation et au mépris des droits de propriété commerciale. En tout cas nous sommes coupables et méritons d'être traduits devant le Tribunal de commerce international. Toutefois, ce monsieur Fuller, très conciliant, nous propose un arrangement à l'amiable, «dans l'intérêt des deux parties» (elle trace les guillemets en l'air) sur lequel, évidemment, il ne s'étend pas. Voilà. La question est : que devons-nous faire ? J'attends vos suggestions.

Elle se rassoit. Claire Kando – petit bout de femme sèche et ridée, aux gros yeux globuleux derrière ses lunettes – lève la main :

— Qu'as-tu répondu, Fatimata ?

— Rien. C'est une lettre officielle transmise par un cabinet d'avocats et comportant un accusé de réception. J'ai juste renvoyé l'accusé de réception.

— Donc Fuller sait qu'on a reçu sa lettre, remarque Amadou Dôh, ministre des Transports et Infrastructures, qui rivalise en taille et coulées de sueur avec le Premier ministre, mais est plus effacé et nanti d'une épaisse moustache.

— Oui, bien sûr. Quelle est ton idée, Amadou ?

— On aurait pu ne pas répondre. Faire comme si la lettre s'était égarée. On aurait gagné du temps.

Fatimata fronce ses sourcils soigneusement épilés :

— Se mettre la tête dans le sable ne fait qu'aggraver les problèmes, Amadou, tu le sais bien. C'est cette politique de l'autruche, menée par les militaires, qui nous a acculés à la misère où nous sommes aujourd'hui.

— Je suis partisan de l'envoyer au diable, intervient le général Victor Kawongolo, ministre de la Défense, que la chaleur ne semble pas affecter sous son uniforme impeccable. Cet Américain n'a aucun droit sur nous et je ne vois pas comment il peut nous contraindre à négocier. Les États-Unis ne vont pas nous déclarer la guerre pour quelques litres de flotte.

— Ça fait pas mal de litres, tout de même, rappelle Fatimata. Les États-Unis ont dévasté des pays pour à peine plus de pétrole.

— C'était dans le passé. Ils n'ont plus les moyens aujourd'hui d'envoyer leurs GI et leurs bombardiers où bon leur semble.

— Ils ont d'autres moyens, relève Aïssa Bamory, ministre de la Justice et garde des Sceaux (une belle femme aux formes épanouies, aux lèvres pulpeuses et aux yeux en amande, qui a failli traîner Issa Coulibaly en justice pour harcèlement sexuel). Le TCI, par exemple. À mon avis, ce n'est pas une menace en l'air. Et le TCI n'est pas réputé être spécialement favorable aux PPP.

— Un embargo serait catastrophique pour notre pays déjà sinistré, souligne Ousmane Kaboré, le ministre des Affaires étrangères, un petit homme malingre et transpirant, à l'aspect maladif.

— En tout cas ce n'est pas mon rayon, élude le général Kawongolo. Moi je pense à une autre menace, plus concrète et immédiate.

— Laquelle, Victor ?

— Les voisins : le Mali, le Niger, le Bénin. Et même nos propres concitoyens. Toute cette eau va attirer beaucoup de convoitises. Il y a déjà des gens qui creusent, là-bas. La situation va devenir très vite incontrôlable.

— Très juste. Que suggérez-vous ?

— Envoyer un détachement sécuriser la zone et en interdire l'accès, le temps qu'une décision soit prise. Et tenir des renforts prêts en cas d'émeutes ou d'invasion.

— Tu as noté, Yéri ? Voilà une proposition concrète. Nous allons mettre ça au point, Victor, mais vous pouvez d'ores et déjà prendre les dispositions nécessaires.

— À vos ordres, madame. (Petit salut militaire.)

Fatimata esquisse un sourire en coin : Victor Kawongolo a beau être un héros de la Seconde Révolution, démocrate et socialiste convaincu, qu'est-ce qu'il peut être vieux jeu !

— À ce propos, reprend-elle en se tournant vers Désirée Barry, ministre de la Poste et des Communications (archétype de la mama en boubou et turban, qu'on s'attendrait à voir plutôt avec une calebasse sur la tête qu'un portable à la main), n'étions-nous pas convenus de garder cette information secrète jusqu'à ce que nous ayons défini une ligne de conduite officielle ? Comment se fait-il que *L'Indépendant* soit déjà au courant ? D'où vient la fuite ?

Les ministres échangent des regards dans un silence un peu tendu, puis Désirée prend la parole de son ton placide :

— Il paraît que la rédactrice en chef de *L'Indépendant* est fort jolie et peu farouche…

Tous les yeux se tournent avec ensemble vers Issa Coulibaly, très gêné.

— Enfin quoi, je la connais à peine, bafouille-t-il, dégoulinant.

— Ah, Issa, ta libido te perdra…, soupire Fatimata. Maintenant que le mal est fait, qu'est-ce que tu envisages, toi qui n'as encore rien dit ?

Issa Coulibaly se tortille sur sa chaise, s'éponge le front et les joues, jette à la ronde un regard coupable, s'empoigne le double menton. Il est clair qu'il n'a pas suivi le débat, somnolent comme à son habitude.

— Je propose qu'on invite Fuller ici, déclare-t-il enfin. Qu'on l'invite officiellement, *via* l'ambassade et tout le tintouin. On le reçoit comme un chef d'État, mais on lui fait *tout* visiter : le désert qui s'étend, les cultures desséchées sur pied, les troupeaux squelettiques et moribonds, les gens qui tombent d'anémie dans les rues, les vautours qui dépècent les cadavres, les gosses ballonnés qui boivent l'eau croupie des marigots, les femmes qui se battent autour des citernes, la guerre larvée dans le Sud, le sable qui coule des robinets. Il aura soif, très soif, je vous le dis. Et honte aussi, du moins je l'espère. Et quand il aura fini de gerber sa bile sur ses beaux souliers Burton, on pourra négocier. Voilà ce que je propose.

— Qu'en pensez-vous ? demande Fatimata à la ronde.

— Je refuse toute espèce de négociation avec ces voleurs, grogne le général Kawongolo.

— Moi aussi ! s'écrie Lacina Palenfo, la fougueuse ministre de l'Éducation. Négocier avec le Nord, c'est encore se soumettre, c'est encore se faire avoir. Cette eau est un bien public, tout comme les routes ou les écoles. On ne négocie pas une route ou une école : on la construit parce qu'on en a besoin. Cette eau, c'est pareil : on va la puiser parce qu'on en a besoin. Peu importe, au fond, qui l'a découverte.

— Bien parlé, Lacina, approuve Claire Kando.

— Je ne suis pas d'accord, rétorque Ousmane Kaboré. Il existe des lois internationales en matière de propriété et de gestion des ressources que nous avons ratifiées et devons respecter. Ce qu'il faut étudier au préalable, c'est si notre cas relève ou non de la compétence du TCI.

Adama Palenfo, le timide ministre de l'Économie et des Finances, mari de Lacina, ose emprunter doucement la parole :

— Nous devons aussi envisager les coûts d'exploitation… Peut-être qu'une bonne négociation apporterait une aide financière conséquente…

— Foutaises ! s'emporte Lacina. Si on leur tend le petit doigt, c'est tout le bras qu'ils nous bouffent.

— Le mieux, c'est de les ignorer, marmonne Amadou Dôh.

Fatimata laisse tourner le débat, soulignant à mi-voix, à l'adresse de Yéri, les arguments qui lui semblent importants. Le conseil se divise bientôt en deux camps : pour ou contre une négociation avec Fuller. Quand chacun commence à se répéter, elle abat sa main sur la table et réclame le silence.

— Bon. J'ai écouté vos arguments, dont la plupart sont pertinents. Il s'agit maintenant de prendre une décision que nous allons soumettre au vote. À main levée, si vous le voulez bien, car Yéri m'informe qu'on manque de papier pour le faire à bulletin secret. Alors ceux qui sont pour négocier avec Fuller, qu'ils lèvent la main. (Yéri compte et note le résultat sur son calepin.) Ceux qui sont contre ? (Idem.) Merci. Yéri, résultat ?

— Six pour, cinq contre et deux abstentions, déclare la secrétaire.

— Très bien, conclut Fatimata. Nous allons donc envoyer une invitation officielle à ce monsieur Fuller. Pas d'objections ?

— Si, j'ai une objection ! s'énerve Lacina Palenfo. En attendant que *Monsieur* Fuller daigne nous répondre, des centaines de gens vont encore mourir de soif. En sachant – ce qui est pire – qu'ils ont toute cette eau sous leurs pieds !

— Oh, mais nous n'allons pas attendre, ma chère Lacina, sourit Fatimata. Présentement, un convoi chargé de matériel de forage doit être en route pour le Burkina.

— Quoi ? sursaute Issa Coulibaly. Mais alors, tu avais déjà pris ta décision, Fatimata ? Tous ces palabres n'ont servi à rien ?

— Si, ils ont servi à définir une stratégie en toute démocratie, ce qui n'est pas toujours évident par les temps qui courent. Cela dit, je ne sacrifie pas les intérêts vitaux du pays sur l'autel de la démocratie : nous avons *besoin* de cette eau et nous l'aurons. Coûte que coûte.

MISSION

La Patrie ou la mort, nous vaincrons.

Slogan datant de la 1re Révolution,
période Sankara (1984-1987),
peint sur le fronton
du prytanée militaire du Kadiogo.

Quand l'adjudant-chef a déboulé dans le dortoir à six heures en gueulant «Revue spéciale à 7 h 30», Abou Diallo-Konaté a pressenti que, justement, il se passait quelque chose de spécial. D'habitude, les revues de troupes s'effectuent à l'occasion de manifestations importantes, comme la fête nationale ou le sommet de l'Union africaine (lorsqu'il se déroule à Ouaga), ou d'événements exceptionnels comme la visite d'un chef d'État. Le prytanée allait-il recevoir un chef d'État? À 7 h 30 du matin? Abou n'a guère eu le loisir d'évoquer la question avec son copain Salah Tambura (un Peul de Koutougou, là-haut dans le désert), sauf pendant la brève pause du petit-déjeuner, frugal comme d'habitude, l'État n'ayant pas les moyens de nourrir grassement ses soldats.

— Salah, tu as une idée de ce qui se passe?

— Je ne sais pas, Abou. On reçoit une huile, je crois. En tout cas, ça ne présage rien de bon.

— Tu crois qu'on va nous envoyer dans le Sud?

C'est la hantise d'Abou : être envoyé en renfort dans le Sud, à la frontière ivoirienne, pour tenter de mettre un semblant d'ordre dans cette espèce de guerre civile larvée, rampante, insidieuse, entre réfugiés descendus du nord et démunis de tout, et autochtones qui possèdent encore un lopin de sorgho, quelques chèvres, un puits. Abou ne veut pas être obligé de tirer sur ses frères, de frapper des émeutiers affamés, d'arrêter des gens seulement coupables d'être misérables. Éduqué politiquement par sa mère, nourri aux grands principes d'équité, de justice, de solidarité, il ne comprend pas pourquoi le Ghana, qui possède des rivières et un grand lac, ou la Côte d'Ivoire, qui dessale l'eau de mer, ne partagent pas cette eau avec les Burkinabés qui n'ont rien, sinon le maigre filet du Mouhoun qui se réduit d'année en année, épuisé par l'industrie cotonnière.

Salah fait la moue : il ne veut pas se risquer à des pronostics qui vont pourtant bon train dans le réfectoire.

Après avoir attendu encore une heure sous le drapeau et le cagnard dans la cour d'honneur du prytanée, sanglé dans son uniforme net et brillant, rangers cirés miroir, fusil lustré à l'épaule, le petit doigt sur la couture du pantalon, Abou obtient enfin la réponse à ses questions.

Elle arrive sous la forme d'un 4×4 Daewoo qui déboule dans la cour en soulevant un nuage de poussière. En descend le général Kawongolo en personne, accompagné de son chef d'état-major.

— ... aaAARDE à VOUS! hurle l'adjudant-chef. Toute la promotion se fige dans un grand claquement de rangers.

La revue est vite expédiée : visiblement, Victor Kawongolo a d'autres soucis en tête. Il rejoint la tribune dressée dans la latérite à distance réglementaire et munie d'un micro – qui ne marche pas. Ça ne fait rien, le ministre de la Défense a une voix qui porte quand il le faut :

— Soldats ! Une nouvelle mission nous échoit, je compte sur vous pour la mener à bien. Vous n'ignorez pas qu'une importante nappe d'eau souterraine a été découverte dans la région de Kongoussi. En attendant que l'État lance les travaux de forage et de pompage de cette nappe, c'est à nous, Armée populaire du Burkina, de la protéger. La protéger de quoi ? Des pirates, des envahisseurs, de tous ceux qui chercheraient à exploiter ce bien public pour leur propre compte. Mais aussi de tous les pauvres gens armés d'un seau et d'une pioche, qui croiront pouvoir accéder à cette manne providentielle mais ne feront que dégrader le site et nuire au bon déroulement des travaux. C'est une mission délicate qui vous est confiée : il s'agira de différencier les affamés des profiteurs, les indigènes des étrangers, les quémandeurs des saboteurs. Il s'agira de faire preuve de doigté, de discernement. Il s'agira d'être perçus non pas comme une force brutale d'interposition, mais comme les gardiens d'un trésor qui, à terme, sera distribué à tous. Soldats, vous êtes les futurs officiers de l'Armée populaire, les futurs responsables de la sécurité du pays : je fais donc appel à votre sens de l'honneur et des responsabilités. Les conditions de vie sont rudes à Kongoussi, je ne vous le cache pas. Votre mission sera difficile. C'est pourquoi je demande des volontaires, mais je ne doute pas un instant que vous allez tous répondre *présent* !

Le général se tait. L'adjudant-chef instructeur se met aussitôt à brailler :

— Que les volontaires lèvent la main droite, *droite* !

Instant de flottement parmi la troupe : ils tiennent tous la crosse de leur fusil dans la main droite... Et puis qui a franchement envie d'aller à Kongoussi surveiller un carré de désert ?

Saisi d'une subite impulsion, Abou change son fusil d'épaule et lève la main. Il ignore pourquoi – il n'a pas du tout prémédité ce geste. Est-ce parce que le fils de la présidente est censé donner l'exemple, comme Fatimata le lui a tant seriné ? Ou bien parce que sa grand-mère Hadé, qu'il aimerait voir plus souvent, habite Ouahigouya qui n'est pas très loin ? Non, il n'a aucune raison : il *doit* aller à Kongoussi, c'est tout.

Salah, à ses côtés, considère avec surprise la main dressée d'Abou, pousse un soupir résigné et lève la sienne à son tour : autant être deux dans cette galère...

Le mouvement étant amorcé, plusieurs mains se lèvent et c'est finalement plus de la moitié du contingent qui se porte volontaire. Le général hoche la tête, satisfait.

— Très bien ! vocifère-t-il. (Son chef d'état-major lui tend un nouveau micro, que Kawongolo repousse.) Je n'en attendais pas moins de vous. Les volontaires iront s'inscrire et doivent se tenir prêts à faire route dès demain matin. Quant aux autres, dont je comprends les réticences, ils poursuivront leur instruction comme d'habitude. En attendant d'être affectés ailleurs, car ce ne sont pas les zones de conflit qui manquent. Je vous remercie.

— ... aaAARDE à VOUS! hurle de nouveau l'adjudant-chef.

Le général Kawongolo salue la promo et rembarque aussitôt dans le 4 × 4 qui démarre en trombe.

— Qu'est-ce qui t'a pris de t'engager dans cette galère? demande Salah à Abou tandis qu'ils font la queue pour s'inscrire.

— Je ne sais pas. L'envie de changer, de faire quelque chose, de me rendre utile... un truc comme ça.

— Peuh! (Salah fait la moue.) Toi, t'es bien le fils de ta mère.

LANGUE DE DÉSERT

Vous écoutez La Voix des Lacs, il est neuf heures. Nous diffusons maintenant un communiqué émanant de la mairie de Kongoussi. Je cite : « La commune de Kongoussi exhorte ses concitoyens à stopper toute tentative de creusement de puits dans le lit de l'ancien lac Bam, car l'eau se trouve à 250 mètres de profondeur et est inaccessible par ce moyen. Faute de quoi la commune se verrait contrainte de prendre les mesures qui s'imposent. » Fin du communiqué. Donc vous avez compris, chers auditeurs, arrêtez de creuser, même si c'est plus agréable en écoutant La Voix des Lacs, vous n'atteindrez pas l'eau de sitôt.

— Quel désastre, soupire Étienne Zebango. Quelle désolation…

Ça faisait longtemps que le maire de Kongoussi ne s'était pas rendu dans les collines constater *de visu* l'étendue des dégâts. Il s'est résolu de bon matin à cette visite de terrain en compagnie de son adjoint. Ils ont pris le pick-up de service, ont mis deux litres d'éthanol dedans (l'hydrogène n'est pas encore arrivé à Kongoussi) et sont allés crapahuter autour des exrives du lac, sur les anciennes pistes, ravinées et poussiéreuses, qui desservaient les champs.

De ceux-ci ne subsistent plus que des étendues rougeâtres de latérite, soulevée en volutes par le souffle chaud et râpeux de l'harmattan. De-ci de-là, une lâche pelade de graminées desséchées, une broussaille rêche et griffue, quelques acacias retors. Du sable s'accumule dans les creux, venu du désert. Des baobabs chauves mais encore majestueux dominent cette flore de misère, peut-être morts ou seulement en léthargie, dans l'attente de jours meilleurs. Les collines sombres et nues, calcinées par le soleil, offrent un avant-goût menaçant du désert qui s'étend désormais derrière, descend chaque année plus bas vers le sud, desséchant tout de son haleine brûlante.

Dire qu'ici même, songe Étienne, à ses pieds – où sort du sol une ancienne vanne d'irrigation rongée par les vents de sable –, jadis poussaient du mil, du maïs, des courgettes, des tomates, des gombos, des haricots verts... Kongoussi était la capitale du haricot vert. Elle en exportait jusqu'en Europe ! Fin octobre était l'époque où démarrait la campagne, d'après le grand-père d'Étienne Zebango qui a connu cet âge d'or durant lequel il a fait fortune. Désormais c'est l'époque où démarre la famine, les pluies tant attendues n'étant pas tombées pendant l'hivernage, les quelques tentatives de semis n'ayant rien donné, la saison sèche s'annonçant aussi torride que l'an passé.

— Ça va changer, Étienne, promet son adjoint, Alpha Diabaté, posant sur son épaule voûtée une main compatissante. L'eau va revenir et la prospérité avec elle : les troupeaux, le mil, le sorgho. Les tomates, les salades, les haricots verts. On cultivera le meilleur haricot vert de toute l'Afrique de l'Ouest, tu es d'accord, Étienne ?

Celui-ci hoche lentement la tête. Il voit bien qu'Alpha essaie de lui remonter le moral, lequel devrait être à bloc depuis la découverte de la nappe. Mais il suppose qu'il faudra attendre encore des semaines, voire des mois, avant que l'eau ne coule de nouveau dans les robinets de Kongoussi. Des mois durant lesquels ses concitoyens continueront de souffrir, de mourir. Durant lesquels d'autres gens vont arriver par milliers du nord, de l'est, de l'ouest, attirés par cette eau comme des moustiques par un marigot. Il y aura de l'insécurité, de la violence, des heurts, des morts. La situation deviendra vite ingérable. Aujourd'hui, déjà…

Le maire tourne son regard vers l'ancien lac en contrebas, qui étend vers le nord sa morne étendue de sable et d'argile craquelée, langue de désert ochracée qui vient lécher les faubourgs de la ville. Même à cette distance il distingue les centaines de petites silhouettes qui s'activent, creusent sous le soleil de plomb filtré par un nuage permanent de poussière latéritique. Les tas de sable s'accumulent, certains atteignent une belle taille déjà. On dirait une ruée vers l'or, sauf qu'ici l'or est liquide et vital – et qu'ils n'en trouveront pas. L'eau est à 250 m, pour l'atteindre il faut des moyens que même l'ONEA ne possède pas, puisque la présidente les fait venir d'Europe. Or personne ne veut rien entendre : l'eau est là, il suffit de creuser…

— Comment va-t-on faire, quand des milliers d'étrangers viendront avec leurs pelles et leurs pioches pour creuser ? Quand tout ce monde réalisera que c'est inutile, qu'il n'y a pas d'eau à portée de main, et commencera à protester, à crier au mensonge, à l'arnaque, au scandale ? Comment va-t-on gérer cette nouvelle crise ?

— Je te trouve bien pessimiste, là, Étienne. Les gens ne sont pas aussi...

Alpha Diabaté est interrompu par la sonnerie du téléphone du maire, un chapelet de notes de bala-fon. Il le sort de la poche de poitrine de sa chemise mouillée de sueur, le porte à son oreille :

— Allô ?... Oui, à qui ai-je... Oh, bonjour, mon général. Comment allez-vous ? Et votre femme ?... Oui, bien, merci. On fait aller, disons... Oui, je vous écoute... *Quoi ?*... Mais je... Combien, vous dites ?... Cent cinquante ? Mais, comment... Hein ? *Demain ?*... Mais-mais, comment je... Oui, bon, d'accord mon général. Je... je ferai mon possible... Entendu. À demain.

Étienne rempoche machinalement son téléphone, fixant d'un air égaré le lac asséché et l'activité de fourmis qui s'y déroule.

— Qu'est-ce qui t'arrive, Étienne ? Une mauvaise nouvelle ?

— Le général Kawongolo débarque ici demain matin avec un détachement de cent cinquante hommes, annonce le maire d'une voix blanche.

— Eh bien, sourit Alpha, voilà la solution à ton problème, pas vrai ? Ça devrait te réjouir au contraire !

Pour Étienne Zebango, la présence de l'armée dans sa ville n'a rien d'une solution, mais est bien un nouveau problème qui ne fera qu'exacerber les tensions. Ah ! Pourquoi a-t-il fallu que cette eau soit découverte juste *ici* ? Pourquoi a-t-il fallu que la mère de la présidente ait des visions de « miracle » à Kongoussi ? Ne pouvait-on les laisser mourir en paix, lui et sa ville ?

— Ta femme a raison, tu te fais trop de mauvais sang, reprend l'adjoint en lui tapotant l'épaule. Allez, viens à la maison. J'ai gardé au frais une bouteille de Brakina, on va la boire à la santé du général et à la fin de nos tourments.

— Puisses-tu dire vrai, Alpha, puisses-tu dire vrai, marmonne Étienne en hochant de nouveau la tête tandis qu'ils redescendent à pas lents la piste brûlante et ravinée jusqu'à leur voiture.

Chapitre 3

PULSIONS DE VIE

L'Amérique retombée dans une barbarie pire qu'au temps du Far West, l'Europe à genoux, frappée en plein cœur par cet attentat, la Chine qui se remet à peine de l'effondrement du barrage des Trois-Gorges, les typhons géants qui ont dévasté les Philippines le mois dernier, les archipels polynésiens qui s'enfoncent sous les eaux... Je pourrais vous citer des exemples à l'infini. Ce monde va mal, très mal, et nous en sommes tous responsables. C'est pourquoi j'ai décidé il y a longtemps de consacrer mon énergie, mon pouvoir et ma fortune de P.-D.G. *worldwide* à sauver ce qui peut l'être encore.

— Cependant, monsieur Fuller, vous en tirez aussi profit, non ? On retrouve vos entreprises dans tous les chantiers de dépollution et de reconstruction de la planète...

— Vous croyez que j'en tire profit ? Quand je viens en aide à un pays sinistré par une catastrophe, la dernière question que je me pose est « combien ça coûte ». Il y a d'autres priorités, figurez-vous : l'entraide, la solidarité, la reconstruction.

— D'où viennent vos revenus, alors ? De procès comme celui qu'une de vos filiales intente en ce moment contre l'ONG Save OurSelves ?

— Levons toute ambiguïté : si GeoWatch appartient au groupe Resourcing, sa direction est totalement indépendante et assume ses responsabilités. Il n'est pas question que j'influence sa politique, même si, personnellement, je déplore ce procès lamentable...

SIGNES

Le principe du zipzap est simple : le programme enregistre les ondes électromagnétiques émises par votre cerveau, *via* votre interaction homme-machine – cyglasses, Manside ou autre. Il les amplifie, les charge de données issues du monde virtuel où vous naviguez, puis les renvoie sous forme de séries de flashs subliminaux, dont la fréquence et l'amplitude sont exactement réglées sur vos rythmes circadiens. Vous êtes totalement immergé dans votre monde, que vous ressentez avec une acuité extraordinaire. De plus, cet intense bombardement sature tous vos récepteurs neuronaux, qui ne captent plus les messages physiques émis par votre système nerveux tels que la soif, la faim, le chaud, le froid, etc. L'envers du décor, si je puis dire, est qu'un tel régime détruit très vite vos synapses et vous transforme irrémédiablement en légume catatonique.

Dr Henri HERMANN-BOUSSAC, neurologue.

Vincent est mort aujourd'hui.

Laurie est de retour de ses courses au marché de Saint-Servan, moins cher qu'intra-muros et accessible à pied. Chargée de sacs, courbée sous un vent glacial crépitant de grésil, elle a franchi la cale de la Bourse et traverse le rond-point de l'Île-Maurice pour se mettre vite à l'abri des remparts, quand son téléphone se met à sonner. Elle est tentée de ne pas répondre mais se dit que ça peut être important, concerner son voyage au Burkina. Quelle folie quand elle y songe… C'est justement ce qui l'attire.

Ce n'est pas le Burkina, c'est l'hôpital Broussais.

Debout à l'angle du bastion Saint-Louis, ses cabas à ses pieds, grelottante et trempée, ainsi Laurie apprend-elle le décès de son ex-amant. On le lui annonce d'une voix douce mais neutre, sans fioritures : Son cerveau était très détérioré par le zipzap, il a tout bonnement cessé de fonctionner, on n'a rien pu faire. En fouillant dans ses affaires on n'a trouvé que votre numéro de téléphone, a-t-il une famille que l'on peut joindre ou, sinon, pouvez-vous venir visiter le défunt et remplir les formalités d'usage ?

— Je vous rappelle, marmonne Laurie, qui coupe et reste là, bras ballants, dans le vent, envahie d'une immense douleur blanche qui emplit ses yeux de phosphènes.

Vincent est mort. Elle réalise lentement, imprime ces mots dans son esprit vide, s'imprègne de leur sens profond. Elle ne le reverra *plus jamais*. C'est fini. Elle n'a plus à lutter contre ce fol espoir qu'il guérisse un jour, redevienne le Vincent d'avant, son bel amant si doux, si serein, si sage… N'est-ce pas mieux ainsi ? Radical et définitif ? Lui aussi devait nourrir un fol espoir, puisqu'il avait conservé son numéro de téléphone… Aller le voir ? « Visiter » son cadavre, comme ils disent ? Oh non, c'est au-dessus de ses forces. Encore un pan de son passé qui se délite, s'évanouit dans le vent… Laurie ne veut plus s'accrocher à ces voiles poussiéreux, ces illusions rassises. Ses parents sont morts, Vincent est mort, Tanguy et Aziza se séparent, la vieille maison familiale se lézarde, rongée par les infiltrations… Ce sont des signes, un message émis par cette ville sombre et putride, un message qui lui crie : *Va-t'en ! Pars ! Survis !*

Elle éternue, saisie par le froid, se mouche, ramasse ses courses mouillées et pénètre dans la vieille ville par la porte Saint-Louis. Le vent est moins cinglant derrière les remparts, mais le grésil reste aussi mordant : tête baissée, Laurie presse le pas autant que possible sur les pavés glissants de la rue de Chartres.

Elle manque de lui rentrer dedans.

Le réco de l'hôtel de la Cité, le fou de Dieu, l'illuminé de la Divine Légion.

Plus gris, hirsute et décharné que jamais, flottant dans sa tunique sale, pieds nus et blêmes sur le pavé gelé. Il pue malgré le froid, il lui manque des dents, ses yeux injectés de sang détaillent Laurie d'un air insane. Elle s'écarte afin de poursuivre son chemin mais il la retient, croche sur son bras une serre de vautour aux ongles noirs et cassés :

— Je te reconnais, catin ! prostituée du Diable ! Lilith !

— Lâche-moi, s'il te plaît.

Laurie secoue son bras mais il se cramponne, vocifère et postillonne à deux doigts de son visage, l'empeste de son haleine pourrie.

— Dieu nous punit ! Il nous punit pour nos péchés ! Les jours de colère sont arrivés ! Tu n'as pas compris ça, sorcière impie ? Repens-toi et prie le Seigneur de nous absoudre !

— Tu vas me lâcher, espèce de cinglé ? se débat Laurie, mais le réco possède la force que lui confère sa foi démente, il a fermement empoigné son cardigan.

— Tu es une de ces fornicatrices dépravées qui se masturbent en direct sur Internet et poussent les fidèles au péché et à l'adultère! Ne nie pas, je le sais, Dieu me parle! Tu as vendu ton âme à Satan, et ta chatte à l'amour vénal!

Ce disant, il glisse prestement la main sous le cardigan et la presse sur le pubis de Laurie, heureusement protégé par un jean épais. Un sac de courses vole, s'écrase sur la tête du réco avec un bruit de verre brisé. Il lâche prise. Du sang coule de son crâne entre ses mèches filasse, dégouline le long de son nez et se perd dans sa moustache. Il ne prend pas la peine de l'essuyer, fixe Laurie d'un regard trouble et surpris.

— Si tu me touches encore, parole, je te *tue*! T'as compris, vieux pervers? Je t'écrase comme un sale parasite! hurle-t-elle, indifférente aux badauds qui se sont arrêtés pour assister à l'algarade.

— Catin! Fornicatrice! Putain de Babylone! braille le réco qui reprend ses esprits. Ô Seigneur, envoie-lui la vermine et le sida! Que son ventre grouille de vers, qu'elle enfante des crapauds morts!

Laurie s'enfuit en courant; bientôt les anathèmes du réco se perdent dans les bourrasques et la rumeur de la ville. Arrivée devant la Grand'Porte elle ralentit le pas, essoufflée, se retourne : il ne l'a pas suivie.

Mais il sait où elle habite. Lui-même squatte juste à côté. S'il a décidé de s'en prendre à elle, il peut sérieusement empoisonner son existence.

Voilà un signe de plus. S'il subsistait le moindre doute quant à sa motivation à partir, il est balayé. Adieu, Saint-Malo, ville des morts et des fous.

AVENTURE EXOTIQUE

> Qui voit Molène voit sa peine,
> Qui voit Ouessant voit son sang,
> Qui voit Sein voit sa fin.
>
> Dicton breton.

De : Fatimata Konaté <f.konate@gov.bf>
À : Laurie Prigent <laurie35@maya.fr>
Date : 30/10/2030 – 09.07 GMT
Niveau de sécurité : *confidentiel*

Chère Laurie,

Nous ne nous connaissons pas encore, mais je me permets de vous appeler déjà « chère Laurie », car nous allons avoir ensemble une longue et constructive relation, alors autant bien la débuter, n'est-ce pas ?

M. Markus Schumacher, le président de SOS-Europe, vous a en effet désignée auprès de moi comme étant la responsable de la mission qu'il met sur pied pour venir en aide au Burkina Faso. Je pense que vous connaissez toutes les données du problème, que je ne vais donc pas rabâcher ici. Voici toutefois quelques précisions qui peuvent vous être utiles :

Tout d'abord, vous trouverez ci-joint un laissez-passer diplomatique officiel qui vous sera précieux pour franchir les frontières, surtout en Afrique. Il ne vous reste qu'à l'imprimer et à le faire valider par l'ambassade du Burkina à Paris.

Ensuite, voici les coordonnées de mon fils aîné, <u>Moussa Diallo-Konaté</u>, qui suit présentement des études en Allemagne en vue d'obtenir un diplôme d'ingénieur en hydrologie, option irrigation. Ses études ne sont pas terminées mais toutes les compétences sont requises sur ce chantier, la sienne en premier lieu. Je lui ai signifié combien j'apprécierais qu'il rentre au pays, et suggéré de se joindre au convoi, si c'est possible. Cela constituerait pour lui une expérience enrichissante et pour vous une source d'information, à moins que vous-même ne soyez une spécialiste des forages et de l'irrigation. Moussa devrait vous contacter, s'il ne l'a pas fait. S'il vous plaît, n'hésitez pas à le relancer : peut-être se laissera-t-il plus facilement convaincre par une jeune femme telle que vous que par sa vieille mère...

Enfin, quelle que soit la route que vous emprunterez, vous allez traverser le Sahara. Je suppose que vous avez embauché un chauffeur expérimenté, bon connaisseur du désert. Le début de l'hiver paraît une bonne période, il fait un peu moins chaud. Toutefois, à cause des changements climatiques, la température peut dépasser 60 °C en journée, et surtout, novembre est désormais l'époque des tempêtes de sable, de plus en plus énormes et violentes. Aussi je vous enjoins de ne rouler qu'en convoi de plusieurs véhicules, d'écouter les conseils des anciens et les bulletins météo, et d'avoir une carte à jour car de nombreux puits sont à sec.

Bien entendu, je reste à votre disposition, moi-même ou ma secrétaire <u>Yéri Diendéré</u>, pour tout renseignement complémentaire. Je ne vous cache pas que les conditions de vie sont précaires au Burkina, cependant les Burkinabés sont réputés pour leur accueil et nous ne faillirons pas, malgré les difficultés.

Recevez, chère Laurie, mes salutations les plus chaleureuses, empreintes de tout l'espoir de délivrance que votre venue nous apporte.

Fatimata Konaté
Présidente du Burkina Faso.

En relisant ce mail de la présidente du Burkina, Laurie réalise à quel point elle n'est pas préparée pour ce voyage. Rien que le paragraphe sur le désert, par exemple, l'emplit d'anxiété : elle imagine le camion enlisé au milieu de nulle part, par 60 °C à l'ombre, avec une tempête de sable qui survient… la mort assurée. Elle n'a pas recruté de chauffeur expérimenté, elle n'arrive même pas à trouver quelqu'un. Elle n'y connaît rien en forage et irrigation, or la voilà « promue » responsable de la mission. *Merci pour ce beau cadeau, Markus !* Pourtant elle a accepté. Elle veut, elle *doit* partir. À n'importe quel prix, n'importe quelle condition. Saint-Malo la rejette, c'est clair : son avenir l'attend ailleurs, même si c'est la mort lente au milieu du désert… Que peut-elle espérer de mieux ici ?

Sa première démarche a été de contacter l'ambassade du Burkina, où d'emblée on lui a vivement déconseillé de s'y rendre : « Le pays est exsangue, madame, ce n'est pas une vie pour vous là-bas. » Quand elle a déclaré que c'était pour une mission humanitaire, on lui a dressé une liste impressionnante de précautions à prendre contre toute une panoplie de maladies tropicales aux noms ésotériques comme la dengue ou la bilharziose, contre les moustiques, les scorpions, les araignées, pour purifier l'eau, stériliser la nourriture, etc. À se demander comment des gens peuvent survivre au milieu de telles infections.

Puis elle a essayé de recruter du personnel, au moins un chauffeur, sinon deux. Elle a d'abord fait le tour de ses relations : si certains étaient *a priori* intéressés par le job, les mots « Afrique » ou « Burkina » provoquaient un effet dissuasif radical. Comme si cette région du monde était devenue taboue pour les Européens, source de tous les miasmes, les épidémies, les virus mutants, la misère la plus honteuse. Laurie a ensuite prospecté les sites d'emplois sur Internet : aucune réponse, ni à ses annonces, ni aux mails envoyés à d'éventuels candidats sélectionnés sur listings. En dernier ressort, elle a fait le tour des agences d'intérim de Saint-Malo, y compris Arbeit, la plus esclavagiste de toutes : pareil, dès qu'elle prononçait les mots fatidiques, les sourcils des DRH qui la recevaient se soulevaient, ils refermaient leurs dossiers et laissaient entendre que les candidats pour un tel job ne couraient pas les rues, désolé, mademoiselle, nous conservons votre offre malgré tout, on ne sait jamais.

Voilà où en est Laurie après plusieurs jours d'investigations. Du coup, elle s'interroge : est-ce que tout le monde est devenu très parano vis-à-vis de l'Afrique et diabolise les « pauvres » à travers les filtres des médias, à l'abri (tout relatif) dans sa bulle de confort ? Ou bien est-ce elle qui n'a aucune idée des réalités du terrain, et croit s'embarquer pour une aventure exotique dans un pays au nom séduisant : le « pays des hommes intègres » ?

Elle a de nouveau tenté de contacter Yann : s'il est recherché par NetSurvey, ce voyage pourrait lui

offrir une solution de fuite, sous couvert diplomatique en plus... Mais il demeure injoignable. Sans
doute planqué et déconnecté en attendant que les
choses se tassent. N'empêche, elle a du mal à imaginer cet ours placide en résistant, en maquisard, en
rebelle traqué. Où a-t-il pu aller ? Qu'a-t-il fait de
ses affaires ? Qu'est-ce que ce piratage lui a apporté,
en dehors d'un tas d'ennuis ? Au fond, elle connaît
bien peu son frère...

ALTERNATIVE

Vous avez été piraté.

On s'est introduit dans votre système, on a volé ou détruit des données, on a injecté un virus. Vous avez pu vous défendre cette fois-ci, mais qui sait quand et comment une nouvelle attaque va se produire ?

Ayez le réflexe NetSurvey.

Dès que vous êtes victime d'un piratage, alertez NetSurvey. Grâce à vous, NetSurvey luttera encore plus efficacement contre le hacking et le terrorisme informatique.

Vous avez besoin de NetSurvey.
NetSurvey a besoin de vous.

<NetSurvey.net>, un service de la **NSA**

Yann n'a pas joué longtemps au résistant, au maquisard, au rebelle traqué. Les gendarmes sont venus l'arrêter chez une copine qui vit dans la montagne aux environs de La Preste, entre Prats-de-Mollo et la frontière espagnole. Carole habite dans une vieille ferme qu'elle a retapée toute seule, élève des chèvres et fabrique des fromages qu'elle vend sur les marchés locaux. Elle n'a même pas un téléphone ;

l'objet le plus technologique chez elle se résume à un antique radio-réveil. Comment Yann, qui passe les trois quarts de son temps virtualisé dans les réseaux, et Carole, qui passe les trois quarts de son temps dans les alpages avec ses chèvres, ont pu se rencontrer est une autre histoire… Toujours est-il qu'ils dormaient du sommeil du juste, enlacés, quand les gendarmes sont venus cogner à la porte à 06 h 37 du matin. Ignorant les protestations de Carole, ils ont embarqué Yann sans une explication, ainsi que tout son matériel entreposé sous une bâche dans la grange.

Yann a été emmené, menottes aux poignets, dans une voiture banalisée jusqu'au commissariat central de Toulouse, où il a été remis à Mr Smith et Mr Jones, les cyberflics de NetSurvey. Durant le trajet qui s'est déroulé dans le silence, il a eu tout loisir d'analyser ce qui lui arrivait, de comprendre quelle énorme connerie il avait faite, quelle infatuée naïveté il avait étalée.

Pirater un satellite Mole-Eye comme celui de GeoWatch, pour un hacker, c'est un accomplissement. Un peu comme vaincre l'Everest pour un alpiniste, ou le Horn à la voile pour un marin. Évidemment, on a envie de le faire savoir, de crier cocorico, de se frapper la poitrine. Yann aurait pu se targuer de cet exploit par ses circuits habituels, parallèles, invisibles et abondamment cryptés. On l'aurait applaudi, admiré, défié. Et l'image – la fameuse image – aurait rebondi d'un site de hacker à un autre, fini par atteindre le grand public et, tôt ou tard, touché sa cible, le Burkina Faso. Mais grisé par sa victoire il a voulu aller plus vite, frapper plus fort : afficher l'image là où elle avait le plus de chances d'être vue. Or si Yann, en hacker émérite et prudent, est virtuellement imprenable en haute réalité, en basse réalité les règles du jeu sont différentes, et il n'en a pratiquement aucune expérience. Il n'avait pas pensé qu'en tant que webmestre du site de SOS-Europe il serait aussitôt soupçonné. Il avait quand même préparé une réponse au cas où on l'aurait interrogé : « Bah, j'ai trouvé l'image sur tel site (bidon), j'ai cru qu'elle pouvait être utile, j'ignorais qu'elle était illégale... » Au pire, il s'en tirait avec un blâme de l'adsys pour avoir omis de vérifier ses sources. C'était son scénario. Quand il a découvert que GeoWatch attaquait méchamment par la voie juridique, ça l'a inquiété. Quand Markus l'a viré, « bien obligé », il s'est affolé. Et quand son mail secret a été truffé de messages l'avertissant que NetSurvey était sur lui, il a paniqué. Tout débranché, emballé, fourré dans sa vieille guimbarde à l'éthanol et foncé chez Carole, qui l'a accueilli à bras ouverts.

Yann n'a pas eu le temps d'apprendre à traire les chèvres.

À Toulouse, les deux hommes en noir l'ont poussé dans un avion, direction Bruxelles où réside le siège européen de NetSurvey. C'était la première fois que Yann volait (c'est devenu très cher, et l'avion à hydrogène n'est pas encore au point), il aurait aimé en profiter dans de meilleures circonstances... Il n'a même pas eu droit au hublot.

Au siège de NetSurvey, il a été enfermé seul dans une minuscule cellule souterraine, sans ouverture sur l'extérieur ni moyen de communication, où il a été soumis à une torture mentale : la lumière qui s'allume ou s'éteint n'importe quand ; des sonneries qui le réveillent pour rien ; des pas qui s'approchent, puis s'éloignent ; le robinet du lavabo qui goutte, obsédant ; pas de lit, pas de nourriture, pas de visites, pas d'heure, pas de nuit, pas de jour, aucun repère… Quand ils ont ouvert la porte au bout de trois jours, ils l'ont ramassé par terre, larvaire, en larmes. Ils l'ont emmené dans une salle très éclairée, bourrée de capteurs et d'appareils électroniques, où Mr Jones et Mr Smith l'ont interrogé sans relâche, à tour de rôle, pendant plusieurs heures. Ils voulaient savoir pour qui il travaillait : les Chinois, la mafia russe, le Jihad islamique ? Combien était-il payé, comment transmettait-il l'information, qui étaient ses complices ? Yann a avoué bien des hacks, intrusions et piratages, dont certains les ont surpris (« Ah bon, le Pentagone aussi ? On ne l'a jamais su… »), mais pas ce qu'ils désiraient entendre, et pour cause : il a toujours agi pour son propre compte. Ses trouvailles, il les gardait pour lui ou les distribuait à ceux que ça pouvait concerner, gratuitement, sans penser une seconde à en faire une activité lucrative ni à dériver vers l'espionnage ou le sabotage. Il a reçu des propositions, qu'il a toujours refusées : pour Yann, le hacking est une passion, pas une arme.

Allez faire comprendre ça à des cyberflics nourris à la parano du complot : ils l'ont remis dans sa cellule durant trois jours. Ça n'a rien changé, sauf qu'ils l'ont tiré de là encore plus hagard et détérioré. Yann s'est borné à répéter vaseusement ce qu'il avait déjà avoué. Faute de preuves, et des gigaoctets d'analyses électroniques à l'appui, Mr Smith et Mr Jones ont admis que, aussi incroyable que cela paraisse, Yann disait vrai : c'était un pur hacker, passionné et désintéressé.

Dès lors, leur attitude a changé : ils l'ont lavé, nourri, transféré dans une vraie pièce avec un lit, une fenêtre et une télé, puis invité dans un bureau moderne et luxueux donnant sur le parc de Bruxelles. On lui a ôté ses menottes et on l'a fait asseoir dans un profond fauteuil. Maintenant, il attend et ne comprend rien.

Entre un homme, sans doute sexagénaire mais parfaitement lifté et de belle prestance, genre ancien mannequin de pubs pour parfums, qui lui serre chaleureusement la main.

— Comment allez-vous? J'espère qu'on ne vous a pas fait trop de misères? (Une voix chantante et agréable, avec une pointe d'accent italien.)

— J'ai survécu, comme vous voyez. Maintenant j'aimerais comprendre.

— Vous allez comprendre. D'abord, permettez que je me présente : Silvio Fini, directeur de NetSurvey pour l'Europe.

— Yann Prigent, hacker. Vous me connaissez déjà, je suppose.

— En effet. (Bref coup d'œil sur un écran tactile encastré dans le bureau immaculé.) Votre tableau de chasse est très impressionnant.

— Merci.

— Et tout cela pour… comment dirais-je… l'amour de l'art, n'est-ce pas? C'est du moins ce qu'on m'affirme.

— On a raison.

— Savez-vous, Yann, que vos exploits peuvent vous envoyer en prison à perpétuité? De nos jours, le piratage informatique est condamné aussi sévèrement que le sabotage physique.

— On n'a pas abordé cette question avec vos agents. (Coup d'œil à Mr Smith et Mr Jones qui se tiennent en retrait, immobiles et silencieux.) Si vous en parlez, c'est que vous avez une alternative à proposer, j'imagine.

— Tout juste. (Petit raclement de gorge, effleurements de l'écran tactile.) Pour être franc, certains…

intérêts privés, disons, ont insisté pour vous voir croupir en prison jusqu'à la fin de vos jours. Mais à NetSurvey nous poursuivons d'autres objectifs.

— Je vous écoute.

— Nous savons estimer votre compétence à sa réelle valeur. Et nous avons toujours besoin de jeunes gens doués et dynamiques tels que vous, afin de contrer plus rapidement et efficacement les coups retors de vos camarades.

— *Quoi ?* réalise Yann, abasourdi. Vous voulez *m'embaucher* ?

— En effet. Nous vous offrons un poste intéressant, riche et varié, très rémunérateur, bourré d'avantages et de privilèges. Naturellement, vous n'aurez plus guère de vie privée, mais croyez bien que nos agents sont peinards tant qu'ils restent dans le droit chemin.

— Attendez... Vous me demandez de me vendre à l'ennemi, là. De renoncer à tout ce en quoi je crois !

— On vous demande de continuer à exercer votre art. Bien entendu, les cibles seront différentes. Mais qu'importe le flacon, pourvu qu'on ait l'ivresse, n'est-ce pas ?

— Mais, je... enfin, c'est de la trahison ! Et si je refuse ?

— Vous serez jugé, condamné, et vous croupirez en prison jusqu'à la fin de vos jours, à fabriquer des gadgets en plastique. Avouez que ce serait dommage...

— Je n'ai pas vraiment le choix, en vérité.

— Bien sûr que si, Yann. Certains terroristes ancrés dans leurs convictions choisissent la prison. Vous, vous n'avez pas vraiment de convictions, juste une passion. La décision devrait être plus facile à prendre. Je vous laisse réfléchir. (Il imprime une feuille qu'il lui tend.) Ce document résume l'emploi proposé, ses conditions et particularités, mentionne le salaire et les divers avantages afférents. Étudiez-le bien et revoyons-nous... mettons demain matin?

Yann jette un œil au papier, tombe sur la ligne du salaire, dont le montant – mensuel – le fait sursauter : c'est plus qu'il ne gagnait en un an comme webmestre pour SOS. L'en-tête de l'employeur aussi le fait sursauter : non pas NetSurvey, mais la NSA, l'agence de renseignements américaine... Il serre machinalement la main de Silvio Fini, lui dit machinalement « à demain », se fait machinalement raccompagner à sa cellule tout confort, ébloui par l'énorme point d'interrogation qui fleurit dans sa tête.

TERRAIN DE JEUX

Erbe, Raum, Geist.
Glauben, kämpfen, siegen.
Ein Volk, ein Reich, ein Führer[1].

Slogans imprimés sur
les murs de la « Section 25 »

Rudy en a ras le bol. Il en chie depuis dix jours à
la Section 25. Non seulement il est fourbu, moulu,
courbatu, mais en plus il a la rage et la haine en
permanence, tel un acide qui lui ronge les entrailles.
Or il a signé : il en a pour dix jours encore ; les
Survival Commandos ne tolèrent pas les déserteurs.

Avec son unité, il est censé défendre une ancienne
raffinerie qui rouille au bord de l'Emscher, quelque
part entre Bottrop et Gelsenkirchen, en plein cœur
de la Ruhr. Un lieu impossible à surveiller, tout en
tuyaux, pipelines, tours, cuves, réservoirs, bassins,
escaliers et passerelles, glacial et puant encore le
pétrole. Les « ennemis » peuvent s'infiltrer là-dedans

---

1. Héritage, espace, esprit. Croire, combattre, vaincre. Un peuple,
un État, un chef.

par où ils veulent... Pour le moment, depuis son poste d'observation sur une étroite plate-forme à mi-hauteur d'une tour de distillation, il ne voit rien venir.

Son regard erre parmi ce sinistre « théâtre des opérations », et au-delà, sur la ruine géante qu'est devenue cette portion de la Ruhr, où se concentraient maints *Konzerne* de raffinage et de pétrochimie. Or l'inéluctable raréfaction du pétrole a sonné le glas de cette industrie florissante, comme auparavant celle du charbon. Les groupes *ww* les plus solides se sont reconvertis dans l'hydrogène et les biocarburants, recyclant parfois leurs anciennes usines, ou plus souvent en construisant de nouvelles ailleurs. Ceux qui n'ont pas su anticiper la fin de la manne et négocier le virage approprié ont coulé corps et biens. Résultat, cette zone nord de la Ruhr – banlieues de Duisburg, Oberhausen, Gelsenkirchen, Castrop-Rauxel... – est devenue la plus grande friche industrielle du monde, et l'Emscher, dans laquelle suintent tous ces cadavres d'usines, la rivière la plus polluée d'Europe. Le paysage, où dominent les tons rouille, acier, béton, est une allégorie grandeur nature de la lente agonie de la société industrielle : cheminées noires taries ; citernes dégoulinant de rouille ; tuyaux percés et corrodés ; bâtiments tagués, décrépits, aux vitres brisées ; terrains vagues craquelés, flaques irisées d'origine douteuse ; grues avachies, épaves démembrées, rues jonchées de débris et d'ordures... L'Emscher sinue au milieu de cette désolation, brune et morte, doublée par le canal Rhin-Herne tout aussi brun et mort. Par-dessus, le ciel plombé crachouille une espèce de neige sale qui dépose des traces grasses sur les vêtements.

Cette zone grise par excellence, hantée par des « sauvages » auprès desquels les récos de la Drehscheibe font figure de voleurs de bonbons, où aucun être humain sain d'esprit ne mettrait les pieds, est devenue le terrain de jeux favori de la Section 25 des Survival Commandos – où Rudy n'aurait jamais dû s'inscrire.

Car ce sont de purs, d'authentiques néonazis.

Il croyait que c'était un vieux mythe mité, une légende résiduelle entretenue par un noyau de nostalgiques de la Grande Allemagne fascinés par les oripeaux d'opéra du IIIe Reich. Il a découvert une organisation puissante, étendue, ramifiée en sections, légale car à visée humanitaire (la réinsertion…), recrutant tous azimuts grâce à ses stages de survie – en vérité des stages de guérilla et de propagande.

Bien qu'il se soit tenu sur ses gardes lors de son inscription – un organisme ayant le nom « commandos » dans son intitulé est *a priori* suspect –, Rudy avait relativement confiance : le stage était gratuit pour les récos, l'hôtesse d'accueil souriante et avenante, les bureaux (sis dans une ancienne usine de pièces détachées pour voitures à Bochum) soigneusement restaurés, garnis de plantes et bordés d'espaces verts, et la brochure qu'il a compulsée en attendant son tour présentait le stage comme « une aventure virile, dans un esprit d'entraide et de saine camaraderie, visant à promouvoir l'effort personnel, la résistance, le don de soi, la volonté de se battre pour réussir » : toutes qualités nécessaires au réco qui veut s'en sortir.

Il a un peu tiqué quand la fille lui a demandé de signer une décharge dans laquelle il « reconnaissait que le stage comportait certains risques, les acceptait et en assumait l'entière responsabilité » :

— Quels risques ?

Le sourire de l'hôtesse s'est estompé.

— Vous allez suivre un stage de *survie*, O.K. ? Vous allez apprendre à vous débrouiller dans des situations difficiles. Donc vous serez placé dans des situations difficiles. Forcément, elles comporteront des risques.

Ce disant, elle a haussé les épaules, comme si elle proférait une évidence sur laquelle il n'y avait pas à revenir. Rudy n'y est donc pas revenu.

Il a commencé à déchanter dès qu'il a rejoint son « unité », commandée par un jeune tondu scarifié qui n'a cessé de lui gueuler qu'il n'était qu'une merde, une loque, un déchet social, mais qu'il pouvait redevenir un homme s'il obéissait au chef, exécutait les ordres, écoutait les discours et ne la ramenait pas. Qu'il allait en baver comme jamais, mais qu'ensuite il les remercierait parce qu'il serait devenu fort, puissant, couillu, apte à conquérir le monde. « Seuls les forts survivront. Les faibles, les sous-hommes et les tantouzes seront impitoyablement éliminés. »

Puis il a vu les slogans nazis tagués sur les murs du dortoir, il a lu la propagande étalée partout, à disposition (toute autre lecture est interdite et confisquée à l'arrivée), il a entendu les discours diffusés en boucle et en allemand avec un son dégueulasse (probablement des repiquages de vraies harangues de Hitler) mais puissant, impossible de s'en abstraire. Il a refusé de visionner les films, ce qui lui a valu des brimades. Il a vite compris que « les faibles seront impitoyablement éliminés » n'est pas juste un élément de rhétorique ou une fanfaronnade de facho : c'est une réalité quotidienne.

En premier lieu, les déserteurs, ceux qui craquent et tentent de fuir avant la fin du stage : c'est un sport très couru que de les pourchasser et de les ramener au camp, où les sévices qu'ils subissent ne sont limités que par l'imagination de leurs tortionnaires ; après, s'ils sont encore en vie, on les abandonne au fond de la zone…

Ensuite, ceux qui se plaignent, se traînent, désobéissent ou n'arrivent pas à suivre, sont envoyés aux premières lignes des « missions » les plus périlleuses – par exemple nettoyer un nid de dealers de thrill au fond d'un entrepôt en ruine – où ils risquent réellement leur vie.

Enfin, ceux qui rusent pour tirer au flanc ou se mettre à l'abri, ou qui contestent les ordres, ou qui introduisent dans le camp des articles interdits (livres, revues, films, musiques autres que ceux diffusés par la Section, drogues, pornographie, téléphones et tout moyen de communication en général…), font l'objet d'un traitement spécial, nocturne et discret, dénommé *Nacht und Nebel*, à l'issue duquel on ne les revoit pas ; ou si on les revoit, ils sont méconnaissables et n'ont plus rien à dire.

Par ailleurs, lors des entraînements de combat, à mains nues ou avec armes, les protagonistes sont censés stopper au premier sang ou à la prise imparable, mais, si la rage ou une pulsion meurtrière les saisit, la lutte est poursuivie, exaltée et encouragée jusqu'à son issue souvent létale. De même, lors des manœuvres en extérieur comme celle-ci, les armes – des G11 allemands et des AK74 russes – tirent en principe des paintballs, mais il arrive fréquemment que des balles réelles soient « oubliées » dans un chargeur : chacun se demande alors si ce n'est pas lui le porteur de l'arme fatale, le messager de la mort aujourd'hui…

Une fois l'objectif assigné, son unité a rejoint l'ancienne raffinerie à pied – plutôt au pas de course – depuis Bochum, a investi les lieux après s'être assurée qu'ils étaient inoccupés, s'est installée en position défensive et attend maintenant les « Rouges », qui doivent attaquer la raffinerie et s'en emparer. Il y aura forcément des blessés ou des morts… peut-être par sa faute.

Luttant contre le vertige, Rudy s'avance jusqu'au bord de la plate-forme dont la rambarde n'est plus qu'une dentelle de rouille, scrute les abysses de béton et d'acier, vingt-cinq mètres au-dessous.

Devine un mouvement, sous une rangée de tuyaux parallèles.

Les Rouges ? Le chef n'a pas signalé leur présence, ni donné l'ordre d'attaquer… Il ne les a pas vus ou quoi ?

Le mouvement se précise, devient une silhouette qui sort en se faufilant de sous les tuyaux, traverse en courant l'espace dégagé, se planque aussitôt derrière une cuve de craquage.

Rudy se rabat contre la paroi de la tour en frissonnant. Il *souhaite* maintenant avoir le fusil qui tue, car cette silhouette n'était pas un Rouge : il a bien distingué ses haillons, et surtout le gros flingue qu'il tenait.

Un « sauvage » de la zone grise.

Et là-bas, au pied de la torchère, il en repère un autre.

SAUVAGES

Now take your gun and kill them all
Get nothing to lose, no way to survive
Go down in the street and kill them all
Nothing else to choose, no fun to stay alive[1]

KILL THEM ALL, « Holocaust »
(*End of Times*, © HellTrax 2030).

Rudy espère qu'ils ne l'ont pas vu.

Rencogné contre la porte métallique – close, il a vérifié – qui donne à l'intérieur de la tour de distillation, il enclenche la radio intégrée à son casque, appelle à mi-voix son chef d'unité :

— Chef, il y a des sauvages dans mon secteur. Qu'est-ce que je fais ?

— Rien. On attend les Rouges, et t'attends aussi.

— Mais s'ils m'attaquent, chef ?

— Tu te démerdes ! Et tu tiens ta position jusqu'à nouvel ordre. Compris ?

---

1. Maintenant prends ton flingue et tue-les tous/Tu n'as rien à perdre, aucune issue de survie/Descends dans la rue et tue-les tous/Tu n'as pas d'autre choix, aucune joie à rester en vie. (*TdA*)

— Oui, chef.

Cut. «Tu tiens ta position», tu parles. Rudy se sent visible comme le nez au milieu de la figure. Suffit que les autres au-dessous lèvent la tête! Il rampe à nouveau jusqu'au bord de la plate-forme, risque prudemment un œil dans la pénombre. Il ne les voit plus…

Une balle vrombit à son oreille, un coup de feu déchire le silence. Là-bas, sur la droite, à l'angle de ce bâtiment carré: le type au flingue, ou un autre. Aplati sur la grille d'alu glacé, Rudy vise et tire, sans hésiter ni réfléchir, comme on le lui a appris. La silhouette disparaît. L'a-t-il touchée? Détient-il les balles réelles?

Bruits de course en dessous, chocs au pied de la tour. Ils arrivent. Vont lui couper toute retraite et l'abattre comme un lapin. Il *doit* décrocher. Tant pis pour les ordres.

Une autre balle siffle, ricoche contre son casque, lui projetant la tête de côté. La détonation roule dans le silence sépulcral de l'usine, éveille de vieux échos métalliques. Rudy dévale la volée de marches à claire-voie, plié en deux, collé à la paroi. Son objectif est d'atteindre le sol… Trop tard: deux «sauvages» se sont lancés dans l'escalier, flingues en l'air. Rudy tire encore une courte rafale, sans viser. L'un d'eux bascule en arrière avec un cri, s'affale dans l'escalier. L'autre riposte – heureusement qu'il vise mal: les projectiles tintent contre la paroi de la tour.

Une passerelle part du palier inférieur, rejoint le bâtiment carré sur l'autre rive du puits de pénombre. Pourvu que Rudy puisse l'atteindre, pourvu qu'il y ait une issue…

Il y parvient avec une demi-seconde d'avance sur le «sauvage» – squelettique et terriblement sale, au visage livide parcouru de tics – qu'il retient en pointant sur lui son fusil. L'autre s'aplatit sur les marches et fait feu. Il rate Rudy qui s'engouffre sur la passerelle. Elle vibre et résonne sous ses rangers lancés au pas de course. Le type, derrière lui, tire sans relâche : il va finir par le toucher, et Rudy n'a pas de gilet pare-balles.

Il se jette contre la porte du bâtiment – close. Se retourne, balaie la passerelle d'une longue rafale. Son adversaire est stoppé net dans son élan, recule par soubresauts ridicules tandis que les balles le frappent, s'écrasent en belles taches vermillon sur ses hardes informes.

Des paintballs, des putains de paintballs.

L'autre « sauvage » se pointe au bout de la passerelle, du rouge gouttant de son front mais pas mort évidemment, il ne joue pas le jeu. Il est aussi armé que son complice, lequel se tâte et réalise qu'il est toujours en vie.

Dans un effort désespéré, Rudy jette tout son poids contre la porte : la serrure rouillée cède avec un criaillement de métal blessé. Il roule de l'autre côté dans l'obscurité, avise une allée droit devant lui qui dessert des machines absconses, débouche sur un escalier qui descend vers les entrailles du bâtiment, jungle de tuyaux, cuves, fours et machineries complexes, plus ou moins cassées ou démantelées. Ses poursuivants repèrent Rudy au bruit, il doit se planquer.

Nouvel échange de coups de feu tandis qu'il s'enfonce dans la jungle industrielle. Les deux types sont grimpés sur des machines et le prennent sous leurs tirs croisés, sans plus chercher à se protéger des siens : ils ont dû comprendre.

Rudy cherche frénétiquement une cache, une

issue, une échappatoire, mais les itinéraires sont soigneusement balisés : ponts, coursives, coupées, échelles, passe-pieds sinuent et se faufilent parmi l'énorme machinerie de la raffinerie. Il est à bout de souffle, ne sent plus son épaule gauche avec laquelle il a enfoncé la porte, souffre d'un point de côté à droite, et son pied le relance. À l'angle d'un gros carter, il repère un renfoncement presque à niveau, saute par-dessus la rambarde et se tasse dans le recoin, retenant son souffle et empoignant son fusil par le canon.

L'un des sauvages déboule aussitôt à l'angle, écumant, flingue brandi – se prend à toute volée la crosse du G11 dans l'estomac. Il tressaute avec un hoquet, roule au sol en se tenant le ventre. D'un bond de côté, l'autre l'évite de justesse, découvre Rudy dans le renfoncement. Il jette son arme vide, dégaine un cran d'arrêt dont la lame jaillit avec un cliquetis, fine et pointue. C'est le crasseux aux tics, des yeux rouges exorbités sous une tignasse grise et emmêlée, une maigreur de déporté.

— J'te tiens enculé j'te tiens enculé…, marmonne-t-il comme une litanie.

Rudy reprend son fusil du bon côté et lui tire dessus à bout portant. Le sauvage sursaute à chaque impact mais ne recule pas. Les paintballs éclaboussent ses haillons déchirés, lui meurtrissent durement le corps, enfoncent des éclats sous sa peau tandis qu'il avance sur Rudy. Il ne sent rien, défoncé au thrill sans doute, ce « grand frisson » qui vous rend insensible à la douleur, tel un Hulk enragé, idéal pour les combats de rue entre gangs.

Rudy possède un poignard, ça fait partie de son équipement, mais il ne s'est entraîné que trois fois au combat au couteau, il ne peut pas dire qu'il sait se battre. Il lâche néanmoins son fusil, dégaine sa lame et prend l'attitude de défense qu'on lui a apprise, le cœur battant la chamade, une sueur froide dans le dos : l'autre ne s'arrêtera pas au premier sang…

Rudy capte un bruit, l'écho d'un choc, quelque part dans l'usine. D'autres sauvages ? Son adversaire ne paraît pas avoir entendu.

Soudain il bondit par-dessus la rambarde et vole sur Rudy, couteau pointé. Rudy pare ce premier assaut, se fend, tente de porter un coup bas, l'autre esquive, riposte, trop vif – une entaille dans la joue de Rudy, d'où le sang coule aussitôt. Il recule, pare un autre coup, un troisième, tente une feinte, échoue, recule de nouveau, se retrouve coincé dans le renfoncement. Le sauvage multiplie les attaques, rapide, précis, furieux. Rudy se défend comme il peut, parvient encore à parer chaque coup mais son adversaire a l'avantage, et il accélère – Rudy ne tiendra pas longtemps. D'autant que l'autre est en train de se relever sur le passe-pied…

Une milliseconde d'inattention, un traître coup de taille : Rudy sent la lame le percer au niveau du rein, à travers son treillis. Il se jette violemment en arrière, heurte le carter d'acier contre lequel il s'appuie – lance ses deux pieds en avant, avec toute la force puisée dans sa rage, sa peur et sa douleur. Les rangers heurtent la poitrine creuse du sauvage surpris, qui est projeté contre la rambarde. Rudy se jette sur lui, esquive sa garde trop haute et lui enfonce le poignard dans l'abdomen jusqu'à la garde.

Le type soupire comme un ballon qui se dégonfle, une lueur d'étonnement dans ses yeux rougeoyants. Rudy arrache le poignard et le replante, une fois, deux fois. L'autre lâche son couteau, s'avachit contre la rambarde. Le sang éclabousse le bras de Rudy qui

enfonce une dernière fois son poignard dans le tho-
rax vermillon du sauvage qui rend l'âme, enfin.

Pendant ce temps le complice a récupéré son
flingue, achève de le recharger en transperçant Rudy
hébété d'un regard de haine intense.

Il vise posément, il est sûr de l'avoir à si courte
distance. Rudy panique, ne sait de quel côté se jeter
– le coup part.

La tête du sauvage vole en éclats.

Il s'effondre à nouveau sur le caillebotis d'alu,
taché de peinture et de sang.

Trois formes humaines émergent de la pénombre.
Armées, casquées, vêtues de kaki, un brassard rouge
autour du bras gauche : censément les « ennemis ».

Tremblant de soulagement, les jambes en coton,
Rudy s'appuie contre la rambarde au pied de laquelle
gît le type qu'il a tué, qu'il ne veut pas voir. Les trois
hommes s'approchent, il les reconnaît : c'est le chef
de l'unité rouge et ses deux fidèles lieutenants, durs,
méchants, cyniques, de « bons » néonazis.

— On a tout vu, déclare le chef rouge. Tu t'en es
pas trop mal sorti.

— Vous avez tout vu ? Et vous n'êtes pas inter-
venus ?

— Surtout pas ! ricane l'un des lieutenants. Un
vrai combat à mort, c'est chouette à regarder.

— Quand l'aut' naze a rechargé son flingue, ça
valait plus le coup, ça devenait trop inégal, précise
l'autre lieutenant en levant son AK74, pour bien
montrer que c'est lui le messager de la mort aujour-
d'hui.

— Enfin, les gars, vous auriez pu…

Rudy s'interrompt, saisi d'une violente nausée :
son regard a dérivé vers le cadavre à ses pieds.

— T'as risqué ta vie, sourit le chef en lui tapotant

l'épaule. C'est ce qui en fait tout le sel, pas vrai ? Et tu t'es bien défendu. Je signalerai ton acte de bravoure.

Rudy lui tourne le dos et vomit contre le carter une bile amère.

— Tss…, siffle le messager de la mort avec une moue de dépit. Mauviette.

Rudy se redresse, souffle court, des phosphènes dans les yeux, un sale goût dans la bouche, un hurlement d'horreur dans la tête.

Les trois fusils sont pointés sur lui.

— Hé, ça veut dire quoi ? émet-il d'une voix étranglée.

— Ça veut dire que t'es en état d'arrestation, sourit le chef. Rappelle-toi, t'es un Blanc, nous on est les Rouges. T'es resté comme un con à nous attendre, on t'a chopé, t'es notre prisonnier. Allez, amène-toi.

— Qu'est-ce qu'on leur fait aux prisonniers ? s'écrie le messager de la mort, tandis que Rudy enjambe la rambarde et remonte sur le passe-pied.

— On les pend par les couilles ! s'esclaffe l'autre lieutenant.

— On leur arrache les dents !

— On leur fait bouffer leur foie jaune !

— Non ! On les encule avec leur bite !

Les gars rigolent et surenchérissent, poussant du canon de leurs fusils Rudy qui trébuche devant eux, mains levées, hagard, l'estomac en vrille, l'horreur qui se répand comme une coulée de sang dans son esprit.

TRAVAUX FORCÉS

Vous voulez vous en sortir.
Vous recherchez un emploi, n'importe quel emploi.
Même risqué, loin de chez vous, dur et mal payé.
Mais c'est ça ou la galère.
Arbeit a du boulot pour vous.
<Arbeit.com>
Première agence mondiale de réinsertion par le travail

On n'a pas pendu Rudy par les couilles, on ne lui a pas arraché les dents, ni fait bouffer son foie jaune. À son retour, il a été présenté au commandant de la Section 25 – un type entre deux âges, aux yeux bleu acier, sanglé dans un uniforme noir style SS – qui lui a remis une croix de guerre défraîchie provenant de surplus militaires, en le félicitant pour sa bravoure et son sens du devoir « au service de la nation ». Il a dû saluer le drapeau (allemand, pas européen), on l'a envoyé à l'infirmerie soigner ses blessures, puis – en tant que « prisonnier de guerre » – il a été condamné aux « travaux forcés » : une journée entière de corvées de chiottes, de ménage, de plonge, de cuisine, d'entretien des espaces verts et du camp en général.

Il se présente au moins une occasion par jour de condamner un stagiaire aux travaux forcés, ce qui fait que le camp est entretenu gratuitement par du personnel soumis, voire heureux d'échapper un temps à la dureté de l'entraînement. C'est le cas de Rudy, qui, tout en balayant, lavant, frottant, récurant, profite de cette journée relativement tranquille (les deux unités sont parties en représailles contre les sauvages) pour tenter d'éclaircir ce tourbillon de peur, de haine et de violence qu'est devenu son esprit. Chose totalement impossible depuis son arrivée ici, où, du lever au coucher, les stagiaires sont sollicités en permanence par des manœuvres, des exercices, des simulations, des cours, concours et discours, par leurs camarades, chefs et sous-chefs, etc., afin qu'ils n'aient pas la moindre minute pour réfléchir par eux-mêmes, comprendre où ils sont tombés. Certains comme Rudy ne sont pas dupes mais, au bout de dix jours, toute velléité de critique ou de révolte a été brisée : le soir au dortoir, chacun est trop épuisé physiquement et moralement pour émettre des commentaires plus profonds que « putain », « bordel » et « fait chier ». Rudy se rend compte qu'il devient comme les autres, fasciné par son arme, excité par la violence, à gueuler des conneries, à hurler avec les loups, à se ruer à la curée. Où est-il, le doux Rudy d'antan qui caressait ses tulipes, parlait à ses pieds d'herbe, poussait gentiment les araignées dehors ? Où est-il, le tendre amant d'Aneke, le joyeux père de Kristin ? Où sont-elles ses deux amours, à qui il n'a même pas pensé depuis dix jours ? Est-ce qu'elles le reconnaîtraient en bête féroce, aspergée de sang, un poignard dégoulinant à la main, s'acharnant sur une loque humaine défoncée au thrill ? Est-ce qu'elles approuveraient de le voir en uniforme kaki, fusil calé sur la hanche, traquant le « sauvage » (*Oui, Aneke, c'est comme ça qu'ils les appellent ici, les sauvages*, die Wilden*)* dans le trou du cul de l'Europe? Qu'es-tu devenu, Rudy? Comment es-tu tombé si bas? Tu as *tué un homme*! O.K., c'était de la légitime défense, mais tu t'es *acharné*, tu y as *pris plaisir*, avoue-le, Rudy! Oui, oui, il se l'avoue, il s'est oublié un instant, a cessé d'être conscient – un instant de pure jouissance, d'orgasme pour ainsi dire. Quelle horreur, quelle honte! Comment sortir de cet enfer?

Son balayage machinal de la cour de l'usine, tout à ses pensées, l'a amené devant le bâtiment administratif et le bureau d'accueil, où il distingue, à travers la vitre teintée, l'hôtesse penchée sur son ordi. Ça lui donne une idée.

Il n'a pas le droit, pendant le stage, de pénétrer dans le bâtiment administratif sans autorisation. Mais bon, il n'y a personne, il n'y restera pas plus de cinq minutes, et la fille – une blonde joliment ordinaire – lui avait paru sympa…

— Hé là! C'est interdit! s'écrie-t-elle d'une voix haut perchée, dès qu'elle le voit pousser la porte.

— Je sais, répond-il d'un ton conciliant, tout en restant poliment sur le seuil. Je… j'aimerais juste vous demander un petit service de rien du tout, mais si vous ne voulez pas, c'est pas grave, je m'en vais…

L'hôtesse le jauge sévèrement du regard, puis se déride. Lui octroie même un sourire:

— C'est pas vous qu'on a décoré, hier? Qui avez tué un sauvage? (Rudy acquiesce d'un signe de tête, une boule dans la gorge.) C'est votre premier, hein? (Nouveau signe de tête.) Ça va? (Elle se penche par-dessus son bureau, compatissante.) Y en a qui ont du mal à avaler, c'est pour ça que je demande.

— J'ai un peu de mal à avaler, admet Rudy. Heu… Pour ce petit service…

— C'est quoi que vous voulez?

— Vous avez Internet, je suppose?

— Vous n'avez pas le droit de vous connecter.

— C'est pas pour me connecter, juste pour... Si vous pouviez me rechercher des offres d'emploi, et me les imprimer...

— En principe, j'ai pas non plus le droit de faire ça. (*En principe*, note Rudy, qui lui sert le plus charmant sourire dont il est encore capable.) C'est quoi que vous recherchez comme emploi?

— N'importe quoi, c'est juste pour bosser, me rendre utile, redonner un sens à ma vie, vous voyez...

— De toute façon, la seule boîte que je peux consulter, c'est Arbeit. Ce sont nos sponsors. Et franchement, de vous à moi, Arbeit, ce sont des esclavagistes.

— Tant pis. Envoyez toujours.

La fille effectue quelques passes sur son tactile, on entend *bzz* sous son bureau, elle lui tend deux feuilles imprimées.

— Les annonces de la semaine. Avant c'est pas la peine, tout est déjà pris, ou alors c'est trop mortel.

— C'est vraiment sympa, sourit Rudy en prenant les feuilles, qu'il glisse prestement sous son treillis. Vous êtes gentille, c'est rare de nos jours.

— Merci, rougit la blonde, dont les cils papillottent légèrement sur ses yeux bleus. (Elle lui sourit en retour.) C'est quoi votre petit nom?

— Rudy, et vous?

— Marlene... comme Marlene Dietrich, vous connaissez?

La porte du bureau s'ouvre à la volée sur le chef de l'unité de Rudy, qui se campe devant l'entrée en croisant les bras, un sourire mauvais sur sa trogne zébrée de scarifications.

— Hé, le troufion, tu sais pas que c'est interdit d'entrer dans les bureaux ?

— Oui, mais – mais je… j'étais juste venu… donner un coup de balai…

Rudy montre le balai qu'il a posé près de la porte. Le chef ne détourne pas son regard.

— C'est moi qui vais te balayer, raclure. T'es venu draguer Marlene, hein ? Ça, c'est *encore plus* interdit. *Nacht und Nebel*, ça te dit quelque chose ?

Derrière son bureau, l'hôtesse écarquille les yeux d'effroi. Quelque chose craque dans la tête de Rudy, une lave brûlante se répand en lui, qu'il n'essaie pas d'endiguer.

Poussant un hurlement de fauve, il fond sur son chef comme une buse sur une souris, l'aplatit contre la porte, lui empoigne la tête à deux mains et cogne *cogne* COGNE de toutes ses forces à l'angle du chambranle, jusqu'à ce qu'il entende les os craquer, voie le sang gicler. Alors il le lâche et, tandis que le chef glisse contre le chambranle, il s'empare de son pistolet – un Luger chargé de vraies balles – qu'il pointe aussitôt sur Marlene.

Celle-ci lève les mains mais, sur son visage, la peur se mêle à l'excitation.

— Vous l'avez *tué* ? couine-t-elle, haletante. Comme ça ? À mains nues ?

— Je crois, oui. Bougez pas, criez pas, téléphonez pas, déclenchez pas d'alarme. Laissez-moi partir. D'accord, Marlene ?

— Oui… oui, Rudy. Il y a une sortie de ce côté, réservée au personnel, qui n'est pas gardée.

Elle désigne une porte sur sa gauche. Piège ? L'entrée principale est surveillée de toute façon… Il ouvre la porte, découvre un long couloir. Une lueur bleutée à l'autre bout : le dehors.

— Merci, Marlene.

— On ne se reverra plus… Dommage.

Rudy se glisse dans le couloir, le parcourt au pas de course, flingue en main. Entrebâille prudemment la porte vitrée à l'extrémité, qui donne sur une petite cour déserte et pénombreuse. Il traverse la cour, atteint le portail flanqué de hautes grilles, abaisse la poignée. Il s'ouvre. Trop facile.

C'est quand il tire le portail que l'alarme se déclenche, hululante, stridente, puissante. Rudy bondit dans la rue tout aussi déserte et s'enfuit dans la zone crépusculaire, poursuivi par le hurlement de l'alarme et très bientôt, il le sait, par une horde de tueurs enragés.

SARBACANES

Le Kansas est le centre de l'Amérique. Le cœur du monde libre bat à Lebanon, au nord de l'État. Or un cœur, pour battre correctement, a besoin d'être irrigué. C'est pourquoi je vous promets, mes chers concitoyens, de tout faire pour ramener l'eau dans le Kansas. Assez d'eau pour laver nos voitures, remplir nos piscines, abreuver nos vaches et arroser nos champs.

Extrait d'un discours électoral
de John Bournemouth, gouverneur du Kansas.

Morne plaine. Une prairie jaunasse, pelée, rongée par la moisine. Des chicots d'arbres, arrachés par les tornades ou crevés de soif. De maigres troupeaux de vaches, gardés par des patrouilles armées en 4 × 4. Quelques essais de cultures de blé d'hiver, réduites à des champs de poussière et de tiges racornies. De vastes plaques de terre stérile et craquelée, là où le maïs Terminator™, planté il y a dix ans par Monsanto, a tout tué (y compris Monsanto). Çà et là, des taches jaune vif de colza transgénique à fleurissement perpétuel (© Universal Seed) apporté par les vents de l'Oklahoma et impossible à éradiquer, prémices d'une invasion non annoncée. Routes défoncées, villages à l'abandon, campements d'outers au milieu de nulle part, lacs et rivières à sec sauf la Kansas River, la « Kaw », réduite à son étiage, étouffée par des algues géantes. La chaleur – excessive, même pour l'été indien – écrase la plaine sous un ciel en fusion, bouché au sud-ouest par d'énormes cumulonimbus anthracite, boursouflés, crépitant d'éclairs, ventres féconds des tornades.

— On arrivera à temps, vous en êtes sûr ? demande Anthony Fuller, pour la troisième fois, au pilote de l'hélicoptère.

— Oui, j'en suis sûr, réplique celui-ci en réprimant une mimique agacée.

Il surveille du coin de l'œil la progression, par-dessus les Flint Hills, du front de nuages haut comme une montagne et noir comme une nuit d'hiver ; il estime que l'orage n'atteindra pas la région avant une heure. Or ils vont atterrir au ranch de John Bournemouth, à Council Grove, dans vingt minutes au plus. Vraiment pas de quoi s'inquiéter.

Fuller, lui, considère cette sombre menace avec appréhension, ce qui l'empêche de se concentrer, de réfléchir à son entrevue avec John Bournemouth. Il a beau être né au milieu du « couloir des tornades », en avoir vu des dizaines et subi plusieurs, il ne s'y fera jamais : le phénomène météo le plus extrême de la planète lui flanque toujours une peur bleue. Celle-ci doit être en train de dévaster Florence ou Marion, elle peut donc arriver très vite… N'entend-il pas déjà son sifflement caractéristique, par-dessous le vrombissement de l'hélicoptère ?

Son pilote avait raison : ils atterrissent bien avant l'orage. Fuller n'en perçoit que les roulements lointains au-dessus des Flint Hills, et la levée d'un vent qui rafraîchit un peu l'ambiance de four. Le ciel vire lentement au gris acier : peut-être auront-ils droit à quelques gouttes... mais éviteront les trombes de grêle, les maisons rasées, les champs ravagés.

John Bournemouth accueille en personne son hôte sur le large perron de son ranch, pendant qu'un de ses *boys* guide l'hélico dans le hangar blindé et pressurisé, « antitornades », où sont également garés l'avion et les trois voitures du patron.

Le gouverneur du Kansas possède un domaine de dix mille hectares situé près de Council Grove, qui jadis nourrissait un troupeau de trente mille têtes et produisait quinze mille tonnes de maïs Terminator™ par an, le tout abondamment arrosé par l'eau puisée sans vergogne dans le lac-réservoir de la Neosho. L'épuisement de la rivière, les dégâts dus à la sécheresse et au maïs transgénique, et le vol de bétail par des bandes d'Osages, de Shawnees ou d'outers ont sérieusement réduit l'exploitation, jusqu'à ce que Bournemouth acquière assez d'influence au sein de la Kansas Water Union pour obtenir un pipeline arrivant direct et gratis sur ses terres. Les prés ont reverdi, les cultures ont prospéré, les vaches se sont de nouveau multipliées pour atteindre dix-huit mille têtes aujourd'hui, sous la protection de centaines de kilomètres de barbelés électrifiés, de milliers de caméras, de dizaines de drones de surveillance et d'une milice armée jusqu'aux dents. Cette véritable enclave privée fait vivre une trentaine de personnes, incrustée dans une terre aride et désolée, hantée par des hordes d'outers affamés que Bournemouth confond bien volontiers avec des Indiens sur le sentier de la guerre : pas de vrais citoyens américains en tout cas, donc sa milice peut leur tirer dessus sans état d'âme.

Après les civilités d'usage, le gouverneur – obèse et dandinant dans son short XXL, cigare au bec malgré la prohibition – entraîne Fuller à travers une pièce, aussi grande qu'un court de tennis et décorée comme un saloon, qui débouche par une immense baie sur un patio entourant une piscine de taille olympique, pleine d'une belle eau bleue qui sent l'iode. Le patio est meublé de transats confortables et d'un bar roulant bien garni.

Sur l'un des transats est allongée une créature de rêve, vêtue de larges lunettes noires et d'un string qui ne cache presque rien. Fuller sourit à ce spectacle : il a l'impression de revivre un des clichés les plus éculés de Love Links, le site de rencontres virtuelles de Maya, qu'il a quelque peu fréquenté dans sa jeunesse. Sauf que là, tout est vrai : cette brune pulpeuse et dorée est bien l'épouse de l'adipeux John Bournemouth, et c'est la femme la plus chaude et sexy que Fuller connaisse.

— Bonjour, Tabitha.

Elle soulève ses hublots fumés, adresse à Fuller un sourire à damner un saint.

— Oh, bonjour Anthony ! Quelle bonne surprise !

— Tu devrais mettre quelque chose, chérie. Ce n'est pas une tenue devant un invité !

— Allons, Johnny chou, ne sois pas si coincé. Anthony fait partie de la famille.

Ce disant, elle lui glisse une œillade émeraude qui frappe direct ses gonades : il se met à bander et elle le remarque. Son sourire s'accentue, un bout de langue pointe entre ses lèvres ourlées. *Ça ne va pas être facile de discuter si elle reste dans les parages*, constate Fuller.

Bournemouth a dû avoir la même pensée :

— Chérie, nous devons parler sérieusement, Anthony et moi, et tu risques de t'ennuyer. Tu as sûrement quelque chose de plus intéressant à faire ?

Tabitha se lève avec grâce, faisant ostensiblement saillir ses seins siliconés, dont elle redresse les tétons bruns d'un effleurement de l'index.

— À tout à l'heure… susurre-t-elle d'une voix de gorge, frôlant Fuller au passage, qui respire son parfum de luxe et de sexe.

Le souffle coupé, il la regarde entrer dans le saloon en tortillant du cul. Il n'a qu'une envie : la rattraper, lui sauter dessus et la baiser sur-le-champ à la sauvage, comme ils l'ont déjà fait maintes fois.

— Qu'est-ce que je te sers ?

— Hein ? Heu… (Il cligne des yeux, revient à la réalité.) Ce que tu tiens, là. C'est du bourbon ? Très bien.

— Tabitha est gentille, mais elle a une cervelle d'oiseau. Elle nous aurait emmerdés avec ses propos futiles, explique Bournemouth en versant largement le bourbon. Glaçons ?

— Non, merci.

Cervelle d'oiseau, tu parles, se dit Fuller. *Tabitha a épousé ta fortune et elle attend que tu crèves, vieux cochon.*

Tous deux s'installent dans les transats, verre en main. Fuller en profite pour avaler discrètement un Calmoxan, afin d'apaiser sa tension sexuelle, et un Neuroprofen, pour booster ses facultés d'attention. John Bournemouth attaque sans préambule :

— Alors, c'est quoi cette histoire de flotte ? Paraît que t'as découvert une nappe phréatique ?

— Oui, en Afrique. (Anthony dresse un bref historique de la situation.) Au final, conclut-il, d'après

Sam Grabber, cette eau m'est virtuellement acquise, même si je ne la possède pas encore dans les faits.

— Et tu comptes t'en emparer comment ? Tu vas les attaquer au TCI ?

— Grabber n'est pas chaud. Il pense que j'ai la loi pour moi et que le Burkina va s'incliner de toute façon.

— Tu parles. Grabber est un sale négro juif qui ne pense qu'au fric. Il va faire traîner l'affaire pour te soutirer un maximum de pognon.

« *Négro juif* », *tiens, c'est nouveau*, relève Anthony. Bournemouth est un authentique sudiste : raciste, exploiteur, esclavagiste. Fuller s'en veut de devoir traiter avec lui – si son père le voyait, un descendant de Jayhawker négociant avec un rejeton des Missouri Ruffians ! – mais les intérêts de Resourcing passent avant ses propres opinions.

— De plus, opine-t-il, le TCI n'est pas toujours pro-américain…

— Je sais. On y a perdu de l'influence, au profit de ces enculés de niakoués. Mais l'Oncle Sam n'a pas dit son dernier mot ! *Prosper !* (Un domestique noir en perruque et livrée blanche immaculée se pointe presque aussitôt.) Fainéant de négro, t'es pas foutu de rappliquer quand je te sonne ? Ressers-nous, et plus vite que ça ! (Bournemouth revient à Fuller.) Alors qu'est-ce que t'envisages ? J'imagine que ton pays grouille de Nègres la machette entre les dents, qui vont pas se laisser dépouiller de leur flotte en disant « me'ci bwana » !

Le gouverneur rit grassement. Pas son interlocuteur.

— Justement, je songe à une intervention militaire. (Bournemouth hausse un sourcil par-dessus son verre, invitant Fuller à poursuivre.) Une démonstration de puissance. On leur dit la loi et s'ils ne l'acceptent pas, on tape du poing sur la table, on leur montre qui est le plus fort.

— Mouais. L'Afrique, c'est bien de l'autre côté de l'Atlantique, non? T'as les moyens d'envoyer un porte-avions, une escadrille et des blindés là-bas?

— Le Gouvernement a les moyens. Il s'agit d'un intérêt vital pour les États-Unis. Nous avons *besoin* de cette flotte.

— Et tu penses convaincre le président Bones d'expédier un corps d'armée dans ce trou-du-cul, juste pour sécuriser une nappe phréatique?

— En fait, toi qui le connais, je pensais qu'avec ton aide…

— Ça marchera pas.

— Ah non?

— Ben non, mon vieux. L'État est ruiné, tu sais bien. La guerre contre le Mexique nous a foutus sur la paille, les pauvres veulent pas bosser ni payer leurs impôts. On a dû fermer trois bases sur cinq dans le monde, et celles qui restent sont équipées de matos d'il y a vingt ans. Livrer une guerre, avant de rapporter, ça coûte. Or notre économie est descendue à un niveau inférieur à celui de la Russie, faut pas se leurrer. Quant à financer la guerre à crédit, ça devient difficile : les bailleurs de fonds ne font plus trop confiance au gouvernement américain, de nos jours…

— Je sais. (Soupir.) En ce cas, qu'est-ce que tu préconises?

— Essaie le procès, c'est ce qui coûte le moins cher. Si t'es vraiment sûr de ton coup, c'est pas la peine d'attendre le verdict pour faire appliquer tes droits sur ta nappe phréatique.

— Comment?

— J'ai une très bonne milice. Formée par la NSA, qui a toujours besoin de fric…

— Je vois. Tu crois qu'une milice pourrait suffire ?

— T'auras quoi, en face de toi ? Des Négros en pagne, un os dans le nez, armés de flèches et de sarbacanes. Une simple mitrailleuse les tiendrait à distance.

— John (nouveau soupir), tu te fais une idée fausse de l'Afrique. Mais ta suggestion est intéressante. Je vais y réfléchir.

— Le directeur de la NSA est un de mes amis. Si tu veux, je lui en parle et on organise une rencontre.

— Parfait.

— Prosper ! Ressers-nous.

Le domestique se matérialise, remet une tournée, rallume le cigare de son patron, s'éclipse à nouveau. Fuller reprend :

— Il y a un autre problème que je voudrais aborder avec toi, John. Une fois cette flotte en exploitation, il faudra bien la distribuer.

— Tu vas la transporter comment ?

— Par tankers. J'en ai parlé à mon père, Exxon y pourvoira avec ses anciens pétroliers, ce n'est pas un souci. Je parle de la distribuer ici, chez nous.

— Il y a la Kansas Water Union. Ils t'achèteront ta flotte un bon prix. Quand on voit ce que ça leur coûte de l'amener du Canada…

— Tu me connais, John. Tu sais que je n'aime pas sous-traiter mes affaires à des sociétés qui ne font pas partie de mon groupe, surtout quand il s'agit de ressources aussi vitales que l'eau.

— Alors quoi ? Tu veux instaurer un réseau d'adduction parallèle ?

— Trop cher et inutile. Je compte tout simplement acheter la Water Union.

Bournemouth avale de travers et s'étouffe avec son bourbon. Il tousse, cramoisi, peine à reprendre son souffle.

— Tu plaisantes, là, rauque-t-il enfin.

— Non, John. Je suis très sérieux.

— Tu n'y arriveras pas. La KWU appartient à plusieurs conglomérats puissants : Canadian Ice Resource, American Springwater, US Pipe Networks…

— … Et John Bournemouth. C'est déjà fait, John. J'ai lancé une OPA qui a été acceptée il y a deux heures. Les actions de KWU sont en chute libre. Tu peux vérifier : tu es en train de perdre des milliers de dollars.

Pâle et transpirant, Bournemouth consulte sa remote de poignet. Lève sur Fuller des yeux chassieux.

— Comment t'as osé… Ils m'ont même pas prévenu !

— Ils craignaient que tu ne fasses obstruction, avec ta minorité de blocage. Je leur ai dit que je m'occupais personnellement de ton cas, ça a paru les soulager. Donc voilà, John : je suis ton nouveau P.-D.G. et tu es mon principal actionnaire. Tu peux décider de collaborer avec moi, auquel cas tu vas vite recouvrer ton portefeuille, ou bien de bloquer le processus de fusion. Auquel cas KWU ne vaudra tellement plus rien que tes actions, tu pourras te torcher le cul avec.

— Enculé de Yankee, exhale Bournemouth d'une voix blanche. Vous êtes bien tous pareils !

Il tripote sa remote d'un geste indécis. Fuller

repose son verre vide et se lève, essayant de ne pas avoir l'air trop triomphant.

— Je vais faire un tour, je te laisse réfléchir, consulter ton avocat, ton agent, qui tu veux. Je te donne une heure. (Bournemouth tousse de nouveau, crache son mégot de cigare.) Et ne fume pas trop, c'est mauvais pour la santé.

CALL-GIRL

Ne soyez plus impuissant !
Vous êtes un battant, un gagneur. Vous maîtrisez chaque situation dans tous les domaines. Mais si vous ne maîtrisez pas *cette* situation-là, alors vous n'êtes rien.

Erectyl® peut vous aider.
Erectyl® vous garantit puissance, durée et plaisir accru – le vôtre et celui de votre partenaire. Soyez sûr de vous avec Erectyl®. Dans *cette* situation aussi, soyez un gagneur !

Ne pas dépasser la dose prescrite.
Erectyl est un produit du groupe Pharmacia ww

Fuller frappe à la porte de la chambre de Tabitha, située dans l'aile sud du ranch et décorée façon lupanar : satin, soie, ors, voiles et tentures, lumières tamisées, immense airbed circulaire. Elle lui ouvre sans se presser, toujours aussi peu vêtue, un flacon de vernis à ongles à la main.

— Tony ? Je ne t'attendais pas si tôt…

Sitôt la porte refermée, il la prend dans ses bras, colle sur ses lèvres un baiser fougueux, mêle sa

230

langue à la sienne, plaque les mains sur ses fesses fermes. Tabitha se serre contre lui, écrase ses seins sur sa chemise, pousse son pubis contre le renflement de son pantalon, lui rend en experte son baiser mouillé.

— Que s'est-il passé avec John ? s'enquiert-elle, tandis qu'elle pose le vernis sur une table basse (les ongles de son pied droit sont violets) et, dans la foulée, enlève son string.

— Il a une heure pour réfléchir à son destin et s'accorder avec sa conscience.

Fuller admire Tabitha qui le rejoint de sa démarche ondulante : ses courbes galbées d'ex-mannequin, ses yeux verts étirés, pétillants de malice (« cervelle d'oiseau » ! Pauvre con !), ses longs cheveux aile-de-corbeau qui chatouillent ses seins, son ventre plat, ses cuisses fuselées, son pubis de velours noir, sa vulve pulpeuse…

— Qu'est-ce que tu lui as fait ? demande-t-elle en déboutonnant sa chemise.

— J'achète la Kansas Water Union, déclare fièrement Fuller en caressant les seins de Tabitha. Soit John me revend ses parts et sauve sa mise, soit il fait obstruction et perd beaucoup d'argent.

— Ça doit le faire chier, en vieux républicain rassis qu'il est, de devoir négocier avec un démocrate comme toi, glousse Tabitha, qui s'agenouille et s'attaque au pantalon d'Anthony.

— Ce n'est pas tellement ça, le problème. Ce qui l'inquiète, à mon avis, c'est qu'il risque de perdre l'énorme privilège d'avoir l'eau gratuitement. Car c'est *moi* qui aurai la main sur le robinet… et sur les compteurs.

Tabitha ne répond rien, car elle a embouché le sexe d'Anthony et le suce avec une dextérité issue de sa longue expérience. Le membre acquiert très vite une rigidité de bon augure. Fuller craignait que le Calmoxan ne contrecarre l'effet de l'Erectyl qu'il vient de prendre, mais ce n'est pas le cas. En outre, le Neuroprofen lui fait sentir la langue et les lèvres de Tabitha avec plus d'acuité, comme si ses terminaisons nerveuses s'étaient multipliées. *Ça va être très bon*, pronostique-t-il. Bien meilleur qu'avec Consuela… surtout ces derniers jours.

Quand l'Eudora Civic Corp a ramené la nurse à la maison, penaude et paniquée, en expliquant qu'elle avait tenté de profiter de l'émeute pour sortir de l'enclave, Fuller a décidé de la punir et de lui apprendre une fois pour toutes qu'il est son maître. Il l'a violée, attachée, fouettée, humiliée. L'a prêtée pour une partouze chez ce vicelard de Hartmann, où elle a subi les assauts d'une vingtaine d'hommes et de femmes bourrés, défoncés, hystériques. L'a traitée comme une chienne, jouissant de ses larmes et de ses supplications. Tout cela bien sûr à l'insu de Pamela – en vérité, c'était ça le plus excitant. Pour le reste, il aurait aussi bien pu s'amuser avec une poupée gonflable, il n'aurait pas eu davantage de répondant.

Avec Tabitha, c'est différent. Elle a été call-girl de luxe dans les enclaves pendant plusieurs années avant de jeter son dévolu sur le compte en banque et la position sociale de John Bournemouth, qui a dû payer très cher le privilège de la posséder à demeure. Car Tabitha ne cache pas ses ambitions, du moins à Fuller : l'argent et le pouvoir. C'est pour ça qu'elle baise avec lui et sûrement avec d'autres, parmi les VIP que fréquente le gouverneur du Kansas : afin de conserver les cercles du pouvoir et du gros fric le plus près possible de sa chatte, qu'elle sait très addictive pour tous ces mâles en rut perpétuel. Quand, en plus, ils sont assez bien conservés comme Anthony Fuller, le plaisir s'ajoute à la griserie du pouvoir. Que demander de mieux ?

Fuller se dépêtre les pieds de son pantalon et tous deux roulent sur la moquette de laine écrue. Ils s'embrassent, se sucent, se mordent, se caressent, se pétrissent, se fourrent des doigts dans la bouche, la vulve, l'anus qu'ils s'entrelèchent... Rien n'est « sale » ni « tabou », tout est permis avec Tabitha qui, elle au moins, n'hésite pas à prendre des initiatives. Après l'avoir baisée et sodomisée de toutes les manières et dans toutes les positions imaginables, et menée maintes fois à l'orgasme (qu'elle a sonore, spasmodique et mouillé), Anthony finit par jouir longuement dans sa bouche avide, l'inondant d'un sperme abondant qu'elle lèche goulûment.

Tandis qu'ils reposent, épuisés, trempés de sueur et de leurs sécrétions sur les draps de satin noir en vrac, Fuller remarque soudain l'heure holographiée au plafond : 17 : 34. Ça fait une heure vingt qu'il a laissé John Bournemouth dans le patio.

— Merde ! se redresse-t-il d'un sursaut.

— Quoi, Tony chéri ? s'enquiert Tabitha, alanguie.

— J'ai oublié John. Je lui avais dit une heure... (Il bondit hors du lit.)

— Oh, ne t'en fais pas pour lui... (Elle écarte les cuisses, tend vers lui sa motte humide accueillante.) Tu n'as pas envie de réessayer ?

— Ce serait avec plaisir, mais il faut vraiment que j'y aille. Sinon John va se poser des questions.

— Des questions, lui ? Tu parles ! glousse-t-elle.

Fuller ramasse ses vêtements et se précipite dans la salle de bains, tout en marbres et ors, où il efface du mieux qu'il peut les traces de ses ébats avec

Tabitha. Quand il en sort, à peu près correct, elle est toujours allongée sur le lit, à se caresser langoureusement l'entrecuisse ; elle lui adresse un clin d'œil lascif. Il lui souffle en retour un baiser du bout des doigts, ouvre la porte – tombe nez à nez avec Bournemouth.

— J'accepte, dit celui-ci, une grimace tordant ses joues grasses.

— Qu-quoi ?

— T'as déjà oublié ton offre, Anthony ? réplique le gouverneur en accentuant son sourire torve.

Fuller essaie maladroitement de refermer la porte : le lit est bien visible depuis le seuil, et Tabitha dessus ne prend même pas la peine de masquer son état.

— Euh, non, John, je… j'avais quelque chose à demander à ta femme…

— Te casse pas la tête, Anthony, j'ai tout vu.

Bournemouth lui empoigne l'épaule, lui fait faire volte-face et l'entraîne de nouveau dans la chambre. Sans accorder la moindre attention à Tabitha qui observe les deux hommes avec un sourire espiègle, il montre à Fuller, d'un doigt péremptoire, divers endroits de la chambre : les coins du plafond, autour du lit, au-dessus de la coiffeuse, les cadres des portes… Des petits points brillants, très discrets.

— Des microcams, explique-t-il. Une bonne douzaine, un peu partout. Ainsi j'obtiens tous les angles de vues que je désire.

— Attends, réalise Fuller, atterré. Tu veux dire que… tu nous as *matés* ?

— Exact, acquiesce Bournemouth, grimaçant de plus belle. C'est ça qui m'excite : la voir s'éclater avec des mecs. Moi-même j'arrive à rien avec elle.

— Mais… mais… (Fuller se tourne vers Tabitha qui pouffe derrière sa main.) Tu savais ?

— Bien sûr, rit-elle.

— Bordel de Dieu, souffle-t-il, stupéfait. Vous êtes des foutus pervers ! Pourquoi m'avoir montré ça, d'ailleurs ? Vous auriez pu continuer à donner le change…

— Bah, répond Bournemouth en écartant les bras, tu sais bien qu'en affaires, on n'a rien pour rien.

C'est en grimpant dans son hélico paré à décoller que Fuller saisit le sens de la dernière remarque du gouverneur : c'est clair que, sachant désormais que ce gros porc les regarde, il n'osera plus jamais baiser avec Tabitha.

L'INNOCENCE DE L'ENFANCE

> Il n'est pas rare que chez les enfants autistes se développe un processus de communication qui n'emprunte aucun des cinq sens que nous utilisons habituellement : comme une tentative de projection mentale de son univers intérieur vers l'extérieur, projection que, malheureusement, personne ne peut capter.
>
> Dr Cornelius CASTORIADIS,
> *Communiquer avec les autistes* (2029).

L'orage et son cortège de tornades épargnent Council Grove mais pas Lawrence, qui se prend de plein fouet des pluies diluviennes, des vents violents, des gerbes d'éclairs, des chutes de foudre en rafales – et surtout deux tornades, mesurées F3 et F4 sur l'échelle de Fujita, qui ravagent plusieurs quartiers, détruisent des ponts, des antennes, des dizaines de voitures et de toitures, tuent trois personnes et en blessent une soixantaine, et arrachent les pylônes haute tension dans tout le secteur.

Eudora, dont l'électricité provient en premier lieu de Lawrence, est tout à coup privée de courant.

L'enclave dispose de ses propres générateurs à hydrogène, mais, pour une raison indéterminée (manque d'entretien ?), ceux-ci refusent de fonctionner. Pendant que les techniciens s'activent autour des machines, la petite communauté de luxe reste plongée dans l'obscurité et dans l'angoisse.

Car chacun peut assister, depuis sa terrasse, derrière ses baies vitrées thermostatiques ou ses bow-windows victoriens, à l'assaut du front de nuages dans le ciel incolore, à l'extinction du jour dans une nuit de capharnaüm, au ballet fulgurant des éclairs au-dessus des collines. Chacun peut entendre le ciel se déchirer en craquements et grondements sans cesse accrus, sentir le vent forcir FORCIR FORCIR jusqu'à plier les arbres et arracher des toitures. Chacun peut observer, au sein des ténèbres terrifiantes, l'émergence des cônes des tornades telles des langues de démons, leurs rugissements de jets quand les tubas descendent vers le sol en se tordant comme des serpents, le charivari des buissons de terre, de débris et d'objets qui montent en tournoyant, aspirés par le courant. Chacun, tremblant dans le noir, peut voir l'enfer se déchaîner sur Lawrence, quelques kilomètres à l'ouest.

Dans sa villa de 1 200 m^2 sise, en bordure ouest d'Eudora, dans un parc avec étang et piscine donnant sur la Wakarusa, Pamela n'est pas en reste, scotchée devant la baie du salon, partagée entre terreur et fascination. Chaque fois qu'éclate une tempête de cette ampleur ou qu'une tornade sème la ruine et la désolation, elle y voit l'œuvre de Satan, engagé dans un duel divin contre le Seigneur, dont les chapelets d'éclairs, les fulgurances de la foudre et les bombardements de grêle sont les signaux les plus visibles. Quand elle était petite, sa mère lui disait que les tornades étaient « la queue du Diable qui descendait sur Terre » : non seulement on risquait d'être tué, mais de plus on était voué à la damnation éternelle.

Pamela sait qu'elle devrait baisser tous les stores et descendre s'abriter au sous-sol avec Junior : l'alerte maximum a été diffusée à la télé, sur Internet, par téléphone, par des drones sur les vitres, et continue d'être clignotée par la domotique de la maison. Elle n'arrive pas à bouger, hypnotisée par les éclairs qui éventrent les nuages à un rythme effréné, abasourdie par le tonnerre qui fait continuellement vibrer les murs. Le Prozac4, dont elle a un peu abusé, atténue sa panique mais amoindrit sa faculté de décision et déréalise l'événement, le circonscrit à l'écran bidimensionnel de la baie vitrée.

Junior, dans son fauteuil à ses côtés, paraît tout aussi fasciné par l'orage. Il pousse un cri (de joie ?) chaque fois que la foudre flashe le salon dans un craquement assourdissant. Ses yeux gris suivent la progression des tornades au loin, révélées par les lueurs stroboscopiques des éclairs. Pamela sursaute à un cri plus fort de Tony. Elle se penche sur lui, s'efforce d'afficher un sourire rassurant :

— Ça va, mon chéri ? Tu n'as pas trop peur ? On va descendre au sous-sol, tu sais, c'est plus sage.

Elle saisit les poignées du fauteuil – se fige soudain, incapable du moindre mouvement. Elle entend distinctement « *NON* » dans sa tête.

Ses doigts se glacent, son cœur manque un battement. Elle a bien entendu une voix, n'est-ce pas ? Or elle est seule ici dans le noir, et Tony est muet…

— Consuela ? Vous êtes là ? parvient-elle à lancer d'une voix étranglée.

Seul le tonnerre lui répond, roulant dans toute la maison.

— Junior ? Ce n'est pas toi qui as parlé ?

Les éclairs lui donnent une teinte crayeuse, découpent en tranches son visage grimaçant et parcheminé de momie profanée. Ses yeux gris exorbités accrochent le regard apeuré de Pamela, ne le lâchent plus. Bouche bée, souffle court, pupilles dilatées, inconsciente de son mouvement, elle tombe à genoux devant Tony Junior. Elle ne voit plus que ses yeux démesurés, tels deux lacs de mercure où elle se noie, n'entend plus qu'une immense clameur dans sa tête – toute la souffrance du monde concentrée en un seul cri –, ne sent plus qu'un froid abyssal qui la pétrifie.

Et lentement, dans les ténèbres hurlantes de son esprit torturé, se forment des images.

Indistinctes et floues tout d'abord : des formes, des silhouettes, des mouvements. Vacillantes comme une flamme de bougie dans le vent, elles gagnent peu à peu en détails, en précision. Un homme, une femme. Nus tous les deux. Une scène de sexe. L'homme fornique avec la femme à croupetons… Non, il la *sodomise*. Au fond de son âme, Pamela est révulsée par cette obscénité qu'elle voudrait chasser de son esprit – mais comment ? Car cette vision ne vient pas d'elle-même. Elle la *reçoit*, imprécise et tressautante comme un canal télé mal calé. Gros plan : l'homme est Anthony, la femme Consuela. Il est en sueur, ahanant, arbore un plaisir bestial. Elle est en larmes et grimace de douleur.

Explosion de foudre – la maison tremble. Une autre vision : Consuela enchaînée sur son lit, dans sa petite chambre. Nue, bras et jambes écartés, zébrée de sanglantes estafilades. La tête couverte d'un masque de cuir, Anthony la fouette avec rage. Une boule de billard noire dans la bouche de la nurse l'empêche de crier.

Les lacs de mercure puisent dans les yeux de Pamela, annihilent toute sensation sauf une seule, comme un fourmillement, une chaleur étrange qui prend naissance entre ses cuisses... Une nouvelle image : Consuela dans le bureau d'Anthony, nue et accroupie devant lui, son sexe dans la bouche, d'où coule un filet de sperme.

En son for intérieur, Pamela est répugnée par tant de dépravation. Mais les lacs de mercure sont un puits sans fond qui aspire toutes ses pensées. Et cette *chaleur* qui palpite entre ses cuisses, irradie son pubis, son vagin, sa matrice...

La foudre tombe sur la villa, ou juste à côté – flash nucléaire, fracas de fin du monde, comme si la terre elle-même s'ouvrait sur les abîmes infernaux. Des appareils grillent dans la maison, ça crépite, produit des étincelles et sent le plastique brûlé. La chaleur qui enflamme la matrice de Pamela devient une vague ondulante qui irradie son ventre, remonte le long de son plexus, fait saillir ses seins, gonfler ses lèvres, se résout dans sa tête en un râle de jouissance – elle se cabre, haletante, cette chaleur blanche l'inonde, jaillit de sa vulve en houle de plus en plus serrée, intense, orgasmique, l'emporte en son flux irrésistible, oh oui, *oui*, OUIIII, tandis qu'un flot d'images disparates submerge son esprit en déroute : Anthony introduisant un cigare dans le vagin de Consuela ; la filmant défoncée par trois hommes ; la frappant en la prenant comme une chienne ; Consuela violée, souillée, humiliée, terrifiée, et Anthony dominant, triomphant, sadique et sans pitié.

Pamela s'effondre sur le parquet. Le contact est rompu.

L'orage s'éloigne, ses grondements sont moins prégnants, ses éclairs plus espacés, pluie et vent diminuent d'intensité. Pamela reprend lentement ses esprits, réalise où elle se trouve : étalée sur le parquet du salon, entre la baie vitrée et le fauteuil de Tony Junior. Qu'est-il arrivé ? A-t-elle perdu conscience ? Trop pris de Prozac4 ? Pourtant elle se sent bien, mieux qu'elle n'a été depuis longtemps : apaisée, détendue, emplie d'une douce chaleur… sensations que le Prozac4 ne lui procure pas d'habitude. Plus étrange, elle a mouillé sa culotte, et pas avec de l'urine. Ce qu'elle ressent entre ses cuisses, elle ne l'avait encore *jamais* ressenti.

Seigneur tout-puissant ! Qu'ai-je fait ? Oh, mon Père, pardonnez-moi si j'ai péché, Satan a abusé de moi !

Son regard se pose sur Tony Junior : immobile, paupières closes, il paraît endormi. *Pauvre chéri,* compatit Pamela. *Lui, au moins, il baigne encore dans l'innocence de l'enfance, les turpitudes du Malin ne l'atteignent pas…*

Tout à coup lui reviennent les images. *Toutes* les images.

Les yeux écarquillés, elle porte la main à sa bouche, étouffe un cri d'horreur. Sort du salon en courant, à la recherche de Consuela.

Seul dans la pièce obscure, Tony Junior soulève doucement les paupières. Ses prunelles grises sont emplies d'un rire silencieux.

INFLUENCE

> Ceux qui font le bien et ceux qui font le mal sont
> également considérés par Dieu, qui a laissé les êtres
> humains libres de faire le bien comme le mal, à
> condition de le faire convenablement. Le bien et le
> mal sont une seule et même chose.
>
> Barkié KABORÉ, *bangba* (homme de
> connaissance mossi) cité par Kabire Fidaali
> *in Le Pouvoir du bangré* (1987).

Hadé Konaté habite une grande concession à
la sortie nord-ouest de Ouahigouya, à l'écart de la
route de Mopti. Sa cour se repère de loin, au sein de
l'habitat plus ou moins anarchique de ce faubourg
non loti de la ville, grâce au majestueux tamarinier
toujours vert qui l'ombrage. Ses adeptes disent
qu'Hadé, en tant que *bangba*, est protégée par Dieu
ou les *zindamba* (génies), et que son arbre ne peut pas
mourir. Ses détracteurs soupçonnent la mère de la
présidente de jouir de privilèges iniques en matière de
distribution d'eau. Quoi qu'il en soit, alors que les
autres arbres du quartier sont moribonds, voire déjà
taillés en bûchettes pour la cuisine, le tamarinier

d'Hadé Konaté étend son ombre bienfaisante sur une grande partie de la cour principale de sa concession où sont accueillis ses patients. Sur cette cour close donne la grande case où habite Hadé, en briques de banco et toit de séko[1], ainsi que deux autres cases plus «modernes» (parpaings, ciment et tôle ondulée) occupées par deux femmes de sa parentèle, dont une avec trois enfants. Une cuisine et des sanitaires communs occupent l'espace intermédiaire. La concession est divisée par un muret et un grand grenier à mil cylindrique au toit pointu de séko. Un passage entre la case d'Hadé et le grenier débouche sur une autre cour, plus petite, comprenant son «labo» où elle prépare ses remèdes, et que ferme un autre grenier de taille plus modeste, ainsi qu'un paravent en bambou tressé. Un second passage permet d'accéder à l'arrière-cour, où quelques poules efflanquées picorent sur un maigre compost et où se dresse un fétiche en bois, cuir, plumes et cauris représentant un calao dont il porte le vrai bec, chargé de divers grigris. Sa base, une grosse pierre noire tachée de sang et de débris de plumes, témoigne des sacrifices pratiqués à ses pieds. Ceux-ci ne sont pas le fait d'Hadé, dont le niveau de *connaissance* se passe depuis longtemps de ce genre d'artifices. Toutefois elle n'empêche personne d'accomplir ce que bon lui semble pour augmenter ses chances de guérison, et n'oblige personne à lui accorder une confiance aveugle. Elle sait ce dont elle est capable et cela lui suffit. Libre à chacun de prier Dieu ou de sacrifier un poulet aux mânes des ancêtres, si c'est bon pour son moral.

---

1. Banco : mélange de paille et d'argile battu, formé en briques séchées au soleil. Séko : paille de mil tressée. *(NdA)*

Les femmes qui vivent dans la concession, parentes plus ou moins éloignées, sont toutes deux veuves : le mari de Magéné est mort du sida, celui de Bana est tombé aux côtés d'Alpha Konaté, lors du coup d'État de 2011. Elles assistent Hadé dans son travail de médecine traditionnelle : récolte des plantes et produits, accueil, prédiagnostic ou suivi des patients. Parfois Magéné remplace Hadé pour les maux bénins ou courants, lorsque celle-ci est « dans le bangré », accaparée par un cas délicat, ou reçoit dans sa case un hôte important – comme aujourd'hui.

L'hôte important n'est autre que sa fille, accompagnée de son petit-fils Abou que Fatimata a pris au passage au camp de Kongoussi, arrachant à son capitaine une permission exceptionnelle. Abou a beaucoup insisté pour qu'elle l'emmène visiter sa grand-mère qu'il avait « besoin de voir », mais, depuis son arrivée, il n'a pas prononcé d'autres paroles que les salutations d'usage. Il reste accroupi sur ses talons, fasciné par tout ce qui accroche son regard dans la pièce pénombreuse : masques bwas, mossis et younyonsé, costumes de cérémonie en fibres végétales colorées, bouquets de plantes séchées, gros vieux canari sur son lit de sable humide, calebasses-gourdes, parures de plumes et peaux d'animaux accrochées aux poutres, et surtout un autre fétiche, plus abstrait et mystérieux que le calao de l'arrière-cour, constitué d'une simple motte d'argile cernée de colliers de cauris concentriques, et percée en son sommet d'un trou noirci duquel s'échappe une fine fumerolle qui embaume la pièce d'un relent d'herbes. Régulièrement, le regard d'Abou revient à sa grand-mère, s'écarquillant légèrement comme s'il découvrait chez elle quelque chose de surprenant. Hadé, qui converse avec Fatimata, ne lui accorde aucune attention.

En fait, c'est surtout Fatimata qui parle. Installée dans un siège bas sénoufo en bois de néré, ses formes plantureuses en débordant largement, Hadé écoute avec attention, hoche parfois la tête ou acquiesce par de brèves onomatopées.

— ... Voilà où nous en sommes, conclut Fatimata, qui peine à trouver une position confortable sur la natte à même le sol. Ce Fuller a déposé plainte contre nous auprès du Tribunal de commerce international pour « recel frauduleux d'une ressource vitale » et « entrave au libre commerce ». Nous lui avons transmis par voie diplomatique une invitation officielle à venir constater *de visu* la situation sur le terrain, il n'a pas daigné répondre. Je ne sais plus quoi faire, mâm. Si nous commençons à exploiter la nappe et que nous perdons le procès, tout ce travail sera inutile et nous risquons même d'être condamnés pour ça. Mais si nous ne faisons rien en attendant le verdict, les gens vont se révolter car ils ont trop besoin de cette eau. Déjà, le détachement militaire envoyé pour sécuriser le terrain a beaucoup de mal à maintenir l'ordre, n'est-ce pas, Abou ?

Celui-ci confirme d'un signe de tête, quasi hypnotisé par les volutes de fumée bleutée qui s'échappent du trou du fétiche d'argile.

Le silence s'installe. Hadé a fermé les yeux et croisé les bras sur son opulente poitrine, elle paraît assoupie. Fatimata attend patiemment : elle sait qu'il est vain de brusquer sa mère ou de manifester la moindre impatience. Elle boit un peu d'eau tirée du canari, servie dans un quart en fer-blanc cabossé datant au moins de l'époque coloniale. L'eau est bonne, fraîche, à peine terreuse, comme issue d'une source. Où Hadé la trouve-t-elle ? Ou bien est-ce l'eau de l'ONEA qu'elle parvient à « traiter » ainsi ?

— Fuller ne viendra pas de lui-même, déclare enfin la guérisseuse, de sa voix de basse un peu rauque.

— Je le crains.

— Tu souhaites que j'agisse sur lui pour l'inciter à venir.

Fatimata hausse ses fins sourcils. Pourtant, elle devrait être habituée à ce que sa mère perce aisément ses désirs et secrets. N'est-elle pas la chair de sa chair ?

— Oui. Ou, du moins, l'amener à changer de sentiment à notre égard.

— Ma fille, je ne ferai pas une chose pareille.

— Tu ne peux pas ?

— Si, je le pourrais. Mais je ne veux pas.

— Pourquoi ?

Silence. Hadé semble écouter des sons ou des voix perceptibles d'elle seule.

— Le bangré n'est pas de la sorcellerie, répond-elle. Si je me sers du bangré pour changer les gens contre leur volonté, cela va troubler les forces et gâter la *connaissance*. Le bangré sert à soigner, à *voir*, à savoir. Pas à faire le mal.

— Tu ne ferais pas le mal, mâm. Tu *lutterais* contre le mal !

— Fuller est un homme mauvais pour toi, Fatimata, mais il est sincère dans ses convictions, et croit lui aussi œuvrer pour le bien de son pays. Je ne peux lutter contre ça.

— Mais il va nous voler notre eau ! On ne peut pas le laisser faire, quand même !

Hadé se tait de nouveau. Elle reste un long moment recueillie, paupières closes, au point que

Fatimata se demande si elle ne s'est pas vraiment endormie cette fois. Alors qu'elle hésite sur la conduite à tenir, Hadé ouvre brusquement les yeux et se lève d'un bloc, avec une souplesse étonnante pour une femme de sa corpulence. Elle se dirige vers une des poutres retorses qui soutiennent le toit, en décroche une calebasse-gourde, verse un peu de la poudre brune qu'elle contient dans le trou du monticule d'argile.

La fumée augmente aussitôt d'intensité, devient âcre et suffocante. Abou et Fatimata se mettent à tousser, larmoyants, mais Hadé, penchée au-dessus du trou, la tête dans les volutes, n'en est pas incommodée.

La fumée diminue, se disperse par les ouvertures. Hadé retourne s'asseoir, se penche vers son petit-fils :

— Qu'est-ce que j'ai fait, Abou ?

— Tu as regardé dans le bangré, mamie.

— C'est bien, fils. Et qu'est-ce que j'ai vu dans le bangré ?

Abou ouvre la bouche pour répondre, se ravise, écarquille les yeux, se gratte le crâne. Puis, non sans hésitation, il bafouille :

— Un... un nain ?

Hadé hoche la tête, un sourire étirant ses lèvres charnues. Elle revient à Fatimata, qui observe tour à tour sa mère et son fils, perplexe.

— Fuller est sous influence, explique-t-elle. Cette influence n'est pas humaine comme nous. Mais elle est mauvaise et très puissante. J'ai *vu* qu'elle peut causer beaucoup de troubles si elle se développe sans entraves.

— C'est cette... « influence » qui serait à l'origine de la décision de Fuller ?

— Je l'ignore. En tout cas les *forces* m'ont

demandé de travailler contre elle, parce qu'elle peut devenir très dangereuse.

— Qu'est-ce que tu vas faire, mamie? intervient Abou.

— Je le saurai bientôt, fils. La patience, c'est la première qualité de l'apprenti *bangba*. (Hadé se relève, avec plus de difficultés.) Des malades m'attendent dehors, que je dois traiter d'urgence. Bana vous apportera à manger.

Sur ces mots, Hadé sort en se dandinant. Restés seuls dans la pénombre fumeuse, scrutés par les orbites creuses des masques, Fatimata et son fils se dévisagent avec une étrange incertitude.

— Abou, qu'est-ce qui se passe entre toi et ta grand-mère?

Celui-ci esquisse une moue copiée sur Salah, son copain de régiment.

— Rien de spécial...

— Je crois que si, Abou.

— Ben, quoi?

— Je crois qu'elle veut t'initier au bangré. Et je ne suis pas sûre que ça me plaise.

NÉGOCIATIONS

Testez vos connaissances avec **<meteo.com>**
et gagnez une station météo complète !
*Cochez les bonnes réponses, puis **envoyez***

La température la plus élevée du globe, relevée le 8 octobre dans le désert du Rub' al' Khali (Arabie saoudite) a été de : ❑ 61 °C ❑ 70 °C ❑ 78 °C

Les îles Tuvalu (Indonésie) ont été noyées sous les eaux du Pacifique en : ❑ 2002 ❑ 2010 ❑ 2020

Depuis l'an 2000, les températures moyennes ont globalement augmenté de : ❑ 2 °C ❑ 5 °C ❑ 12 °C

Les vents les plus violents qui ont traversé l'Europe de l'Ouest lors des tempêtes d'octobre ont atteint : ❑ 150 km/h ❑ 240 km/h ❑ 360 km/h

Le Gulf Stream a totalement disparu de l'Atlantique nord en : ❑ 2013 ❑ 2021 ❑ 2027

De : Laurie Prigent <laurie35@maya.fr>
À : Fatimata Konaté <f.konate@gov.bf>
Date : 12/11/2030 – 16.32 GMT
Niveau de sécurité : *confidentiel*

Chère Madame Konaté,
Tout d'abord, permettez-moi de vous dire combien je suis honorée de recevoir un e-mail de la présidente du Burkina Faso en personne, surtout aussi sympathique.

Ensuite, veuillez m'excuser de ne pas avoir répondu plus tôt, mais j'ai éprouvé quelques difficultés à préparer la mission. SOS a peiné à réunir le matériel de forage adéquat et de mon côté j'ai eu du mal à recruter un chauffeur. Personne ici n'ose «prendre le risque» de descendre au Burkina, ni même de franchir le *limes* transméditerranéen, au-delà duquel on considère que c'est l'enfer. Bref, j'ai fini par dénicher un volontaire en Allemagne. Je dois le rencontrer après-demain à Strasbourg, bien qu'à première vue il ne soit pas le pilote chevronné, arpenteur du désert, que vous me préconisiez d'embaucher. Mais je ne peux faire la fine bouche... à moins de retarder encore mon départ, or j'ai cru comprendre qu'il y avait urgence.

Si tout va bien, nous devrions partir dans trois jours et mettre environ une semaine à descendre. J'ignore encore quelle route nous allons emprunter, nous mettrons ça au point avec le chauffeur. J'espère seulement que le désert, la soif, les pannes et les pirates nous épargneront...

Par ailleurs, j'ai contacté votre fils Moussa et j'ai tenté, comme vous me l'aviez demandé, de le convaincre de se joindre au convoi. En vain, je dois l'avouer. Il n'a guère envie de retourner au Burkina, même s'il est incommodé en Allemagne par le froid, la pluie et le racisme rampant. En outre, la perspective d'effectuer tout ce trajet en camion l'a carrément effrayé. Si je puis oser une remarque, votre fils semble avoir bien adopté la mentalité «cocon» européenne... Il vous faudra trouver une autre solution, car ni moi ni le chauffeur ne sommes spécialistes en forages et irrigation (toutefois, d'après son CV, le chauffeur a été horticulteur). À défaut de matériel, les compétences en ce domaine ne doivent pas manquer dans votre pays...

Je vous contacterai sur la route, autant que possible, pour vous informer de notre progression. Voici mes coordonnées, où vous pouvez me joindre à tout moment, du moins en Europe (j'ignore si mon téléphone fonctionne en Afrique).

À très bientôt donc,

Laurie Prigent

Avec **MAYA**, dites NON aux télédrogues !

De : Moussa Diallo-Konaté <moussadk@TechUni.edu>
À : Fatimata Konaté <f.konate@gov.bf>
Date : 13/11/2030 – 22.41 GMT
Niveau de sécurité : *privé*

Maman,

Après avoir mûrement réfléchi, j'ai pris la décision de rentrer au pays. C'est une décision qui me coûte car, d'une part je suis en bonne voie de décrocher l'an prochain mon diplôme d'ingénieur hydrologue, d'autre part j'ai ici plusieurs ami(e)s, dont surtout une petite amie (Gudrun, je t'en ai déjà parlé) qui évidemment ne va pas me suivre, et je risque de ne jamais la revoir...

Tu me diras, ces petits soucis personnels ne sont rien devant la détresse de millions de Burkinabés. Je suis parvenu à la même conclusion, c'est pourquoi j'ai décidé de revenir chez nous. (Ce n'est pas la jolie blonde que tu as chargée de m'aguicher qui m'a convaincu.) Je comprends que tu aies besoin de toutes les têtes et bras valides, or il ne doit plus en rester beaucoup au Burkina, vu la situation que tu m'as décrite. Je devine aussi ton désir de resserrer les liens familiaux et de te sentir épaulée dans cette âpre lutte contre un climat de plus en plus hostile (78 °C relevés le mois dernier dans le Rub' Al' Khali, tu peux imaginer ça ?). Je vais donc sacrifier ma carrière en Europe et une union potentielle avec une belle et riche Berlinoise pour aller creuser le sable

251

de Kongoussi et tâcher d'en extraire au mieux cette eau. Tu mesures, j'espère, à quel point ce choix est important pour moi, vu qu'il engage mon avenir. Il n'est pas du tout certain que je puisse revenir étudier à la Technische Universität une fois le chantier terminé, car les lois d'immigration européennes deviennent chaque année plus draconiennes. Aussi je compte sur toi pour m'aider en retour à m'installer au Burkina.

Enfin, de grâce, cesse de la jouer misérabiliste, style « on est un pays pauvre, on se débrouille avec 10 CFA par jour ». Il est hors de question que je me tape le voyage dans un foutu camion. Je suis le fils de la présidente d'un pays qui siège à l'ONU et à l'UA, membre d'un tas d'organisations internationales, cité en exemple dans toute l'Afrique et même en Occident, et ce pays a quand même les moyens de me payer l'avion. Sinon, c'est clair, je ne viens pas. J'attends donc que tu m'envoies un billet.

Je t'embrasse affectueusement,

ton fils Moussa

De : Anthony Fuller <resourcing.hq@GreenLinks.com>
À : Fatimata Konaté <f.konate@gov.bf>
CC : Samuel Grabber <sg@grabber.com>
Date : 14/11/2030 – 13.40 GMT
Niveau de sécurité : *officiel*

Madame,

Nous accusons réception de votre courrier du 03/11, transmis par voie diplomatique. Dans ce courrier, vous nous proposez de nous rendre au Burkina Faso à une date à notre convenance, afin d'examiner la situation sur le terrain et de négocier directement sur le « partage » de la nappe phréatique de Bam.

Je suis au regret, Madame, de décliner votre invitation. Ma charge de P.-D.G. de Resourcing *ww* occupe tout mon temps et m'oblige à rentabiliser mes déplacements. Or je ne vois pas ce qu'une visite de terrain pourrait m'apporter de plus, mes services m'ayant déjà communiqué toutes informations utiles sur cette nappe phréatique.

Par ailleurs, nous vous avons déjà fait savoir qu'il n'y a sur cette question ni négociations ni « partage » possibles. Les lois du commerce mondial ainsi que *vos propres lois* donnent pour acquis que cette nappe appartient à Resourcing, ce que le Tribunal de commerce international ne manquera pas de confirmer.

Il apparaît donc que vous persistez dans l'erreur et l'illégalité, et ne respectez pas vos propres lois. Cette attitude despotique sera prise en compte au TCI, en tant que charge contre vous. Il vous est encore possible de changer d'avis et de nous transmettre un titre de propriété officiel en bonne et due forme, auquel cas nous retirerons notre plainte. Mais le temps presse, car la procédure est désormais engagée.

Salutations,

Anthony Fuller,
président-directeur général de Resourcing *ww*

TOURISTES

L'Airbus H440 à hydrogène explose en vol
La fin de l'espoir ?
Les compagnies aériennes, sinistrées par la cherté
du kérosène et la chute libre du tourisme réel, pla-
çaient tous leurs espoirs dans ce premier test d'un
avion de ligne volant à l'hydrogène (ce qui permettrait de rabaisser les prix des billets à un niveau
abordable par les classes moyennes). Mais l'explosion de l'Airbus H440, quinze minutes après son
décollage, a réduit leurs espérances à néant.
Lire la suite et voir le reportage sur **Euronews**

L'avion qui assure une fois par semaine la liaison
Abidjan-Ouagadougou – unique appareil reliant la
capitale burkinabé au reste du monde – est un
antique ATR 42 modifié pour fonctionner avec
50 % de méthanol, réparé et bricolé maintes et
maintes fois, dont la cabine passagers a été réduite
de quarante-six à une vingtaine de places pour transporter davantage de fret, dont les pneus du train
d'atterrissage sont rechapés, bref, un cercueil volant
qui ferait hurler l'IATA au scandale si elle en avait

connaissance. Pourtant, si les pannes au décollage sont innombrables et les atterrissages parfois hasardeux, il ne s'est jamais crashé ni posé en catastrophe dans la brousse, bien qu'il offre à chaque trajet son lot de frayeurs aux passagers : ratés des moteurs, hélice qui s'arrête, chutes de paliers brutales, fumées suspectes, pressurisation aléatoire, crevaisons... Son aspect dépenaillé et le fait qu'on ne soit jamais sûr d'en sortir vivant l'ont fait surnommer « le Vautour » par les clients et le personnel des aéroports de Ouaga et d'Abidjan, lequel prend soin de dégager le tarmac et d'alerter les secours sitôt qu'il est annoncé. Il est toujours confié au même pilote, qui le connaît par cœur, le chérit comme s'il l'avait construit lui-même et l'a assez chargé de grigris pour qu'il puisse voler même sans carburant, à la grâce de Dieu.

Tout cela, la plupart des passagers le savent, car ce sont généralement des habitués – hommes d'affaires, diplomates ou membres de gouvernements – qui ont les moyens de payer ou se faire payer le prix astronomique du billet. Mais pas les deux Blancs livides qui sortent en titubant de l'appareil fumant sous le cagnard, et vomissent d'emblée sur le béton brûlant et fendillé du tarmac de l'aéroport de Ouaga. Les autres voyageurs les contournent avec des expressions mitigées, allant du sourire compatissant à la franche désapprobation.

À peu près remis, soulagés de fouler un sol ferme, les deux hommes rejoignent la queue informelle qui attend devant la douane. La température atteint 50 °C, ils transpirent à flots et sont visiblement à la peine. On leur tend un formulaire en papier, qu'ils regardent sans comprendre.

— Il faut le remplir, c'est pour la douane, avertit un gros type à côté d'eux, en costume-cravate et attaché-case, que la chaleur ne semble pas incommoder. Vous voulez un stylo?

Il leur présente un Bic sorti de sa poche de poitrine. L'un des Blancs le prend sans un mot, commence à remplir laborieusement les cases (nom, prénom, adresse, durée du séjour, etc.), observé sans vergogne par le gros Noir.

— Américains? devine celui-ci, un sourire étirant sa face joufflue.

— *Yeah*, répond l'autre. Du Kansas.

— Vous venez au Burkina pour affaires?

— Non, grogne le premier. (Il passe le stylo à son voisin.)

— Ah, dommage... (Le sourire du gros s'estompe.) Moi, je suis dans le coton. Je possède plusieurs exploitations dans la province du Mouhoun, mais à cause de la sécheresse la culture est devenue difficile. Et l'exportation encore plus...

— Cultivez du coton transgénique, suggère l'un des Américains. Vous aurez plus de rendement.

L'homme le dévisage comme s'il avait proféré une grossièreté, puis lui tourne ostensiblement le dos. Leurs formulaires remplis, les deux Blancs reprennent place dans la queue, apparemment bloquée par des palabres échangés à vive voix au niveau des comptoirs de la douane.

Vient enfin leur tour. Le douanier – sec, chauve et soupçonneux – étudie attentivement les formulaires, puis les passeports. Lève les yeux sur les deux Américains, les reporte sur le formulaire.

— Quelque chose ne va pas? s'impatiente l'un d'eux.

— À «Motifs de votre séjour», vous avez inscrit «tourisme», note le douanier. Vous venez vraiment faire du tourisme?

— Oui, pourquoi ? C'est interdit ? s'énerve l'autre.

— Il n'y a pas de tourisme à faire ici. Le Burkina est en train de mourir.

— On veut quand même visiter le pays.

Le douanier grommelle quelques mots en moré qu'ils ne comprennent pas, mais à son expression ils devinent que ce ne sont pas des paroles de bienvenue.

Il tamponne rageusement les passeports et les leur rend comme s'ils étaient couverts de merde.

— Charmant accueil, commente l'un des Ricains en rempochant son passeport dans sa chemise à carreaux trempée.

— T'as pas voyagé autant que moi, Harry, mais tu constateras vite qu'on est rarement bien accueillis, même chez nos anciens alliés. On s'y fait, à la longue…

— Nous sommes les damnés de la terre, soupire Harry, tandis qu'ils se dirigent vers le tapis de réception des bagages.

— On s'est cru trop longtemps le peuple élu de Dieu. Maintenant on paye les pots cassés.

— Je ne crois pas en Dieu, Johnny. Je ne crois qu'en moi-même. Et encore, parfois, j'ai des doutes.

Leurs bagages récupérés après un second contrôle minutieux, Harry et Johnny quittent la relative fraîcheur du hall de l'aéroport pour retrouver le cagnard et la poussière, soulevée par l'harmattan en nuées suffocantes. Une grappe humaine leur tombe aussitôt dessus : « Taxi ! Taxi ! Par ici ! Pas cher ! Climatisé ! Moi, taxi ! Non, moi ! Prenez le mien !… » Bousculés, abasourdis, ils sont quasiment poussés dans une vieille bagnole aux sièges défoncés qui pue l'éthanol mal brûlé.

— Où est-ce que je vous emmène, *nassara* ?

s'enquiert le chauffeur, un petit barbichu tout ridé et tout sourires. Ou bien je vous fais visiter la ville ?

— À l'ambassade américaine, commande Harry. Par la route la plus directe.

— Vous savez où c'est, je suppose ? demande Johnny.

— Bien sûr ! Mais il faut payer d'avance.

— Ça, c'est nouveau, grogne Harry.

— Combien ?

— Heu… Cinq mille CFA. (Voyant qu'ils sortent leurs portefeuilles sans broncher, le taximan ajoute :) Pour chacun.

Ils payent, le taxi démarre non sans mal, s'arrête quelques centaines de mètres plus loin, sur l'avenue Kwamé-Nkrumah, devant la première pompe à éthanol. Le taximan tire cinq litres, pas un de plus, puis palabre avec le pompiste embarrassé par son billet de 5 000 CFA. Ce dernier envoie un gamin faire de la monnaie ; tous deux attendent à l'ombre, se partagent une cigarette et laissent les deux Américains cuire dans la voiture garée en plein soleil. Le gamin revenu et la monnaie rendue, la voiture ne démarre plus et le pompiste fait appel à trois jeunes de passage pour la pousser. Le taxi repart enfin, brinquebalant sur ses amortisseurs morts, dans les rues poussiéreuses de Ouaga, où les belles rangées d'arbres de jadis ne sont plus que des moignons, où la circulation bordélique et polluante de milliers de « moteurs » est devenue lente et anémiée, où beaucoup trop de commerces sont fermés et de bâtiments abandonnés, où les gens se traînent d'une ombre à une autre, d'une misère à une autre, ou restent assis là à rien attendre, l'œil vide et la faim au ventre. Il devient rapidement évident que le chauffeur n'a aucune idée d'où se trouve l'ambassade américaine :

ils empruntent un itinéraire complexe, ponctué de nombreux arrêts où le taximan a des «affaires» à régler, et repassent plusieurs fois par les mêmes places et avenues, jusqu'à tomber fortuitement sur l'ambassade, un bâtiment blanc moderne aux vitres fumées surmonté de la bannière étoilée. Ça fait exactement, constate Johnny, deux heures et dix-sept minutes qu'ils ont quitté l'avion.

— J'espère que l'ambassadeur nous a attendus, bougonne Harry, trempé de sueur et épuisé.

— Il doit avoir l'habitude, suppose Johnny, stoïque.

L'hôtesse d'accueil croit avoir affaire à des compatriotes égarés à rapatrier, elle peine à comprendre que Harry et Johnny soient ici *volontairement*.

— Nous avions rendez-vous il y a… (grimace) une heure et demie avec l'ambassadeur Gary Jackson, explique Harry, accoudé au comptoir, gouttant du front sur le laminé. Il nous attend encore?

— Je vais voir. (La fille empoigne le combiné d'un vieil interphone.) Qui dois-je annoncer?

— Harry Coleman et John Turturo.

— Monsieur Jackson? Messieurs Coleman et Turturo sont arrivés… Bien. (Elle repose le combiné avec un sourire soulagé.) Il vous attend. Prenez cette porte et suivez le couloir, c'est tout au fond.

— On peut laisser nos bagages ici, pour le moment?

— Pas de problème.

Harry et Johnny poussent la porte, suivent le couloir, frappent au bureau de l'ambassadeur, signalé par une pancarte dorée. Gary Jackson vient leur ouvrir. Petit, replet, dégarni, transpirant, l'air chafouin. En short et chemise à manches courtes ouverte sur son torse poilu.

— Soyez les bienvenus, messieurs ! sourit-il jusqu'aux oreilles.

— Ah, enfin, ça fait plaisir à entendre, relève
Harry.

— Nous sommes envoyés par Anthony Fuller...,
commence Johnny.

— Je sais. J'ai reçu de monsieur Fuller des instructions très précises vous concernant. Mais d'abord,
vous prendrez bien un petit rafraîchissement ?

Chapitre 4

RÉSOLUTIONS

De tous les problèmes d'ordre climatique qui se posent à nous chaque jour, celui du réchauffement global paraît le moins prégnant, du moins dans nos régions dites « tempérées ». Or c'est le plus important, car il est à la base de tout ou presque. À son sujet, le professeur Da Silva, directeur de l'institut de veille et d'études Global Climate Change, n'apporte pas de bonnes nouvelles.

— Sûrement pas ! Quelles bonnes nouvelles voulez-vous que j'apporte, sachant que la moitié des terres émergées va tourner au désert avant la fin du siècle ?

— Tant que ça ? Vous êtes sûr ?

— Écoutez, les chiffres parlent : la température globale a augmenté de 0,6 °C au cours du XXe siècle ; de 1 °C entre 1990 et 2020, soit trente ans ; d'un autre degré entre 2020 et 2030, soit *dix ans*. C'est une courbe exponentielle. Toutes les extrapolations, même les plus pessimistes, sont pulvérisées.

— Jusqu'où montera cette courbe ? Il y a bien une limite, professeur.

— Une limite ? Nous en connaissons une dans l'univers : c'est Vénus, planète à effet de serre maximum. Au sol, il fait 470 °C.

UN JEU MORTEL

N'ayez plus honte de rouler en voiture.
Tous nos moteurs fonctionnent à l'hydrogène.
Nos batteries sont rechargées par le soleil.
Tous nos matériaux sont recyclables.
Puissance, confort, sécurité. Et zéro pollution.
Soyez plutôt fier !
BMW série H, la voiture qui fait aimer la voiture.

Rudy l'a repérée depuis un moment.

Une superbe BMW H5 bronze garée devant une usine pétrochimique démantelée, béant de ses tuyaux vides et ses cuves rouillées. Quatre types dedans, qui attendent il ne sait quoi. Elle fait tache dans la nuit, rutile sous la lune blafarde, dans ce décor gris sombre de béton et d'acier corrodé, seule à briller, immaculée. La solution de fuite idéale – à part ces quatre types à l'intérieur.

Rudy craint de ne pouvoir s'en sortir autrement. La Ruhr est immense, hantée par des gangs de sauvages et des loques humaines ravagées par le crack et le thrill. De plus il est poursuivi par l'« élite » de la Section 25, sous les ordres de combattants chevronnés qui, eux, connaissent parfaitement le terrain. Tant qu'il bouge, il peut espérer leur échapper, or il finira forcément par tomber d'épuisement : c'est là qu'ils lui sauteront dessus. Épuiser le gibier, c'est un principe de base de la chasse à courre. Mais s'il avait une voiture… alors ça changerait tout.

Celle-ci a sûrement été volée, ou alors ce sont de gros dealers venus approvisionner le secteur. Quoi qu'il en soit, ils attendent ; Rudy aussi, une centaine de mètres en arrière, planqué parmi les vestiges d'un abribus. Tous ses sens en alerte, il s'efforce en même temps de repérer, parmi les craquements du béton et les gémissements du métal agonisant, les bruits spécifiques d'une éventuelle présence, d'une approche sournoise. Il ne tiendra pas des heures comme ça, soumis à une telle tension. Il faut qu'il se passe quelque chose. Soit il décroche et perd cette unique opportunité, soit il attaque au risque d'y laisser sa peau. Il n'y a que huit balles dans le chargeur du Luger dérobé à son ex-chef, et il ignore totalement si ces types n'ont pas tout un arsenal dans leur bagnole peut-être blindée. Une action extrêmement risquée pour un «combattant» qui n'a que dix jours d'entraînement. Alors, laisser tomber? Cette voiture est comme une banane posée devant un chimpanzé affamé, et gardée par un gorille…

Soudain les portières s'ouvrent et trois gars en sortent, armés d'engins à défoncer un éléphant. Ce n'est pas un deal, c'est un règlement de comptes. Ils attendaient sans doute la personne à abattre, et viennent d'être prévenus de son arrivée. Donc ça peut aller vite – Rudy a très peu de temps.

Les trois hommes s'enfoncent dans l'entrée obscure de l'usine, armes calées sur la hanche, décidés à faire un carnage. Reste le quatrième, le conducteur, qui garde la BMW et la tient prête à un repli rapide. Tout dépend de son degré de surveillance : il peut scruter scrupuleusement les alentours ou se mettre le nez dans la poudre en attendant ses complices. Rudy *doit* prendre le risque.

Il quitte son abri précaire, se met à ramper sur le trottoir lézardé. Il ne voit rien à travers les vitres teintées de la BMW, peut-être le chauffeur est-il en train de le viser tranquillement et va lui exploser la tête d'une seconde à l'autre. Malgré tout, il avance. Approche, petit à petit. Ramper sur cent mètres, c'est long. Mais Rudy a de l'entraînement : il a rampé et rampé à la Section 25, sur des terrains bien plus dégueulasses que ce trottoir poussiéreux. Parfois il s'arrête, cœur battant : il a l'impression d'être fluorescent sous la lune livide, ou il a cru entendre le déclic d'un flingue que l'on arme... mais non. Alors il continue.

Presque arrivé au cul de la voiture se déclenche soudain un raffut assourdi au fond de l'usine pétrochimique : déflagrations, coups de feu, rafales d'armes automatiques. Le règlement de comptes a commencé. Pourvu qu'il ne vienne pas au conducteur l'idée de sortir. Pourvu que les autres rencontrent de la résistance.

Rudy se coule le long de la BMW qui ronronne doucement. La phase la plus délicate : un coup d'œil distrait de son occupant dans le rétro et il est cuit. Il progresse pied à pied, les ongles crochés dans les fissures du bitume. Parvient à la portière avant. Se redresse, centimètre par centimètre, n'osant plus respirer. Dans l'usine, l'échauffourée prend de l'ampleur, couvre ses propres bruits. Il appuie le canon du Luger contre la vitre anthracite de la H5.

Tire.

La vitre explose. Rudy pointe son flingue parmi les bris de verre qui tombent en pluie dans l'habitacle. Le conducteur est avachi dans sa ceinture de sécurité, couvert d'éclats, le cou ensanglanté, déchiré par la balle de Rudy qui reste pantois : il ne voulait pas ça. Son plan était de péter la vitre, profiter de l'effet de surprise pour braquer le mec, le virer de sa caisse et se barrer avec. Or il vient – encore – de tuer quelqu'un. Mais les armes, c'est fait pour tuer, Rudy. Le Luger n'est pas chargé de paintballs. C'est un jeu mortel, maintenant.

Rudy détache le chauffeur, le jette dans la rue, prend sa place au milieu des éclats de verre, enclenche la première et s'arrache en faisant crisser les pneus juste au moment où les autres déboulent sur le trottoir, armes fumantes, chargés de butin. Ils lui tirent dessus – trop tard : Rudy vire dans la première rue à droite et sort de leur ligne de mire.

Roulant au hasard dans la zone grise, il ne tarde pas à rejoindre une autoroute car Bochum en est ceinturée. Là, il peut se détendre : les autoroutes sont peu fréquentées la nuit, sinon par d'énormes poids lourds en pilotage automatique, et moins contrôlées que les centres urbains et les voies qui y mènent.

Rudy avise la direction Wuppertal : il croit se souvenir que c'est dans le Sud, donc à l'opposé du terrain de jeux favori de la Section 25. Arrivé à Wuppertal, il se dirige sur Düsseldorf, et de là continue vers le sud, atteint Cologne, puis Bonn. Entre Bonn et Coblence, alors que l'aube pointe à peine, il bifurque sur une aire de repos, roule jusqu'au fond, se gare de travers et s'endort aussitôt – malgré le froid qui s'engouffre par la vitre brisée – en espérant que l'heure soit trop tardive pour les pirates et trop matinale pour la police.

CAUCHEMAR

What have you done to the game
Was it a victory, a shame
Where have you gone before morning dew
The game will not end without you[1].

Deine Lakaien, « The Game »
(*Kasmodiah*, © Chrom 1999)

Rudy est réveillé par un rayon qui lui tape dans l'œil. Durant une seconde de panique, il croit que c'est une torche de flics, sursaute sur le siège et se coupe aux éclats qui parsèment l'habitacle. Mais c'est juste le soleil qui s'infiltre entre les arbres de l'aire de repos. Il fait beau et froid, des oiseaux chantent, l'autoroute susurre dans le lointain. Rudy est gelé, courbatu, piqué de partout par les bris de verre – mais il sourit. Il sourit aux oiseaux, aux arbres, au soleil, au ciel bleu qu'il n'a pas vu depuis

---

1. Qu'as-tu obtenu au jeu ?/Était-ce une victoire, une défaite ?/Où es-tu parti avant la rosée du matin ?/Le jeu ne s'achèvera pas sans toi. (*TdA*)

longtemps. Il sourit franchement, pour la première fois depuis des lustres. S'extirpe de la H5, s'étire, fait quelques pas sur le parking, dans l'air vif du matin. Il a l'impression de sortir d'un terrible, interminable cauchemar, ponctué de morts, de violence et de sang. Car ces morts ne sont pas réels, n'est-ce pas ? Ce n'était qu'un sale rêve, un jeu holo, une remontée d'univers virtuel. Même les morts d'Aneke et de Kristin sont virtuelles. Après tout, il ne les a pas *vues* ni *touchées*. Tout ça n'a pas eu vraiment lieu. Un jour, Rudy va rentrer chez lui à Swifterbant, serrer sa femme et sa fille dans ses bras, caresser ses tulipes chéries. Tout sera comme avant. *Comme avant...*

Le sourire de Rudy vire à la grimace. Le cauchemar lui saute dessus telle une goule hurlante. Il y avait un avant. Tout est réel. Il n'y a plus d'Aneke, plus de Kristin, plus de tulipes, plus de Swifterbant. Pas de retour possible. Il y a trois cadavres qui vont le hanter des années durant, il en est certain – il voit déjà leurs faces épouvantables danser leur danse macabre aux tréfonds de sa mémoire. Il y a la terreur et la violence qui le rongent à présent comme un acide. Il y a cette voiture de riche à la vitre brisée, ces éclats sanglants sur le siège de cuir, ce pistolet noir menaçant à la place du mort. Le jeu continue, Rudy. Tu es toujours dans la course.

Il entreprend de nettoyer la voiture, balayer les bris de verre, effacer les traces de sang. Il cache le pistolet au fond de la boîte à gants, où il découvre de bonnes surprises : une liasse de 5 000 €, un téléphone, une boîte de 100 balles de 5,67 compatibles avec le Luger. Plus un gros sachet de poudre blanche – de l'héroïne, en goûte-t-il l'amertume du bout de la langue – qui l'intéresse moins, voire l'ennuie carrément. Il pourrait en tirer pas mal de fric, mais il ne connaît personne dans ce sale business. Et puis il se rappelle les types armés de leurs trucs antichars, les cadavres ambulants qui errent dans la Ruhr, les morts ensanglantés… Sans remords il jette l'héroïne dans l'herbe trempée de rosée : tenez, les fourmis, éclatez-vous.

En revanche, les 5 000 € lui seront très utiles… Déjà, il va s'arrêter à Coblence se refaire une santé et une garde-robe. Il y laissera la BMW trop repérable, surtout si elle a été volée.

Il tourne la clé de contact – mauvaise surprise :

JE NE RECONNAIS PAS
VOTRE EMPREINTE RÉTINIENNE
VEUILLEZ TAPER LE CODE D'ACCÈS

déclare l'écran du tableau de bord.

Merde. Rudy cherche où taper le code d'accès qu'il ignore, avise un petit clavier, sous la hi-fi de bord, charcuté au tournevis et au fer à souder. C'est bien une voiture volée. Il tape au hasard, rien ne marche, les touches sont bloquées. Merde ! Que faire ? À titre d'essai, il tourne la clé un cran plus loin…

La H5 démarre au quart de tour, émet son ronronnement/sifflement de turbine à hydrogène bien réglée. Cependant l'écran de bord clignote, affolé :

FATAL ERROR – FATAL ERROR

suivi de (encore plus flashant) :

SYSTEM FAILED – SYSTEM FAILED

Rudy teste les phares, les clignotants, les essuie-glaces, la direction… Tout fonctionne normalement. Il démarre avec prudence, accélère, freine : pas de problème. Il ne voit pas quel système a *failed*… Il regagne l'autoroute, laissant la voiture se débrouiller avec sa conscience électronique.

Arrivé à Coblence, il tourne dans la zone industrielle qui cerne l'ancien port pétrolier (désormais méthanier et «hydrogénier») sur la Moselle, en quête d'un lieu discret où abandonner la BMW : plus tard on la retrouvera, plus tard on sera sur sa piste. Les flics peut-être – pour une telle bagnole, ils doivent faire un effort –, les dealers sans doute, qui doivent regretter le contenu de la boîte à gants, et la Section 25 à coup sûr : ils ont dû très mal prendre le meurtre du petit chef. Tels qu'il les connaît, ils ne vont pas confier cette affaire à la police mais s'en occuper eux-mêmes, tenaces et hargneux comme des pitbulls. Tant qu'il n'aura pas mis des milliers de kilomètres entre eux et lui, il ne sera pas tranquille. Or la Section 25 fait partie des Survival Commandos, lesquels ont essaimé partout en Allemagne, voire dans d'autres pays d'Europe... En vérité, réalise Rudy, tant qu'il restera en Europe, il ne sera *jamais* tranquille.

Il repère entre deux docks une venelle sombre, crasseuse, encombrée de rebuts. Il y faufile la H5, la mène jusqu'au fond contre un empilement de fûts rouillés. Claque la portière qui fait *wouf*, abandonne cette belle machine à regret.

Il rejoint à pied le centre-ville où il s'émerveille de l'agencement des rives du Rhin et de la Moselle, du beau parc aménagé à leur confluent, le Deutsches Eck, des vastes bateaux-mouches promenant quelques touristes, de l'austère majesté de la forteresse Ehrenbreitstein dressée au sommet d'un piton sur la rive opposée du Rhin, de la richesse de la City et de son centre commercial. Il comprend bientôt la raison de cette opulence : des panneaux municipaux invitent la population à se prononcer prochainement, par référendum, sur l'opportunité de transformer Coblence en enclave. Ça signifie virer les derniers pauvres et immigrés (sauf ceux nécessaires aux services), abattre leurs logements insalubres pour créer des espaces verts et des magasins de luxe, enclore le tout d'une barrière électrique ou plasmatique afin de rester entre privilégiés à coconner dans une sécurité maximale. C'est peut-être la dernière fois que Rudy, réco temporairement fortuné, peut pénétrer librement dans cette boutique clinquante et y dépenser pour 500 € de vêtements – dont un superbe blouson de cuir qui remplace avantageusement son bomber volé – sans avoir à justifier de sa qualité de membre de l'élite. Dans la cabine d'essayage, il retrouve sous son treillis les feuilles froissées d'annonces d'emploi que lui a données cette jolie blonde, comment déjà ? Ah oui, Marlene. Il va pour les jeter, se ravise : autant y jeter un œil…

Rhabillé de pied en cap dans son noir préféré, un sac d'habits neufs sur l'épaule, il prend le temps d'un déjeuner raffiné dans un restaurant chic de la Clemensstadt, au bord du Rhin, en regardant passer les bateaux-mouches. Il se demande où il va passer lui-même… Reprendre la route, d'accord, mais pour aller où ? Il a fui l'horreur et le cauchemar – qui le poursuivent néanmoins –, s'est redonné une apparence civilisée, mais devant lui bée un grand vide… où les 4 500 € qui lui restent vont fondre comme neige au soleil. Et ensuite, quoi ? Fuir encore… jusqu'où ? Pour quoi faire ?

Rudy ressort les annonces d'emploi, les défroisse sur la nappe de lin, les parcourt en dégustant son tournedos Rossini. Que des jobs atroces : démontage d'usines chimiques ou de centrales nucléaires réformées, curage d'anciens pétroliers, déblayage de ruines issues de catastrophes, nettoyage de plages souillées, tronçonnage de forêts hachées par des tempêtes… Une annonce, plus originale que les autres, lui attire l'œil :

> ONG rech. chauff. expér. pr convoyer mat.
> forage au Burkina Faso (AF). Défr. assuré.
> ARBEIT 55273.

Burkina Faso. Ce nom sonne bien à son oreille. Il sonne lointain, exotique, différent. Il sonne chaud et sec. L'Afrique… Rudy a commencé à descendre dans le Sud. Pourquoi pas continuer ? Aller jusqu'au bout ? Ne serait-ce pas l'issue qu'il appelait justement de ses vœux ? Qui irait le traquer au Burkina Faso ? Il n'y a sûrement pas de Survival Commandos là-bas, ni de dealers d'héroïne armés de fusils d'assaut… Il n'est pas «chauffeur expérimenté», mais il sait piloter un camion (nécessaire pour livrer ses fleurs) et ne déteste pas conduire, au contraire. Convoyer du matériel de forage en Afrique, ce n'est pas mettre les mains dans la merde, ni récurer la crasse d'un consortium *ww* pour 10 € par jour ; c'est faire œuvre utile, donner un sens à sa vie comme il le disait à Marlene. Bon, il ne sera pas payé, seulement défrayé, mais avec ses 4 500 € il vivra comme un roi là-bas, il pourrait même relancer une petite culture… Oui, oui, cette perspective lui plaît bien, lui amène plein d'idées constructives.

Il n'hésite plus, allume le téléphone – qui sonne aussitôt. Il se doute bien que ce n'est pas pour lui. Que faire ? Ça insiste. Il prend la ligne. Entend des vociférations en allemand, d'une voix rauque et sur un débit rapide.

— *Polizei. Was wollen Sie ?* lance-t-il.

Ça coupe. Rudy ne sera plus emmerdé : il a prononcé le mot magique.

Il tape ARBEIT et le numéro de l'annonce. Un serveur vocal le prévient que, s'il accepte le travail, il doit payer 30 € pour obtenir un rendez-vous avec l'employeur. Aïe ! Comment procéder ? Sa banque a bloqué son compte, le télépaiement sera refusé. Il ne peut pas glisser 30 € dans le téléphone, mais peut-être que… Il appelle le serveur.

— Monsieur a terminé ? se penche celui-ci, obséquieux.

— J'ai juste un petit service à vous demander. Je dois effectuer d'urgence un télépaiement, mais je n'ai pas ma carte sur moi et j'ai oublié mon numéro de compte. Si je vous rembourse en liquide, pourriez-vous effectuer ce télépaiement à ma place ?

Le serveur fronce les sourcils, soupçonneux.

— Je ne sais pas si je dois… Vous avez de quoi payer votre repas, au moins ?

Rudy lui montre discrètement la liasse d'euros dans la poche-portefeuille de son blouson. En tire un billet de 50 qu'il lui tend.

— Mon télépaiement est de trente euros. Le reste est pour vous.

Les yeux du serveur s'allument, mais il se méfie encore :

— Ce n'est pas quelque chose d'illégal ou d'immoral, j'espère.

— C'est pour répondre à une offre d'emploi. Tenez. (Il lui donne son téléphone.) Vous savez comment procéder, je présume.

Après avoir empoché les 50 € d'un geste furtif, le serveur exécute les instructions assez laborieusement, repasse à Rudy son téléphone.

— Voilà, c'est réglé. (De nouveau obséquieux :) Voulez-vous que nous réchauffions votre plat, monsieur ?

— Oui, s'il vous plaît, répond Rudy, penché sur l'appareil en train de télécharger les informations.

L'employeur est l'ONG Save OurSelves, le lieu de rendez-vous est au siège de l'ONG, palais des Associations, avenue de l'Europe à Strasbourg, le jour et l'heure sont à convenir avec l'employeur dont les coordonnées suivent. Il appelle, tombe sur une jeune femme qui lui pose quelques questions et lui demande de venir à Strasbourg dès que possible. Bien sûr que sa candidature est acceptée, de toute façon il n'y en a pas d'autre.

Rudy coupe, rasséréné. Eh bien voilà, il a quelque chose à faire, un endroit où aller. Il savoure son tournedos réchauffé en songeant que c'est peut-être le dernier de sa vie – qui vient de basculer à l'instant, il le devine, il le pressent.

BONS AUSPICES

La communauté urbaine de Strasbourg communique

Suite aux émeutes de la nuit du 16 au 17 novembre et à l'attaque du Parlement européen par des éléments subversifs, **le couvre-feu est avancé à 20 h** au lieu de 22 h, à **effet immédiat** et pour une durée indéterminée. Les personnes devant se déplacer la nuit *(raisons professionnelles uniquement)* peuvent obtenir un laissez-passer dans les postes de police.

Laurie arrive à la gare de Strasbourg avec deux heures de retard. Le THR étant inaccessible à ses moyens modestes, elle a pris un TGV normal, c'est-à-dire vieux, écaillé, poussif, victime de pannes fréquentes. Elle n'a pas compté le nombre d'arrêts en pleine voie, les stations prolongées en gare, les ralentissements inexpliqués, sans parler des trombes d'eau qui ont déferlé sur la Champagne, noyé les voies et bloqué le train près d'une heure à Châlons. Laurie avait emporté de la lecture en prévision, mais elle a peu lu et beaucoup réfléchi : à ce qui l'attend surtout, cette angoissante traversée du désert en camion, la vie à coup sûr misérable qu'elle découvrira au Burkina, ce chantier de forage qu'elle devra superviser… Et puis à ce Hollandais, ce Ruud Klaas avec qui elle va partager son aventure. La *seule* réponse à ses multiples annonces, sur Arbeit en plus, les pires trafiquants de main-d'œuvre. Réco, trente-sept ans, ex-horticulteur aux Pays-Bas, a tout perdu dans la catastrophe du mois dernier, permis poids lourd, aucune connaissance du désert, accepte n'importe quel job même dur physiquement. Bon, ça ne dit pas *qui* il est. Vont-ils se supporter ? Saura-t-il assurer ? Va-t-il essayer de la draguer, et comment le maintenir à distance ? Elle n'a pas envie d'entamer une nouvelle relation. La mort de Vincent pèse toujours sur son cœur, a coulé dans son ventre une chape de glace qui gèle tout désir sexuel. La solitude, qui pourtant l'accable, l'a rendue méfiante et farouche, attitude dans laquelle Laurie a tendance à se complaire, elle le reconnaît. En harmonie avec l'air du temps…

Or cette sombre période s'achève, elle le sent. Elle réalise peu à peu, au cours de cet interminable voyage en train dans la brouillasse et la grisaille, qu'elle laisse derrière elle les noirs corbeaux des souvenirs, le lourd boulet de ses regrets, l'épais manteau de sa solitude. Son cœur s'allège à mesure que les kilomètres s'étirent entre elle et cette ville ténébreuse des morts et des fous, qu'elle veut oublier pour toujours. *Et si je ne revenais jamais ?* caresse-t-elle l'idée. *Si je m'installais au Burkina ?… Cesse de rêver, ma fille. Ce pays n'a rien d'un paradis.*

Malgré tout, son voyage commence sous de bons auspices. Elle a quitté Saint-Malo juste avant une tempête historique de plus, a-t-elle appris à Paris. Pour une fois le TGV est arrivé presque à l'heure à

Montparnasse, fuyant la tempête sans doute. Elle a trouvé sa copine Ludivine, une autre ex-humanitaire, heureuse et amoureuse d'un drôle et charmant garçon, d'où une soirée de franche rigolade comme ça ne lui était pas arrivé depuis longtemps. À l'ambassade du Burkina où elle a fait viser son laissez-passer diplomatique, elle a été accueillie par l'ambassadeur en personne comme une héroïne sauveuse de la nation. « Madame la présidente » l'avait averti de son passage ; Laurie ignore comment « Madame la présidente » a parlé d'elle, mais c'est tout juste si on ne lui a pas sorti le tapis rouge, les petits fours et le champagne. Outre le visa, tamponné par l'ambassadeur lui-même, elle est repartie avec un jeu de cartes de visite de « bons amis » à lui « bien placés » dans l'industrie, l'agriculture ou l'administration au Burkina, qu'elle peut aller voir de sa part et qui lui seront « très utiles » dans ses démarches. Pourquoi pas… Il est vrai que « Madame la présidente » ne sera pas toujours à ses côtés, à lui ouvrir les bonnes portes et à lui faire rencontrer les bonnes personnes.

Elle arrive enfin à Strasbourg, dans la nuit et un froid sibérien. Une gangue de glace recouvre toutes choses, pare les arbres et les bordures de dentelles de givre. Laurie grelotte dans son cardigan, aussi surprise que les autres passagers car il faisait presque 20 °C à Paris… Normal, c'est novembre, le mois fou. Dans le hall d'arrivée, une annonce vocale et lumineuse avertit les voyageurs que le couvre-feu est en vigueur et qu'ils doivent se présenter au poste de police de la gare pour obtenir un laissez-passer afin de regagner leur domicile, faute de quoi ils seront en infraction.

Poussant un soupir résigné, elle empoigne ses deux lourdes valises pour rejoindre la queue qui se forme devant le poste de police, quand un homme se présente soudain devant elle.

— Vous… être… Laurie Prigent? demande-t-il dans un français hésitant.

Elle le dévisage, interloquée : tout de noir vêtu sous son épais blouson de cuir neuf, il arbore une moustache viking sous un nez épaté, des cheveux noirs et raides, un anneau à l'oreille droite. Il n'a pas l'air agressif : ses yeux bleu clair reflètent plutôt l'inquiétude. Elle recule néanmoins d'un pas.

— Oui ?

— Je… souis… Ruud Klaas. Mais… on dit Rudy.

Il lui tend une main hésitante.

SOLIDARITÉ

**Vers la fin des véhicules
à carburants liquides**

L'Europe devrait adopter d'ici trois ans une loi inter-disant totalement les rejets de gaz carbonique (CO_2) dans l'atmosphère, la « directive 0 % ». Ce qui condam-nera à mort les derniers véhicules roulant encore aux dérivés de pétrole (super, gazole, GPL), ceux qui fonc-tionnent au méthanol (GNV) ainsi que ceux brûlant des biogaz (éthanols et substituts), car tous rejettent plus ou moins de CO_2. Seuls auront droit de cité les véhi-cules électriques ou alimentés par une pile à hydro-gène, qui ne rejettent que de la vapeur d'eau. Cette directive pourtant nécessaire consacre aussi la victoire du lobby des producteurs d'hydrogène, issus pour la plupart des grandes compagnies pétrolières de jadis.

Lire la suite sur <MyCar.com>

— Pas besoin de laissez-passer, dit Rudy en anglais à Laurie. Venez.

Il empoigne d'autorité la plus lourde de ses deux grosses valises.

— Vous êtes sûr ? se méfie Laurie. Vous en avez un ?

— Oui.

Elle le suit à l'extérieur, franchit la passerelle glissante et glacée qui enjambe la station de tramway déserte, traverse l'esplanade aussi glissante, balayée par un vent descendu tout droit de l'Arctique. Rudy marche vite, sans se retourner ; elle peine à le suivre. Laurie a faim, froid, elle est fatiguée ; si ce gars-là se croit d'emblée le chef, ça va mal aller.

Ils rejoignent une VW électrique bleu européen garée le long du boulevard, le logo Save OurSelves imprimé en rouge sur toute sa longueur. Un car de flics est stationné à côté, au pied duquel trois agents se pèlent et battent le pavé, à surveiller de loin les gens qui sortent de la gare. L'un d'eux se tourne vers Rudy. Laurie s'attend à ce qu'il lui montre son laissez-passer, mais il se contente d'un signe de la main, et le flic d'un hochement de tête.

Rudy fourre les bagages dans le coffre, ils s'installent, démarrent et roulent en silence dans les sombres rues de Strasbourg, vidées par le couvre-feu. Il ne dit rien, attentif à la route verglacée et à sa conduite prudente, ne jette pas un regard à Laurie qui l'observe en coin. Des yeux bleus un peu tristes, un visage fermé qui s'efforce d'avoir l'air dur mais où transparaît une certaine douceur. *Il n'a pas l'air du genre à sauter sur tout ce qui bouge*, se dit Laurie. Elle le craignait : les récos qui ont tout perdu manquent également d'affection, de réconfort et de sexe. *Pas curieux ni bavard non plus…* Elle essaie de briser la glace :

— La voiture vous a été prêtée par SOS ?

— *Sorry ?* Je ne… parle pas bien français.

— Il faudra apprendre, réplique-t-elle en anglais. Au Burkina, les gens parlent français. Je ne suis pas sûre que l'anglais y soit très courant.

— O.K. Vous… apprendre moi ? demande-t-il en français, avec une ombre de sourire et un coup d'œil vers elle, enfin.

— Si on trouve le temps, pourquoi pas ? (Ils poursuivent en anglais.) Les flics semblaient vous avoir à la bonne, tout à l'heure…

— Ah oui. J'ai un bon laissez-passer.

— Délivré par SOS ?

— Non. (Il glisse la main dans la poche intérieure de son blouson, sort à moitié une liasse de billets de 50 €.) C'est ça, mon laissez-passer.

Laurie fronce les sourcils.

— Vous avez soudoyé un flic ?

— Les gens sont mal payés, de nos jours. J'ai constaté que cet argument ouvrait bien des portes.

— Votre pension de réco vous permet de distribuer des bakchichs à la ronde ? Ou bien vous avez gagné au jeu ?

— Je n'ai pas de pension de réco. J'ai… oui, en quelque sorte, j'ai gagné au jeu. À un jeu mortel.

— Un jeu mortel ?

— On en reparlera plus tard, si vous voulez. Nous arrivons bientôt.

Pas clair, tout ça, soupçonne Laurie. *Un rèco n'a pas de thunes, en général. D'où sort-il tous ces euros, celui-ci ? Il a braqué une banque ? Et pourquoi soudoyer un flic, alors qu'un laissez-passer est gratuit (enfin je suppose) ? Pour éviter d'avoir à décliner son identité ? C'est un truand en cavale ou quoi ?*

La VW longe à présent le parc de l'Orangerie, décimé par l'ouragan qui a traversé l'Alsace en septembre : vaste chantier d'arbres enchevêtrés, de piles de troncs coupés, de grues et de scrapers immobiles sous la lune givrée tels des dragons assoupis. Ils passent devant le Conseil de l'Europe, Lego géant blanc et carré, tranché de vitres teintées, d'un pur style fin XXᵉ ; puis se garent sur le parking d'un petit frère du bâtiment précédent, sis au bord du canal et portant le nom pompeux, dans la plupart des langues de l'Union, de « palais des Associations ». C'est le siège de toutes les ONG qui font du lobbying auprès du Conseil ou du Parlement européen – l'immense tranche de gâteau de verre qui domine de sa masse brillante la rive gauche du bassin de l'Ill –, desquels elles arrachent (non sans mal) l'essentiel de leurs subventions. Laurie y a débuté et achevé toutes ses missions humanitaires ; elle considère ce bâtiment un peu comme son lieu de travail, surtout le bureau 106 de SOS-Europe. C'est pourquoi s'y faire piloter par un réco sorti d'on ne sait où et qui semble avoir tout organisé l'agace, pour le moins.

— Rudy ! Qu'est-ce qu'on vient faire ici, au juste ?

— Markus Schumacher nous attend, répond-il en fermant la VW.

— Markus nous attend ? À cette heure-là ? C'est une première ! halète Laurie, suffoquée par le froid crispant. Comment avez-vous réussi à le retenir ?

— C'est simple : j'ai sa voiture. Il ne va pas rentrer chez lui à pied.

En vérité il pourrait : Schumacher habite à Kehl, juste de l'autre côté du Rhin et de la frontière. Mais Laurie ne le voit pas s'engager en pleine nuit dans un tel périple, en bureaucrate frileux qu'il est.

— Mais alors…, réalise-t-elle soudain. Vous m'avez attendue à la gare pendant *deux heures* ?

— Bien obligé, à cause du couvre-feu.

— Markus n'a pas réclamé sa voiture ?

— Je ne lui ai pas demandé son avis.

Laurie fait la moue. *Markus va exploser*, devine-t-elle. Une prise de bec avec le patron de SOS, c'est bien la dernière chose dont elle a envie après ce voyage interminable. Elle rêve d'un bon repas, d'une douche et d'un lit : elle espère que Rudy s'est aussi occupé de leur trouver un hôtel.

Elle a vu juste : Markus explose. Sa pelade de cheveux gris est en bataille, sa trogne d'ordinaire cireuse est cramoisie, il a rempli les cendriers de mégots et la pièce de fumée, a usé les dalles de vinyle à force d'y tourner en rond. Il hurle en allemand à la face de Rudy en agitant ses grands bras. Celui-ci supporte en silence, bras croisés, stoïque. Markus s'en prend alors à Laurie, dans son français plus baragouiné que jamais :

— Et toi Laurie, ton frère, il fout nous dans une beau merde !

— Quoi ? se rebiffe-t-elle. Qu'est-ce que Yann vient faire là-dedans ?

— Le procès, tu souviens toi ? Contre GeoWatch. *Genau*, on a perdu. On doit cent mille dollars à GeoWatch, plus vingt mille euros de... amende.

— *Quoi ?* Mais c'est injuste ! C'est de l'arnaque ! Tu vas faire appel, non ?

— Oui, mais c'est beaucoup emmerdes. J'ai pas besoin de ça, *Scheiße* ! Arrh, si je lui attrape, ton frère...

— Faudrait pouvoir, ricane Laurie. Tu sais où il est, toi ? T'en as des nouvelles ? Moi non plus.

— C'est lui doit payer !

— C'est ça. Avec les trois sous que tu lui jetais pour son job de webmestre, il a sûrement les moyens. D'autant plus que tu l'as viré. Bel esprit de solidarité, au sein d'une ONG qui prône la solidarité !

— Laurie, tu... tu..., bafouille Markus rouge brique, au bord de l'apoplexie, serrant à blanc poings et mâchoires. Je vire toi aussi. Et Rudy. (Il ouvre violemment la porte de son bureau.) Vous deux, *dehors*!

— Attends, Markus, tempère Laurie. Faut qu'on discute de la mission, qu'on mette les choses au point. On se revoit demain matin?

— Pas demain, pas jamais. *Dehors!*

Il les pousse dans le couloir, claque la porte dans leur dos.

— Ouf, souffle Rudy. Il nous vire vraiment ou il est juste un peu fâché?

— Je crois qu'il est juste un peu fâché. Demain ça devrait aller mieux. Mais à l'avenir, Rudy, *demandez* avant de disposer des choses et des gens comme ça. D'ailleurs, en règle générale, j'aimerais être avisée de toute initiative ou décision de votre part. C'est *moi* la responsable de la mission, je vous rappelle.

— Bien, madame, à vos ordres, sourit-il en effectuant une parodie de salut militaire.

Laurie affiche une mimique excédée, car ce mec commence à l'énerver elle aussi. *Et on ne se connaît que depuis une demi-heure… Ça promet!*

CONSERVER L'ESPOIR

Le paludisme s'installe en France

Les marais de Camargue, inexorablement envahis par la mer et qui tournent peu à peu à la mangrove (malgré des tentatives d'endiguement tardives et dérisoires), deviennent le siège d'une nouvelle menace pour les riverains déjà fort éprouvés : la dengue et le paludisme, véhiculés par des moustiques « immigrés » d'Afrique et qui prolifèrent dans le moiteur d'étuve régnant depuis des mois dans la région. Des centaines de cas ont déjà été signalés à Aigues-Mortes, Saintes-Maries, Méjanes, Port-Saint-Louis, etc. Si aucune mesure n'est prise à temps – ce dont on peut être certain –, le fléau risque de s'étendre rapidement vers Arles, Nîmes ou Montpellier.

Notre dossier sur **<SauvonsLeSud.org>** :
- Qu'est-ce que la dengue et le paludisme ?
- Les symptômes
- Comment se prémunir et se soigner
- Des maladies de « pauvres » sous-étudiées
- Pourquoi l'État ne fera rien
- Comment lutter avec ***SauvonsLeSud***

Le lendemain, Markus Schumacher s'est en effet calmé. Laurie aussi est plus détendue. La veille, ses vœux ont été exaucés : une bonne douche, un bon repas et un bon lit, le tout dans un hôtel très correct sis au bord du canal et donnant sur le parc de l'Orangerie, fréquenté exclusivement par les politiques et gens d'affaires qui gravitent autour du Conseil ou du Parlement européen. Rudy s'est montré aimable et courtois, n'a pas cherché à coucher avec elle, l'a traitée simplement comme sa collaboratrice pour cette mission spécifique. Laquelle a du reste alimenté l'essentiel de leur conversation. Si Rudy a avoué franchement sa totale méconnaissance de l'Afrique et du désert, en revanche il a fait preuve, sur les aspects techniques et logistiques du voyage, d'un pragmatisme quasi militaire qui a rassuré Laurie sur sa compétence : la quantité d'eau à emporter, la nourriture, un réchaud solaire, des pneus et pièces de rechange, des kits de réparation, des pelles et plaques de désensablement, un treuil et des câbles, un GPS si le camion n'en possède pas, une trousse de secours, des armes, des alarmes… Bref, il a pensé à tout.

Sur son insistance, et parce qu'elle aime que les choses soient claires, Laurie a également reçu une explication sur les euros de Rudy : une rocambolesque histoire de vol d'une voiture à des dealers dans la Ruhr, voiture dans laquelle se trouvait – ô miracle – tout cet argent. Elle n'y a pas cru une seconde, mais ses soupçons ont été confortés : elle a bel et bien affaire à un bandit en cavale, au moins à un réco qui, poussé par le besoin, a commis un casse ou un braquage. Ce qui introduit un aléa supplémentaire à ce voyage déjà riche en inconnues : si les flics le recherchent, ils sont à la merci du premier contrôle venu, le logo Save OurSelves sur le camion ne les protégera pas. Rudy a affirmé qu'il y avait très peu de risques qu'il soit poursuivi, mais lui-même n'en paraissait pas si certain.

Ils se sont quittés sur une poignée de main cordiale dans le couloir desservant leurs chambres. Épuisée et repue, Laurie pensait s'endormir aussitôt, mais ce problème l'a tarabustée une partie de la nuit : devait-elle accepter ce risque ? refuser d'embaucher Rudy et chercher quelqu'un d'autre ? s'en ouvrir à Markus ? Légaliste comme il est, il le chasserait aussitôt comme un pestiféré – ce qui la ramène à la seconde option. Or trouvera-t-elle un remplaçant ? *Une seule réponse sur une centaine d'annonces, c'est significatif* : personne ne veut aller dans un pays où les conditions de vie sont infernales. Du coup, Laurie en est venue à se demander ce qui la motive *vraiment*, elle, au-delà des bonnes raisons qu'elle s'est données. N'est-ce pas une espèce de fascination morbide pour l'agonie : quitter la mort humide pour la mort sèche, mais côtoyer la mort de toute façon ? Ou bien cette immersion volontaire dans l'atroce réalité du monde n'est-elle pas, à l'inverse, une sorte de thérapie préventive, un réflexe de survie, une préparation psychologique à ce qui commence à toucher *tout le monde*, même ceux qui se croient à l'abri dans leurs univers virtuels ou leurs enclaves climatisées : côtoyer la mort en permanence, l'attendre chaque jour ? Survivre et espérer malgré tout, sans sombrer dans la folie. Croire encore que l'humanité s'en sortira, même si chaque lot de catastrophes apporte la preuve du contraire. *Voilà le défi crucial qui s'imposera à nos enfants, qui s'impose à nous déjà*, songe Laurie sous la couette douillette. *Ce n'est pas tant survivre sur une planète devenue hostile – même si c'est dur à admettre –, c'est surtout être* motivé *à survivre, autrement dit : conserver l'espoir.* Les prisonniers des camps de concentration conservaient l'espoir qu'un jour le cauchemar finirait ; les soldats sur le champ de bataille conservent l'espoir que la guerre s'arrêtera, qu'ils seront démobilisés et rentreront chez eux ; les victimes de catastrophes ou d'épidémies mortelles conservent l'espoir de guérir ou de reconstruire, au moins que leur descendance perdurera ; les peuples qui subissent le joug d'une dictature conservent l'espoir de la renverser... Jusqu'à présent, l'espoir subsistait car l'avenir était potentiellement meilleur. *Désormais*, analyse Laurie, *on sait sans aucun doute que l'avenir sera pire.* Le réchauffement va s'amplifier, les catastrophes climatiques aussi, les déséquilibres écologiques également, et *nul ne sait jusqu'où ça peut aller.* Certes, à l'échelle géologique, tout cela n'est qu'une péripétie dans l'histoire mouvementée de la Terre. L'humanité aussi n'est qu'une péripétie. Toute vie peut disparaître de la surface de la planète (les plus alarmistes citent Mars ou Vénus comme modèles d'évolution extrême) et renaître dans un million d'années, sous la forme de bactéries barbotant dans des marais saumâtres. Redémarrer un nouveau cycle sans hommes... Il y a un nombre croissant de gens qui *souhaitent* cela, pensent même que l'agonie de l'humanité est trop lente. Et n'hésitent pas à la pousser vers le précipice, comme la Divine Légion par exemple, qui, sous son discours apocalyptique et son folklore ultrachrétien, est une secte de tueurs de masse préparant concrètement l'Holocauste final. Il est clair que l'attentat aux Pays-Bas porte leur signature, bien que les médias aient comme toujours tenté de l'attribuer au Jihad islamique international, leurre commode. Qui masque quoi ? Le fait qu'on laisse la Légion bien tranquille, qu'on n'oriente pas trop l'enquête dans sa direction. Le fait que certains dirigeants ou hommes de pouvoir influents *sont fascinés* par la Divine Légion, voire en sont membres. Les forces d'autodestruction sont à l'œuvre au sein même de l'humanité, disposent de moyens sophistiqués et des infrastructures de puissants groupes *ww*, avancent de moins en moins masquées. Tout est foutu? Alors cassons tout! Périssons glorieusement dans le grand incendie de Babylone, Dieu reconnaîtra les siens! Après nous, le Déluge! Comment espérer dans ces conditions? Comment croire encore que l'on survivra? Où puiser l'énergie et la motivation pour aller creuser dans le sable du Burkina Faso? N'est-il pas vain de déployer tant d'efforts, juste pour retarder une échéance inexorable?

Non, ce n'est pas vain, se convainc Laurie, au profond de la nuit calme. La forêt brûle, mais dans les cendres les bourgeons repoussent; la tornade ravage tout, mais dans les ruines les lézards courent; le désert gagne, mais sous le sable les graines attendent. La vie ne s'éteint pas comme ça, elle est tenace. La vie humaine aussi. Si l'eau de la nappe permet de planter ne serait-ce qu'un arbre, de sauver ne serait-ce qu'un enfant, Laurie n'aura pas œuvré pour rien. Ce n'est pas qu'une question d'espoir – bien qu'elle ne puisse s'empêcher de croire que l'arbre et l'enfant survivront malgré tout –, c'est aussi un réflexe de survie, une psychothérapie préventive: elle *ne peut pas* laisser passivement les forces de destruction s'épandre comme une peste noire, elle *ne peut pas* se ranger consciemment du côté de la mort, même si celle-ci la nargue et la fascine.

Je suis vivante, songe Laurie en s'endormant enfin. *Tant que je vivrai, je lutterai pour la vie.*

Le lendemain matin, Markus Schumacher accueille Laurie et Rudy non pas avec le sourire – il ne sourit jamais – mais au moins avec cordialité. Il a coupé son téléphone et annulé tous ses rendez-vous pour consacrer sa matinée aux préparatifs de la mission. Il les emmène visiter le camion garé allée Spach, le long d'une pelouse derrière le Conseil de l'Europe, un vieux mais solide Mercedes turbo qui roule à tous les biocarburants, choix peu écologique mais de bon sens car, passé le *limes*, ils auront du mal à trouver des pompes à hydrogène. Il leur montre également le chargement : une remorque bourrée à bloc de tubes, tiges, masses-tiges, trépans, crépines, pompes, treuils, moteurs, bancs d'analyses, etc. Ce qui constitue seulement le cœur de l'installation de forage, explique-t-il. Tout le reste – derrick, bacs de décantation, tamis, tuyaux, câbles, citernes de stockage, générateurs… – devra être trouvé ou assemblé sur place, sous la conduite d'un ingénieur qualifié que Laurie devra recruter. Rudy constate que tout ce matériel relativement moderne est chinois. Toujours les Chinois…

— Qu'est-ce qu'ils veulent en échange ? demande-t-il en allemand à Schumacher. Ils ne fournissent pas gratuitement un matériel aussi coûteux juste par compassion envers ces pauvres Burkinabés assoiffés, ça m'étonnerait.

— Eh bien, répond Markus en français d'un ton embarrassé, j'ai croyé comprendre si l'agriculture est possible à nouveau, ils veulent être partenaires privilégiés…

— Ça veut dire quoi, « partenaires privilégiés » ? relève Laurie.

— Je ne sais pas, moi, vendre les semences, acheter la production. Ouvrir un nouveau marché pour eux. Mais SOS ne traite pas ça, ce n'est pas sa but.

— Encore heureux !

— Laurie, tu dois juste indiquer aux visiteurs chinois quelles bonnes personnes pour contacts.

— Ah oui ? persifle-t-elle. Parce qu'il y aura des « visiteurs chinois » ? En plus, je dois leur mâcher le boulot, démarcher pour eux, c'est bien ça, Markus ?

Il hausse les épaules, prend un air fataliste.

— Rien est gratuit aujourd'hui, Laurie. La présidente du Burkina comprendra sûrement.

— J'imagine que je dois la convaincre, elle aussi, que les Chinois sont désormais ses « partenaires privilégiés », qu'elle doit leur faire bon accueil et accepter leurs offres et conditions, en échange de leur générosité si désintéressée. C'est ça, Markus ?

— Ça peut aider, admet-il.

— SOS touche quel pourcentage sur chaque marché négocié ? se mêle Rudy.

Schumacher lui darde un regard sombre mais s'abstient de répondre.

Ils retournent au bureau pour étudier la route la plus judicieuse. C'est évidemment la Transsaharienne, qui part d'Alger et descend jusqu'à Gao, *via* Ghardaïa, Adrar et le « pays de la Soif », le Tanezrouft, une des régions les plus arides et inhumaines de la planète. Elle traverse également le pays touareg où, d'après Schumacher, les « hommes bleus » sont moins hostiles à toute ingérence qu'il y a vingt ans (le tourisme blanc et l'administration africaine ayant disparu du Sahara). Cependant, ils ont renoué avec la vieille tradition des *rezzou* et peuvent estimer le camion et son contenu très intéressants pour leur usage ou pour les revendre. Le nord de l'Algérie n'est pas non plus exempt de dangers, vu que le pays est en guerre depuis six ans contre la Kabylie qui tente de faire sécession ; guérilla plutôt que guerre, qui se traduit par des attentats, enlèvements, pillages, massacres brutaux et représailles non moins brutales – une longue tradition là aussi. Enfin, au piémont de l'Atlas, entre El Djelfa et Ghardaïa, ils risquent d'affronter des « pirates » : nébuleuse informelle, bardée d'armes hétéroclites, d'ex-nomades en déshérence, de fanatiques islamistes, de rebelles sans cause, de réfugiés, d'apatrides et de miséreux ayant perdu toute culture, tout espoir, toute notion d'entraide, d'appartenance à un clan ou une ethnie, déracinés, déshumanisés, accrochés à leur fusil et à leur foi aveugle, n'ayant d'autre horizon que les dunes qui poudroient, d'autre vision que leurs propres mirages, d'autre subsistance que le pillage.

Sans parler des conditions météo : si en novembre les températures sont relativement supportables, c'est désormais l'époque des tempêtes de sable qui peuvent atteindre des proportions colossales et durer plusieurs jours. Là, on ne peut plus bouger : on n'a pas intérêt à être à court d'eau ou de vivres. En tout cas, il vaut mieux rouler en convoi, en compagnie de pilotes chevronnés qui ont l'habitude du parcours. Se lancer seul sur cette route est carrément suicidaire, insiste Markus. Et SOS n'a pas entrepris toutes ces démarches – y compris un procès, n'est-ce pas, Laurie – pour qu'ils aillent mourir enlisés dans le sable ou massacrés par les pirates.

Laurie acquiesce, une boule dans la gorge qui enfle à mesure qu'elle prend conscience des risques réels – et mortels – du voyage. Elle croit s'être préparée aux tempêtes de sable, à la chaleur intense, au soleil dur, à la soif et au silence, mais elle a négligé le facteur humain. Le désert n'est pas désert, bien sûr.

Et un camion rempli de matériel de forage constitue une proie de choix.

Enfin, avant de se séparer, Schumacher donne à chacun le nerf de la guerre : à Rudy les clés du camion et une carte de débit de carburants censée fonctionner dans n'importe quel pays ; à Laurie LA carte de crédit, sur un compte SOS dévolu à la mission. Il refuse de lui révéler le montant du budget, certainement ridicule. Laurie le saura dès qu'elle utilisera la carte, mais n'aura plus Markus en face pour lui gueuler dessus, et sera bien obligée de faire avec.

Prétextant un rendez-vous urgent, Schumacher abrège les adieux et plante Laurie et Rudy sur le parking du palais des Associations. Tous deux se dévisagent, interdits, conscients de l'énorme responsabilité qui pèse maintenant sur leurs épaules. Laurie esquisse un petit sourire d'encouragement.

— Eh bien, comme disait Laozi, le plus long des voyages commence toujours par un pas…

Qu'elle exécute d'un mouvement théâtral – glisse et s'étale sur le bitume gelé. Rudy vient la relever en rigolant. Sur le point de lui crier après, elle se ravise : il n'y est pour rien et, non, Laurie, ce n'est pas un signe, cesse de délirer. Elle transforme sa grimace de douleur en un sourire, se met à rire de bon cœur elle aussi. Et tous deux riant, main dans la main, rejoignent le camion où ils vont passer tant de jours et peut-être y mourir.

TURPITUDES

Ma sœur, mon frère.
Tu es perdu(e), tu erres sans espoir sur cette terre hostile.
Tu as oublié les vraies valeurs, tu ne sais plus
à quel saint te vouer. Tu vois bien que l'humanité
glisse sur une très mauvaise pente, mais tu ignores
comment résister au péché et à la décadence.
Sauve ton âme, tu sauveras le monde.
Rejoins-nous dans la prière et le don de soi pour
l'Amour de Dieu. Dieu est bon et magnanime,
Il sauvera les justes et les pieux de la chute
de Babylone la Grande Prostituée.
Rejoins-nous et tu seras sauvé(e).
Rejoins-nous et tu sauveras le monde
des griffes de la Bête.
<DivineLegion.org>

— Bonjour, madame Hutchinson-Fuller. Asseyez-vous, je vous en prie.

— Hutchinson tout court. Pamela Hutchinson. C'est maître Grabber qui m'a conseillé de venir vous consulter, maître, à propos de… d'un…

— Je vois. Je vous en prie, asseyez-vous. Tenez, un mouchoir.

— Merci. Excusez-moi, c'est…

— L'émotion, n'est-ce pas ? C'est pour un divorce, je présume.

— Oui.

— Il n'y a pas de honte à avoir, vous savez. Tout le monde se sépare, de nos jours. Qui demande le divorce ? Ou bien est-ce à l'amiable ?

— Certainement pas ! C'est *moi* qui demande. Je ne veux plus vivre une minute de plus auprès de-de ce… de ce *monstre* !

— Ressaisissez-vous, Pamela. Par la colère, on n'obtient rien de bon.

— Oui. Oui. Vous avez raison, maître Nelson. Que dois-je faire ?

— Tout d'abord, il faut m'expliquer pourquoi vous voulez divorcer, même si c'est pénible. J'ai besoin de savoir afin d'établir une défense solide… Mmmh ? Allons, courage, Pamela. Laissez-moi vous aider. Est-ce qu'il vous bat ?

— Non… *(snif)*. Il battait la nurse.

— Continuez.

— Il la violait. La – *glp* – so-sodomisait. La traînait à des orgies… Mon *Dieu* !

— Je vois. Comment avez-vous découvert ces… turpitudes ? Avez-vous été témoin ?

— Non, j'ai eu des… C'est… Consuela, la nurse. Elle m'a tout raconté.

— Vous a-t-elle montré des preuves ?

— Des preuves ?

— Oui, des traces de coups, de viol, des choses comme ça. Ou des images…

— Non. Mais je suis *certaine* qu'elle dit vrai. Absolument certaine.

— Être certaine ne suffit pas devant la justice. Il faut produire des preuves de ce qu'on avance, ou un témoignage fiable. Consuela est-elle encore chez vous?

— Bien sûr que non! Je l'ai licenciée aussitôt.

— Où se trouve-t-elle maintenant?

— Je n'en sais rien… Oh, zut! Elle devra témoigner, n'est-ce pas?

— Ce serait préférable en effet. Pouvez-vous la retrouver?

— Hélas… Elle ne m'a pas laissé d'adresse. Elle était pressée de partir, vous pensez bien.

— Hmmm. Notre affaire est délicate, Pamela. Personnellement, je compatis à votre douleur et suis tout disposé à vous croire. Mais en l'absence de preuve ou de témoignage, le tribunal sera beaucoup moins indulgent…

— Que faire, alors?

— Éviter le tribunal, tout simplement. Divorcer à l'amiable.

— Ce qui veut dire?

— Ce qui veut dire, dans les grandes lignes, partager dettes et biens, négocier la garde des enfants, et se quitter bons amis.

— *Jamais!* Je veux qu'il paie pour ses obscénités. Qu'il s'en repente toute sa vie. Que Dieu lui fasse justice!

— Je vois. Nous pouvons peut-être envisager une autre solution.

— Laquelle, maître Nelson?

— Pamela, vous croyez en Dieu, n'est-ce pas?

— Oui, bien sûr. Que Son Nom soit sanctifié. Amen.

— Amen. Vous pensez que ce qu'a commis votre mari avec cette pauvre nurse est une abomination, n'est-ce pas?

— Pire que ça, c'est un... une... Il n'y a pas de mot pour le décrire.

— De quelle congrégation êtes-vous, Pamela ?

— Je vais à l'église baptiste d'Eudora, où officie le bon pasteur George Parrish.

— Ce bon pasteur vous aiderait-il à dénoncer publiquement les turpitudes sexuelles de votre mari ?

— Je ne crois pas qu'il oserait. Toutes ces horreurs lui écorcheraient certainement la bouche.

— Pourtant là réside la solution. S'il devient de notoriété publique que votre mari est un pervers sexuel, si l'Église le condamne, si les citoyens de bonne foi et de bonne volonté se dressent contre lui, alors obtenir le divorce en votre faveur en serait grandement facilité.

— Je ne vois pas le père Parrish s'associer à une telle campagne. C'est un homme doux et tranquille, qui ne veut heurter personne.

— En ce cas, vous avez besoin d'une aide plus puissante que le père Parrish. Vous avez besoin de l'aide de Dieu Lui-même.

— Je Le prie tous les jours de m'accorder la justice.

— Ça ne suffit pas. Vous devez vous rapprocher de Lui pour qu'il vous entende, et pour ce faire, il n'y a qu'une seule voie de salut : rejoindre ceux qu'il a déjà décidé de sauver.

— Que voulez-vous dire, maître Nelson ?

— Je vous parle du bras armé du Seigneur. Je vous parle d'une organisation mondiale, puissante, qui lutte comme vous contre la turpitude, le vice et la décadence qui règnent jusque dans nos foyers, ainsi que vous le constatez vous-même. Seule, vous n'arriverez à rien. Vous ne serez toujours qu'une brebis égarée. Rejoignez le troupeau de Dieu, Pamela, et soyez sauvée.

— Mais de *quoi* parlez-vous, à la fin?

— Je vous parle de la Divine Légion.

VIE DE MERDE

Un examen difficile ? Un entretien capital ?
Un travail *très* urgent ? Une décision cruciale ?
Pas de panique !
Neuroprofen® est là pour vous aider.
Neuroprofen® stimule puissamment la capacité de
traitement de vos neurones et la rapidité de vos
connexions synaptiques. Vous êtes plus clair, plus
efficace, plus concentré, plus détendu. En un mot :
plus performant.

Neuroprofen®, starter de vos idées.

Neuroprofen® est une production GSK *ww*.

Pas d'équivalent générique disponible.

Ne pas dépasser la dose prescrite.

Ne pas prolonger le traitement sans avis médical.

Ne pas administrer aux moins de quinze ans.

Ne pas associer à d'autres produits psychotropes.

Peut provoquer des effets secondaires gênants (voir notice)

Depuis que Pamela a viré Consuela, rien ne va
plus.

Fuller n'est pas superstitieux, ne croit pas au châtiment divin, ni aux signes, ni à la sorcellerie. Il
n'imagine pas une seconde que Consuela lui ait jeté

un sort, invoqué Satan ou un *loa* vaudou contre lui, ou autres fadaises. Pourtant, depuis qu'elle est partie, tout se met à déconner, comme s'il y avait une relation de cause à effet. Pure coïncidence bien sûr, loi des séries à la rigueur. N'empêche.

Côté affaires tout d'abord, Fuller a quelques soucis d'ordre économique, juridique ou financier avec certaines filiales de Resourcing : la cote de Boeing replonge dans le rouge après l'explosion de l'Airbus à hydrogène, le projet concurrent américain n'étant pas jugé plus fiable ; Universal Seed est attaqué au TCI par soixante pays (dont l'Inde et la Chine, qui ne manquent pas de culot) pour dumping et « monopole technologique » sur les semences de riz transgénique *Abundance* ; Flood plonge également, miné par des joint-ventures hasardeux et des investissements risqués dans des entreprises mafieuses russes ; le procès de GeoWatch contre SOS est interjeté en appel auprès de la Cour européenne de justice, du coup son issue devient incertaine, vu la haine viscérale des Européens envers les Américains... Enfin – et surtout – l'instruction de l'affaire Resourcing contre Burkina Faso au TCI se révèle plus complexe que la « simple formalité » que promettait Samuel Grabber : primo, l'enquête a démontré que de l'eau de surface existait encore à cet endroit il y a dix ans – le lac Bam. Des experts vont être chargés de déterminer si la nappe phréatique ne serait pas un « enfoncement » du lac Bam ou si elle préexistait indépendamment : dans le premier cas, il ne s'agirait plus alors d'une « découverte » à proprement parler, et Resourcing ne pourrait plus prétendre à la propriété commerciale de cette nappe. Secundo, il s'est avéré que la fameuse loi burkinabé datant du coup d'État sur laquelle s'appuyait Grabber – le sol *et ses ressources* sont offerts à tout investisseur étranger qui entreprend dans le pays – a été abolie il y a un an et demi par le nouveau gouvernement ; mais le site officiel consulté par Grabber n'a pas été mis à jour… Tertio, le TCI, dont la présidence est tournante, va être placé pour un an sous la responsabilité de Kim Il Jong Li, un Coréen. Or chacun sait que la Corée est devenue le pékinois de la Chine depuis que celle-ci l'a sauvée de la dernière tentative de hold-up américaine en 2013. Donc le TCI sera *naturellement* enclin à prendre la défense de ce pauvre petit Burkina Faso assoiffé contre l'américain Resourcing, ce méchant vampire *ww* suceur de sang. Bref, ce n'est pas gagné d'avance, loin de là. Fuller réalise à contrecœur que John Bournemouth avait raison : Grabber va profiter de cette affaire délicate pour lui soutirer un maximum de pognon. Sans être aucunement garanti d'un retour sur investissement.

Côté cadre de vie, ensuite : tout merdoie dans l'enclave.

Depuis que les tornades ont ravagé Lawrence et détruit le réseau électrique – il y a *deux semaines* –, le courant n'est toujours pas rétabli à Eudora. Les ouvriers chargés de la réparation des lignes refusent de bosser sans la protection d'une escorte militaire, à cause de l'insécurité qui règne hors des enclaves. En outre, les deux générateurs à hydrogène censés alimenter Eudora, tombés en panne en pleine tempête, ont révélé un défaut structurel dû à une pièce essentielle fabriquée en Thaïlande et qui doit être remplacée. D'aucuns n'ont pas hésité à y voir un sabotage caractérisé, une volonté de nuire manifeste de la part d'un allié de la Chine. Fuller, lui, devine plus prosaïquement une politique drastique de réduction des coûts chez General Electric, qui l'amène à sous-traiter ses composants en Thaïlande plutôt que payer des salaires à des employés américains. Toujours la même erreur, bon sang, ils ne comprennent donc jamais… En attendant, Eudora est plongée dans les ténèbres et le chaos. Plus aucun service ne fonctionne, les rues sont bordéliques et crasseuses, les ordures s'entassent partout. Ça pue l'égout et la pourriture, et la moiteur ambiante (35 °C aujourd'hui, pas mal pour novembre) n'arrange pas les choses, on se croirait dans un village PPP. Chacun se débrouille comme il peut, c'est-à-dire que la plupart ont acheté des piles à hydrogène. Encore faut-il trouver de l'hydrogène, car les pompes d'Eudora sont en panne comme le reste et celles de Lawrence sont anéanties, ce qui oblige à aller chercher des bonbonnes à Kansas City, avec tous les risques que ça comporte. Les sautes et coupures de courant font boguer la domotique, qui peut inventer de nouvelles conneries à tout moment : pas plus tard qu'hier, Anthony s'est retrouvé coincé dans son bureau, la centrale de sécurité le prenait pour un intrus et hululait de toutes ses alarmes. Il a fallu que Pamela vienne le délivrer, ce qui est très humiliant dans les circonstances actuelles.

Car le plus pénible, dans cette longue suite de soucis et désagréments, ce sont ses problèmes familiaux.

Pamela demande le divorce. Cette salope de Consuela lui a tout raconté. Pourtant Anthony l'avait clairement avertie qu'elle ne quitterait pas Eudora vivante si elle ouvrait sa gueule. Il croyait la tenir par la terreur… Mais elle a profité de l'absence de Fuller pour tout dégoiser à Pamela, qui pour une fois a fait preuve d'un étonnant esprit d'initiative : au retour d'Anthony, Consuela n'était plus là. Pamela l'avait déposée sur la K10 avec 5 000 $ en poche, exactement ce qu'il voulait empêcher. Elle l'a accueilli en larmes, ravagée, bourrée, armée d'une bouteille de bourbon à demi entamée, qu'elle a essayé de lui fracasser sur le crâne. Fuller ne l'avait jamais vue si enragée : des choses ont volé dans toute la maison, il y avait tant d'éclats, de débris et de liquides projetés partout que la domotique a déclaré forfait, refusé net de nettoyer. Maintenant, elle veut divorcer. Nul doute qu'elle va le charger au maxi, exiger une pension alimentaire astronomique. Grabber l'a averti que Pamela est venue le voir mais il a refusé de traiter son cas, au prétexte qu'il ne peut agir contre les intérêts de son client. Elle est *très* remontée, prête à faire une grosse pub autour de cette affaire. Or un divorce n'est pas précisément le genre de publicité dont Fuller a besoin en ce moment.

À la maison, tous deux s'évitent autant que possible, mais il arrive qu'ils se croisent fortuitement : les 1 200 m^2 de la villa ne forment pas un labyrinthe infini. Pamela se traîne comme un zombie, défoncée au Prozac4 en permanence, mais ses yeux éteints s'embrasent de pure haine dès qu'elle aperçoit Anthony. Il envisage sérieusement de déménager. Ce qui le retient pour le moment, c'est qu'il doit s'occuper lui-même de Tony Junior, Pamela étant incapable d'assurer dans son état. Le laver, l'habiller, le nourrir, lui administrer ses médicaments à heures fixes… Subir ses cris et grognements, affronter son regard de hibou, de plus en plus sardonique au fil des jours, semble-t-il, comme si lui aussi savait. Ce petit monstre ne le quitte pas des yeux tout le temps qu'Anthony le soigne, ses prunelles grises sont un scanner qui lui dissèque le cerveau, couche de turpitude après couche de turpitude – ainsi le ressent-il. Il lui vient des envies de carnage : écraser une fois pour toutes ce cafard malfaisant, tuer Pamela qui lui bousille la vie, massacrer Rachel, la voisine bigote, avant qu'elle ne colporte partout des ragots infâmes, tous les dézinguer, ces hypocrites et ces menteurs, y compris Bournemouth et Tabitha qui se sont joués de lui. Il n'a plus personne avec qui baiser maintenant, plus de fille soumise à ses fantasmes, et sa réputation de violeur de nurses divulguée par Pamela ne va rien arranger de ce côté-là non plus… Quelle vie de merde.

Une vie de merde qu'Anthony supporte lui aussi à coups de médicaments : son cocktail habituel – Neuroprofen, Dexomyl, Calmoxan, métacaïne, vitamines et autres *energy pills* – mais à hautes doses, avec une compulsion de drogué. Résultat, son corps et son système nerveux se détraquent, il est secoué de tics, subit d'éprouvantes crises de tachycardie ou d'horribles maux de ventre, a des insomnies, des tremblements, la cervelle en compote.

Mais le pire, ce sont les hallucinations.

Il croit entendre la voix de Wilbur, son fils mort et trop vite oublié. Il croit entrevoir sa silhouette dégingandée au détour d'un couloir. Anthony ne croit pas aux fantômes, donc ce sont des hallus. Des projections mentales issues d'une culpabilité refoulée, lui a dit son psy. Wilbur hante aussi ses cauchemars, lorsqu'il arrive à dormir. Ou plutôt *son* cauchemar, récurrent, toujours le même : c'est la nuit, une nuit immense, ruisselante d'étoiles. Anthony marche dans le désert. Il est seul, perdu : les dunes ondoient autour de lui à l'infini, il les gravit une à une, péniblement, s'enfonce jusqu'aux chevilles dans le sable meuble. Il est épuisé, et très angoissé, car il ne sait où aller, comment échapper à une mort certaine.

Et Wil survient, toujours. Il se détache à la crête d'une dune, ou s'extrude de l'ombre d'un vallon. Tout heureux, Anthony accourt vers son fils. Wilbur est bizarre : il est vêtu comme un Touareg, basané comme un Touareg. C'est bien lui pourtant, sa silhouette de grand échalas, sa tronche de hibou Net-addict. Anthony capte la menace dans ses yeux gris et fixes – les yeux de Tony Junior. Dans sa main luit la lame effilée d'un poignard. Anthony ne peut pas bouger, planté dans le sable, paralysé par la peur. Wil/Tony a un sourire étrange, presque triste et résigné, comme s'il s'excusait pour le geste inévitable qu'il s'apprête à accomplir.

Ça va très vite : en un pâle éclair, la lame s'enfonce dans le cœur d'Anthony – qui s'éveille alors en sursaut, suffoquant, main crispée sur la poitrine. Il met longtemps à calmer les battements affolés de son cœur, à ne plus éprouver cette horrible sensation de froid déchirant, à évacuer l'image prégnante de ses deux fils fondus en un – son meurtrier.

Ce cauchemar est apparu quand il a commencé à soigner Junior, mais il n'y voit aucun rapport. Ce sont les médics, ces putains de médics qui le bousillent. Son médecin et son psy l'ont prévenu, il ne tiendra pas longtemps comme ça : la mort ou la folie le guettent, il faut qu'il arrête. Mais comment faire ? S'il arrête, il s'effondre : il le sait, il le sent. Or ce n'est pas le moment – ce n'est *jamais* le moment.

La seule solution, c'est de partir. Coûte que coûte. Il doit s'y résoudre.

EMBROUILLES

> Les biens de ce monde ne sont que des prêts.
>
> Proverbe maure.

— Allô, oui ? Qui est-ce ?

— Monsieur Fuller ?

— Oui, qui êtes-vous ? L'image est floue, je ne reconnais pas vos visages.

— Harry Coleman et John Turturo.

— Vous appelez du fond d'une mine ou quoi ? La liaison est très mauvaise.

— Rien ne fonctionne bien ici. Même les satellites, quand ils survolent l'Afrique, ils se dégradent.

— Alors ? Comment ça se passe ?

— Très mal.

— C'est l'enfer.

— Mais encore ?

— Il fait une chaleur à crever, et il n'y a pas de flotte.

— Ça, je le sais, figurez-vous !

— Non, vous n'avez pas idée, monsieur Fuller. Quand je dis « il fait une chaleur à crever », ce n'est pas une métaphore. Les gens *crèvent* réellement. Les cadavres jonchent les rues, et il y a plus de vautours ici que de rats à New York.

— Ce pays a *vraiment* besoin de flotte. Ce n'est plus que sable et poussière.

— Dites, les gars, vous travaillez pour qui ? Pour moi ou pour le Burkina ?

— Vous vouliez un aperçu de la situation. On vous le donne, c'est tout.

— Ce qu'on veut dire, monsieur Fuller, c'est que vous ne *pouvez pas* ignorer les besoins locaux. Si vous leur pompez la nappe sous le nez sans leur en laisser un peu, ce sera la guerre, je vous le garantis. Vous n'y arriverez pas.

— Ils sont déjà à moitié fous, rien qu'à savoir qu'il y a toute cette flotte sous leurs pieds.

— Justement, la nappe. Vous êtes allés sur le site ?

— Pas pu. La zone est grillagée, gardée par un escadron militaire.

— Qu'est-ce qu'ils craignent ? Une attaque américaine ?

— Je crois que c'est surtout pour maintenir les autochtones à distance.

— Ils ont commencé à creuser des puits partout, avec des pelles et des pioches.

— Le site est facile d'accès ?

— Très. C'est à l'emplacement de l'ancien lac Bam, une cuvette de sable et de poussière. Aucun problème.

— Vous avez pris des photos ?

— Quelques-unes. On va essayer de vous les transmettre.

— Mais on a été repérés. On est les deux seuls Blancs dans ce putain de bled.

— Les militaires nous ont interrogés.

— Et alors? Vous aviez prévu une couverture, j'imagine.

— Nous sommes deux géologues indépendants, mandatés par le Gouvernement pour étudier sur le terrain les conditions de la future exploitation.

— On a des papiers officiels qui le prouvent, fournis par Gary Jackson, l'ambassadeur.

— Très bien.

— Du coup, on a appris quelque chose... Vas-y, Johnny.

— Les militaires ont cru qu'on était l'avant-garde d'un convoi qui doit arriver à Kongoussi dans quelques jours, si j'ai bien compris. Un convoi rempli de matériel de forage. Et vous savez qui envoie ça? Dis-lui, Harry.

— SOS-Europe.

— Quoi?

— Oui, monsieur Fuller. Apparemment, ils ont décidé de ne pas attendre le verdict du TCI pour exploiter la nappe.

— Vu d'ici, remarquez, on les comprend. Je ferais pareil à leur place.

— Mais, bordel, c'est du *vol*! Cette nappe m'appartient, merde! La garnison militaire, elle est comment?

— Une poignée de gosses harassés par la chaleur, armés de vieux Uzi réformés de l'armée chinoise.

— Un commando en viendrait à bout, si c'est ce que vous avez en tête, monsieur Fuller. Mais personnellement, je ne vous le conseille pas.

— Pourquoi?

— Vous auriez aussitôt tout le pays sur le dos. Et non seulement tout le pays, mais aussi les pays voisins: Mali, Niger, Ghana, qui viendraient à la rescousse.

— Juste pour une nappe phréatique ? Allons donc. Ils ont leurs propres soucis.

— Non. Ce n'est pas comme ça que ça fonctionne. Explique-lui, Johnny.

— Malgré leur misère, les indigènes sont très attachés à leur gouvernement. La présidente est une figure vénérée dans le pays, très respectée chez ses voisins. Le Burkina, pays le plus pauvre des PPP, a ici valeur d'exemple. Si vous intervenez par la force pour vous emparer d'une nappe phréatique, la moitié de l'Afrique de l'Ouest viendra soutenir le Burkina. Pas pour sauver sa flotte, mais pour combattre une ingérence occidentale.

— Ici, ils ne tolèrent plus trop les ingérences occidentales. On n'est pas *extrêmement* bien accueillis, vous voyez.

— Qu'est-ce que vous préconisez ?

— Négociez. Partagez le gâteau.

— Offrez-leur vos moyens technologiques et pompez en échange un pourcentage raisonnable.

— Les gars, vous m'étonnez. Je n'ai pas l'impression d'avoir affaire à des agents de la CIA censés défendre les intérêts des États-Unis, mais à des écolos tiers-mondistes. C'est quoi, votre problème ?

— Notre problème, c'est qu'on est sur place, et pas vous.

— Vous devriez venir voir, monsieur Fuller.

— Bordel, *non* ! Je ne mettrai pas les pieds dans ce nid à poussière, sauf pour y inaugurer *ma* station de pompage ! Cette nappe *m'appartient*, il n'est *pas question* que je négocie *quoi que ce soit* !

— Arrêtez de postillonner, monsieur Fuller, ça fait des taches sur l'écran.

— Jjjjjjjeeerrrmmmgrrrmmmh… Ffffffououou.

Jjje-je me calme. Mais je reste ferme. Pas de négociation, au moins jusqu'au jugement du TCI. Je vais...
je vais élaborer une autre stratégie. Contacter Gary
Jackson. Sous peu vous recevrez d'autres instructions de sa part.

— En attendant, on fait quoi ?

— Continuez de collecter le maximum d'informations. Renseignez-vous aussi sur ce convoi de SOS.
Essayez de le retarder le plus possible.

— Le retarder comment ?

— J'en sais rien, merde ! C'est vous les spécialistes
des coups tordus, pas moi ! Créez des embrouilles !
L'Afrique, c'est bien un pays d'embrouilles, non ?

— *(Soupir.)* On va voir ce qu'on peut faire.

— O.K. Salut.

PUTAIN DE MISSION

Un Américain est perdu dans le désert. Il marche depuis des heures et des heures dans le reg. Il est épuisé et meurt de soif. Il croise alors une caravane dont les *guerbas* sont pleines d'une bonne eau fraîche, tirée le matin même au puits d'Azennezal.
— Dieu soit loué ! s'écrie l'Américain. Vous avez du Coca-Cola ?
— Non, répondent les caravaniers.
— Dommage, fait l'Américain, dépité.
Et il poursuit sa route vers nulle part.

Blague touarègue (résumée).

— Ce mec a pété les plombs, constate Harry Coleman en lâchant son téléphone sur la tablette bancale et en s'affalant sur le lit d'un même mouvement.

Il n'en peut plus de suer et de suffoquer dans cette piaule d'hôtel transformée en four crématoire. La clim est en panne, lui et Johnny ont vidé toute la réserve de bière fraîche du bar ; quant à prendre une douche, inutile d'y songer : la salle de bains grouillante de blattes ne recèle qu'un seau d'eau, censé leur suffire pour la journée mais déjà aux trois quarts vide.

Dans le même état que son collègue, Johnny Turturo s'efforce de moins le montrer : il a beaucoup voyagé, a plus d'expérience, se prétend aguerri. Enfoncé dans un fauteuil en velours élimé, chemise ouverte sur son ventre bedonnant, il dégouline avec fatalisme et dignité.

— C'est notre patron, rappelle-t-il en haussant les épaules. Et le P.-D.G. d'un des plus gros conglomérats *ww* de la planète.

— Ça me rassure pas, ce que tu dis.

— T'as une idée de comment retarder le convoi de SOS ?

— Non, putain, j'ai même pas envie d'y penser. Je te jure, Johnny, ça me fait carrément chier de bosser pour Fuller. Tu l'as entendu comme moi : il est prêt à foutre la région à feu et à sang juste pour exploiter *sa* nappe.

— Eh oui, soupire Johnny. Ce sont des gens comme lui qui ont fait l'Amérique...

— Qui ont *défait* l'Amérique, tu veux dire. Tu sais quoi ? J'ai envie d'aller dans l'Idaho. Je veux du froid, des montagnes, de la neige. Des torrents glacés. (Harry se lève péniblement.) J'ai encore soif. Vais voir au bar s'ils n'ont pas remis deux ou trois bières au frigo.

— Z'ont pas de frigo.

— Meeerde, grogne Harry. Putain de pays. Putain de mission. (Il se traîne vers la porte de la chambre.) Vais voir quand même. J'ai besoin d'air.

— Tu sais, Harry, c'est *pire* dehors.

Il a à peine ouvert la porte de la chambre, qui donne de plain-pied sur une cour intérieure où s'érigent une fontaine à sec et un palmier calciné, qu'une bouffée d'air brûlant, chargé de sable, lui saute à la figure. Il recule, souffle coupé, main levée devant cette incandescence.

— Monsieur Coleman ou Turturo?

— Hein?

Il cligne des yeux face à quatre soldats massés devant la porte. En uniforme, transpirant sous leurs casques. Armés, leurs Uzi calés sur la hanche. Pas spécialement agressifs, mais pas franchement amicaux non plus.

— Qu'est-ce que vous voulez? s'enquiert Johnny en s'approchant.

— Êtes-vous messieurs Coleman et Turturo? insiste le jeune soldat sur le seuil, qui semble commander le détachement. Montrez-moi vos passeports.

Les deux Américains s'exécutent de mauvaise grâce. Le militaire les examine rapidement puis les fourre dans la poche de poitrine de son treillis.

— Hé, nos passeports! proteste Harry.

— Suivez-nous. Vous êtes en état d'arrestation.

— Hein? tombe des nues Johnny.

— Vous avez parfaitement entendu. (Il relève de quelques degrés le canon de son arme.) Ne nous obligez pas à employer la force.

— O.K., les caïds, on vous suit, grommelle Harry.

— Il s'agit certainement d'une erreur, temporise Johnny qui empoigne son téléphone. Nous allons prévenir l'ambassade et...

Vous ne prévenez personne, vous nous suivez, c'est tout! ordonne le jeune soldat. Donnez-moi vos téléphones.

Il fait signe à un autre soldat de les prendre tandis qu'il tient Harry et Johnny sous la menace de son Uzi – une arme très efficace à courte distance. Puis il les fait sortir dans la fournaise. La troupe rejoint un Daewoo bâché qui attend dans la rue, rougi de latérite et qui a largement passé l'âge de la réforme.

Les Américains sont conduits au commissariat central, un bâtiment crépi fauve qui jouxte l'hôtel de ville, et dans lequel règne une activité plutôt indolente malgré la présence de nombreux militaires. Ils sont amenés dans une pièce au fond du bâtiment, où ils sont reçus d'un œil froid par un type massif, aux cheveux grisonnants et au cou de taureau, qui compulse attentivement un dossier sur son bureau : le commissaire sans doute. Deux officiers sont présents également, ainsi qu'une secrétaire derrière son ordinateur, un modèle à écran tactile assez récent qui tranche dans ce décor colonial vétuste : armoires, classeurs et bureaux métalliques, vieilles chaises en skaï, ventilateur brassant vainement les mouches avides de chair humide.

— Vous allez nous dire ce que ça signifie ? rouspète Harry.

Le commissaire lui file un regard taurin sous ses lourdes paupières, replonge dans son dossier sans un mot. Johnny fait signe à Harry de se calmer. Il sait que dans ces situations, plus on s'énerve, plus on attend.

Entre finalement un homme entre deux âges, voûté, dégarni, des rides de stress profondément creusées sur ses traits burinés. Il adresse un signe de tête aux militaires, vient saluer le commissaire, lui glisse quelques mots en moré à mi-voix, puis dévisage les deux prisonniers, l'air sévère. Ceux-ci devinent qu'il s'agit d'un notable local.

— Votre mandat du Gouvernement, dit le commissaire d'une grosse voix basse. Donnez-le.

Harry et Johnny échangent un regard. Ils pensent la même chose : leur couverture a été éventée.

Ils sortent néanmoins leurs documents à en-tête du Gouvernement, certifiant qu'ils sont mandatés en tant que géologues pour effectuer des repérages et une étude de faisabilité sur le futur site du chantier. Ils les tendent au commissaire qui les donne aussitôt au notable local, lequel les examine avec soin, chaussant de minuscules lunettes.

— Ce sont des faux, déclare-t-il. Des copies grossières.

Il jette les papiers sur le bureau avec une expression de dégoût.

— Que voulez-vous savoir, monsieur Zebango ? demande le commissaire.

— Pour qui ils travaillent. Ce qu'ils sont venus faire ici. Qui est leur contact au Burkina. Faites-moi un rapport détaillé de l'interrogatoire, monsieur Ouattara.

— Très bien, monsieur le maire.

Étienne Zebango ressort de la pièce, voûté et soucieux, sans plus accorder d'attention aux Américains. Ouattara, lui, les scrute droit dans les yeux.

— Écoutez-moi bien, vous deux. Vous êtes accusés de faux et usage de faux, de détournement de documents officiels et d'espionnage. Ça peut aller très loin, jusqu'en cour martiale. (Coup d'œil à l'un des officiers, qui confirme d'un signe de tête.) Vous n'êtes pas sortis de l'auberge, je vous le dis. Alors vous pouvez soit décider de vous taire, soit exiger un avocat, soit choisir de coopérer. Évidemment, plus vous coopérez, plus courte et confortable sera votre détention.

— Ça va, bougonne Harry, on connaît la chanson.

— On ne dira rien de toute façon, renchérit Johnny.

Harry se tourne vers lui, une expression mitigée sur le visage.

— *Tu* ne diras rien si tu veux. Moi, je vais tout leur raconter.

— À la bonne heure, sourit le commissaire Ouattara.

Johnny ouvre des yeux ronds.

— Je refuse de bosser pour ce psychopathe ou de le couvrir, poursuit Harry. Je refuse d'être le responsable, même indirect, d'un nouveau carnage. J'en ai ma claque de tout ce cirque et je veux aller me geler les couilles dans l'Idaho. Aussi je vais déballer à ces messieurs tout ce qu'ils désirent entendre, qu'on en finisse.

— Harry, articule Johnny d'une voix étranglée, si tu fais ça, t'es mort.

PROTESTATIONS

Le Jeudi   *Le journal qui dit*

Nappe phréatique de Kongoussi (Bam)
Deux espions américains arrêtés

Deux agents de la CIA, Harry Coleman et John Turturo, ont été appréhendés hier après-midi à leur hôtel par un détachement du 4ᵉ R.I. en poste actuellement sur le site de la nappe phréatique. Ces deux espions, opérant pour le compte d'intérêts privés américains, rôdaient depuis quelques jours autour du site, cherchant à obtenir toutes sortes de renseignements.

Lire la suite **page 4**

L'ambassadeur Gary Jackson espérait faire une entrée fracassante dans le bureau de la présidente, interrompre si possible une réunion importante et provoquer un scandale de tous les diables. Son plan a été anéanti par l'impassible Yéri Diendéré, qui l'a menacé d'emblée, la main sur le téléphone, de le faire expulser *manu militari* s'il franchissait cette porte sans que Madame la présidente l'y ait invité. Depuis, Gary Jackson fulmine tout seul devant la secrétaire, laquelle s'intéresse moins à lui qu'à la plante verte posée sur son bureau, qu'elle arrose avec soin et parcimonie.

Enfin la porte du bureau présidentiel s'ouvre. Sortent la sèche Claire Kando, ministre de l'Eau et des Ressources, le corpulent Amadou Dôh, ministre des Transports et Infrastructures, et un homme d'affaires chinois. Ils se congratulent sur le seuil, jusqu'à ce que Fatimata Konaté daigne remarquer l'ambassadeur des États-Unis :

— Monsieur Jackson ! Je suis à vous tout de suite.

Après d'interminables salutations, ils lâchent enfin la présidente qui lui fait signe d'entrer. Il pénètre dans le bureau d'un pas conquérant, tâchant de recomposer sur son visage le masque d'indignation qu'il s'était forgé en arrivant au palais. Il se plante devant Fatimata qui ne dissimule pas son demi-sourire.

— Madame, au nom des États-Unis et du peuple américain, j'émets les plus vives protestations concernant l'arrestation inique et arbitraire de deux de nos concitoyens, dont j'exige la libération immédiate et sans conditions !

— Cessez votre comédie, Jackson. Il n'est pas bon, par cette chaleur, de s'exciter comme vous le faites.

— Vous avez entendu, madame Konaté ? postillonne l'ambassadeur cramoisi. Ordonnez la libération *immédiate* de Coleman et Turturo, ou sinon…

— Ou sinon quoi ?

— Nous les libérerons nous-mêmes. Vous y perdrez des plumes, croyez-moi !

— Est-ce une menace officielle d'intervention armée, monsieur l'ambassadeur ?

— Officieuse pour le moment. Mais qui pourrait

bien devenir officielle. Cette fois, il ne s'agit plus de récupérer quelques litres d'eau. Il s'agit de la vie et de la liberté de deux citoyens américains arbitrairement incarcérés. Le gouvernement des États-Unis est très sensible sur ce sujet. Et l'opinion publique également.

— Asseyez-vous, vous me fatiguez à vous agiter comme ça.

Fatimata se pose lourdement derrière son bureau, coudes sur la table, menton dans les paumes. Malgré les persiennes closes et un filet d'air frais s'écoulant de la clim, il fait au moins 45 °C dans la pièce.

— Je suis très sérieux, madame Konaté, prévient Gary Jackson qui s'assoit au bord d'un fauteuil bas de facture traditionnelle. D'ailleurs, le président Bones lui-même ne va pas manquer de vous appeler pour confirmer mes dires.

— Monsieur Jackson. Vous avez beau être ambassadeur, donc en principe expert en politique, il y a néanmoins deux règles ici qui vous échappent ou que vous ne voulez pas comprendre. La première, c'est l'*indépendance de la justice* : même si Coleman et Turturo étaient mes frères, je ne pourrais pas, toute présidente que je suis, empêcher ou influencer leur jugement. S'ils sont innocents, ils seront libérés ; s'ils sont coupables, ils seront condamnés. C'est aussi simple que ça.

— J'exige immédiatement…

— Taisez-vous, Jackson, et laissez-moi poursuivre. La seconde règle, c'est la *solidarité* : si les États-Unis décidaient d'attaquer le Burkina Faso pour délivrer deux espions et surtout s'emparer d'une nappe phréatique – car c'est ça l'enjeu réel, n'est-ce pas ? –, non seulement *toute* l'Afrique viendrait à notre secours, oubliant par miracle ses nombreuses dissensions internes, mais également bon nombre de pays du Nord, dont l'Europe et la Chine. Très vite, vous auriez de nouveau l'ensemble du monde contre les États-Unis. Rappelez-vous la chute de l'Empire. Ne refaites pas stupidement la même erreur.

L'ambassadeur ouvre la bouche pour protester de nouveau, mais ne trouve rien de pertinent à dire car il doit admettre que l'analyse politique de la présidente est assez juste : le Burkina a le profil type de pauvre victime sans défense ni ressource, les États-Unis de méchants prédateurs, un peu dépenaillés mais encore mordants ; *forcément*, le monde prendra la défense du Burkina. Or les États-Unis ne peuvent se permettre une guerre impopulaire de plus : la désastreuse aventure mexicaine de 2021 est une blessure encore à vif dans toutes les mémoires.

Quand le président indien du Mexique, Raul del Rio, a déclaré fin 2020 qu'il dénonçait l'ALENA (l'accord de « libre-échange » nord-américain), comme il en avait le droit au terme de l'échéance, pour adhérer à l'ASEAN (l'équivalent asiatique), Washington a pris cela pour une trahison et le président Cornell comme un affront personnel. La CIA a fomenté un coup d'État – qui a échoué – et les États-Unis ont pris prétexte de l'instabilité politique qui s'est ensuivie pour venir « sécuriser » le pays (et les derniers puits de pétrole encore exploités), selon une méthode éprouvée depuis la guerre d'Irak en 2003. Mais cette fois, mal leur en a pris : non seulement les Mexicains se sont battus avec rage, bénéficiant de renforts nombreux et bien armés, mais l'Amérique du Sud s'est dressée d'un bloc contre les États-Unis, détruisant ou sabotant leurs usines, commerces, banques, bâtiments, bases et ambassades sur tout le continent. Les morts se sont vite comptés par milliers côté mexicain mais aussi côté américain. Puis le Mexique a obtenu l'aide, officielle et déclarée, de la Chine et du bloc asiatique, et officieuse de plusieurs pays d'Europe, tant en armement qu'en logistique et humanitaire : ce qui obligeait les États-Unis soit à s'engager dans une guerre mondiale, soit à se retirer dignement du Mexique. Cornell a décidé de s'entêter. Alors les communautés chicanos se sont soulevées, ont déclenché une guérilla dans la plupart des grandes villes américaines ; les États de Californie et du Nouveau-Mexique, gouvernés par des hispanophones, ont annoncé qu'ils faisaient sécession, ne reconnaissaient plus l'autorité du gouvernement fédéral et ouvraient grand leurs frontières pour accueillir les réfugiés de cette « guerre d'invasion inique ». Au 10 000e GI tué, Cornell a déclaré forfait. Non par compassion (un mot rayé du vocabulaire officiel), mais parce que les caisses étaient vides. Le pays était ruiné, détruit. Les gangs chicanos brûlaient les derniers magasins encore ouverts dans les centres-villes. Les entreprises mettaient la clé sous la porte, fuyaient vers des pays plus tranquilles. Chômage, misère et insécurité atteignaient des records historiques. Les multiples créanciers des États-Unis – qui faisaient la guerre à crédit depuis longtemps et se payaient sur la bête – ont senti le vent tourner et exigé d'être remboursés. Il n'y avait plus assez de kérosène pour envoyer les bombardiers furtifs sur Mexico, plus d'argent pour payer les GI, qui ont commencé à déserter en masse. L'armée américaine a fini par battre en retraite, fort peu glorieusement. Les États-Unis se sont enfoncés dans l'amertume, la récession et l'isolationnisme, à l'exception de la Californie et du Nouveau-Mexique qui ont rejoint l'ASEAN et s'en tirent un peu mieux.

Voilà comment s'est effondré en moins de trois ans le grand empire américain. Désormais ce pays, l'un des moins sûrs du monde, végète avec un PIB inférieur à celui de la Corée et une dette sans fond, tout comme l'Afrique au début du siècle.

Cette triste histoire, Gary Jackson la connaît par cœur : elle est citée dans les milieux diplomatiques comme l'archétype d'une politique étrangère suicidaire. L'actuel président la connaît aussi : il n'enverra pas la 4e armée libérer Coleman et Turturo. Mais il existe d'autres procédés plus secrets, en lesquels les États-Unis possèdent une longue expérience. Fuller a les contacts et les moyens, Jackson une bonne connaissance du terrain et des indigènes. Oui, il est possible de monter une *opération spéciale*. Ainsi, il les aura mérités, ses dix pour cent…

— Alors, Monsieur l'ambassadeur, vous ne dites rien ? Je vous ai convaincu ?

Gary Jackson se lève vivement, s'efforce de paraître fulminant.

— Pas du tout, Madame la présidente. Je prends acte de votre refus de coopérer. Vous entendrez à nouveau parler de cette affaire, je vous le promets !

Il sort en claquant la porte. Fatimata le regarde partir en secouant la tête, une ombre de sourire au coin des lèvres. Elle se lève à son tour et va rejoindre Yéri dans son bureau-étuve, comme elle le fait souvent après une entrevue ou réunion éprouvante, réconfortée par le flegme et l'indéfectible sérénité de sa jeune secrétaire.

— Jackson n'avait pas l'air content, commente celle-ci.

— Tu parles. Il m'a menacée d'une intervention militaire si je ne libérais pas les deux Américains sur-le-champ.

— Vous allez le faire ?

— Sûrement pas ! Ce serait renier ce qu'on a réussi non sans mal à mettre en place ici : une vraie justice. Jackson bluffe. Même sa colère était feinte.

— Méfiez-vous de cet homme, Fatimata : c'est un serpent.

— Bah ! Il brasse de l'air, c'est tout. Il justifie son salaire. Je ne vois pas quel mal il peut nous faire.

IBLISS

La connaissance qui est bénéfique est celle qui
ne va pas très loin. Celle qui va au-delà des choses
n'est bénéfique pour son détenteur ni pendant sa
vie ni à sa mort ; celui qui est submergé par ses
connaissances n'est plus semblable aux autres car il
ne fait plus partie des humains ni des morts. Seuls
les nuages sont ses compagnons.

Barkié KABORÉ, *bangba* mossi,
cité par Kabire Fidaali
in *Le Pouvoir du bangré* (1987).

Suite à son fait d'armes, et aussi parce qu'il est le
fils de la présidente, Abou Diallo-Konaté a eu droit
à une permission exceptionnelle de vingt-quatre
heures, ainsi que son copain Salah Tambura. En
effet, c'est grâce à Abou que Coleman et Turturo
ont été démasqués : c'est lui qui, de garde à ce
moment-là devant l'entrée du site, les a contrôlés a
vu leurs mandats du Gouvernement, a établi un lien
avec le convoi de SOS que tous attendent. Il a
signalé le fait à son capitaine, lequel a cru bon
d'avertir le maire de Kongoussi. Étienne Zebango a

été surpris d'ignorer la présence de ces deux géologues, alors qu'habituellement Fatimata Konaté le tient au courant de tout ce qui concerne la nappe phréatique. Il a donc téléphoné à la présidence, où Yéri Diendéré l'a informé qu'aucun mandat n'avait été délivré à de prétendus géologues. Étienne a vite compris : il se retrouvait avec une affaire d'espionnage sur les bras, comme s'il n'avait pas assez d'ennuis comme ça. Il a préféré déléguer l'affaire aux militaires, et c'est ainsi qu'Abou, Salah et deux autres gars de leur unité ont été désignés volontaires pour procéder à l'arrestation.

Abou aurait pu profiter de cette journée de perm' pour aller visiter ses parents à Ouaga (Salah y comptait bien, tout heureux de faire un tour à la capitale), mais il en a décidé tout autrement :

— Je vais voir ma grand-mère à Ouahigouya.

— Encore ! s'est offusqué Salah. Mais tu l'as vue il y a quinze jours ! Et il y a rien à Ouahigouya. C'est aussi mort qu'ici !

— Tu n'es pas obligé de venir. Moi, il *faut* que j'y aille.

— Pourquoi ? Elle est malade ?

— Non, non. Tu ne peux pas comprendre.

À vrai dire, lui-même ne comprend pas très bien ce besoin impérieux qu'il a de se rendre auprès d'Hadé. C'est plus qu'une envie, c'est au-delà du devoir filial, c'est… comme un appel. Pas exprimé avec des mots, ni même révélé en rêve. C'est presque *physique*, quelque chose qui le tire là, dans le ventre. Et il *sait* – sans savoir comment – que cette chose, ce malaise, lui commande d'aller voir sa grand-mère.

Finalement Salah a accepté à contrecœur de le suivre. Après bien des palabres, ils ont réussi à emprunter le scooter de Félicité, la fille du maire qu'Abou connaît et drague vaguement. Le plein d'éthanol fait, les voilà partis sur la route de Ouahigouya.

La température atteint 50 °C et le bitume fond, l'harmattan qui souffle du désert jaunit le ciel et balaie la route de volutes de sable, les rares voitures ou camions qu'ils croisent leur balancent de grandes claques de fumée et de poussière. La tête emmaillotée dans un chèche, suant, suffoquant et grimaçant, ils avancent, opiniâtres. Autour d'eux, la savane est calcinée, les champs craquelés, peu à peu le sable recouvre tout, inexorablement. La chaleur anhydre et l'odeur minérale du désert sont nettement perceptibles, les dunes pas encore mais elles avancent ; chaque année elles descendent davantage vers le sud, et rien ne les arrête.

Ils traversent Tikaré sans ralentir, où le marché jadis florissant est réduit à un étalage de misère et de désespoir, hanté par des zombies décharnés ; espèrent trouver de l'eau à Kassouka mais tombent sur un village mort, abandonné, croulant doucement sous le sable et la poussière ; en obtiennent au prix fort à Séguénéga où une citerne est justement de passage, autour de laquelle une émeute est sur le point de se déclencher – l'irruption des deux soldats en uniforme parvient à la contenir un temps ; puis tracent la route jusqu'à Ouahigouya, évitant les épaves, ignorant les cadavres d'animaux et d'humains qui gisent sur les bas-côtés, plus ou moins décomposés, dévorés par des vautours ou des hyènes qui s'écartent de mauvaise grâce au passage du scooter. Ils croisent régulièrement de vieux tracteurs à remorques, des charrettes à mule ou à bras, voire des gens à pied, surchargés de sacs, matelas, vaisselle et ballots, qui pérégrinent cahin-caha vers Kongoussi, attirés par la promesse d'une eau bientôt abondante.

Parvenus à Ouahigouya, ils traversent une ville sinistrée qui évoque Kongoussi mais en pire, car plus grande. Ça pue la mort, les vautours tournoient incessamment dans le ciel en fusion, les boutiques sont closes, les rues désertes. Çà et là des magasins fracassés, des bâtiments incendiés témoignent d'émeutes ou de pillages. Pilotés d'une main sûre par Abou, ils atteignent enfin la concession d'Hadé, qui se distingue des autres cours par son tamarinier verdoyant. Sous lequel officie Hadé, assise sur un banc, entourée de patients, à toucher, palper, questionner, prescrire ses remèdes.

Sitôt qu'elle voit le scooter se garer dans un nuage de poussière à l'entrée de la cour, elle se lève pour accueillir les nouveaux arrivants. Elle appelle Magéné en passant, lui demande de la remplacer un moment.

— Bienvenue, fils. Je t'attendais.

Abou déroule son chèche, embrasse sa grand-mère. Il ne l'a pas prévenue de sa visite, mais qu'elle l'attende ne l'étonne pas. Il lui présente Salah, qui la salue timidement, pas très à l'aise. Hadé les conduit dans sa case, indifférente aux appels suppliants que lui adressent certains patients.

Après le gobelet d'eau (fraîche et pure) de bienvenue et l'échange de nouvelles sur la famille, le silence s'installe dans la grande case ronde. Débordant de son siège bas, bras croisés sur sa poitrine, Hadé paraît s'assoupir comme à son habitude. Assis face à elle sur une natte, Abou contemple ses pieds, indécis. Accroupi contre le mur de banco, Salah observe l'intérieur de la case avec appréhension, surtout les masques et le fétiche d'argile informe qui fumerolle doucement.

Au bout d'un long moment, Hadé soulève les paupières.

— Alors, fils. Qu'as-tu à me dire ?

— J'ai… quelque chose dans le ventre, mamie. Là. (Il écarte les pans de son treillis, touche un point sous le plexus.) Je me demandais si tu pourrais…

— Ce n'est pas une maladie. C'est le bangré qui rentre. (Dans son coin, Salah hausse les sourcils.) C'est comme un tiraillement, n'est-ce pas ? Une sorte de nœud qui te gêne.

— Oui, mamie.

— La nuit, tu rêves que tu voles. Ou tu te trouves dans des lieux que tu ne connais pas.

— Oui, parfois.

— Et parfois, même bien réveillé, tu fais des choses et tu ne sais pas pourquoi tu les fais.

— En tout cas, je me sens obligé de les faire. Comme venir ici, présentement.

— C'est cela. (Un sourire s'étire sur les lèvres épaisses d'Hadé.) Ce n'est pas une maladie que l'on soigne avec des plantes et des remèdes. C'est la connaissance qui vient à toi, mais tu ne sais pas encore la maîtriser. C'est pourquoi tu ressens de la gêne et des impressions étranges. Chez certains, cela peut être pire encore. J'en ai connu qui ont disparu pendant des jours et des jours, errant désemparés dans le monde du bangré, sans comprendre ce qui leur arrivait.

Abou n'est pas du tout rassuré par les propos de sa grand-mère. Salah se tortille sur ses talons, puis ose demander :

— Est-ce qu'Abou est visité par les *zindamba*, madame Konaté ?

— Chez certains, la connaissance peut prendre cette forme. Pour d'autres, elle est un don de Dieu. Chacun voit midi à sa porte. Moi j'ai choisi de voir sans voile.

— Vous allez faire un sacrifice pour le savoir ?

Salah désigne le fétiche de l'index. Hadé esquisse un sourire.

— Je n'ai pas besoin de tuer pour savoir, jeune homme. (Elle revient à Abou.) Te souviens-tu, fils, lors de ta dernière visite, lorsque j'ai regardé dans la fumée ? (Abou opine du chef.) Tu m'as *vue* regarder dans la fumée, et tu as *vu* ce que je voyais. T'en souviens-tu, fils ?

— Oui, affirme Abou. C'était… une sorte de nain.

— C'est cela. Peux-tu le *voir* de nouveau ? Ferme les yeux. Détends-toi. (À l'aide d'un éventail, Hadé pousse la fumerolle émanant du fétiche vers Abou.) Laisse venir les formes et les images, librement, ne pense à rien de précis. Laisse venir…

Tassé contre le mur, Salah contemple la scène, les yeux ronds. La fumée l'incommode, mais il en oublie de tousser.

— Je le vois, mamie.

— Oui ?

— C'est un nain tout gris et rabougri, déclare Abou, menton levé, paupières closes et vibrantes. Il a l'air méchant.

— Mais encore ?

— Il a des mains comme des griffes, et une queue qui lui sort dans le dos.

— C'est Ibliss[1] ! s'écrie Salah, effrayé.

— Abou, arrête, intime Hadé d'un ton sévère. Tu

1. Ibliss : Satan.

affabules pour épater ton copain. Le bangré ne sert pas à épater les copains. C'est une affaire sérieuse.

Abou ouvre les yeux et baisse la tête, confus. Salah s'enhardit :

— Est-ce que le bangré peut tuer, madame Konaté ?

— Oui. Mais si tu te sers du bangré pour tuer, alors c'est que tu es déjà mort.

Laissant le jeune Peul méditer cette réponse sibylline, Hadé ordonne à Abou de se lever et de s'approcher du fétiche. Il obéit à contrecœur. Elle tire d'un bocal une espèce de charbon qu'elle jette dans le trou fumant. Aussitôt la fumée s'épaissit, brunâtre, âcre, suffocante. Abou s'écarte mais Hadé lui fait signe de se pencher au-dessus du trou. Il n'y arrive pas, la fumée l'asphyxie, le fait tousser à cracher ses poumons. Alors Hadé lui plaque sa grosse main sur l'occiput et lui pousse de force la tête au-dessus du trou. Abou résiste quelques secondes, râle et suffoque, puis se laisse aller, membres et corps flasques. Hadé doit le soutenir de son autre bras.

Salah oscille d'un pied sur l'autre, ne sait que faire, se demande si la vieille est devenue folle et n'est pas en train d'étouffer Abou dans la fumée, s'il doit aller chercher de l'aide ou quoi… Il se décide à sortir car il n'arrive plus à respirer et cette sorcellerie lui fait trop peur. Il va pour écarter le rideau et franchir le seuil quand Abou pousse un hurlement soudain. Salah se retourne d'un bloc.

Son copain se débat dans les bras puissants d'Hadé qui l'éloigne du fétiche. Ses yeux sont exorbités, sa bouche béante, il est terrorisé. La fumée qui emplit la pièce, tranchée par les rais de soleil filtrant par les persiennes, confère à la scène une ambiance hautement surnaturelle qui paralyse Salah d'effroi.

D'autant plus qu'Hadé, au lieu d'allonger Abou, de le faire boire et le calmer comme il se devrait, le secoue au contraire comme un kolatier, et lui crie en pleine face :

— Qu'as-tu vu, Abou ? Qu'as-tu vu ? Dis-le ! Dis-le vite !

— J'ai vu... j'ai vu..., bafouille-t-il, l'air d'un noyé repêché de justesse.

Ses yeux hagards parviennent à fixer ceux d'Hadé, noirs et brillants. Il aspire un grand bol d'air enfumé puis se met à crier :

— *J'ai vu la haine !*

Chapitre 5

PACTES ET CONTACTS

« Stephen Byers, un ancien ministre britannique, a dit en 2006 : "Une bombe écologique à retardement est en route." Eh bien, les amis, elle est en train de nous péter à la gueule. Pas de panique, elle explose lentement, c'est une bombe au ralenti. On a le temps de voir les dégâts qu'elle produit jour après jour, on a le temps de se sentir mourir. Désormais, il est trop tard pour la désamorcer. Elle explose *maintenant*, et elle va faire des millions de victimes. Vous n'avez aucun mort à déplorer parmi vos proches ? Vous avez encore de la chance. Mais ça ne va pas tarder. Vous aussi, vous y passerez. Et moi également. Il n'y aura pas de survivant sur terre, je vous le garantis. » Ce message peu rassurant était délivré par Niels Moore, président de l'association Euthanasie pour tous. C'était « Une minute pour tout dire », place maintenant à notre grand jeu « Plus con tu meurs », animé par le crétinissime Wim Brinker : quelles conneries va donc inventer le favori Jan Kaspel pour se maintenir en quatrième semaine ?

FANTÔMES

[...] Enfin, au chapitre des bonnes nouvelles, GSK *ww*, leader mondial du médicament, a annoncé la mise sur le marché d'ici à deux ans d'un vaccin contre le paludisme. « Il s'agit d'une protéine géante de synthèse, la reproduction d'un peptide que l'on trouve naturellement à la surface du parasite. Cette protéine agit comme un leurre pour l'organisme, l'amenant à fabriquer des anticorps spécifiques. Nous en sommes à la phase des tests cliniques humains, qui s'avèrent très positifs. » Vous venez d'entendre le Dr Ramón Bejaía, directeur de la recherche chez GSK à Manille. Rappelons que le paludisme, première cause de mortalité dans le monde, tue chaque année trois millions de personnes essentiellement dans les PPP, dont 80 % pour la seule Afrique. Des recherches sur un vaccin antipaludique avaient été entreprises au début du siècle par un laboratoire suisse indépendant, et déjà suivies de près par GSK, mais elles avaient été abandonnées faute de crédits.

— Les enfoirés ! s'emporte Laurie, à l'écoute de cette info diffusée par la radio à bord du camion.

— Pourquoi « les enfoirés » ? s'étonne Rudy, assis

au volant en position détente, mains croisées derrière la nuque. C'est plutôt une bonne chose, je trouve : enfin ils s'occupent du paludisme.

— Oui, *enfin*, comme tu dis ! Ce vaccin aurait pu être mis au point il y a trente ans. On a préféré laisser les pauvres crever, au rythme de trois millions par an. Les pauvres, c'est pas rentable. En plus, ils consomment des génériques fabriqués en Inde pour trois fois rien. Malheureusement, ils ne sont pas tous morts : ils continuent même de proliférer.

— T'es trop cynique, Laurie. Comment t'expliques que GSK fabrique un vaccin aujourd'hui, alors ? Les pauvres ne sont pas plus riches, que je sache.

— Et toi, t'es trop naïf. La réponse crève pourtant les yeux : c'est parce que le paludisme atteint l'Europe. Un nouveau marché va s'ouvrir, très prometteur.

Rudy ne répond rien, faute d'argument sans doute. Laurie a déjà remarqué, à la faveur de leurs conversations, que le Néerlandais a d'assez courtes vues en politique. Hormis une haine viscérale des fachos et autres néonazis, qu'il considère comme ses ennemis personnels, son analyse se résume à « tous pourris, l'État en premier ». En revanche, côté économie, il possède des notions plus pointues que Laurie sur l'état et le fonctionnement des marchés, son ancien métier oblige…

Ainsi, Rudy estime le coût du forage en conditions normales (sans casse, ni sous-sol trop mou, ni roches trop dures…) entre 30 et 50 € le mètre linéaire, soit pour un trou de 250 m un prix global de 7 500 à 12 500 €. Or 12 000 €, c'est précisément ce dont dispose Laurie comme budget. En supposant qu'ils rencontrent un minimum inévitable de difficultés augmentant légèrement les coûts, ça signifie qu'elle et Rudy ont 0 € de défraiement. Ils devront vivre d'amour et d'eau fraîche, ou plutôt sur le dos de l'habitant. Ou bien tirer les prix vers le bas, tout marchander jusqu'au moindre kilo de ciment. Charmantes perspectives... Laurie n'a pas décoléré pendant deux cents kilomètres, après qu'elle a découvert la surprise en payant leur casse-croûte industriel à un distributeur de station d'autoroute. Elle a tenté d'appeler Markus plusieurs fois, lequel s'est empressé de ne pas répondre. Elle l'a bombardé de messages incendiaires qui n'ont eu d'autre effet que la soulager sur le coup. Elle s'y attendait pourtant, a remarqué Rudy, sans comprendre que justement, c'est *ça* qui l'a mise en rage : que la radinerie de Markus soit si prévisible, qu'elle n'ait *jamais* de bonne surprise. À chaque mission c'est pareil : elle doit jongler avec trois kopecks pour faire un demi-baht, et survivre huit jours avec ça.

Ce qui l'a calmée, c'est la colère des éléments, sans commune mesure avec ses mesquins soucis financiers.

Le temps a commencé à se dégrader après Besançon, tandis qu'ils longeaient les contreforts du Jura. Le froid sec et mordant installé sur l'Alsace les a accompagnés jusqu'à Belfort, puis l'écran naturel des Vosges s'est éloigné derrière eux. La température a augmenté, le vent s'est mis à souffler, entraînant une horde de nuages noirs et ventrus qui se bousculaient pour envahir le ciel. Très vite la lumière du jour a baissé, a pris cette teinte fauve pénombreuse annonciatrice de phénomènes pas nets. Le vent a monté en puissance, hurlant comme un démon, secouant le camion en tous sens, charriant des feuilles, branches, débris et objets dangereux. Cramponné au volant, Rudy sentait parfois les roues du

Mercedes se soulever de la chaussée, mais s'il s'arrêtait ça risquait d'être pire, le camion pouvait verser. Au bout de longues minutes de terreur, l'ouragan a légèrement faibli pour laisser place à la pluie, si l'on peut nommer ainsi les trombes de grêle et d'eau qui ont aussitôt transformé l'autoroute en rivière en crue. Rudy roulait à 30 km/h, au jugé, tous phares allumés, scrutant à travers les cataractes qui fouettaient le pare-brise – il n'y voyait pas à deux mètres. Laurie lui enjoignait de s'arrêter, d'attendre que ça se calme, mais lui, obstiné, jointures blanchies sur le volant, rictus de défi au coin de la moustache, n'a pas démordu :

— Ça vient de l'ouest. On descend vers le sud. On va s'en sortir…

Il ignore comment ils ont franchi sans se planter, au plus fort de la tempête, l'échangeur de Dole avec ses panneaux tordus ou abattus sur la chaussée, les voitures encastrées dans les rambardes et les poids lourds renversés en travers des voies, la flotte boueuse qui dévalait les bretelles en torrents bouillonnants, les coups de boutoir du vent qui s'engouffrait sous les ponts. Le tout au sein de ténèbres chaotiques que ne perçait aucun lampadaire – tous tombés ou grillés.

Ce capharnaüm épouvantable les a poursuivis jusque vers Bourg-en-Bresse, où peu à peu les nuages se sont déchirés, le jour est revenu, la pluie s'est calmée ; aux alentours de Lyon, le vent s'est réduit en un mistral fort mais supportable. Rudy a enfin accepté de stopper, souffler, boire un jus. Il tremblait de tous ses membres, pâle comme un mort.

— Mais *pourquoi* tu t'es pas arrêté ? s'est écriée Laurie, impressionnée par l'exploit et par l'état de

Rudy, qui s'accroche à son gobelet d'ersatz de café comme un noyé à un bout d'espar. Qu'est-ce t'as essayé de me prouver ? Que t'avais des couilles, que t'assurais comme une bête ?

Il a secoué la tête en soupirant.

— La dernière fois que j'ai subi ce genre de tempête, c'était chez moi, aux Pays-Bas. Elle a duré dix jours. J'y ai tout perdu.

Devant son expression de chien battu, Laurie a ravalé sa réplique. Inutile de remuer le couteau dans cette plaie encore à vif, qu'il devra bien refermer de toute façon : au Burkina, son drame personnel n'émouvra personne.

— « *Only one day is left/Only one day/We are leaving the others/We are going away*[1] », récite Rudy d'un ton grave en regardant défiler le paysage, mains croisées derrière la nuque et pieds calés sur les repose-pieds. Il a réenclenché le pilote automatique : le camion dialogue silencieusement avec l'autoroute, activité qui se traduit par de brefs messages flashés sur le haut du pare-brise, des lueurs furtives clignotant sur le tableau de bord.

— Hein ? Qu'est-ce tu dis ?

— C'est une vieille chanson qui me revient à l'esprit... « *Let them sleep who do not know/The final day is here/The very last/And we leave at dawn*[2]. »

— Ça a l'air vachement optimiste, ton truc.

— C'est un chant sur la fin du monde, le dernier jour, le jour du départ... de la mort autrement dit. Je connaissais les paroles par cœur, mais j'ai oublié...

---

1. Il ne reste qu'un seul jour/Juste un seul/Nous quittons les autres/Nous partons au loin.
2. Laissons-les dormir ceux qui ne savent pas/Le jour ultime est arrivé/Vraiment le dernier/Et nous partons à l'aube.

« *There is no force, no money, and no power/to stop us now and change our fate*[1]. » Je trouve ça puissant, voire, avec le recul, prémonitoire.

— C'était qui ?

— Laibach. Un groupe slovène qui sévissait fin XXᵉ, début XXIᵉ. Tiens, je vais essayer de te trouver la chanson.

Il étudie le système audio de bord, trouve la fonction permettant de commander des morceaux en ligne. Par chance, la référence existe : au bout de quelques secondes, l'écran affiche « Laibach : *B-Mashina* (© Mute 2003/3 : 47)» et la chanson éclate plein pot dans les six HP de la cabine. Ils écoutent : Rudy en extase, Laurie avec un air de doute.

— C'est très noir, commente-t-elle. On dirait des chants révolutionnaires russes plongés dans l'angoisse.

— C'est pour ça que j'aime ce groupe. Leur état d'esprit correspondait à ce qu'on ressent aujourd'hui : révolte, désespoir, lutte pour la survie. Ils parlaient déjà de la fin de l'humanité, de la fin de l'espérance.

— Trop flippé pour moi, refuse Laurie. Un truc à se tirer une balle dans la tête... Je n'aimerais pas avoir ça chez moi.

Elle songe à l'envie de suicide qui la saisissait parfois lorsqu'elle traînait son spleen et sa solitude sur les remparts de Saint-Malo, dans les grains et les embruns, souhaitant qu'une vague l'emporte une bonne fois... Cette musique aurait parfaitement convenu à la situation.

— Et toi, qu'est-ce que tu écoutes ? s'enquiert Rudy.

---

1. Aucune force, aucun argent, aucun pouvoir/Ne peut nous arrêter maintenant, ni changer notre destinée. *(TdA)*

— Toutes sortes de choses... J'aime bien le high-raga indien et l'électrodub asiatique. Mais j'écoute des vieux trucs aussi. Mon préféré est un groupe italien qui s'appelait Kirlian Camera. Pas très drôle non plus, mais plus doux que tes Slovènes, plus... mélancolique. La mélancolie me va bien.

— Tu veux que je te cherche un morceau ? T'as un titre en tête ?

— Je ne retiens pas les titres. Tout est en vrac dans ma sono...

Rudy lance une recherche, trouve une douzaine de références, en sélectionne une au hasard : *The Limit* (© Triton 1999/6 : 18). Le titre lui plaît bien. Ils écoutent, Rudy avec attention, Laurie les yeux fermés, frémissante. Une larme perle au coin d'une paupière. Descend lentement sur sa joue, hésite au bord du menton. Elle ne fait rien pour l'essuyer.

Le morceau fini, elle cligne des yeux, soupire. Évite de regarder Rudy.

— Je suis désolé, s'excuse-t-il. J'aurais pas dû te proposer ça.

— Ça ne fait rien. (Elle s'essuie les yeux, se mouche.) Ça m'a évoqué un ami. C'est lui qui m'a fait découvrir Kirlian Camera. Il est mort maintenant.

— Désolé, répète Rudy. Une catastrophe ?

— Le zipzap.

— Merde.

Ils restent cois, ruminant leurs souvenirs, pendant que la radio livrée à elle-même se cale sur une station au hasard qui débite un babil bionique autour d'une chanteuse virtuelle insipide. Aucun d'eux ne jette un œil à la lolita de synthèse qui tortille du cul dans le petit écran du tableau de bord.

— On doit apprendre à vivre avec nos fantômes, énonce Rudy doucement.

Laurie médite un moment cette phrase, puis rectifie :

— Non, Rudy. On doit apprendre à vivre sans eux.

GALAXIES LOINTAINES

— Bienvenue dans le Sud, grogne Rudy.

— Commence pas à te plaindre. Au Burkina, le palu ne sera qu'un mal parmi tant d'autres. (Voyant qu'il vérifie que tout est bien fermé, Laurie ajoute :) Et le palu, ça traîne pas comme ça dans l'air. C'est véhiculé par un moustique, l'anophèle. Suffit de ne pas se faire piquer… Fin novembre, il y a peu de risques.

— Tu crois ça ? Tu sais combien il fait dehors ? 28 °C, lit Rudy sur l'écran. Un bon temps pour les moustiques, tu trouves pas ?

— Ouais, enfin bon, on est sur une autoroute, pas au bord d'un marigot.

Il réprime une mimique agacée. Cette fille veut

343

toujours avoir le dernier mot! En plus, elle étale son expérience à tout bout de champ pour bien montrer qu'elle est la chef. Il le *sait*, bon Dieu, que le paludisme est transmis par l'anophèle. Des études d'horticulture comportent aussi des notions d'entomologie. Il sait aussi qu'aucun traitement actuel ne vient à bout du paludisme, tellement le parasite a muté. Faute d'une recherche sérieuse dans le domaine, c'est vrai.

Justement, ils longent à distance l'étang de Berre, nouvelle zone d'infestation après la Camargue. Les usines de production d'hydrogène, qui ont remplacé les raffineries et pompent l'eau directement dans l'étang, scintillent dans la nuit comme des galaxies lointaines. Plus de torchères, plus d'émissions de CO_2, mais en revanche un air saturé d'ozone troposphérique, dû aux rejets massifs d'oxygène en partie craqué par l'oxyde d'azote urbain et les durs UV solaires. Et maintenant, le palu... *Bon courage, les gars*, souhaite Rudy aux ouvriers employés dans ces nouvelles raffineries «propres». Des immigrés maghrébins sans doute, ou bien des Albanais. Les Albanais sont bon marché actuellement. Ils bossent même les bronches cramées par l'ozone et le palu dans le sang, pour rembourser ce qu'ils doivent à la mafia qui les a importés en France. Ou encore, des récos envoyés par Arbeit, c'est bien dans leur style...

— À quoi tu songes? s'enquiert Laurie.

— Que j'aurais pu travailler là-bas, dans une de ces usines d'hydrogène.

Elle scrute à son tour les cathédrales de lumières et d'acier qui se mirent dans l'étendue d'eau noire, fantasmagoriques sous l'éclat lactescent de la lune.

— Ça t'aurait plu?

— Non. Je préfère cent fois mieux être à ma place, aller là où on va.

— Je ne sais pas si t'en as bien idée, de là où on va, marmonne Laurie. Moi non plus, d'ailleurs.

Ils arrivent au port de Marseille une heure avant le départ du ferry de nuit pour Alger. Leurs places et celle du camion ont été réservées par SOS : s'ils ratent ce ferry, ils en seront pour leurs frais. Or le port de Marseille est grand, ils mettent du temps à trouver le bon quai d'embarquement... où s'allonge une file interminable de voitures devant les postes de douane. Laurie commence à stresser – ils vont le rater, ce putain de bateau – quand Rudy découvre la voie réservée aux poids lourds, où n'attendent que trois camions, pas plus.

Vient enfin leur tour. Plus que dix minutes avant le départ. Laurie se ronge les sangs : vu le passé trouble de Rudy, c'est là qu'ils vont être arrêtés, fouillés, interrogés. Le ferry va leur filer sous le nez à coup sûr.

En fait, ils ne voient même pas les douaniers : Rudy est invité par radio à glisser le disque ID du véhicule dans le lecteur de bord et presser la touche « envoi », puis à faire passer lentement le poids lourd sous le portique de scan qui se trouve devant lui. Merci et bon voyage.

— C'est tout ? s'étonne Laurie, presque déçue.

— Qu'est-ce que tu croyais ? Qu'ils allaient sortir tout le matos sur le bitume ?

— Non, mais qu'ils viennent jeter un œil au moins, vérifier nos passeports... Si c'est si facile, on pourrait embarquer un canon pour les Kabyles, non ?

— Là, c'est toi qui es trop naïve.

— Oui, je suppose...

— On a passé un scan, d'accord ? Le scan compare tout le contenu du camion aux données inscrites sur le disque ID téléchargé par les douaniers. Si un seul paquet ne correspond pas, c'est signalé dans la seconde et tu peux être sûre qu'ils auraient désossé le camion direct sur le parking. C'est rapide et pratique, mais s'il y a la moindre couille dans la saisie des données, là, ça devient très compliqué : le système ne tolère pas l'erreur humaine.

— L'« erreur humaine », c'est ça, ricane Laurie.

— Hein ?

— On ne devrait plus dire l'« espèce humaine », mais l'« erreur humaine ». On est un raté de l'évolution.

— Je croyais que ceux qui font dans l'humanitaire étaient pleins d'amour pour leurs prochains...

— J'essaie juste de repousser les forces du chaos, d'avoir un peu d'air pour respirer. Mais le chaos finira par nous emporter de toute façon.

Leur tour est venu de franchir la rampe et de faufiler le camion dans les entrailles du ferry, guidés par des matelots en combis fluo tenant des sticks lumineux. Ils sont les derniers, la rampe se rétracte et les portes se rabattent lourdement derrière eux avec de stridents criaillements métalliques. Rudy a beau être guidé avec habileté, le Mercedes est gros, les travées étroites, les virages serrés. À l'issue d'une manœuvre pas très sûre, il le coince à l'entrée de la rampe menant au pont supérieur. Devant lui, le matelot fait des gestes frénétiques avec ses sticks, trépigne et vocifère. Il grimpe sur le marchepied, frappe violemment à la vitre côté conducteur. Rudy la baisse, penaud.

— Où t'as appris à conduire, enculé de ta race ?

346

Descends de là, pedzouille, j'vais t'le garer ton tas de ferraille !

Rudy demande à Laurie de lui traduire car le guide a gueulé en français.

— Il veut garer le camion à ta place, résume-t-elle avec un sourire en coin.

— O.K., bon ! répond-il (en français) au matelot. Faisez pour moi.

— Tu te magnes le cul, fils de pute ? On devrait être déjà partis, merde !

Rudy saisit l'urgence, empoigne son sac, Laurie le sien, tous deux descendent. Le matelot grimpe à bord, claque la portière, fait hurler le moteur et craquer les vitesses, engage le semi dans des contorsions incroyables, avance, recule, braque, redresse, contre-braque, cogne ici, pousse là, érafle la remorque à un pilier, en emboutit un autre, réussit à négocier le virage en force et pousse le Mercedes à plein régime dans la rampe – le tout en moins d'une minute, sous les yeux médusés de Rudy. Il entend le même vacarme se répéter au pont supérieur – crissements des pneus, des freins, chocs métalliques, hurlements du moteur – mais ne veut pas aller voir. Ni même penser à l'état dans lequel il va retrouver le camion. Il en a sa claque, un méchant coup de barre lui tombe dessus : ils ont roulé quasi sans pause depuis Strasbourg, sans compter la traversée de la tempête. Il n'a qu'une envie, s'écrouler sur sa couchette.

Tous deux gagnent les ponts passagers, trouvent une cafétéria où ils se restaurent un brin, sans appétit ni entrain, puis rejoignent leur cabine. *Leur* cabine : une seule, petite et confinée, comprenant deux couchettes superposées.

— Merde…, soupire Laurie. Moi qui rêvais d'une douche et d'un bon lit… Laquelle tu prends ?

— Peu importe. Celle du dessus, tiens. Bonne nuit.

Rudy y grimpe, s'écroule et s'endort sans même prendre le temps de se déshabiller. Laurie soupire de nouveau, de soulagement cette fois : sa crainte des problèmes que risquait de poser cette promiscuité s'est évanouie dans les bras de Morphée. Elle commence à croire qu'elle n'a rien à redouter de Rudy.

C'est elle qui le réveille à l'aube : elle le secoue, l'appelle doucement. Il grommelle, entrouvre des yeux chassieux.

— Lève-toi et viens voir... un truc surprenant.

— Quoi ?

— Viens voir, je te dis. C'est juste là, dehors.

— Dehors ?

À force d'insistance, Rudy finit par poser les pieds sur l'échelle, dégringole lourdement au sol, sort en titubant et en se frottant les yeux sur la passerelle, s'accoude au bastingage.

Jusqu'à l'horizon, la mer est pointillée de lumières.

Une ligne de spots laser rouges se balancent nonchalamment au gré de la houle, distants les uns des autres d'une cinquantaine de mètres. Ils s'estompent au loin dans l'indigo de l'aube qui s'étend dans le ciel. Le ferry vient de franchir la ligne, et les spots les plus proches dansent dans son sillage.

— C'est quoi ? bée Rudy, éberlué.

— Le *limes*. La frontière Nord-Sud. (Laurie sourit, ouvre les bras en un geste d'accueil.) Bienvenue chez les pauvres.

BARRAGE

Ce qui est passé a fui ; ce que tu espères est
absent ; mais le présent est à toi.

Proverbe arabe.

Les difficultés commencent à la sortie d'Alger, au
niveau de l'échangeur de Birkhadem. Une double
file de voitures et camions fumants (ici, la plupart
des véhicules roulent encore au GPL, pompé dans
les derniers puits productifs de Hassi R'Mel et Hassi
Messaoud) s'étire sur l'autoroute lézardée, sillonnée
par des gamins surchargés de sacoches, caisses ou
glacières, proposant boissons, fruits secs, bibelots
électroniques et parfois kif aux automobilistes
coincés dans le bouchon. Le temps est maussade, la
banlieue sinistre : lotissements inachevés, bidonvilles
croulants, terrains vagues jonchés d'ordures, usines
désaffectées. Çà et là, des bâtiments éventrés, incendiés ou constellés d'impacts témoignent de la guérilla
en cours. Les mômes hâves et dépenaillés viennent
de cette zone, et vu leur insistance à vendre leur
camelote on devine que l'autoroute est leur unique
ressource économique. *Ça doit être dangereux de*

tomber en panne ici la nuit, songe Laurie en repoussant d'un signe de tête négatif l'offre d'un gamin qui frappe à la vitre et brandit un chapelet de caméras-téléphones *made in Malaysia*. Rudy a sans doute la même pensée car il scrute le paysage avec une expression tendue.

Le bouchon est provoqué par un barrage militaire : chicane, chevaux de frise en acier, Jeep, camions et blindés légers en travers de la chaussée, soldats en gilets pare-balles, fusils à la hanche, qui contrôlent, vérifient, pianotent sur des claviers, interrogent les civils, fouillent les véhicules. Malgré le logo Save OurSelves peint en lettres géantes sur toute la longueur de la remorque, le Mercedes ne fait pas exception à la règle, contraint d'un geste péremptoire à se ranger sur le bas-côté. Rudy et Laurie sont invités à descendre et fouillés au corps par un soldat muni d'un détecteur tandis qu'un autre vérifie les passeports et le disque ID du camion sur un encombrant terminal branché à sa ceinture. Deux militaires grimpés dans la remorque promènent scanners et sondeurs au sein du chargement, un troisième a jeté son dévolu sur la cabine et les bagages. Rudy paraît toujours tendu, Laurie ne comprend pas pourquoi, en principe tout est en règle...

Le soldat dans la cabine pousse soudain un cri de victoire et saute à terre, sourire aux lèvres, brandissant un objet sombre à l'attention de ses collègues. Laurie découvre avec stupéfaction que ce qu'il montre fièrement ainsi, c'est un flingue noir mat au long canon d'aspect très menaçant.

L'attitude des militaires à l'égard de Laurie et Rudy change aussitôt : ils braquent sur eux leurs Famas, leur ordonnent de lever les mains, appellent un gradé qui accourt avec des renforts. Très vite les deux Européens sont cernés de fusils pointés par des soldats nerveux.

— Vous avez un permis pour cette arme? demande le gradé à Rudy, qui quête une traduction auprès de Laurie.

Celle-ci répète la question en anglais, non sans lui décocher un regard assassin. Il secoue négativement la tête.

— Où vous l'êtes-vous procurée? interroge le capitaine, en anglais cette fois.

— En Allemagne.

— Comment?

— Dans un stage paramilitaire, organisé par les Survival Commandos.

Le capitaine hoche la tête, l'air de savoir de quoi Rudy parle. Il emporte le Luger à la Jeep de commandement, téléphone longuement en examinant le pistolet composite sous toutes les coutures. Pendant ce temps, un détachement de six ou sept hommes, délaissant les contrôles, investissent l'ensemble du Mercedes, bardés de détecteurs de toutes sortes. Laurie et Rudy sont amenés contre les blindés et fermement tenus en joue.

— Bravo Rudy, gronde Laurie entre ses dents serrées. Amener un flingue dans ce pays, c'était vraiment la dernière connerie à faire.

— Comment on se défend alors, si on est attaqués par des pirates?

— Et comment tu comptes nous tirer de la situation présente? rétorque-t-elle d'un ton mal contenu.

— Silence, vous deux! aboie un soldat. Vous n'êtes pas autorisés à parler.

Nouvel échange de regards incendiaires, mais tous deux restent muets.

La fouille complète du Mercedes et l'absence du

gradé durent une bonne heure, à frissonner trempés
par le crachin poisseux, à imaginer les pires conséquences : arrestation, prison, expulsion ou libération
sous caution, au bout de qui sait combien de jours
de calvaire...

Enfin le capitaine revient, le Luger toujours dans
la main.

— Posséder une arme illégalement est un délit très
grave, annonce-t-il. (Laurie en convient d'un air
contrit : surtout ne pas le contrarier ou ça risque
d'être encore pire.) Dans le contexte de guerre actuel,
c'est même passible de la cour martiale, ajoute le
capitaine avec un sourire en coin.

Laurie opine encore, tout en se demandant où il
veut en venir et quel sens donner à ce sourire.

— Cependant, reprend le militaire, mes supérieurs
estiment qu'il serait contraire à nos intérêts d'entraver votre mission humanitaire.

— C'est une bonne nouvelle, sourit Laurie en
retour.

— J'ai donc reçu l'ordre de régulariser votre situation par les moyens légaux à ma disposition.

— Ce qui signifie ?

— Ça signifie, d'abord, une amende.

Je m'en doutais, devine Laurie. Elle est prête à
payer chèrement sa liberté.

— Combien ?

— Cinq cents euros.

Ouch. Elle se tourne vers Rudy, qui essaie de
suivre le dialogue en français, sourcils froncés.

— Rudy, tu...

— Attendez, la coupe le capitaine. Ça, c'est juste
l'amende. Elle ne régularise pas votre situation.
Pour cela, il vous faut un permis de port d'arme. Il
s'avère que je suis habilité à vous en délivrer un.

— Ce n'est pas gratuit, j'imagine.

Le sourire du militaire s'accentue.

— Vous comprenez vite, *ziz*. Ça coûte aussi cinq cents euros.

Il en profite, l'enfoiré, fulmine Laurie en son for intérieur.

— C'est tout ? Après ça, on est libres ?

— Libres comme l'air, acquiesce le capitaine. Mais si vous ajoutez un petit cadeau, les autres barrages vous laisseront sûrement passer sans difficultés.

— Quel genre de cadeau ?

— Eh bien… (Il se penche sur Laurie – son haleine empeste l'ail – et poursuit à mi-voix :) Depuis que les « barbus » sont au pouvoir, il devient très difficile de se procurer de l'alcool. Disons, une ou deux bouteilles de whisky…

— Désolée, on n'a rien de ce genre. (Elle se morigène de ne pas y avoir pensé : dans les pays arabes, l'alcool est toujours un précieux moyen d'échange.)

— Dans ce cas… un petit billet de vingt euros pour chacun de mes hommes, ça leur remonterait le moral.

Laurie grimace – les militaires sont bien une vingtaine – mais ne voit aucun moyen de se défiler. Elle résume en anglais la négociation à Rudy.

— *Quoi ?* s'emporte celui-ci. Mais ça fait mille cinq cents euros ! C'est de l'arnaque !

— Tu sors ton fric et tu discutes pas, ordonne Laurie d'un ton sans réplique.

Rudy ponctionne en maugréant 1 500 € sur sa liasse, les tend d'un air dégoûté au capitaine qui les empoche en souriant jusqu'aux oreilles. Il lui rend son Luger, aboie un ordre en arabe à ses hommes qui abaissent leurs armes et s'écartent, fait signe à

Laurie et Rudy de regagner leur véhicule et de circuler.

Une vingtaine de kilomètres plus loin, presque arrivés à hauteur de Boufarik, le silence bougon (quoique soulagé) qui s'est installé entre eux est brusquement rompu par un éclat de colère de Laurie :

— Merde, quel enfoiré ! On s'est bien fait couillonner, tiens !

— Qu'est-ce qu'il y a ?

— Il nous a pas filé le permis de port d'arme.

L'ARMÉE DES OPPRESSEURS

... Ils brûlent nos terres, empoisonnent nos sources, bombardent nos villages. Ils nous affament, violent nos femmes, tuent nos enfants, abattent nos troupeaux. Mais, s'ils croient ainsi éradiquer la Kabylie, ils se trompent ! Il n'est pas encore né celui qui soumettra l'homme et la femme kabyles, celui qui nous imposera la *charia*. Et s'il venait à naître nous le tuerions au berceau ! Chacun de leurs coups nous unit, chaque épreuve nous renforce, chacun de nos morts nous augmente. La Kabylie est toujours debout, et rien ne la fera plier ! Ni Allah, ni wali[1], li-ber-té ! Ni Allah, ni wali, li-ber-té !

Extrait d'un discours de Nazir Kebouche,
chef de guerre kabyle.

Laurie et Rudy sont stoppés par un second barrage au milieu des gorges de l'oued Chiffa, au débouché d'un pont sous la ligne ferroviaire. Il fait humide et sombre, les sommets ventrus et boisés du djebel Nador s'évanouissent au sein d'une brume filandreuse. La

1. Préfet de région en Algérie.

route sinueuse, humide et glissante, est grimpée lentement, avec force soupirs pneumatiques, par le Mercedes chargé à bloc. Laurie a l'impression de parcourir une route départementale du Jura plutôt que la fameuse N1 algérienne…

Passé Blida et Chiffa (où s'achève l'autoroute), la circulation s'est nettement clairsemée : ils tombent sur le barrage après un virage serré suivi d'un pont obscur. Deux voitures sont immobilisées, leurs occupants engagés dans de véhéments palabres avec les militaires. Lesquels, constate Rudy, ne sont pas de l'armée régulière : uniformes dépareillés, treillis fatigués, armes hétéroclites, 4 × 4 et pick-up sales et cabossés, bricolés pour recevoir mortiers et mitrailleuses.

— Des rebelles kabyles, devine aussi Laurie, le cœur battant d'appréhension.

— Tu crois qu'ils vont nous rançonner ? demande Rudy qui observe trois partisans – dont une femme – s'approcher du camion d'un pas faussement nonchalant, leurs AK74 baissés vers le sol mais le doigt posé sur la détente.

— Au mieux, craint Laurie. S'ils nous volent pas le camion…

Parvenus à hauteur de la cabine, les rebelles leur font signe de descendre.

— Mission humanitaire ? demande la femme avec un sourire.

Elle est ridée, burinée, trapue sous son treillis élimé, nettement plus âgée que les deux adolescents qui l'accompagnent et qui essaient de se donner des allures de durs.

— Oui, acquiesce Laurie en lui rendant son sourire. Pour le Burkina Faso.

— Oh oh ! Vous n'êtes pas rendus. Et vous emportez quoi, au Burkina Faso ?

— Du matériel de forage.

— Tiens, tiens. Intéressant…

La femme donne quelques ordres en berbère aux deux ados : l'un va inspecter la remorque, l'autre rejoint un groupe de rebelles en train de négocier âprement avec un automobiliste. Elle reste seule avec Laurie et Rudy, dans une attitude assez détendue. Rudy songe un instant qu'il pourrait facilement la maîtriser, voire la prendre en otage et ainsi échapper à la rançon, mais il n'est pas certain que ce soit une bonne idée : le camion va moins vite que leurs 4 × 4.

Les deux ados reviennent, l'un confirmant d'un hochement de tête la nature du chargement, l'autre en compagnie d'un homme grand et sec, à la moustache fière sous un nez busqué, coiffé d'une casquette à étoiles et armé d'un Famas pris à l'ennemi – sans doute le chef du groupe.

— Vous transportez du matériel de forage pour le Burkina, m'a-t-on dit, attaque-t-il sans préambule, dans un français guttural.

— Exact, opine Laurie.

— Vous avez des documents qui le prouvent ?

Laurie lui tend le laissez-passer diplomatique, signé de la main de Fatimata Konaté, qu'elle conserve précieusement sur elle. Le chef kabyle l'étudie en émettant un bruit de bouche équivoque. Il le lui rend avec un regard pétillant sous ses yeux plissés.

— Ici, en Kabylie, nous estimons beaucoup la présidente du Burkina et tout ce qu'elle accomplit pour son peuple et son pays.

— Elle est même un peu notre modèle, renchérit la femme.

— Et c'est tout à l'honneur d'une ONG comme la vôtre de lui venir en aide.

— Je vous remercie, sourit Laurie, qui se détend.

— Toutefois, reprend l'homme, en Kabylie aussi nous avons de graves problèmes d'eau. La sécheresse a tari les oueds, la neige ne couvre plus les sommets l'hiver, et l'armée des oppresseurs empoisonne nos sources à l'arsenic, tuant nos enfants et nos troupeaux.

— Aucune ONG ne s'est penchée sur notre cas, souligne la femme.

Le sourire de Laurie s'estompe.

— J'en suis désolée pour vous…

— Nous de même, rétorque le chef rebelle. N'est-ce pas, Zaounia, que nous sommes désolés?

— Très désolés, Nazir, mais notre cause exige certains sacrifices.

— Que valent quelques trépans de forage face à la survie de tout un peuple?

Laurie ne sourit plus du tout car elle devine, sous leurs circonlocutions, où ils veulent en venir.

— Attendez, dit-elle nerveusement. Au Burkina, ils *meurent* de soif. Ils ont *besoin* de ce matériel. Vous, vous ne mourez pas de soif. Regardez, il pleut…

— Tu n'as pas bien saisi la situation, réplique Zaounia d'un ton patient. Le Burkina Faso est un État souverain qui peut obtenir toute l'aide qu'il désire. Nous, nous sommes un peuple opprimé qui lutte pour sa liberté et sa survie, et n'obtient l'aide de personne.

— Nous prendrons juste le chargement, précise Nazir. Vous pourrez repartir avec le camion.

— Et notre bénédiction, ajoute Zaounia avec amabilité.

Pendant cet échange, d'autres rebelles se sont approchés, ils sont maintenant une dizaine à bloquer Laurie et Rudy contre le camion. Tous souriants et décontractés, mais leurs armes sont bien réelles et chargées. L'un d'eux tente de grimper dans la cabine, il en est empêché d'un ton sec par Nazir.

— Qu'est-ce qui se passe ? s'inquiète Rudy auprès de Laurie, voyant l'attroupement se former autour d'eux.

— Ils veulent nous piquer le matériel, répond-elle en anglais, les traits crispés par l'angoisse.

— Merde. On peut pas laisser faire ça.

— Comment les en empêche-t-on ?

Une vive dispute s'est engagée dans le groupe, entre Nazir, Zaounia et deux autres rebelles, dont le sujet est manifestement le camion, souvent désigné d'une main vindicative. Rudy regrette de n'avoir pas saisi l'occasion quand ils étaient seuls avec la femme : sans doute se seraient-ils exposés à des représailles mais au moins seraient-ils sortis de ce guêpier.

La discussion est interrompue par la sonnerie discrète du téléphone satellite de Nazir. Il le déclipe de sa ceinture, le porte à son oreille – blêmit. Se met à crier des ordres. Aussitôt tout le monde se disperse, saute dans les 4 × 4 et pick-up qui démarrent en trombe, virent limite au bord du précipice, s'enfuient en direction de Médéa en faisant crisser les pneus et ronfler les moteurs.

— Eh bien ? souffle Laurie, médusée. Qu'est-ce qui leur a pris ?

— Écoute, intime Rudy en levant un doigt au ciel.

Un grondement enfle au fond de la vallée, devient un rugissement amplifié par les échos. Surgissent deux chasseurs noirs qui frôlent les escarpements, oscillant d'une aile sur l'autre, s'engouffrent dans les gorges avec un vacarme d'enfer, tirent chacun un missile – traits de feu sifflants –, remontent en looping dans le ciel embrumé. La vallée explose.

Le sol tremble, la double déflagration écrase les tympans, roule comme un tonnerre entre les pentes, un gros champignon de fumée noire s'évase parmi les arbres. Par réflexe, Laurie et Rudy se sont jetés au sol, mains sur la tête. De la terre et des débris végétaux leur pleuvent dessus quand le nuage de fumée les atteint, épais et suffocant.

Les chasseurs sont remplacés par trois hélicos ventrus, bardés d'artillerie, qui hachent entre leurs pales vrombissantes le silence assourdissant de la vallée. Un nouvel enfer se déchaîne en amont, entre les pentes boisées, hors de vue de Laurie et Rudy qui en perçoivent les bruits mortels – explosions, détonations, crépitements de mitrailleuses, ululements des projectiles – ainsi que les odeurs âcres et acides de la poudre et des explosifs chimiques.

— Rudy, qu'est-ce qu'on fait ? crie Laurie, mains sur les oreilles, tassée sous la remorque. On redescend sur Blida ?

— On attend, répond Rudy, plus calme en apparence. Si on bouge, on risque de se faire canarder.

À l'oreille, la zone des combats paraît s'éloigner dans la montagne. Bientôt les tirs se font sporadiques, les ripostes plus clairsemées… jusqu'à cesser tout à fait. Quelques instants plus tard, les hélicos repassent dans l'autre sens, hachant de nouveau le silence revenu dans la vallée.

— Bon, je crois qu'on peut y aller, suggère Rudy.

— T'es sûr ? hésite Laurie, claquant des dents. On devrait pas attendre encore un peu ?

— Attendre quoi ? De se faire dépouiller à nouveau ?

Il ouvre la portière, monte dans la cabine. Laurie le suit, non sans mal : elle est livide, tient à peine sur ses jambes. Feignant de ne rien remarquer, Rudy démarre et relance le poids lourd sur la route en lacets.

Ils rejoignent le lieu de l'échauffourée un kilomètre plus loin, après avoir contourné un promontoire schisteux : cèdres et pins brûlent poussivement, déchiquetés par les missiles, obus et roquettes. Un cratère encore fumant éventre la route, au fond duquel gisent une épave calcinée et des restes noircis qui conservent une vague forme humaine. Deux autres véhicules encombrent la chaussée, l'un en feu, le second dégorgeant de cadavres, dont Zaounia, sa mitraillette vainement pointée vers le ciel. Des traces de pneus et de freinage entrecroisées indiquent que les autres ont fui dans la montagne par une route escarpée dont un tronçon a disparu dans l'éboulement causé par une roquette. À peine troublé par le feulement de la turbine du Mercedes, le silence retombe avec la brume sur le champ de bataille, tel le pâle suaire de la mort.

SYNDROME DE L'HOLOCAUSTE

> [...] Dans nos sociétés occidentales déclinantes, où nous avons tout fait pour rendre la mort de nos proches abstraite et lointaine, nous *refusons* toujours de l'admettre et de la voir en face, alors même que nombre de sinistres et catastrophes – auxquelles nul ne peut prétendre échapper – nous l'imposent. Or notre individualisme forcené nous pousse à croire que nos morts ne sont pas morts, qu'ils vivent en quelque contrée éloignée et donnent peu de nouvelles. Qu'on ne s'étonne pas, alors, de les voir surgir de notre mémoire refoulée sous les manifestations les plus insolites : rêves récurrents, fantômes, voix au téléphone, avatars dans les réseaux...

> Dr Cornelius CASTORIADIS,
> *Communiquer avec les autistes* (2029).

— Vous le voyez en ce moment ?

Fuller se retourne, parcourt d'un regard circulaire le bureau immaculé du psy, dont les plantes sont tellement vertes qu'on les croirait en plastique.

— Non. En général, les visions ne surviennent que chez moi.

Le Dr Castoriadis griffonne quelques mots avec un énorme stylo plume d'aspect phallique sur une feuille déjà couverte de pattes de mouche.

— Est-ce que votre fils décédé vous parle ? Avez-vous l'impression qu'il vous délivre un message ?

— Pas vraiment – je n'entends pas sa voix – mais… comment dire… je crois qu'il m'influence.

— De quelle manière ?

— Après chaque vision, il me vient des… envies… des idées bizarres.

Fuller a du mal à s'exprimer : sa cervelle est en charpie, il ne parvient à focaliser ni son regard ni son attention. Tout ce qu'il souhaite, c'est que son psy lui prescrive le remède miracle qui le rendra de nouveau efficace et performant. Toutes ces questions trop personnelles le dérangent, comme à chacune de ses visites. Les petits yeux noirs du Dr Castoriadis, étrécis par les verres teintés de ses lunettes, scrutent ceux incertains de son patient.

— Des envies de meurtre, n'est-ce pas ? devine le psy.

Anthony hoche lentement la tête, à contrecœur.

— Visant votre épouse ?

— Pas seulement. Visant tous ceux qui me veulent du mal, agissent contre moi. Parfois je songe à faire sauter l'enclave d'Eudora tout entière.

— C'est bien cela, opine le docteur d'un ton satisfait, griffonnant de nouveau sur sa feuille. Vous rêvez de carnages, de massacres, de destructions grandioses. C'est ce qu'on appelle le « syndrome de l'holocauste », qui affecte *a priori* les gens tels que vous, à la fois individualistes à l'extrême et en position de surpuissance : vous désirez mourir d'une façon glorieuse, dans un embrasement général, de sorte que rien ne vous survive. Vous désirez détruire dans un carnage purificateur tout ce que vous avez mis tant d'années à construire.

— Mais pas du tout, je ne...

— Votre cas n'a rien d'exceptionnel. Il est latent chez de nombreux citoyens américains, à qui l'on a trop longtemps fait croire qu'ils étaient les maîtres du monde. À l'extrême, cela produit des tueurs en série. Canalisé, cela donne des *traders* qui jouent leur entreprise sur un coup de Bourse, ou des chefs d'État qui mettent le monde à feu et à sang pour jouir de leur puissance. Les exemples historiques abondent : Néron, Attila, Napoléon, Hitler, ou plus récemment George Bush Jr et le président Cornell. Ou bien Jim Jones, de la secte du Temple solaire, qui a « suicidé » neuf cents personnes, ou encore Moses Callaghan, le leader de la Divine Légion, et sa doctrine apocalyptique.

— Vous me comparez à tous ces cinglés ? s'offusque Anthony.

Il n'est pas venu en voiture jusqu'à Kansas City, à ses risques et périls – bravant les pillards de la K10 et les Shawnees en guerre –, pour s'entendre dire qu'il est un tueur de masse. Ce qu'il veut, c'est recouvrer un peu de calme et de clarté d'esprit. Que ses cauchemars et ses visions disparaissent enfin. Que Tony Junior cesse de le scruter comme s'il était une bête répugnante. Recouvrer une vie *normale*, nom de Dieu.

— Non, sourit le Dr Castoriadis. Vous n'avez encore tué personne. Et si la gestion de vos affaires est quelque peu musclée, elle reste relativement saine. Nous avons pris conscience du problème avant qu'il n'échappe à votre contrôle, il n'est donc pas trop tard.

— Attendez. (Fuller se tortille au bord du fau-

364

teuil, mal à l'aise, les pensées en déroute. Il a *vraiment* besoin d'un Calmoxan et d'un Neuroprofen.)
Je suis venu vous voir pour que vous m'aidiez à éliminer ces visions et cauchemars pénibles, or vous me parlez de tout autre chose, vous me comparez à Hitler ou à Cornell. Vous ne trouvez pas que vous y allez un peu fort ?

— Tout est lié, mon cher. À travers vos nombreuses entreprises et filiales vous contrôlez tout un pan de l'économie mondiale, mais vous ne maîtrisez absolument pas votre vie privée : vous avez « raté » vos enfants – passez-moi l'expression – et votre femme réclame le divorce. Même vos liaisons extraconjugales se sont révélées fallacieuses. Vous vous sentez coupable de ces échecs, mais comme un P.-D.G. de votre carrure n'a pas droit à l'erreur, vous en tenez le monde pour responsable et hostile à votre égard. D'où vos désirs de massacres et d'holocauste.

— Ce ne sont pas mes visions qui provoquent ces désirs ?

— Pas du tout. Vos visions n'ont aucun pouvoir en soi. Elles ne sont que l'externalisation de votre culpabilité : vous n'avez pas su empêcher la mort de votre fils, ni la venger par la suite, ni même porter le deuil. Vous avez cru être débarrassé d'un « parasite » – c'est votre propre terme –, or voilà que ce parasite vous hante et vous envahit. C'est tout à fait normal.

— Et c'est normal qu'il me tue chaque fois dans mes rêves ?

— Bien sûr, sourit le psychiatre en tripotant son stylo phallique. Vous vous infligez à vous-même cette autopunition.

— Ça me fait une belle jambe de l'apprendre, grommelle Fuller. Vous trouvez normal aussi que

Junior me jauge du regard comme si j'étais responsable de tous les maux de la planète ?

— C'est *votre* interprétation. Je ne pense pas, pour ma part, qu'un autiste atteint de progeria soit en mesure de porter un jugement sur quoi que ce soit. Votre fils a une conscience de son environnement équivalente à celle d'un escargot.

— Permettez-moi d'en douter, se renfrogne Anthony. Vous ne vivez pas avec lui. Je peux vous assurer qu'il me *regarde*.

— Bien sûr qu'il vous regarde. C'est même la seule chose dont il soit encore capable. Mais cela ne veut pas dire qu'il *comprend* ce qu'il voit. Vous a-t-il jamais appelé « papa » ? A-t-il manifesté à votre égard le moindre sentiment d'amour filial, voire de la simple reconnaissance ? (Signe négatif.) Vous voyez bien. Cessez de fantasmer sur votre fils, monsieur Fuller. Il est quantité négligeable dans cette affaire. C'est *vous*, et vous seul, qui êtes responsable de votre état.

— Que dois-je faire alors ?

— Je ne cesse de vous le répéter : prenez des vacances. Partez en voyage. Les choses s'arrangeront d'elles-mêmes.

— Je ne peux pas. Mes affaires…

— Non seulement vous le pouvez, mais vous le *devez*. Sinon vous finirez par tuer quelqu'un. (Le Dr Castoriadis glisse sa feuille noircie de pattes de mouche dans une chemise, se lève, tend une main potelée.) Revenez me voir à votre retour et nous ferons le point, mais je suis certain que tout ira bien mieux.

— Une minute, docteur, vous ne me prescrivez rien ?

— Vous consommez déjà trop de médicaments. Je

vous avais recommandé de fortement diminuer les doses. Avez-vous suivi mes conseils ?

— Mais je fais quoi, moi, avec mes cauchemars et mes visions ?

— Préparez vos vacances, monsieur Fuller. Ce type de pensées positives est déjà un puissant antidote.

Ils se serrent la main. Celle du psy est molle et moite. Anthony gagne la porte d'un pas hésitant, se retourne sur le seuil.

— Vous ne m'aidez pas beaucoup, docteur.

— Vous voulez quoi ? Un somnifère ?

— Par exemple. Je veux cesser de mourir toutes les nuits.

Le psychiatre gribouille des hiéroglyphes sur un ordonnancier, détache la feuille, la donne à Fuller d'un air réprobateur.

— Voilà. Abrutissez-vous. Mais vous savez que je désapprouve. Ce n'est pas ainsi qu'on résout ses problèmes. Partez en voyage, monsieur Fuller. Dans votre cas, ce n'est pas nécessaire, c'est *vital*.

Anthony hoche la tête, sort du cabinet. Seul dans le couloir feutré et tamisé, où se diffuse une muzak suave et parfumée, il pousse un profond soupir, fouille machinalement dans la poche de son veston à la recherche de sa boîte de Calmoxan. Ce foutu psy l'a énervé avec ses théories à la con sur le « syndrome de l'holocauste »…

Sa vision périphérique capte un mouvement au détour du couloir. Il redresse vivement la tête, entrevoit une silhouette floue, maigre et dégingandée, qui s'évanouit prestement dans la pénombre. Son cœur manque un battement. *Non… Non, pas ici !* Fuller se précipite à l'angle du couloir : il veut être sûr qu'il a mal vu, que c'est juste un client du psychiatre ou un occupant de l'immeuble.

Personne. Pas un bruit, pas un mouvement. Juste la muzak qui suinte du plafond, l'ascenseur qui clignote. *Vite, un Calmoxan!* Pas d'eau, tant pis, il va l'avaler à sec. Ça devrait passer avec de la salive.

La porte de la cabine s'ouvre devant lui alors qu'il glisse le cachet entre ses dents ; il réalise incidemment qu'il n'a *pas* appelé l'ascenseur.

Au fond de la cabine, translucide et sans reflet dans le miroir, se tient son fils Wilbur. Il lui sourit de toutes ses dents cariées, le transperce de ses yeux sans couleur. Et lui dit d'une voix atone :

— Tu vas mourir, papa.

LE SANG DE L'INNOCENT

> Et je vis des trônes. À ceux qui vinrent y siéger, il fut donné d'exercer le jugement. Je vis aussi les âmes de ceux qui avaient été décapités à cause du témoignage de Jésus et de la parole de Dieu, et ceux qui n'avaient pas adoré la Bête ni son image et n'avaient pas reçu sa marque sur le front ni sur la main. Ils revinrent à la vie et régnèrent avec le Christ pendant mille ans.
>
> Les autres morts ne revinrent pas à la vie avant l'accomplissement des mille ans. C'est la première résurrection.
>
> Heureux et saints ceux qui ont part à la première résurrection. Sur eux la seconde mort n'a pas d'emprise : ils seront prêtres de Dieu et du Christ, et régneront avec lui pendant mille ans.
>
> Apocalypse de Jean, XX, 4-6

Pamela ne comprend pas pourquoi Robert Nelson, son jeune avocat, a tenu à l'aveugler d'un bandeau pour se rendre au lieu « secret » de la réunion car elle reconnaît parfaitement l'endroit : c'est la Clarice L. Osborne Memorial Chapel, sise sur le campus de l'ex-Baker University, à Baldwin City.

Cette petite chapelle de pierres au toit de tuiles et aux vitraux étroits, entourée de son muret de pierre jadis propret (aujourd'hui envahi de ronces), n'a pas d'équivalent dans tout le comté de Douglas. Pamela y a passé tant d'heures dans sa jeunesse lors des remises de diplômes de fin d'année, de soirées étudiantes ou de poésie, ou simplement pour assister à des mariages ou des offices religieux. Elle est née à Baldwin, y a effectué toute sa scolarité jusqu'à l'université : deux ans à Baker, qui fonctionnait encore à ce moment-là (elle a fermé en 2021 faute de crédits, sous le règne de Cornell-le-maudit). Pamela n'y est jamais revenue depuis. Elle n'ose imaginer ce que sont devenus ces vénérables bâtiments presque bicentenaires livrés à tous les vents, aux saccages et pillages, aux squats d'outers et repaires de junkies… Tant mieux que Robert lui ait bandé les yeux : ainsi elle n'a pas vu l'outrage de la misère et des années sur ces souvenirs heureux de sa vie d'étudiante.

La chapelle n'a guère changé hormis les tags et les vitraux cassés : vieillotte elle paraissait alors, vieillotte elle est restée. Pamela se souvient encore de son histoire : construite en 1864 à Sproxton, en Angleterre, abandonnée dans les années 1990 par manque de fidèles, elle fut achetée en 1995 par la Baker University, démontée pierre par pierre, convoyée par cargo et chemin de fer jusqu'à Baldwin City, Kansas, et remontée pierre par pierre sur le campus. Coup de folie d'une ère d'opulence…

De nombreuses voitures sont garées autour, parmi les souches déchiquetées d'un bosquet arraché par les tornades ou coupé par les outers. Des gens convergent en silence vers la chapelle illuminée, vêtus d'une longue robe et d'une cagoule blanches imprimées d'une grande croix rouge. *On dirait des fantômes glissant dans les ténèbres*, songe Pamela, peu rassurée. Nelson fouille dans son coffre, en sort deux robes blanches soigneusement pliées, lui en tend une.

— C'est vraiment obligatoire ? se rétracte-t-elle.

— C'est d'autant plus obligatoire que vous êtes novice. Personne ne doit vous reconnaître.

— Ça me rappelle les tenues du Ku Klux Klan…

— Certains membres fondateurs de la Divine Légion sont d'anciens du Klan. Mais le Klan avait des vues trop étroites et des objectifs mesquins. La Divine Légion, c'est d'une autre ampleur.

Nelson prononce ces derniers mots sur un ton d'admiration fanatique. Résignée, Pamela enfile la robe : trop longue, elle traîne par terre ; la cagoule, au tissu rêche et épais, l'étouffe à moitié, ses fentes oculaires étrécissent considérablement son champ de vision. Robert a également enfilé sa robe, qui doit être sur mesure car elle tombe impeccablement.

— Allons-y.

Ils se dirigent d'un pas lent vers la chapelle, Nelson l'air recueilli, les mains dans ses larges manches, Pamela trébuchant sur les pans de sa robe. Une centaine de personnes y sont rassemblées, éclairées *a giorno* par de puissants halogènes. Pamela cherche une place au fond, mais Robert lui saisit le bras et l'entraîne d'autorité le long de la travée centrale, sous tous les regards, jusqu'à un banc au premier rang où deux places restent libres. Pamela s'y assoit avec hésitation, confuse : elle a l'impression d'être au centre de l'attention générale.

— Vous êtes sûr que ces places sont pour nous ? chuchote-t-elle à l'avocat.

— Tout à fait. C'est *vous* qui êtes intronisée ce soir.

— Vous ne m'aviez pas dit ça !

— Vous vous attendiez à quoi ? À un club de bridge ?

Pamela se tait, s'efforce de se faire toute petite. Elle pensait assister à la réunion dans un recoin discret, bien écouter tout ce qui se dirait, et se forger ensuite une opinion tranquillement chez elle, à tête reposée. Elle se sent trahie. Elle a envie de se lever et de partir.

Trop tard : les derniers arrivants se sont installés, les portes sont fermées, le silence s'étend sous la nef et les lumières baissent, sauf un projecteur braqué sur l'autel. Derrière lequel apparaît un homme camouflé de blanc comme les autres, mais d'une taille dépassant les deux mètres.

— Moses Callaghan en personne ! s'écrie Nelson à voix basse à l'oreille de Pamela. C'est un grand honneur que vous recevez là, ma chère.

— Je... Je ne sais pas si je le mérite... Peut-être ferais-je mieux de m'en aller...

— Chut ! Il va parler.

Callaghan trace un signe de croix sur son front, ses épaules et son plexus, imité par toute l'assistance, puis psalmodie d'une voix grave et forte une prière, reprise également par l'assemblée : « Notre Père qui es aux cieux, que Ton nom soit sanctifié, que Ton règne survienne sur la terre comme au ciel... » Pamela se joint à la ferveur générale : jusque-là, elle est en terrain connu.

La prière achevée, Moses étend ses bras longilignes pour demander le silence, qu'il obtient aussitôt, sépulcral. Sa voix de stentor résonne sous les voûtes de pierre dont elle éveille les échos assoupis :

— Mes frères, mes sœurs, valeureux soldats du Seigneur, soyez bénis ! (« Amen », répond la foule en chœur.) Vous êtes le peuple élu de Dieu car vous avez rejeté la marque infamante de la Bête, car vous avez combattu le stupre et le vice, car vous avez résisté aux tentations du diable et de ses idoles, car vous avez assisté les quatre cavaliers pour que tombe Babylone la grande prostituée. Je ne vais pas ici glorifier vos exploits, ce serait pécher par orgueil. Cependant certains d'entre vous, justes parmi les justes, n'ont pas hésité à sacrifier leur vie dans l'éternel combat contre les hordes infernales. Ils ont jeté dans le lac de soufre et de feu bon nombre de mécréants, de drogués, de fornicateurs, de Nègres et d'homosexuels. Ils sont désormais assis à la droite du Seigneur, tout nimbés de Sa gloire, et régneront pour mille ans sur le royaume céleste et les armées des anges. Rendons-leur grâces ! (Moses lève les bras. « Alléluia ! » s'écrie la foule en chœur.) Mais Satan n'est pas encore vaincu, la Bête n'est pas encore jetée dans l'abîme, Babylone n'est pas encore tombée ! (La voix de Callaghan a soudain enflé, est devenue grondante.) L'agneau a ouvert les sept sceaux et répandu les sept fléaux sur les sodomites et les impies, mais les forces du mal sévissent toujours et sapent la foi des fidèles, la Bête les souille de sa marque et ils adorent le veau d'or ! Soldats du Seigneur, ce n'est pas le moment de faiblir, la victoire n'est pas acquise ! Les sept têtes de la Bête ont le visage des sept péchés, ses dix cornes ont empalé les dix commandements ! Réagissez, soldats de Dieu ! Méritez vous aussi de vous asseoir à la droite du Seigneur, de régner sur la terre comme aux cieux dans les siècles des siècles ! Suivez l'exemple de Michel qui a combattu le dragon et l'a fait chuter. Coupez les têtes de l'hydre, une à une, sans pitié ni hésitation ! Tuez les impies, les hérétiques, les adultères et les homosexuels ! Soumettez les Nègres, les Jaunes, les Rouges et toutes les races inférieures ! Suivez le cavalier blanc au glaive d'or et accomplissez le châtiment divin ! Soyez dignes du Seigneur et de Son Fils qui s'est sacrifié pour vous, montrez que vous êtes le peuple élu de Dieu ! Hâtez l'avènement de la nouvelle Jérusalem et du royaume de mille ans !!!

Une ovation tonitruante salue la fin presque hurlée du discours de Callaghan. Transportée elle aussi, Pamela s'est levée et crie sa joie, bras tendus vers le prédicateur. Elle est brûlante à l'intérieur, l'exaltation l'envahit, diffuse des ondes frissonnantes dans tout son corps.

Moses calme le jeu en étendant de nouveau ses bras tentaculaires sur l'assemblée, comme s'il voulait la bénir. Tous se rassoient dans un grand frou-frou de robes blanches.

— Les bergers de chaque troupeau connaissent leurs missions, reprend-il un ton plus bas. Pour les modalités pratiques, un briefing est prévu dans la sacristie à la fin de la réunion. Chacun de vous sera ensuite contacté personnellement, comme d'habitude. Mais ce soir, mes frères, mes sœurs, ce soir est un grand soir car nous accueillons parmi nous une nouvelle Élue, une nouvelle sœur à qui Dieu a inspiré de rejeter la marque infamante de la Bête, de repousser les tentations du diable, briser les idoles. C'est frère Ézéchiel qui l'a recrutée, et nous pouvons le remercier pour cet acte de foi. (Applaudissements nourris. Moses tend vers Pamela un doigt péremptoire.) Sœur Salomé, lève-toi et marche !

— Je ne m'appelle pas Salomé, balbutie Pamela, mon nom est…

— Chut ! la coupe Nelson. C'est désormais ton nom biblique. Obéis !

Cramoisie, souffle court, des phosphènes dans les yeux, Pamela rejoint l'autel en trébuchant dans sa robe blanche. Elle transpire sous la cagoule, voudrait se trouver six pieds sous terre. Moses abat sur son épaule une main longue et maigre aux doigts crochus.

— Sœur Salomé, frère Ézéchiel a reçu de Dieu la conviction que tu étais apte à rejoindre la Divine Légion qui est le peuple élu du Seigneur. Nous faisons confiance à frère Ézéchiel, mais notre Père exige une preuve de ton amour pour Lui et veut être certain que tu ne Le trahiras point. C'est pourquoi tu dois montrer à nous tous ici, ainsi qu'à ton Seigneur qui te regarde, à quel point tu es prête à Le servir et à te sacrifier pour Lui.

— Que dois-je faire ? bafouille Pamela d'une petite voix tremblante.

Moses ne répond pas car un charivari émane de la sacristie, dont la porte, au fond de la chapelle, s'ouvre à la volée. En sortent deux hommes en blanc qui tirent et poussent un agneau bêlant dont les yeux roulent de panique. Ils l'amènent tant bien que mal devant l'autel, sur lequel Pamela découvre avec horreur une grande coupe en inox et un couteau de boucher.

— Vous… Vous n'allez pas le…

— Notre Seigneur Jésus, l'interrompt Callaghan de sa voix de stentor, s'est sacrifié pour sauver les fidèles et pour l'avènement de la Gloire de Son Père. À son tour, cet agneau pur et innocent va donner sa vie pour sauver les âmes pécheresses et pour glorifier l'avènement de la Jérusalem céleste. (Il saisit par une oreille la tête de l'agneau et la couche sur l'autel. L'animal, terrorisé, émet des bêlements étranglés.) Sœur Salomé, prends ce couteau et égorge-le.

Elle recule d'un pas en agitant les mains devant elle.

— Je ne peux pas.

— Prends ce couteau, Salomé, et égorge-le !

— Non ! C'est... C'est trop cruel !

— Salomé, serais-tu indigne de la Divine Légion ? Serais-tu une de ces impies fornicatrices et adoratrices du Veau d'Or ? Nous *éliminons* les impies, Salomé, ne l'oublie pas !

— Non, non, mais je... je n'ai jamais fait ça, je...

Ses yeux s'emplissent de larmes sous sa cagoule. Maintenant d'une main la tête de l'agneau sur l'autel, Moses attrape le couteau et le colle d'autorité dans les mains de Pamela.

— Égorge-le, Salomé. Tout de suite ! *Tue-le !*

— Tue-le ! Tue-le ! Tue-le ! scande l'assemblée qui s'est levée.

En sueur, cœur emballé, mains tremblantes, Pamela s'approche de l'agneau en tenant gauchement le couteau. L'animal la regarde de ses yeux humides emplis de détresse. L'un des hommes qui le tient rectifie la position du couteau dans la main de Pamela.

— Égorge-le ! vocifère le prédicateur. *Maintenant !*

— TUE-LE ! TUE-LE ! TUE-LE ! hurle la foule hystérique.

Pamela se signe, ferme ses paupières emplies de larmes, se presse la gorge pour chercher de l'air. La scansion rythmée de la foule la pénètre comme un sexe. Elle sent de nouveau cette onde de chaleur frissonnante monter de sa matrice, l'envahir tout entière, exalter son cœur, la brûler de l'intérieur.

Soudain elle perd toute retenue, tout contrôle d'elle-même, toute pensée cohérente, pousse un cri de pure jouissance et enfonce d'un grand coup le couteau dans la gorge de l'agneau, jusqu'à la garde. Râle déchirant de l'animal, soubresauts – les deux hommes le maintiennent fermement. La foule ovationne, tout comme à la télé quand les Eudora Rangers gagnent une base contre les Lawrence Jayhawkers. Pamela lâche le couteau qui tombe en tintant sur le dallage, ose ouvrir les yeux. Callaghan presse la coupe en inox sur le cou de l'agneau agonisant, recueille le sang qui gicle à gros bouillons.

— Plonge ta main dans le sang de l'innocent, commande le prédicateur, et trace sur ton corps purifié le signe de Notre Seigneur.

Pamela obéit, hébétée, évitant de regarder l'agneau agité d'un spasme ultime, les yeux voilés par la mort. Le sang dégouline sur sa cagoule, tache sa robe immaculée.

— Sœur Salomé, s'écrie Callaghan en levant la coupe sanglante au-dessus de sa tête, tu es désormais soldat de Dieu, membre de la Divine Légion, tu as rejoint le troupeau des Élus qui régnera dans les siècles des siècles, sur la terre comme aux cieux. Tu peux regagner ta place. Frère Ézéchiel, qui est ton mentor, te dira tes devoirs et obligations. Et vous tous, soldats du Seigneur, venez à votre tour partager la joie de notre nouvelle sœur, venez vous purifier au sang de l'innocent !

Tandis que l'agneau mort est évacué, Pamela regagne sa place en titubant, les jambes en coton, s'écroule dans les bras de Nelson qui la retient juste à temps. Chacun se lève avec ordre et discipline, vient tremper sa main droite dans la coupe et tracer un signe de croix sanglant sur sa robe immaculée.

Pamela est sur le point de tourner de l'œil. C'est dans une brume cotonneuse qu'elle entend Robert

Nelson, qui la serre dans ses bras un peu plus fort que nécessaire :

— Il faudra que nous parlions sérieusement, Salomé. La Divine Légion ne tolère évidemment pas le divorce. (Un ton plus bas :) En outre, votre mari est très riche...

COUP D'ÉTAT

Sécurisation de vos sites militaires, scientifiques ou industriels.
Renseignement, espionnage, contre-espionnage.
Cryptage/décryptage de données confidentielles.
Information, désinformation, contre-information.
Actions antiterroristes, antiémeutes, antigrèves.
Commandos et opérations spéciales...
National Security Agency, votre partenaire
Approuvée par le gouvernement des États-Unis,
un gage de sécurité, de confidentialité, de fiabilité.
<NSA.org>

Le front appuyé contre la baie d'altuglass antitornades de son bureau, au 27ᵉ étage de la Resourcing Head Tower érigée sur la State Line en plein centre de Kansas City, Anthony Fuller observe d'un œil torve les fumées qui forment un épais rideau à l'horizon, engrisaillent le ciel jaunasse, baignent la ville d'une lumière fuligineuse et suffocante. La prairie brûle depuis cinq jours, le feu a dévoré plusieurs villages et cerne Lawrence. L'enclave d'Eudora est menacée : quelques familles ont fait leurs bagages et fui en voiture ou en hélicoptère. Fuller se fout de tout ça. Il en est presque à souhaiter que tout s'embrase dans un Grand Incendie purificateur, puis qu'on arase les ruines fumantes et rebâtisse un monde nouveau sur un sol propre, stérile, débarrassé de tous ses parasites, humains ou autres. Désormais maître de la Kansas Water Union, il a refusé que les pompiers puisent dans les maigres réserves pour éteindre le brasier qui s'étend inexorablement, comptant sur la météo qui prédit l'arrivée prochaine de pluies diluviennes. Il sait que cette décision est impopulaire, mais n'en démord pas : *son* eau ne servira pas à sauver des hordes d'outers faméliques et des villages déjà moribonds. Quant aux cultures et troupeaux, la plupart n'étaient déjà plus qu'un souvenir… Le seul problème qui l'ennuie vraiment, ce sont les milliers de tonnes de carbone que les feux répandent dans l'atmosphère, fléau contre lequel Resourcing est censé lutter (*via* AirPlus, Deep Forest et Carbon Traps). L'air est devenu irrespirable en ville, au point que les gens sont obligés de porter des masques à cartouche d'oxygène (un produit AirPlus™) ; la chaleur grille les derniers espaces verts et tue les personnes les plus fragiles ; des particules de cendre recouvrent KC comme de la neige en négatif. Clean Up (@ Resourcing) pourrait nettoyer tout ça, mais qui va payer ?

Le carillon de l'interphone le tire de sa réflexion. Fuller se retourne non sans une pointe d'appréhension – il craint de voir apparaître Wilbur à tout moment –, grogne un « oui » à l'appareil. L'écran forme le joli minois eurasien d'Amy, sa secrétaire (qu'il n'a jamais draguée : il ne mélange pas le sexe et les affaires).

— Monsieur Cromwell est arrivé. Je vous l'envoie ?

Cromwell... Cromwell... Ah oui, le directeur de la NSA. Fuller avait oublié son rendez-vous, la raison de sa présence ici. Bon sang, le Neuroprofen ne lui fait même plus d'effet. Sa mémoire part en capilotade, il devrait peut-être essayer le Memoryl...

— Oui, Amy, faites-le entrer.

Cromwell déboule au pas de charge dans le bureau, comme s'il voulait enfoncer la double porte qui coulisse pourtant devant lui. Il a une carrure et une allure de boxeur réformé, un peu empâté mais encore capable d'assommer un bœuf.

— Vos systèmes de sécurité sont ridicules et obsolètes, attaque-t-il sans préambule, d'une voix rauque et agressive.

— Monsieur Cromwell, je ne vous ai pas sollicité pour me vendre un système de sécurité, rétorque Anthony, sur la défensive. Ce n'est pas non plus le rôle de la NSA, il me semble, ou alors elle est tombée plus bas que je le craignais.

Au lieu de se fâcher à cette pique, Cromwell hausse ses sourcils broussailleux et se fend d'un large sourire.

— O.K., Fuller. Un point pour vous.

Il lui tend une main genre battoir qu'Anthony a la mauvaise idée de serrer. Il ne peut s'empêcher de grimacer de douleur en secouant ses doigts broyés.

— Asseyez-vous, Cromwell. Désirez-vous boire quelque chose ?

— Jamais pendant le boulot. Alors, c'est quoi votre problème ?

— Un coup d'État.

Les sourcils du directeur de la NSA se rejoignent sur son front de taureau.

— Pas trop notre truc, ça. C'est plutôt du ressort de la CIA.

— J'ai déjà fait appel à la CIA. Leurs agents se sont fait choper comme des bleus. De plus, j'ai trouvé leur attachement aux intérêts des États-Unis plus que douteux.

— M'étonne pas. L'État a bradé le service, et ils n'ont pas su se privatiser comme nous. Z'ont moins de moyens maintenant qu'un trafiquant de drogue portoricain… Et le Pentagone ? Z'avez pas essayé ?

— J'ai appelé le président en personne. Toute idée de guerre à l'extérieur des frontières lui répugne.

— Soyez clair, Fuller. C'est une guerre ou un coup d'État que vous voulez ?

— Une guerre me coûterait trop cher.

— Pas forcément. Ça peut se faire très vite, mobiliser assez peu d'hommes et de matériel. Un coup d'État, en revanche, risque de nécessiter une longue préparation, l'infiltration de complicités internes, le versement de grosses commissions. Voulez faire ça où ?

— Au Burkina Faso.

Les sourcils de Cromwell se rehaussent.

— C'est quoi, ça ?

— Un pays d'Afrique.

— Vous voulez organiser un coup d'État en Afrique ? Pour quoi faire, nom de Dieu ? Sont tous en train de crever là-bas. Il y a des ressources à récupérer ?

— De l'eau.

— O.K. Z'avez pas essayé de corrompre le gouvernement ? Les dollars les font encore bander…

— Impossible. Le Burkina est surnommé le « pays des hommes intègres » et sa présidente est incorruptible, apparemment.

— Une femme, hein ? Ce sont les plus retorses.

— Je ne vous le fais pas dire.

— Z'avez des contacts sur place ?

— L'ambassadeur des États-Unis, Gary Jackson.

— Pas terrible. Et au gouvernement ? Des ministres ? Des généraux ?

— Je n'y connais personne.

Cromwell se tord le coin des lèvres en une moue dubitative.

— La puissance militaire ? Le degré d'attachement de l'armée au pouvoir ? Z'en avez une idée ?

— Aucune.

— Merde, Fuller, z'ont fait quoi, vos gars de la CIA ?

— Je vous l'ai dit, ils ont été arrêtés presque tout de suite. J'ai obtenu très peu de renseignements.

— Les enfoirés. Mais votre problème n'est pas facile non plus.

Fuller se tortille nerveusement dans son fauteuil. Il aimerait reprendre un Neuroprofen, afin d'avoir les idées plus claires, mais ne voudrait pas que Cromwell le remarque, ça pourrait être interprété comme un signe de faiblesse.

— Vous permettez que je me serve à boire ? Cette fumée qui s'insinue partout m'assèche la gorge.

— Faites comme chez vous. C'est vous le patron.

Anthony attrape une canette de Bud australienne dans le frigo du bureau, y introduit discrètement une gélule de Neuroprofen. Sitôt l'enveloppe de la gélule fondue, la bière se met à mousser abondamment, déborde du goulot et dégouline en coulées baveuses sur la moquette en laine du Cachemire. Cromwell hausse de nouveau ses sourcils broussailleux.

— C'est quoi, cette saloperie que vous buvez ?

— De la Bud australienne.

— Les Australiens n'ont jamais su faire de la bière.

— N'empêche qu'ils ont racheté Budweiser, souligne Fuller.

Il avale une gorgée avec un hoquet de répulsion : le Neuroprofen confère à la bière un goût atroce.

— Tout fout le camp, nom de Dieu, commente Cromwell. (Il remarque l'expression dégoûtée d'Anthony :) Vous forcez pas, quand même. Z'avez pas autre chose ?

— Bon, Cromwell, vous comptez procéder comment ?

Anthony s'efforce de garder le fil de la conversation, tandis que la bière continue de mousser sans retenue dans sa main.

— Avant tout, choper des infos. Je peux rien vous dire tant que je sais rien moi-même. Évaluer les forces militaires, les capacités de résistance, repérer les maillons faibles, savoir qui corrompre, sur quels leviers appuyer, etc.

— Donc vous allez envoyer des agents sur place.

Fuller étouffe un rot, cligne des yeux, peine à se concentrer.

— Pas tout de suite. Il est connecté, votre pays de sauvages ?

— Heu, je crois… Oui, oui, bien sûr. *(Burp.)*

— On va d'abord capter tout ce qu'on peut par ce biais-là. On a justement recruté un gars, par le biais de NetSurvey, un Français qui bosse plutôt bien.

— Ah oui ? *(Bon sang, que j'ai la tête qui tourne !)*

— Ouais, un ancien hacker. Ce sont les meilleurs. Paraît qu'un connard voulait le foutre en taule jusqu'à la fin de ses jours…

Ce que raconte Cromwell évoque vaguement quelque chose à Anthony, mais ses pensées se diluent, sa tête part en vrille et le vertige le saisit, il doit s'accrocher aux bras de son fauteuil pour ne pas tomber. Une sueur glacée perle à son front, son cœur bat à un rythme désordonné.

— Ça va pas, Fuller ? Z'êtes tout pâle !

— Je... crois que j'ai un malaise. Pouvez-vous... appeler ma secrétaire ?

— Préférez pas que j'appelle plutôt un toubib ? demande Cromwell, sourcils froncés.

— Non... ma secrétaire... sait quoi faire. Allez la chercher... s'il vous plaît...

— O.K. C'est vous le patron, après tout.

Le directeur de la NSA sort de sa démarche de taureau, bousculant les portes coulissantes au passage. Seul, Fuller se permet de se laisser aller, glisse de son fauteuil sur la moquette de laine imbibée de mousse de bière au Neuroprofen. Tout vacille dans la pièce, se nimbe d'un halo rouge palpitant. La main crochée sur son cœur en chamade, il cherche son souffle entre deux éructations, appelle sans voix Amy pour qu'elle lui administre un ou deux Calmoxan, que ses doigts fébriles et glacés ne parviennent pas à trouver dans la poche de sa veste.

Finalement une silhouette s'esquisse dans son champ de vision étréci par la brume rougeoyante. Grande et dégingandée, les cheveux filasse en désordre, le sourire carié et des yeux sans couleur : ce n'est pas Amy.

— Tu es mort, papa, déclare Wilbur qui brandit un poignard étincelant – le lui plonge en plein cœur.

SACRIFICE

flash infos   **<fasonews.bf>**   *flash infos*

Vives tensions à la frontière ivoirienne

• Les tensions s'accroissent à la frontière de la Côte d'Ivoire, où des heurts violents opposent autochtones et réfugiés burkinabés

• L'armée ivoirienne intervient à Ferké et Léraba contre les réfugiés et provoque un massacre

• Émeutes à Yendéré à cause de la fermeture de la frontière

• Le camp de transit de Niangoloko attaqué par des « bandits »

• Trop de monde dans le Sud et trop peu d'eau : les pouvoirs publics sont débordés

• Le Ghana menace également de fermer sa frontière avec le Burkina.

Tous les détails, toutes les images sur **<fasonews.bf>**

Malgré les relations tendues entre le Burkina et la Côte d'Ivoire et malgré la tempête de sable qui s'est abattue sur Ouagadougou, le Vautour n'atterrit qu'avec une heure de retard sur l'horaire annoncé. Un atterrissage acrobatique au sein des rafales sableuses, le pilote visant la piste au jugé, l'appareil secoué par le vent et vibrant de toutes ses membrures. L'avion rebondit plusieurs fois sur le béton craquelé, manque verser sur l'aile, éclate un pneu dans un nid-de-poule, zigzague d'un bord à l'autre de la piste en écrasant plusieurs balises mais son pilote parvient à le redresser, le freiner, le faire virer en direction du tarmac et couper ses moteurs juste avant qu'ils ne prennent feu, les tuyères obstruées par le sable fin que charrie le vent brûlant du désert.

Les passagers qui en descendent – des habitués pourtant – rendent grâces à Dieu, à Allah ou aux esprits des ancêtres de s'en être sortis vivants. L'un d'eux n'a jamais vécu l'expérience du Vautour, et peu celle des tempêtes de sable, qui descendaient rarement jusqu'à Ouaga à l'époque où il en est parti : c'est Moussa Diallo-Konaté, le fils aîné de Fatimata, arrivé d'Europe *via* Abidjan, et brutalement confronté aux réalités de la vie burkinabé. Il est tout gris, jambes flageolantes, et se demande par quel miracle il est toujours en vie. Le sable le cingle et l'oblige à se protéger le visage sous son blouson trop chaud, ce qui le distrait de la nausée qui lui monte à la gorge.

Moussa est attendu dans le hall par Fatimata en personne. Celle-ci, protégée par un cordon de policiers, a dû improviser une tribune de fortune afin de répondre aux questions jetées par la foule houleuse qui a envahi l'aéroport, attirée par la rumeur de sa présence. Les gens veulent savoir pourquoi l'eau ne coule pas encore dans les robinets, quand va-t-elle enfin arriver, pourquoi l'État tolère que des escrocs vendent hors de prix une eau pourrie, s'il est vrai que l'armée repousse à coups de fusils ceux qui se rendent à Kongoussi et qu'est-ce que la présidente compte faire pour empêcher les Ivoiriens de massacrer leurs parents réfugiés dans le Sud. Fatimata se brise la voix à crier des explications par-dessus le brouhaha.

L'arrivée de Moussa lui offre un prétexte pour couper court aux débats. Escortée par les policiers qui peinent à contenir la foule, elle rejoint son fils interloqué, prend à peine le temps de l'embrasser, l'entraîne au milieu de la cohue jusqu'à sa voiture garée devant l'entrée de l'aéroport. Une fois la Daewoo MultiFuel de fonction engagée dans la circulation anémique de la capitale et semés les derniers poursuivants à vélo ou « moteur », Moussa récupère assez de vivacité d'esprit pour demander :

— Que voulaient tous ces gens ?

— De l'eau, répond Fatimata, laconique.

Son fils hoche la tête et contemple en silence, à travers la vitre poussiéreuse, les rues presque désertes de Ouagadougou, envahies par le sable et les mouches, les boutiques fermées ou pillées, les êtres faméliques agonisant dans les coins d'ombre, les cadavres gisant contre les murs, ignorés des survivants, à moitié dévorés par les vautours.

— C'est si grave que ça, réalise Moussa d'une voix blanche.

— Encore plus que tu ne l'imagines, renchérit Fatimata, le visage fermé, le regard impénétrable derrière ses lunettes noires.

— Des épidémies ?

— Le choléra, en plus des trucs habituels…

Par réflexe, Moussa se protège la bouche de la manche de son blouson, comme si sa mère elle-même était infestée.

— Ça commence seulement, précise-t-elle. Quelques cas ont été signalés à Ouidi et à Tanghin. Et aussi dans certains quartiers non lotis de la périphérie…

— Des bidonvilles, tu veux dire.

Sa mère lui jette un regard de travers mais ne dit mot. Moussa devine qu'il a touché un point sensible : il ne devrait plus y avoir de bidonvilles sous le régime de démocratie solidaire et de développement durable de la fille du grand Alpha Konaté, héros et martyr de la nation.

— Des équipes se relaient nuit et jour pour vacciner à tour de bras, ça ne devrait pas s'étendre, explique-t-elle sur un ton qu'elle veut rassurant. (Elle soupire, puis murmure :) Enfin, je l'espère…

Au rond-point des Nations-Unies, au lieu de tourner à droite dans le boulevard de la Révolution au bout duquel se dresse le nouveau palais présidentiel, Fatimata oblique dans l'avenue d'Oubritenga puis à gauche dans la rue Nongremasson, vers le quartier de Dapoya et les barrages à sec. Elle s'arrête sur la route au milieu du barrage n° 2. Tous deux sortent de la Daewoo et, accoudés au parapet, plongent leurs regards dans ces profondes cuvettes de sable, de poussière et de détritus que sont devenus les barrages, bordées de pentes d'argile nue, ravinée, crevassée. Le vent siliceux s'y engouffre en gémissant, cingle les digues et contreforts de béton de ses particules abrasives. Moussa se rappelle avoir vu ces barrages remplis, cernés d'une végétation touffue, où les gamins n'hésitaient pas à patauger malgré l'eau trouble et les silures… Il sent son cœur se serrer devant cette scène d'absolue désolation.

— Pourquoi tu me montres ça, maman ? Je sais que les barrages sont à sec.

— Pour que tu saisisses bien la situation. C'est une chose de le savoir, et une autre de le voir de tes propres yeux. Ça fait mal, n'est-ce pas ?

— Allons à la maison, décide Moussa, qui s'arrache du parapet et remonte dans la voiture.

Ils rejoignent le palais présidentiel par l'avenue de la Liberté et longent un moment l'hôpital, autour duquel les tréfonds de l'indigence et de l'agonie sont atteints : si Moussa trouvait déprimante la vue des rues de Ouaga et des barrages ensablés, ce n'est rien à côté des abords de l'hôpital : là il les voit, les vrais zombies, les squelettes ambulants, les gamins aux ventres gonflés et aux membres filiformes, les plaies purulentes, les mouches qui s'acharnent, la détresse des yeux voilés. Il les sent, les miasmes de mort, de pourriture et de misère noire. Il les entend, les criaillements lugubres des vautours qui perchent en nombre au bord des toits et sur les arbres décharnés.

— Tu tiens vraiment à me démoraliser, maman ?

— Je ne le fais pas exprès… La vie est comme ça présentement. Il faudra que tu t'y habitues… au moins jusqu'à ce que l'eau revienne. Ici tu ne prendras pas des douches tous les jours.

— Dire que j'ai quitté…, soupire Moussa, qui s'interrompt.

— Quoi ?

— Non, rien.

Fatimata adresse à son fils un sourire triste.

— J'ai tout à fait conscience de ton sacrifice. Et je l'apprécie à sa haute valeur.

Une fois installé dans une chambre du palais présidentiel, rafraîchi à l'aide d'un demi-seau d'eau, changé pour une tenue plus légère et désaltéré au thé à la menthe, Moussa va retrouver sa mère dans son bureau. Elle est installée dans la pénombre devant son Quantum Physics, le visage rosi par la lueur du clavier holographique. L'image-satellite de la région de Kongoussi est affichée en 2D sur l'écran, révélant la configuration du terrain en fausses couleurs et, en hachures de diverses nuances de bleu, l'emplacement de la nappe phréatique.

— C'est la fameuse image piratée?

Fatimata opine.

— Je me suis dit que tu saurais mieux la lire que nous, que ces couleurs et ces symboles mystérieux auraient un sens pour toi.

Moussa étudie attentivement l'image.

— Ce sont juste les courbes de niveau et d'hygrométrie, et une analyse du couvert de surface. Ça ne présente guère d'intérêt pour un forage… Mais il y a des boutons, là. Tu les as essayés?

Sa mère secoue négativement la tête.

— Ça doit mener à d'autres niveaux de lecture… Tu permets?

Il tire une chaise, s'installe à côté de Fatimata qui s'écarte, touche de l'index l'un des boutons à l'écran. Les couleurs de l'image changent, les indications du cartouche également. En touchant l'un ou l'autre bouton, il obtient différentes vues, indications et informations.

— Parfait, sourit Moussa. Le satellite a transmis un relevé complet… Voilà un scan du sous-sol, sommaire mais un scan tout de même. Mmmh… Sable, alluvions, bien sûr… argile… schiste. Aïe.

— Un problème?

— Il y a de la roche. Il faudra du bon matériel.

— On l'attend d'un moment à l'autre.

— Et la nappe elle-même? Le satellite n'a pas analysé la nappe?

Il fouille l'écran du regard, en quête d'autres boutons ou de zones sensitives.

— Analysé la nappe ? relève Fatimata. C'est de l'eau, non ?

— Il y a toutes sortes d'eaux, explique Moussa. Plus ou moins chargées en gaz, sels minéraux, substances organiques ou toxiques. Imagine que cette flotte soit impropre à la consommation ? Ou qu'il faille la traiter ?

— Je n'avais pas pensé à ça, avoue sa mère, inquiète. Tu peux le savoir ?

— Je cherche… Tiens, c'est quoi ça ?

Fatimata se penche et lit :

Image captée du satellite Mole-Eye 2Ac de GeoWatch
codée «secret ressource», crackée et décodée par *Truth*
qui vous salue bien et vous souhaite bonne chance

— C'est la signature du hacker. Mais – attends…

— Quoi ?

— Cette troisième ligne, là… Elle n'y était pas jusqu'à présent.

— Tu es sûre ?

— Certaine. J'ai regardé cette image des dizaines de fois, je la connais par cœur. La signature comportait deux lignes, pas plus.

— Tu sais qui c'est, le hacker ?

— Pas du tout. L'image était sur le site de SOS-Europe. Je l'ai téléchargée très normalement.

— Je vois, rumine Moussa en se frottant le menton.

— Tu vois quoi ?

— Ton ordi est relié à un réseau interne, j'imagine ?

— Oui, exhale Fatimata, qui devine où son fils veut en venir.

— Ton ordi a été piraté, maman.

— Mon Dieu ! Un virus ?

— Ou simplement un pillage de données. Ça veut dire que *quelqu'un* sait désormais tous les secrets du Gouvernement. Mais ce qui est étrange, c'est que ce hacker que tu ne connais pas t'a prévenue de son intrusion…

RAFALES

Région de Bam – Commune de Kongoussi

Avertissements

• N'achetez pas votre eau à des revendeurs à la sauvette. Seule l'eau distribuée par l'ONEA est aux normes sanitaires et agréée par l'État.

• La consommation d'eau est limitée à 5 l par jour et par personne. Tout excédent sera surtaxé.

• Si vous possédez des animaux, déclarez-les à votre coopérative pour bénéficier d'une dérogation. *Attention :* des contrôles inopinés seront effectués.

• Tout forage ou creusement de puits est interdit sur le territoire de la commune. *Rappel :* la nappe phréatique se trouve à 250 m de profondeur.

• Il est interdit de camper en dehors du camping municipal. Tout contrevenant fera l'objet de poursuites.

• Tout nouvel arrivant doit *obligatoirement* se déclarer à la police ou auprès des services d'immigration, faute de quoi il sera en situation illégale et refoulé du territoire communal.

Charriée par l'harmattan, la tempête de sable déferle aussi sur Kongoussi, déversant des tonnes de poussière ocre farineuse aux grains abrasifs, arrachée aux dunes de Gorom-Gorom et Markoy voire plus haut, issue de la frontière malienne et du pays touareg. La température frôle 50 °C et le vent, sec et brûlant comme un soupir de désert, crevasse les peaux, craquelle les lèvres, irrite les yeux, encrasse les poumons. Le sable poudreux s'accumule devant chaque obstacle et forme des *nebkhas*, des microdunes que le vent arase de nouveau, transportant le sable encore plus loin, toujours plus loin vers le sud. Ceux qui possèdent un chez-soi restent à l'abri malgré la chaleur de four, les autres se protègent tant bien que mal derrière des pans de murs, des épaves de voitures, des paravents de fortune en tôle, carton ou plastique. Ceux qui n'ont pas trouvé d'abri ou n'ont pas le droit de quitter leur poste – comme la garnison de garde sur le site de la nappe phréatique – se tassent dos au vent sous leur djellaba ou leur burnous, s'enveloppent la tête d'un chèche ou d'un bonnet, s'efforcent de supporter les claques piquantes, les rafales cinglantes, les poussées râpeuses du vent de sable.

C'est le cas d'Abou et de Salah, affectés à la garde de l'accès au site qui donne sur la route de Ouahigouya devant lequel afflue plein de monde : autochtones en quête d'informations ou présentant des doléances, ou migrants cherchant vainement la fontaine miraculeuse que la rumeur leur a fait miroiter... La tempête de sable amoindrit quelque peu le défilé mais ne le tarit pas ; Abou et Salah, protégés des bourrasques par une couverture sous laquelle ils cuisent, doivent se lever fréquemment pour répondre aux appels les plus insistants, repousser les téméraires qui tentent de se faufiler entre les barbelés. Certains parviennent à s'infiltrer malgré la surveillance constante ; les patrouilles les poursuivent, les arrêtent, leur confisquent pelles et pioches et les ramènent de gré ou de force vers la sortie. Les soldats qui la gardent doivent à la fois permettre l'expulsion des intrus et empêcher la foule audehors de tenter une entrée en force. Une opération délicate, que la tempête de sable rend encore plus ardue.

Ainsi, dans cette lumière jaune fuligineuse, dans ces rafales de poussière qui confondent ciel et sol et effacent l'horizon, Abou et Salah, assistés de deux autres soldats, se démènent comme des diables devant la grille ouverte de l'accès n° 1, repoussent à coups de crosse une cohue grise et décharnée qui se bouscule en désordre dans l'espoir d'accéder à la terre promise. Ça crie, supplie, menace, mais Abou et Salah restent de marbre – autant que le permet la tempête de sable qui les fouette sans relâche, leur colle sur la peau un masque de poussière ocre qui les fait ressembler à des chamans en pleine transe de furie. Au début, Abou, fidèle aux préceptes inculqués par sa mère, tentait d'expliquer, raisonner ces pauvres hères, de leur faire comprendre qu'ils n'avaient aucune chance d'atteindre une eau à – 250 m avec des pelles découpées dans de vieux capots de voiture. Il a vite déchanté : l'espérance ignore la logique et la rumeur se rit de la réalité des faits. L'eau est là, ils veulent creuser, point barre. Du coup le langage plus brutal des coups de crosse et tirs de semonce a prévalu, au grand dam d'Abou qui déteste exercer une quelconque violence contre ses compatriotes (« L'État qui réprime son peuple ne mérite plus de le gouverner », dit Fatimata). Mais il est bien obligé de repousser, contenir, frapper les plus agressifs ou excités, parer les coups de pelle ou de pioche, se montrer méchant et impitoyable pour défendre non seulement l'accès au site mais aussi sa propre vie : la garnison est peu nombreuse, chaque homme compte, et ils ne sont pas trop de quatre à suer et à suffoquer dans la poussière afin d'ouvrir aux patrouilleurs un passage suffisant pour jeter dehors les pauvres types qui ont réussi à pénétrer sur le site, se débattent et supplient qu'on leur laisse une chance.

Ils sont balancés *manu militari* dans la foule, qui se referme aussitôt sur eux – les accueille ou les piétine, on ne sait – et lance un ultime assaut contre la grille que les militaires poussent de toutes leurs forces. Un groupe d'hommes émaciés mais déterminés se met à l'escalader, suivis/poussés par des dizaines d'autres. Bientôt les coups de crosse et de matraque ne suffisent plus à endiguer le flot, les soldats trop peu nombreux commencent à paniquer et soudain une rafale crépite – tirée droit dans la foule. Plusieurs tombent, la cohue reflue en une bousculade indescriptible ponctuée de cris et de hurlements de douleur, laissant cinq personnes dont deux femmes gisant en sang dans la poussière.

Derrière la grille close, Abou, Salah et les patrouilleurs, dans un bel esprit de corps, braquent leurs Uzi sur la multitude qui s'égaille en tous sens comme un nid de cafards exposés à la lumière. Le chef des patrouilleurs hurle des menaces en moré, mais son ton reflète davantage sa panique à peine contrôlée que l'agressivité qu'il voudrait montrer. Il tire une autre rafale, en l'air cette fois, achevant de disperser les plus endurcis qui s'évanouissent dans le vent de sable tels des spectres renvoyés à leurs sépulcrales ténèbres.

Le calme et le silence revenus – hormis les crissements du vent et les gémissements pathétiques des blessés devant la grille –, les soldats se dévisagent, hébétés, masques de poussière, de peur et de fatigue. Personne ne sait qui a tiré pour tuer et enfreint les ordres, personne n'a l'air prêt à se dénoncer.

— Bon, soupire le chef des patrouilleurs, passant une main sale et lasse sur sa figure ensablée. Il ne s'est rien passé ici. Chacun retourne à son poste et oublie cet incident.

— Mais les morts, chef ? Les blessés ? s'enquiert Salah en désignant du pouce, par-dessus son épaule, les trois cadavres étalés dans la poussière et les deux blessés dont l'un, le ventre sanguinolent, s'efforce désespérément de s'accrocher à la grille close. Le chef patrouilleur leur jette un regard en coin.

— Leurs parents viendront les chercher.

— Et s'ils n'ont pas de parents ? insiste Abou, à qui la perspective de rester de garde en pleine tempête auprès de ces mourants répugne fortement.

— Alors les vautours s'en occuperont ! rétorque le chef d'un ton agacé. En route, vous autres. On poursuit la ronde.

Les patrouilleurs s'estompent à leur tour dans le vent de sable, silhouettes hachurées puis arasées par les bourrasques, laissant Abou et Salah seuls derrière les grilles en compagnie des trois cadavres et des deux blessés. L'un ne bouge plus, recroquevillé sur le sol, respire avec peine et gémit par intermittence tandis qu'une mare de sang s'étale autour de lui, aussitôt bue par le sable avide. L'autre, cramponné à la grille de ses mains sanglantes, supplie les deux soldats dans une langue qu'ils ne connaissent pas, du sénoufo sans doute.

Bien qu'il essaie de se blinder en faisant appel à toute sa discipline militaire, Abou craque au bout de quelques minutes :

— Salah, on ne peut pas le laisser comme ça !

— Qu'est-ce tu veux faire, Abou ?

— Je ne sais pas moi, l'emmener à l'infirmerie du camp...

— Non. (Salah secoue la tête sous son chèche.) Si on ouvre encore la grille, ils vont tous rappliquer. Et puis comment t'expliqueras ton blessé aux infirmiers ? T'as entendu le chef patrouilleur : il ne s'est rien passé ici.

Abou serre les lèvres sous son foulard et glisse un regard biaisé au blessé. Il ne veut pas lui laisser croire qu'il s'intéresse à lui, néanmoins l'homme a dû capter son regard car il tente à nouveau de se hisser d'une main après la grille, tendant l'autre suppliante entre les barreaux, appelant à l'aide. Sa chemise est en charpie et trempée de sang au niveau de l'estomac, la sueur et les larmes tracent des sillons de crasse sur ses traits émaciés, la souffrance et la peur de mourir voilent ses yeux rougis. L'autre blessé ne bouge plus et ne gémit plus, en train de mourir assurément, ou peut-être déjà mort.

— Salah, il faut faire quelque chose. Il me cause vraiment trop de peine.

— Toi, tu ne seras jamais un vrai soldat.

Salah arme son Uzi, vise posément le blessé qui écarquille des yeux épouvantés et tire – un seul coup. L'homme s'écroule, le crâne explosé, sans un cri ni un soupir.

— Salah ! s'horrifie Abou. Mais t'es fou ?

— Dans le troupeau de mon père, quand une bête est malade, c'est comme ça qu'il procède. La survie du troupeau passe avant tout.

— Mais c'est pas une vache ! C'est un *homme !* (Salah hausse les épaules sans répondre.) C'est toi qui as tiré dans la foule tout à l'heure, l'accuse Abou, saisi d'une intuition.

— Non, c'est pas moi. Je croyais que c'était toi.

— Non. Je me serais pas permis... (Tous deux s'observent à travers les fentes de leurs paupières sableuses, cherchant à jauger la sincérité de l'autre.)

— Si ça se trouve, c'est le chef patrouilleur lui-même, conclut Salah en rajustant son chèche sur son visage. C'est pour ça qu'il a voulu clore l'incident.

— Possible...

Mais Abou sait bien que non : le chef était à ses côtés, à pousser la grille avec lui. En vérité, il ignore totalement d'où cette rafale est partie : il l'a entendue, a vu les gens tomber, c'est tout.

La tempête forcit, le sable pique férocement, il devient impossible d'ouvrir les yeux ou de respirer sans protection. Abou et Salah ramassent leur couverture dans la poussière, la secouent et se blottissent dessous, dos au vent, transpirant et irrités par le sable qui s'est insinué sous leurs vêtements et leur râpe la peau. Ils cessent bientôt de bouger – le moindre mouvement devenant une torture – puis peu à peu de penser, abrutis par le vent qui les bouscule sans relâche. Paupières presque closes, Abou laisse errer un filet de regard dans la brouillasse pulvérulente où se diluent formes et reliefs au sein des tourbillons de poussière. Il se prend à rêvasser/imaginer des créatures fantastiques, des constructions éphémères, des processions fantomatiques dans l'écran ocre et mouvant des bourrasques...

Il ne saurait dire à quel moment cette silhouette est sortie de ses fantasmes pour devenir réalité, à quel moment il s'est mis à la fixer, à quel moment il a été surpris de la voir là, immobile dans la tempête, à l'*intérieur* du périmètre militaire. C'est un guerrier touareg, longiligne et dégingandé, vêtu du manteau traditionnel des hommes bleus, la *takouba* dans son fourreau pendu à la hanche, bras croisés sur la poitrine, le visage dissimulé sous un épais chèche indigo. Les rafales de sable l'estompent parfois, ne l'effacent jamais complètement. Ni amène ni hostile, il dévisage Abou, immobile et droit, comme si la tourmente ne l'atteignait pas.

— Salah ! Hé, Salah !

Salah s'est endormi contre l'épaule d'Abou, qui le secoue.

— Salah, réveille-toi ! Il y a quelqu'un !

— Hein ? Quoi ?

— Là-bas ! Un Toua…

Clignant des yeux, Salah suit la direction du regard d'Abou, qui s'écarquille de stupéfaction.

Il a beau scruter les tourbillons, il ne voit rien d'autre que la poussière qui volute et le sable qui poudroie.

— Je vois rien…, baille Salah.

— Enfin, pourtant, il était là ! Juste à l'instant !

— Qui ?

— Un Touareg… Il me regardait, là, à même pas cinq mètres. Il n'a pas disparu comme ça !

Sourcils froncés, Salah ausculte l'expression hagarde de son ami.

— Je te l'ai dit, Abou, ta grand-mère t'embrouille la tête. Tu devrais arrêter tes affaires de sorcellerie avec elle.

Chapitre 6

MISSIONS

— Monsieur Callaghan, vous présentez la Divine Légion comme « une congrégation de fidèles qui s'en remettent à Dieu pour sauver leurs âmes au jour du Jugement dernier ». Dans votre brochure, vous invitez par ailleurs les « soldats de Dieu » non seulement à vivre dans la foi et la morale les plus strictes, mais aussi à « combattre le vice et le péché ». Qu'entendez-vous par « combattre » ? Est-ce un mot à prendre au pied de la lettre ?

— Tout d'abord, appelez-moi *maître* ou *révérend* car je suis un Élu de Dieu, non un pécheur ordinaire. Le verbe « combattre » se réfère naturellement au combat que chacun doit mener contre ses propres vices et péchés, contre les tentations sataniques et les propagandes impies qui gangrènent notre société, telles que la pornographie, le harsh-rock, l'homosexualité, l'alcool et la drogue, le libertinage des femmes, etc.

— Il s'agit donc d'un combat contre soi-même, contre nos mauvais penchants ? Vous n'appelez pas à éradiquer le vice et le péché en massacrant ceux qui ne respecteraient pas vos convictions ?

— En aucune façon. Le premier des dix commandements est « Tu ne tueras point ». Bien sûr, nous faisons du prosélytisme afin de sauver le maximum d'âmes. Envers ceux qui se complaisent dans la luxure et se vautrent aux pieds de Satan, Notre Seigneur a prévu un châtiment : la damnation éternelle. Je ne vois pas ce que nous pourrions faire de plus.

— Des attentats, par exemple, comme celui de la digue aux Pays-Bas ou celui de Portobello à Londres, ou l'empoisonnement de la Love Parade de Los Angeles au tabun, ou le naufrage du *Princesse de Nubie* et de ses quarante-cinq mille émigrants, ou encore...

— Une minute, s'il vous plaît. Avez-vous des preuves de ce que vous avancez ? Ou même le moindre soupçon que la Divine Légion soit impliquée dans ces actes ignobles ? Vous avez intérêt à en avoir, parce que sinon je vous attaque en justice pour mensonges, diffamation et préjudice moral. Alors, monsieur le journaliste ? Vous qui paraissez si bien informé, j'attends vos preuves...

DJOUCH

> Le marabout parlait vrai : « Ils ne font que traver-
> ser... Ils ne sentent rien... Ils s'épuisent... Ils cassent...
> La ligne droite est trop longue. » Et il ajoutait : « Il
> suffit d'un tournant... » L'homme étourdi, affolé, trop
> occupé à écouter dans sa fumée sa musique de
> cabine surchauffée ou climatisée, a oublié. Le camion
> roule, sort, se renverse. Silence, l'homme seul attend.
> D'autres camions passent, prennent leur collègue ou
> l'enterrent.
>
> Desen PAVEERT, *Épaves* (1983).

Contre toute attente, l'attaque des pillards survient dans la Shabka du M'zab, non loin de
l'embranchement vers Hassi R'Mel, à mi-distance
entre Laghouat et Ghardaïa. D'après les informations fournies au siège de SOS-Europe, Laurie et
Rudy les attendaient bien plus au sud, dans les
dunes du Grand Erg occidental, aux alentours de
Timimoun. En tout cas pas dans le M'zab, région
de paisibles et pieux commerçants ; pas si près de
Hassi R'Mel, dernier grand gisement de gaz et dernière richesse naturelle de l'Algérie ; pas sur cette

route fréquentée, sillonnée de patrouilles policières et d'escortes militaires protégeant les précieuses citernes.

Le crépuscule enfauvit de tons cuivrés les plateaux ravinés du M'zab, creuse d'ombres bleutées les vallées enchevêtrées des oueds à sec, change en coulées d'or les amoncellements de sable, sculpte les entablements calcaires en ruine de palais fabuleux ou d'animaux-dieux pétrifiés, étire des ombres démesurées au pied de chaque caillou du reg et des rares acacias poussiéreux qui dominent de leurs branches torses des touffes très clairsemées d'épineux rébarbatifs. La chaleur tombe avec le sirocco qui a soufflé sans relâche dès les hauteurs des Ouled Naïl, exhalé par l'enfer du Grand Sud encore loin devant. À l'horizon ouest, le couchant est ochracé par le smog émanant des gisements de Hassi R'Mel, mais le relief accidenté de la Shabka masque heureusement les tours, antennes et derricks aux yeux des voyageurs. Le paysage est sombre et désolé : passé Laghouat, Laurie et Rudy sont entrés de plain-pied dans le grand désert, mais tous deux sont trop épuisés pour l'apprécier vraiment.

Rudy comptait atteindre Ghardaïa avant la nuit – il n'y arrivera pas : la route redevient sinueuse, est souvent ensablée, ses rives sont défoncées par les camions. Il n'ose rouler vite et préfère se ranger sur le bas-côté chaque fois qu'ils sont croisés ou dépassés par ces convois dûment escortés desservant Hassi R'Mel, qui foncent au milieu de la chaussée comme si elle avait été construite rien que pour eux.

Une fois franchis les monts de l'Ouarsenis sous une pluie battante et l'oued Cheliff en crue sur un pont au ras des flots boueux et tumultueux, après s'être remis de leurs émotions devant un thé à la menthe tiède et des brochettes de mouton trop cuites dans un boui-boui à Ksar El-Boukhari, Laurie et Rudy espéraient pouvoir souffler le temps de la traversée des hauts plateaux et peut-être de l'Atlas saharien, ultime rempart contre les vents torrides du désert. Ils ont déchanté trente kilomètres plus loin, en noyant le camion dans un débordement du barrage de Bougzoul.

Gonflé par les eaux limoneuses des oueds Touil, Ouerk et Nahr-Ouassel dont nulle végétation n'entrave plus le ruissellement ni l'érosion des berges, et par des pluies diluviennes très inhabituelles dans cette région, le lac de barrage s'est vite rempli, étendu en amont dans sa vallée d'expansion (qui n'est plus qu'un marécage envahi de moustiques et de moisine), a débordé sur la N40, inondé le village de Bougzoul à la surprise atterrée de ses habitants, et coupé la N1 peu avant El-Krachem. Averti par radio et par des panneaux sur la route, Rudy pensait néanmoins pouvoir passer, les roues du Mercedes étant assez hautes et son bas de caisse surélevé prévu pour la piste. Il aurait réussi s'il avait foncé sans craindre les nids-de-poule. Au contraire, il a abordé prudemment cette vaste nappe d'eau brune, s'y est englouti en douceur jusqu'au pare-chocs et a atteint le fond, mais la route imbibée n'a pas résisté au poids du camion et s'est soudain effondrée sous son train avant : le Mercedes a piqué du nez et l'eau a noyé le moteur, clapotant presque au niveau du pare-brise.

Laurie a cru la mission déjà avortée, Rudy s'est vu de retour dans le cauchemar des Pays-Bas. Or tous deux ignoraient la solidarité des routiers de la Transsaharienne. Une citerne de la Sonatrach qui descendait à vide vers Hassi R'Mel les a doublés en soulevant une énorme gerbe d'eau boueuse, s'est arrêtée sitôt franchie la zone inondée. Le chauffeur a dételé la remorque, a renfoncé son Tatra dans la mare en marche arrière, a sauté sans hésiter dans la bouillasse qui lui arrivait aux épaules et a pataugé pour arrimer le crochet d'un treuil à l'avant du Mercedes. Il est remonté dans sa cabine, a lancé le Tatra à plein régime. Le camion a patiné, dérapé, peiné, fumé, mais il a réussi à arracher le Mercedes du trou d'eau et le tirer jusqu'au sec.

Rudy s'est confondu en remerciements auprès du pilote de la Sonatrach (un Mozabite petit et corpulent, crâne rasé, barbe soigneusement taillée, lèvres lippues et souriantes), a voulu lui payer un coup ou lui offrir quelque chose, mais l'autre a tout refusé : aider son prochain est l'un des cinq devoirs que lui impose la *chahada*. Peut-être qu'un jour, *inch'Allah*, c'est lui qui sera ensablé et bien content de croiser Rudy à ce moment-là.

Le moteur nettoyé et séché, ils ont pu repartir. Ils n'ont pas rencontré d'autres difficultés durant la traversée des hauts plateaux, steppe morne et aride parsemée d'alfa, de graminées, d'acacias et de palmiers goum au creux des oueds taris, peuplée de chèvres et de moutons malingres, balafrée de vestiges d'agriculture intensive et d'élevages industriels : bâtiments ruinés et béants, hectares de latérite rouge aussi stérile que le ventre du Tanezrouft. La température, fraîche dans l'Ouarsenis, a grimpé inexorablement, combattue par la clim de la cabine. Ils ont eu un aperçu du désert en longeant le Zahrez-Rharbi, un vaste *chott* dont le bas-fond est une plaine de sel éblouissante sous le soleil, et surtout en croisant leurs premières dunes au pied du djebel El-Ouachba. Sur le versant nord de l'Atlas saharien, ils ont retrouvé un climat et une végétation presque méditerranéens, en plus pelé. Seconde halte thé à la menthe à Djelfa, ville de garnison sinistre et peu accueillante, où les nombreux militaires n'avaient d'yeux, de rires et de vannes égrillardes que pour Laurie – ce qui a irrité Rudy davantage qu'il ne l'aurait pensé.

Le désert s'est révélé peu à peu, à mesure qu'ils descendaient les contreforts sud de l'Atlas à travers un paysage minéral, aride et raviné, corrodé par les vents de sable et recuit par un soleil en fusion. Impressionnée voire oppressée par l'apparente absence de vie, Laurie voulait s'arrêter de nouveau à Laghouat, dernière étape civilisée avant le grand vide, estimait-elle. Rudy a refusé, prétextant qu'à ce rythme ils arriveraient au Burkina quand tout le monde serait mort là-bas. Il voulait au moins atteindre Ghardaïa pour y refaire le plein d'eau, de GPL et de provisions avant d'attaquer le « grand vide » comme disait Laurie : les 260 km les séparant d'El-Goléa, vraie cité saharienne.

Aux environs de Hassi R'Mel, une centaine de kilomètres avant Ghardaïa, un *djouch*[1] de pillards compromet cette promesse de repos.

Ils surgissent de derrière un *gour* calcaire déchiqueté, à bord d'un 4 × 4 Toyota déglingué mais au moteur puissant, soulevant un nuage de poussière sur la piste cahoteuse. Le 4 × 4 déboule sur la Transsaharienne cent mètres derrière le camion, monte rapidement à sa hauteur, le double à toute vitesse et stoppe à une cinquantaine de mètres en travers de la route. Six types armés, aux yeux brillants sous des chèches décolorés, sautent à terre et braquent leurs MAS 36 et Kalachnikov en

---

1. Raid de pillage rapide sur un campement ou un convoi, ne comprenant que quelques hommes.

direction du Mercedes qui freine avec force soupirs et crissements de pneus.

Recouvrant ses réflexes d'ex-stagiaire des Survival Commandos, Rudy évalue d'un coup d'œil la situation : il ne peut percuter le Toyota sans abîmer le camion ; impossible aussi de dévier par les bas-côtés, fort dénivelés à cet endroit (sans doute choisi pour cette raison) ; et dans tous les cas, ils se feraient mitrailler. Les pillards de la Transsaharienne sont réputés être des tueurs impitoyables, des hommes prêts à tout. Des *hommes*...

— Qu'est-ce qu'on fait, Rudy ? bafouille Laurie d'une voix tremblante.

Tandis que le poids lourd achève son freinage d'urgence à quelques mètres du 4 × 4, Rudy lui lance un coup d'œil tout en extirpant le Luger de sous son siège : sa tenue légère a fort émoustillé les militaires de Djelfa...

Dehors, l'un des pillards, la tête enturbannée d'un grand *tagelmoust* à l'indigo passé, leur fait signe de sortir avec des gestes impatients. Le chef sans doute.

— T'enlèves ton short et tu descends, intime Rudy d'un ton sec.

— T'es cinglé ! Ils vont me violer !

— C'est une diversion, d'accord ? Grouille-toi !

Laurie comprend en voyant Rudy armer le Luger avec des gestes précis. Elle fait glisser son short, découvrant des cuisses pâles et une petite culotte noire ajourée, ouvre la portière d'un geste peu assuré et sort à reculons, fesses cambrées, tee-shirt remonté jusqu'aux reins.

— *Arrouah la ziz ! La ziz ! Chouf la ziz !* s'écrient les pirates, irrésistiblement attirés par ces longues jambes qui descendent lentement les échelons.

De son côté, Rudy a baissé la vitre, posé le Luger

à l'angle du pare-brise, activé la visée électronique. Dès que le *tagelmoust* indigo occupe le centre de la croix et que le témoin vert s'allume, il fait feu. Vise encore et fait feu. Vise encore et fait feu. Trois hommes, dont le chef, tombent sur le bitume.

— Remonte et planque-toi ! hurle-t-il à Laurie, qui n'a pas attendu son ordre pour claquer la portière et se jeter sous le tableau de bord.

Les pillards survivants se sont jetés derrière le Toyota, d'où ils arrosent la cabine d'un tir nourri. Le pare-brise s'écroule en miettes, des choses cassent ou tombent ici et là, les balles vrombissent dans l'habitacle. Rudy devine qu'ils tiennent à conserver le camion intact, sinon ils lui auraient déjà mis le feu.

Le feu...

Il bascule la visée du Luger en position « thermique », recale l'arme à l'angle du pare-brise et, accroupi sous le tableau de bord, cherche au jugé jusqu'à ce que le point vert clignote. Il tire alors une courte rafale – ça devrait suffire.

Pendant trois terribles secondes il ne se passe rien, sinon une riposte qui arrose la cabine d'une averse d'acier. Puis Rudy perçoit une explosion sourde – les tirs cessent aussitôt. Il ose jeter un œil par-dessus le tableau de bord : des balles sifflent à ses oreilles. *Merde, ils sont toujours là.* Mais il a pu distinguer le moteur du Toyota en feu. Et plusieurs paires de phares, au loin, perçant le crépuscule... Les phares d'un convoi.

La fusillade s'interrompt de nouveau. Rudy redresse prudemment la tête : le feu gagne le 4 × 4, quatre silhouettes dépenaillées détalent dans le reg... Le convoi s'approche, tremblotant, presque immatériel dans les ondes de chaleur dégagées par l'asphalte. Rudy s'avise tout à coup que le Toyota roulait sans doute au GPL : son réservoir risque d'exploser d'une seconde à l'autre. Il s'installe aux commandes, ignorant les débris qui parsèment le siège, opère une marche arrière zigzagante et précipitée sur une centaine de mètres.

Toujours blottie sous le tableau de bord, Laurie ose relever la tête.

— C'est fini ? émet-elle d'une petite voix.

— Je crois, oui. Des militaires arrivent.

Laurie débarrasse sa place des éclats de verre, s'assoit prudemment, coule au-dehors un regard apeuré. Voit le 4 × 4 flamber furieusement dans la nuit tombante, distingue les trois cadavres étalés devant sur la route, découvre les véhicules qui s'arrêtent au-delà : un énorme camion-citerne à deux remorques escorté par deux blindés légers.

Celui de tête se place au milieu de la chaussée, son canon s'abaisse… crache une roquette qui trace une brève traînée lumineuse. Le Toyota se volatilise en une terrifiante explosion qui fait trembler le camion et projette des fragments incandescents partout à la ronde. Sur la route creusée d'un cratère calciné, ne restent plus que les cadavres dont l'un commence à prendre feu, un morceau de plastique enflammé fiché dans la poitrine.

Le convoi s'ébranle, évite le cratère, roule sans vergogne sur les corps, parvient à la hauteur du Mercedes qu'il croise sans s'arrêter. À force de gestes frénétiques, Rudy parvient quand même à stopper le blindé de queue. Le conducteur abaisse l'épaisse vitre pare-balles, sort une tête agacée.

— Sommes été attaqués par pirates ! s'écrie Rudy dans son mauvais français.

— Et alors ? rétorque le militaire. C'est pas nos oignons. Adressez-vous à la police de Ghardaïa.

Le blindé repart dans un rugissement de moteur et une puanteur de gaz d'échappement pétrolifère.

— Les enculés !

— Qu'est-ce qu'il a dit ? s'enquiert Laurie.

— Quelque chose comme « rien à foutre » ou « c'est pas mon problème ». Putain, on aurait pu se faire massacrer là au bord de la route, ils seraient passés sans même lever le petit doigt.

— Ça m'étonne pas. Ils protègent le gaz, pas les voyageurs.

Rudy se tourne vers Laurie pour répondre – tombe en arrêt devant ses jambes bronzées, ses cuisses rondes, le fin triangle noir dentelé de sa culotte. Il se sent rougir comme un adolescent devant sa première fille nue.

— Heu... tu peux remettre ton short. Et merci pour ton courage.

— Mon courage ? T'appelles ça du courage ?

— Oui, faut avoir du cran pour...

Laurie se jette soudain sur lui, le bourre de coups de poing désordonnés.

— Espèce de machiste à la con ! hurle-t-elle. Quelle brillante idée de mâle sexiste ! Envoyer une nana à poil devant des mecs armés pour leur tirer tranquillement dessus ! T'es bien un enculé de macho comme les autres !

— Mais enfin, Laurie..., balbutie Rudy en tentant de parer ses coups.

Il réussit à saisir ses poignets, écarter ses mains, l'immobiliser. Elle s'écroule sur sa poitrine, secouée de larmes convulsives.

— O.K., c'était pas une bonne idée. (Il la serre contre lui, caresse doucement ses cheveux en bataille.) Mais j'en ai pas eu d'autre sur le moment...

Fallait agir très vite. Désolé... Je suis pas macho, Laurie.

— Peut-être, admet-elle, ravalant ses sanglots. D'ailleurs, c'est pas ça qui m'angoisse le plus.

— C'est quoi ?

— C'est que tu sois un tueur.

IRIFI

Les secrets du désert, si tu les connaissais, tu
serais de mon avis ; mais tu les ignores, et l'ignorance engendre le mal. Si tu t'étais une fois éveillé
au milieu du Sahara, si tu avais effleuré de tes pieds
ce tapis de sable parsemé de fleurs semblables à des
perles, tu aurais apprécié notre végétation, l'étrange
variété de ses couleurs, sa grâce et son parfum ; tu
aurais respiré cette brise parfumée qui nous fait
vivre deux fois, car ce souffle-là ne passe pas par les
villes impures.

Abd-EL-KADER, *Les Chevaux du Sahara* (1855).

Ça fait un bail que Rudy ne voit plus la route.

Il ne voit plus grand-chose en vérité : les yeux
plissés, lèvres retroussées, dents crissantes et gorge
râpeuse, il pilote au jugé dans l'*irifi*, louvoie parmi
les rafales qui se croisent et s'accroissent. Son horizon se limite au pare-brise du Mercedes, ocre et
mouvant. Les pinceaux des phares s'enfoncent mollement parmi les tourbillons de sable, n'accrochent
plus les ossements blanchis ou les carcasses de véhicules abrasées qui jalonnent la route. Le crépitement

415

incessant sur les vitres, les gémissements plaintifs du vent rasant les dunes, les formes fugaces et floues qui virevoltent devant les phares, tout cela le plonge dans une vague hypnose d'où seuls émergent, comme éléments tangibles, le volant et le cadre du pare-brise. Rudy ne sait plus s'il roule encore sur la Transsaharienne effacée par les coulées de sable ou sur le fond croûteux d'un *gassi*, un vallon interdunaire. Il avance à vingt à l'heure, les tripes nouées par l'angoisse d'avoir perdu la piste et de se planter dans une dune en migration. Le sable s'infiltre partout – par les bouches d'aération pourtant closes, par les trous des balles des pillards, par les interstices du pare-brise grossièrement collé à l'époxy par un garagiste de Ghardaïa –, s'insinue sous les vêtements, irrite la peau, brûle les yeux, assèche la bouche, colmate les poumons…

Le Mercedes a des ratés. Des alarmes clignotent sur le tableau de bord : *Arrêt immédiat*, préconise la centrale de pilotage. Comme s'il n'attendait que cette injonction, Rudy obéit, se met en parking, enclenche le frein de stationnement, coupe le moteur, allume les feux de détresse. Il se renverse sur son siège avec un soupir de soulagement, les yeux clos et picotants. Mais le sable continue de valser sous ses paupières…

À ses côtés, Laurie sursaute, arrachée par l'arrêt soudain du camion à cette hypnose du vent de sable où elle aussi s'engluait, fascinée par les volutes scintillant devant les phares, tétanisée par les ombres brunes des dunes qui leur croulent dessus en permanence.

— Pourquoi tu t'arrêtes ? articule-t-elle d'une voix rocailleuse.

Mains calées derrière la nuque, Rudy entrouvre un œil siliceux.

— Je vois plus rien. Je sais même pas si on est toujours sur la route.

Son ton bougon est surtout dirigé contre lui-même, contre sa propre fatuité de *roumi* venu d'Europe avec la prétention de tout savoir. Lors de la halte à Hassi Targui, lorsque le vieux Chaambi lui a annoncé, sous un ciel d'un bleu limpide, qu'il valait mieux ne pas bouger parce que l'*irifî* allait se lever, Rudy a pensé comme Laurie : *Bah, il n'y a pas un souffle d'air, le vieux raconte n'importe quoi.* Celui-ci a souri dans ses rides, comme s'il devinait la pensée de Rudy, a remonté son chèche blanc sur son nez tanné puis s'est éloigné vers son chameau qui l'attendait stoïquement près du puits à sec. Rudy est remonté dans le Mercedes, se préparant à affronter plutôt un après-midi de fournaise.

La journée avait pourtant bien commencé, un vrai bonheur après les épreuves de la veille. Réveillés par l'appel du muezzin à 5 h 30, ils ont quitté à l'aube l'hôtel rustique mais propre et confortable sis dans les hauteurs de la médina de Ghardaïa, tenu par un Mozabite aimable et rigoureux (« Pas mariés ? Une chambre pour Madame, une chambre pour Monsieur »), avec vue sur la palmeraie et sur les remparts de Mélika coiffant le versant opposé de la vallée. Ils ont retrouvé le camion intact, confié la veille au soir pour cent dinars à la garde d'un jeune « hittiste[1] » qu'ils ont surpris endormi au pied de la portière, enroulé dans son burnous. Ils ont pu faire le plein d'eau et de GPL à la gare routière, où Laurie, agressée par tous ces regards gluants d'insistance, a réalisé qu'elle était la *seule* femme (en short) présente sur les

---

1. « Pilier de mur », chômeur, désœuvré, qui passe sa journée à attendre, adossé contre un mur… (*Hit* : le mur.)

lieux. Là, Rudy a rencontré deux routiers, un Chaambi du Gourara et un Touareg de l'Ahaggar, vieux ennemis présentement associés en vue des aléas de la route. Le Touareg bifurquait après El-Goléa sur Tamenghest, et le Chaambi – plus intéressant – traversait son pays natal pour descendre jusqu'à Ouallen, au piémont de l'Adrar N'Ahnet et aux abords de l'inquiétant Tanezrouft. Autour du thé à la menthe chauffé sur un minuscule réchaud solaire à même le bitume de la place, tous trois ont décidé de rester en convoi pour faire ce bout de route ensemble, « car sur la Transsaharienne, tout peut arriver, *inch'Allah*, surtout le pire ». Le pire, qu'apparemment ils n'ont pas encore subi, Rudy faisant bien rire ses nouveaux compagnons en leur narrant ses mésaventures de la veille...

Malheureusement le convoi s'est délité au-delà d'une trentaine de kilomètres : les deux autochtones roulaient bien trop vite pour Rudy sur la chaussée défoncée qui serpente entre les collines grises et rocailleuses du M'zab. Malgré sa radio-satellite sophistiquée, il a bientôt été hors de portée de leurs antiques CB : sur un dernier « *Barak Allahou fik* » (« Que Dieu te garde ») hurlé entre les parasites, il s'est résolu à voir s'évanouir les nuages de poussière de leurs camions à l'horizon du reg vide et plat, vaste étendue de cailloux recuits, flous et tremblants sous les ondes de chaleur.

Et c'est ainsi, seul dans sa tête – Laurie se tenant depuis plusieurs heures silencieuse et absente à ses côtés –, abruti par le sifflement régulier de la turbine du camion, aveuglé par les réfractions dorées du soleil sur les dunes grignotant peu à peu le reg, que Rudy aborde les rives ondulantes d'un océan de sable : le Grand Erg occidental.

Dunes rondes, lascives, mamillaires, creusées comme des hanches ou bombées comme des ventres, en forme d'arcs ou de croissants, pentes brillantes argentées, abrupts versants bruns, ondulations vanille et friselis caramel, dépressions rousses, pelades gypseuses des *gassi*, sable ridé des *feidj*, couloirs et passages telles des entrées de labyrinthes, sculptures ocre-rouge des rochers corrasés par le vent évoquant quelque antique animal pétrifié... Océan aux vagues lentes, énormes et imperceptibles, ourlées d'écume de quartz, nervurées de dentelle éphémère et délicate, à la pureté toujours recommencée... que brise parfois une ligne sinueuse et fugace de traces de pas, de pattes, de pneus, ou bien un objet abandonné : vieille théière émaillée, morceau de pare-chocs, bouteille plastique, *guerba* craquelée... Parfois, une *qobba* de pierres blanchies à la chaux signale qu'ici repose un sage ou un marabout, un esprit du grand désert. Long serpent noir aux écailles de silice, la route s'étire plus ou moins droit à travers l'erg, ensevelie par endroits sous des dunes naissantes, contournées ou déchirées par les camions. Rudy ralentit l'allure, impressionné par cette mer lente à la houle chtonienne, ces crêtes aveuglantes échevelées par le vent, ces canyons d'ombres mauves où dansent des esprits en volutes de sable. Il a le sentiment de profaner un temple dédié aux dieux élémentaires, où l'homme n'aurait pas sa place si les carcasses et détritus qui jalonnent les bas-côtés ne soulignaient pas de longues années de profanation humaine... Plongé dans son trip mystique informulé, il s'enlise bêtement dans une dunette qu'il aurait pu aisément contourner.

L'incident a été prévu, et Rudy est équipé : pelles, plaques autogrip, treuil pour tirer le camion. Il parvient à le désensabler au bout d'une demi-heure de

bonne suée. Il repart assoiffé, épuisé, les mains brûlées par les plaques autogrip. L'eau du réservoir est
chaude et glauque, il fait 45 °C dans l'habitacle, le
volant est à peine tenable... Rudy décide de son
propre chef de faire halte à El-Goléa, d'y laisser passer les heures les plus torrides le temps d'une petite
gueila, sieste méridienne rendue obligatoire par la
destruction de la clim du Mercedes. Peut-être que là,
devant quelques galettes de *kessera* et un thé à la
menthe, Laurie va se dérider, sortir ce qu'elle a dans
la tête, ouvrir la bouche enfin.

Comme souvent dans le désert, l'oasis d'El-Goléa
surgit de manière imprévisible au débouché d'un
virage. Cirque de roches rougeâtres cerné par les
dunes infinies du grand erg, ville de pisé blottie au
bord d'une oasis luxuriante où les frondaisons vert
vif des palmiers occultent les jardins potagers. Le
ksar en ruine, perché sur un éperon rocheux, semble
encore surveiller la ville « moderne » mais rivalise de
minéralité avec les entablements calcaires alentour.
La *sebkha* miroite de tout son sel, fondue sous
l'ardent soleil de midi.

Rudy gare le camion sur un semblant de place au
bord de la grand-route et tous deux s'enfoncent, toujours silencieux, dans le dédale odorant et ombragé
des ruelles de la médina. À la recherche d'un endroit
où boire et manger, poursuivis par une horde de
gamins réclamant dinars ou cadeaux, ils tombent sur
les jardins de l'oasis, véritable havre de paix et de
fraîcheur après la fournaise du désert : hautes frondaisons des palmiers chargés de dattes telles des
grappes de doigts de miel, rais de lumière hachés par
les palmes qui pleuvent en taches d'or sur les cultures,
lourd hochement des grenades entrouvertes, parfum
amandin des figuiers... L'eau court partout, jaillie de

puits artésiens, canalisée par les *foggaras* de terre, irrigue les potagers en un réseau veineux de minuscules canaux. Pénombre, fraîcheur, parfums exotiques... mouches et moustiques.

Ils se replient vers la médina où, peu à peu lâchés par les gamins découragés, ils repèrent une minuscule terrasse à l'ombre d'un vieux tamaris tors, dont seule une vieille enseigne métallique Coca-Cola poncée par le vent de sable laisse supposer qu'il s'agit d'un café. Le cafetier, un Mozabite souriant qui remplit amplement son sarouel, ne fait pas de *kessera* mais leur propose, en sus des sempiternelles brochettes de mouton, toutes sortes de salades issues des jardins, ce qu'ils acceptent avec un plaisir inespéré. Il a même du Coca frais, devant lequel aucun d'eux ne fait la fine bouche.

Une fois restaurés, désaltérés, détendus sous l'ombre fine du tamaris, Rudy se décide enfin à briser ce silence qui stagne entre eux depuis ce matin, chargé de sous-entendus comme le simoun de murmures :

— Alors, Laurie ? Je peux savoir ?

— Savoir quoi ?

— Pourquoi tu ne dis rien ?

Un long silence.

— J'ai... peur, marmonne-t-elle enfin, avec hésitation.

— Peur ? Peur de quoi ? Peur de moi ?

— Non, non, pas de toi.

— Peur de quoi, alors ? Merde, Laurie, on est embarqués ensemble dans la même galère ! Si t'as des angoisses ou si tu crains quelque chose, c'est pas bon de le garder pour toi. C'est mauvais pour nous deux. De quoi t'as peur ?

— Du... du désert.

— Du *désert*? Mais c'est pas magnifique ici? s'exclame Rudy en englobant d'un grand geste du bras la médina, les palmiers au fond, les pitons rocheux et le ksar en ruine, les falaises ocre-rouge et les dunes au-delà, miroitant sous le ciel incandescent.

— *Ici*, oui. Ici, il y a des arbres, des fruits, de l'eau, des gens. De la vie, quoi. Mais *dehors*! (Laurie frissonne malgré la chaleur.) Tout ce sable... cette rocaille noire, ces collines calcinées, ces lacs de sel éblouissants... le reg, si vide et désolé... J'ai failli craquer dans le reg, te demander de faire demi-tour, de me laisser à Ghardaïa.

— Enfin, Laurie... (Rudy s'approche sur le banc, pose une main sur l'épaule de Laurie qui tressaille.) Hormis les pillards, les serpents et les scorpions, il n'y a rien à craindre, tu sais. On est superéquipés, on a un camion qui marche bien, on suit une route assez fréquentée... On va pas se perdre ni mourir de soif. Suffit d'être prudents et prévoyants.

— C'est pas ça qui me fait peur. C'est... le désert en lui-même. Il sent la mort. L'absence de vie. Et ça m'angoisse. Ne pas voir un arbre, de l'herbe, un animal, rien d'autre que quelques buissons rabougris, sur des centaines et des centaines de kilomètres... N'oublie pas d'où je viens, Rudy : de Bretagne, pays où tout est vert et détrempé.

— Moi aussi je viens d'un pays détrempé, et même inondé. Tout ce sec, cette roche nue, ce sable fluide, ces formes pures... quelque part, ça m'apaise. L'inverse de toi, Laurie. (Elle hoche la tête, désemparée.) Pourtant, il faut bien y retourner, non? On peut pas rester là indéfiniment.

— J'aimerais bien... On dirait que le temps s'est arrêté ici. (Rêveuse, elle appuie un instant sa tête contre celle de Rudy, qui glisse un bras autour de ses épaules.) Cultiver son jardin, vivre au jour le jour, sans plus aucun souci… (Elle se redresse brusquement, son embryon de sourire s'efface.) Rien que l'idée de replonger dans tout ce sable, pour encore je ne sais combien de centaines de kilomètres, ça me noue carrément les tripes.

— J'essaierai d'aller vite, promet Rudy, retirant sa main à regret. T'auras qu'à t'installer sur la couchette et dormir. Comme ça tu le verras pas, tout ce sable.

— Je le sentirai. Il va s'incruster dans ma bouche, mon nez, sous mes paupières, m'emplir de son odeur de pierre. Je vais me fossiliser sur la couchette.

— Pas tant que je roulerai.

Ils traînent encore un peu, le temps d'un thé à la menthe et de quelques nouvelles de l'Europe au cafetier dont un fils est parti là-bas et ne donne plus signe de vie, puis Rudy, prenant la main de Laurie, parvient à la traîner jusqu'au camion où elle grimpe sans aucun entrain. Les voilà repartis, cahin-caha sur la route sableuse qui louvoie au creux des dunes.

Deux cents kilomètres plus loin, passé l'embranchement de la route du Hoggar, après une halte-pipi-provision d'eau (ratée) au Hassi Targui, ils affrontent leur première tempête de sable.

Ça commence par un jaunissement du ciel, un friselis plus dru d'écume de silice à la crête des dunes, des ondulations blanches courant sur leurs flancs. Bientôt des tourbillons s'élèvent dans les creux, des bouffées puis des coulées de sable traversent la route, les plaintes du vent se font pressantes, les grains crépitent sur la carrosserie. Progressivement l'horizon se bouche, s'encrasse, s'étrécit jusqu'à former une muraille nébuleuse qui roule et arase les dunes tel un énorme rouleau compresseur, efface le paysage, engloutit le camion dans une pénombre brune, hurlante, crépitante, tourbillonnante, remplie de voix sans mots, de formes sans substance, de menaces imprécises, de croulements imminents... Le Mercedes peine et tousse là-dedans, Rudy hallucine et perd la route. Laurie contemple le capharnaüm les yeux écarquillés, l'âme en déroute... Enfin le camion stoppe, étouffé, vaincu par le sable qui aussitôt s'infiltre, s'insinue, s'accumule.

Combien de temps cet enfer va-t-il durer ? Une heure, un jour, une semaine ? Combien de temps peuvent-ils survivre ? Ils ont peu d'eau et de nourriture : Rudy comptait gagner Timimoun avant la nuit. Combien de temps... Le temps s'écoule avec le sable, s'égrène en secondes crépitantes, s'effiloche en bouffées de minutes, se disperse en lambeaux d'heures... Blottis sur la couchette, serrés l'un contre l'autre, statufiés dans l'ombre brune, Laurie et Rudy perdent toute notion du temps, leurs pensées dispersées par les rafales, enfouies dans les bruissements des dunes, râpées par l'incessant crépitement sur la cabine. Ils s'enfoncent peu à peu dans le sable, deviennent sa chaleur sèche, sa non-vie minérale, sa volatile fluidité. Ils s'enfoncent peu à peu dans les ténèbres mais ne le remarquent pas, le sable se soucie-t-il de l'obscurité ? Assis sur la couchette, front contre front, ils ne voient rien, ne pensent rien, ne sentent rien, ils sont juste esprits errants dans le vent sifflant, *hawâtif* à leur tour, voix intemporelles gémissant entre les dunes.

LE BIEN SEULEMENT

Un jour d'entre les jours – voilà de cela de nombreuses années – les nobles Chaamba défièrent ensemble les Adjer, les Iforas et les Ahaggar. La terreur les clouant au sol, aucun Touareg ne vint au rendez-vous. Il ne fallut rien de moins que les moqueries de leurs femmes pour les décider à combattre. Encore le firent-ils à contrecœur et de si mauvaise grâce que leurs ennemis n'eurent aucune peine à les vaincre. Quand ils revinrent dans leurs campements, honteux et confus, les femmes furieuses les condamnèrent à porter le voile à leur place.

La Légende du voile, conte chaambi.

Rudy ne sait ce qui l'a tiré de sa torpeur minérale, de son lent encroûtement en statue de silice : un rai de soleil ? un bruit feutré ? un mouvement furtif ? Il lève soudain la tête, entrouvre ses paupières crissantes – et le voit, collé au pare-brise encrassé.

Un visage.

Ou plutôt deux yeux plissés, rieurs, entourés de tissu blanc.

— Laurie ! Réveille-toi ! Y a quelqu'un !

— Hein ? Quoi ?

Au cours de son engourdissement, Laurie a glissé sur les genoux de Rudy pétrifié en tailleur et s'est endormie là, pelotonnée sur la couchette, poudrée de sable aussi fin que du talc. Elle se redresse brusquement, soulevant un nuage de poussière, frotte ses yeux encroûtés – c'est pire. Clignant des paupières, elle se tourne vers la source de lumière.

Le visage s'est éclipsé, mais des ombres s'agitent au-dehors, des sons sourds et glissants résonnent contre une portière ; le sable lui-même bouge, croule et s'écoule…

Rudy fouille à gestes précautionneux sous le siège conducteur, en extrait son Luger, l'arme : FATAL ERROR, indique le minuscule écran de visée. Incrusté de cristaux, le pistolet s'est enrayé.

De son côté, Laurie boit quelques gorgées d'eau tiédasse et s'en passe un peu sur la figure, ce qui dilue la poussière en traînées ochracées sur ses joues hâves. Elle frissonne : il fait encore frais dans la cabine ensevelie sous les dunes. Elle passe la bouteille à Rudy qui la finit, se rappelant trop tard que la réserve de flotte est à l'extérieur.

À présent le soleil entre à flots dorés par la vitre à moitié dégagée. Tous deux aperçoivent des pelles en alu qui volent, maniées par des gens vêtus et enturbannés de blanc. Rudy ne sait que faire de son flingue : doit-il montrer qu'il est armé, ou le cacher au contraire pour éviter de paraître agressif ?

La portière s'ouvre enfin. Deux types grimpent sur le marchepied, passent la tête à l'intérieur, dévisagent Laurie et Rudy qui se tiennent interdits sur la couchette, échangent quelques mots en arabe. Un chèche immaculé recouvre tout leur visage sauf leurs yeux fureteurs.

— Heu… Bonjour…, tente Laurie sur un ton incertain.

— Bienvenue, ajoute Rudy avec un sourire maladroit.

— Vous êtes français ? interroge l'un des deux hommes.

Laurie hoche la tête. Le type abaisse le devant de son chèche, révélant une figure basanée en lame de couteau et un sourire garni de dents très blanches. Il se penche en avant, tend la main à Rudy.

— Touareg ? demande celui-ci en serrant la pogne sèche et calleuse.

— *Makach !* (L'autre se retourne et crache par terre.) Nous sommes chaamba et bons musulmans. *Allah akhbar !*

— Les Touaregs sont nos ennemis traditionnels, précise son compagnon.

— Je m'appelle Abderrahmane, et voici Yacine, présente le premier.

Le second abaisse son chèche à son tour, salue en hochant la tête, une main sur la poitrine. Ses traits, tout aussi anguleux, sont adoucis par une barbe taillée en pointe. Rudy lui rend son salut de la même manière.

— Moi je suis Rudy, elle, c'est Laurie…

Les deux Chaamba lui jettent à peine un regard, redescendent pour converser avec le reste de leur tribu, occupée à désensabler le camion.

— Qu'est-ce tu crois qu'ils vont nous faire ? s'inquiète Laurie, frissonnant toujours de froid, de peur et de fatigue.

— Je sais pas, répond Rudy. S'ils avaient voulu nous voler, ils auraient pu nous tuer facilement…

Abderrahmane et Yacine se repointent à la portière, tout sourires.

— Notre bivouac est tout près, là-bas dans l'erg. Nous vous invitons à boire le thé…

Laurie et Rudy échangent un regard. Une ruse ? Une vraie gentillesse ?

— Il faut accepter, dit Laurie en anglais à Rudy. C'est très malpoli de refuser.

— Et le camion ? Qui va le garder ? interroge-t-il dans la même langue.

— C'est un *inouba* qui le gardera, votre camion, répond Yacine, qui a manifestement compris.

— Pardon ? se penche Laurie.

— Un garçon. L'un de mes fils. Mokhtar !

Sur un signe de la main vient à la portière un adolescent vêtu d'une djellaba de laine sombre, une casquette imprimée *Hilalien forever* vissée sur le crâne, un AK74 en bandoulière et une ceinture plombée de chargeurs lui ceignant la taille. Il hoche gravement la tête aux quelques mots que son père lui dit en arabe. À la suite de quoi il s'assied contre une roue du poids lourd à demi enfouie dans le sable, son fusil-mitrailleur sur les genoux.

— Voilà, c'est réglé, sourit Yacine. Vous venez ?

— Il n'est pas un peu jeune pour une telle responsabilité ? s'étonne Laurie.

— Mokhtar est notre meilleur *chouâf*, précise Abderrahmane. Il repère un scarabée *khanfouss* à cent mètres, à cinq cents il peut distinguer de quelle tribu est un homme et quel âge a son méhari. Mokhtar gardera votre camion.

C'est dit d'un ton qui n'incite pas à la contestation, aussi Laurie et Rudy suivent-ils la troupe sans répliquer. Tous sont aussi armés que Mokhtar, sous leurs amples *abbayas* blancs. La demi-douzaine de Chaamba rejoignent leurs dromadaires qui les attendent à l'ubac d'une dune. Courtois, Abderrahmane et Yacine baraquent leurs propres chameaux, invitent leurs hôtes à monter en selle. Ces derniers ne se sentent pas très à l'aise, balancés à plus de deux mètres de haut, mais l'allure de leurs montures est souple et douce, accordée aux pas de leurs maîtres qui les tiennent en longe. Voguant à l'amble, le petit groupe quitte le camion ensablé, la piste ensevelie sous des barkhanes poussées là par la tempête. Il s'enfonce dans l'erg roussi par le soleil montant du matin, déjà ardent sur les *sifs*, les crêtes des dunes qui découpent leurs courbes acérées dans le ciel d'un bleu céruléen, comme si la tourmente de la veille n'était jamais arrivée.

Au débouché du *gassi* – la piste à peine tracée qui serpente dans les creux – sur un sommet rond et doré, le panorama qui s'offre aux voyageurs, vibrant dans les ondes de chaleur, a tout l'air d'un mirage, d'un miracle, d'un rêve de méhariste échoué en plein désert : au pied de l'erg s'allonge une immense palmeraie. Un large fleuve de verdure dont les îlots rouges et bruns sont des villages, pointés par les doigts blancs des minarets, piquetés d'éoliennes et scintillants de panneaux solaires. Au sud-ouest, bordant la palmeraie, s'étale une cité dans la plaine : le vieux ksar à l'ombre des palmiers, d'un rouge profond tirant sur le pourpre, et la « nouvelle » ville, carrés de béton blanc grimpant sur les pentes d'un plateau torride et caillouteux, l'*hammada* du Tadmaït, dont la grise falaise enserre la palmeraie dans le lit probable d'un oued tari depuis des lustres. Au sud luit une *sebkha*, vaste « lac » de sel d'une blancheur aveuglante, ultime et stérile vestige du fleuve qui jadis a coulé là. D'autres vestiges plus récents se laissent deviner dans la poussière de la vallée : des derricks de forage démantelés, des arroseuses avachies tels des squelettes de dragons métalloïdes, d'anciens champs irrigués, vastes parcelles de terrains nus, sillonnés de traces de canaux…

— Timimoun, annonce Abderrahmane. À une journée de marche à peine.

— Vous voyez, sourit Yacine, vous n'étiez pas perdus.

Les Chaamba laissent leurs invités contempler à loisir ce paysage grandiose et rassurant, puis font demi-tour et s'engagent parmi les dunes, vers le désert profond dont un acacia grisâtre et rabougri, pauvre rappel de la végétation profuse de la vallée, borne l'immensité. Juché sur son chameau, Rudy adresse des signes et des regards désespérés à Laurie, désigne de la tête la palmeraie dont ils s'éloignent, comme pour dire «Faussons-leur compagnie, rejoignons la civilisation!». Elle répond par une moue navrée, «Bien obligés de suivre, ils nous ont sauvés…». Si l'un ou l'autre de leurs hôtes capte ce muet échange, il n'en laisse rien paraître.

En fait de désert profond, les deux Européens se rendent vite compte que cette bordure méridionale du Grand Erg occidental a été fort peuplée et l'est encore. Outre plusieurs puits – dont certains équipés de pompes solaires, au sol griffé de pas, de sabots et de roues –, ils repèrent çà et là, émergeant du sable tels des chicots de vieillard, des ruines de kasbahs, de greniers, de ksour antiques retournant peu à peu à la roche primitive… et, de loin en loin, blotties au creux des dunes, les taches vert vif d'une touffe de palmiers signalant une oasis, de l'eau, un village. La piste incertaine qu'ils suivent rejoint une route qui fut goudronnée, dont il reste encore quelques traces de bitume rongé par le sable. Plus loin, le souvenir de route descend en oblique le long d'un *oghourd*, un haut cordon de dunes, vers une oasis qui, vue de haut, paraît étouffée par les collines de sable roux qui l'enserrent. À mesure qu'ils s'approchent, Laurie et Rudy distinguent les murs ocre-rouge en *toub* (la brique d'argile séchée des constructions tradition- nelles) du ksar niché dans la palmeraie, le discret réseau des *foggaras* qui l'alimente en eau, la sempi- ternelle *qobba* – sépulture d'un marabout local – blanchie à la chaux, l'hélice de l'éolienne qui rivalise de hauteur avec le minaret, des constructions plus récentes en parpaings, et, sur les terrasses, des para- boles et panneaux solaires.

Abderrahmane, qui conduit le méhari de Rudy, lève vers lui un sourire épanoui :

— Ouled Saïd, notre village... Nous sommes arrivés.

Alarmé, Rudy interpelle Laurie :

— Il dit que c'est leur village ? On ne devait pas boire le thé au bivouac ?

— C'est ce que j'avais cru entendre, réplique-t-elle en anglais, déconcertée.

— Et c'est bien ce qu'on a dit, intervient Yacine. Mais si on vous avait déclaré « On vous emmène au village », vous n'auriez pas voulu nous suivre. On vous connaît, vous autres les *roumis* : un bivouac dans l'erg, ça fait exotique, ça fait saharien, ça fait touareg, pas vrai ?

— Je ne suis pas sûre d'apprécier la plaisanterie, se renfrogne Laurie. Qu'est-ce que vous nous avez préparé d'autre, comme mauvaises surprises ?

— *Elkhir-râs !* « Le bien seulement », comme disent nos amis touaregs. Nous allons d'abord boire un thé, *inch'Allah*. Puis nos femmes prépareront un bon repas pour vous honorer, avec des *kessera*, du mil ou du riz chinois, peut-être un méchoui ou une *chorba.* Ensuite, une *gueila* à l'ombre des palmiers, parce qu'il fera trop chaud pour bouger. Après, vous pourrez vous préparer pour l'*ahellil.*

— Nous préparer pour quoi ?

— L'*ahellil.* C'est la fête en l'honneur de notre marabout dont vous voyez la *qobba* là-bas, par-dessus les toits – qu'il repose en paix. Avant, nous allons la rechauler, mais ça c'est réservé aux croyants. Par contre, l'*ahellil,* c'est pour tout le monde !

— C'est que… nous avons de la route à faire…

— *Besif !* Vous ne pouvez pas traverser le Gourara sans assister à un *ahellil.* C'est obligé. Vous repartirez demain, *inch'Allah.*

— Qu'est-ce qu'il dit ? s'enquiert Rudy, méfiant.

Laurie lui résume la conversation.

— Et le camion ? s'emporte-t-il. Le gamin va le garder toute la nuit ? C'est quoi, cette histoire ? Ils veulent nous retenir le temps de le dépouiller, c'est ça ! J'y retourne immédiatement. (Abderrahmane, qui ne saisit pas l'anglais, pose sur Rudy des yeux étonnés.) Explique-lui ! Dis-lui qu'on n'est pas d'accord !

— Dis-lui toi-même, soupire Laurie, manifestement épuisée, avachie par la chaleur. C'est toi l'homme, après tout.

Rudy la fusille du regard, puis se penche vers son hôte :

— Abderrahmane, je veux… aller… à le camion.

— *Arrouah !* Mais tu n'as pas besoin, mon ami. Le camion viendra ici, rétorque le Chaambi en souriant jusqu'aux oreilles.

Tout se passe exactement comme l'a annoncé Yacine : malgré l'air renfrogné de Rudy, malgré l'abattement de Laurie, tous deux sont accueillis comme des rois à Ouled Saïd. Ils sont présentés au *maalem*, le chef du village, au *mokkadem*, le chef de la tribu chaambi locale, et à l'imam de la mosquée qui leur donne la *baraka*, la bénédiction pour leur long et périlleux voyage. Ensuite, dans la cour ombragée de mimosas en fleur et ceinte de *toub* rouge de la maison d'Abderrahmane, au cœur du vieux ksar, ils boivent le traditionnel thé à la menthe fraîche, ou plutôt les trois thés très chauds, très forts et très sucrés : le premier qui réveillerait un mort – et qui, de fait, ressuscite Laurie –, le second pour la soif, un peu moins âpre, et le dernier, clair et doux, pour les enfants et les cœurs fragiles... Après quoi les destinées de Laurie et de Rudy se séparent : elle est accaparée par les femmes et lui par les hommes. Tandis que se prépare le repas, Yacine emmène Rudy visiter les jardins et la palmeraie en compagnie de Mohamed, le *kel el mia* – l'« homme de l'eau » –, un petit vieux cuivré et tout ridé, curieusement très sec pour un spécialiste de l'irrigation.

Rudy recouvre le bonheur simple et ineffable, découvert il y a peu à El Goléa, de se promener dans l'ombre fraîche et odorante d'une oasis : rais de soleil entre les palmes, diamants de lumière sur l'eau claire des *majen*, odeurs de fleurs, de fruits, de légumes et de terre humide, gazouillis de l'eau qui circule dans les *seguias* d'une parcelle à l'autre, goût émouvant d'une datte, d'une figue ou d'une tomate fraîchement cueillie... Au cours de la promenade, le *kel el mia* explique à Rudy d'où vient l'eau et comment elle est distribuée : issue d'une nappe phréatique profonde, elle est extraite des puits par des pompes solaires, amenée jusqu'au village et aux jardins par les *foggaras*, ces conduits souterrains creusés jadis par les esclaves haratins, aujourd'hui garnis de tuyaux en Kevlar. L'eau se déverse ensuite dans un bassin de répartition muni d'un *kesria*, un «peigne» de pierre entre les dents duquel elle s'écoule dans les *seguias*, ces rigoles qui alimentent les parcelles cultivées. Arrivée à la parcelle, elle est stockée dans un *majen*, petit bassin muni d'une vanne qui permet au jardinier d'irriguer ses légumes à sa guise... Le *kel el mia* est chargé de mesurer régulièrement le débit de l'eau arrivant aux *kesria* et de calculer une répartition équitable pour chacun selon ses besoins. D'autres *foggaras* arrivent au ksar et alimentent chaque quartier... Le prix de l'eau? Elle est gratuite, de même que l'électricité : tout vient du vent et du soleil. Il n'y a à payer, si nécessaire, que les techniciens chargés de l'entretien ou des réparations.

— Mais c'est idéal! s'écrie Rudy, impressionné. Le gouvernement algérien ne vous demande pas des comptes, ne cherche pas à taxer cette manne?

— Le *makhzen* est loin, là-bas au nord, rétorque Yacine, mi-figue mi-raisin. Il a ses soucis avec ses grandes villes et sa pollution, il ne s'occupe plus de nous. S'il vient se mêler de nos affaires, on sait comment le recevoir...

Avec un sourire en coin, il tâte un renflement sous son *abbaya*, dont Rudy a déjà remarqué qu'il trahissait la présence d'un mini-Uzi à visée laser : une arme fort sophistiquée pour chasser les gazelles, si tant est que les Chaamba s'adonnent à ce sport mortifère, et qu'il y ait encore des gazelles. Le vieux Mohamed se met à parler en arabe sur un ton volubile. Yacine l'écoute et traduit, en interprétant quelque peu :

— Il dit qu'au début du siècle le *makhzen* a voulu transformer le Gourara et le Touat en une grande région de cultures afin de fixer les Chaamba et les empêcher de nomadiser dans l'erg; afin aussi de nourrir le Nord trop pollué, et tous les gens qui allaient s'installer ici pour exploiter les gisements de gaz et de pétrole. Ils ont construit des centrales électriques et installé des systèmes d'irrigation énormes, de grandes machines qui gisent encore dans la plaine près de Timimoun... Ils ont épuisé la nappe phréatique qui s'étendait sous l'erg. Alors les *foggaras* se sont ensablées, les palmeraies ont dépéri, et les touristes – déjà peu nombreux – ne sont plus venus du tout. Le pétrole et le gaz se sont vite taris, les grosses chaleurs d'été ont mis les centrales en panne, les arroseuses ont cessé de fonctionner, les dunes qu'ils n'avaient pas stabilisées ont envahi leurs cultures inadaptées. En dix ans, les gens du Nord ont tout détruit ici. On a mis vingt ans à tout reconstruire à *notre* façon. Et tu vois, ça marche ! On vit entre nous, dans nos oasis. Ceux du Nord ont bien envoyé leurs armées, au début, pour nous ramener à la raison... Ça leur a coûté trop de dinars, de matériel perdu, de vies humaines. Ils préfèrent nous oublier maintenant. De plus, ils ont assez de soucis avec les Kabyles...

— L'Algérie n'existe plus, reprend Mohamed en français. C'est un faux pays qui est mort maintenant. Ici, il y a nous, les Chaamba, les Touaregs au sud, les Mozabites à Laghouat et Ghardaïa, les Kabyles... Mais au nord, au-delà de l'Atlas, c'est la mort, *roumi*. C'est déjà l'Occident pourri. Bienvenue au pays des hommes libres !

Grande claque sur l'épaule de Rudy, qui n'a pas tout compris mais sourit néanmoins, rasséréné. Il en profite pour recentrer la conversation sur le sujet qui le préoccupe :

— Au sud aussi c'est la mort. Au Burkina Faso, ils meurent de soif... Laurie et moi, nous leur apportons du matériel de forage pour exploiter une nappe phréatique qu'ils ont découverte. C'est pourquoi il est très important que notre camion ne soit pas volé.

— Je le sais, mon ami, sourit Yacine. *Chouf!* Nous vivons à l'écart du monde mais j'ai la télé dans mon *gourbi*, une parabole sur le toit, un ordinateur… Je sais qui vous êtes, ce que vous faites. C'est bien, c'est courageux. Ton camion arrivera dans l'après-midi au village, *inch'Allah*. Des gens sont en train de le désensabler et de le réparer. Et mon fils veille, ne l'oublie pas !

Au cours de l'après-midi, en effet, après un festin royal réunissant toute la tribu, suivi de la *gueila* obligatoire, le Mercedes est amené au village, suivi par une grande procession de gens frappant sur des tambours, soufflant dans des flûtes, choquant des castagnettes, portant les étendards de leurs clans respectifs.

Dans un premier temps, Laurie et Rudy sont exclus de la cérémonie purement religieuse qui se déroule sur la terrasse de la *qobba*, le mausolée du marabout local. Comme chaque année, on repasse une couche de chaux sur l'édifice en récitant la *selka* : sourates du Coran, élégie du saint et glorification d'Allah. Laurie est de nouveau accaparée par les femmes, qui jugent « inconvenant » qu'elle assiste à la fête en short et tee-shirt et lui choisissent des vêtements plus seyants. De son côté, Rudy inspecte sous tous les angles le camion garé au fond de la place ainsi que son chargement : non seulement rien ne manque mais la réserve d'eau a été rechargée, les niveaux refaits, la clim réparée, le pare-brise recollé. Et, à côté de son Luger caché sous le siège, il trouve trois chargeurs. Il bénirait presque Allah à son tour pour la bonté et la générosité de ces gens, s'il ne craignait le sacrilège, lui qui est un *kafir*, un incroyant.

Totalement rassuré, il rejoint la fête qui s'en revient de la *qobba*, étendards claquant au vent, *bendirs* et *qallals* rythmant les pas de la foule. Après une nouvelle série d'éloges et de prières, mains levées vers le ciel bleuissant au crépuscule, est lancée la première danse, la *hadra* : balancement des corps épaule contre épaule, main dans la main, aux sons des tambourins jusqu'au coucher du soleil. C'est pendant ces danses que Laurie rejoint Rudy, qui éclate de rire : les femmes en ont fait une fatma ! Gandoura richement brodée, foulard incrusté de breloques en argent sur la tête, *litham* de soie couvrant à moitié son visage, khôl autour des yeux et arabesques au henné sur les mains... C'est tout juste s'il la reconnaît.

— Te moque pas ! persifle-t-elle. J'ai pas le droit de quitter ces fringues de toute la fête et j'étouffe là-dessous...

— Le soir tombe, et la température aussi. D'ici peu tu remercieras les femmes de t'avoir si bien vêtue... Et puis t'es belle comme ça. Ça te va bien !

— Merci, grogne Laurie qui sourit néanmoins, sensible au compliment.

À la tombée de la nuit, des projecteurs sont allumés autour de la place et c'est le *baroud* qui commence : les hommes forment un cercle rassemblant une bonne centaine de fusils de tous types. Au rythme des *bendirs* et *qallals*, les danseurs chantent en évoluant lentement sur le côté, esquissent des révérences, canons tournés vers le sol, ou lancent leurs armes en l'air. Progressivement la tension monte, le rythme est de plus en plus marqué jusqu'à ce que, sur un geste discret du maître de cérémonie, tous les fusils crachent en l'air en même temps : c'est le « plein-feu ». Celui qui tire trop tôt ou trop tard, ou dont l'arme s'enraye, est la risée des spectateurs.

Après un nouveau repas où le couscous, le thé à la menthe et la musique coulent à flots, après un nouveau cycle de danses – le *qarqabou*, du nom des castagnettes en métal distribuées à chacun, vaste quadrille où les tambourinaires se déchaînent sans parvenir à couvrir ce fracas métallique –, sonne l'heure de l'*ahellil*. Abderrahmane et Yacine entraînent leurs invités à travers le labyrinthe de ruelles couvertes du ksar jusqu'à une vaste terrasse où les chanteurs ont pris place, illuminés par le seul éclat d'argent de la lune. Hommes et femmes serrés les uns contre les autres forment un cercle au centre duquel prennent place l'*abechniw*, un chanteur à la voix aiguë, un flûtiste et une *qallal*. Quelques trilles de flûte annoncent la chanson. Puis le chanteur, suivi par le flûtiste, entame une lente promenade à l'intérieur du cercle en déroulant sa mélopée. Les participants, tous en chèches et *abbayas* blancs, profondément recueillis, accompagnent ses paroles d'un chœur grave et profond ainsi que de légers battements de mains, en balançant leur corps en rythme telles les palmes que berce le zéphyr du soir… Laurie et Rudy sont saisis par l'étrange beauté qui se dégage de l'ensemble, mystérieuse et mystique, telle une invocation des esprits des ancêtres ou de la nuit.

Passé les frissons, passé l'émoi, Rudy commence à trouver ces chants polyphoniques quelque peu répétitifs et monotones. Et puis il est pris d'une grande envie de pisser : tout ce thé… N'osant demander à ses hôtes, à demi hypnotisés par l'*ahellil*, où se trouvent les toilettes, il se décide à chercher tout seul. Il s'éclipse discrètement du cercle des spectateurs, emprunte l'escalier qui rejoint la rue, déambule parmi les ruelles éclairées de loin en loin par des photophores et assez peuplées, ce qui l'empêche de se soulager dans quelque recoin. Son errance l'amène à la sortie du ksar, non pas côté palmeraie, mais côté désert. Là, les dunes sont toutes proches, contenues dans leur dévoration inexorable par des *afrags*, plantations en carrés de graminées qui les fixent et les retiennent. *Là au moins, personne ne me verra*, songe Rudy qui, tenaillé par son besoin, grimpe en courant la première dune plantée, la dévale et se débraguette au pied de la suivante. Il pisse longuement dans le sable brun, soulagé, la tête levée vers le firmament.

C'est alors qu'il le voit.

Un homme vêtu d'une djellaba sombre, coiffé du *tagelmoust*, le chèche indigo des Touaregs, et portant au côté la *takouba*, la fameuse épée targuie. Ses larges habits flottent dans le vent levé tandis qu'il descend la dune, droit sur Rudy qui rengaine précipitamment son outil. Sa démarche a quelque chose de bizarre… Rudy ne le devine que lorsque l'homme n'est plus qu'à quelques pas : il ne laisse aucune trace dans le sable.

Atterré, le Hollandais essaie de scruter le visage de l'arrivant, mais malgré la lune claire et brillante il ne voit qu'un gouffre d'ombre. Il essaie de dire quelque chose, une parole de bienvenue comme il est coutume, or les mots restent coincés dans sa gorge. C'est le Touareg qui parle – directement dans sa tête :

« Partez, partez tout de suite ! »

— Quoi ? Quoi ? balbutie Rudy.

Une saute de vent soudaine lui projette du sable dans les yeux, l'oblige à baisser la tête et à protéger son visage de la main. Quand il se redresse, l'homme bleu a disparu.

Volatilisé. Pas la moindre trace.

Rudy a beau se tourner en tous sens, il doit

admettre qu'il a eu une vision forte et prégnante qui lui fouaille encore les tripes et emballe son cœur. Par acquit de conscience, il grimpe jusqu'au *sif* de la dune en trébuchant dans le sable meuble… Personne.

Mais à l'horizon, par-delà les moutonnements argentés du sable sous la lune, les myriades d'étoiles sont mangées par un mur de ténèbres boursouflées qui s'avance dans le ciel, au sein duquel il devine les lueurs fugaces d'éclairs…

Rudy dévale la dune en courant, pénètre à nouveau dans le ksar, enfile les ruelles au hasard, guidé par les chœurs graves et les pulsations hypnotiques de l'*ahellil*, retrouve l'escalier, le grimpe quatre à quatre, déboule sur la terrasse, fend la foule recueillie, attrape Laurie par la manche de sa gandoura.

— Viens, on se casse.

— Hein? Mais c'est pas fini! Et nos hôtes…

— Viens, je te dis! Y a *urgence*!

Tenant par la main une Laurie éberluée, il regagne en courant la place du village – où se déroule toujours un *qarqabou* effréné, mené surtout par les jeunes –, la jette dans le camion, grimpe à sa suite, démarre. Quitte la place en louvoyant parmi la foule surprise, qui ne s'écarte pas assez vite à son goût. Retrouve au jugé la piste menant à la Transsaharienne, à Timimoun et au-delà. Surtout au-delà.

— Mais enfin, s'écrie Laurie excédée, tu vas m'expliquer quelle mouche t'a piqué? T'as encore tué quelqu'un ou quoi?

— Non, c'est notre vie que je sauve. Observe le ciel…

Incrédule, Laurie se décide à abaisser la vitre poussiéreuse, à mettre le nez au-dehors. Au-dessus du reg, un capharnaüm de ténèbres efface progressi-vement l'espace sillonné d'éclairs flous, vibrant de sourds grondements. Un vent glacial s'est levé, qui lui fouette le visage – sur lequel s'écrasent, lourdes et froides, les premières gouttes de pluie.

BREAK IN THE RUSH

Enclave de Manhattan (NY)
Consignes de sécurité
–> Présentez-vous aux contrôles d'entrée
–> Présentez vos badges, cartes
   ou autres documents d'accréditation
–> Soumettez-vous aux fouilles et scans exigés
–> Les accompagnateurs non accrédités
   ne sont pas autorisés à entrer
–> Vitesse limitée dans l'enclave à **40 km/h**
–> Vous pouvez être contrôlé à tout moment,
   gardez votre pass sur vous !
–> Respectez les consignes et règlements :
notre police est autorisée à tirer <u>sans sommation</u>
–> Signalez aux autorités tout individu ou objet
   qui vous paraît suspect
Interdiction de fumer sur le territoire de l'enclave

Anthony Fuller en a ras le bol de ce voyage aussi éprouvant qu'interminable. Dire que jadis, au temps pas si lointain de la gloire et de la fortune de Richard III, prendre l'avion pour se rendre d'une ville à l'autre des États-Unis n'était qu'une simple formalité, à peine un contretemps mis à profit pour réviser ses dossiers, discuter affaires avec un partenaire ou s'octroyer un *« break in the rush »*, selon l'expression favorite de son père. Aujourd'hui… Fuller a l'impression d'être revenu à l'époque des pionniers aux diligences brinquebalant sur des pistes infestées d'Indiens, de bandits et de bêtes sauvages. Sauf que ces pionniers-là bravaient tous les dangers pour aller *construire* l'Amérique, et non – comme lui – défendre âprement ses rogatons devant un « tribunal de niakoués » (*dixit* Bournemouth)…

Dès le départ, à Kansas City, l'avion est tombé en panne – son propre Boeing d'affaires pourtant. Motif (qu'il a fini par apprendre à force de gueuler) : le kérosène était coupé à l'éthanol, acheté à bas prix aux Mexicains pour économiser des bouts de chandelle. Aux Mexicains ! Pourquoi pas aux Chinois pendant qu'on y est ? Ensuite, un orage dantesque a forcé l'appareil à atterrir en catastrophe à Indianapolis : encore heureux que son pilote fût assez expérimenté pour le poser aux instruments sur la piste en rideau, balayée par des cataractes. Deux heures d'attente dans le noir sous un déluge biblique, des trombes d'eau déferlant sur le tarmac inondé… Fuller a cru qu'il ne repartirait pas de ce trou perdu. Le BBJ-3A a fini par redécoller, pour se voir annoncer une demi-heure plus tard que l'aéroport de Newark était « temporairement hors service » à cause de « conditions climatiques défavorables » et que le vol était dérouté sur J.F. Kennedy. Une autre heure à tourner en rond au-dessus de J.F.K. saturé par le surcroît de trafic, pour enfin débarquer dans la joie et la bonne humeur : « Température extérieure : –23 °C, le blizzard souffle à 140 km/h », a annoncé le copilote avec un petit sourire désolé. Il a néanmoins souhaité une bonne journée à Fuller. Si celui-ci ne s'était pas bourré de Calmoxan pour éviter la crise de nerfs, il lui aurait volontiers foutu son poing dans la gueule, bien que le copilote n'y fût pour rien, il devait le reconnaître.

Atterrir à Newark avait l'avantage, pour Fuller, de le relier direct à Manhattan, *via* Pulaski Skyway et le Holland Tunnel, à travers des quartiers relativement sécurisés : Newark et Jersey City. L'aéroport J.F.K., c'est autre chose : il lui faut traverser Jamaica et le Queens, est-ce qu'ils ont prévu des blindés, une escorte militaire ?

Ni blindé ni escorte, juste un taxi, un Yellow Cab de base. Enfin, *presque* de base : le taximan a renforcé son véhicule de plaques d'acier au tungstène de 20 mm d'épaisseur, l'a équipé de vitres pare-balles et d'un pare-buffle à l'avant, a monté une mitrailleuse sur le toit.

— Avec ça, *man*, je t'emmène dans le Bronx si tu veux ! a-t-il rigolé (c'était un gros Black jovial).

— Manhattan seulement, a grogné Fuller, guère rassuré par l'équipement.

— Pas de problème. Seulement faudra passer par le Queensboro Bridge : le Midtown Tunnel est inondé par les infiltrations, et mon cab n'est quand même pas un sous-marin ! (Nouvelle crise de rire.)

— Je m'en fous, du moment qu'on arrive.

— Bah ! On arrivera. P'têt' bien que les Thrill Warriors du Bronx ont fini de se friter contre les Fils de Sion sur le Queensboro. Sinon, eh ben, on tirera dans le tas ! (Mort de rire, le taximan.)

Fuller est monté à bord, le gros Black a enclenché du deep-dub dans sa console (« *Babylone est en feu / C'est la fin des temps / On va tous mourir / Jah reconnaîtra les siens…* » rauqué sur des infrabasses binaires) et vroum, c'est parti sur Van Wyck

Express, puis Queens Boulevard. Les pneus à crampons du taxi l'empêchaient de glisser sur le bitume gelé, malgré les nombreux écarts, coups de volant et embardées dus aux amas de détritus, aux épaves encombrant la chaussée, aux silhouettes plus ou moins hagardes ou agressives qui surgissaient devant le véhicule. Mais ses plaques d'acier lui offraient une bonne prise au vent qui claquait en rafales crépitantes de grésil : le taximan se cramponnait au volant pour ne pas valser dans le décor. Lequel décor était voilé par les volées de neige glacée (bon sang ! il faisait +25 °C à Eudora !) gelant sur les vitres et qui empêchaient Fuller de distinguer les menaces confuses que traversait la voiture au turbo rugissant. Les ténèbres étaient percées de lueurs frêles de braseros, furtives de torches électriques, embrasées d'immeubles en feu. Des gens traversaient les rues en braillant, brandissant des flingues ou chargés de butin... des coups de feu, des staccatos d'armes automatiques, des hurlements de rage ou de douleur... À deux ou trois reprises, le Black a actionné sa mitrailleuse, sur qui ou quoi, Anthony ne l'a pas su.

— Qu'est-ce qui se passe ? Des émeutes ?

— Bah non, *man*, y a plus de courant. Alors les kids, y z'en profitent un peu, tu vois... Comme d'hab, quoi ! (Grosse hilarité, comme si tout ça était très fun.)

Par deux fois, le taxi a dû faire demi-tour devant un barrage hétéroclite, et devant une horde hystérique partant au combat. Mais la plupart du temps il fonçait au milieu de cette apocalypse comme si c'était un décor de théâtre. Fuller a vu des corps gicler, des faces ensanglantées percuter la portière, des balles ricocher sur les vitres blindées, y semant

445

une constellation de minuscules éclats. Il s'est retenu à grand-peine de vomir ses Calmoxan, s'est résolu à fermer les yeux et à se boucher les oreilles ; de toute façon le deep-dub noyait la plupart des bruits et lui remuait les tripes avec ses infrabasses.

Le Queensboro Bridge avait été rendu à la circulation, surveillée par des blindés à chaque entrée du pont. Le contrôle d'abord pointilleux des militaires s'est vite allégé au vu du pass VIP de Fuller. Le taxi a slalomé parmi les décombres et cadavres du champ de bataille, dégagés par des grues et pelleteuses. Enfin, à l'angle de Park Avenue, s'est dressée la grille de lumière bleue frémissante de la barrière plasmatique de l'enclave. À son pied, un poste de contrôle digne d'un camp militaire : guérites, gardes, miradors, lasers, mitrailleuses multicharge.

— Je te lâche ici, *man*, a averti le Black. J'suis pas accrédité pour Manhattan. Mais y a des taxis à l'intérieur…

Après avoir raqué cent dollars pour la course, Anthony s'est donc présenté à pied au contrôle, où son pass VIP n'a pas suffi : fouillé, scanné, interrogé, documents vérifiés, empreintes digitales et rétiniennes, analyse d'ADN… Une bonne demi-heure de tracasseries, conclues par un « C'est bon, pouvez entrer » sans même un mot d'excuse. *Nom de Dieu*, a-t-il pesté en son for intérieur, *là, ça va vraiment trop loin. On est l'élite, merde ! On se fait traiter comme de la racaille !*

À l'intérieur de l'enclave, havre de calme et de propreté éclairé *a giorno*, Anthony a essayé pour la cinquième fois d'appeler son avocat Samuel Grabber, et encore obtenu la même réponse : « *Votre correspondant ne peut être joint actuellement, désirez-vous laisser un message ?* » Faute de trouver un taxi tout de suite, il a dû effectuer à pied une bonne partie du trajet afin de ne pas geler sur place : la barrière n'empêche pas la neige et le blizzard de tourbillonner entre les gratte-ciel... Un Taxomat l'a finalement ramassé, lui a fait parcourir les dernières centaines de mètres en glissant/chuintant sur la chaussée immaculée, dans un parfum de violette synthétique et une muzak d'ascenseur, et l'a dépouillé de trente dollars en lui souhaitant « Bonne soi-rée ma-da-me ou monsieur Ta-xo-mat tou-jours à vo-tre ser-vice » de sa voix robotique syncopée.

Fin du voyage : frigorifié, blême et claquant des dents, Fuller se soumet à un dernier contrôle-scanfouille devant l'entrée high-tech monumentale du New Trade, la tour de verre en forme de crucifix de cent cinquante étages érigée dans les années vingt à la place du 9/11-Memorial décati qui tournait au terrain vague – indigne du standing de l'endroit nouvellement hissé au statut d'enclave. C'est là, au 34e étage, que siège provisoirement le Tribunal de commerce international, déménagé de La Haye (Pays-Bas) à cause du cataclysme qui a frappé le pays. C'est là, devant le juge coréen Kim Il Jong Li – naturellement dévoué à la Chine –, que Fuller doit plaider son affaire : faire admettre que la nappe phréatique du lac Bam lui appartient de plein droit, que le Burkina Faso a cherché à le voler et lui doit réparation.

Il a quatre heures et demie de retard, il est gelé et il a oublié ses Neuroprofen.

RELAXE

Même au sein de l'élite américaine – celle qui vit dans des enclaves et prétend encore diriger les affaires du monde – on sent pointer ce frémissement d'une conscience globale, d'une pensée non plus tournée uniquement vers soi-même et son pays – comme si les États-Unis, nation élue de Dieu, était détachée des contingences du monde et des contraintes imposées désormais à l'humanité dans son ensemble – mais vers le monde entier, en tant que facteur déterminant de sa propre survie. Le nouveau credo de l'Américain *ww* moyen – tout au moins de certains d'entre eux – n'est plus « Le monde doit être au service de l'Amérique » mais bien « L'Amérique doit être au service du monde ».

Eskil ERLANDER, *Sortir du Siècle Noir, prémices
d'une conscience globale* (2030).

— C'est à cette heure-ci que vous arrivez !

Claquant encore des dents malgré la douce chaleur ambiante, Fuller chope le bras de Samuel Grabber et l'entraîne dans le hall, près du distributeur d'eau fraîche, en jetant sur ceux qui le dévisagent parmi la foule – particulièrement les journalistes – un regard assassin.

— Les aléas climatiques, élude-t-il. J'ai essayé de vous joindre maintes fois, Sam. Où étiez-vous ?

L'avocat – un Noir massif au crâne luisant comme une boule de billard, l'air d'un bonze dans sa robe bordée d'hermine – prend un air offusqué qui fait jaillir ses gros yeux derrière ses cyglasses varilux.

— Où croyez-vous que j'étais, Anthony ? À mon poste, au tribunal ! Les téléphones sont *coupés* dans les tribunaux, je vous le rappelle. Moi aussi j'ai tenté de vous joindre.

— J'étais bloqué dans ce putain d'avion, grogne Fuller. (Il fouille dans la poche de sa veste, en sort son flacon de Dexomyl, avale deux cachets avec un verre d'eau tirée du distributeur.) Je suis très en retard ?

— Plutôt, oui. Le jury en est aux délibérations. Vous avez tout raté, Anthony.

— Merde. Comment ça se présente ?

Grabber esquisse une moue qui gonfle sa grosse bouche lippue.

— Je ne vous cache pas que ça me paraît mal parti pour nous. Le juge a affiché assez clairement sa sympathie pour le Burkina… C'est à peine s'il a écouté ma plaidoirie.

— Putain d'enfoiré de juge de mes deux ! explose Fuller, s'attirant à nouveau des regards outrés. Comment peut-on être aussi partial et prétendre exercer ce métier ? Il n'y a pas moyen de le révoquer, d'invoquer un vice de forme, de faire annuler ce procès inique ?

Nouvelle moue de Grabber.

— Le TCI, comme son nom l'indique, est une instance internationale : les États-Unis ont peu de poids sur la nomination de ses présidents, qui sont tournants comme vous le savez. Manque de chance pour nous, cette année c'est la Corée. Si ce procès s'était déroulé deux mois plus tôt, on aurait eu un juge irlandais que je connais personnellement, et là…

— Et pourquoi vous n'avez pas fait avancer la date du procès, Sam ?

— Voyons, Anthony, ce n'est pas moi qui décide. Ni vous, du reste.

Le Dexomyl a beau être un antistress, il ne calme pas Fuller. Au contraire, il ne fait que lui embrouiller l'esprit, étouffe sa rage dans une ouate de contrariété irritante. Ses oreilles bourdonnent, son cœur peine, sa bouche se dessèche.

Il boit un second verre d'eau pour se donner contenance, se passe la main sur la figure (il a la sensation d'une râpe sur un vieux parchemin), reprend :

— Et du côté adverse ? Comment s'est présentée la défense ? Qu'a dit leur avocat ?

— Eh bien, ça paraît incroyable, mais ils n'ont pas d'avocat. C'est le Premier ministre du Burkina qui s'est défendu lui-même. Il a dû l'être, avocat, car il était plutôt brillant. Et il avait pour lui l'accent de la sincérité… Tenez, c'est lui, là-bas.

D'un signe de tête, Grabber désigne à l'autre bout du hall un petit homme gras, aux cheveux collés par le gel en fausses ondulations, portant un costume anthracite rayé d'argent aussi voyant que mal coupé et une cravate rose qui jure abominablement. Il se pavane comme un paon devant le micro que lui tend une journaliste.

— Lui ? C'est le Premier ministre du Burkina ? Il a l'air d'un clown !

— Ne vous y fiez pas. Sous ses airs de don Juan d'opérette, il m'a paru fort compétent, et il connaît très bien son affaire. En tout cas, ses arguments ont fait mouche…

— C'était quoi, ses arguments ?

— En trois mots, la nappe phréatique n'est en aucun cas une découverte, il a toujours existé un lac à cet endroit. Ce lac s'est asséché il y a dix ans à cause des changements climatiques provoqués par l'industrie des Blancs – donc, entre autres, des États-Unis. Le Burkina n'a certes pas les moyens d'envoyer un satellite sonder ses ressources mais, tôt ou tard, cette nappe sera exploitée par les autochtones. Si ça n'a pas été fait déjà, c'est uniquement à cause de la pauvreté chronique du pays, saigné à mort par le poids énorme de sa dette au FMI. Bref, les Blancs sont finalement responsables de cette situation dramatique : à la limite, ce serait au Burkina de demander réparation pour ce préjudice…

— L'enfoiré, grogne Fuller. Vous lui avez cloué le bec, j'espère ?

— Pas vraiment, grimace Grabber. J'ai fondé ma plaidoirie sur le droit international et les lois du commerce mondial ; j'ai argué que la découverte – ou la redécouverte – de cette nappe phréatique était basée sur l'utilisation frauduleuse d'une image privée et de données confidentielles, ce que le juge a reconnu, mais il a évacué ce point du débat en rappelant qu'il faisait l'objet d'un autre procès : celui de GeoWatch contre SOS-Europe, qui sera jugé en appel dans trois mois. Juridiquement, mes arguments étaient irréfutables mais sont apparus plutôt techniques face au drame très concret d'un peuple mourant de soif…

— Dites donc, Sam, persifle Anthony, de quel côté êtes-vous ? Vous n'allez pas non plus changer de camp, comme ces girouettes de la CIA ?

— Quelles girouettes de la CIA ?

— Peu importe. Je vous ai posé une question, Sam.

— Je suis de votre côté, Anthony, bien sûr : c'est vous qui me payez. Mais d'un point de vue purement objectif, c'est comme si je défendais un criminel.

Fuller devient cramoisi, mais la sonnerie et le clignotant rouge au-dessus des portes du tribunal, invitant chacun à regagner sa place, l'empêchent à point nommé de sauter sur son avocat ou de lui balancer son poing dans la figure. Presse et public pénètrent à nouveau dans l'amphithéâtre, passant un à un sous un portique de scan flanqué de deux gorilles en uniforme : comme s'il était encore possible, après tant de contrôles, d'arriver jusqu'ici avec quoi que ce soit de non autorisé. Ravalant sa rage, Fuller suit son avocat jusqu'au banc réservé à l'accusation. Issa Coulibaly rejoint le sien en glissant œillades et sourires à la gent féminine. Il a une attitude de gagnant, note Fuller, amer. Les jurés entrent à leur tour, l'air recueilli, n'osant regarder Anthony qui pourtant – découvre-t-il avec surprise – en connaît au moins deux : le directeur commercial d'American Springwater, n° 1 de l'eau en bouteilles, et un conseiller de One World Consulting, une de ses propres entreprises ! *Allons*, se rassure-t-il, *au moins ces deux-là sont dans ma poche…*

La salle se lève au moment où le président fait son entrée, flanqué de ses deux assesseurs et d'une greffière munie d'une remote. Fuller le détaille : c'est un Coréen joufflu, coiffé en brosse, au regard impénétrable derrière les bourrelets de ses paupières. Ses petits yeux noirs glissent sur Anthony, mais son expression ne se modifie pas d'un iota.

Le juge s'assoit – la salle fait de même, dans un grand frou-frou d'étoffes – puis se tourne vers le jury.

— Je passe la parole au président du jury. Monsieur, votre verdict ?

Le dircom d'American Springwater se lève, promène son regard sur la salle – évitant toujours soigneusement Fuller – puis le fixe sur le juge Kim Il Jong Li.

— Après délibération, nous jugeons, par onze voix pour et une contre, l'État du Burkina Faso innocent du crime de félonie et de vol de ressources dont il est accusé. Nous proposons son acquittement pur et simple.

Une salve d'applaudissements retentit dans la salle, aussitôt contrée par une volée de huées. Le juge saisit son marteau et frappe sur le bureau.

— Silence, je vous prie ! En vertu du verdict prononcé par le jury et des pouvoirs qui me sont conférés, je prononce donc la relaxe pour l'État du Burkina Faso, représenté ici par son Premier ministre monsieur Issa Coulibaly, et déclare en conséquence la société Resourcing inc., représentée ici par son avocat monsieur Samuel Grabber et par son président monsieur Anthony Fuller, déboutée de tout droit et prétention sur la nappe phréatique incriminée. En outre, la société Resourcing inc. devra supporter en totalité les frais de ce procès, et prendre à sa charge les frais de transport et de séjour de monsieur Coulibaly, représentant du Burkina Faso. La séance est levée.

Nouvelle salve d'applaudissements et nouveau concert de huées, soudain couverts par un hurlement de Fuller qui a bondi de son banc, malgré un geste vain de Grabber pour le retenir.

— Putain d'enculé de niakoué de mes deux !

vocifère-t-il, blême et écumant de rage. C'est pas un jugement, c'est une mascarade ! T'as été acheté par les Chinois pour leur filer cette flotte, tu leur manges dans la main mais moi je te pisse à la raie !

— Anthony, calmez-vous ! s'affole Grabber, roulant de gros yeux effarés.

Brouhaha dans la foule, ponctué d'exclamations choquées ou au contraire approbatives. Les doigts croisés sous son double menton, Kim Il Jong Li attend calmement que l'assemblée s'apaise puis se tourne vers la greffière penchée sur sa remote.

— Greffière, veuillez noter je vous prie : propos racistes et injures à magistrat dans l'exercice de ses fonctions, proférés par monsieur Anthony Fuller. Vous appliquerez le tarif avec circonstances aggravantes.

Fuller bout en grommelant des sons inintelligibles, sur le point d'exploser. Grabber le saisit fermement par les épaules et le pousse vers la sortie. Dans le hall, ils se font assaillir par une équipe de CNN toutes microcams dehors, que Grabber écarte sans ménagement. Il introduit son client dans une petite pièce réservée aux avocats, par chance déserte, le force à s'asseoir dans un fauteuil et à avaler un verre d'eau. À la suite de quoi, voyant Fuller reprendre quelques couleurs et se mettre à respirer à peu près normalement, il explose à son tour :

— Vous êtes complètement fou, Anthony ! Qu'est-ce qui vous a pris ? Les médias ont tout entendu ! J'escomptais sur une campagne de pression de l'opinion publique en votre faveur pour faire appel, maintenant c'est foutu ! Vous êtes grillé ! Du reste, ne comptez pas sur moi pour vous défendre de cette accusation d'injure à magistrat. Elle est flagrante et va vous coûter cher !

— De toute façon, je ne compte plus sur vous, Sam. Allez-vous-en.

— Quoi ? Pas question, dans l'état où vous êtes…

— *Foutez-moi le camp !*

— Et merde, après tout, je ne suis pas votre nounou.

Sur ces mots Grabber sort en claquant la porte, aussitôt assailli par les journalistes.

Resté seul, Fuller soupire longuement, boit un autre verre d'eau, se frotte le visage de ses mains rêches comme de la toile émeri, soupire de nouveau, empoigne son téléphone, compose un numéro.

— Oui, la NSA ? Passez-moi Cromwell, je vous prie… De la part d'Anthony Fuller… Oui, oui, il me connaît… O.K., j'attends. (…) Cromwell ? Oui, c'est Fuller. Alors, concernant notre affaire, où en êtes-vous ?… Envoyé qui, vous dites ?… O.K., je ne veux pas le savoir, c'est votre cuisine à vous. Ils sont là-bas, sur place ?… Bon, très bien. Je vous appelle aussi pour autre chose : là, je sors du tribunal… Mais si, vous savez, avec mon avocat, on a porté l'affaire de cette nappe phréatique au TCI… Non, j'ai été débouté, mais peu importe, je m'y attendais. Ce dont je veux vous parler, c'est qu'à ce procès s'est rendu rien de moins que le Premier ministre du Burkina en personne… Il s'appelle Issa Coulibaly. Un gars plutôt retors, d'après mon avocat. Il peut nous mettre de sérieux bâtons dans les roues dans l'affaire qui nous occupe. Il va reprendre l'avion très prochainement pour l'Afrique, alors je me suis dit que… Voilà. Nous nous comprenons, Cromwell… Non, je n'ai pas sa photo, vous en avez besoin ?… Oui, bien sûr, je comprends. Vous la trouverez sûrement sur le site gouvernemental, ou sinon, épluchez la presse, des journalistes sont là, enfin, je ne vais pas vous apprendre votre métier!... C'est ça, oui, un accident... O.K., merci. Faites-moi penser de vous inviter à dîner un de ces soirs.

BONNE PAROLE

We are volunteers for America
Volunteers to chuck out all niggas
Volunteers to kill all our enemies
For the love of our mother country[1]

THE SOLDIERS OF GOD,
Volunteers of America
(© 2029 Holy Land Records,
a D.L. label).

La première mission que la Divine Légion a confiée à Pamela – ou plutôt sœur Salomé – est assez simple : elle doit porter la bonne parole auprès de ses amis et voisins de l'enclave d'Eudora. Pour cela, on lui a fourni un paquet de prospectus à distribuer gratuitement, ainsi que des livres et DVD à vendre : *Dieu me parle* et *Comment Jésus va sauver l'Amérique* de Moses Callaghan, *Volunteers of America* des Soldiers of God, *Le Grand Jubilé* (le festival

---

1. Nous sommes volontaires pour l'Amérique/Volontaires pour foutre tous les Nègres dehors/Volontaires pour tuer tous nos ennemis/ Pour l'amour de notre mère-patrie. *(TdA)*

annuel de la Légion) et *Je suis miraculée*, une compilation vidéo de miracles opérés par Callaghan et de témoignages « irréfutables » d'épiphanies avérées auprès de divers membres de la secte. Le produit de ces ventes, a expliqué Robert Nelson – pardon : frère Ézéchiel –, est entièrement reversé à la Divine Légion, qui l'utilise pour construire des églises, des écoles, faire des dons à des hôpitaux, secourir les indigents, etc.

— Et si des gens veulent adhérer ? a demandé Pamela.

— Vous notez leurs noms et adresses et nous enquêterons sur eux : leur foi doit être pure et sincère, leur vie irréprochable. Il n'est pas question de dévoyer notre sainte mission en recrutant des brebis galeuses, des suppôts de Satan ! (Nelson a fait une pause recueillie, mains jointes, comme s'il écoutait une voix intérieure, puis a repris :) À propos de suppôts de Satan, si parmi les gens que vous allez visiter, vous en connaissez qui ont une vie particulièrement dissolue, fricotent avec des races inférieures ou s'adonnent à des actes contre nature, bref, qui ont manifestement succombé aux tentations du démon, notez aussi leurs noms et adresses : la Divine Légion s'efforcera de les ramener dans la voie du Seigneur.

— De quelle façon ?

— Cela, Salomé, a éludé Nelson avec un demi-sourire, vous n'êtes pas encore assez initiée pour le savoir...

Sa grosse sacoche anonyme en bandoulière, Pamela s'en va donc prospecter dans son quartier, arpenter les trottoirs immaculés, les pelouses transgéniques au vert malsain, les allées aux gravillons impeccablement ratissés. Dans son proche entourage, les gens la connaissent ou du moins savent qu'elle réside dans l'enclave : elle est donc accueillie assez favorablement, par des femmes en général (les maris sont au travail ou en voyage d'affaires) qui lui offrent thé ou café, écoutent patiemment son baratin, jettent un œil aux prospectus qu'elles promettent de lire, refusent poliment livres ou DVD ou en achètent un « pour faire un don ». Certaines sont surprises d'apprendre que Pamela a adhéré à la secte, voire semblent le désapprouver, d'autres au contraire estiment qu'elle a bien fait et l'encouragent dans cette voie : « Cela donnera un sens à votre vie », « Il vaut mieux faire ça que ne rien faire », « Vous avez raison, les vraies valeurs ne sont pas assez défendues de nos jours »... L'une d'elles – Rachel, la bigote toujours fourrée à l'église – semble particulièrement intéressée :

— Comment avez-vous adhéré ? Est-ce que je peux m'inscrire moi aussi ? Que faut-il faire ?

— La Divine Légion vous contactera, chère madame. Je vais noter vos coordonnées... En attendant, si vous voulez en savoir plus, prenez *Dieu me parle* et *Je suis miraculée*, c'est très instructif. Et puis tenez, offrez *Volunteers of America* à vos enfants, ça les éloignera de ce harsh sataniste...

En revanche, madame Fonda – Pamela a lu son nom sur la boîte aux lettres – se montre franchement hostile. De plus ça sent la fumée dans son living, elle a même vu un mégot écrasé dans un cendrier !

— La Divine Légion ? Vous avez adhéré à cette secte de cinglés ? Mon Dieu, c'est pas vrai !

— Cela n'a rien d'une secte de cinglés, comme vous dites. Ce sont des gens de bien qui luttent contre les malheurs de ce monde et tentent de ramener les esprits égarés par toutes ces turpitudes à de saines valeurs morales, enseignées depuis toujours par les Saintes Écritures. Vous ne reniez pas les Saintes Écritures, tout de même ?

— Vous croyez vraiment à ces fariboles ? Ils vous ont décervelée ou quoi ? Ouvrez les yeux, ma chère ! La Divine Légion commet des attentats ! Des pogroms ! Elle assassine les Noirs et les Asiatiques comme jadis le Ku Klux Klan !

— C'est faux ! (Pamela débite d'un ton convaincu la réponse apprise par cœur, tirée du manuel que lui a remis Nelson :) Jamais aucune preuve n'a démontré que la Divine Légion était impliquée dans le moindre attentat d'aucune sorte. Ce n'est qu'une campagne de dénigrement et de désinformation menée par les ennemis de la vraie foi, certainement liés au Jihad interna...

Apparaît à la porte du living un grand Noir musclé vêtu seulement d'un mini-short, une tenue qui s'accorde bien avec le négligé de soie impudique de cette madame Fonda.

— Que se passe-t-il, chérie ? J'ai entendu des éclats de voix...

— C'est... votre mari ? balbutie Pamela.

Frère Ézéchiel lui a bien spécifié que les âmes des Noirs, bien que de race inférieure, peuvent être sauvées s'ils professent sincèrement l'amour et la crainte du Seigneur et s'ils vivent « comme nous autres élus de Dieu », c'est-à-dire s'ils ont des professions honnêtes et honorables. Il faut être particulièrement prudent envers ceux vivant dans les enclaves, qui peuvent avoir des situations élevées voire un certain pouvoir, résultat d'un siècle de laxisme et de promiscuité. « Dieu reconnaîtra les siens, bien sûr, mais vous êtes la main et le verbe de Dieu ici-bas, Salomé, aussi vous devez faire preuve de discernement... »

— Madame, je trouve vos questions très indiscrètes et votre présence importune, répond sèchement madame Fonda. Je vous prie de remballer votre propagande dégoûtante, la sortie est par là !

Cramoisie, Pamela ramasse ses affaires et s'éclipse. Dehors, sur le trottoir, elle note soigneusement l'adresse. Il est évident que cette femme s'adonne à l'adultère avec une race inférieure. En plus elle fume, et certainement elle boit aussi. Satan niche dans cette maison !

Sortie de son quartier, Pamela a plus de mal : on ne la connaît pas, on ne l'a jamais vue, on la prend pour une outer introduite on ne sait comment, qui tente de fourguer sa camelote. Des domestiques l'éconduisent, des femmes seules apeurées ne lui ouvrent pas, des chiens lui aboient dessus, tous crocs dehors. Elle parvient néanmoins, par ses sourires et sa mise élégante, à s'introduire dans maints foyers, à glisser ses prospectus dans les boîtes aux lettres, à placer quelques exemplaires de ses livres et DVD, à trouver des oreilles attentives sinon intéressées... Au bout de trois heures de déambulations elle est épuisée, a mal aux pieds, estime qu'elle en a assez fait. Elle a récolté 300 $, a noté dans son calepin cinq adhésions possibles et deux « antres du Diable » : la seconde était une maison occupée par des jeunes sûrement drogués qui écoutaient du harsh à fond, ils ne l'ont même pas entendue sonner. *Bon, une dernière visite et je rentre*, décide-t-elle. Par exemple cette belle villa à l'architecture palatine, entourée d'un parc bien soigné aux arbres majestueux... Des gens riches et très corrects : le genre de recrues qu'apprécie la Divine Légion.

Elle sonne à la grille d'entrée. Une caméra pivote

sur elle, puis une voix masculine se fait entendre dans le haut-parleur encastré dans le pilier en pierre :

— Vous désirez ?

— Bonjour, je m'appelle Pamela Hutchinson, j'habite Eudora et je m'occupe de diffuser certains produits culturels… Puis-je vous les montrer ?

— Je ne veux rien acheter.

— Jeter un œil ne vous engage à rien, monsieur.

Un déclic : le portail coulisse silencieusement sur son rail bien graissé. Pamela remonte l'allée en pavés autogrip roses, traverse un vaste perron dallé, va pour sonner à la porte en chêne ouvragée – qui s'ouvre d'elle-même. Elle entre dans un vestibule tendu de velours rouge, aux murs duquel sont accrochés des tableaux… des nus, que des nus, dans des poses lascives. Pamela écarquille les yeux. Doux Jésus, où est-elle entrée ?

— Par ici, madame, l'interpelle l'homme à la chaude voix de gorge.

Par un double vantail aux vitres taillées en biseau, elle pénètre dans une immense pièce garnie de meubles anciens, de bibliothèques, de tapis de pure laine, de canapés en cuir, de profonds fauteuils… et aussi de tableaux nettement plus osés que ceux du vestibule, voire carrément obscènes. Dans une vitrine éclairée, elle repère une collection d'objets à usage sexuel : leur aspect ne prête à aucune équivoque. Elle s'arrête, interdite. L'homme se lève d'un fauteuil à haut dossier, vient vers elle d'un pas nonchalant. La cinquantaine élégante, il porte un peignoir de soie noir brodé d'idéogrammes chinois dorés et tient un long fume-cigarette au bout duquel est enfiché un mince cigarillo – rigoureusement prohibé dans l'enclave.

— Eh bien, chère madame, faites-moi voir vos produits culturels.

— Euh… Je ne…

Alarmée, Pamela esquisse un pas en arrière. L'homme traverse un carré de lumière provenant d'une haute fenêtre à meneaux. Elle étouffe un cri, la main sur la bouche : elle le reconnaît. Elle l'a aperçu lors de ses visions abjectes, ce fameux jour d'orage où, seule à la maison avec Tony Junior, elle a été possédée par le démon qui lui a révélé les turpitudes de son mari avec la bonne. Oui, oui, il était l'un de ceux qui faisaient subir à Consuela les pires abominations en compagnie d'Anthony… Et cela se passait *ici*, dans ce temple du vice !

— Chère amie, n'ayez pas peur…

Il tend vers elle une main manucurée, aux ongles vernis, le majeur orné d'une grosse chevalière en or. Ne retenant plus son cri, Pamela fait volte-face, se rue dans le vestibule – se heurte à la porte close. Le type la rejoint, bras écartés dans une attitude conciliante.

— Ma chère, pourquoi cette panique ? Je ne vous veux aucun mal !

— Laissez-moi partir ! Monstre ! Suppôt de Satan !

— Allons, Pamela, allons…

Il s'approche encore, presque à la toucher. Elle lui balance à toute volée sa sacoche dans la figure. Sous le choc, il s'affale sur le tapis du vestibule, laissant échapper une petite télécommande. *La porte*, espère Pamela qui la ramasse, appuie frénétiquement sur des boutons au hasard. Par chance, le battant de chêne pivote avec un déclic. Elle se jette dehors au moment où l'homme se relève, le nez en sang.

— Attendez, Pamela, attendez !

Il court plus vite qu'elle. Il va la rattraper avant qu'elle n'atteigne le portail... *Seigneur, aidez-moi, donnez-moi des ailes !*

Le Seigneur l'a entendue car, s'il ne lui donne pas des ailes, il fait apparaître quelqu'un à la grille qui se met à crier :

— Hartmann, laissez-la tranquille ! Elle est des nôtres !

Souffle coupé, jambes en coton, Pamela atteint le portail. Elle a l'immense surprise d'y trouver frère Ézéchiel ! Elle se retourne, haletante... Hartmann a fait demi-tour et rentre chez lui. Son peignoir noir aux idéogrammes dorés s'estompe dans l'ombre du porche.

Pamela réalise qu'elle a toujours la télécommande à la main, cherche la touche permettant d'ouvrir le portail.

— Donnez-moi ça, intime Nelson en passant la main à travers la grille.

Elle la lui tend, il presse de suite le bon bouton, la grille coulisse en silence. Nelson jette la télécommande sur la pelouse, saisit le bras de Pamela, l'entraîne dans l'avenue plantée d'arbres grisâtres et de gazon pelé, dévoré çà et là par la moisine. Peu à peu, Pamela recouvre son souffle et ses esprits, assez pour poser la première question pertinente qui lui vient en tête :

— Comment saviez-vous que j'étais ici ?

— Eh bien... C'est très bizarre en vérité. C'est votre fils qui me l'a dit.

— Mon fils ? Tony Junior ? Mais il ne parle pas !

— Justement...

Sur un ton plutôt embarrassé, le jeune avocat explique à la nouvelle adepte qu'il était venu la voir afin de dresser le bilan de sa première mission, qu'il ne l'a pas trouvée mais comme la porte de sa maison était entrouverte, il s'est permis d'entrer pour l'attendre...

— Comment, la porte était entrouverte ? Elle se referme automatiquement !

— Attendez, ce n'est pas le plus étrange.

Il a découvert Junior dans le salon, planté dans son fauteuil devant la télé. Ignorant qu'il était muet, il est venu à lui pour se présenter, faire un brin de causette... Il a été choqué par son aspect de vieillard ratatiné. C'est alors que Junior l'a « saisi » avec son regard de hibou. Il l'a pour ainsi dire hypnotisé : Nelson ne pouvait plus parler ni faire un geste. Ensuite, il lui a « parlé » dans sa tête, non avec des mots mais avec des images : il lui a montré la maison de Hartmann, Pamela à l'intérieur, Hartmann cherchant à la violer... Recouvrant soudain l'usage de ses membres, Nelson n'a pas demandé son reste, a foncé chez Hartmann où, Dieu soit loué, il est arrivé à temps !

— C'est... c'est incroyable, murmure Pamela.

Du coup, elle considère sa « possession » – qu'elle croyait l'œuvre du Diable – sous un nouveau jour, pas moins inquiétant, loin de là !

— C'est plus qu'incroyable, s'extasie frère Ézéchiel. C'est un *miracle* ! Votre fils est touché par la grâce divine ! C'est Dieu Lui-même qui parle à travers lui !

— Vous êtes sûr ?

— Certain ! (Exalté, Nelson attrape les mains de Pamela.) Ô Salomé, nous allons faire de grandes et belles choses avec vous et votre fils ! Si vous pouviez nous ouvrir votre porte... Il faudrait que le révérend voie ça ! Il y a du profit à en tirer – je veux dire un grand profit spirituel !

— Mon mari ne sera pas d'accord...

— Ah oui, votre mari, se renfrogne-t-il. C'est un obstacle.

Il reste un instant silencieux, instant que Pamela met à profit pour lui poser une autre question qui la tarabuste :

— Comment connaissez-vous cet homme, là, ce démon dépravé que vous appelez Hartmann ?

Nelson serre les lèvres. Il a commis une bourde, il en est conscient. Il ne peut décemment pas avouer à Pamela que Hartmann est un des principaux financiers de la secte... Ses partouzes rapportent pas mal.

— Il est... dans le collimateur de la Divine Légion. Mais ne détournez pas la conversation, je vous prie. Nous parlions de votre fils, cet envoyé de Dieu, ce nouveau Messie !

BRIEFING

VICTOIRE !
Nous avons gagné le procès !
Le Premier ministre Issa Coulibaly, de retour mercredi dans la capitale, nous l'a confirmé hier par téléphone : *Resourcing ww a été débouté de toutes ses prétentions sur la nappe phréatique de Bam.* Plus rien ne s'oppose donc à son exploitation.
↳ Lire l'article
↳ Écouter l'interview du Premier ministre
↳ Les premières réactions
↳ Les minutes du procès *(à venir)*
<Independant.com>
Toute la vérité, rien que la vérité

L'ambassadeur des États-Unis, Gary Jackson, ne sait plus où se mettre pour avoir moins chaud. Une telle chaleur, il n'a jamais connu ça, même au plus fort de l'été burkinabé, quand le ciel est en fusion et que le soleil évoque une bombe thermonucléaire au ralenti. Et là, merde, on est en novembre ! Depuis hier, l'air charrie du sable. Il est brun, râpeux, crissant, pénible à respirer. Le ciel est jaunasse, parcouru de volutes floues, comme si un haut-fourneau géant avait explosé là-bas au nord, projetant ses cendres incandescentes sur toute la ville. L'harmattan, qu'ils appellent ça… L'armaggedon, plutôt ! La fournaise, la géhenne ! Quel atroce péché a-t-il commis pour mériter pareil enfer ? Dans son cerveau engourdi, liquéfié, ébouillanté, ne surnage plus qu'une seule pensée : se faire rapatrier ou, à la rigueur, muter en Suède… La clim a rendu l'âme – personne pour réparer – et le misérable ventilateur de secours devant lequel il est affalé ne brasse que des ondes torrides. Jackson sue sa graisse, respire difficilement, son cœur pompe avec peine un sang pâteux. Il voudrait prendre encore une douche, mais il a épuisé dès le matin son quota d'eau pour la journée : des robinets ne coule plus que de la poussière.

Il est brusquement tiré de sa torpeur cireuse par l'irruption de quatre hommes. Quatre grands Noirs en costards-cravate sombres, qu'on dirait clonés tellement ils se ressemblent. Les pieds nus de Jackson étalés sur le bureau retombent au sol, mais il oublie que sa chemisette est ouverte sur son gros ventre suintant et son short déboutonné. Il les dévisage, ébahi, tandis que ses neurones surchauffés tentent d'élaborer une nouvelle pensée : ce sont des agents du Gouvernement venus l'arrêter à cause de… de quoi, déjà ?

— C'est vous, Gary Jackson ?
— Euh… oui… À qui ai-je l'honneur ?
— NSA.
— Hein ?

Il doit arborer une expression totalement ahurie car les quatre types le scrutent en fronçant les sourcils. L'un d'eux prend la parole :

— Vous êtes au courant, je suppose ?

— NSA. Resourcing. Nappe phréatique, résume un autre.

— Ah oui, oui, bien sûr. Euh... Bienvenue, les gars. Vous désirez boire quelque chose ? Il doit me rester un fond de whisky...

— Pas d'alcool en service commandé.

— Ah... O.K. Côté boissons fraîches, je suis désolé, mon frigo a explosé...

— Peu importe. On n'est pas à une réception d'ambassade, on est là pour bosser. Numéro 2, téléphone. Numéro 3, console. Numéro 4, tu fonces à Kongoussi. Je m'occupe des huiles locales. Poussez-vous, Jackson, on a besoin de votre bureau.

Efficaces et diligents, les agents organisent un branle-bas autour de l'ambassadeur, qu'ils tirent dans un coin avec son fauteuil tel un vieillard impotent. Le premier pose un brouilleur sur la ligne téléphonique, le second un freezer sur l'ordi qu'il allume pour se connecter aussitôt, le troisième rafle les clés de la voiture de Jackson posées sur le bureau et s'éclipse avec, le quatrième fouille les tiroirs, trouve un agenda-organiseur qu'il se met à consulter.

— Vous gênez pas les gars, faites comme chez vous ! grommelle Jackson. (Il fait un effort méritoire pour se lever et rectifier sa tenue.) Je peux savoir ce que vous cherchez ?

— Plusieurs choses, répond celui qui étudie l'agenda. Un, le trafic de l'aéroport local : arrivées, départs, destinations, provenances. Deux, l'état d'avancement du chantier de forage de la nappe : matériel, personnel, techniciens, encadrement. Trois, les fiches signalétiques des membres du gouvernement local : vie privée, croyances religieuses, convictions politiques, degré de fidélité et de fiabilité, points de contact, corruptibilité éventuelle. Quatre, les effectifs militaires : nombre, armement, déploiement, logistique. Vous avez tout ça, Jackson ?

— Euh, non, pas exactement… Mais ça fait quelques années que je cuis dans mon jus ici, et je sais quand même des choses…

— Alors, accouchez ! Nous n'avons pas de temps à perdre !

— Doucement, les gars. Vous me fatiguez à brasser de l'air comme vous le faites. Vous ne crevez pas de chaud, vous ? Vous êtes en quoi ? En hypercarbone ?

N° 1 chope l'ambassadeur par le col détrempé de sa chemise.

— Écoutez, Jackson : si végéter dans ce mouroir vous a ramolli la cervelle, va falloir vous reconnecter vite fait, parce que nous on a un job à exécuter, pour lequel on a un budget serré qui n'inclut pas les heures sup' à causer de la pluie et du beau temps. Pigé ? Alors vous nous renseignez *presto*, ou vous dégagez d'ici et ne foutez plus les pieds dans ce bureau avant qu'on en soit partis ! O.K. ?

Un éclair de lucidité coagule la cervelle en yaourt de Jackson : il réalise que s'il ne se montre pas à la hauteur, il sera évincé de ce qui se prépare et n'en récoltera aucun bénéfice. Pire, il risque d'être relégué dans un trou-du-cul encore pire qu'ici, Ouganda ou Sierra Leone par exemple… Cette perspective le fait frémir et l'ébroue.

— O.K., chef, je vais vous renseigner au mieux. Pour l'aéroport, c'est simple : il n'y a qu'un seul avion, c'est le Vautour, qui fait la navette entre Abidjan et Ouagadougou chaque semaine quand tout va bien, c'est-à-dire quand il fonctionne, quand il n'y a pas d'émeutes ou de coup d'État en Côte d'Ivoire, et quand la piste de Ouaga n'est pas ensevelie sous une tempête de sable. Les autres questions, c'était quoi ?

— Forage. Gouvernement. Armée.

— Le chantier de forage, c'est simple aussi, il n'existe pas encore : ils attendent toujours le convoi qui doit amener le matériel et qui, à mon avis, s'est perdu corps et biens dans le désert, mais bon, il peut encore arriver. En attendant, un détachement de gamins faméliques munis d'Uzi de réforme s'efforcent d'empêcher que la zone ne soit transformée en gruyère par des hordes d'assoiffés tout aussi anémiques. Côté gouvernement, toute l'équipe est soudée comme un seul homme derrière la présidente, qui est leur mère à tous et presque un gourou dans le pays. L'élément le plus faible – pas corruptible, car la corruption a été éradiquée, mais disons le plus critique – serait éventuellement le ministre des Finances, Adama Palenfo, qui tient à payer rubis sur l'ongle la dette du pays au FMI alors que la présidente, madame Konaté, voudrait réinvestir cet argent dans le pays. Mais j'ai appris récemment qu'il était atteint du sida, il n'en a plus pour très longtemps. Il y a aussi le Premier ministre, Issa Coulibaly, qui est un disciple fervent de la Konaté mais qui a un gros point faible, les femmes. C'est un dragueur invétéré…

— Lui, on s'en occupe. Qui d'autre ?

Jackson esquisse une moue dubitative.

— Je vois pas trop… À la rigueur le général Victor Kawongolo, le ministre de la Défense, qui grogne sans cesse que son armée est la plus pauvre et la plus mal équipée du monde, ce qui est vrai. Il voudrait l'envoyer rétablir l'ordre dans le Sud, où les Burkinabés qui tentent de passer en Côte d'Ivoire se font massacrer par les Ivoiriens. Il voudrait aussi renforcer sérieusement la protection du futur forage, où tous les loqueteux des environs rappliquent attirés comme des mouches par une merde fraîche : ça risque de devenir sous peu un beau bordel là-bas. Mais bon, d'ici à ce qu'il envisage un coup d'État, il y a une marge aussi large que le Grand Canyon, voyez ce que je veux dire…

— Ça, c'est notre affaire. Il y a moyen de le rencontrer, ce général ?

— Oui, c'est assez facile : chez lui, au palais présidentiel ou à son ministère, à deux pas du palais. Il arrive parfois qu'il aille remonter le moral de ses troupes à Kongoussi… Son adresse est dans l'agenda que vous décortiquez.

— O.K., Jackson. Merci. Maintenant, vous dégagez.

— Quoi ? Mais vous aviez dit…

— J'ai dit *vous dégagez* ! Numéro 3, vire-moi cette larve.

L'interpellé empoigne aussitôt Jackson par le colbac et le jette hors du bureau, qu'il referme à clé.

— O.K. On y est, les gars. Numéro 2, t'as pu joindre Numéro 4 sur la route ?

— Communication établie et brouillée, Numéro 1.

— Numéro 3, t'as accès aux réseaux locaux ?

— La connexion est mauvaise, mais j'installerai un émulateur, Numéro 1.

— O.K. Briefing.

L'ENNEMI

La vie et la mort sont en nous.
Elles y luttent l'une contre l'autre
Comme l'eau lutte contre la terre
Et la terre contre l'eau [...]
Notre désir de savoir
Est un feu en nous allumé.
Le vent de votre science
Souffle et l'avive davantage.

In *Kaïdara*, conte initiatique peul
retranscrit par Amadou Hampâté Bâ.

Félicité Zebango en est pour ses frais. La jeune et gironde fille du maire de Kongoussi n'a accepté de prêter son scooter à Abou pour aller voir sa grand-mère à Ouahigouya que si elle l'accompagnait cette fois. Abou a eu beau rechigner (« Le voyage est difficile… il n'y a rien là-bas, c'est une ville cadavrée… ma grand-mère n'aime pas qu'on la visite pour rien… »), Félicité n'en a pas démordu :

— Si je ne peux pas venir avec toi, Abou, je ne te prête pas mon scooter, c'est comme ça. En plus, j'ai mal au ventre, là, et ta mamie est *wackman*, pas vrai? Elle pourra bien me soigner.

Abou a fini par accepter, avec un soupir résigné. Comment faire autrement? Il n'a aucun moyen de transport, et compter sur la circulation sporadique entre les deux villes est trop aléatoire – d'autant plus que son capitaine a bien insisté : «Bon, Abou, je t'accorde encore cette permission parce que tu me dis que tu es malade et que ta grand-mère te soigne, admettons. Mais si tu n'es pas de retour à ton poste à dix-huit heures précises, parole, je te colle huit jours!» Malade, Abou l'est en effet : malade du bangré; il ne peut déroger à l'appel impérieux de cette «graine de connaissance» qu'Hadé a mise en lui. C'est comme un malaise à son plexus, un fil de douleur qui le tire, l'attire irrésistiblement vers la case de sa grand-mère, de jour en jour plus prégnant, jusqu'au moment où il ne peut plus – ne *doit* plus – y résister…

Une fois le plein d'éthanol fait, tous deux se sont aventurés sur la route de Ouahigouya, fouettés et bousculés par l'harmattan, dérapant sur les coulées de sable, détournant les dunes et barkhanes qui coulent toujours plus nombreuses sur la chaussée, avant-garde insidieuse du grand Sahara qui chaque année, kilomètre après kilomètre, s'étend vers le sud, ensevelit les dernières brousses grillées du Sahel… Comme à l'accoutumée, ils ont croisé des épaves poncées par le sable et des cadavres décapés par les vautours, dont les grandes ailes noires brassaient les rafales siliceuses comme autant d'âmes damnées errant à jamais dans cet enfer.

La vision de Ouahigouya abandonnée au souffle mortel du désert, peuplée de charognards et de spectres décharnés, a achevé de démoraliser Félicité, qui a regretté d'être venue. Cependant l'ambiance qui règne dans la concession d'Hadé ramène un sourire sur ses lèvres craquelées, encroûtées de poussière : le tamarinier toujours vert telle une promesse de renaissance en ce royaume de la mort, les patients qui attendent sous son ombre, l'espoir chevillé au corps, ceux qui repartent avec leur traitement, éperdus de reconnaissance, déjà guéris dans leur âme, les gamins qui jouent dans la cour entre les jambes des adultes, joyeux de vivre malgré tout, la présence efficace et diligente de Bana et Magéné, soulageant l'un, réconfortant l'autre, distribuant remèdes et potions, guidant les plus croyants, avec leur poulet rachitique ou leurs grigris, vers le fétiche-calao dans l'arrière-cour...

Hadé officie sous le tamarinier, assise sur un tabouret en bois de néré. Elle est accaparée par un bébé malingre qui vagit dans ses bras épais, agitant ses petits membres squelettiques, le ventre distendu par les vers et la malnutrition. Agenouillée devant la vieille femme, sa mère la prie comme une déesse. De ses doigts boudinés, Hadé palpe le bébé, le presse ici ou là, exerce au-dessus de lui des passes mystérieuses. Magéné lui apporte une fiole contenant un liquide grisâtre qu'elle lui fait avaler. Le bébé tousse, vomit, cesse bientôt de vagir, paraît s'endormir. Hadé le rend à sa mère en disant :

— Voilà, il ne souffre plus. Magéné va te remettre une autre fiole que tu lui donneras demain à la même heure, exactement. Tu as bien compris ?

La femme acquiesce, se répand en louanges et remerciements, fouille dans un repli de son boubou d'où elle extrait un billet de 10 CFA tout froissé. Hadé le refuse d'un geste, la congédie puis se lève de son tabouret, avec cette grâce étonnante des femmes corpulentes.

Elle fait signe à Abou et Félicité, qui ont assisté à toute la scène, à l'écart. Un murmure parcourt l'assemblée qui attend : certains connaissent Abou, expliquent aux autres qui il est, pourquoi il a le droit de passer avant tout le monde.

Félicité s'incline respectueusement devant Hadé. Abou la présente :

— Mamie, voici Félicité, là, qui me prête son scooter pour venir ici. C'est la fille du maire de Kongoussi, elle dit qu'elle a mal au ventre...

— Oui, ça me tient là, précise Félicité en tâtant son estomac par-dessus son boubou chamarré.

— Ce n'est rien du tout, ma fille, répond Hadé. Va t'asseoir sur le banc là-bas, Magéné va s'occuper de toi.

— Ah bon ? Vous êtes sûre ? C'est que ça me lance présentement...

— J'ai dit : Magéné va s'occuper de toi. Va t'asseoir. Toi, fils, viens avec moi.

La déception de Félicité est évidente : elle voulait voir le mystérieux fétiche dans la case dont Abou lui avait parlé, assister à une séance de sorcellerie, apercevoir les *zindamba* peut-être... Abou l'avait bien alléchée avec son histoire de bangré, et tout ce qu'elle découvre, c'est une banale *wackman* qui distribue des plantes et des potions ! Il y en a un aussi à Kongoussi. Si elle avait su, elle n'aurait pas subi cette route épouvantable...

Abou lui adresse une mimique d'excuse et suit sa grand-mère dans la case. Il se doutait, lui, qu'Hadé n'aurait pas accepté la présence de Félicité pour une affaire de bangré. La dernière fois, Salah était de trop, il l'a bien senti, ou plutôt Hadé le lui a fait sentir.

L'atmosphère particulière de la case lui tire un frisson d'appréhension : ces masques aux faciès de génies ou d'animaux stylisés qui semblent le fixer dans la pénombre, ces parures de cérémonie chargées de vibrations sacrées, et surtout ce fétiche à l'aspect fruste, simple motte de terre ornée de rangs de cauris concentriques, de la bouche de laquelle volute toujours cette fumée bleutée à l'odeur étrange : probablement le souffle du bangré, de l'autre monde, celui des morts, des esprits et des *zindamba*…

Abou s'assied sur une natte le plus loin possible du fétiche et se permet de prendre le premier la parole, car cette ambiance l'oppresse toujours un peu et Hadé peut rester longtemps sans dire un mot :

— C'est grave son mal, à Félicité ?

— C'est bénin. Juste un peu d'indigestion : elle est comme sa mère, elle mange trop et trop mal. Elle t'intéresse, cette petite ?

— Je ne sais pas…

Abou flirte vaguement avec elle, mais n'est pas allé plus loin qu'un baiser. Il hésite à s'engager plus avant, il *sent* que Félicité n'est pas pour lui. Dans le doute, il préfère changer de sujet :

— Et le bébé que je t'ai vue soigner, qu'est-ce qu'il avait ?

— Lui, il va mourir.

— Oh ! Tu ne l'as pas dit à sa mère ?

— Si je lui avais dit, elle l'aurait tué et se serait tuée avec. La mère, elle peut vivre encore. Même faire un autre bébé, si l'eau arrive assez tôt ici.

— Mais il avait quoi ?

— Un mal que tous mes talents ne peuvent éradiquer, qui s'appelle famine et misère. L'âme de cet enfant est prête à quitter ce monde où elle n'a vu que du malheur. J'ai juste atténué la douleur du bambin. Demain, il sera mort… en paix, pour la première fois de sa courte vie.

Abou hoche la tête, les lèvres pincées. Il ne trouve plus rien à dire pour rompre la chape de silence qui s'est installée dans la case, lourde de toute la souffrance de ce peuple en lente agonie. Les bruits du dehors ne parviennent pas ici, où seule soupire doucement la bouche fumante du fétiche de terre. Assise sur son siège bas sénoufo, Hadé paraît s'être assoupie, comme d'habitude. Mais Abou sait que son esprit explore une région inaccessible au commun des mortels… Soudain ses petits yeux noirs le fixent. Elle reprend la parole :

— Fils, parle-moi de ce Touareg.

— Quel Touareg, mamie ?

— La vision que tu as eue dans le vent de sable, quand tu montais la garde avec Salah. C'est pour ça que tu es venu, je me trompe ?

Abou secoue lentement la tête. Oui, bien sûr, c'est pour ça qu'il est venu. Cette hallucination a hanté ses rêves et le tarabuste encore, même s'il l'a évacuée de ses préoccupations quotidiennes. Il narre l'épisode à sa grand-mère en s'efforçant d'être aussi précis que possible. Hadé acquiesce parfois d'un mouvement du menton, comme si tout cela était naturel.

— Voilà, mamie, conclut Abou, c'est tout ce dont je me souviens. C'était quoi, dis-moi ? Un *zindamba* ? L'esprit d'un mort ?

— Non, fils. Cet esprit-là est bien vivant. Et ce n'est pas un Touareg : il n'en a que l'apparence, ou bien c'est toi qui l'as vu ainsi. Comment était son visage ?

— Je ne l'ai pas vu. Son chèche le cachait, et le sable me brouillait les yeux…

— Si, tu l'as vu. Mais tu ne veux pas t'en souvenir… Viens ici.

— Mamie, non! s'alarme Abou. Je ne veux pas encore respirer ta fumée!

— Il ne s'agit pas de ça. Lève-toi, prends cette bougie posée là-bas sur l'étagère, et apporte-la-moi. Avec du feu.

Rassuré, Abou tend bougie et allumettes à sa grand-mère. Elle allume le bout de chandelle, commence à le balancer doucement dans sa main. La flamme se met à exécuter une danse langoureuse.

— Assieds-toi devant moi et regarde bien cette flamme. Ne pense à rien d'autre que ce Touareg que tu as vu… Détaille-le bien dans ta tête, concentre-toi sur son visage.

Abou obéit, scrute la flamme dansante. Peu à peu ses yeux s'écarquillent, son corps se balance au rythme de la bougie, auquel s'accorde aussi son souffle.

— Là… Voilà, murmure Hadé d'une voix douce. Tu le vois à présent?

— Non… C'est tout sombre… Un chèche indigo…

— Regarde mieux, fils. Regarde bien… Fixe la flamme… Regarde…

L'oscillation de la bougie s'accentue, suivie par Abou. Ses paupières ne battent plus, ses yeux fixes commencent à larmoyer. Son souffle se fait plus ample. Pendant ce temps, Hadé continue de murmurer : « Regarde… Regarde son visage… Regarde… »

Soudain Abou pousse un cri.

— Je le vois! Je le vois!

— Alors?

— Il est… Son visage est brouillé… On dirait… Ses yeux…

— Oui, ses yeux, regarde ses yeux.

— Il a des yeux gris, mamie, c'est… c'est un Blanc !

— Mais encore ?

Abou grimace, les yeux exorbités, noyés de larmes. Brusquement, il se roule à terre, les mains sur la figure. Se redresse, ses joues poussiéreuses sillonnées de larmes.

— Vas-y ! Dis-le !

— C'est *lui*, mamie ! Le nain difforme ! Le visage du mal, le visage de la haine !

Hadé esquisse un demi-sourire qui étire à peine ses grosses lèvres charnues. Puis elle souffle sur la bougie.

— Voilà, fils. Tu l'as vu, c'était bien lui.

— Mais *qui est-ce*, mamie ? s'écrie Abou tout tremblant.

— C'est le visage de ton ennemi. De *notre* ennemi.

— Anthony Fuller ?

— Oh non, ce n'est pas Fuller, même si c'est lié à lui. C'est bien pire que ça. C'est un genre de démon… C'est l'ennemi de l'humanité tout entière.

Chapitre 7

VENTS MAUVAIS

Pleurons, mes amis, pleurons les beautés d'un monde qui désormais appartiennent au passé, pleurons les bons temps enfuis et les images qui nous en restent, à jamais révolues...

Pleurons la mort du dernier ours arctique affamé sur son bout d'iceberg dérivant loin d'une banquise réduite au quart de sa surface.

Pleurons l'hécatombe des manchots antarctiques, brûlés par les UV d'un soleil mortel qui rayonne sur eux de toute sa virulence cosmique.

Pleurons le dernier vestige de forêt primaire amazonienne, misérable piège à touristes – sans touristes – où de faux Indiens sont sous-payés pour mal imiter les vrais, tous disparus.

Pleurons la mort de la dernière baleine, suicidée par échouage sur une plage dont je tairai le nom, par respect pour son ultime sépulture.

Pleurons la trente-cinquième île engloutie par la montée des océans : l'île Tarawa dans l'archipel des Kiribati, Pacifique ; pleurons la fin des chatoyants coraux, transformés en squelettes blanchis, torturés, désertés de toute vie.

Pleurons la mort du plus vieil arbre du monde, un cyprès qui vivait en Iran, qu'on estimait âgé de 5 000 ans. Et celle du plus haut, un séquoia de Californie qui mesurait 112 m. La sécheresse ou les pluies acides les ont achevés tous les deux.

Pleurons les trente millions d'humains tués directement, cette année, par les aléas climatiques et leurs cortèges de catastrophes : canicules, sécheresses, inondations, glissements de terrain, avalanches, tornades et cyclones, pluies diluviennes...

Pleurons sur nous, mes amis, pleurons notre fin prochaine, et réjouissons-nous car les beaux jours reviendront... dans quelques dizaines de milliers d'années !

Cette minute de poésie vous était offerte par Universal Seed, la graine qui se rit des intempéries.

STRUGGLE FOR LIFE

Bonjour, vous écoutez Oasis, la radio du Touat et du Gourara, sur 103.9. Il est midi, voici notre flash d'informations dont vous trouverez tous les détails sur Oasis.dz, rubrique actu. L'événement du jour est bien entendu l'orage d'une violence sans précédent qui s'est abattu la nuit dernière sur la région de Timimoun...

« ... Les nuages qui ont engendré les flots en furie se sont éloignés ce matin de l'oasis Rouge. Une chaleur étouffante s'est abattue sur le Touat et le Gourara : des températures maximales, un ciel limpide, le Touat paraît renouer avec sa torpeur légendaire. Mais la population de Timimoun et des ksour de la région est encore sous le choc. Contraints d'abandonner leurs maisons séculaires qui n'ont pas résisté aux trombes d'eau, certains habitants, timidement, reviennent sur les lieux du drame faire un constat des dégâts ou pour récupérer des effets personnels. Quelques vieux, adossés aux murs, commentent les événements de la nuit. Le calme qui règne sur les lieux fait paraître comme un cauchemar les cataractes qui ont déferlé dans ces ruelles quelques heures auparavant... À l'entrée du ksar, un jeune homme tente de se frayer un passage dans la boue qui obstrue l'entrée de sa maison dont il ne reste que des ruines. D'autres errent çà et là, à l'affût de toute information qui les renseignerait sur leur sort ou celui de leur famille disparue, peut-être encore enfouie sous les décombres ou les amoncellements de sable et de boue...

» Ce triste spectacle se répète inlassablement dans les dédales des ruelles où le soleil pénètre à peine. Le déluge n'a laissé aucune chance aux bâtisses en *toub* déjà fragilisées par l'action du temps : des maisons effondrées, des quartiers ruinés, toutes sortes d'objets traînant çà et là, vestiges de la fuite précipitée des habitants. Quelques poules et chèvres livrées à elles-mêmes vagabondent dans les décombres. Baisser la tête pour franchir la porte d'une vieille demeure, humer l'odeur pénétrante, mélange de sable mouillé et de dattes séchées, gravir des marches étroites enfouies sous les gravats, accéder à des terrasses éventrées, éviter les trous béants... Ce sont les mêmes scènes de désolation dans chaque intérieur visité.

» Une cellule de crise a été installée dans des bureaux de la *daïra* de Timimoun. Ses membres s'affairent, ils en sont encore à l'étape du recensement des sinistrés dans chaque localité. 176 ksour ont été touchés, on compte pour l'instant deux mille morts ou disparus, dix fois plus de sans-abri... "Mais le décompte ne fait que commencer, nous confie Mouloud, de la cellule de crise. L'éloignement des ksour et les difficultés d'accès, surtout pour ceux se trouvant en plein dans l'erg, rendent la tâche particulièrement ardue."

» Niché dans l'erg, le ksar de Tebbou a été lui

aussi dévasté par les éléments en furie, sa population laissée dans le désarroi. Tebbou figure parmi les localités les plus touchées par les intempéries- » *clic*.

— Pourquoi tu éteins ?

— Parce que j'en ai marre d'entendre ces litanies sur les dégâts, les victimes, le désarroi des survivants, etc. C'est trop chiant.

— Eh bien, moi, j'écoutais, figure-toi !

Laurie empoigne la télécommande et rallume la radio de bord.

« … drame que vit la population d'Aghled. Pénétrer à l'intérieur du ksar fait cependant apparaître l'ampleur de la détresse de ses habitants. Des amas de boue séchée, des maisons en toub effon- » *clic*.

— J'ai dit *non*, Laurie ! Si tu supportes pas le silence, mets de la musique.

— Rudy, je te rappelle qu'on bosse pour une association *humanitaire*. Tu saisis ce que ça veut dire, « humanitaire » ? Qu'on est censés, justement, secourir les victimes de catastrophes. Les aider, les soutenir, leur apporter le minimum vital, au moins un peu de réconfort. Et toi, qu'est-ce t'as fait ? Dès les premières gouttes de pluie, tu t'es enfui comme un voleur ! Sans même dire merci, ni prévenir ces gens de ce qui allait leur tomber dessus !

— Arrête de faire ta mère Teresa ! Qu'est-ce qui se serait passé si on était restés ? Tu y as réfléchi une seconde ? On aurait subi l'orage tout comme eux. On serait peut-être morts dans cette baraque écroulée, ou le camion aurait été emporté par les coulées de boue, ou la piste serait devenue impraticable, bref, on serait pour le mieux coincés et tout autant dans la galère. Alors qu'on a des gens à sauver, je te rappelle. Qui sont en train de crever de soif, là-bas au sud, en attendant ce foutu matos qu'on trimballe dans la semi.

— Ça n'empêche pas que t'es qu'un sale égoïste qui ne pense qu'à sauver sa peau. Tu les as même pas prévenus ! Tu les as laissés à leur fête et leur musique, inconscients de la menace ! Merde, Rudy, avec le camion, on aurait pu évacuer le village ! Éviter des morts, des blessés !

— Ben voyons. (Rudy hausse les épaules, les yeux plissés sur le reg aveuglant qui s'étale à perte de vue devant le pare-brise poussiéreux.) On aurait pu en embarquer combien ? Cent, peut-être ? Et qui ? T'aurais trié comment ? Dit quoi aux autres ? «Bougez pas, on revient vous chercher» ? Ç'aurait été *trop tard*, Laurie. T'as bien vu, même en fonçant comme des malades sur la piste défoncée, au risque de verser ou de péter un essieu, on a atteint la route en même temps que le déluge, et on a roulé sous des trombes d'eau. C'est un miracle, d'ailleurs, qu'on ait pu atteindre Adrar…

Rudy frissonne rétrospectivement, malgré la température de four que la clim mal réparée atténue à peine, au souvenir de cette nuit d'horreur à conduire au jugé sur une route traversée de torrents impétueux, à franchir des croulements de dunes délitées par les bourrasques, à s'efforcer de garder le cap, mains crispées sur le volant, parmi des chapelets d'éclairs flashant un chaos de sable et d'eau, dans le fracas continu du tonnerre qui faisait vibrer le camion, dans les secousses des rafales qui tentaient de le coucher dans la bouillasse… Rudy s'était fait à la poussière, au sable, à la chaleur torride du jour et au froid piquant de la nuit, au soleil embrasant le ciel, au sirocco exhalé de la bouche même de l'enfer, mais il ne s'attendait pas à ça : risquer de mourir noyé en plein désert ! Même si ça n'avait aucun rapport avec le royaume de la mort liquide qu'il avait parcouru en Zodiac dans une autre vie, cela lui rappelait néanmoins de cruels souvenirs qu'il ne pensait pas revivre ici, au royaume de la mort aride...

— T'as un point de vue vraiment trop personnel, insiste Laurie. J'ai appris, au cours de mes missions humanitaires, que seuls l'entraide, la coopération et les secours mutuels permettaient aux gens de survivre. L'état d'esprit style «chacun pour soi, je me tire et les autres se démerdent», ça n'aboutit qu'à des paniques, des bagarres, des situations de stress maximum. On *pouvait* aider ces gens, Rudy ! Avec notre camion et notre savoir-faire, on aurait pu...

— On aurait pu quoi ? Notre *savoir-faire*, tu dis ? Tu te prends pour qui ? Pour une Occidentale supérieure à la technologie miraculeuse, qui va sauver ces ploucs primitifs de leur encroûtement dans un tas de boue ? Vous êtes tous pareils, vous, les humanos : vous vous radinez sur n'importe quel sinistre avec votre matos, vos sacs de riz transgénique et votre putain de savoir-faire, et du haut de votre vision supérieure vous dites à tous ces pauvres crétins qui n'ont pas su se protéger – ta gueule Laurie, c'est bien comme ça que vous les voyez –, vous leur dites : «Vous en faites pas, les amis, le Père Noël occidental est arrivé, il va tout arranger, car *nous* on est les plus forts» !

— Tu n'as jamais...

— Si, Laurie ! Moi, j'ai *vécu* une catastrophe, en tant que *victime*. Et pas dans un PPP hanté par des zombies affamés, dans un des pays les plus avancés et civilisés de la planète. Eh bien, c'est exactement pareil : comme partout, les secours sont débordés, harassés, manquent cruellement de moyens, sont totalement dépassés par l'ampleur du cataclysme. Si je m'étais pas démerdé par moi-même, je serais crevé là-bas, la gueule ouverte comme les poissons du lac d'IJssel.

— Tu mens, Rudy. Quand la digue a explosé, t'étais à Bruxelles. T'étais donc à l'abri. Et si je suis bien ton raisonnement, alors il n'y aurait rien à faire, qu'à laisser les gens se débrouiller avec leur détresse et leur misère, et que les plus forts survivent, c'est ça ?

— Exactement. De toute façon, au point où on en est, c'est déjà la sélection naturelle, et ce sont les plus forts qui survivent. Pour combien de temps, j'en sais rien, mais la nature ne fait plus de cadeaux. À personne. C'est le *struggle for life*, qu'on le veuille ou non, et ce sera de pire en pire.

— J'ai l'impression que ton séjour chez les Survival Commandos t'a mis de drôles d'idées en tête. T'écoutes vraiment ce que tu dis ? Tu trouves pas ça un peu facho sur les bords ?

Rudy hausse de nouveau les épaules, mais ne trouve rien à répliquer. Effectivement, considéré d'un point de vue extérieur, son argumentaire peut sonner facho, comme dit Laurie. Mais elle n'a pas subi ce que lui a subi : perdre d'un seul coup femme, fille, maison, boulot, raison de vivre, croupir dans un camp de réfugiés où l'amour et la bonté sont punis de mort, aller tirer du « sauvage » dans une friche industrielle avec une bande de cinglés qui, eux, auraient fait de bons SS... O.K., ses parents sont morts d'avoir bouffé du poisson contaminé ; mais qui peut se vanter de n'avoir perdu aucun proche, de nos jours ? O.K., elle a côtoyé la vraie misère et la détresse la plus profonde lors de ses missions humanitaires ; mais elle avait *choisi* ces missions, elle pouvait ensuite rentrer chez elle, au chaud et à l'abri...

Lui, Rudy, n'a pas choisi : il a vécu son drame dans sa chair et son sang, il a lutté et même *tué* pour survivre – ça vous rend un peu dur et insensible au malheur des autres, désolé.

N'empêche, il va encore risquer sa peau à traverser le Tanezrouft – le désert des déserts, le pays de la soif, le pays de l'horreur – à bord de ce camion pas très en forme, pour aller livrer du matériel de forage à des paysans anémiés, affamés, à demi morts de soif, aux gens les plus pauvres du pays le plus pauvre du monde, à ceux qui logiquement, d'après son raisonnement, n'ont aucune chance de survivre.

Un facho ne ferait pas ça, quand même.

TANEZROUFT

Un certain nombre d'auteurs ont pensé que tout ce que les Arabes ont rapporté était le fruit d'une imagination surexcitée par la solitude dans les *qifâr*, par l'isolement dans les *wadi*[1], par les marches à travers des terres désolées, vides de tout, et des steppes sauvages. En effet, quand l'homme se trouve livré à lui-même en de pareils lieux, il s'abandonne à de sombres rêveries qui engendrent la crainte et la peur. La peur ouvre son cœur à des croyances mensongères et à de dangereux fantasmes qui engendrent la mélancolie. Des voix se font alors entendre, des fantômes se présentent à lui...

Al-Mas'ûdî, *Les Prairies d'or* (à propos des *hawâtif*).

À la sortie de Reggane, un panneau planté dans le sable à côté d'une borne-relais GPS rayée rouge et blanc annonce, en arabe et en français :

DANGER
SOYEZ PRUDENT. NE QUITTEZ
PAS LE TRACÉ BALISÉ

1. *Qifâr* : déserts absolus, sans eau ni végétation (type Tanezrouft) ; *wadi* : vallées arides, oueds asséchés.

Les balises en question sont des fûts de pétrole de deux cents litres remplis de sable, posés de part et d'autre de la piste tous les dix kilomètres environ. Jadis, a expliqué le préposé de la station-service-café-hôtel-épicerie de Reggane qui a fait le plein du camion en eau et GPL, quand la traversée du Sahara était encore une «aventure» touristique, le Gouvernement avait fait goudronner la piste et remplacer ces fûts par des balises solaires qui éclairaient la nuit, c'était très joli. Mais ça n'a pas duré longtemps : les autochtones et surtout les Touaregs ont récupéré les photopiles, les balises ont disparu l'une après l'autre, le bitume a vite été défoncé par les poids lourds, fondu par le soleil et arasé par les vents de sable...

— La technologie des *roumis* ne tient pas le coup au Tanezrouft, a conclu le préposé. Si vous tombez en panne là-dedans et si vous n'êtes pas récupérés ou dépannés dans les quatre heures, vous êtes morts. Vous êtes sûrs que vous ne préférez pas attendre un convoi ?

Maintenant qu'ils se sont bien enfoncés dans le désert des déserts, qu'ils ont laissé derrière eux, telle une côte évanouie à l'horizon, les derniers signes de civilisation et les ultimes traces de végétation, qu'ils roulent sur une étendue de sable et de cailloux rigoureusement plane, aussi stérile qu'une plaine martienne, Laurie est crispée d'angoisse : ses yeux étrécis derrière ses lunettes noires fixent l'horizon vide incandescent tel un marin perdu guettant la terre salvatrice... Il fait 65 °C dehors, 48 dans la cabine, la clim siffle, renâcle, a des ratés. Le moteur surchauffe, des voyants sont dans le rouge, des alarmes stridulent, Rudy les coupe une à une. 620 km de Reggane à Bordj Mokhtar, le prochain îlot de vie. Il faut tenir, ne pas s'arrêter, ne pas s'endormir, l'œil fixé sur ces traces de pneus qui s'entrecroisent, monotones comme des lignes blanches d'autoroute, ou divaguant sur l'horizon tranché au cutter sur le ciel embrasé, ne pas s'endormir alors qu'il n'y a rien à voir que du sable et des cailloux, du sable des cailloux, sable cailloux, sabloux… Les balises, une épave démantelée hors d'âge mais pas rouillée, des os blanchis indéfinissables, le cadavre desséché d'un oiseau mort d'épuisement au cours de son périple migratoire… Une odeur de silice, de métal brûlant, d'huile chaude, de sueur séchée… Le camion qui ronfle, le vent de fournaise qui siffle et gémit…

Laurie et Rudy ne se parlent plus. Laurie s'est affalée sur la couchette pour ne plus voir cette désolation, ce vide absolu qui lui arase le cerveau. De temps à autre, elle sort de sa torpeur pour presser un tissu humide sur sa figure, qui sèche instantanément. Pétrifié sur son siège en position relax (le camion est en conduite automatique), Rudy guette l'éventuelle survenue d'un danger. C'est du moins ce qu'il se dit, mais en vérité il se laisse gagner par l'hypnose, garnit de rêves et de fantasmes ce non-paysage minéral, peuple de fantômes cette absence de toute vie. Le vent charrie les voix des morts, susurre les gémissements de ceux qu'a tués Rudy – ce *sauvage* aux yeux hallucinés par le thrill, ce petit chef empli de haine et de rage, ce chauffeur étonné –, se fait l'écho des cris de celles qu'il n'a pas vues mourir, écrasées par une falaise d'eau boueuse. Il geint à l'unisson, mantra informe de sa douleur interne. Ses yeux brûlent mais il ne pleure pas, il n'a plus assez d'eau à gaspiller. Peu à peu son regard se brouille, les traces de pneus sinuent et s'entremêlent dans son esprit corrasé, l'horizon danse au gré des cahots, trait de feu vibrant qui cisaille son chaos interne. Il ne voit plus rien, que du blanc et du gris, du feu et de la cendre, son cerveau fond, le camion mugit, les *hawâtif* sarabandent autour de lui, ricanent leurs imprécations, lui disent « Tu m'as tué » ou « Tu m'as laissée mourir » et cherchent à l'entraîner dans leur danse macabre, leurs souffles morbides, l'emmener loin de cette terre stérile, ce ciel en fusion, cette lumière implacable, l'emporter au royaume des ombres, de l'oubli, du néant éternel...

Tout à coup une sirène vrille ses oreilles, des flashs percutent ses rétines, une nouvelle alarme stridule sur le tableau de bord. Rudy redresse brusquement la tête : un monstre de métal lui fonce dessus, surgi d'un cumulus de poussière, sirène hurlante et tous phares allumés ! Oubliant le pilotage automatique, Rudy donne un brusque coup de volant. Le Mercedes part en embardée, l'énorme camion-citerne le frôle, son chauffeur penché à la portière hurle des imprécations en arabe, puis la poussière masque tout, le poids lourd tressaute et cahote au sein d'un vaste tourbillon, Rudy se cramponne au volant, le camion penche, il va verser, non, il se rétablit, dérape, amorce un tête-à-queue, se redresse encore, zigzague dans le sable... se plante.

Le moteur s'étouffe, tout cliquetant de douleurs mécaniques.

La clim rend l'âme dans un dernier sifflement.

La poussière retombe peu à peu sur l'écran gris pâle du reg. Rudy soupire, Laurie brutalement arrachée de sa torpeur le rejoint.

— Qu'est-ce qui s'est passé ?

— Je sais pas... J'ai dû m'assoupir... On a croisé un camion.

— Et ça a provoqué tout ce bordel ? Il y a pas assez de place pour se croiser, ici ?

Rudy soupire de nouveau, passe une main parcheminée sur son visage calciné. Sa gorge est obstruée
de poussière, il peine à respirer.

— Passe-moi de l'eau, s'il en reste…

Laurie lui sort une bouteille du mini-frigo installé
sous la couchette. L'eau est fraîche, un vrai nectar :
il en boit la moitié, reprend goût à la vie. Il peut bien
s'offrir ça : ils ont un réservoir de cinquante litres à
l'arrière… D'ailleurs, puisqu'ils sont arrêtés, il va en
profiter pour remplir les bouteilles : ils n'en ont que
trois en rotation, ça suffira à peine pour le restant du
trajet, 373 km jusqu'à Bordj Mokhtar, d'après son
GPS.

Rudy ouvre la portière. La chaleur lui saute à la
gueule, lui coupe le souffle. Il a l'impression de se
fourrer la tête dans un haut-fourneau. Vite, remplir
les bouteilles et repartir… Il saute dans le sable, s'y
enfonce jusqu'aux chevilles. Le camion y est planté
jusqu'à mi-roues. Du sable gris, pulvérulent,
instable, entassé au fond d'une légère dépression,
tracé furtif d'un oued évaporé depuis des lustres…
Du *fech-fech*. Ce sable mou où tout s'enfonce, sauf
les sabots des chameaux qui savent le franchir aussi
légers qu'une plume. Le Mercedes s'est enlisé là-
dedans des six essieux, seules les roues arrière de la
remorque reposent encore sur du dur. Et merde.
Rudy pousse un soupir qui lui crame la gorge. *Ne
quittez pas le tracé balisé…* Son embardée l'a bel et
bien fait sortir de la piste, sur laquelle doit s'étendre
aussi le *fech-fech*, car le vestige d'oued la traverse ;
mais à cent à l'heure, emporté par l'élan, ça devait
passer…

Rudy remonte à bord, redémarre, essaie d'accélérer doucement : les roues patinent, le camion
s'enfonce encore plus.

— On est ensablés ? devine Laurie.

— Ouais. (Il lui explique brièvement la situation.) Plus qu'à sortir les plaques et creuser, conclut-il.

Au bout d'une heure d'un travail de forçat, harassant au-delà du possible, qu'il a dû achever seul car Laurie, sur le point de s'évanouir, a déclaré forfait, Rudy est parvenu – mu par la seule rage de vaincre le mauvais sort et d'envoyer se faire foutre ces voix sans timbre qui chuchotent encore dans sa tête – à dégager les roues avant et à insérer sous chacune d'elles deux plaques autogrip tellement brûlantes qu'il s'est cloqué les mains à les tenir. Il grimpe dans la cabine, démarre, enclenche la première, titille l'accélérateur. Les roues accrochent sur un mètre, puis une des plaques ripe et le camion s'enlise de nouveau, donnant de la bande.

— C'est pas vrai…, exhale Rudy, démoralisé.

— Comment on va s'en sortir ?

— Reste le treuil… s'il est assez costaud.

Rudy s'enfile une autre bouteille de flotte et repart au turbin. Rien, évidemment, où accrocher le câble du treuil, pas même un rocher qui affleure. Il doit creuser hors du *fech-fech* cette fois, dans le sol dur et caillouteux, pour y planter une lourde masse-tige tirée du chargement à l'arrière. Il manque plus d'une fois renoncer, pris de vertiges, des phosphènes dans les yeux, le cœur pompant avec peine son sang épaissi, la gorge desséchée par l'air brûlant, obligé de faire une pause, de chercher un peu d'ombre à défaut de fraîcheur.

Quand la masse-tige est enfin plantée, le soleil a bien descendu vers l'horizon et la chaleur a légèrement diminué. Rudy déroule le câble du treuil, le fixe à la barre d'acier, revient à la cabine en pataugeant dans le *fech-fech*. Il enclenche le moteur du treuil. Le câble se tend, le camion frémit… La masse-tige jaillit du sol avec un claquement sourd et roule en cliquetant dans la caillasse.

Rudy abat sa tête sur le volant. Laurie lui entoure les épaules de son bras, caresse ses cheveux gris crissants de poussière. Que dire qui ne soit pas vain ni ridicule ?

— On s'en sortira, profère-t-elle néanmoins. Quelqu'un va arriver…

— Ah ouais ? T'as vu passer un camion depuis qu'on est planté là ?

— Non, mais il y en a quand même, de temps en temps… La preuve, c'est bien un camion qui nous a foutus dedans.

— Si le prochain se pointe dans huit jours, Laurie, on est mal.

— Faut pas tout voir en noir… D'ailleurs, écoute, t'entends pas ?

— Quoi ?

— J'ai cru capter un bruit de moteur…

Rudy hausse les épaules.

— Un mirage, Laurie. On voit et on entend tout ce qu'on veut dans le désert. On voit des lacs, des palmiers, des immeubles… On entend chanter les oiseaux ou soupirer les morts.

— N'empêche, je vais jeter un œil.

Elle grimpe sur le toit de la cabine afin d'embrasser un horizon plus vaste, d'apercevoir peut-être un éclat métallique ou un nuage de poussière dans le lointain… Elle devine au ras de l'horizon, fluctuant dans les ondes de chaleur, des formes carrées qui pourraient être des bâtiments. Un sourire fendille ses lèvres craquelées. Elle scrute, scrute et reprend espoir.

Elle dégringole du toit, s'engouffre dans l'habitacle, fait part à Rudy de sa découverte sur un ton excité. Il n'y croit pas, demande à voir. Peine à grimper sur le toit, vaincu par la fatigue et les courbatures. On dirait bien des bâtiments en effet... Mirage ou pas ? Ils n'ont pas pensé à se munir d'une paire de jumelles. Plus qu'à aller sur place... Deux heures de marche au bas mot. Pour rien trouver peut-être, que le sable qui poudroie et le soleil qui foudroie... ou bien, si la chance est avec eux, un poste de contrôle militaire, nanti d'un 4×4 au moteur puissant qui pourra les sortir enfin de la mouise.

Ce n'est pas un mirage. Les bâtiments sont bien là, roussis par le soleil couchant qui jette ses derniers feux à l'horizon empourpré.

Ils sont déserts, abandonnés, en ruine. Pans de murs écroulés, sol jonché de gravats, de débris épars, de vestiges misérables de bivouacs anciens : bouteilles vides, boîtes de conserve, emballages, papier toilette... Une antenne tordue accrochée à un morceau de toit, des fils électriques qui pendent, raccordés à rien. Un panneau à moitié enseveli dans le sable : *Poste Weygand*, portant des traces des trois couleurs françaises.

Rien. Du sable, de la merde séchée. Pas de 4×4 au moteur puissant, pas de militaires compréhensifs ni de camionneurs empreints de la solidarité de la route. Que dalle.

La mort dans l'âme, Laurie et Rudy s'en retournent au camion d'un pas pesant. La fraîcheur de la nuit, tout d'abord bienfaisante et revigorante, se mue peu à peu en un froid vif et pénétrant qui les fait trembler et claquer des dents. Au moins, ils dormiront au chaud dans la cabine et, à l'aube, avant que la fournaise ne reprenne, ils trouveront peut-être une solution, ou un convoi sera passé qui les aura sauvés...

Revenus au point de départ, sous l'éclat blême de la lune et les yeux acérés des étoiles, ils ne trouvent pas le camion. Allons, se disent-ils, on a trop marché, ou pas assez, ce n'était pas ici... Mais Rudy repère les traces de ses embardées, retrouve les marques profondes des roues dans le *fech-fech*.

Le Mercedes a disparu.

DÉLIVRANCE

> Le voyageur connaît le jour de son départ mais pas celui de son retour.
>
> Proverbe touareg.

La nuit durant, Laurie et Rudy poursuivent la piste du camion, bien visible sur le reg. Sous le ciel fourmillant d'étoiles, ils avancent, opiniâtres et gelés, butent sur les cailloux, s'enlisent dans le *fech-fech*, glissent dans le sable aussi fin que du talc. Ce qui leur permet de conserver l'espoir, de croire que cette course insensée n'est pas vaine, c'est qu'aux traces de pneus sont mêlées des taches d'huile, de plus en plus nombreuses – laissant présager une panne prochaine –, et surtout des empreintes de pas et de sabots, signifiant que les voleurs sont une troupe qui ne s'est pas enfuie à bord du poids lourd : ils marchent à pied comme leurs victimes. Il reste donc une chance infime de les rattraper... Ils sont partis vers l'est, ont rejoint un chemin à peine marqué qui doit déboucher d'un côté au poste Weygand, mener de l'autre au *bordj* de Ouallen, un ancien fortin, poste météo et point d'eau – le seul à des centaines de kilomètres à la ronde – niché au pied de l'As Edjrad, premier contrefort de l'Adrar N'Ahnet et limite orientale du Tanezrouft. À quatre-vingts kilomètres tout de même, se rappelle Rudy qui a étudié les cartes et les relevés GPS. Une distance qu'il n'a osé avouer à Laurie de peur de la décourager, et parce qu'il espère vivement qu'ils n'auront pas à aller jusque-là...

Car Laurie n'en peut plus : elle trébuche sans cesse, grelotte, a le souffle court, les pieds en feu. Les quatre heures de marche aller-retour jusqu'au poste en ruine ont épuisé ses réserves d'énergie. La soif et la faim la taraudent, elle ne parvient pas à se réchauffer. Chaque fois qu'elle tombe, elle a de plus en plus de mal à se relever : Rudy doit l'aider, la soutenir, la forcer à avancer encore.

— Laisse-moi là, Rudy, je t'attendrai...

— Dis pas de bêtises, Laurie. Tu sais bien que si tu restes ici, tu mourras. Allez, lève-toi, on continue. Ils doivent plus être très loin...

Affalée dans le sable, elle lui jette un regard pathétique. Poussiéreux, calciné, lèvres crevassées, souffle oppressé, Rudy n'a pas l'air en meilleur état, mais il est animé par une volonté farouche qui fait cruellement défaut à Laurie. Elle a vraiment envie de rester là, le cul dans les cailloux, la tête dans les étoiles, à ne plus penser à rien, se laisser doucement partir. C'est une belle nuit pour mourir... À quoi bon cette course folle, à quoi bon souffrir encore ? Pourquoi s'accrocher à un espoir insensé ? C'est fini, ils ont échoué : ils ne retrouveront jamais le camion, ils sont condamnés à mourir là, au milieu de rien, desséchés comme ces cadavres d'oiseaux tombés du ciel... Comme dit Rudy, la nature ne fait plus de cadeaux, le désert encore moins, et le Tanezrouft n'en a jamais fait. Laurie est prête à mourir, elle y a songé déjà. Maintenant la mort l'attend, elle l'entend qui soupire autour d'elle, a entamé sa danse invisible, volutes de sable et tourbillons de poussière... Elle a les traits rudes de son père, peinés de sa mère, parfois le doux visage de Vincent... Vincent qui l'appelle, murmure dans le vent...

— Laisse-moi, Rudy... Je veux rester seule...

— Pas question, merde ! Tu te *lèves* et tu *marches* !

Rudy la secoue, la soulève. Laurie voudrait se débattre, lui échapper, fuir la vie sale, puante, bruyante, agitée qu'il représente. Mais elle n'a plus la force... Il la hisse, la met debout, glisse un bras sous son aisselle, l'oblige à avancer. Elle trébuche, amorce quelques pas... Ses muscles douloureux, tétanisés, se remettent en mouvement. Ses pieds cloqués piétinent le sable, écrasent les cailloux, la douleur la réveille. Elle marche encore... vers où ? Ses yeux plissés, gonflés de fatigue, abrasés par le sable, fixent un néant gris devant elle, étalé sous les espaces infinis. Le fleuve de lumière de la Voie lactée scintille au-dessus de sa tête, traversant des archipels sidéraux... Elle voudrait s'envoler, rejoindre ces splendeurs astrales, flotter désincarnée parmi les étoiles. Que fait-elle encore sur cette terre de souffrance, à traîner les pieds dans la poussière ?

— Allez, avance, Laurie, avance, on s'en rap-proche...

— De quoi ? De la mort ?

— Non : de la délivrance.

— C'est pareil...

Rudy n'a dit ça que pour encourager Laurie, la suspendre à ce filet d'espoir ténu auquel il se rac-croche lui-même, qu'il couve comme une braise fragile au sein de la tempête. Car il sait que s'il abandonne lui aussi, s'il se laisse seulement aller à une pause, ils ne repartiront pas : le Tanezrouft sera leur tombeau. Le désert lui souffle au visage son haleine de quartz et de silice, le parfum doucereux de leur fin prochaine... Non, Rudy, ne te laisse pas aller, avance, avance ! Clopin-clopant, cahin-caha, peu à peu, pas à pas, ils progressent. Périodiquement Laurie meurt et Rudy la ressuscite, ménageant son dernier souffle pour que brasille encore son étincelle d'espoir...

C'est ainsi qu'à l'aube ils atteignent le bivouac touareg.

Dans un effort surhumain, le dernier que semble pouvoir supporter Laurie, ils ont gravi une légère éminence, tout premier friselis de l'As Edjrad dont Rudy croit deviner les ondulations à l'horizon, soulignées par les prémices de pâleur aurorale... Ce qu'il distingue en revanche nettement, là-bas dans le creux, dans l'obscurité cristalline, ce sont les braises d'un feu mourant, les formes pointues de toiles de tente, des chameaux parqués – et la forme carrée, massive, du Mercedes !

Il se retient de dévaler la pente, voler vers son espérance incarnée, car il pourrait bien être reçu à coups de fusil. Au contraire, il s'aplatit dans le sable, chope Laurie qui vient de voir elle aussi la délivrance mais n'a pas la même méfiance ou simplement ne pense plus : les yeux hallucinés, le pas hébété, elle commençait à descendre vers le camion comme s'il était un lac d'eau pure, et ce feu mourant une promesse de festin, de repos délicieux.

— Couche-toi, Laurie, bon sang !

— Hein ? Quoi ?

— Nous fais pas repérer ! Ce sont des voleurs, je

te rappelle ! Comment tu crois qu'ils vont nous accueillir ?

Rudy reçoit aussitôt la réponse sous la forme d'un contact sur sa nuque, froid et circulaire. Son cœur bondit dans sa poitrine, un frisson glacé lui étreint l'échine, car il devine ce que c'est : un flingue. Ce qu'une voix rocailleuse lui confirme :

— Pas un geste, pas un mot, ou t'es mort.

Laurie se retourne, lâche un cri d'effroi. Le fusil se pointe sur elle.

— Pareil pour toi, la *roumia*.

Celui qui le tient est un Touareg vêtu d'une djellaba sombre, chaussé de *naïls* en cuir de chameau, coiffé du sempiternel *tagelmoust* indigo. Une ceinture de chargeurs en bandoulière, un AK74 fermement calé sur la hanche. Le canon de son arme oscille de Laurie à Rudy, ses yeux brillent dans l'ombre du chèche.

— Qu'est-ce qui me retient de vous descendre, là, maintenant ? profère-t-il d'un ton sincèrement étonné.

— La curiosité, avance Rudy.

Le Touareg secoue la tête.

— Le respect, suggère Laurie.

— Non. Le *roumi*, là, il a quelque chose… C'est un *kel essuf*[1].

Rudy glisse en biais un regard interrogateur à Laurie, qui n'a pas compris davantage. Le Touareg croit utile de lui préciser :

— Toi, tu es un homme de la solitude… Tu marches avec tes morts.

Rudy n'entend pas encore bien le français, mais ces mots-là, il les a compris : il les ressent au tréfonds

---

1. Litt. « gens de la solitude » : esprits du désert.

de lui-même. Il dévisage le Touareg avec un respect non dénué de crainte – celle que l'on ressent face à l'inconnu.

— Debout, vous deux, intime l'homme. Je vous mène à notre *amghar* : lui décidera quoi faire de vous.

Voyant que Laurie peine à se relever et encore plus à marcher, l'homme bleu fait signe à Rudy de l'aider. *Allons*, se dit ce dernier, *ce type n'est pas insensible, il y aura moyen de négocier…*

Le campement est déjà debout quand ils le rejoignent, à panser et bâter les dromadaires, démonter et replier les tentes, ranimer le feu pour le thé. Le guetteur amène ses prisonniers devant un vieil homme nu-tête, aux cheveux grisonnants, qui se lève à leur approche en achevant de ceinturer sa *takouba* sur ses reins. Au passage, Rudy a remarqué que le capot du Mercedes est ouvert. Le moteur a dû chauffer et le camion est effectivement tombé en panne, d'où ce bivouac improvisé au milieu de nulle part. Brave camion, qui a choisi d'attendre ses maîtres…

— Amestan ag Kedda, j'ai surpris ce couple là-haut sur le *gour*, en train de nous observer, explique le Touareg en tamâchek au chef de la tribu. Je ne les ai pas tués car l'homme est *kel essuf*. Les *alhinen* ou les *kel ahod*[1] sont dans ses pas…

— Je le vois bien, Ighlaf, répond l'*amghar* dans la même langue, en hochant la tête. Demande-lui qui il est, d'où il vient et ce qu'il veut. (Amestan interpelle une femme qui passe, portant des *kessera* de mil à cuire sous le feu dans le sable.) Tinhinan ! Cette femme est épuisée. Donne-lui à boire et à manger.

---

1. *Alhinen* : génies (*djinn* en arabe) ; *kel ahod* (litt. « gens de la nuit ») : fantômes, esprits des morts.

Tandis que Tinhinan prend doucement la main de Laurie hagarde et l'emmène près du feu, Ighlaf répète en français, à Rudy, la question de son chef.

— Je ne parle pas bien le français, répond Rudy avec une grimace qui se veut un sourire.

— O.K. *English ?*

Rudy acquiesce. Ighlaf sort d'une poche de son sarouel un traducteur automatique *made in China*, répète la question dans le minuscule micro, tend l'appareil à son interlocuteur qui l'écoute, retranscrite en mauvais anglais d'une voix métallique nasillarde.

— Nous venons d'Europe, répond Rudy au traducteur. Nous travaillons pour l'association humanitaire Save OurSelves. Nous livrons du matériel de forage au Burkina Faso, dans ce camion que vous avez volé…

L'appareil traduit plus ou moins, Ighlaf interprète en tamâchek pour son chef, qui réplique en français :

— Nous n'avons pas volé ce camion, nous l'avons trouvé abandonné sur le reg. Qu'est-ce qui nous prouve que vous en êtes les propriétaires ?

— Les papiers de SOS, dans la cabine, dit Rudy dans son français approximatif. Et aussi, heu… *pass* diplomatique… Laurie !

Grelottant devant le minuscule feu de *tahla* épineux et de crottes de chameau séchées sur lequel chauffe le thé, Laurie s'efforce de boire l'eau d'une *guerba* en peau de chèvre. Elle grimace et s'en met partout. Magnanime, Tinhinan l'a couverte d'un burnous. Elle s'amuse de la façon maladroite dont Laurie tient la gourde. Celle-ci tourne vers Rudy une tête quelque peu recomposée.

— Le laissez-passer, dans ta poche, lui demande-t-il.

Elle le lui apporte, il le tend à l'*amghar* en précisant :

— Signé par Fatimata Konaté, présidente du Burkina.

Amestan ag Kedda l'examine en le levant sous le ciel pâlissant de l'aube. Il hoche la tête, appelle ses conseillers occupés à lever le camp. Bientôt le papier circule de main en main, accompagné d'une discussion volubile en tamâchek. Rudy surveille le laissez-passer : ce serait malvenu qu'il soit subtilisé… On finit par le lui rendre.

Ighlaf se met à tracer de mystérieux signes dans le sable, que tous étudient et commentent en hochant la tête. Puis il efface les signes de la paume de la main. Chacun observe Rudy avec bienveillance.

On apporte du thé, des *kessera*, un tapis sur lequel on l'invite à s'asseoir. Amestan frappe l'*ettebel*, le tambour de commandement, et déclare, relayé tant bien que mal par le traducteur :

— Nous autres Kel Ahnet, et toutes les tribus de l'Ahaggar à commencer par les Kel Ghala et les Ifoghas, nous estimons et respectons fort madame Konaté. Elle et le président Songho du Mali ont ouvert toutes les frontières pour les Touaregs. Nous sommes libres d'aller et venir comme nous le désirons. C'est pourquoi moi, l'*amghar* Amestan ag Kedda, je décrète que ta femme et toi êtes libres, sur tout le territoire des Touaregs, d'aller et venir comme vous le désirez. Vous porterez ce matériel de forage à madame Konaté parce qu'elle en a besoin. Nous, Kel Ahnet, et toutes les tribus de l'Ahaggar, de l'Ilassene et des Ifoghas, nous vous le garantissons. Chez nous, vous êtes chez vous.

Tout le monde approuve et boit son thé avec force clapements de langue. Les femmes, qui ont assisté à la décision finale, applaudissent et poussent des youyous. Rudy n'a pas tout compris, mais à voir les mines satisfaites et réjouies il devine que c'est bon pour eux, que le nom de Fatimata Konaté a décidément un pouvoir magique… Il boit le thé à son tour, grimace de son âpreté et de son arrière-goût de peau de chèvre ; malgré tout c'est le plus délicieux qu'il ait jamais bu. Pendant ce temps, on apporte un visiophone-satellite à l'*amghar*, dans lequel il parle fort et rapidement, expliquant sans doute la situation aux autres tribus qu'il a citées.

Dès lors, il est décidé de ne pas lever le camp, mais plutôt d'organiser une fête en l'honneur des invités. Le mécanicien de la tribu – celui qui a piloté le camion jusqu'ici – est diligenté pour le réparer avec les moyens du bord. Les femmes s'affairent à préparer de bons plats et à choisir leurs plus beaux atours, les hommes à fourbir leurs *takoubas*, orner les chameaux, repasser leur *tagelmoust* de cérémonie, se maquiller le visage de khôl et d'indigo, bref, s'apprêter pour le *tindé*[1].

Laurie et Rudy, eux, ne voient rien de tout cela : écroulés sous une tente, écrasés par la chaleur qui monte avec le jour, ils dorment. Apaisés, enfin.

---

1. *Tindé* : fête touarègue, où presque tout est permis…

L'AVENIR DE L'HUMANITÉ

> Qu'importe si le chemin est long, du moment qu'au bout il y a un puits.
>
> Proverbe saharien.

Dès lors, le voyage de Laurie et Rudy prend une tout autre tournure : la parole silencieuse les précède sur les ondes des téléphones-satellite, et à chaque étape surgit une caravane, une délégation, un membre de telle ou telle tribu qui les accueille chaleureusement. On leur souhaite la *mahraba* (bienvenue), on leur offre l'*amane* (l'eau) et le thé, on les nourrit, on organise des fêtes ou simplement des veillées de contes et de poésies au son lancinant de l'*imzad*, ce violon de peau mono-corde dont l'art est réservé aux femmes... En cas de soucis avec les autorités, avec des « coupeurs de route » ou avec le camion plus ou moins bien réparé, ils peuvent compter sur l'intervention d'une avant-garde méharie ou motorisée qui va les dépanner, mettre en fuite les bandits ou négocier avec lesdites autorités ; et, forcément, célébrer l'heureuse issue de l'événement autour d'un thé à la menthe. Du coup, Laurie et Rudy n'avancent pas très vite : comment refuser l'hospitalité, comment fuir après un service rendu, comment dire « Nous sommes pressés » en tamâchek ? Ils sont pris dans les filets de l'*achak*, le code d'honneur touareg, ne peuvent ni ne doivent s'en dégager : solidarité, honnêteté, responsabilité, honneur, protection, respect, courage… Ils sont tenus de présenter leurs hommages à tel ancêtre, de prêter leur camion pour divers transports urgents (un malade ou une femme enceinte à mener au dispensaire, de l'eau à chercher au loin car le puits local est tari, des denrées ou du fourrage à porter à une caravane en difficulté, telle pièce de rechange à trouver pour un pick-up en panne…) – ce qui les retarde encore. Bien sûr, on ne les retient pas, on comprend l'importance de leur mission, on sait qu'ils sont attendus au Burkina : « Ne vous inquiétez pas, quelqu'un a prévenu madame Konaté, elle sait que vous arrivez » ; « Ce petit détour ne vous prendra même pas la journée, *inch'Allah*, Dieu jugera votre bonté ! » ; « Notre *amghar* tient à vous saluer, c'est insulter les Kel Tessaghlit si vous n'allez pas le visiter ! »… Face à tous ces atermoiements, Laurie et Rudy s'arment de patience et d'endurance : il vaut mieux arriver en retard mais entiers et le sourire aux lèvres, que jouer les Européens butés sur leurs intérêts et ne pas arriver du tout…

L'avenir s'ouvrant à nouveau devant eux, riche de promesses et d'incertitudes, tous deux en viennent à aborder la question d'un « après », un soir qu'ils sont étendus tranquilles sur des nattes, sous une tente mise à leur disposition au pied d'une colline de pierres noires.

— Tu penses faire quoi ensuite ? s'enquiert Laurie.

Rudy esquisse une moue dubitative.

— Je sais pas… Retourner chez moi, je suppose.

— Tu n'as plus de chez-toi, réplique-t-elle un peu sèchement.

Une expression douloureuse crispe un instant les traits de Rudy ; il la chasse d'un geste évasif de la main.

— Eh bien, j'irai ailleurs, élude-t-il. (Manifestement, il n'a pas songé – ni envie de songer – à cet « après ».) Et toi ?

— Oh, moi… (Laurie soupire, croise les mains sous sa nuque et fixe la toile bise au-dessus de sa tête, qui ondule doucement au gré du vent du soir.) Cette vie-là commence à me plaire, tu sais. J'ai l'impression d'avoir laissé mes soucis se noyer sous la pluie, là-bas en Bretagne.

— Pourtant, au début, le désert t'angoissait terriblement !

— Bah, on a peur de ce qu'on ne connaît pas.

— Franchement, s'étonne Rudy, tu te verrais t'installer ici ? Il y fait de plus en plus chaud, il y a de moins en moins d'eau… Bientôt, cette région deviendra invivable.

— Oui, c'est ce que j'ai entendu dire…

— Et alors ? Tu veux mourir avec eux, Laurie ? C'est ça ton projet ? Mourir de soif et de chaud au milieu des chameaux desséchés, devant un énième puits qui ne produit plus que du sable et des scorpions ?

— Non, Rudy. Car les Touaregs survivront. Il y a de l'eau en profondeur. Quant à la chaleur… eh bien, ils s'adaptent. Cinquante degrés ne les dérangent plus, alors qu'il y a peu encore, c'était exceptionnel.

— Je te trouve très optimiste. On arrive au Sahel à présent, t'as constaté une différence d'avec le désert ? Les mêmes dunes, le même sable, des pierres calcinées, des collines recuites et pelées, quelques acacias morts, des troupeaux faméliques, des stations de pompage coréennes en panne faute de pièces, des puits surexploités où les gens se battent pour un seau de flotte, de rares cultures entourées de barbelés et défendues par des gardes armés, des villes pourries par les épidémies à cause d'une eau insalubre… Je le sens assez mal, l'avenir de ce pays.

— Oh toi, tu ne vois que le côté sombre des choses. Moi, je remarque aussi l'entraide, la solidarité, cette généreuse hospitalité des Touaregs, prêts à tuer leur dernière chèvre pour nous offrir un repas digne, à partager avec nous leur dernière *guerba* d'eau, à dormir dehors en plein harmattan pour qu'on soit à l'abri sous leur tente! Je les vois donner le peu qu'ils ont à ceux qui n'ont rien, secourir les vieux et les enfants, pleurer la mort de leur chameau mais affronter leur propre mort avec le sourire… S'il y a des gens aptes à survivre sur une Terre aride et surchauffée, c'est eux! L'avenir de l'humanité, c'est eux! Et moi j'ai envie de bâtir avec eux cet avenir-là.

Rudy hausse les épaules, comme souvent lorsqu'il est à court d'arguments.

— Comme tu veux, Laurie. C'est pas moi qui t'en empêcherai. Va creuser des puits, planter du mil dans le sable, tirer le *délou* pour abreuver les chameaux… Ça fait à peine une semaine qu'on est dans le désert : tu trouves encore tout rose et magnifique, mais vis-y seulement trois mois, tu verras.

— Oh, tu m'agaces. (Laurie se lève, courbée sous la tente basse.) Je vais aller voir les femmes. Takama veut m'apprendre à jouer de l'*imzad*.

Elle sort et Rudy reste seul dans la pénombre, contemplant à son tour les ondulations de la toile sous le vent gémissant… qui apporte à nouveau les cris sourds de ses morts, *hawâtif* toujours, fantômes de la nuit, incubes issus de ses ténèbres internes… Il le sait désormais, nul pays, nul désert, si vaste soit-il, ne l'en éloignera jamais assez.

Cependant, petit à petit, de bourg en puits, d'étapes en bivouacs, le bout du voyage se rapproche… Ils ont quitté le Tanezrouft, sa platitude hallucinante et son haleine de mort ; passé Bordj Mokhtar où ils ont retrouvé des reliefs, quelques traces de végétation et la civilisation : tracasseries douanières et policières, bars, marché, matériel électronique de contrebande vendu à la sauvette, un hôtel promettant des douches hélas taries ; franchi la frontière du Mali, matérialisée par une borne en pierres de deux mètres de haut ; sillonné l'adrar des Ifoghas, d'une tribu à l'autre, d'*arrems* en *gueltas* et autres points d'eau aléatoires, sur des *aberakkas* caillouteuses, pistes chamelières escarpées grimpant depuis des vallées de sable blond dans des montagnes noires et nues, blocs de granite érodés, gravés de signes rupestres par les *kel iru*, les « gens d'autrefois » qui vivaient là à l'époque où l'adrar était un massif aux vallées vertes et fertiles, et les oueds des rivières poissonneuses… Ils ont passé deux jours à Tessalit, ville-palmeraie fort accueillante, enfin ombragée par de vrais arbres, où ils ont participé à leur second *tindé* aux sons de l'*imzad*, des flûtes et des djembés, mais aussi des guitares électriques et des samplers ; Laurie s'y est fait draguer par un beau Touareg mystérieux sous son imposant *tagelmoust* de cérémonie, et Rudy, sommé de choisir entre deux soupirantes, n'a finalement passé la nuit avec aucune. Puis ils ont repris la route vers Anéfis, Tabankort et Gao, dans la plaine du Marcouba – dunes, cailloux, buissons rabougris, *cram-cram* urticant, arbrisseaux moribonds –, où les amortisseurs du Mercedes ont été soumis à rude épreuve, entre la «tôle ondulée» à travers des champs tournant au reg et le *fech-fech* dans des lits d'oueds ensablés; où les puits, qu'on disait nombreux, ne recelaient qu'un liquide saumâtre et nauséabond, quand ce n'était pas seulement du sable. Ils sont enfin arrivés à la belle et radieuse Gao, carrefour des routes nord-sud et est-ouest, étape de l'Azalaï, la plus célèbre des caravanes touarègues, grand marché et port florissant sur le fleuve Niger, encombré de pinasses qui transportent de tout, depuis le *bourgou* (le fourrage pour le bétail qui pousse dans le fleuve) jusqu'aux touristes, en passant par du ciment, des chèvres, du gaz et des tonnes de marchandises... Gao et sa dune rose, la perle du désert...

Non. Tout cela n'existe plus.

Le fleuve Niger est devenu un marigot insalubre et Gao est un enfer.

Pourtant, nul ne les a prévenus de ce qui les y attend. Personne ne leur a dit «Évitez Gao à tout prix», «Gao, c'est la mort» ou même «Gao n'est pas comme le reste du pays». Nul n'a évoqué le moindre danger, n'a fait allusion à un risque quelconque à traverser la ville. À croire qu'ils avaient honte de cette pustule sur la face lisse de leurs dunes... Tout au plus l'*amghar* des Kel Afella a-t-il murmuré, en termes aussi poétiques qu'élusifs: «C'est à Gao qu'échouent tous les rêves.» Quelqu'un d'autre a expliqué que Gao est souvent le terminus pour les candidats à l'échappée vers le nord: la frontière algérienne leur est fermée, et les Touaregs ne peuvent se permettre de tolérer une invasion d'un territoire qui subvient à peine à leurs besoins... Ces phrases lâchées au fil de conversations étaient passées au-dessus des têtes de Laurie et Rudy, déjà saturées d'informations.

Ils en comprennent maintenant tout le sens, en traversant d'interminables bidonvilles enkystés dans le sable et la poussière : tentes de bâches et baraques d'agrégats divers érigées en vrac parmi les immondices, habitées par des zombies apathiques, marinant dans une puanteur abominable sous un implacable soleil voilé par les fumées de milliers de feux d'ordures. La route creusée d'ornières et de nids-de-poule, jonchée d'épaves et de détritus, ne permet pas de rouler à plus de 30 km/h ; pourtant Rudy est tenté d'appuyer sur l'accélérateur afin de ne pas donner prise à tous ces regards affamés, à ces gosses émaciés aux yeux voraces qui s'accrochent aux portières, à ces squelettes ambulants qui trébuchent devant le camion et tendent des griffes léprosées... Il a sorti le Luger de sous le siège et l'a chargé : à plusieurs reprises, il est forcé de tirer quelques coups en l'air pour disperser un attroupement qui tente, de sa masse putride, de bloquer le poids lourd pour le dépouiller.

La ville par elle-même n'offre pas un spectacle plus attrayant : on dirait qu'elle a subi un bombardement suivi d'une guérilla intense. Rues puantes et défoncées, là aussi jonchées d'ordures et d'épaves démantelées ou carbonisées, parcourues par une circulation sporadique de vélos, de scooters brinquebalants et de poubelles roulantes ; de nombreux immeubles et maisons écroulés, éventrés, incendiés ou constellés d'impacts ; boutiques closes ou pillées pour la plupart, remplacées par de rares étals sur les trottoirs, gardés par des hommes en armes ; plus d'arbres, tous abattus et brûlés depuis longtemps ; des fils électriques traînant à terre, inertes ; çà et là, des cadavres – hommes, femmes ou enfants – que personne ne prend la peine d'évacuer sinon les vautours, qui survolent cette dévastation tels des croque-morts impavides, se disputent quelque charogne à grands criaillements et battements d'ailes. Sur ce paysage de mort plane un smog lourd, pestilentiel, poisseux, pénible à respirer, qui enfauvit le ciel.

Derrière la vitre close et empoussiérée du Mercedes, Laurie contemple cette désolation avec un mélange d'horreur, d'angoisse et de pitié. Elle réalise qu'il est trop tard ici pour faire quoi que ce soit : cette ville a sombré dans la misère et l'anarchie les plus noires. La « sélection naturelle » (comme dit Rudy) joue ici à plein : nid grouillant de toutes les turpitudes et de toutes les épidémies, Gao périra avec la mort de ses habitants ou le départ des derniers aptes à marcher, puis le désert l'effacera dans ses ondulations stériles et virginales…

Rudy, lui, scrute ce capharnaüm d'un regard plus méfiant : son Luger à portée de main, il repère les hommes armés, seuls ou en groupes, ceux qui détaillent le camion d'un œil avide, ceux qui le suivent ou le montrent du doigt, ceux qui font mine de le viser mais se ravisent, par manque de munitions ou craignant de déclencher une fusillade… D'ailleurs, des coups de feu, des cris de rage ou d'agonie, il en entend parfois au loin, dans les arrière-cours ou les ruelles transformées en décharges à ciel ouvert. Il remarque aussi, jaillissant de rues transversales ou franchissant les carrefours en trombe, des pick-up essoufflés chargés de bandes brandissant des flingues, et se demande avec angoisse ce qu'il fera si l'une d'elles s'avise de l'aborder. Il voit enfin – ainsi que Laurie, ce qui lui arrache un cri de terreur –, marchant dans la rue ou gardant certains bâtiments, des gaillards en treillis accompagnés non pas de chiens, mais bien d'*hyènes* ou de grands singes genre mandrills ou gibbons, fermement tenus au bout de chaînes épaisses…

Fatalement, ce qu'il redoutait le plus se produit : un barrage ferme l'accès au seul pont encore debout sur le fleuve Niger. Une chicane constituée de deux carcasses de camions, gardée par cinq types, Uzi ou Kalach au poing, et deux fauves au bout de leur chaîne. Les types se redressent à l'approche du camion, et même de loin Rudy devine le sourire carnassier qui fend leurs visages.

— Qu'est-ce qu'on fait ? s'alarme Laurie. Qu'est-ce qu'on peut leur donner ?

Elle frémit d'appréhension à devoir négocier avec ces brutes.

— Rien du tout, tranche Rudy. On fonce. Planque-toi sous le tableau de bord.

— *Hein ?* Mais – Rudy, ils sont armés !

Il ne l'écoute pas. Il compte fortement sur l'effet de surprise et sur la solidité du pare-buffles soudé sur la calandre du Mercedes par un Touareg prévoyant. D'un même mouvement, il écrase l'accélérateur, baisse la vitre, sort son Luger et arrose le barrage d'une copieuse rafale, insistant sur le pick-up garé à côté. Deux types tombent ainsi qu'une hyène, le pick-up s'affaisse sur ses roues crevées, se met à pisser l'éthanol. Rudy louvoie dans la chicane, percute l'une des carcasses, la traîne sur quelques mètres, l'abandonne dans un strident grincement de métal tordu. Les trois survivants, qui ont plongé à terre, se relèvent et font feu à leur tour, mais mal et trop tard : le camion est passé. Ses portes arrière sont criblées d'impacts, mais par chance ses pneus ne sont pas touchés.

Rudy ralentit sur le pont, constatant qu'il n'est pas

poursuivi et qu'on ne lui tire plus dessus : les munitions doivent être rares et chères... Il découvre, par-dessus le parapet effondré par endroits, à quel état est réduit le fleuve le plus majestueux d'Afrique après le Nil : des ruisseaux épars se faufilant entre les bancs de sable, bordés d'une végétation rêche et grisâtre, menacés par des dunes qui s'avancent jusqu'au milieu de son large lit. Des squelettes de pinasses ensablés, des pontons crevés surmontant une terre craquelée, des quais transformés en campement de fortune : c'est tout ce qui reste du port de Gao.

— On est passés ? s'enquiert Laurie d'une voix blanche, recroquevillée au pied de son siège.

— Oui. Tu peux te rasseoir.

Conseil un peu prématuré, car un second barrage est érigé à la sortie du pont. Ce que voyant, Laurie blêmit de nouveau et se tasse derechef dans son recoin. Rudy enclenche un nouveau chargeur dans son Luger... Inutile : ce barrage-là est déserté, soit que ses gardiens peu courageux ont fui, soit qu'il est abandonné de plus longue date. Du reste, la partie de Gao qui s'étale sur la rive droite de l'ex-fleuve préfigure ce qu'il adviendra sous peu de la rive gauche : une ville morte, ruinée, livrée au sable et à l'harmattan. La route traverse des alignements de décombres et de masures béantes, bordée par des tas de déchets desséchés et par les éternelles carcasses de véhicules échoués, symboles de tous les rêves d'émigration qui sont morts ici, dans la misère et la poussière. Quelques feux dont les fumées furtives s'élèvent au-dessus des pans de mur témoignent que de la vie se tapit toujours ici, surveillée de près par les vautours perchés sur les toits et les poteaux échevelés.

Au-delà des ultimes bidonvilles abandonnés, le

désert reprend, immense et vide, d'autant plus désolé que subsistent encore des traces d'une végétation qui, sans être jamais foisonnante, était jadis une promesse de paradis pour les Touaregs : cram-cram et buissons rachitiques peu à peu étouffés par le sable, et squelettes d'arbres morts, tels des doigts crochus, accusateurs, tendus vers le ciel blanc…

Bienvenue au Sahel.

LIENS SACRÉS

Après la catastrophique inondation d'août 2005 et le grand incendie de juillet 2023, sans parler des cyclones de plus en plus dévastateurs qui chaque année déferlent sur la région, New Orleans est de nouveau frappée en plein cœur par un cataclysme majeur : un virus d'origine inconnue a tué en vingt-quatre heures les trois quarts de la population noire de l'agglomération, soit près d'un million de personnes. Selon les premiers éléments de l'enquête, il s'agirait d'un attentat terroriste. Toutefois il n'y a pas lieu de s'alarmer outre mesure : les analyses réalisées par BioGen Labs révèlent que ce virus serait un dérivé d'anthrax à durée de vie très courte, n'excédant pas quelques heures, génétiquement modifié pour n'atteindre que les Noirs. Réfugié dans son bunker, le maire de New Orleans, Louis Birotteaux – qui est noir –, a décrété le couvre-feu, l'état d'urgence et la mise en quarantaine de la cité. Sur place pour CNN, notre correspondante April Garrett, après ce mot de notre sponsor BioGen Labs...

— Enfin, Pamela, tu es complètement *folle*! Qu'est-ce qui t'a pris?

— Tu trouves que c'est de la démence de vouloir aider les pauvres et les orphelins, d'agir dans la crainte du Seigneur et pour l'amour de son prochain comme le Christ nous l'a enseigné, d'œuvrer à rétablir les saines valeurs qui ont forgé l'Amérique et qui seules peuvent nous sortir de la décadence ? Si c'est ça être fou, alors oui, je suis folle et j'en suis fière !

Anthony Fuller secoue la tête et se la prend dans les mains, afin d'empêcher ces dernières de trembler, mais ce sont ses lèvres qui se mettent à frémir : effet secondaire du Neuroprofen, ou peut-être de l'association Dexomyl-métacaïne. Il devrait prendre un Calmoxan pour soulager ses nerfs, mais pas devant Pamela : il ne veut pas montrer le moindre signe de faiblesse.

Pourtant il a failli flancher, à son retour de New York, quand il a découvert les brochures et prospectus de la Divine Légion étalés sur la table basse du salon, et qu'il a surpris Pamela à genoux sur le tapis persan de sa chambre, en train de prier devant un crucifix géant accroché au-dessus du lit. Heureusement qu'il ne dort plus avec elle, il aurait bien trop peur que ce machin ne se décroche et l'assomme pendant la nuit.

La Divine Légion figure parmi ses ennemis prioritaires, juste après les Chinois. Cette secte rétrograde et dangereuse est fortement nuisible aux intérêts américains de par le monde. Ce cul-bénit de Callaghan et ses ouailles veulent refermer l'Amérique sur elle-même, en faire un village amish global, replié sur sa bigoterie, son puritanisme et ses foutues traditions, rejetant tout apport extérieur et toute culture autre que la Bible. En dignes héritiers du Ku Klux Klan, ils n'hésitent pas à recourir aux meurtres et aux attentats racistes à grande échelle :

celui de New Orleans, évidemment non revendiqué, en est tout à fait représentatif. Or le crime gratuit, commis en vertu de convictions irrationnelles, a toujours horripilé Fuller : c'est tellement *contre-productif...*

Il respire un grand coup, se redresse, fixe Pamela droit dans les yeux. Contre toute attente elle soutient son regard, et le sien n'est plus terni par le Prozac4 : aurait-elle cessé d'en consommer ?

— Bon, tu as tes convictions, moi j'ai les miennes, on ne va pas recommencer là-dessus un débat stérile. Je te demande seulement de considérer d'un point de vue objectif dans quoi tu t'engages : sais-tu au moins que tu cautionnes une organisation terroriste, illégale dans plusieurs États ?

— Illégale ? Dans quels États la Divine Légion est-elle illégale ? En Californie sans doute, cet État sécessionniste, ce ramassis de métèques, de pédés et de drogués ? Dans l'État de New York, vendu à la pègre et aux Jaunes ? En Floride, cet empire du stupre aux mains de Satan ? En Louisiane, ce nid grouillant de Nègres que Dieu vient justement de frapper de sa juste colère ?

Anthony secoue de nouveau la tête, atterré par ces paroles.

— Je ne t'ai jamais entendue proférer de telles insanités, Pamela. Même abrutie par le Prozac, tu conservais encore un minimum de jugement... Là, ce n'est plus toi qui parles, c'est Moses Callaghan. Au passage, je te signale que ce n'est pas Dieu qui a répandu de l'anthrax génétiquement modifié dans les rues de New Orleans, c'est bien la Divine Légion.

— Ah oui ? persifle Pamela. Tu en as des preuves, peut-être ? A-t-elle revendiqué cet attentat ?

— Non, mais c'est évident. Il n'y a qu'à écouter

Callaghan cracher sa haine des Noirs et de tout ce qui n'est pas WASP, et on a compris…

— C'est *faux* ! Le révérend Moses n'est pas raciste. La Divine Légion peut même admettre des Noirs en son sein, du moment qu'ils sont exempts de tout péché, vivent d'une façon civilisée selon les principes des Saintes Écritures et professent une foi pure et sincère.

— Des Noirs blanchis, en somme. Oh, il y en a, j'en connais même un très bien. Mais en général ils sont trop intelligents pour adhérer à ton ramassis de criminels fanatiques… (Fuller songe à Grabber, son avocat : envoyer un membre de la Divine Légion, voire Callaghan en personne, sur la chaise électrique fait partie de ses plus chers fantasmes.) Je ne comprends toujours pas comment tu as pu te laisser embobiner par ces cinglés. Le Prozac t'a donc ramolli la cervelle à ce point ? Ou bien est-ce par ennui ? Tu t'ennuies ici, c'est ça ? En ce cas, il y a plein d'autres choses à faire : Eudora ne manque pas d'associations de toutes sortes, même caritatives si tu veux vraiment aider les pauvres…

— Non, ce n'est pas ça. Quelqu'un m'a montré la lumière de Dieu. Et puis…

Elle tourne brièvement la tête vers Tony Junior, tassé, rabougri dans son fauteuil devant la télé murale qui babille en sourdine, et qu'il ne regarde pas : il fixe ses parents de ses prunelles grises, trop grandes pour sa figure ratatinée. Anthony suit le regard de Pamela, bute sur celui de Tony, détourne les yeux. Que fait Junior ici ?… Bah, qu'il les écoute après tout, si ça l'occupe : que peut-il comprendre à tout ça, avec sa cervelle de moineau ?

— Ah oui ? Je le connais, ce « quelqu'un » ?

— Non. C'est mon avocat.

À ce mot, les paupières de Pamela cillent un instant – qui n'échappe pas à Anthony. Il ressent une pointe de jalousie, non à l'idée que sa femme ait un amant – ça, il s'en fout – mais parce que lui-même n'a plus de maîtresse…

— Un avocat membre de la Divine Légion, hein ? Comment s'appelle-t-il ?

Pamela a dû deviner son arrière-pensée, car ses traits se plissent en une moue méfiante.

— Peu importe, élude-t-elle. Tu ne le connais pas, de toute façon.

— À propos d'avocat, justement. Où en es-tu du divorce ? Car c'est pour ça que tu as pris un avocat, je présume.

— Je ne divorce plus.

— *Quoi ?*

— Dieu ne permet pas que l'on rompe les liens sacrés du mariage.

— Oh, Seigneur…

— Inutile d'invoquer le nom du Seigneur. C'est de mon côté qu'Il se place.

Fuller se cache le visage dans les mains, souhaitant contre l'évidence que tout ça ne soit qu'un vilain cauchemar : dès qu'il ouvrira les yeux, ce n'est plus Pamela qu'il aura en face de lui, mais Tabitha à poil, lui tirant une langue goulue.

Il rouvre les yeux : Pamela est toujours là, revêche et butée. Il soupire.

— Très bien. En ce cas, c'est moi qui le demande. Grabber se fera un plaisir de plaider ma cause.

— Tu n'as pas le droit ! C'est interdit par la Divine Légion.

Fuller sent que ses nerfs vont lâcher. Il se retient à grand-peine d'empoigner *Dieu me parle* qui traîne sur la table basse et de le faire bouffer à sa femme, page après page, jusqu'à ce qu'elle en meure étouffée.

— Pamela, se contient-il. *Moi* je ne suis pas inscrit à ta secte de merde, tu saisis? Je me contrefous de ce qu'elle interdit. Je vais demander ce putain de divorce et je vais l'obtenir, pour la simple raison que tu es désormais membre d'une organisation terroriste, donc coupable de complicité. Si ça te fout dans la merde vis-à-vis de tes nouveaux copains, eh bien je m'en *réjouis*, figure-toi. J'espère que ça t'ouvrira les yeux. En attendant, je ne veux plus voir ces cochonneries traîner sur *ma* table, ni entendre prononcer le nom de la Divine Légion dans *ma* maison! Pigé?

Pamela a les larmes aux yeux mais reste assise sur sa chaise, fière et digne.

— Oh, tu en entendras encore parler, que tu le veuilles ou non. Car c'est *notre* maison, je te rappelle. Elle nous appartient à tous les deux, en vertu du contrat de mariage.

Les yeux de Fuller s'exorbitent. Le contrat de mariage, bordel! Il faut qu'il voie avec Grabber s'il y a un moyen de le casser, lui trouver un vice de forme ou quelque chose comme ça. Bon sang, quel merdier! Vite, un Calmoxan!

— D'ailleurs, insiste Pamela, un méchant sourire au coin des lèvres, tu en entendras parler pas plus tard que samedi prochain.

— Pourquoi samedi prochain?

— Parce que j'ai invité quelques frères et sœurs… dont le révérend Moses en personne.

— *Hein?* (Fuller se lève d'un coup, en renversant sa chaise.) Non, c'est pas vrai! T'as pas fait ça?

— Si, bien sûr, se réjouit Pamela.

— Mais… comment… pourquoi…

— Notre maître tient beaucoup à rencontrer Tony Junior.

Elle porte vivement la main à sa bouche : tout à la jouissance de sa victoire, elle vient de lâcher une information secrète, interne à la Légion, devant un mécréant qui plus est ! Trop tard…

— Quoi, Tony Junior ? Qu'est-ce qu'il a à voir là-dedans ? Tu ne l'as pas inscrit aussi ?

— Oh non. L'inscription est volontaire.

— Alors quoi ? Réponds, nom de Dieu !

— Anthony, ne jure pas, je t'en prie !

Fuller fait en courant le tour de la table, empoigne Pamela par le col montant de son chemisier strict. Se retenant de la frapper, il lui crache au visage :

— Tu vas répondre, oui ou merde ? Pourquoi Callaghan veut voir Junior ?

Elle ouvre de grands yeux larmoyants. Mentir est un péché capital, mais révéler un secret peut s'avérer très préjudiciable… Elle s'en tire par une allusion :

— Parce que Tony est touché par la grâce divine.

Anthony tourne la tête vers son fils cloné qui le fixe de ses yeux dévorants, un grand sourire plissant ses traits chiffonnés.

— Hin hin hin, ricane-t-il.

Fuller lâche Pamela et se précipite dans la salle de bains, où il avale coup sur coup trois Calmoxan. Le ricanement de Junior l'y a poursuivi et résonne en écho dans son crâne, tel le rire mortel d'un démon.

HOLOCAUSTE

Groupe Resourcing :	65,4	-9,8	↘
• GeoWatch	53,2	-20,9	↘
• Boeing	76,4	-12,4	↘
• Universal Seed	103,5	0,0	→
• BioGen Labs	121,6	+0,3	↗
• AirPlus	76,4	-9,0	↘
• Flood	34,7	-24,3	↘
• One World Consulting	21,8	-7,9	↘
• Deep Forest	13,2	-8,5	↘
• Green Links	87,7	-5,6	↘

Une catastrophe. Un naufrage, un raz-de-marée, un cataclysme. Fuller n'a jamais vu ça, n'est jamais tombé si bas. Dans l'hélico qui l'emmène à son bureau de la Resourcing Head Tower, à Kansas City, Anthony a consulté sur sa remote Nokia de poignet les cours boursiers de ses diverses filiales. Il n'aurait pas dû. À part Universal Seed qui se maintient et BioGen Labs qui, grâce à l'affaire de l'anthrax OGM, voit sa cote remonter légèrement, toutes les autres plongent dans le rouge. Certes, le marché est morose, le Dow Jones et le Nasdaq sont déprimés : Resourcing n'échappe pas à ce reflux

général, dû pour une bonne part aux émeutes sanglantes qui éclatent dans maintes grandes villes
depuis l'attentat de la Divine Légion à New Orleans,
et qui confèrent aux États-Unis l'image inquiétante
– très nuisible aux affaires – d'un pays au bord de
l'implosion. Mais Resourcing est aussi victime de sa
propre image de *loser* : tout le monde sait que Fuller
a perdu son procès contre le Burkina Faso, que l'un
des plus grands consortiums *ww* américains a plié
l'échine devant un petit État africain inscrit sur la
liste des Pays les plus pauvres... Ne manquerait plus
que coure la rumeur de l'adhésion de Pamela à la
Divine Légion ! Ce serait le coup de grâce. Rien que
d'y songer rend Anthony fébrile. Il résiste malgré
tout au besoin impérieux d'avaler un Dexomyl ou un
Calmoxan : Castoriadis lui a juré sur la tête de Jung
que s'il continuait comme ça, son cœur, ses nerfs ou
son cerveau le lâcheraient sous peu.

— Et ces vacances que je vous ai recommandées ?
Vous les avez prises ? lui a demandé son psy en tripotant son stylo phallique.

Même neutralisé par l'écran du visiophone et ses
verres teintés, son regard était assez incisif pour dis-
suader Fuller de mentir.

— J'y songe, docteur, a-t-il répondu assez piteusement. Cependant, mes affaires me...

— Votre seule et unique affaire, l'a coupé Castoriadis, est de rester en vie. Et sain d'esprit, si possible. Tout le reste est secondaire. Partez en
vacances, monsieur Fuller. Je vous l'*ordonne*.

— Très bien, docteur, je vais m'en occuper. Pour
mon ordonnance...

— C'est non.

— Pardon ?

— Non, monsieur Fuller. Je ne vous renouvelle pas votre provision de drogues. Je ne veux pas être l'instrument de votre suicide à petit feu.

Anthony a eu la présence d'esprit – ou la fierté – de ne pas supplier son psy comme un junkie en manque. Il a préféré lui raccrocher au nez. Mais Castoriadis a raison, il a impérativement besoin de vacances. Or comment tout laisser en plan, quand Resourcing est au plus bas et que sa femme adhère à une secte de terroristes fanatiques ?

Le pire, dans ce demi-sevrage qu'il s'est imposé, ce sont ses hallucinations : elles s'amplifient. À tout moment, il peut entendre parler son fils mort, apercevoir sa silhouette dégingandée au coin d'un couloir, sentir son haleine fétide ou le contact de ses mains moites sur son cou quand il dort – ce qui le réveille en sursaut, le cœur battant la chamade. Le cauchemar s'évacue sous la forme d'un courant d'air qui se glisse sous la porte, d'une ombre qui s'estompe sur le mur, d'une silhouette évanescente qui se fond parmi les reflets de la glace de l'armoire… Dans ces cas-là, un somnifère s'impose, sans quoi il ne peut se rendormir. Résultat, le lendemain il est dans le cirage : le Neuroprofen ne parvient qu'à grand-peine à lui reconnecter les neurones. Comment piloter efficacement le paquebot Resourcing dans ces conditions ?

Fuller passe de moins en moins de temps à la maison – c'est là que ses hallus traumatisantes se produisent le plus souvent –, mais, ce faisant, il craint de laisser le champ libre à Pamela et ses cinglés. Bon sang, s'ils se mettent à fomenter des attentats chez lui ? Rien qu'y voir traîner leur propagande immonde le rend malade. Il a connecté sa Nokia au système de surveillance de la villa, mais il songe rarement à la consulter, et jouer les espions le dérange : ça lui rappelle trop Bournemouth matant ses ébats avec Tabitha... Il n'a pas vu grand-chose jusqu'à présent : Pamela bouquinant les torchons ou visionnant les vidéos infâmes de la Divine Légion, priant (elle prie beaucoup) ou – plus curieux – parlant à Tony Junior avec une déférence qu'elle n'avait jamais eue jusqu'à présent. Une fois, il l'a même vue *agenouillée* devant lui, les mains jointes ! Malheureusement, même en poussant le son au maxi, Anthony n'a pu comprendre ce qu'elle lui marmonnait. Un autre jour, Pamela a reçu son amant – du moins le suppose-t-il, car rien dans leur attitude n'a laissé croire qu'ils couchent ensemble. Elle l'appelle frère Ézéchiel et lui sœur Salomé. Ils ont surtout parlé de la visite de Moses Callaghan samedi prochain (quelle horreur, bon sang !). Quand ils ont abordé la question de Tony Junior, ils se sont mis hors champ, comme s'ils soupçonnaient qu'Anthony les surveillait... Malgré tout, il a une image à peu près nette de ce jeune merdeux. S'il est vraiment avocat, sa carrière est finie.

— Monsieur, intervient le pilote de l'hélico, tenez-vous vraiment à vous rendre à votre bureau aujourd'hui ?

— Bien sûr, j'y ai des rendez-vous. Pourquoi cette question ?

— Je crains que l'atterrissage ne soit difficile. Si Monsieur veut bien se rendre compte par lui-même...

Le pilote fait virer l'hélico de quatre-vingt-dix degrés afin que Fuller puisse voir, à travers le large hublot de sa place de passager, vers quoi ils se dirigent.

Kansas City est en feu.

L'immense cité qui s'étend sur la plaine est la proie de dizaines d'incendies, dont les lourdes fumées

noires forment une chape de ténèbres tourbillon-
nantes. De place en place, un immeuble s'effondre
dans une énorme gerbe de brandons et d'étincelles.
Les grandes tours du quartier des affaires, autour de
la State Line, émergent de cet enfer encore intactes
en apparence, leurs sommets enfouis dans la fumée.
Plus près, la K10 Highway que survole l'hélico,
d'ordinaire plutôt fluide sinon quasi vide, est remplie
d'un immense bouchon de voitures fuyant l'holocauste ; bouchon qui semble être attaqué par les
outers car des coups de feu en émanent, et Fuller
aperçoit de minuscules silhouettes qui courent en
tous sens. En revanche, les voies se dirigeant vers KC
ne sont empruntées que par des véhicules de secours
et militaires.

Le pilote reprend vite son cap, car de nombreux
autres appareils – avions, drones ou hélicos –
convergent vers la ville en feu ou s'en éloignent.

— Qu'est-ce qui se passe encore, nom de Dieu ?
s'écrie Fuller.

— Monsieur n'est pas au courant ? s'étonne le
pilote. Les émeutes… Vous savez, suite à l'attentat
de New Orleans, tous les Noirs se sont…

— Oui, je sais, le coupe Anthony d'un ton agacé.

— Les autorités militaires recommandent fortement à tous les appareils civils de faire demi-tour.
Dois-je obéir ?

— Certainement pas ! Dites-leur que vous avez le
P.-D.G. de Resourcing à bord, que mon bureau est
là-bas dans ce merdier, et que je *dois* y aller !

— Mais, monsieur, je crains que vos rendez-vous
ne soient compromis…

— C'est pas vos oignons ! Vous êtes payé pour
piloter, donc vous *pilotez* ! C'est clair ?

— Bien, monsieur.

Le pilote a le plus grand mal à maintenir l'assiette et la stabilité de l'hélico au-dessus de la fournaise des rues incendiées, avec une visibilité nulle dans les épais torons de fumée. Il réussit néanmoins, au prix d'acrobaties dont il n'aurait pas cru capable son petit appareil, à le poser au sommet de la Resourcing Head Tower, presque au centre du grand X cerclé de rouge que quelqu'un a eu la présence d'esprit d'allumer (sans doute Amy, la secrétaire de Fuller). Un mouchoir sur la bouche, à demi asphyxié par la fumée, Anthony se jette hors de l'hélico et se précipite vers l'ascenseur, suivi par le pilote qui a renoncé à redécoller. Il perçoit le capharnaüm qui sévit dans les rues, soixante étages plus bas : incendies, écroulements, sirènes, hurlements, coups de feu et de canon… sur lesquels les portes de l'ascenseur se referment comme une télé qui s'éteint. Moquette bouclée, cloisons de vrai bois, miroir immaculé, éclairage tamisé, boutons dorés et muzak d'ambiance : le monde de Fuller, enfin. Tout le reste n'est plus qu'un cauchemar lointain.

Anthony sort au 37e étage et gagne à grands pas son bureau, saluant d'un signe de tête au passage les employés qui bourdonnent avec inquiétude. Amy est à son poste, assure avec sa tranquille efficacité coutumière.

— Alors, Amy, quoi de neuf ?

La secrétaire lève un instant sur lui ses yeux en amande, les reporte sur l'écran tactile de son ordi, sur lequel elle effectue de brèves passes.

— Un, votre avocat, monsieur Grabber, est arrivé et vous attend dans votre bureau. Deux, monsieur Bournemouth réclame davantage d'eau pour ses troupeaux, je lui ai dit que toute l'eau disponible était réquisitionnée pour éteindre les incendies…

— C'est faux mais c'est bien, Amy. Continuez.

— Trois, vous avez trois messages en priorité la plus haute.

— Qui ?

— Le premier émane de monsieur Cromwell, de la NSA ; le deuxième de monsieur Rothschild, du Forum éconogique de Nassau ; le troisième est personnel et d'origine inconnue...

— D'origine inconnue ? Il n'a pas été rejeté ?

— Non, monsieur : il a franchi tous les filtres et pare-feu de nos réseaux. Apparemment, son auteur connaît les codes ou a été reconnu par le système.

— Bon, transférez-moi ces trois messages.

— Une quatrième chose, monsieur : à cause des émeutes, l'électricité est coupée ; l'immeuble fonctionne sur générateurs. Les services techniques m'ont fait savoir que nous n'avons plus que trois heures d'autonomie.

— Eh bien, on s'en contentera, si le courant n'est pas rétabli d'ici là. Ne faites pas trop tourner la machine à café !

Petit sourire en coin indiquant qu'Amy apprécie la plaisanterie. Une secrétaire en or, vraiment, songe Anthony en pénétrant dans son bureau. S'il l'invitait à dîner un de ces soirs ?

À son entrée, Grabber repose le luxueux dépliant de Resourcing qu'il feuilletait et vient lui serrer cordialement la main : la brouille au tribunal de commerce est oubliée, ou l'avocat cache bien son jeu.

— Alors, Anthony, qui voulez-vous attaquer en justice cette fois ?

— Ma femme. (Fuller s'affale dans son large fauteuil en cuir de buffle avec un soupir de soulagement.) Je demande le divorce.

— Mais n'est-ce pas elle qui le demandait, plu-tôt ?

— Plus maintenant. (Il ouvre le mini-bar, sort une bouteille de Jack Daniel's et deux verres.) Un bour-bon ?

— Merci, jamais au travail. Pamela m'avait sol-licité à ce sujet, mais comme je ne voulais pas agir contre vous, Anthony, je lui avais conseillé un avo-cat...

En train de se servir, Fuller lève les yeux sur Grab-ber, repose la bouteille, transfère les données de sa Nokia dans la console incrustée dans son bureau, allume le champ holo et, après quelques manips, présente à son avocat le visage grossi et flou d'un homme aux cheveux courts et raides, figure ave-nante, presque pouponne.

— C'est lui ?

— Oui. Robert Nelson, un jeune homme brillant et prometteur. Vous le connaissez ?

— Votre jeune homme brillant et prometteur fait partie de la Divine Légion, et y a fait adhérer ma femme.

La grosse bouche de Grabber se met à béer. Il cligne deux trois fois des paupières, et articule d'une voix sourde :

— Finalement, j'accepterais bien un bourbon.

Fuller le sert, tous deux s'envoient une large lam-pée. Anthony se dit qu'il devrait y aller mollo avec les deux Neuroprofen qu'il a pris avant de venir, mais bon, il y a des circonstances où l'on a besoin d'un remontant...

— Certains aspects de la carrière de Nelson m'apparaissent tout à coup sous un jour nouveau, remarque Grabber. (Il finit son verre, le repose sur le bureau d'une main qui tremble un peu.) Très bien.

Je m'occupe *personnellement* de son cas, ajoute-t-il d'une voix assourdie par une rage contenue.

— Et pour ma femme ?

— Vous pouvez prouver qu'elle appartient à la Divine Légion ?

— Bah, il suffit de l'écouter parler... Et elle pollue mon intérieur avec leur saleté de propagande.

— Ce n'est pas suffisant. Il me faudrait une carte d'adhérent, son nom et sa signature sur un listing de membres, quelque chose comme ça. Une preuve tangible devant un tribunal, vous comprenez ? Vous pouvez m'obtenir ça ?

— J'essaierai. Et vous pourrez la condamner ? L'envoyer en taule ?

— Non, sans doute pas. Malheureusement, la Divine Légion n'est pas interdite dans le Kansas. Mais ce sera une circonstance très aggravante, surtout si nous obtenons que l'affaire soit jugée par un certain juge de mes amis. Nous pouvons faire en sorte qu'elle soit exclue d'Eudora si nous démontrons qu'elle nuit, par ses convictions disons religieuses, à la tranquillité de l'enclave. Car c'est ça que vous voulez, je présume. Votre villa vous appartient, bien sûr...

— Hélas non. Nous avons stipulé dans le contrat de mariage qu'elle est un bien commun. Je l'ai apporté avec moi... Tenez.

Anthony sort de sa serviette en peau de chamois le document, qu'il tend à Grabber. Celui-ci l'étudie sourcils froncés. Le silence qui s'installe dans le vaste bureau est ponctué de quelques coups sourds : tout ce qui filtre à travers la baie panoramique antitornades. À cette hauteur ne parvient que de la fumée et parfois quelques éclairs. La clim diffuse également une odeur ténue de carbone, combattue par le parfum de jasmin qui embaume la pièce immaculée.

— Je pensais, reprend Fuller, que vous pourriez lui trouver un vice de forme qui permettrait de l'annuler...

— Hum. (Grabber affiche une moue contrariée.) Difficile de trouver un vice de forme dans un contrat de mariage. Les formules sont standard et plutôt bien rodées. Vous serez peut-être contraint de vendre votre villa, Anthony... à moins de racheter sa part à votre femme.

— Pas question ! Elle filerait tout ce fric à la Divine Légion.

— Bon. Je garde ce document, si vous permettez. Mais je ne vous promets pas d'en tirer quelque chose...

— Démerdez-vous, Sam, je veux que Pamela dégage de chez moi au plus tôt. Vous savez ce qu'elle a fait ? Elle a invité sa bande de cinglés pour samedi prochain, y compris le grand gourou en personne, Moses Callaghan !

Le visage de Grabber s'éclaire, fendu par un large sourire.

— Ah, mais voilà qui est très positif pour notre affaire ! Ça pourrait constituer la preuve que nous cherchons : Callaghan est une figure bien connue et, de plus, les propos échangés seront déterminants. Il faudrait enregistrer toute l'entrevue en vidéo. Discrètement, bien sûr, de manière qu'ils ne se doutent de rien... Vous pouvez le faire, Anthony ?

— *Moi ?* Vous voulez que j'assiste à leur délire ? J'ai un système de surveillance...

— Votre femme le connaît et peut le couper. Il faut quelque chose de plus discret, manipulé par un homme, afin de bien capter les moments importants.

— Rien que d'y songer, ça me file des boutons ! (*Et me donne envie d'avaler trois Dexomyl. Où est-ce que je les ai foutus ?* Il se rappelle soudain – avec une sueur froide – qu'il n'a apporté *aucun* médicament.)

— Faites un effort, Anthony. On n'a rien sans rien, vous savez.

— Bon, je vais y réfléchir... L'espionnage, ce n'est pas vraiment mon rayon. (*Mais c'est celui de Cromwell*, se dit-il. Cromwell qui a justement laissé un message...) Je crois pouvoir arranger le coup, ajoute-t-il avec un sourire rasséréné.

— À la bonne heure. (Grabber se lève.) Excusez-moi, d'autres affaires m'appellent. Merci pour le bourbon.

— Sam, vous n'allez pas repartir maintenant, avec ce qui se passe dehors. Vu votre couleur de peau, vous allez vous faire descendre par le premier GI à portée de tir.

— Très juste. C'est fâcheux, mais j'ai *vraiment* d'autres rendez-vous importants que je ne peux décommander.

— Les circonstances exigent parfois que... (Fuller se frappe le front.) J'ai une solution pour vous ! L'hélico qui m'a amené n'est pas reparti. (Il se penche sur son interphone.) Amy ? Trouvez-moi le pilote de l'hélico, s'il vous plaît... Oui, à mon bureau, merci. (À Grabber :) Voilà ! Satisfait ?

— C'est parfait, sourit l'avocat. Si vous traitez notre petite affaire aussi efficacement, Pamela ne fera pas de vieux os à Eudora, je vous le garantis ! Mais vous, comment allez-vous repartir ?

— Ne vous en faites pas pour moi, Sam. Je me débrouillerai.

Ils se serrent chaleureusement la main et Grabber

s'éclipse. Fuller se rassied à son bureau, se sert un autre bourbon, ouvre les messages transférés par Amy.

Le premier, uniquement vocal, est de la bouche même de Cromwell, et plutôt laconique : « L'oiseau est tombé du nid. Il n'a pas survécu. Condoléances. »

Anthony sourit : ces types de la NSA, il faut toujours qu'ils emploient un langage codé, même sur un réseau hautement sécurisé… En tout cas, c'est une bonne nouvelle : l'opération menée au Burkina suit le cours prévu.

— Réponse, dit-il à sa console. Merci pour vos condoléances, Cromwell. J'ai une autre affaire urgente à vous proposer. Contactez-moi au plus vite : elle doit être réglée samedi prochain. Fin de la réponse.

Le second message – audio, texte et vidéo – est nettement plus long : envoyé par Franklin Rothschild, le directeur du Forum éconogique de Nassau, c'est une invitation en bonne et due forme, assortie du programme du forum prévu pour dans un mois. Fuller se frotte les mains. *Eh bien, c'est parfait ! Voilà les vacances qu'il me faut !*

Installé depuis cinq ans à Nassau, Bahamas – la première enclave sous globe, totalement à l'abri des aléas climatiques, réputée pour ses plages de sable fin, sa mer limpide, le confort luxueux de ses hôtels et ses nombreuses structures de divertissement – le Forum éconogique initié et présidé par la prestigieuse famille Rothschild est le rendez-vous annuel incontournable de toutes les entreprises soucieuses de préserver notre climat et notre environnement, et de construire un avenir viable pour l'humanité. L'économie de l'écologie – ou éconogie – est désormais un secteur en pleine

expansion, qui allie une prise de conscience responsable
au sens des affaires et aux lois du marché...

explique l'introduction du programme, un baratin
que Fuller, régulièrement invité depuis la première
édition, connaît désormais par cœur.

Le dernier message, enfin, est uniquement textuel
et tient en peu de mots :

Ne touchez pas au Burkina, ou vous vous en repen-
tirez.

Anthony se gratte la tête, plus intrigué qu'agacé.
Des menaces ? Concernant son opération secrète au
Burkina ? Transmises par mail ? *Il faut que j'en parle
à Cromwell : il y a peut-être une taupe dans ses services...*

LA GRÂCE DIVINE

Je vivais dans le péché avec un homme marié, je me droguais, je fréquentais les bars et je buvais. J'étais sur une mauvaise pente, mais un jour Jésus m'est apparu dans les toilettes du bar où j'allais me shooter. Vêtu d'une aube blanche, tout auréolé de lumière, il m'a dit : "La vie dans la gloire du Seigneur ou la mort dans les griffes du Diable, choisis !" J'ai choisi : j'ai adhéré à la Divine Légion, et depuis j'ai rajeuni de dix ans et je n'ai plus aucun souci !

Témoignage de Jocelyn C., Houston, Texas.

Pamela est fébrile. Elle a peu d'amis et n'a guère l'habitude de recevoir du monde, hormis Rachel, sa voisine si pieuse. De son côté, Anthony a toujours préféré inviter ses relations au restaurant à Lawrence ou dans la résidence secondaire de Garden City, avant qu'elle ne soit squattée par Wilbur puis détruite par une tornade. Or aujourd'hui – en ce grand jour –, elle reçoit pas moins de onze personnes : la moitié du staff de la Divine Légion (six des douze apôtres qui entourent le révérend Callaghan), les trois convertis d'Eudora et bien sûr frère Ézéchiel. Elle vérifie pour la énième fois que tout est prêt : le café est chaud, les petits fours sont dressés dans des plats en argent, le pain fait par elle-même trône en bonne place sur une serviette blanche immaculée (Robert lui a certifié qu'on ne sacrifierait pas d'agneau chez elle : les trois nouveaux élus seraient intronisés par le partage du pain opéré par le révérend en personne), la télé est calée en sourdine sur Lord's Channel, la chaîne de la Divine Légion, Tony Junior est récuré et vêtu de blanc, le Christ est accroché bien droit sur le manteau de la cheminée (elle rectifie un poil) et surtout le système de vidéosurveillance est coupé. Tout est fin prêt. Elle n'a plus qu'à les attendre. Elle tourne en rond, de plus en plus nerveuse. Dans son fauteuil passé au polish, Junior l'observe, un sourire torve au coin des lèvres, et pousse de temps en temps de petits cris inarticulés.

— Tu sais qui vient te voir, mon chéri ? sourit Pamela. (Elle s'agenouille devant lui, prend ses menottes fripées dans ses mains.) Bien sûr que tu le sais, suis-je bête ! Tu lis dans mes pensées…

— Hi, grimace Tony Junior.

Le carillon de la porte d'entrée résonne : les voilà ! Le cœur battant, elle va ouvrir… Ce n'est que frère Ézéchiel, accompagné des trois futures ouailles : deux femmes – dont Rachel – et un homme plutôt timide, sinon gêné. Tout aussi empruntée, Pamela leur souhaite la bienvenue dans la maison du Seigneur, puis laisse frère Ézéchiel leur expliquer ce qu'est *vraiment* la Divine Légion, qui ils attendent et ce qui les attend, etc. Chacun écoute, opine, feuillette les brochures étalées en évidence sur la table basse, jette un œil à la vaste télé murale et un autre, plus biaisé et circonspect, à Tony Junior qui bave gentiment dans son fauteuil. Pamela le leur présente, sans rien révéler de sa vraie nature : Moses Callaghan s'en chargera s'il le souhaite…

Enfin, avec un retard de bon aloi sur l'heure prévue, des pneus crissent sur les gravillons de l'allée, des moteurs ronronnent dans la cour. Sur un signe de Robert Nelson, Pamela va accueillir ses maîtres sur le perron de la villa, garni de colonnades ioniques.

La voiture de Callaghan est aisément reconnaissable : c'est une limousine Cadillac blanche d'une longueur interminable, aux vitres fumées, immatriculée GOD 999, un crucifix en argent massif en ornement de calandre. Derrière, la Buick dorée des apôtres fait presque prolétaire.

Pamela se met à trembler quand le chauffeur de la limousine ouvre la portière arrière et que s'en extrait le grand corps de Callaghan, qui se déplie dans l'allée et gravit d'un pas majestueux les marches en marbre du perron. Il est vêtu en civil, d'un simple complet lamé argent, d'un Stetson en cuir blanc et de santiags pourpres. Ses yeux d'un bleu électrique, profondément enfoncés dans les orbites creuses de son visage taillé à la serpe, dardent sur Pamela un regard qui la fait presque défaillir. Il abat une grande main noueuse sur son épaule et lui décoche un sourire carnassier.

— La paix de Dieu soit sur toi, sœur Salomé ! Voici donc ta modeste demeure… (coup d'œil blasé sur la villa de 1 200 m²) habitée par la grâce divine, à ce qu'on m'a dit.

Éblouie, la gorge nouée, elle opine d'un vigoureux signe de tête puis s'efface pour laisser entrer Callaghan suivi de ses apôtres. Quatre d'entre eux ont la carrure, le costume sombre et le renflement sous l'aisselle typiques de gardes du corps.

— Où est-il donc, ce jeune envoyé du Seigneur ? tonne Moses de sa voix de stentor.

Campé dans le salon, entouré de son aréopage qu'il domine d'une bonne tête, il ignore les marques de déférence et d'attention que lui prodiguent les trois nouvelles recrues impressionnées par sa stature.

— Par ici, maître – heu, révérend…, indique Pamela d'une voix chevrotante.

Trottinant aux côtés du géant, elle le guide vers le fauteuil de Junior, installé devant la télé comme d'habitude.

— Alors, jeune homme ? Il paraît que Dieu te parle ?

Tony lève les yeux sur la tête haut perchée du révérend ; sa bouche se tord en un rictus horrible.

— Heu… Lui ne parle pas, intervient Pamela. Il… heu… comment dire… il communique par l'esprit, avec des images…

— Ah ! Voyons cela. (Moses s'accroupit devant Tony, darde ses yeux lumineux dans ceux gris et glauques du gamin.) Vas-y, petit. Envoie-moi une image.

Durant un moment, il ne se passe rien. Robert Nelson fixe Tony avec une intensité presque douloureuse, l'air de dire « Ne me déçois pas ! ». Pamela se tord les mains, n'ose imaginer ce qui se passerait si Junior ne fait rien, se contente juste de baver et de fixer Callaghan, en clone raté qu'il est. La réunion serait fichue, et sa carrière au sein de la Divine Légion gravement compromise…

Soudain Moses sursaute, les yeux écarquillés. Les gardes du corps se rapprochent, la main dans le veston. L'un des deux autres apôtres sort une minicam de sa poche.

— Oh oh! fait Callaghan, sourcils froncés. Tu as vraiment vu *cela*?

— Hi, couine Tony.

Le révérend avance la tête, ajuste son regard, scrute intensément les yeux de l'enfant… puis recule en poussant un gémissement, la tête dans les mains. Le champ holo de la télé se zèbre de couleurs stridentes, puis s'éteint. Tous ressentent une espèce de tension électrique fuser dans la pièce, comme si la foudre venait de tomber à côté. L'un des gardes du corps, très nerveux, sort son arme mais ne sait où la braquer.

— Quelqu'un peut m'expliquer ce qui se passe? demande Rachel d'un ton geignard.

— Taisez-vous! intime Nelson entre ses dents serrées.

Effrayée, Rachel s'éclipse. La porte d'entrée claque derrière elle. Personne n'y prête attention, chacun est concentré sur l'échange muet mais intense entre Tony et Callaghan. Celui-ci tombe à genoux, il transpire, a les yeux exorbités, mais il ne lâche pas prise. Junior grimace comme un singe, ses dents jaunâtres en avant.

— Oh! s'écrie Moses. Je vois! Je vois!

— Tony, bêle Pamela, ne fais pas de mal au révérend, je t'en prie…

— Il me fait aucun mal, sœur Salomé, articule Callaghan d'une voix nouée, il me… montre… la voie… (Il s'arque soudain en arrière, mains crochues, mâchoire crispée, pousse un râle et se met à crier:) Ouiiii! La voie du Seigneur!

— Révérend, vous allez bien? s'inquiète l'apôtre qui ne filme pas.

Moses le balaie d'un regard égaré. Ne sachant que faire, les gardes du corps écartent l'assistance. L'un d'eux braque son flingue sur Tony, à tout hasard. Tout à coup, il pousse un cri, ses doigts s'ouvrent et lâchent le pistolet qui tombe sur le tapis.

— Ma main, putain! Ça fait maaal!

Callaghan focalise sur l'homme qui s'agrippe le poignet et secoue ses doigts flasques, la figure tordue par la douleur, puis sur Tony dont les yeux perçants sont fixés sur lui. Il comprend – sourit méchamment.

— C'est bien, ça, très bien… (Il se relève, s'approche de Junior, ébouriffe ses cheveux rêches.) Jeune homme, je sens que nous nous comprenons parfaitement. Nous aurons une fructueuse conversation, tous les deux…

Junior lâche un gros soupir en crachant quelques postillons. Sa tête retombe sur sa poitrine. Étonné, le garde du corps examine sa main, remue ses doigts: tout est normal. Il ramasse son pistolet, le rengaine sous son veston.

— Que vous a-t-il fait, révérend? demande l'apôtre inquiet (un petit homme dégarni à lunettes, au look de comptable). Que vous a-t-il dit?

— Des choses… très personnelles, élude Callaghan.

— Mais c'est Dieu qui parle à travers lui, n'est-ce pas? insiste Nelson.

Le révérend le dévisage en clignant des paupières, comme s'il ne le reconnaissait pas ou n'avait pas compris la question.

— Hein? Ah oui, oui, pour sûr. Notre Seigneur Lui-même est incarné dans cette petite tête là… (il ébouriffe de nouveau les cheveux en bataille de Tony) comme Il est incarné en chacun de nous, ne l'oublions jamais! Et c'est à chacun de nous *personnellement* que Notre Père délivre ses messages, à notre âme même qu'Il s'adresse, car Il voit tout, car Il sait tout! (Moses lève ses grands bras qui touchent le plafond.) Ah, Seigneur, délivre-nous du mal, préserve-nous du péché, montre-nous la voie qui nous mènera dans Ta lumière, afin qu'advienne enfin Ton règne de mille ans ! Nous, l'armée des justes, nous T'écoutons, Seigneur, nous T'obéissons, nous Te servons ! Que Ton nom soit sanctifié et que Ton règne advienne, sur la terre comme au ciel !

— Amen ! s'écrie en chœur l'assistance galvanisée.

— Toi ! s'écrie Callaghan, qui tend vers Tony une serre griffue. Tu seras désormais notre porte-parole, car Dieu s'exprime à travers toi !

— Mais il ne parle pas…, objecte Pamela, d'une toute petite voix.

— Il me parle, à moi ! J'exprimerai ce qu'il me dit ! Femme innocente, ignores-tu que tu as enfanté l'Esprit-Saint lui-même ? Oh ! Les desseins de Dieu sont impénétrables, mais il m'a accordé la grâce de les percevoir ! La Divine Légion est le bras armé du Seigneur, et ce nabot est son général en chef !

De nouveau, Pamela se sent défaillir. Cela dépasse toutes ses espérances, ses rêves les plus fous ! Mon Dieu, sera-t-elle à la hauteur ? Si Tony est l'Esprit-Saint, alors elle… elle n'est autre que la Sainte Vierge ! Mais oui ! Elle a enfanté Tony sans consommer l'acte de chair ! Oh ! Doux Jésus ! Tout est donc *vrai* !… Un vertige la saisit, tout tourne autour d'elle… Les bras compatissants de Nelson la reçoivent opportunément.

— Ressaisissez-vous, sœur Salomé. Tout ira bien, vous verrez…

— Mon Dieu, frère Ézéchiel… je ne sais pas si je pourrai… si je saurai…

Le grand battoir de Callaghan s'abat de nouveau sur son épaule.

— Si, sœur Salomé : tu sauras, tu pourras et tu *devras* ! L'Esprit-Saint est dans tes murs : tu dois désormais lui consacrer ta vie entière, chacun de tes actes et chacune de tes pensées. De cette maison, qui est aussi sacrée que l'étable de Bethléem, tu dois faire un sanctuaire. Pas un impie, pas un mécréant, pas un impur ne doit plus franchir cette porte ! Aucun objet profane, aucune idole, aucun symbole démoniaque des sous-cultures nègres ou étrangères ne doit plus souiller la vue du Saint-Esprit ! Aucun livre, aucun son, aucune image autres que ceux tolérés par la Divine Légion ne doit plus avilir ton âme, qui doit être aussi pure que celle de l'agneau que tu as sacrifié, de la Sainte Vierge que tu incarnes ! Est-ce bien compris, sœur Salomé ?

— Je… j'y veillerai, mon révérend.

— En vérité, tu devrais confier cette maison à la Divine Légion. En tant que lieu sacré, sa gestion nous revient de plein droit. N'est-ce pas, frère Marc ?

— Tout à fait, opine le petit homme à lunettes. Un don à la Divine Légion me paraît être la méthode la plus simple et la plus généreuse.

— Mais… mais… c'est que…, bafouille Pamela, qui se rappelle brusquement qu'elle est mariée, en instance de divorce, et que les choses ne sont justement pas si simples.

— Ne vous en faites pas, Salomé, lui murmure à l'oreille Ézéchiel qui la soutient toujours. N'oubliez pas que je suis avocat : nous réglerons cette affaire au mieux, je vous l'assure. La Divine Légion est puissante…

— Bien, conclut Callaghan avec satisfaction. Nous avons trois nouveaux agneaux à accueillir dans les troupeaux de l'Éternel Berger, ce me semble ?

— L'une d'elles a pris peur et s'est enfuie, remarque l'un des gardes du corps.

— Qu'elle aille au diable ! Que son âme brûle en

enfer! (Plus bas, au garde du corps:) Vous y veille-rez, Luc. Rien ne doit filtrer de ce qui s'est passé ici.

— Bien, mon révérend.

De son côté, l'apôtre qui filmait prend son col-lègue à part dans un coin du salon, sa minicam au creux de sa main:

— C'est très curieux, Marc: je suis vraiment certain d'avoir filmé toute la scène, or j'ai voulu visionner la séquence et il n'y a rien d'enregistré…

— N'aurais-tu pas fait une mauvaise manipula-tion? Ou bien c'est la batterie qui est déchargée?

— Non, non! La batterie est neuve et le fonc-tionnement est enfantin, il suffit d'appuyer sur *Rec-Start*, ce bouton-ci. Tu vois? Et ça me dit *Aucune image*! Je ne comprends pas…

INDIGENCE

Vous écoutez La Voix des Lacs et vous avez bien raison ! Vous êtes donc les premiers à entendre la bonne nouvelle. Voici : le convoi de matériel de forage que nous attendions tous est enfin arrivé ! Habitants de Kongoussi et gens d'ailleurs, vous pouvez arrêter de creuser, une machine le fera pour vous dorénavant ! Commencez plutôt à labourer vos champs, car bientôt de l'eau les irriguera jusqu'à plus soif ! C'est un scoop et c'est La Voix des Lacs qui vous l'annonce ! Restez à l'écoute sur 101.6...

Ils sont plus d'une centaine à attendre le camion à la sortie de Kongoussi, sur la route de Djibo qui longe le lac Bam asséché. Un peu à l'écart, sur une éminence dénudée coiffée d'un énorme baobab mort, un barnum a été dressé, qui abrite du soleil ardent la présidente du Burkina elle-même, Fatimata Konaté ; son proche état-major – Claire Kando, la sévère ministre de l'Eau et des Ressources, Amadou Dôh, Transports et Infrastructures, Adama Palenfo, le timide responsable des finances, l'irremplaçable Yéri Diendéré, secrétaire de Fatimata, et le fils aîné de cette dernière, Moussa Diallo, nommé ingénieur en chef du futur forage ; le maire de Kongoussi, Étienne Zebango, son adjoint Alpha Diabaté, sa femme Alimatou et sa fille cadette Félicité ; Moussa Keita, le directeur de la CooBam, la coopérative agricole locale ; et Norbert Yaméogo, le capitaine du 4e R.I. en poste à Kongoussi. Une section d'élite, commandée par Abou promu caporal pour l'occasion, fait office de garde rapprochée de tout ce beau monde.

Les membres du Gouvernement portent un brassard noir en signe de deuil, suite à la mort tragique du Premier ministre Issa Coulibaly, la semaine précédente, dans l'explosion du Vautour qui le ramenait d'Abidjan. Une explosion inexpliquée : l'avion avait été révisé récemment, il marchait plutôt bien, or peu avant d'entamer sa descente vers Ouaga par temps calme et ciel clair – *boum !* Littéralement volatilisé en plein ciel. Aucun survivant. Même la boîte noire n'a pas été retrouvée.

Sur la route elle-même, contenus par un cordon de soldats, se pressent les Kongoussiens les plus valides qui ont été prévenus par la rumeur ou par La Voix des Lacs, la radio locale. Nombre d'entre eux ont apporté des seaux ou des jerricanes, comme si le camion tant attendu amenait l'eau directement et non le matériel pour la capter.

Enfin, dans la cuvette poussiéreuse du lac Bam entourée de grillages et barbelés coupés, arrachés, défoncés, que la garnison débordée a renoncé à défendre, s'est établi un campement de fortune constitué de tentes, bâches, couvertures accrochées pêle-mêle à des branches ou des poteaux, parmi des tas plus ou moins hauts de terre rouge pulvérulente qui voltige en nuées au moindre coup de vent et recouvre l'ensemble d'une couche uniforme. Au sein de ce nuage de poussière perpétuel creusent encore quelques centaines de pauvres hères, dont certains viennent de fort loin et ont tout abandonné pour cette ruée vers l'eau – vers un rêve inaccessible.

Sous le barnum, tout a été préparé pour une réception simple mais néanmoins officielle. Le capitaine Yaméogo voulait faire venir la fanfare du prytanée militaire, mais Fatimata a refusé, arguant qu'un accueil en fanfare au bout d'un tel voyage n'était peut-être pas des plus reposants. Étienne Zebango aurait bien déroulé le tapis rouge : nouveau refus de Fatimata, au prétexte que les envoyés de SOS n'étaient pas des chefs d'État. On a finalement opté pour des chaises longues, des boissons fraîches et une collation à base de spécialités locales : une mission qu'Alimatou Zebango a eu beaucoup de mal à assurer avec succès, vu l'indigence du marché local, néanmoins elle juge son tô et sa sauce gombo «passables». Fatimata a préparé un discours de bienvenue, Claire Kando un exposé des ressources et besoins en eau, Keita un aperçu du futur réseau d'irrigation, Moussa un plan prévisionnel du chantier, avec des vues en coupe du sol à forer.

Laurie et Rudy ont prévenu de leur arrivée la veille, par le téléphone-satellite de leur hôte, l'*amghar* des Kel Cherifen qui les avait accueillis dans son bivouac au pied du mont Sounfal. Il leur restait le pays peul à traverser, ils pensaient atteindre Kongoussi le lendemain en fin d'après-midi – si les Touaregs ne les retenaient pas pour un *tindé* ou une visite aux ancêtres, s'ils n'étaient pas attaqués sur la route Mopti-Gao réputée mal famée, si des Peuls réduits à la mendicité par la mort de leurs troupeaux ne leur tendaient pas une embuscade… C'est Laurie qui a parlé directement à la présidente (après filtrage par Yéri) ; bien qu'elle employât un ton respectueux, Fatimata a bien capté l'épuisement, voire le découragement qui pointait dans ses paroles. *Pauvre petite*, a-t-elle compati, maternelle. *Tâchons de lui réserver un accueil chaleureux, après toutes ces épreuves.* C'est pourquoi elle a tenu à l'attendre personnellement sur la route de Djibo, accompagnée des dignitaires indispensables, confiant les rênes du pays au général Victor Kawongolo, ministre de la Défense promu Premier ministre par intérim, et connu pour son intraitable rectitude.

À présent les heures s'étirent, les conversations s'étiolent, le frigo solaire ronronne et gargouille, le soleil décline lentement. Moussa révise ses plans, Claire ses chiffres, la foule sur la route prend patience, les soldats fondent sous leur uniforme, et Fatimata, l'œil rivé sur l'horizon, ne voit que la route qui poudroie et la poussière qui tournoie... À un moment s'est pointée une voiture portant le logo d'une agence de location d'Abidjan, conduite par un grand Noir en costume sombre et lunettes de soleil, chargée de quatre types qui paraissaient inquiets. Le grand Noir, qui ne parlait qu'anglais, a déclaré venir du nord, sans plus de précision. Personne depuis, à part quelques piétons ou cyclistes... La route de Djibo n'est plus guère fréquentée.

Alors que le soleil orange gonflé comme une boule de lave commence à descendre derrière les arbres morts, un nouveau panache de poussière ochracée s'élève au loin sur la route, entre les collines pelées. Fatimata, qui somnolait plus ou moins dans une chaise longue, se redresse brusquement. Son état-major se tourne vers la route, aux aguets. La multitude amorphe s'agite de nouveau. Les militaires sortent de leur torpeur, resserrent les rangs, font barrage de leurs armes. Le nuage grossit, s'approche... bientôt accompagné d'un bruit de moteur fatigué. Enfin, au débouché du virage, surgit un gros semi-remorque rougi par la latérite, la calandre un peu défoncée protégée par un pare-buffle tordu, le pare-brise constellé d'impacts, Save OurSelves peint en grandes lettres sur les portières et les flancs de la remorque.

— Ce sont eux !

Ce cri répercuté de bouche en bouche se diffuse parmi la foule comme une étincelle sur une traînée de poudre. Elle devient vite houleuse, tente de déborder les soldats qui s'échinent à la contenir pour se ruer au-devant du camion. Ceux qui creusent le lit du lac et le voient passer sur la route, soulevant une nuée de poussière, cessent aussitôt de creuser, posent pelles et pioches, commencent à remonter vers la rive.

Quand le Mercedes s'arrête enfin, à quelques mètres du cordon de militaires qui en viennent aux mains avec la cohue, une horde de zombies rouge brique issus du lac déboulent sur la route et se précipitent en vrac. Pris en sandwich, les soldats vont vite perdre le contrôle... À la tête de sa section, secondé par son copain Salah, Abou court sus au camion, repousse sans ménagement les premiers arrivants à coups de crosse, fait signe à grands gestes du bras aux occupants de la cabine de sortir, et la section escorte Laurie et Rudy médusés jusqu'au barnum sur la colline. Derrière eux, le cordon craque, bousculé par les Kongoussiens et rendu vain par la vague décharnée issue du lac en contrebas. Le tumulte est à son comble, cris, injures et coups pleuvent, des armes crépitent, la marée humaine s'écrase contre les flancs du poids lourd dont les portières se sont heureusement autoverrouillées. Les portières, mais pas la réserve d'eau située derrière la cabine qui forme le centre névralgique de la bousculade. Ça braille, ça hurle, ça s'empoigne, ça se balance seaux et jerricanes à la figure. La réserve est vite crevée, l'eau jaillit, chaude et frelatée mais si bonne, si précieuse! Puis le réservoir d'éthanol y passe à son tour : le carburant se mêle à l'eau qui s'écoule sur la route, bue par la poussière anhydre, recueillie fébrilement par des dizaines de seaux, de jerricanes, de mains tendues, de bouches béantes…

Du haut de la colline, Laurie et Rudy observent cette bagarre avec effarement. Débordés tout d'abord, ensevelis sous la masse, les soldats se sont repliés, ressaisis. Ils encerclent à présent la mêlée qu'ils s'efforcent de fractionner à coups de crosse et de gourdin, afin de parvenir jusqu'au camion qu'ils ont pour but de défendre des déprédations. Or une fois l'eau et l'éthanol épuisés, empoignades et bousculades se calment peu à peu. La cohue se disloque d'elle-même, ceux ayant réussi à grappiller quelques gouttes s'enfuyant à toutes jambes, poursuivis par ceux qui n'ont rien eu… Bientôt les militaires sont de nouveau maîtres de la situation, entourent le Mercedes d'une triple haie d'Uzi et de fusils brandis – dont certains ont déjà tiré, comme en témoignent les quelques corps laissés sur le terrain et les blessés qui s'éloignent en clopinant ou soutenus par leurs congénères.

Abou et sa section peuvent de nouveau assurer leur mission de garde présidentielle : manquerait plus que tous ces assoiffés s'avisent qu'il y a là-haut un frigo rempli de boissons fraîches… Et surtout, Abou ne veut plus quitter Laurie des yeux : en l'escortant jusqu'au barnum, il l'a vue et serrée de près, l'a *touchée* même, a senti son odeur acidulée de Blanche, le soyeux de ses cheveux blonds, la douceur de sa peau rougie par le soleil du désert… Il a vu la peur et le désarroi dans ses yeux, et il a eu aussitôt envie de la tenir dans ses bras. Maintenant, de loin, il détaille ses seins menus sous son tee-shirt sale, ses cuisses fuselées, ses longues jambes de gazelle, sa chevelure blonde léonine, son visage un peu rond, innocent et désabusé à la fois, ses grands yeux noisette… Elle est belle, si belle ! Le cœur d'Abou cogne dans sa poitrine. Est-ce le coup de foudre ? Tout à son éblouissement, il ne remarque pas Félicité qui l'observe à la dérobée, découvre ce qu'il contemple avec autant de ravissement, se détourne avec une moue et un « tsss » jaloux et dédaigneux…

Laurie, elle, n'a aucune conscience de ce qui se trame en aparté dans son dos. Elle n'en revient pas de cet accueil : comme si toute la misère du monde lui était tombée dessus d'un seul coup, avec son cortège de violence, de sang, de regards fous, de mains avides et d'odeurs pestilentielles. À l'ombre du barnum, au-dessus de cette mêlée confuse, de cette lutte à mort pour quelques litres d'eau croupie, devant cette table couverte de mets alléchants, ce frigo promettant une délicieuse fraîcheur, ces officiels déconcertés qui ne voulaient sans doute pas montrer à leurs hôtes sur quelle indigence ils règnent, Laurie sent soudain ses forces l'abandonner, ses derniers lambeaux de courage s'évaporer, la raison même de son voyage se déliter dans le sable. Les larmes aux yeux, elle s'écroule sur une chaise, se cache la tête dans les mains et marmonne d'une voix tremblante :

— C'est donc à ce point-là…

Fatimata se penche sur Laurie, lui entoure les épaules de ses bras, lui murmure des paroles de réconfort :

— Oui, Laurie, c'est à ce point-là. Mais vous, vous êtes au bout de vos peines. J'avais préparé un discours de bienvenue, je constate qu'il est inutile : il suffit de voir la réalité… Or grâce à vous, à l'espoir de reconstruction que vous apportez, nous allons nous en sortir. Reposez-vous à présent, chère amie. Désirez-vous boire quelque chose ?

Laurie se redresse, ses joues mouillées de larmes. Elle découvre cette femme qui la dévisage avec une compassion sincère et qui, très gentiment et très innocemment, lui offre à boire. Elle serre les lèvres, secoue la tête :

— Merci, j'ai soif en effet, mais devant tous ces pauvres gens qui se battent sous mes yeux pour une goutte d'eau, j'aurais du mal à avaler un Coca frais.

Rudy est parvenu aux mêmes conclusions, considérant d'un côté ce frigo ronronnant, cette table chargée de victuailles, et de l'autre son camion défendu par l'armée qui n'a pas hésité à tirer sur ces loqueteux émaciés qui ne voulaient que de l'eau, juste un peu d'eau ! Il a vu également, lorsqu'ils ont longé le lac Bam, tous ces miséreux croupissant dans la poussière, creusant la terre aride dans l'espoir d'atteindre cette eau miraculeuse qui se trouve, s'il se souvient bien, à 250 m de profondeur… On ne leur a rien dit ou quoi ? On préfère les laisser crever de soif et de faim dans ce nid à poussière ? Qu'est-ce que c'est que ce pays de merde, ce gouvernement de nababs qui se permettent d'étaler leur aisance à côté de la pauvreté la plus absolue ? Est-ce pour ces enfoirés qu'ils ont accompli ce voyage éprouvant ? Est-ce pour garnir leurs piscines et leurs jardins tandis que le peuple continuera d'agoniser ? Rudy a bien envie de repartir tout de suite avec le camion, refiler ce matos de forage aux Touaregs qui eux savent partager…

On a voulu lui serrer la main, il a refusé ; on lui a tendu une canette de soda tout embuée de fraîcheur, il a répondu qu'il préférait la flotte dégueulasse de son camion, qu'il en restait un fond dans la cabine et qu'il allait le boire là-bas, navré de ne pouvoir le partager avec ceux que l'armée a chassés à coups de fusil.

Son attitude a pour le moins désorienté l'assemblée : c'est les yeux ronds et la bouche béante qu'Étienne Zebango, Claire Kando, Adama Palenfo et les autres l'ont vu redescendre la butte et rejoindre le Mercedes en bousculant les soldats qui le gardent.

Aux paroles de Laurie, Fatimata comprend soudain la nature du malaise qui s'est instauré, de ce navrant malentendu : comme tous les Blancs débarquant en Afrique, ceux-ci ne voient encore que l'apparence, la surface des choses.

Devant Laurie, Fatimata interpelle d'une voix forte le capitaine Yaméogo :

— Capitaine, faites donner par vos hommes un verre d'eau et un bol de mil à nos invités, et distribuer tout le reste, y compris le contenu du frigo, à tous ces gens qui sont là dans la rue.

Laurie lève vers Fatimata des yeux étonnés, et le capitaine la gratifie d'un regard effaré :

— Madame, dois-je vraiment obéir à cet ordre ? Ça va être de nouveau l'empoignade, une tuerie, un massacre !

Campée bras croisés au-dessus de Laurie toujours assise, Fatimata la toise sans aménité :

— À vous de décider, ma chère : un Coca offert par le Gouvernement ou un massacre au nom de la sacro-sainte égalité ?

Laurie cligne des paupières, désorientée. Que lui

demande-t-on de choisir, au juste ? Elle qui aspirait juste à un peu de repos… C'est quoi, ce piège ?

— Autrement dit, reprend Fatimata, acceptez-vous enfin notre hospitalité ou préférez-vous camper sur vos principes, certes généreux mais présentement inapplicables ?

C'est Alimatou, la femme du maire, qui, avec son esprit pratique, tire tout le monde d'embarras :

— Ffffiii ! Il fait bien trop chaud pour se faire des problèmes, pas vrai ? Et puis, qui a eu l'idée saugrenue de dresser la table ici ? Mon tô et mon gombo sont tout poussiéreux maintenant ! Allez, on remballe tout ça et on va dîner à la maison. Tu es d'accord Étienne, n'est-ce pas ?

— Absolument, opine le maire, avec un grand sourire de soulagement.

— D'accord, sourit Laurie à son tour. Je vais chercher Rudy et lui expliquer.

— Bienvenue au Burkina ! lui crie Fatimata, tandis qu'elle dévale la pente et rejoint la route, évitant les cadavres bourdonnants de mouches.

Chapitre 8

COMPLAINTES, COMPLICES
ET COMPLOTS

... Sont donc réunis sur ce plateau, de gauche à droite :
monsieur Richard Fuller III, président d'honneur d'Exxon
Hydrogen ; le professeur José da Silva, directeur de l'insti-
tut de veille et d'études Global Climate Change ; monsieur
Franklin Rothschild, directeur du Forum éconogique de
Nassau ; monsieur Paal Amarualik, Premier ministre du
Nunavut ; madame Jiang Lizhi, première secrétaire du parti
chinois *He ping jue qi*, qui signifie « Paix-émergence » ;
madame Najma Krishnaswamy, présidente de l'association
Samsara ; et monsieur Markus Schumacher, président de
SOS-Europe. Mesdames et messieurs, pour commencer,
une question que je pose à chacun d'entre vous, à laquelle
je vous demande de répondre très brièvement, en une
seule phrase : en quoi vos actions ou celles des organismes
que vous représentez contribuent-elles à la lutte contre le
réchauffement climatique ? Monsieur Fuller ?

— C'est très simple : Exxon est en train d'abandonner
le pétrole pour produire de l'hydrogène, un carburant
totalement non polluant, qui est la matière première de
l'univers.

— Professeur da Silva ?

— Global Climate Change est un institut d'études :

nous, nous produisons de l'information. À vous de savoir en tirer profit.

— Monsieur Rothschild ?

— Depuis sa création il y a cinq ans, le Forum écono-gique n'a de cesse de faire prendre conscience aux entreprises de leur responsabilité dans ce phénomène et sa gestion. Cette année nous innovons avec le label « perfor-mance écologique » qui produira, j'en suis certain, une haute valeur ajoutée.

— Monsieur Amarualik ?

— Le Nunavut et les régions arctiques en général subissent de plein fouet le réchauffement climatique avec la fonte de la banquise. Le mode de vie traditionnel des Inuits en est totalement bouleversé. Comment sur-vivre sans phoques, sans ours, quand la glace fond...

— Nous y reviendrons. Madame Lizhi ?

— Un homme, un arbre, une source d'énergie : voici les trois vecteurs de notre politique.

— Merci pour votre concision. Madame Krishnaswamy ?

— Nous œuvrons pour que l'Inde retrouve une voie pure, harmonieuse, non violente et respectueuse de la vie dans toutes ses incarnations, selon les enseignements du Bouddha.

— Monsieur Schumacher ?

— Dans tous les pays en difficultés, l'ONG Save OurSelves aide les autochtones à se prendre en charge selon des programmes naturellement adaptés au climat et à l'environnement local.

— Bien. Nous développerons toutes ces réponses après ce petit mot de notre sponsor, les centrales solaires Samsung...

RÊVES

Creuser un trou de 250 m de profondeur ne s'improvise pas. Moussa Diallo-Konaté l'a appris à ses dépens. Suivre des études en hydrologie option irrigation n'a pas fait de lui un spécialiste du forage, même si ce thème a été abordé dans son cursus. Aussi a-t-il dû se familiariser avec des termes barbares tels que tricône, masse-tige, tubage, turbine rotary, mouflage, diagraphie, boues thixo-tropiques, pression hydrostatique… Il a dû également embaucher du personnel compétent, qu'il a eu la chance de recruter en partie avant la parution de son annonce dans les médias locaux et nationaux. En effet, le jour même de l'arrivée à Kongoussi du camion de SOS, quatre hommes venus « du Nord » (sans autre précision) se sont présentés spontanément à la mairie pour offrir leurs services sous la houlette de leur « patron », un type plutôt élégant portant costume sombre et lunettes noires, et ne parlant qu'anglais. Leur expérience acquise sur divers forages aquifères sahariens, pétroliers en Sierra Leone et même offshore, a permis à Moussa de les engager de suite et de les nommer contremaîtres du futur chantier. Grâce à leurs contacts – et à l'intervention énergique de Laurie –, il a pu faire livrer rapidement le matériel manquant : derrick, générateurs, tamis, câbles, tuyaux, compresseurs et casemates pour ranger tout ça, le camion n'ayant apporté que le cœur du dispositif : trépans, turbines, crépines, treuils et moteurs, tubes et masses-tiges, bancs de mesures et de contrôles.

La construction du chantier n'a pris qu'une dizaine de jours, ce qui constitue une sorte de record. Dix jours pour repérer l'emplacement le plus adéquat pour le forage, d'après les données partielles fournies par l'image-satellite ; pour évacuer *manu militari* les creuseurs et sécuriser la zone, avec assez de doigté pour éviter émeutes et affrontements (Abou s'est distingué sur cette mission qui lui a valu d'être promu caporal-chef) ; pour consolider sur le fond sableux du lac une piste et un terre-plein pouvant supporter la pose d'un derrick et la circulation de poids lourds ; pour, enfin, monter le derrick et toutes les installations annexes – ce en quoi les quatre hommes « du Nord » ont prouvé leur aptitude. Il a fallu également prévoir une intendance suffisante pour nourrir et abreuver le personnel du chantier : ce rôle a été dévolu à Alimatou, l'épouse du maire, qui l'assure avec un sens de la débrouillardise et de l'économie qu'Étienne Zebango connaît bien au niveau familial, mais qu'il a été surpris de voir appliqué à si grande échelle – plusieurs centaines d'ouvriers au plus fort des travaux. Avec l'argent du Gouvernement et l'aide de quelques matrones de ses amies, Alimatou réussit chaque jour à confectionner pour ces travailleurs affamés une tambouille solide et consistante qui leur permet de retourner au turbin avec ardeur, malgré les conditions météo qui oscillent entre fournaise et enfer, quand ce n'est pas l'harmattan qui souffle, ocre le ciel, râpe les peaux, ensable le matériel, recouvre tout d'une couche de latérite uniforme. Les employés sont mieux nourris que la majorité des habitants de Kongoussi, vivent dans l'opulence au regard des pauvres hères qui s'obstinent encore à fouailler le sable aux alentours. Du coup, les demandes d'embauche affluent : une queue dépenaillée se forme chaque matin devant l'entrée du chantier, armée de pelles, de pioches, de truelles, d'outils hétéroclites ou de ses seules mains calleuses, chacun brandissant un CV bricolé à la diable ou arguant d'une compétence indispensable : « Je te creuse un trou d'un mètre en quinze minutes, parole ! », « Vous n'avez pas besoin d'un ingénieur électronicien ? Je sais réparer les télés… », « S'il faut couler du ciment, c'est moi le meilleur maçon de Kongoussi ! », « Mon père était sourcier, je sais comment trouver l'eau, fais-moi confiance… ». Cette queue perdure malgré le grand panneau PLUS D'EMBAUCHE placardé sur le grillage. C'est à Abou et son unité qu'échoit encore la tâche délicate d'expliquer à tout ce monde que non, c'est inutile, vous pouvez rentrer chez vous, nous n'avons plus besoin de personne. Explications qui ne vont pas sans engueulades, insultes, heurts, échauffourées parfois… Désormais caporal-chef, Abou peut heureusement déléguer, n'est plus astreint à demeurer aux premières lignes. On ne l'appelle que pour les cas délicats, genre « Je suis le neveu du cousin par alliance du mari de la présidente, vous ne pouvez pas refuser de m'engager ! » ou « J'ai une lettre du maire lui-même qui m'a juré sur la tête de sa mère que j'aurai du travail » ou encore « J'ai fait cinq cents kilomètres à pied pour venir travailler ici, voyez comme mes pieds saignent, au moins donnez-moi de l'eau ! »...

Grâce à son nouveau grade et à son privilège de fils-de-la-présidente, Abou ne partage plus l'ordinaire de la garnison logée dans des tentes militaires étouffantes et nourrie de rations aussi congrues qu'insipides. Il s'est installé avec son frère dans le logement de fonction fourni par le maire, dans un immeuble relativement moderne en centre-ville, qui a eu l'eau courante et regorge d'électricité solaire. Ce logement, a expliqué Étienne Zebango, a été occupé par le directeur adjoint de la CooBam, parti avec sa famille en Côte d'Ivoire dans l'espoir d'une vie plus clémente ; or c'est la mort qu'ils ont trouvée à la frontière, victimes d'un raid de l'armée ivoirienne. « Oui, monsieur, les Ivoiriens tirent à vue présentement, ils ne veulent plus d'un seul Burkinabé chez eux ! » Il n'y a donc plus de directeur adjoint à la coopérative agricole, et même le poste de directeur n'a été maintenu qu'à titre honorifique. « Tout va changer désormais, Moussa Keita aura de nouveau du travail ! »

Abou est heureux de retrouver son frère qu'il n'avait pas revu depuis que celui-ci était parti, à l'âge de vingt ans, faire ses études en Allemagne. De son côté, Moussa est ravi de constater que ce petit gringalet de treize printemps, qui préférait traîner dans les rues avec ses copains plutôt qu'apprendre à l'école, est devenu cinq années plus tard un solide jeune homme, sérieux et posé, bien vu de ses supérieurs et sans doute appelé à de hautes fonctions militaires.

— Car ça te plaît l'armée, n'est-ce pas ? l'entreprend-il un soir (trop las et abattu par la chaleur pour travailler sur son portable, se prendre la tête avec les décanewtons, les mégapascals, les tours-minute et les masses volumiques). Tu vas continuer ? Passer sergent, puis lieutenant, puis capitaine ?

— Non, je ne crois pas, grimace Abou. D'abord les grades ce n'est pas comme ça, après sergent il y a adjudant, puis adjudant-chef, major, aspirant...

— Peu importe, évacue Moussa de la main qui ne tient pas la canette de bière. Pourquoi non ? Ça ne t'intéresse pas de faire carrière dans l'armée ? Tu peux aller loin, tu sais : le général Kawongolo est bien devenu Premier ministre.

— Par intérim seulement. Et puis... (D'un grand geste du bras, Abou englobe la ville qu'ils dominent au balcon du deuxième étage.) Toute cette misère, ça m'écœure finalement. J'aimerais partir d'ici, Moussa.

— Pour aller où ?

— En Europe, comme toi.

Non sans étonnement, Moussa observe Abou qui promène un regard dégoûté sur les cours, toitures et terrasses plongées dans l'ombre, voilées par un smog éternel, mélange de poussière charriée par l'harmattan et de fumée issue des centaines de foyers où les Kongoussiens font cuire leur maigre pitance. Les fours et réchauds solaires, pourtant vendus en masse et à bas prix par les Chinois, n'ont pas encore éradiqué d'ancestrales traditions : nombreux sont ceux qui, par refus de cette technologie étrangère ou faute des moyens de l'acquérir, préfèrent acheter leur combustible aux colporteurs ou aller arpenter les collines dénudées en quête de bois mort. Les lampadaires qui soulignent le tracé des rues à travers ce labyrinthe révèlent également les silhouettes décharnées des vautours perchés dessus, endormis repus pour la nuit ou cherchant du coin de l'œil quelque cadavre à dépecer…

— L'Europe n'est pas le paradis que tu crois. Les gens comme nous y sont plutôt mal vus… Les gens de couleur, je veux dire.

— C'est quand même un pays riche, où il y a de l'eau à profusion, où tout le monde mange à sa faim.

— Détrompe-toi! Il y a des riches, d'accord, même des très riches, mais ils sont peu nombreux et vivent entre eux dans des enclaves où tu n'as pas le droit d'entrer. Il y a la majorité qui se débrouille plus ou moins bien, qui a un travail et vit à peu près décemment malgré les coupures d'eau et d'électricité, malgré les tempêtes, les sécheresses ou les inondations qui sont toujours des catastrophes là-bas, à croire qu'ils n'y sont pas habitués. Et puis il y en a plein qui n'ont rien, pas de travail, pas d'argent, pas de logement, qui vivent dans la rue ou dans des camps sinistres et dangereux, qui mendient ou se mettent en bandes pour voler… Pour eux c'est même pire qu'ici, parce que ici, si t'es pauvre, tout le monde est pauvre autour de toi, tu n'es pas tenté. Mais là-bas, t'es pauvre et tu vois toute cette richesse brillante, ces magasins luxueux, ces bagnoles rutilantes qui roulent à l'hydrogène, ces hypermarchés qui regorgent de bouffe, gardés par des vigiles armés… Tu vois tout ça et tu baves, t'as la haine qui te ronge l'estomac. Et quand t'es noir comme nous, ou étranger en tout cas, et que tu viens faire des études, ces gens-là croient que tu leur voles le travail qu'ils n'ont pas, que tu te fais du fric sur leur dos. Alors ils déchargent leur haine sur toi parce qu'ils ne peuvent pas atteindre les responsables qui vivent dans les enclaves. Tu vois, c'est comme ça l'Europe.

— Mouais… (Abou esquisse une moue dubitative, qu'il efface avec une gorgée de bière tiède.) Mais si tu vis avec une femme blanche, si t'es marié avec elle, on ne peut rien te faire, non? Tu deviens citoyen européen?

— Ce n'est pas si simple. Il y a des tas de démarches très longues, très compliquées, et pas du tout assurées d'aboutir. Même en étant le fils de la présidente du Burkina, ça ne change rien. Et maintenant, c'est encore pire que quand je suis parti. J'avais une petite amie à la fac à Berlin… (Moussa s'interrompt, scrute du coin de l'œil son frère qui, lui, a le regard perdu dans la nuit.) Pourquoi tu me demandes tout ça, d'abord? Tu as une idée en tête? Ou quelqu'un en vue, peut-être?

Grâce aux e-mails échangés avec sa mère, Moussa n'ignore pas qu'Abou avait été jaloux de son départ en Europe. Lui aussi voulait aller « étudier » là-bas, dans ce pays de cocagne… Mais il n'était qu'un gosse quand Moussa est parti, et ses médiocres résultats scolaires ne laissaient présager aucune carrière digne du gros effort financier qu'avait consenti Fatimata pour son fils aîné nettement plus brillant. Cette jalousie avait passé en grandissant, au point qu'arrivé à un âge où l'on commence à réfléchir sérieusement à son avenir, Abou avait déclaré qu'il voulait rester au Burkina pour « se rendre utile au pays ». Il ne voyait pas encore bien comment, quand l'heure de la conscription a sonné pour lui. Le service militaire n'est plus obligatoire au Burkina, mais sa mère a tenu à ce qu'il s'engage, afin qu'il apprenne justement différentes façons de servir son pays. De plus, Abou a toujours été proche de sa grand-mère, qui apparemment l'initie à son art traditionnel de guérisseuse... Alors, c'est quoi cette nouvelle lubie pour l'Europe ?

— Oui... peut-être, répond-il évasivement.

Il masque son trouble en finissant d'un trait sa bière.

— Tu veux aller vivre en Europe avec une Blanche ? insiste Moussa. Ne me dis pas que c'est, comment déjà... Laurie ? Ce n'est pas Laurie quand même ?

Abou pique un fard et ne répond pas. Moussa éclate de rire.

— Alors là, mon vieux, t'es complètement à côté de la plaque. D'abord elle ne t'a même pas remarqué, et puis elle a au moins trente ans !

— Et alors ?

— Enfin Abou, sois sérieux ! Tu ne sais rien du tout d'elle, tu ne l'as vue qu'une fois le jour de son arrivée. Maintenant elle est à Ouaga avec maman et, si ça se trouve, elle va retourner directement chez elle, rejoindre en France son mari ou son petit ami...

— Non. Elle reviendra ici, j'en suis sûr.

— Ah oui ? Elle te l'a dit ?

— Je l'ai vu dans le bangré.

Moussa hausse les épaules.

— Tu parles ! Tu l'as vu dans tes rêves, plutôt.

— Et puis elle n'a pas de mari ni de petit ami en France...

— Ça aussi tu l'as vu dans le bangré ?

— Non, c'est Rudy qui me l'a dit. Même lui, il ne couche pas avec elle.

— Il t'a dit ça, Rudy ? Comme ça, de but en blanc ?

— Je lui ai demandé.

— Eh bien toi, s'ébahit Moussa, tu ne manques pas de culot ! Tu crois qu'elle va s'intéresser à un jeune troufion comme toi ? Peut-être qu'elle est lesbienne.

— Qu'elle est quoi ?

Abou détourne son regard des étoiles invisibles pour le poser sur son frère, sans aménité.

— Lesbienne ! rit Moussa. Elle aime les femmes, quoi ! On t'apprend rien, à la caserne ?

— Peuh ! (Le frère cadet hausse les épaules à son tour.) Ne dis pas de mal de Laurie. C'est une fille bien.

— D'accord, Abou. N'empêche, tu te berces d'illusions, là. Et Félicité ? J'ai vu qu'elle te tournait autour…

— C'est une dinde.

— Moi je la trouve plutôt jolie… et spirituelle en plus.

— Prends-la, si tu la veux.

— C'est toi qu'elle veut.

— Elle me veut parce que je suis le fils de la présidente. Elle pense qu'elle aura une bonne situation comme ça.

— C'est possible, reconnaît Moussa. Mais tes études avec mamie ? Le bangré, justement. Il paraît que tu as des dons…

— Qui te l'a dit ?

— La rumeur… Tu laisserais tomber tout ça pour suivre Laurie en Europe ?

— Je laisserais tout tomber pour suivre Laurie partout.

— T'es gravement amoureux, mon frère.

— C'est rien de le dire, mon frère.

— N'empêche, si t'as des dons comme on le

prétend, tu devrais bien voir que ça te mènera à rien. Même moi qui n'ai aucun don, je le vois.

— C'est parce que tu n'es pas amoureux.

— Oui, l'amour rend aveugle, c'est bien connu.

— Avant huit jours, je te jure, Laurie sera dans mes bras.

— C'est ça, crois-y. Tu veux une autre bière ?

— Si t'en as, oui.

Tandis que Moussa se lève et entre dans l'appartement, Abou lui crie par la porte-fenêtre :

— Et ce sera pour la vie !

NÉGOCIATIONS

> Vouloir conquérir le monde et le manipuler,
> c'est courir à l'échec, je l'ai vécu d'expérience.
> Le monde est chose spirituelle,
> qu'on n'a pas le droit de manipuler.
> Qui le manipule le fait périr,
> à qui veut s'en saisir il échappe.
>
> Laozi (Lao-tseu),
> *Daode-jing (Tao-te-king)*, verset 29.

— Vous êtes sûre, Laurie ? Vous voulez vraiment retourner en France ?

Laurie hoche lentement la tête, tout en se mordillant la lèvre inférieure : elle n'a pas l'air sûre du tout. Elle lève sur Fatimata, assise à son bureau derrière son Quantum Physics, un regard pathétique d'indécision.

— Nous avons trop abusé de votre hospitalité, argumente-t-elle néanmoins. Nous avons livré le matériel, le chantier est en de bonnes mains, ni Rudy ni moi n'y connaissons quoi que ce soit en forage. Notre mission est donc terminée…

— Allons donc, sourit la présidente. Rien ni

personne ne vous attend en France ; vous vous ron-gez les sangs à l'idée de retourner dans cette ville de Saint-Malo qui paraît sinistre, d'après ce que vous en dites. Le climat de votre Bretagne et la mentalité des Européens vous dépriment... Je ne fais là que répéter vos propres paroles.

— Oui, mais...

— Ne me dites pas que vous avez le mal du pays, je ne vous crois pas. Je vous ai vue heureuse ici, Laurie. Joyeuse et détendue, malgré l'inconfort, les mouches et la chaleur. C'est Rudy qui veut rentrer, et vous n'osez pas lui dire non, ou vous désirez le suivre ? C'est cela ?

— Pas du tout, se renfrogne-t-elle. Rudy fait ce qu'il veut, va où il veut. Nous ne sommes liés d'aucune façon.

Du reste, Rudy ne manifeste aucune velléité de retour en Europe. Il se sent à Ouaga comme un pois-son dans l'eau, ou plutôt comme un fennec dans le sable. Il passe ses journées à courir les rues, errer de-ci de-là, faire des rencontres, acheter des babioles, secourir des gens malades, en détresse ou dans la misère noire en puisant sans vergogne dans les quelques prodigalités que lui offre l'intendance du palais présidentiel où Laurie et lui sont logés, où il ne revient parfois que tard dans la nuit, épuisé, sale et content. La seule fois où tous deux ont abordé la question d'un éventuel retour au bercail, Rudy s'est montré fort tiède et très évasif :

— Quel bercail ? Et rentrer comment ? En avion ? On n'a pas les moyens. En bus ? Il n'y a pas de bus qui montent vers le nord.

— Reste le camion... Il faut le ramener, je sup-pose. Schumacher ne m'a pas dit que SOS l'offrait au Burkina.

— Me retaper toute cette route me gonfle carrément. Et ton Schumacher n'est qu'un sale pingre. Un camion multi-carburants, c'est ce qu'il faut pour ce pays. Ici il n'y a que des épaves qui roulent par miracle, dont certaines fonctionnent encore au *gasoil* ! Au prix où ça coûte !

Rudy s'est mis à digresser sur la précarité des transports au Burkina, affirmant qu'Amadou Dôh, le ministre en charge de ce secteur, est un incapable et qu'il en parlerait à la présidente, et la question du retour en est restée là.

— Eh bien alors ? lance Fatimata. Qu'est-ce qui vous empêche de rester ici ? Pour ce qui est d'œuvrer dans l'humanitaire, ce n'est pas la tâche qui manque. Dans ce domaine, j'aurais justement besoin d'une conseillère qui ne soit pas partie prenante, qui puisse considérer les choses d'un point de vue extérieur, avec suffisamment de détachement, sans subir l'influence de tel ou tel clan, famille ou ethnie…

Laurie écarquille des yeux ébahis : la présidente veut l'*embaucher* ?

— Je vous ai vue à l'œuvre, poursuit Fatimata. J'ai apprécié vos talents de négociatrice et d'organisatrice, tant à Kongoussi, où vous avez mis en place une méthode de recrutement du personnel aussi simple qu'efficace, où vous vous êtes démenée pour que le matériel manquant arrive rapidement…

— Je n'ai fait que passer quelques coups de fil, mettre des choses au point.

— Ne vous sous-estimez pas, Laurie : sans vous, Moussa en serait encore à palabrer avec les fournisseurs et se serait probablement fait avoir. J'ai aussi admiré la façon dont vous avez traité avec les délégués chinois.

Laurie sourit à cette évocation. Elle est assez fière d'avoir su habilement circonvenir la délégation chinoise venue négocier son retour sur investissement (ce dont Schumacher l'avait prévenue avant leur départ). Elle y pensait de temps en temps, se demandait comment présenter la chose à la présidente, comment lui avouer que ce « don » de matériel de forage par SOS dissimulait en vérité une taupe chinoise dans les plates-bandes burkinabés. En retour, ceux-ci exigeraient soit une participation à l'exploitation de l'eau, soit une part du commerce des cultures ainsi générées, soit une production entièrement dédiée à l'exportation, comme le coton par exemple. C'est bien dans leurs manières, c'est ainsi qu'ils ont accaparé des pans entiers de l'économie mondiale : non par l'affrontement direct, la concurrence déloyale, les fusions monopolistiques et les OPA agressives – méthodes occidentales –, mais par l'infiltration en douceur, les cadeaux généreux, l'art de se rendre indispensable au meilleur coût et « dans l'intérêt commun », le partenariat évoluant peu à peu vers l'absorption pure et simple de l'actionnaire étranger... Des fleurons de l'économie américaine parmi les plus symboliques – Coca-Cola, Disney, IBM, General Motors entre autres – sont ainsi devenus chinois ou filiales de conglomérats asiatiques, à travers des sociétés-écrans réparties dans divers paradis fiscaux. Le même système, c'est clair, allait s'appliquer à la nappe phréatique de Bam – à l'opposé de la méthode combative de Fuller : on vous a donné ce forage, vous nous offrirez bien un peu d'eau ou quelques salades en échange ? Une fois le petit doigt pris dans l'engrenage, toute la région finirait par tomber sous la coupe de la Chine, avec le sourire et sans que personne y trouve à redire.

Résultat, le Burkina ne serait pas plus riche qu'avant, et son eau ne lui appartiendrait pas davantage que si elle avait été conquise les armes à la main par Fuller et sa clique. Comment empêcher cela ? Laurie a rencontré Ousmane Kaboré, le ministre des Affaires étrangères, malade (la bilharziose) donc inapte à négocier quoi que ce soit, surtout avec les Chinois. La mort dans l'âme, elle s'apprêtait donc à avouer à Fatimata la vipère que recelait le matériel de forage, et avait sollicité pour cela une entrevue avec la présidente, mais les Chinois l'ont prise de court.

Elle est tombée dessus dans le bureau de Yéri Diendéré : trois hommes et une femme, attendant stoïquement dans cette chaleur de four que la présidente veuille bien les recevoir. Le cœur de Laurie a bondi dans sa poitrine, son cerveau s'est mis à bouillir. Comment avertir Fatimata maintenant ? Sous quel prétexte s'immiscer dans cette entrevue ? Elle s'est alors entendue – à sa grande surprise, elle si franche et directe d'habitude – proférer un gros mensonge :

— Madame, messieurs, je suis la secrétaire du ministre des Affaires étrangères, malheureusement empêché de vous recevoir pour cause de maladie. Mais je suis au courant de toute l'affaire et habilitée à traiter en son nom.

— Nous sommes honorés, madame, s'est incliné l'un des Chinois, mais c'est avec Madame la présidente que nous avons rendez-vous…

— La présidente est très occupée, elle m'a mandatée pour m'occuper de cette affaire. Si vous voulez bien me suivre dans mon bureau…

Laurie a entraîné la délégation dans l'un des nombreux bureaux vides du palais, sous l'œil étonné et amusé de Yéri. Elle n'en menait pas large, ignorant totalement ce qu'elle allait dire à ces envoyés du tout-puissant Office du commerce extérieur chinois, rompus aux tractations les plus retorses. Tandis qu'ils s'installaient dans la pièce imprégnée d'une fine couche de poussière latéritique, il lui est brusquement revenu à l'esprit que, depuis que les Chinois ont abandonné toute référence à un communisme obsolète et incompatible avec leur nouveau statut de grande puissance, ils ne jurent plus que par un retour aux traditions, citant Kongzi (Confucius), Sun Tzu, Zhuangzi (Tchouang-tseu) et Laozi (Lao-tseu) à tout propos. Elle les a abordés par ce biais :

— Avant d'entrer dans le vif du sujet, madame et messieurs, permettez-moi de rappeler à votre esprit deux ou trois aphorismes afin d'orienter dans un sens positif le cours de notre conversation. Kongzi a dit : « Celui dont la pensée ne va pas loin verra les ennuis de près. » Et Laozi a exprimé ces paroles : « Il n'est de plus grand péché que convoiter beaucoup, point de plus grand mal que d'être insatiable, pas de pire faute que l'appétit de posséder. Se contenter du suffisant est se suffire toujours. » Et aussi : « Si un grand royaume s'abaisse devant un petit, par là même il le conquiert. Si le petit royaume s'abaisse devant le grand, par là même il est conquis par lui. Le grand royaume ne veut rien d'autre qu'unir les hommes et les nourrir. Le petit royaume ne veut rien d'autre que prendre part au service des hommes. Chacun obtient ainsi ce qu'il veut, mais c'est au grand de s'abaisser. » Approuvez-vous ces sages principes ?

— Certes, a opiné le porte-parole, et nous les appliquons chaque jour. Mais je ne vois pas le rapport avec l'affaire que nous sommes venus négocier...

— Il est évident, pourtant : vous désirez, par le don de ce matériel de forage, vous ouvrir un marché lucratif au Burkina. C'est de bonne guerre commerciale. Or songez un peu à votre méthode : en échange de ce faux don, vous allez exiger une participation aux bénéfices, un actionnariat, la création d'une société mixte d'exploitation, que sais-je encore. Ce sera très mal perçu par les Burkinabés, qui vont se plaindre que vous reprenez d'une main ce que vous donnez de l'autre. En outre, vous aurez affaire à des partenaires, actionnaires ou clients très pauvres, souvent insolvables, peu au fait des pratiques d'économie mixte, qui vont vous créer beaucoup de problèmes, vous faire perdre du temps et de l'argent, ne serait-ce que pour recouvrer vos dividendes, lesquels seront payés en retard et de mauvaise grâce. En revanche, si vous proclamez haut et fort que vous cédez ce matériel sans aucune contrepartie, le peuple et le gouvernement de ce pays vous en seront reconnaissants. Tout naturellement, ils vous choisiront comme partenaires privilégiés pour les marchés issus de l'exploitation de cette eau, voire pour d'autres commandes n'ayant rien à voir. Comme l'impulsion viendra d'eux-mêmes, ils vous régleront rubis sur l'ongle et sans retard. Voyez-vous l'avantage que vous pouvez en tirer, les profits bien plus sûrs et juteux que vous allez réaliser ?

Les délégués chinois ont été impressionnés par cette tirade de Laurie et sa connaissance des textes anciens qu'elle citait par cœur. Ils ont un peu argumenté pour la forme, réclamé des garanties, défini un seuil de rentabilité minimum, souhaité avoir un aperçu des marchés éventuels que la Chine pourrait s'ouvrir au Burkina... Mais Laurie sentait bien que la partie était gagnée. Ne connaissant rien à la situation économique réelle du pays, elle a émis de vagues promesses, affirmé qu'elle allait en référer au ministre dès qu'il serait rétabli, que l'Office du commerce extérieur allait sous peu recevoir des propositions concrètes... émaillant le tout de citations de Kongzi, Zhuangzi et Mozi tirées de ses souvenirs de la thèse qu'elle avait soutenue en sociologie politique : « L'influence de la pensée confucianiste, du taoïsme et des philosophies de la Chine antique sur l'évolution de la perception asiatique du monde contemporain ». Elle croyait avoir oublié tout cela, mais les circonstances particulières ont réactivé tout un pan occulté de sa mémoire...

Quand Fatimata les a rejoints, alertée par sa secrétaire, la négociation touchait à son terme. Les Chinois enchantés ont déclaré à la présidente stupéfaite qu'ils avaient été « ravis de traiter avec votre honorable et remarquable collaboratrice », étaient « certains que les prochaines relations commerciales entre la Chine et le Burkina seraient placées sous le sceau de l'excellence et du respect mutuel ». Fatimata a abondé dans ce sens mais, sitôt les délégués partis, elle a exigé de savoir ce qu'ils voulaient exactement et ce que Laurie leur avait promis... Celle-ci lui a tout avoué, mais, le piège étant désamorcé, la pilule est beaucoup mieux passée.

— Si j'avais su que vous étiez aussi douée, a ri Fatimata, je vous aurais demandé de renégocier notre dette envers eux !

Ce coup d'éclat de Laurie a dû marquer durablement la présidente – ou alors son ministre des Affaires étrangères est particulièrement inapte – pour que plusieurs jours après elle en vienne à lui proposer de l'engager comme conseillère !

— Bien sûr, reprend Fatimata avec un sourire, je ne vous demande pas d'accepter ma proposition de suite. Je vous laisse le temps d'y réfléchir, d'en discuter le cas échéant avec Rudy que vous pouvez prendre comme adjoint, s'il vous agrée. Son côté « action directe » ne me déplaît pas, pour peu qu'il soit canalisé… Quant à « abuser de mon hospitalité », ma chère Laurie, vous pourriez résider un an dans ce palais que vous n'en viendriez pas à bout.

Le Quantum Physics se met à égrener quelques notes de balafon, accompagnées d'une voix féminine que Laurie reconnaît avec surprise comme étant celle de Yéri Diendéré : « Fatimata, vous avez des messages. »

— Oui, sourit la présidente, j'ai demandé à cet ordi de sampler la voix de ma secrétaire, qui m'est familière et que je trouve fort agréable. Le revers de la médaille, c'est que je lui parle comme s'il était Yéri, mais il n'a pas sa vivacité d'esprit ni son sens de la repartie ! (Tout en touchant ici ou là l'écran tactile, elle ajoute :) Ce doit être un message de Moussa. Il m'écrit tous les jours pour me tenir au courant de l'avancement des travaux…

Laurie s'extirpe du siège en bois d'okoumé sculpté de figures stylisées et se dirige vers la porte du bureau, transpirant rien qu'à effectuer ces quelques mouvements.

— Je vous laisse, madame…

— Qu'est-ce que c'est que ça ? s'étonne Fatimata, penchée sur son écran. Ça vous dit quelque chose, Laurie ?

— Quoi donc ?

— Ce message, là : il me semble qu'il vous est adressé aussi bien qu'à moi... Venez voir.

Laurie rejoint le bureau, se penche à son tour sur l'écran.

Question pour Fatimata Konaté : la date de naissance de votre mère ?

Réponse : [   ]

Question pour Laurie Prigent : le nom du groupe préféré de ton frère ?

Réponse : [   ]

Envoi

— Qu'est-ce que ça signifie ? C'est un jeu ?

— Je crois que c'est mon frère, avance Laurie, tout aussi surprise.

— Votre frère ?

— Répondez, on verra bien...

Fatimata tape *06/12/1959* dans le cadre et, sur l'indication de Laurie, *Kill Them All* dans le cadre la concernant, puis touche le mot *Envoi*. Une nouvelle page présente en relief l'icône d'une bombe sur un fond de flammes mouvantes.

— Mon Dieu ! Un virus ! Mon ordi est fichu !

— Non, attendez, touchez la bombe, là...

La présidente coule à Laurie un regard méfiant, obéit néanmoins. Un nouveau texte apparaît parmi les flammes :

Reconnaissance digitale : gardez votre doigt appuyé

suivi d'une barre de progression qui avance rapidement. Enfin s'affiche « O.K. » et la bombe est remplacée par un message dans un cartouche :

> Votre ordi est sous surveillance.
> La NSA vous a dans le collimateur.
> Une opération est en cours au Burkina.
> Méfiez-vous des étrangers !
> *Truth*

Le message et le fond d'écran s'effacent, apparaît de nouveau la page de messagerie normale.

— C'est une plaisanterie ? s'insurge Fatimata.

— Je ne crois pas, non. « Truth » est l'un des pseudos de hacker de mon frère. Apparemment, il a eu vent de quelque chose.

— Maintenant que vous le dites… Je me rappelle en effet : c'était la signature qui accompagnait l'image-satellite de la nappe phréatique. Ainsi donc, c'était votre frère ? Le monde est petit !

— N'est-ce pas ? sourit Laurie.

— Eh bien, vous le remercierez de ma part… Je suppose qu'il ne laisse pas traîner son adresse dans les réseaux.

— Non, il est forcément discret. J'ignore où il est et ce qu'il fait maintenant. Tout ce barouf autour de la nappe phréatique a dû l'inciter à se planquer davantage…

— En tout cas, son message est clair et ne signifie qu'une chose : Fuller n'a pas laissé tomber. Je vais convoquer immédiatement mon Premier ministre, afin qu'il prenne les mesures nécessaires.

MYSTÉRIEUSES RELATIONS

Aujourd'hui, l'affrontement est autant psychologique que physique : la haine, le courage, le jusqu'au-boutisme mais aussi la terreur, la tromperie et le viol des esprits en constituent les moteurs. L'art de faire adhérer, de désinformer, ou de tromper prend le pas sur l'art de manœuvrer les forces.

Général FRANCART, 2000.

« *Qu'est-ce que ça signifie ? C'est un jeu ?*
» — *Je crois que c'est mon frère.*
» — *Votre frère ?*
» — *Répondez, on verra bien…* »
— Hé, Mike, écoute ça !
— Ne m'appelle pas Mike. Nous sommes en mission. Je suis Numéro 3.
Avec un haussement d'épaules, N° 2 commute sur la console de N° 3 le son de ses écouteurs, capté dans le bureau de Fatimata.
— Tu devrais jeter un œil à l'ordi de la présidente. Je crois qu'elle va recevoir un message intéressant.
— Je sais ce que j'ai à faire.
N° 3 effectue quelques attouchements sur l'écran

tactile, qui reproduit en temps réel l'activité du Quantum Physics de Fatimata. Il reçoit au même moment le message signé *Truth* sur fond de flammes mouvantes. Le dialogue entre Laurie et Fatimata se détache clairement dans les micro-HP de la console :

« *C'est une plaisanterie ?*

» — *Je ne crois pas, non. "Truth" est l'un des pseudos de hacker de mon frère. Apparemment, il a eu vent de quelque chose.* »

— On dirait bien que notre petit Frenchie nous a trahis, remarque N° 2, qui regarde l'écran par-dessus l'épaule de N° 3.

— Merde ! Moi qui commençais juste à lui faire confiance… Enfin, il nous a transmis pas mal d'infos intéressantes. Bon, j'envoie toute la séquence à Fort Meade. Ils décideront quoi faire de lui. Il s'est cassé le fion pour rien, avec son double encodage…

— De toute façon, on n'avait plus vraiment besoin de ses services, évacue N° 2. Ah, la présidente téléphone à Kawongolo. Numéro 1 est toujours avec lui ?

— En principe, répond évasivement N° 3.

Il est penché sur le message que Moussa a envoyé à sa mère, annonçant que tous les travaux préparatoires sont terminés, que le forage proprement dit pourra commencer dès demain. Si tout va bien, il espère creuser une vingtaine de mètres par heure, jusqu'à tomber vers –100 m sur une couche schistogréseuse qui risque de le ralentir un peu. En tout état de cause, la nappe devrait être atteinte dans deux à trois jours.

— Voilà une bonne nouvelle, se réjouit N° 3. Numéro 4 est au courant ?

— Oui, il m'a déjà transmis son rapport. Ses gars sont en place, il n'attend plus que le feu vert pour lancer l'opération Mirage. J'avertis Numéro 1 qu'il y a urgence.

— Ouais, ça traîne tout ça. Et il fait trop chaud pour traîner dans ce putain de pays... Je vais finir par me dessécher sur place. Passe-moi la flotte.

— Y en a plus. Ton invitation au forum est prête ?

— Depuis un bail. J'espère que cet enfoiré de Frenchie a fait ce qu'il faut à Nassau...

— Bah ! Sinon, n'importe qui peut le faire. Pirater la base de données des invités au Forum éconogique, c'est à la portée d'un bleu. Et les billets d'avion ?

— Plus qu'à les imprimer. C'est dans quinze jours, c'est ça ? Putain ! Crever de chaud encore ici tout ce temps. T'es sûr qu'il n'y a plus de flotte ?

— T'as tout bu, Mike... Pardon, Numéro 3.

— J'espère que Numéro 1 va ramener des bières fraîches.

— Compte pas trop là-dessus. C'est pas Washington, ici.

Sur cette amère constatation, les deux agents de la NSA replongent dans leurs écrans, transpirant sous le souffle du ventilateur qui ne parvient pas à rafraîchir l'atmosphère confinée du bureau de Gary Jackson.

Ce dernier se trouve en compagnie de N° 1 au prytanée militaire du Kadiogo, dans le bureau que le directeur a aimablement mis à la disposition de son prédécesseur, promu ministre de la Défense et depuis peu Premier ministre par intérim, le général Victor Kawongolo. Ce sévère soldat a préféré donner rendez-vous à ses interlocuteurs dans son ancien fief, plutôt qu'à son ministère où il risquait d'être interrogé sur ses mystérieuses relations. Fréquenter l'ambassadeur des États-Unis peut paraître louche à l'heure actuelle, d'autant plus que certains membres du gouvernement se demandent qui diable est ce grand type vêtu de sombre qu'ils entrevoient rôdant dans les allées du pouvoir… Ici, à l'école d'officiers qu'il a longtemps dirigée d'une poigne ferme mais juste, nul n'osera jamais lui poser la moindre question.

N° 1 n'a pas pris cet ivrogne de Gary Jackson avec lui par amitié ou bonté d'âme. Il a estimé que le tenir à l'écart de sa négociation avec le nouveau Premier ministre représentait un danger plus grand que faire semblant de l'impliquer dans le complot : évincé, Jackson peut ouvrir sa grande gueule et saboter l'affaire par son égoïsme stupide ; engagé, il sera forcé de se taire, ne serait-ce que par intérêt, et d'autre part il fournira un bouc émissaire commode en cas d'échec, vu que tout le monde le connaît ici. N° 1 lui a cependant ordonné de la boucler et de n'intervenir en aucune manière, sauf si on lui pose des questions précises.

Tous trois sont installés dans le spacieux bureau directorial du prytanée, devant un thé à la menthe et sous une clim qui fonctionne, abrités du soleil ardent par des persiennes métalliques aux lames chauffées à blanc. Pourtant rompu à l'art de la négociation, Kawongolo n'en mène pas large : ce que lui propose Mr Smith, «détaché spécial du Pentagone», n'est rien moins que trahir son pays.

— Non, mon général, pas votre pays. Je suis militaire moi-même, il ne me viendrait pas à l'idée de vous suggérer une telle chose. D'ailleurs, ce ne serait pas à proprement parler une «trahison», bien au contraire : il s'agit de ramener le Burkina sur les rails de l'ordre et du progrès, qu'il n'aurait jamais dû quitter pour cette voie de garage où l'entraîne actuellement sa présidente. Vous l'admettez vous-même : le refus de madame Konaté d'engager la nation dans un conflit ouvert avec la Côte d'Ivoire ne fait que la discréditer aux yeux de l'opinion internationale, qui voit ses ressortissants se faire massacrer sans provoquer la moindre réaction. Vous craignez qu'une telle passivité n'incite la Côte d'Ivoire à vous envahir ou à vous dominer...

— Comment le savez-vous?

— J'ai écouté vos discours, mon général. Renseignements pris, je puis vous garantir que la Côte d'Ivoire a parfaitement les moyens, sinon l'intention, de mettre vos pires craintes à exécution. Je sais également que votre armée, mal équipée d'un matériel vétuste et dotée d'un budget ridicule, ne fera pas long feu devant les troupes ivoiriennes puissamment armées... Sans parler d'une aviation face à laquelle vos deux vieux Rafale et vos dix hélicos ne pèseront pas plus lourd que des mouches. Je me trompe?

— Non, grimace Kawongolo.

« Mr Smith » titille chez lui un point particulièrement sensible : le terrible sentiment de son infériorité militaire face aux puissants prédateurs que peuvent devenir ses proches voisins, la Côte d'Ivoire et le Nigeria, dont la neutralité toute relative volera en éclats dès lors qu'ils trouveront le moindre intérêt à cette brousse moribonde et pelée qu'est devenu le Burkina. Justement, la découverte d'une nappe phréatique constitue une belle source de conflit... Le ministre sait qu'il ne pourrait alors guère compter sur le Mali ni le Niger, pays officiellement alliés mais trop pauvres pour s'engager dans une guerre forcément longue et coûteuse. Pourtant, chaque meurtre d'un Burkinabé par les Ivoiriens est une blessure de plus dans le cœur saignant du général, et la persistance de la présidente à ne considérer ces affronts que comme des « incidents frontaliers » est du sel jeté sur ses blessures. C'est clair que si Kawongolo le pouvait, il enverrait ses troupes au casse-pipe sans plus attendre : toute son éducation lui a appris qu'une défaite glorieuse était préférable à la honte et à l'humiliation.

— Songez-y, général : vous au pouvoir, la situation changerait du tout au tout. Votre armée retrouverait la place qu'elle mérite dans le concert des nations, les investisseurs reviendraient dans le pays, des entreprises florissantes exploiteraient vos ressources laissées à l'abandon, la prospérité roulerait de nouveau sur vos routes bitumées de frais. Nous avons un programme au Pentagone, officieux mais efficace, nommé « des armes pour la démocratie » : à tout pays qui accède librement à un régime démocrate, nous fournissons l'armement essentiel pour défendre et garantir cette démocratie. De plus, ce matériel est payé par un pourcentage des bénéfices engrangés, calculés d'après la balance commerciale. Ainsi, pas de déficits budgétaires, pas de crédits onéreux, pas de traites étouffantes…

— C'est vrai ? J'ignorais l'existence d'un tel programme, intervient Gary Jackson, surpris.

N° 1 lui jette un regard noir, qui replonge l'ambassadeur dans son thé à la menthe tiède. Il en avale une gorgée avec une grimace de dégoût.

— Mais nous sommes en démocratie, objecte le général. La présidente est élue, les lois sont votées…

— Pas au sens où *nous* l'entendons. Votre démocratie est basée sur un culte de la personnalité, ce que nous ne pouvons admettre aux États-Unis. Elle est aux mains d'un clan de révolutionnaires qui s'est emparé du pays par la force. Il est évident que tant que ce clan régnera vous ne recevrez aucune aide.

Mais sitôt l'État de droit rétabli et les lois internationales respectées, investissements et subventions afflueront...

— Madame Konaté a pourtant fait de bonnes choses pour le pays. Je lui reproche seulement de sous-estimer son armée, de lui accorder trop peu de crédit.

— De bonnes choses ? Ouvrez les yeux, regardez la situation en face : sécheresse, famine, malnutrition ; le sida et le paludisme qui continuent de faire des ravages, malgré des vaccins trop chers pour les salaires de misère d'une population quasi réduite à la mendicité ; une économie de survie, sous la tutelle très intéressée de la Chine ; des ressources inexploitées ou sous-exploitées faute d'infrastructures adéquates... Vous en êtes réduits à mendier du matériel de forage auprès d'une ONG ! Même vous, mon général, vous êtes obligé de détourner une partie des fonds publics afin d'envoyer votre épouse se faire soigner en Europe.

— Co-comment le savez-vous ? bafouille Kawongolo, effaré.

Selon les lois burkinabés, la corruption ou le détournement de fonds constituent des crimes graves, d'autant plus s'ils sont commis par des membres du gouvernement ou du personnel administratif. Non seulement leurs auteurs sont radiés de leur poste et inscrits sur liste noire, mais en plus ils croupissent en prison tant qu'ils n'ont pas entièrement remboursé les fonds grugés. C'est grâce à l'application stricte de ces lois sévères que le Burkina peut se targuer d'un taux de corruption zéro, chose rare en Afrique. Kawongolo risque son poste, sa renommée, sa très modeste fortune – qui ne lui permet pas de payer un billet d'avion à sa femme – et à terme la vie, car il ne survivrait pas à une telle déchéance. S'il prend ce risque, c'est parce que Saibatou, atteinte d'une onchocercose mal soignée, risque de perdre la vue à plus ou moins brève échéance. Sa seule chance de conserver ses yeux est une greffe du cristallin, qui ne peut être pratiquée qu'en Europe ou en Amérique. Or le billet d'avion coûte aussi cher que l'opération elle-même... Saibatou Kawongolo est artiste peintre, elle met tout son talent et son énergie dans ses tableaux qu'elle expose partout où elle le peut (plusieurs ornent le palais présidentiel); si elle perd la vue, autant dire qu'elle perd la vie. Or au bout de quinze ans de mariage, Victor est aussi amoureux de Saibatou qu'au premier jour : la voir dépérir ainsi lui est insupportable. C'est pourquoi il prend le risque – à l'insu de sa femme – de détourner sou après sou l'argent nécessaire au voyage et au traitement, angoissé à la fois d'être démasqué et de ne pas réunir la somme à temps.

— Je me suis informé, répond N° 1 avec un petit sourire en coin. Quand on cherche, on trouve... (Il laisse quelques secondes le général aux abois mal digérer cette nouvelle.) Cela reste entre nous, bien sûr. Et l'ambassadeur ici présent n'a rien entendu non plus. N'est-ce pas, Jackson ?

— Qui, moi ? sursaute Jackson, qui rêvait d'une bonne bouteille de bourbon. Non, bien sûr, se ressaisit-il. Voyez, je suis muet comme une tombe.

— C'est tout de même rageant, insiste N° 1, de savoir que vous, qui tenez en mains les rênes réelles du pays, n'avez pas les moyens de soigner votre épouse, alors que votre présidente, elle, s'offre le luxe de participer au Forum éconogique de Nassau...

— Comment ? Elle est invitée ?

— Elle ne vous l'a pas dit ? (N° 1 sourit franchement.) En ce cas, elle ne vous dira sans doute pas
non plus que le Forum ne paie pas le voyage de ses
invités... C'est donc le bon peuple burkinabé qui
– très démocratiquement – offrira le billet d'avion de
sa présidente pour ce charmant paradis fiscal qu'est
Nassau. Je serais à votre place, ce genre de privilège
me foutrait en rogne.

— Je le suis ! fulmine Kawongolo. Je vous jure,
elle va m'entendre !

N° 1 pose sur le bras galonné du général une main
apaisante.

— Inutile de provoquer un esclandre. Vous êtes
mis devant le fait accompli, c'est tout. Je pourrais
vous en citer des dizaines d'autres comme celui-ci...
(Il porte la main à son oreille.) Excusez-moi, je reçois
un appel. (Il retrousse la manche impeccable de son
veston noir, dévoilant une remote sophistiquée.)
Oui ?... Demain ? Très bien... Non, je fais le nécessaire... Qui ?... Comment ?... Vous avez averti le
QG ?... O.K., parfait. (Il coupe, rabat sa manche,
revient à son interlocuteur.) Où en étions-nous ? Ah
oui, la maladie de votre épouse. C'est très désolant
de ne pouvoir la soigner parce que vous n'avez pas
l'argent, n'est-ce pas ? Au point de vous commettre
dans l'illégalité alors que vous êtes censé défendre la
loi. Tandis que pour d'autres, un billet d'avion ne
représente qu'une signature au bas d'une note de
frais...

— Et vous dites que je ne dois pas provoquer
d'esclandre. Mais c'est mon honneur qui est en jeu !
On se moque de moi !

— Il n'y a qu'une façon de sauver votre honneur,
et votre femme du même coup, mon général. C'est
d'accepter de participer à l'opération que je vous

propose, laquelle, je vous le répète, sera soutenue par toute la logistique de... du Pentagone. Vous aurez tout à y gagner : un poste de président, la reconnaissance de vos concitoyens, celle des États-Unis et du reste du monde, et bien sûr des yeux neufs pour madame Kawongolo. Nul besoin, dès ce moment, de détourner péniblement quelques malheureux billets : le voyage pour les États-Unis vous sera offert, à votre épouse et à vous, et les meilleurs spécialistes s'occuperont de ses yeux – tout cela à nos frais, bien entendu. Ce sera la moindre des choses, vu les services que vous rendrez à la démocratie restaurée.

— Je... Je ne sais pas, hésite Kawongolo. C'est tout de même un coup d'État que vous me demandez d'organiser...

— Je ne vous demande pas de l'*organiser*, général. Tout est prévu déjà. Je demande juste votre approbation et, le jour J, de prendre la tête de vos troupes les plus fidèles pour investir le palais. Du reste, il ne s'agit même pas d'un coup d'État, mais de reprendre un pouvoir légitime volé il y a sept ans par une bande de rebelles marxistes...

Kawongolo ouvre des yeux ronds car il a de l'histoire de son pays une version toute différente : c'est au contraire la société civile qui, en 23, a arraché le pouvoir des mains d'une clique de militaires veules et corrompus, au service de consortiums *ww* qui exploitaient le pays sans vergogne et s'en servaient de décharge pour leurs déchets ; la société civile a triomphalement porté au pouvoir, à l'issue d'élections transparentes, Amadou Diallo, beau-frère de l'actuelle présidente et disciple du grand Alpha Konaté (le père de Fatimata), lequel avait réussi à sortir le Burkina de ce qu'on appelait alors l'« infernale spirale ultralibérale » avant d'être assassiné par les militaires en 2011… Dessillé par « Mr Smith », Kawongolo remarque soudain que tout cela s'est fait en famille, que le clan Diallo-Konaté a la main sur le pays depuis plus de vingt ans !

La sonnerie de son téléphone interrompt cette brutale prise de conscience. Il le sort de sa poche, ausculte l'écran : c'est le numéro privé de Fatimata.

— C'est la présidente, souffle-t-il à N° 1.

— Eh bien, répondez, général. Mais surtout, pas un mot sur ce que je vous ai dit à propos du Forum…

Tandis que Kawongolo porte son téléphone à l'oreille, N° 1 presse d'un geste discret un minuscule commutateur sur sa remote de poignet. Il peut ainsi entendre, en direct dans le nano-écouteur greffé au creux de son oreille, la conversation échangée entre Fatimata et Victor Kawongolo. Elle démarre fort :

— Victor, j'ai de bonnes raisons de soupçonner que la NSA américaine prépare un sale coup contre nous.

— *Quoi !* blêmit Kawongolo. Vous êtes sûre ?

— Quasi certaine. Passez à mon bureau. Il faut que nous en discutions et prenions les mesures qui s'imposent.

— Les… Quelles mesures ? Je ne vois pas comment…

— Allons, Victor. Vous qui êtes si va-t-en-guerre, vous n'allez pas trembler devant la NSA, tout de même ? Venez vite, je vous attends.

Fatimata coupe sur ces mots. Kawongolo rempoche son téléphone d'une main fébrile.

— Mister Smith, j'ai l'impression que tout est découvert.

— Mais non, ce n'est que du bluff. Ne vous inquiétez pas, général : votre présidente ne sait rien à votre sujet. Allez à votre rendez-vous, comportez-vous comme le bon Premier ministre que vous êtes, n'hésitez pas à prendre les «mesures qui s'imposent». Nous nous chargerons des contre-mesures.

Ils se quittent sur ces entrefaites. Tandis que Kawongolo se rend à vélo au palais, pédalant d'un pied peu assuré, il ne peut s'empêcher de se poser des questions angoissées : Fatimata l'a-t-elle percé à jour? Va-t-elle lui demander sa démission? Et que vient faire la NSA dans cette histoire? N'est-il pas en relation avec un émissaire du Pentagone? D'ailleurs, comment Mr Smith a-t-il su que Fatimata sollicitait un rendez-vous? Son téléphone est-il sur écoute? En ce cas, Mr Smith jouerait-il double jeu? Dans quel micmac est-il en train de s'embarquer?

ATTENTAT

> Christian Harbulot, un théoricien français de la guerre de l'information, déclarait dans une interview donnée en 2004 : « Le système américain a été conçu dans un cadre monoculturel et dans un rapport du fort au faible, en négligeant les spécificités des autres cultures. » Cette remarque très juste portait en elle le germe de l'autodestruction de l'« empire » américain : c'est en appliquant ce même état d'esprit que l'Empire romain s'est vu envahir de toutes parts, que l'Empire napoléonien a été écrasé par les forces coalisées, que le IIIe Reich a précipité sa fin. Combattu et repoussé sur tous les fronts par les « autres cultures », celles des « faibles », l'empire américain n'est désormais plus qu'un fantôme exsangue, hantant les ruines de son glorieux passé en proférant des menaces imprécises et ridicules.
>
> Deborah MOORE, *La Fin de l'empire* (2027).

C'est au petit-déjeuner, pris en compagnie de Laurie et Rudy dans un maquis à proximité du palais présidentiel, que Fatimata apprend la nouvelle par un coup de fil de la flegmatique Yéri Diendéré :

— Fatimata, j'ai le maire de Kongoussi au téléphone, il est dans tous ses états. Je vous le passe.

— Allô, madame la présidente ?

— Oui, monsieur Zebango, qu'arrive-t-il ?

— Mes hommages, madame. Tous mes vœux de bonheur sur vous et vos proches...

— Trêve de salamalecs, s'il vous plaît. Dites-moi ce qui vous arrive.

— Oh ! Madame, c'est affreux ! Le chantier a été saboté ! Et votre fils Moussa a disparu !

— *Quoi ?* Comment, disparu ?

Le maire explique, à mots hachés par l'émotion, que les ouvriers n'ont pu faire démarrer ce matin le moteur du treuil ni la turbine du trépan, qu'ils les ont trouvés hors d'usage et les tuyaux du compresseur d'air crevés. C'est assurément un acte de malveillance, d'autant plus signé qu'ils ont attendu en vain les contremaîtres et chefs d'équipe étrangers, engagés dès le début par Moussa. Ne voyant pas non plus celui-ci se pointer au chantier, on est allé le quérir chez lui. Il n'y était pas. Son frère Abou, qui s'est levé tôt pour rejoindre son poste à la garnison, a affirmé que Moussa dormait à poings fermés quand il est parti. Il avait bien l'intention de se rendre au chantier dès l'ouverture afin de lancer le forage. Il est clair, d'après la police, qu'il a été kidnappé dans l'intervalle. Enfin, la patrouille qui garde le site la nuit, interrogée par la police et son capitaine, a déclaré avoir laissé entrer deux des contremaîtres étrangers « venus chercher des relevés pour le patron », sur la foi d'un mot signé par Moussa Diallo-Konaté lui-même – un faux probablement...

Fatimata l'écoute en laissant errer son regard sur la tablée du maquis, une petite échoppe de droguerieépicerie faisant café dans son arrière-cour ombragée d'une tonnelle et ceinte de bambous. Hormis elle et ses deux invités occidentaux, cinq autres personnes sont installées autour de la longue table. La présidente aime bien venir là ingurgiter son Nescafé dilué dans un demi-bol de lait concentré sucré (l'invariable « café au lait » des Burkinabés depuis plus d'un demi-siècle). Elle y entend toutes sortes de discours, de doléances, d'éloges ou de critiques, recueille l'avis direct du citoyen lambda sur la politique de son gouvernement. Parfois les récriminations ne sont pas tendres, mais jamais elle ne s'est sentie menacée au point de devoir se faire accompagner de gardes du corps. Ce qui n'empêche pas Rudy – qui estime que tout le monde a des ennemis – de surveiller du coin de l'œil les cinq lascars en train de siroter leur lait concentré. Ceux-ci semblent avoir convenu de ne pas reconnaître la présidente, ni faire cas des deux Blancs qui l'accompagnent. Quant à Laurie, c'est Fatimata qu'elle dévisage : elle devine à son air préoccupé que quelque chose ne va pas, bien qu'elle ne saisisse pas un mot de la conversation en moré.

La présidente coupe et range son téléphone dans son boubou, plus soucieuse que jamais.

— Une tuile ? s'enquiert Laurie. C'est grave ?

— Rentrons au palais, je vous expliquerai là-bas. (Coup d'œil en biais aux clients silencieux, le nez dans leurs bols.) Je me méfie de tout le monde maintenant…

Sur le chemin du palais elle décrit la situation à Laurie et Rudy, leur fait part de ses doutes et inquiétudes. Depuis qu'elle sait que la NSA rôde dans le coin, Fatimata traque le traître et l'espion derrière chacun, connu ou inconnu. Jusqu'aux membres de son gouvernement, voire son Premier ministre par intérim, qu'elle a trouvé hier singulièrement indécis sinon ambigu. Elle s'attendait, vu son caractère, à ce qu'il prenne des mesures drastiques : renforcer les contrôles aux entrées du palais, faire surveiller l'ambassade américaine, mettre la police et l'armée sur les dents, arrêter tous les étrangers... Au contraire, il a paru mou, peu convaincant ni convaincu, a promis qu'il ordonnerait une enquête mais ne voyait pas trop vers où l'orienter : la présidente avait-elle des soupçons ? N'était-ce pas plutôt une plaisanterie de mauvais goût ? Fatimata a dû le rappeler à l'ordre, menacer de le révoquer si elle débusquait quelque chose avant lui. En la quittant, Victor Kawongolo avait l'air grandement troublé, comme s'il avait du mal à assimiler cette information. Cela ne lui ressemblait pas, lui si franc du collier d'habitude. Où était passée sa pugnacité ? Sur le coup, elle a mis ça sur le compte de la maladie de sa femme, qui peut-être s'aggrave et lui cause du souci. Maintenant, elle se demande si lui aussi... Et Moussa ? Kidnappé ou... enfui ? Non, pas lui quand même... Mais si la NSA lui avait promis un pont d'or, une carrière prestigieuse aux États-Unis ? Trahirait-il sa mère pour un mirage ? L'Occident l'aurait-il pourri à ce point ? Non, non, elle n'ose y croire !

Quoi qu'il en soit, le message du frère de Laurie n'était pas une plaisanterie, elle en a désormais la preuve. Elle va immédiatement convoquer le général Kawongolo et le ministre de l'Intérieur, exiger que tous les moyens militaires et policiers soient employés pour retrouver son fils et les auteurs de cet attentat.

Au palais l'attend une autre mauvaise surprise.

Un paquet, apporté par un coursier en scooter, posé sur le bureau de Yéri.

— Une bombe, se méfie Rudy. Ne l'ouvrez pas, madame.

— Vous avez raison. Tout est possible !

Fatimata fait évacuer le palais et appelle le général Kawongolo, qui arrive avec une équipe de déminage. Celle-ci, avec mille précautions, transporte le colis au milieu de la cour et, à l'abri derrière des boucliers et des pare-souffle, entreprend de l'ouvrir à l'aide de longues pinces télécommandées.

Le paquet n'explose pas. On ose s'en approcher. Il contient un objet emballé dans du tissu, ainsi qu'un mot dans une enveloppe adressée à « Mme la présidente ». L'équipe s'assure que l'enveloppe ne contient rien d'autre qu'une lettre. Puis, protégée par des gants et des masques à gaz, elle déroule le tissu avec une infinie prudence tandis que Fatimata lit la lettre rédigée en anglais :

Madame,
Votre fils est entre nos mains. La preuve est jointe à ce message. Il pourrait perdre beaucoup plus – jusqu'à la vie – si vous persistez à vouloir vous emparer d'une ressource qui ne vous appartient pas. Déclarez solennellement, par une publication officielle, que la nappe phréatique de Bam appartient de plein droit au consortium Resourcing ww, que vous autorisez son exploitation par Resourcing, et votre fils vous sera rendu. Dans le cas contraire, attendez-vous en outre à d'autres représailles.

— C'est... C'est pire que la Mafia, balbutie Fatimata, effarée.

Elle fait lire le mot à Rudy afin d'être sûre d'avoir bien compris. Il confirme d'un lent hochement de tête.

L'équipe de déminage a terminé de déballer le tissu. Kawongolo invite la présidente à venir voir.

Sur une gaze ensanglantée est posé un doigt, un annulaire portant une chevalière en argent sur laquelle est inscrit un nom : MOUSSA.

— Ce n'est pas mon fils, déclare Fatimata d'un ton catégorique. Ce n'est pas son doigt.

— Mais c'est bien sa chevalière ? interroge Laurie.

— Oui… Je la lui avais offerte pour ses vingt ans. Mais ce doigt-là n'est pas celui de Moussa. Une mère sait reconnaître ce genre de choses.

— N'empêche qu'il a bel et bien été enlevé, relève Rudy. Avec ou sans tous ses doigts. Vous n'imaginez pas une seconde qu'il puisse s'agir de… d'une mise en scène ?

— Que voulez-vous dire ?

— Que Moussa ait pu simuler son propre enlèvement. Qu'il soit complice.

— Non, non, c'est inconcevable. (Fatimata se prend la tête dans les mains.) Mon Dieu ! Je ne sais plus quoi penser.

— Qu'allez-vous faire ? s'enquiert Laurie. Comment pouvons-nous vous aider ?

— Je ne sais pas… (Elle soupire, effarée.) Je vais aller à Kongoussi, bien sûr.

— Ce n'est pas une bonne idée, remarque Rudy. Je pense que c'est précisément ce qu'ils attendent de vous : que vous partiez tout affolée chercher votre fils là-bas. Or, vu les soupçons dont vous nous avez fait part, qui sait ce qui se passerait ici en votre absence…

— Oui, peut-être. Vous avez raison. Mais j'aurai du mal à rester ici, à m'occuper des affaires courantes du gouvernement, en sachant mon fils en danger !

— On va y aller, nous, propose Rudy. On va retrouver votre fils.

Laurie écarquille les yeux d'étonnement, Fatimata aussi.

— Vous, Rudy ? Mais que pourriez-vous faire de plus que la police ? J'ai déjà ordonné qu'on envoie les meilleurs enquêteurs sur le terrain…

— J'aurai moins de scrupules. J'ai reçu un entraînement de commando, vous savez. Et nous avons affaire à des espions professionnels. Vos enquêteurs vont peut-être réussir à le retrouver, mais, pour ce qui est de le délivrer, c'est une autre paire de manches. Là, je crois pouvoir me rendre utile.

— Tu as dit « nous », souligne Laurie. Mais je me vois mal te suivre dans ton baroud, prendre leur planque d'assaut au fusil-mitrailleur. Moi, je n'ai pas été entraînée chez les commandos…

— Tu iras sur le chantier, en prendre la direction provisoire, assurer la base arrière. Il faut remotiver les ouvriers, les faire bosser malgré tout. Assurer une coordination, empêcher d'autres sabotages, enquêter sur ces gugusses que Moussa a engagés. (Rudy se tourne vers Fatimata.) Je sais qu'il y aura les meilleurs enquêteurs sur le terrain, mais un point de vue, disons… différent ne sera pas redondant : ce sont des espions occidentaux, et nous sommes occidentaux. Ça peut aider. D'autre part, Laurie sera votre représentante sur place. Non seulement pour vous tenir informée, mais également pour vérifier que vos ordres sont bien exécutés…

— Merci, Rudy, soupire Fatimata avec une ombre de sourire. Merci de prendre les choses en mains… Ce dont, présentement, je suis bien incapable. Mon fils, enlevé par des espions ! Mon Dieu, je n'arrive pas à y croire.

Plus tard, tandis qu'ils font leurs préparatifs pour se rendre à Kongoussi à bord d'une voiture de fonction fournie par le Gouvernement, Rudy confie à Laurie :

— En fait, je n'ai qu'une confiance très limitée envers les fins limiers envoyés là-bas. Retrouver des voleurs de poules, appréhender un criminel, ça oui, ils savent faire. Mais se frotter à des espions de la NSA...

— Tss ! Tu sous-estimes la police locale. Tu crois que toi, le Blanc, monsieur-je-sais-tout, le super-commando, tu vas être plus fort que la police et l'armée réunies... C'est un complexe de supériorité qui frôle le racisme !

— T'es complètement à côté de la plaque. Je pense à une tout autre méthode qu'aucun flic, qu'il soit noir, blanc ou vert, n'aura l'idée d'utiliser. Je pense au frère cadet, Abou.

— Quoi, Abou ?

— Tu ne te rappelles pas ? Abou étudie la magie.

UNE AUTRE MÉTHODE

Marre de votre vie ?
Traqué(e) par le fisc ?
Harcelé(e) par un(e) ex ?
Recherché(e) par la police ?
Disparaissez !
Choisissez votre destination, votre nouvelle
identité, et *NEMO S.A.* s'occupe de tout :
> nouveau jeu de papiers complet
> transfert de votre compte vers un paradis fiscal
> installation dans votre nouveau cadre de vie
> vente ou acheminement de vos biens
> interception et réexpédition de votre courrier...
NEMO S.A., l'agence qui vous fait disparaître.
Discrétion assurée – Facilités de paiement

Le trajet entre Ouagadougou et Kongoussi est une nouvelle traversée de l'enfer pour Laurie et Rudy. Certes, ce n'est pas le Tanezrouft, son reg stérile et son haleine mortelle, ce n'est pas six cents kilomètres, seulement cent quinze, mais d'une certaine façon c'est pire : car la brousse agonise, grillée par le soleil et ensablée par l'harmattan, car la route est bornée de carcasses et de cadavres butinés par les vautours et les chacals, car les villages moribonds qu'ils traversent sont peuplés de zombies apathiques dont les gosses difformes et ballonnés trouvent encore la force de courir vers la voiture en tendant leurs mains décharnées. Une région qui se meurt est plus terrible à parcourir qu'une terre totalement morte...

Se blindant contre l'horreur et la désolation, Laurie et Rudy parviennent malgré tout à discuter de ce qui les attend à Kongoussi.

— C'est curieux, remarque Laurie, je suis très contente d'aller là-bas... Non, «contente» n'est pas le mot juste, je dirais plutôt... soulagée. Comme si j'étais délivrée d'un poids.

— C'est ta bonne conscience qui est soulagée? (Rudy ne peut s'empêcher une pointe de sarcasme.) Tu as de nouveau l'impression de te rendre utile?

— Ça n'a rien à voir. Je ressens un truc bizarre... (Elle hésite, cherche ses mots.) Comme si j'y étais... *appelée*. Ça fait quelques jours que ça dure... Je n'arrête pas d'y penser, j'en rêve la nuit, je sens comme un tiraillement là, dans mon ventre. Pourtant je ne vois pas ce qui peut m'attirer là-bas...

— Abou, lance Rudy.

— Eh bien, quoi, Abou? (Elle lui glisse un coup d'œil circonspect.) Je le connais à peine!

— Il est amoureux de toi. Il me l'a clairement laissé entendre.

Laurie hausse les épaules.

— C'est ridicule. On n'a pas échangé plus de trois mots. J'ai même oublié son visage... Comment pourrait-il me faire cet effet? Non, il y a autre chose.

— Oui, sa magie, le bangré, comme il l'appelle.

— Ben voyons. Il m'a ensorcelée, c'est ça? Avec des grigris, des rognures d'ongles et du sang de poulet ? C'est du pipeau. Ça ne marche que sur les gens crédules.

— Là, c'est toi qui es méprisante, Laurie. Tu mélanges les torchons et les serviettes. Il y a des gens qui ont un réel pouvoir, et d'autres qui en font un commerce. En général, ce ne sont pas les mêmes.

Arrivés à Kongoussi, ils se rendent directement au chantier, qu'ils trouvent désert et abandonné, à l'exception d'un détachement du 4e R.I. qui le garde avec abnégation dans la chaleur de four accumulée dans cette cuvette sablonneuse. Le derrick se dresse sous le ciel décoloré, squelette de métal d'un rêve inabouti ; les baraquements de tôle et de plastique abritant les infrastructures ondulent dans l'air sur-chauffé, où volutent les sempiternelles nuées de laté-rite. Alentour, les chercheurs d'eau ont pour la plupart renoncé à creuser, comprenant enfin l'inanité de leurs efforts. Néanmoins des campements sub-sistent, car nombre d'entre eux ont tout abandonné pour venir ici et n'ont nulle part où aller.

Reconnaissant les deux Blancs, les militaires leur signalent qu'ils sont attendus à la mairie. Laurie cherche Abou parmi eux, mais apparemment il n'est pas de garde. Sur la route des collines, jadis bordée de cultures maraîchères, Rudy constate que plu-sieurs terrains ont été labourés, des parcelles refaites, des canaux d'irrigation dégagés dans l'attente de la manne promise. Il aperçoit même quelques paysans en train de gratter leurs carrés de poussière à l'aide de houes, ou de pelleter le sable accumulé dans les rigoles.

La mairie a été transformée en quartier général, dans la cour se sont regroupés les forces de police et le reste de la garnison – dont Abou, actuellement interrogé par des inspecteurs. Le maire et son épouse sont heureux d'accueillir les envoyés de la présidente, leur fille Félicité beaucoup moins. Le capitaine Norbert Yaméogo considère Rudy avec un respect nouveau : il a appris que ce dernier a « servi dans les commandos », il voudrait savoir sous quelle arme et dans quelle unité.

— En Allemagne, dans une section spécialisée dans la survie en milieu hostile, élude Rudy.

Un autre qui ne manifeste guère de joie à l'arrivée des deux Blancs, c'est le commissaire Ouattara, responsable de l'enquête « sous les ordres directs du ministère de l'Intérieur », comme il le souligne avec emphase.

— J'entends mener cette enquête à ma façon, prévient-il Rudy en le fusillant de ses gros yeux injectés de sang et en agitant sous son nez un doigt boudiné. Je n'admettrai pas que l'on vienne marcher sur mes plates-bandes, surtout un étranger qui n'a rien à voir avec la police !

— Ne vous inquiétez pas, commissaire. Nous ne sommes ici que pour assurer la reprise du chantier. N'est-ce pas, Laurie ?

— Tout à fait, opine-t-elle. Comme nous avons apporté le matériel de forage, nous en sommes un peu responsables. Madame la présidente m'a désignée pour assumer la direction provisoire en l'absence de son fils... Rudy n'est que mon adjoint, c'est tout. Il n'est pas question de « marcher sur vos plates-bandes ». Nous ne sommes pas mandatés pour ça.

Le commissaire se rassérène un peu, mais n'en continue pas moins de surveiller Rudy avec suspicion.

— J'ignore ce que Fatimata ou son ministre lui a raconté, dit celui-ci en aparté à Laurie, mais c'est clair que je ne peux attendre aucune aide de la police.

— Tu devrais laisser tomber ton idée saugrenue, rétorque-t-elle. Ce n'est pas en sacrifiant un poulet ni en agitant un pendule sur une photo de Moussa que tu le retrouveras. Que la grand-mère d'Abou soigne les gens avec des plantes et des potions, qu'elle initie son petit-fils à sa médecine traditionnelle, O.K., c'est tout à fait plausible. Mais qu'elle invoque des génies pour qu'ils lui disent où se trouve Moussa, désolée, je n'y crois pas.

Rudy cherche une réplique cinglante à lui balancer, genre « Il y a toujours des connards aux yeux pleins de merde qui ne croient que ce qu'ils voient », mais il est interrompu par l'irruption d'Abou dans la cour, sortant de son interrogatoire. Il lui adresse de grands signes. Abou se dirige vers eux d'un pas aussi indécis que son sourire.

— Bonjour, Rudy. Mes hommages, Laurie. La paix soit sur vous… Comment allez-vous?

— Mieux que toi, répond Rudy. Les flics ne t'ont pas trop cuisiné?

— Cuisiné?

— Posé beaucoup de questions, traduit Laurie.

— Oui, beaucoup, acquiesce-t-il. Sur mon frère, sur le chantier, sur les gens qu'il a engagés… même sur vous.

— Sur nous? s'étonne Rudy. Quelles questions?

— Qui vous êtes, d'où vous venez, pourquoi êtes-vous ici, quels sont vos projets, tout ça… Ils voulaient savoir aussi ce que je pense de vous.

— Qu'as-tu répondu? s'enquiert Laurie.

Abou pose sur elle des yeux étincelants. Elle reçoit son amour en plein cœur, aussi clairement que s'il lui avait déclaré « Je t'aime » en lui offrant des fleurs. Elle esquisse un pas de recul. Abou baisse les yeux sur ses rangers rougis de poussière.

— J'ai dit que vous étiez des gens bien, marmonne-t-il. Que vous êtes venus redonner la prospérité au pays, que votre aide nous est précieuse. (Il fixe Laurie de nouveau.) J'ai dit que je vous aimais beaucoup, et vous respectais infiniment.

Eh bien, le message est clair, biche Rudy en son for intérieur, réjoui du trouble que Laurie parvient mal à dissimuler. Il préfère néanmoins ramener la conversation sur un terrain moins passionnel :

— Et toi, que penses-tu des flics ? Est-ce qu'ils ont une piste, à ton avis ? Des indices ?

Abou serre les lèvres en une moue dubitative.

— Ils sont largués présentement. Bien sûr, ils savent que ce sont les quatre étrangers que Moussa a embauchés qui ont fait le coup avec leur chef, là, ce grand type en noir qui ne parlait qu'anglais. Ils ont vérifié les adresses inscrites sur les CV, elles sont bidon. Ils se sont aussi renseignés sur les forages où ils disaient avoir travaillé, personne ne les connaît. Ils ont donné de faux noms… Et ils ont disparu dans la brousse – avec Moussa.

Il déglutit avec peine, le regard voilé. Il en a gros sur le cœur.

— À propos… (Rudy sort de sa poche un bout de tissu, le déroule dans sa main, présente à Abou l'annulaire racorni sur son morceau de gaze.) Tu penses que c'est le doigt de ton frère ?

Laurie sursaute, une main sur la bouche.

— T'as piqué ça ?

— Ben oui, ça n'intéressait plus personne… Alors, Abou ?

Celui-ci examine le membre mutilé. Se redresse en secouant la tête.

— C'est sa bague, mais ce n'est pas son doigt. Ça,

c'est un doigt de paysan. Moussa avait de longues mains fines…

— Ne dis pas «avait», relève Rudy. Ton frère n'est pas mort, que je sache. On va le retrouver.

Le commissaire Ouattara se pointe au pas de charge, fusille Rudy de son gros index.

— Vous, là! Que montrez-vous au témoin? Que cherchez-vous à soustraire à la police?

— Rien du tout, commissaire. J'apporte un indice… sur lequel vos collègues de Ouaga n'ont pas jugé nécessaire de se pencher. Mais un homme de votre sagacité pourrait sans doute en tirer quelque chose…

Le commissaire empoigne l'annulaire, l'agite devant le nez de Rudy.

— Qu'est-ce que c'est que ça? J'attends des explications!

— … s'il n'efface pas les empreintes digitales qui se trouvent dessus, achève Rudy en réprimant un sourire. C'est le fameux doigt qui accompagnait la lettre reçue par la présidente. Vous êtes au courant, je suppose?

— Évidemment, je suis au courant! D'ailleurs, je confisque cet objet qui ne vous appartient pas.

Fourrant sans vergogne le doigt dans la poche de sa chemise, le commissaire retourne discuter avec ses collègues et les militaires, sans doute pour élaborer un plan de ratissage de la région.

— Avec des flics de cet acabit, je suis même pas sûr qu'ils trouveraient des œufs dans un poulailler, ironise Rudy. Qu'en dis-tu, Abou? C'est ce qu'il y a de mieux comme enquêteurs dans le pays?

— Je ne sais pas, répond celui-ci d'un ton frisant le désespoir.

Rudy décide de cesser de tourner autour du pot.

Il saisit Abou par l'épaule et l'entraîne à l'écart dans un coin de la cour, sous un tamaris mort.

— J'ai pensé à une autre méthode, mais il faut que tu me dises franchement si tu la juges applicable. (Abou acquiesce d'un hochement de tête.) J'ai appris que tu pratiquais la magie avec ta grand-mère…

— Pas la magie. Le bangré. C'est… voir dans l'autre monde, celui des morts et des esprits. C'est voir l'invisible.

— D'accord. Est-ce que tu pourrais voir où se trouve ton frère ?

— J'ai essayé, avoue Abou, contrit. Mais je n'ai pas assez de pouvoir…

— Et ta grand-mère, elle pourrait y arriver ?

— Elle, oui, sûrement. Elle m'a fait voir des… des gens qui sont très loin.

— Alors pourquoi tu n'y es pas encore allé ? Qu'est-ce que tu attends ?

— Je n'ai pas de véhicule. Félicité ne veut plus me prêter son scooter.

— Moi, j'ai une voiture. Tu lui téléphones et on y va ?

— Elle n'a pas le téléphone.

— Ah ! On est certain de la trouver si on y va sans prévenir ?

— Bien sûr. Elle sait toujours quand je viens la visiter.

— Eh bien, allons-y alors.

— Laurie peut venir avec nous ?

— Si tu y tiens. Demande-lui…

Abou rejoint Laurie en discussion avec Alimatou, la femme du maire, aussi éplorée que si elle avait perdu son propre fils. Rudy préfère rester à l'écart. Il voit Laurie lever les yeux au ciel puis faire un signe de tête négatif, tout en expliquant quelque chose à Abou. Celui-ci revient vers Rudy, dépité.

— Elle ne veut pas. Elle dit qu'elle a des responsabilités sur le chantier. Et puis que...

— Et puis que quoi ?

Abou baisse la tête, mais lâche quand même :

— Que je ne devrais pas t'écouter. Que tu m'entraînes dans de faux espoirs.

— Qu'en penses-tu, toi ?

— Je pense que... avec tout le respect que je lui dois... Je pense qu'elle a tort.

— Moi aussi. Allons-y, Abou.

LA CONNAISSANCE SILENCIEUSE

> Les êtres humains connaissent leurs désirs, c'est
> un monde agité et bruyant où le bien existe, où le
> mal existe également ; mais il existe aussi dans le
> monde des êtres humains un silence qui est de la
> connaissance. Ce silence est dans le bruit, pas
> ailleurs. Ceux qui savent porter leur attention à ce
> silence savent ce qu'est la connaissance.
>
> Barkié KABORÉ, *bangba* mossi,
> cité par Kabire Fidaali
> in *Le Pouvoir du bangré* (1987).

Rudy est très impressionné. D'abord par la concession où vivent Hadé et ses assistantes, havre de fraîcheur et de vie au sein de la mort sèche qu'est Ouahigouya, paradis inespéré au bout de cet armageddon routier ; ensuite par Hadé elle-même, cette mama stoïque dans son boubou chamarré que tous ses patients semblent vénérer comme une sainte, qui prodigue ses soins avec flegme et compétence sans jamais s'énerver ni s'émouvoir ; enfin par le fétiche-calao dans l'arrière-cour qu'Abou l'a emmené visiter, son expression pas commode, ses

amulettes et grigris, sa base ensanglantée... Le
décor et l'ambiance lui rappellent ces reportages
qu'il visionnait autrefois sur Planète, témoignages
ultimes d'un art de vivre en voie d'extinction. Il
croyait alors à du folklore, une mise en scène, une
réalité embellie pour « faire de l'image », mais non :
tout est vrai...

— On aurait peut-être dû apporter un poulet,
suggère-t-il. Tu connais les formules pour invoquer
les esprits ?

Abou se met à rire.

— Non, Rudy, ce n'est pas comme ça que ça se
passe. Ce fétiche-là, c'est pour les gens qui désirent
davantage de soutien, qui pensent que les remèdes
de ma grand-mère ne seront pas suffisants pour les
guérir, ou qui croient être envoûtés. Le fétiche qui
permet de voir dans le bangré, il est dans sa case, et
personne n'a le droit de l'utiliser.

— Oh oh ! Il doit être plus terrible encore.

— Tu verras...

Quand Hadé les invite enfin à entrer, après les
avoir fait patienter une bonne demi-heure encore – le
temps de traiter un cas difficile : un homme infecté
par le sida à cause d'un vaccin frelaté –, il cherche le
fameux fétiche, le regard accroché par les masques
aux faciès étranges, l'habit de cérémonie en raphia
coloré, les parures de plumes et de peaux. D'un discret signe de tête, Abou lui désigne la motte d'argile
ceinte de cauris qui fumerolle doucement. Rudy
hausse les sourcils : il prenait ça pour une sorte de
four à pain...

Hadé leur offre un gobelet d'eau fraîche et pure
tirée du canari de terre gravé de motifs géométriques
qui repose sur un lit de sable humide. Abou s'attend
à ce long silence coutumier chez sa grand-mère après

ses séances de soins (durant lequel elle « reprend ses esprits ») mais, sitôt son opulent fessier calé dans son siège bas, elle apostrophe son petit-fils d'un ton sévère :

— Abou, à quoi sert le bangré ?

— À... à voir dans l'invisible, répond-il en hésitant, troublé par cette colère contenue. À rencontrer les esprits des morts et les *zindamba*, à... connaître les... les choses de l'autre monde...

— Est-ce que le bangré sert à influencer les gens ?

— N-non, mamie.

— Est-ce que tu veux devenir un sorcier noir, un pourvoyeur de mort, un *djinamory* ?

— Oh non !

— Alors ne fais plus *jamais* ça, Abou. Tu sais de quoi je parle.

— Oui, mamie, murmure-t-il tout confus.

Devant la perplexité de Rudy, Hadé se radoucit et lui explique avec un demi-sourire :

— Ce chenapan a cru malin d'utiliser son faible pouvoir pour attirer à lui une fille dont il est amoureux...

— Laurie ?

— Une Blanche, aux cheveux blonds. Je n'ai pas cherché à en savoir plus : j'ai passé l'âge des visions libidineuses.

Rudy éclate de rire. Hadé se joint à lui, se moque d'Abou tassé sur la natte, la tête entre les genoux. Elle reprend soudain son sérieux :

— Le bangré est une affaire grave, qui peut devenir très dangereuse si l'on manipule des forces que l'on maîtrise mal. Dans le cas d'Abou, il n'a pas beaucoup dérangé l'ordre invisible du monde car la femme qu'il visait est déjà consentante. Mais il peut aller plus loin, attirer à lui des forces très nuisibles.

Certaines rôdent déjà autour de lui. (Après un silence, elle ajoute :) Elles rôdent aussi autour de vous, Rudy. C'est pourquoi je vous ai permis d'entrer dans ma maison. Pour que vous soyez témoin du pouvoir du bangré. Et que, le moment venu, vous puisiez en lui la force de combattre.

Stupéfait, Rudy attend la suite… qui ne vient pas. Hadé a fermé les yeux, paraît s'être assoupie sur sa chaise basse.

— Vous pouvez m'en dire un peu plus ? insiste-t-il.

Un coup de coude d'Abou et un doigt sur ses lèvres lui intiment de se taire. Ce qu'il accepte de mauvaise grâce, mais bon, il y a peut-être un rituel, un temps pour les révélations qu'il ne doit pas bousculer. Quoi qu'il en soit, il se promet de ne pas sortir d'ici sans savoir à quoi s'en tenir, qui il devra combattre.

Au bout d'un très long moment – durant lequel Rudy a eu à maintes reprises envie de se lever et de partir (chaque fois retenu d'un bras ferme par Abou) et s'est demandé s'ils n'avaient fait toute cette route épouvantable que pour assister à la sieste d'une vieille femme un peu excentrique –, Hadé se redresse soudain et ouvre les yeux.

Ils ont perdu toute couleur.

Deux trous d'eau sans fond, ouverts sur l'invisible.

D'une voix sans timbre elle demande à Abou, sans ciller ni le regarder, d'aller chercher la calebasse qu'il connaît et de mettre dans le fétiche trois pincées de la poudre qu'elle contient.

Abou s'exécute. Sitôt la poudre versée, une épaisse fumée brune, âcre et suffocante s'échappe de la gueule béant au sommet de la motte. Il retourne s'asseoir sur la natte face à sa grand-mère. Ni l'un ni l'autre ne semblent incommodés par la fumée mais Rudy tousse et cligne des yeux, à moitié asphyxié. Il est tenté d'aller écarter le rideau de l'entrée afin d'aérer, mais Abou l'en dissuade d'un signe de tête.

— Regarde-moi dans les yeux, intime Hadé à son petit-fils. Et respire lentement.

Abou s'agenouille afin d'être au même niveau que sa grand-mère. Son souffle se fait ample, profond. Les yeux piquants, la gorge irritée et la tête qui tourne, Rudy se rapproche de l'entrée en quête d'un peu d'air. De sa position, dans l'écran de fumée virevoltant que zèbrent des rais de soleil issus de la fenêtre aux persiennes closes, Abou et Hadé lui apparaissent comme deux figures hiératiques, symboles vivants d'une déesse bouddhique et d'un disciple à genoux devant elle. Il a l'impression de contempler une scène en ombre chinoise, une projection dont l'origine se trouve… ailleurs. Même leurs voix sonnent brumeuses, étouffées, lointaines.

— Qu'est-ce que tu vois, Abou ?

— Je vois… des arbres.

— Quels arbres ?

— De gros arbres… Des baobabs.

— Et puis ?

— Au pied d'un baobab, il y a quelque chose… Une case ?

— Une case ? Tu es sûr ?

— Oui… Non. C'est un grenier… un grenier à mil. Il est en ruine…

— C'est ça, Abou. Approche… Approche… Vois au travers…

— Oui, mamie… Il… Il y a quelque chose dans le grenier. Quelque chose de… vivant ?

— Oui, Abou. Approche…

— C'est… un animal ? C'est… *Oh ! C'est Moussa !*

— C'est bien, Abou. Attention – ne te laisse pas envahir par l'émotion. Tu vas perdre la vision… Concentre-toi. Respire. Respire. Retrouve mes yeux… Voilà. Que vois-tu à présent ?

— D'autres choses, au pied des arbres… Des… constructions ? Je ne distingue plus très bien.

— Concentre-toi… Respire… Regarde…

Mais le souffle d'Abou devient rauque, oppressant. Toujours à genoux, il tremble. Ses paupières papillottent, il se met à tousser… s'effondre soudain sur la natte, suffocant, agité de convulsions.

Rudy bondit sur ses pieds.

— Hé ! Qu'est-ce qu'il a ? Il faut faire quelque chose !

— Donnez-lui de l'eau si vous voulez, concède Hadé d'une voix lasse. Aérez la pièce…

Elle s'est avachie sur son siège, paupières closes, souffle court. Rudy se précipite, ouvre rideau et persiennes, puise une pleine calebasse d'eau dans le canari, en asperge la figure grimaçante d'Abou, tente de le faire boire. Il réussit à avaler une gorgée puis deux, cligne des yeux, tousse de nouveau, aspire une grande goulée d'air chaud provenant de la cour. Dispersée par le courant d'air, la fumée brunâtre s'évanouit peu à peu.

Finalement Abou réussit à s'asseoir, adresse un pâle sourire à sa grand-mère qui garde les paupières closes puis à Rudy qui le soutient.

— Ça va… J'ai vu pire, tu sais : parfois, elle me plonge la tête dedans.

Du pouce, il désigne le fétiche qui diffuse à nouveau sa volute bleutée aux vagues relents d'herbes indéfinies.

Rassuré sur la santé d'Abou, Rudy s'approche de sa grand-mère, qui n'a pas bougé de son siège.

— Madame, vous allez bien ? Est-ce que…

Il s'interrompt : pour toute réponse, Hadé s'est mise à ronfler.

Abou fait signe à Rudy de sortir, de la laisser dormir.

— Voir dans le bangré, c'est très fatigant, dit-il dans la cour, plissant les paupières sous la lumière crue du soleil. Et ma grand-mère se fait vieille… C'est pourquoi elle a décidé de m'initier : la connaissance, il faut la transmettre. On ne doit pas la garder pour soi.

— À propos de garder pour soi, il y a un truc que j'aurais bien aimé qu'elle m'explique : quelles forces mauvaises sont après moi, qui je devrais combattre, selon elle ?

— J'ai mon idée là-dessus. Mais je ne sais pas si j'ai le droit de te le dire… Je lui demanderai la prochaine fois.

Rudy laisse échapper une mimique agacée.

— Après ce que j'ai vu, je pense que tu peux tout me dire, Abou. Je suis aussi concerné que toi, non ?

— Non : toi, tu n'es pas initié.

— Pfff… Mais ce que tu as vu, là, dans cette fumée, tu peux me le dire quand même ?

— Ça, oui : on est venus pour ça.

Après avoir salué Bana et Magéné, les assistantes d'Hadé, et souhaité un prompt rétablissement aux patients qui attendent dans la cour, tous deux regagnent la petite Hyundai de fonction garée à l'entrée. Malgré les vitres demeurées ouvertes, il fait une chaleur de four dans l'habitacle, que la clim à fond ne dissipe qu'à grand-peine.

— Alors, raconte! lance Rudy tandis qu'ils retournent vers la ville agonisante. Tu t'en souviens, j'espère?

— Oui… C'est comme un rêve. Mais les images sont assez claires.

Abou décrit ses visions: les baobabs, le grenier à mil, Moussa prisonnier à l'intérieur. D'autres choses au pied des arbres, peut-être des bâtisses.

— Et tu sais où ça se trouve, tout ça?

— Non, mais ça ne doit pas être loin de Kongoussi. Il suffit de se renseigner.

— D'accord. Et si personne ne connaît de grenier à mil sous des baobabs? Ou s'il y en a des dizaines?

— En ce cas, répond Abou sans se démonter, il faudra chercher. Ou bien revenir voir ma grand-mère… (Il reste un moment silencieux, plongé dans ses pensées.) Mais peut-être aussi que je le sais. Que l'endroit m'apparaîtra en rêve, ou que je reconnaîtrai la route. Dans le bangré, il y a les choses que l'on voit et que l'on peut exprimer, mais il y a aussi la connaissance silencieuse… Souvent, c'est la plus importante. Et la plus terrible.

— Ah… Ce qu'a dit ta grand-mère à propos des forces obscures qui rôdent autour de nous, ça relève de la connaissance silencieuse?

— Oui, justement. Et ça me fait très peur.

COMMANDO

> Voici maintenant notre flash info présenté par Nawa Kafondo, et toujours développé en temps réel sur notre site Voixdeslacs.bf hébergé par China.net. Restez à l'écoute sur La Voix des Lacs !
>
> Bonjour. Les recherches se poursuivent activement aux alentours de Kongoussi pour retrouver Moussa Diallo-Konaté, le fils de la présidente enlevé par des terroristes étrangers. La police et l'armée collaborent pour passer la région au peigne fin. Un éleveur peul a signalé avoir découvert un cadavre sur le site des hauts-fourneaux de Darigma...

De retour à Kongoussi dans la soirée, Abou et Rudy retrouvent Laurie à la mairie, dont la cour est toujours pleine de monde. Elle accourt vers eux, plantant sur place le premier adjoint Alpha Diabaté.

— Je suis contente de vous revoir ! (Un ton plus bas :) L'adjoint n'arrête pas de me draguer, il veut absolument m'inviter chez lui...

Abou, qui n'a pas oublié les paroles de sa grand-mère (« la femme qu'il vise est déjà consentante »), saisit l'occasion au vol :

— Tu peux dormir chez moi si tu préfères.

— Merci, mais le maire m'a invitée aussi. Lui, au moins, il a une femme et des enfants. Sa fille me fait la gueule, j'ignore pourquoi, mais je m'entends bien avec Alimatou... Vous connaissez la nouvelle ? Ce cadavre qu'ils ont découvert ?

— Oui, répond Rudy, on l'a entendu à la radio, dans la voiture. C'est un berger peul qui l'a trouvé, c'est ça ? Dans je ne sais plus quel bled...

— Le village de Darigma, à une dizaine de kilomètres au nord d'ici, sur la route de Djibo. Il y a des ruines d'anciens hauts-fourneaux là-bas... Le Peul l'a repéré là-dedans, grâce aux vautours qui tournaient autour. Et vous savez quoi ? Il lui manquait un doigt. L'annulaire, précisément.

— Tiens donc... Je présume que, du coup, notre sémillant commissaire imagine que les ravisseurs sont planqués dans le coin et a concentré là-bas le gros des troupes ?

— Tout juste. D'ailleurs, ils ne vont pas tarder à revenir : la nuit tombe et ils manquent de matériel pour chercher dans l'obscurité.

— O.K. Eh bien, nous, on va explorer au sud. Ça te va, Abou ?

Celui-ci acquiesce d'un air entendu. Laurie les dévisage tour à tour avec suspicion.

— Vous, vous m'avez l'air d'avoir une piste.

— Bah, de vagues soupçons, c'est tout, élude Rudy d'un ton détaché. La magie, tu sais... ça ne marche que sur les gens crédules.

Sur ces entrefaites déboule dans la cour la Jeep du capitaine Yaméogo, transportant le capitaine lui-même, son lieutenant, son aide de camp et le commissaire Ouattara. L'officier remarque aussitôt

Abou, épinglé par le faisceau des phares. Il saute du véhicule et s'avance vers lui au pas de charge.

— Aïe aïe aïe, ça va chauffer pour moi, craint Abou.

— Caporal-chef Diallo-Konaté, je vous arrête !

— À vos ordres, mon capitaine ! (Il se met au gar-de-à-vous en claquant les talons.) Puis-je savoir la raison, mon capitaine ?

— Abandon de poste et absence sans motif. Vous me ferez quinze jours ! Donnez-moi vos armes et vos galons.

Rudy estime qu'il doit intervenir :

— Capitaine, si je puis me permettre… C'est moi qui ai embarqué Abou pour une mission spéciale.

— De quel droit ? Sur l'ordre de qui ?

— De mon propre chef, je le reconnais… Nous sommes allés visiter sa grand-mère qui, vous le savez sans doute, pratique la divination par le bangré.

— Et alors ?

— Alors nous savons désormais où est empri-sonné son frère Moussa. Nous étions justement en train de mettre au point un plan pour le délivrer quand vous êtes arrivé.

— C'est du ressort de la police et de l'armée, noti-fie le capitaine d'un ton pincé. Les civils ne doivent pas s'en mêler.

— N'oubliez pas que j'ai fait partie des comman-dos… Écoutez, capitaine, je vous propose un marché : laissez Abou assurer cette mission. Je vous promets que d'ici vingt-quatre heures nous aurons sauvé Moussa. Si demain soir Moussa n'est pas ici, vous pourrez arrêter Abou. Mais si nous le rame-nons, toute la gloire en rejaillira sur le 4e R.I. que vous commandez. N'est-ce pas équitable ?

— Le bangré, vous dites ? Hum… (Le capitaine

réfléchit quelques instants, tourne la tête vers le commissaire Ouattara en discussion avec le maire.) Soit. Je vous accorde vingt-quatre heures. Pas une minute de plus.

— Merci, capitaine ! Heu… Un troisième homme ne serait pas de trop pour cette mission. Un soldat bon tireur, courageux, qui a du sang-froid…

— Mon copain Salah Tambura, suggère Abou. J'ai toute confiance en lui.

— C'est que j'en ai besoin… (Le capitaine réfléchit, puis concède :) Bon, prenez Tambura avec vous. (Voyant Ouattara se diriger vers eux, il ajoute à mi-voix :) Pas un mot au commissaire ! Il serait capable de tout faire foirer.

— Comptez sur nous, capitaine. Je sais ce qu'est une *mission spéciale*…

Rudy appuie sur ces derniers mots avec un clin d'œil complice. Yaméogo esquisse un sourire de fierté : apparemment cette battue stérile l'ennuie, il est heureux que ça bouge enfin.

— Vous, là ! apostrophe Ouattara, levant son gros doigt sous le nez de Rudy. Que complotez-vous encore ? Je vous préviens, la rétention d'information est assimilable à un faux témoignage !

— Je ne retiens aucune information, commissaire. On se renseignait juste auprès du capitaine de l'avancement des recherches… Abou est le frère du disparu, quand même : c'est normal qu'il s'inquiète.

— Capitaine Yaméogo, profère le policier d'une voix aigre, je vous défends de divulguer la moindre information à des étrangers !

— Pardon, commissaire, Abou Diallo-Konaté n'est pas un étranger mais un soldat sous mon commandement. D'autre part, je n'ai pas d'ordre à

recevoir d'un civil. Caporal Diallo-Konaté, rompez !
Et... bonne chance.

— Merci, mon capitaine.

Tandis qu'ils s'éloignent, Laurie les rattrape :

— Je vois que ça te reprend, Rudy.

— Quoi donc ?

— L'envie de baston, de castagne. Tes pulsions
de tueur. (Il hausse les épaules.) Ce qui me dégoûte
le plus, ajoute-t-elle, c'est que tu entraînes un gamin
avec toi.

— Laurie, retiens ça une fois pour toutes : s'il y a
des victimes, c'est parce qu'il y a des prédateurs. Toi
tu soignes les victimes, moi je combats les prédateurs. O.K. ? Chacun à sa place, et le troupeau sera
bien gardé.

BAOBABS

Il faut toutefois garder à l'esprit que, quel que soit le degré de sophistication de la technologie déployée, un bon renseignement et l'effet de surprise restent toujours des éléments déterminants de la victoire. En ce sens, rien n'a changé depuis Sun Tzu.

Général DUQUESNOY,
Le Nouvel Art de la guerre, 2025.

Le lendemain à l'aube, Abou, Salah et Rudy s'enfournent dans la petite Hyundai (la magnanimité du capitaine Yaméogo n'est pas allée jusqu'à leur fournir un véhicule militaire) et prennent la route de Ouagadougou. Salah a été mis au courant de la situation par Abou, aussi est-ce sans surprise qu'il entend Rudy demander à son ami :

— Alors, Abou, as-tu rêvé cette nuit du lieu où est séquestré Moussa ?

Le frère cadet affiche une moue dubitative.

— J'ai rêvé d'un village… un village dans la brousse. Le groupement de baobabs n'est pas loin.

— Tu sais son nom ?

Abou secoue la tête.

— Ça nous avance pas trop, objecte Salah. Tous les villages de brousse se ressemblent…

— Je pense que je reconnaîtrai celui-ci. Ma grand-mère va nous aider.

Salah opine du chef. Rudy s'abstient de tout commentaire : après ce à quoi il a assisté la veille, il ne serait pas étonné qu'Abou et Hadé aient entre eux une sorte de lien télépathique… Ils trouveront ce bled sans avoir à sillonner toute la savane à la ronde, il en est certain. Ce qui l'inquiète davantage, c'est la pauvreté de leur armement : les deux jeunes soldats ont leur fusil réglementaire, un Uzi *made in Taiwan*, simple et efficace en combat rapproché mais peu précis au-delà de dix mètres, surtout sans visée laser ; lui a toujours son Luger, nettement plus sophistiqué, mais il ne lui reste que deux chargeurs… Il espère que les ravisseurs ne s'attendent pas à une attaque et ne seront pas sur la défensive : seule la surprise peut jouer en leur faveur.

À quelques kilomètres de Kongoussi, Abou saisit soudain le bras de Rudy.

— Prends à droite, là.

Il sort de la route et s'engage sur une mauvaise piste qui serpente à travers la savane, entre les champs arides et les acacias mourants. Ils aboutissent bientôt à un petit bourg qui jadis a dû être agréable, cerné de bouquets d'arbres qui ne dispensent plus qu'une ombre chétive et pelée.

— Ce n'est pas là, affirme Abou. Il faut continuer.

La Hyundai traverse le village sous les regards intrigués des autochtones, dispersant quelques poules rachitiques et deux ou trois chèvres qui n'ont plus que la peau sur les os. Des gamins dépenaillés accourent derrière la voiture mais abandonnent vite.

À la sortie du village, la piste se divise en trois. Les yeux plissés par la concentration, Abou indique sans hésiter l'embranchement du milieu.

En grimpant dans les collines, le chemin devient encore plus mauvais : raviné, défoncé, entrecoupé d'éboulis de cailloux ou de coulées de sable, descendant abruptement pour traverser des marigots à sec et remontant tout aussi raide sur de la rocaille ou des pentes pulvérulentes, abrasées par le vent. Rudy avance au pas, car la petite voiture citadine est soumise à rude épreuve. Le moteur peine, le bas de caisse frotte, la suspension cogne… Il craint à tout instant de crever un pneu, de rompre un essieu ou de casser un amortisseur.

Alors qu'il s'engage prudemment dans une combe ensablée à l'abri du vent, il repère des traces. Il descend les étudier : des empreintes assez fraîches, bien marquées dans la latérite, de pneus quasiment neufs. Rudy remonte dans la voiture avec le sourire :

— Je crois qu'on est sur la bonne piste.

— Moi j'en suis sûr, renchérit Abou.

Au bout de longs kilomètres de crapahutage parmi les collines décapées par l'harmattan, ils parviennent en vue d'un autre village niché au pied d'une éminence, lui aussi entouré de champs arides et de bosquets déplumés. Abou pose de nouveau la main sur le bras de Rudy :

— C'est celui-ci.

Rudy stoppe la voiture. Tous trois observent le village, suivent des yeux la piste qui y descend en lacets escarpés, effondrée par endroits, impraticable pour la Hyundai. Scrutent les alentours qui vibrent déjà dans les ondes de chaleur montant de la vallée. C'est Salah qui les repère le premier :

— Là-bas... Cinq – non, six baobabs. Et des constructions au milieu...

Abou acquiesce de la tête, lèvres serrées. Rudy éprouve cruellement le manque d'une paire de jumelles. Tu parles d'un commando : deux gamins munis d'armes de réforme et une tête brûlée qui a fait dix jours de « stage de survie » – et ça prétend s'attaquer à des espions aguerris de la NSA ! Enfin, l'espoir fait vivre, quand il ne mène pas à la mort...

— Bon, organise-t-il. On planque la bagnole et on y va à pied. Ôtez tout ce que vous avez de brillant sur vous et frottez vos flingues dans la poussière afin qu'ils ne scintillent pas au soleil.

Tandis que les deux jeunes obéissent consciencieusement, Rudy gare la voiture au pied d'un gros rocher. Puis tous trois entament la descente de la colline, en biais vers le bosquet de baobabs, se dissimulant autant que possible derrière les arbres, les rocs ou les levées de terre. À mesure qu'ils s'approchent, la configuration des lieux se précise : le grenier à mil effondré, mais encore suffisamment debout pour qu'on ne puisse en sortir sans échelle, surtout entravé ; trois cases alignées, à moitié ruinées ; les vestiges d'un mur de banco qui délimitait cette concession familiale. Et les baobabs tout autour, dressant vers le ciel leurs moignons de branches. Les traces de pneus venant du village pénètrent dans la cour... Apparemment, les ravisseurs n'ont pris aucune précaution particulière : soit ils s'estiment assez bien cachés, soit ils pensent que leur leurre grossier – ce cadavre jeté à l'opposé de leur position – suffira à tromper l'armée burkinabé.

Le trio parvient jusqu'à une centaine de mètres de la concession abandonnée, se réunit au pied massif d'un baobab.

— On se sépare, décide Rudy. Abou, tu attaques par l'ouest, Salah par l'est, moi par l'entrée principale au sud. Il faut se planquer derrière les pans du mur d'enceinte qui restent debout. Vous avez des montres ? On les règle à la même heure… Bien. À partir de maintenant, je compte deux minutes pour atteindre le mur. Il est 09 h 05. À 09 h 07 *précises*, vous pointez vos Uzi par une brèche et vous flinguez tout ce qui bouge dans la cour. Pas d'hésitation, pas de pitié, compris ? N'oubliez pas qu'ils ont tué un pauvre type juste pour leur chantage à la con.

Tous deux opinent, sourcils froncés. Abou transpire un peu, Salah essaie de se donner un air méchant. Rudy les dévisage : ils paraissent déterminés.

— O.K., les gars. Prêts ? *Go !*

Chacun détale ventre à terre dans la direction assignée. Il n'y a guère d'abri entre ce baobab et ceux entourant la masure. Rudy parcourt la distance au pas de course, se plaque contre le tronc blanchi de l'arbre le plus proche de l'entrée, arme son Luger, jette un œil dans la cour. Un homme est en train d'allumer un feu ; un autre, portant des lunettes noires, est étendu sur une natte à l'ombre d'une des cases. Le premier ne semble pas armé, le second porte un baudrier sous l'aisselle, par-dessus un tee-shirt kaki.

09:06:40. Plus que vingt secondes. Comment atteindre le mur d'enceinte sans que Lunettes Noires ne le voie ? Il est justement face à l'entrée de la cour… À cet instant, il se relève pour entrer dans la case. *Merde*, se dit Rudy. *C'est lui qui est dangereux, et il se met à l'abri… Trop tard pour changer de plan.*

Il se rue vers le mur de banco, réduit près de l'entrée à un morceau d'un mètre de haut, derrière lequel il s'accroupit. Nouveau coup d'œil dans la cour : le feu a pris, crépite. L'homme se retourne pour ajouter une branche dessus – suspend son geste, bouche bée : il vient de voir le canon d'un fusil-mitrailleur posé sur une brèche du mur face à lui, et une tête derrière en train de viser.

C'est sa dernière vision : Abou, Salah et Rudy font feu en même temps. Le type s'effondre avec un cri étranglé, déchiqueté par les balles. Lunettes Noires – qui s'apprêtait à sortir, une bouilloire à la main – replonge aussitôt dans la case. D'où fuse immédiatement, par les fentes de la persienne déglinguée qui masque l'unique fenêtre, un tir nourri qui arrose toute la cour, empêchant le trio d'y pénétrer. Le grenier à mil pourrait constituer une bonne protection, encore faut-il l'atteindre, et pour cela traverser un espace dégagé. À moins de... oui, passer par la face nord, où les bâtisses sont adossées au mur d'enceinte...

Apercevant Abou qui le cherche du regard, Rudy lui fait signe de continuer à tirer pour faire diversion puis il se risque à contourner la concession par l'est, se jetant éperdument à travers les brèches dans le mur, frôlé par des balles vrombissantes. Il parvient à rejoindre Salah, lui donne la même instruction et poursuit sa progression. Il atteint l'arrière des bâtiments, escalade le mur d'enceinte un peu plus haut de ce côté, remarque alors que le toit de la case où Lunettes Noires est retranché est effondré – et que c'est un toit en paille...

Rudy saute dans la cour, se faufile entre les cases, parvient sous la fenêtre d'où l'autre continue à tirer sur Abou et Salah. Le feu est là, à trois mètres, flambant joyeusement. Le cœur battant à tout rompre, Rudy se ramasse... bondit, saisit un brandon enflammé, roule au pied du mur de la case. Ouf! L'autre ne l'a pas vu, pas touché en tout cas. Trempé de sueur, Rudy rampe jusqu'à la porte d'entrée... balance le brandon à l'intérieur.

Le feu prend immédiatement, produisant un *woouff* et un souffle de chaleur. Les tirs stoppent derrière la fenêtre, il entend proférer des jurons, et Lunettes Noires jaillit dans un nuage de fumée, défouraillant à tout-va. Il ne voit pas Rudy, adossé au mur dans son dos, qui lui loge une balle en pleine tête.

La fusillade cesse – c'est fini. Personne d'autre ne sort de la case en flammes. Personne non plus dans les deux autres maisons. Et pas de voiture...

Rudy fait signe à Abou et Salah de le rejoindre. Tous deux ont des expressions mitigées devant les deux cadavres étalés dans la poussière, l'un saignant de multiples blessures, l'autre un trou bien net dans la nuque.

— Ton frère, soupire Rudy.

De faibles appels proviennent de l'intérieur du grenier à mil. Salah repère une échelle rudimentaire appuyée contre un mur, un simple tronc aux branches élaguées. Abou la pose contre la paroi du grenier, l'escalade agilement, jette à terre la porte de tôle qui le ferme, se penche à l'intérieur...

Moussa est au fond, au milieu de débris et gravats, pieds et poings liés, levant sur son frère une tête ahurie.

— Abou? C'est bien toi?

— Oui, Moussa, c'est moi... Bouge pas, j'arrive!

Il saute à l'intérieur, coupe les cordages à l'aide de son poignard militaire. Moussa se relève avec peine, massant ses membres anesthésiés par les entraves. Abou l'aide à se hisser sur la partie la plus écroulée de la paroi. Rudy le réceptionne de l'autre côté. Abou saute à son tour et les deux frères s'étreignent. Moussa a les larmes aux yeux. Il est affaibli, crasseux, puant, mais il sourit jusqu'aux oreilles.

— J'ai soif, rauque-t-il. Ils me donnaient rien…

— Il y a de l'eau dans la voiture, dit Rudy. Ne restons pas là, les autres peuvent revenir.

Moussa considère les deux cadavres dans la poussière, la case qui s'effondre dans les flammes. Il écarquille les yeux de surprise.

— Eh bien, Abou, je ne m'attendais pas à ça de ta part…

— Dépêchons ! les presse Rudy.

Tous quatre sortent de la cour, Abou soutenant son frère qui peine encore à marcher, juste au moment où déboule une voiture portant sur ses flancs le logo d'une agence de location d'Abidjan. Sans se concerter, Abou et Salah empoignent leur Uzi et canardent à tout-va. Le pare-brise explose, les balles miaulent en percutant la calandre et le capot. La voiture fait un tête-à-queue, dérape, effectue un demi-tour sur les chapeaux de roue et repart à fond de train sur la piste, tressautant dans les ornières et les nids-de-poule.

— Cessez le feu, les gars, conseille Rudy. Inutile de gaspiller des balles… Ça m'étonnerait que ceux-là reviennent nous emmerder.

— On a gagné ! s'écrie Salah qui danse joyeusement autour des deux frères en agitant son Uzi brûlant.

— Cette bataille, oui, mais pas la guerre, temporise Rudy. À mon avis, tant que Fuller paye, la NSA ne va pas en rester là.

Sa réflexion jette un froid : la victoire paraît du coup moins éclatante.

— Comment m'avez-vous retrouvé? demande Moussa tandis qu'ils grimpent la colline pour rejoindre la Hyundai.

— Par le bangré…, répond Abou évasivement. (Il est essoufflé, en sueur, jambes flageolantes, tout tremblant maintenant que la tension retombe.)

— Le bangré? s'ébahit Moussa, qui du coup s'arrête. Mais… ce n'est pas possible! C'est de la magie!

— Précisément, sourit Rudy. T'as oublié, Moussa? Ici, la magie, ça marche.

— Pas seulement ici, dit Abou. Ça marche partout. Suffit d'ouvrir les yeux.

L'ŒIL DE CAÏN

Conçus par les plus grands chercheurs de l'Inde
en matière d'algorithmes et de calcul numérique,
issus des labos de Ganesh Subatomics, n° 1 mondial
de la nanoélectronique, les ordinateurs quantiques
Quantum Physics sont tout simplement la réponse
universelle et 100 % évolutive à tous vos besoins.
Inutile d'en dire plus, ils parlent d'eux-mêmes.
Inaltérables, impiratables, incontournables :
Quantum Physics
La technologie de demain pour aujourd'hui.
Inclus CHINA.NET® et MAYA™, vos solutions
réseaux et VR

Yann Prigent a toujours trouvé fort ironique que la
NSA, principale agence américaine de renseignements *worldwide*, fasse travailler ses employés sur des
ordinateurs indiens Quantum Physics. Certes, ils sont
réputés être les meilleurs et les plus fiables du marché ;
certes, Ganesh Subatomics, le fabricant des Quantum
Physics, est tenu, sous peine de piratage industriel
immédiat, de fournir tous ses codes-sources à la
NSA ; certes, le décryptage des milliards d'écoutes et

de données collectées de par le vaste monde est toujours confié à des Cray, intelligences artificielles 100 % américaines… N'empêche, ce n'est guère *patriotique* de bosser sur du matos indien, alors qu'à longueur de journée les employés sont bassinés sur la chance qu'ils ont de travailler pour les États-Unis et sur la grandeur de la patrie à laquelle ils doivent une loyauté indéfectible. Mais bon, efficacité et sécurité obligent, n'est-ce pas ? Surtout depuis qu'IBM a été racheté par les Chinois et Bull par les Coréens…

En outre, la NSA n'est plus ce qu'elle était. Au début du siècle, elle employait encore vingt mille personnes rien qu'au siège de Fort Meade, dans cet immense parallélépipède de verre noir, « environ » cent mille dans ses autres centres ou sur le terrain, et dépensait pour cela 4 milliards de dollars par an. Aujourd'hui, personnel et budget ont été réduits des trois quarts. Elles sont loin, les années d'opulence où la NSA brûlait avec insouciance pour 21 millions de dollars d'électricité par an, et pouvait se targuer d'être en mesure d'espionner quiconque disposait d'un ordinateur ou d'un téléphone, où qu'il soit sur la planète. Aujourd'hui, l'agence est contrainte, pour boucler ses fins de mois, d'accepter des contrats privés du type de celui signé avec Anthony Fuller, P.-D.G. de Resourcing (quoiqu'elle bossât déjà pour Boeing à la fin du XXᵉ siècle, en faisant capoter les contrats Airbus…) et de pallier la désagrégation de la CIA en envoyant des agents dans des *opérations spéciales* dûment facturées. Le renseignement paie toujours et reste sa principale activité, mais encore faut-il que quelqu'un paye… Or le gouvernement des États-Unis n'a plus guère de moyens. Le système Échelon, c'était le bon temps ! Maintenant, la NSA vend même du renseignement à la Chine… à l'insu du pouvoir bien sûr, à l'insu même des employés chargés de collecter ledit renseignement. Yann, lui, sait, car à ses moments perdus il va fouiner dans les ordis de ses collègues, explore les réseaux internes, s'amuse à forcer des backdoors et à décrypter des codes maison : il a tous les outils pour cela dans son Quantum Physics. Il se doute qu'on sait qu'il sait, mais tant qu'il gardera cette information pour lui, il ne sera pas inquiété. *Never Say Anything* [1], tel est le sobriquet qu'on donne à la NSA... La curiosité, le goût du risque et l'esprit d'initiative y sont encouragés : les meilleurs espions ne sont-ils pas d'anciens hackers ?

Des moments perdus, il en a plutôt à revendre ces temps-ci. Chargé de la collecte d'informations dans l'opération Fuller *vs* Burkina – nom de code Aqua™ –, il a passé des semaines à fouiller l'ordi de la présidente, explorer les réseaux burkinabés, dépouiller le site gouvernemental et les e-mails des ministres, analyser des heures d'écoutes téléphoniques... Tous renseignements qu'il a fournis aux quatre agents envoyés là-bas. Maintenant qu'ils sont sur place avec leur propre matériel, il n'a quasiment plus rien à faire... sinon espionner un peu ce qu'ils mijotent, pour sa propre gouverne.

C'est ainsi que Yann a deviné qu'ils préparaient un coup d'État.

Rien que ça ! Pour s'emparer d'une nappe phréatique ! Il va la payer cher, sa flotte, ce damné Fuller... Or, en étudiant de nouveau les e-mails et coups de fil de la présidente, il a soudain réalisé que le matériel de forage attendu était amené au Burkina par *sa propre sœur*. Yann n'a guère de conscience politique : qu'un

1. Ne dites jamais rien.

consortium *ww* s'empare du bien vital d'un peuple par des moyens aussi crapuleux, que lui-même participe à cette escroquerie, il s'en fout ; ce qui le passionne, c'est décrypter des codes-sources, s'immiscer par des backdoors, fouiller des réseaux interdits ou réservés, être l'œil de Caïn en des lieux virtuels auxquels le commun des mortels n'a pas accès, en ignorant même l'existence. Mais un coup d'État... ça dépasse le piratage informatique. Ça veut dire de l'action violente, des fusillades, des exécutions sommaires, des prisonniers, des blessés, des morts. Et Laurie prise dans ce micmac...

C'est pourquoi il a pris le risque d'envoyer un message à la présidente. Normalement, lui seul a accès à son ordi, étant seul à s'occuper d'Aqua™ à Fort Meade. De plus, il a double-codé son message (téléchargeant pour ce faire les empreintes digitales de la présidente dans les mémoires du scanner de l'aéroport de Mopti) et l'a fait transiter par 72 routeurs – il a fait huit fois le tour de la planète : impossible, à moins d'y coller un gus à temps plein pendant des heures, de remonter à la source du message, lequel s'est autodétruit sitôt après lecture. Aucune trace, même résiduelle : il y a veillé.

Malgré tout, Yann balise : peut-il avoir été repéré d'une façon ou d'une autre ? Il est retors, mais la NSA l'est encore plus. Depuis, il n'a pas osé retourner dans l'ordi de la présidente, le portable de N° 3 ou le téléphone de l'ambassade... Il devrait, quand même. Si on le débusque maintenant, que peut-il lui arriver ? Aqua™ était son job, c'est normal qu'il s'intéresse aux conséquences.

Bon, par quoi je commence ? Allez, le portable de N° 3. Il entre le code d'accès du réseau interne et va pour taper son login, quand le téléphone se met à sonner.

— Yann, le grand patron te demande. (Une voix féminine.)

— *Moi?* (Son cœur bondit dans sa poitrine.)

— C'est bien toi, Yann Prigent, non?

— O.K., j'arrive. (Sur un ton qui se veut détaché, mais il ne peut empêcher sa voix de trembler.)

Il ferme tout et s'engage dans le long parcours jusqu'au bureau de Cromwell, le big boss, une espèce de taureau paternaliste qu'il a rencontré quelques fois, pour qui tous les employés sont « ses gars » ou « ses filles ». Couloirs, ascenseurs, re-couloirs, re-ascenseurs, le tout entrecoupé de portes, de scans, de contrôles et de gardes... Il est enfin introduit dans le « nid d'aigle », le grand bureau au dernier étage du cube de verre noir, d'où Cromwell a une vue sur l'immense parking et sur la campagne environnante.

— Ah, Yann Prigent! (Le patron lui serre vigoureusement la main.) Mon gars, z'êtes l'homme de la situation. Asseyez-vous.

Il lui avance un fauteuil en peau de buffle, mais ne daigne pas lui présenter les deux hommes vêtus et lunettés de noir assis dans un coin de la pièce. *Des flics maison*, suppute Yann, qui les renifle à cent mètres. *Merde, on m'a repéré...* Il espère ne pas trop blêmir.

— En... quoi puis-je vous être utile, monsieur Cromwell?

— C'est très simple. On m'a signalé que vous étiez un peu désœuvré ces derniers temps, pas vrai?

— Heu...

— Vous vous occupiez d'une mission... (Cromwell jette un œil à son écran) codée Aqua™ qui, grâce à vos infos, suit parfaitement son cours. Mais les gars sur place n'ont plus vraiment besoin de vous, m'ont-ils signalé. Aussi, j'ai pensé à vous pour un autre boulot. Z'avez une bagnole ?

— Euh, oui, sur le parking… Pourquoi ?

Yann recommence à respirer : ouf, il n'a pas été repéré…

— O.K. Z'allez vous en servir.

— Vous voulez dire… sortir de Fort Meade ?

Depuis qu'il a été embauché à la NSA, Yann n'est allé qu'une seule fois à l'extérieur : à Baltimore, afin de procéder à quelques achats nécessaires, vu qu'on l'a importé d'Europe quasiment sans bagages. Et encore, il était accompagné d'un « collègue » – un flic en vérité. Autrement, tout se trouve sur place : super-marché, piscine, tennis, cinéma, chapelle, boîtes, bars, même un bordel. Les employés de la NSA ne sont pas prisonniers, ils *peuvent* sortir mais ne sont pas incités à le faire. Il est même fortement conseillé de recruter ami(e)s, amant(e)s, fiancé(e)s et époux parmi le personnel.

— Parfaitement, mon gars. Pour vous rendre à Washington. On a un bureau là-bas, en fait rien de plus qu'une boîte aux lettres. Un colis y est arrivé, faut aller le chercher. Je pourrais y envoyer un de nos coursiers mais… (Cromwell marque un temps d'hésitation.) Bon, en fait, c'est du matériel ultra-sensible, qui ne doit *surtout* pas se perdre ni tomber en de mauvaises mains. Comme vos états de service sont excellents et que vous êtes un gars à qui on peut faire confiance… (Il sourit.) Hein, Yann ? On peut vous faire confiance ?

— Heu… Oui, monsieur.

— Donc vous y allez, vous prenez le colis et vous le ramenez. Voyez, c'est pas compliqué. Alors ? C'est O.K. ?

— Bien sûr, mais…

— Vos frais de carburant? Payés, naturellement. Et pas de panique, l'autoroute Washington-Baltimore est sécurisée. Aucun risque de mauvaise rencontre. (Cromwell tend une carte à Yann.) Voici l'adresse. Washington est à quinze bornes, ça vous prendra pas plus d'une demi-heure… Les gars là-bas sont avertis, ils vous attendent. (Cromwell se lève, fait le tour de son bureau, serre de nouveau la main de Yann.) Allez, bonne route, mon gars. À votre retour, on causera de votre nouvelle affectation.

— Merci, monsieur Cromwell.

Yann s'éclipse, avec un signe de tête aux deux hommes en noir qui n'ont pas bronché. Ceux-ci se lèvent après son départ.

— Alors, comment je saurai? leur demande Cromwell. Je dois regarder par la fenêtre, sur le parking?

— Non, pas le parking, dit l'un d'eux.

— Ça ferait tache, précise l'autre. Mais nous avons pensé que vous aimeriez suivre l'opération en temps réel. C'est pourquoi nous avons aussi installé une microcam… (Il sort un petit boîtier noir de la poche de sa veste.) Voici le récepteur. Si vous voulez bien le connecter à votre ordi…

Cromwell branche le boîtier à son Quantum Physics. L'écran montre l'intérieur de la voiture de Yann, une petite Honda Solar électrique bien suffisante pour se rendre à Washington ou Baltimore.

Au bout de quelques minutes Yann se pointe, ouvre la portière, s'installe au volant. On le voit de face : la microcam a été installée sur le rétroviseur intérieur. Il paraît détendu mais aussi intrigué. Il rentre l'adresse dans l'ordi de bord. Démarre. Allume la radio en sourdine.

— Et alors ? s'étonne Cromwell. Se passe rien ?

— Pas encore. J'ai dit « pas sur le parking ».

Yann sort du parking, s'engage sur la bretelle *NSA employees only* qui rejoint la Baltimore-Washington Parkway, une autoroute bordée de grillages et barbelés électrifiés. En débouchant sur l'autoroute, Yann accélère.

— Attention, monsieur : ça va arriver...

Un flash éblouissant explose soudain dans l'écran, qui ne montre plus que de la neige électronique.

— Voilà, vous pouvez éteindre : c'est fini.

— La bombe était programmée pour se déclencher à cent kilomètres-heure. Nous avons estimé que sur l'autoroute, hors de l'enceinte de la NSA, c'était plus propre.

— Et puis ça peut passer pour un accident...

— Bravo, les gars. Bon boulot.

— À votre service, monsieur.

Chapitre 9

SOLUTIONS RADICALES

Avec le succès de votre dernier album, End of Times *(trente millions de téléchargements recensés), on peut dire que le nihilisme a de beaux jours devant lui, non ?*

Destroïd (chant) : Sûr ! *(Rire.)* Tout détruire et massacrer, ça paye !

Killing Machine (son) : On est dans l'air du temps, c'est tout.

Kill Them All est considéré comme l'« inventeur » du harsh, avec votre premier album éponyme sorti il y a trois ans. Désormais le harsh, qui prônait la révolte violente, est devenu une musique à la mode, jouée dans les clubs chic. Comment vivez-vous cette situation ?

KM : Comme j'ai dit, on est le son de l'époque, la BO de l'apocalypse que chacun vit au quotidien. Et l'apocalypse arrive même dans les clubs chic, quand l'électricité est coupée par exemple ! *(Rire tonitruant.)*

Certaines associations conservatrices et notamment une secte comme la Divine Légion vous intentent des procès pour incitation au meurtre. Que leur répondez-vous ?

D : Je dis à tous ces connards qu'ils vont mourir de toute façon. Si leurs gosses ne les tuent pas avant, c'est pas de chance pour eux, car ils crèveront à petit feu, grillés par le soleil comme nous tous.

Cette année, vous êtes invités à jouer au Forum économique de Nassau. Ça ne vous fait pas bizarre, vous qui êtes issus du milieu outer ?

D : C'est notre revanche. *(Ricanement.)* On va leur en foutre plein la gueule.

KM : Ils nous ont invités en se basant sur le chiffre d'affaires de notre label HellTrax. Ces enculés ne savent pas quels démons ils introduisent dans leur paradis fiscal !

Vos shows sont réputés pour leur violence extrême. À Nassau, vous serez sans doute forcés de mettre un peu d'eau dans votre vin...

D : On mettra plutôt du thrill dans nos veines !

KM : On jouera comme d'habitude. Et après le show, quand ils seront tous K-O, on videra leur champagne et on baisera leurs femmes ! *(Rire satanique.)*

LA MAISON DU SEIGNEUR

> Alors je vis monter de la terre une autre Bête. Elle avait deux cornes comme un agneau, mais elle parlait comme un dragon. Tout le pouvoir de la première Bête, elle l'exerce sous son regard. Elle fait adorer par la terre et ses habitants la première Bête dont la plaie mortelle a été guérie. Elle accomplit de grands prodiges, jusqu'à faire descendre du ciel, aux yeux de tous, un feu sur la terre. [...]
>
> À tous, petits et grands, riches et pauvres, hommes libres et esclaves, elle impose une marque sur la main droite ou sur le front. Et nul ne pourra acheter ou vendre s'il ne porte la marque, le nom de la Bête ou le chiffre de son nom. Celui qui a de l'intelligence, qu'il interprète le chiffre de la Bête. C'est le moment d'avoir du discernement – car c'est un chiffre d'homme : et son chiffre est 666.
>
> Apocalypse de Jean, XIII, 11-13, 16-18.

— Mon fils, mon Seigneur, je t'en prie, fais un miracle ! Délivre-moi du mal !

Celui auquel Pamela adresse sa prière n'est pas Jésus sur sa croix, mais Tony dans son fauteuil.

Agenouillée mains jointes devant lui, elle le caresse de ses yeux implorants. Lui ne répond pas à son regard ; maussade, lèvres pincées, il mate avec dédain Lord's Channel, la chaîne de la Divine Légion, qui rediffuse un sermon enflammé de Moses Callaghan : « ... Le Christ est revenu ! Notre Seigneur Jésus est parmi nous ! Je puis en témoigner, je l'ai vu de mes propres yeux, il m'a parlé en esprit, il a éclairé mon âme ! Vous aussi, très bientôt, vous le verrez car il apparaîtra parmi vous, il ressuscitera les morts et guérira les lépreux, il précipitera la Bête dans le lac de feu, il instaurera sur terre le second royaume de Dieu, le royaume des justes, *votre royaume*, et vous régnerez à ses côtés durant mille années !... » Pamela n'écoute pas, non par manque de foi mais parce que son esprit baigne dans la confusion la plus totale.

Depuis la visite du révérend, ses rapports avec Anthony n'ont fait que se dégrader et elle ne sait comment débloquer la situation. Le divorce réclamé par son mari serait la meilleure solution, or la Divine Légion le refuse catégoriquement. D'un autre côté, elle presse Pamela de récupérer la maison pour elle toute seule afin de la mettre à la disposition des fidèles et d'en faire le sanctuaire préconisé par Callaghan, digne d'abriter le messager de Dieu sur terre. Mais Pamela ne peut pas jeter Anthony dehors – la villa lui appartient à part égale – ni aller vivre ailleurs : cela serait interprété comme un abandon du domicile conjugal. De plus, le révérend ne le souhaite pas : apparemment, la propriété en elle-même l'intéresse.

— Rends-toi compte, sœur Salomé ! a-t-il vociféré un jour au téléphone. Abandonner la maison du Seigneur ? La livrer à un fornicateur impie, suppôt de Satan? C'est impensable! C'est comme livrer Jérusalem aux Juifs!

— Jérusalem est une ville juive à présent, a timidement objecté Pamela.

— C'est parce que l'Antéchrist règne sur terre. Quand le royaume des justes sera rétabli, nous chasserons ces hérétiques dans le désert d'où ils n'auraient jamais dû sortir!

Du reste, il semble que ce n'est pas seulement la villa d'Eudora qui intéresse la Divine Légion : la fortune de Fuller et les nombreuses filiales de Resourcing figurent aussi dans son collimateur. Nelson lui a expliqué tout cela lors d'une de ses fréquentes visites :

— Vous comprenez, Pamela – permettez que je vous appelle Pamela, cela reste entre nous bien sûr –, si vous divorcez, vous pourrez peut-être conserver la maison en vous bagarrant, mais vous n'aurez plus aucun accès au compte bancaire de votre mari ni à ses affaires. Ce serait très contrariant.

— J'y ai déjà très peu accès, vous savez…

— Pratiquement, sans doute, mais légalement vous êtes son héritière. Vous et Tony Junior, depuis le décès de votre fils aîné – Dieu ait son âme…

Sur le coup, Pamela n'avait pas saisi l'allusion ; maintenant qu'elle y repense, celle-ci l'emplit d'effroi : en fait, ce que souhaite la Divine Légion, c'est qu'Anthony *disparaisse*. Ou pour le dire plus crûment : qu'il meure!

Mon Dieu! s'épouvante-t-elle. *Un bon chrétien peut-il souhaiter la mort de son prochain?* Elle a voué son mari aux gémonies, l'a maudit, a souhaité qu'il parte mais pas qu'il meure… Désemparée, elle s'en est ouverte à Nelson :

— La mort d'Anthony? a-t-il souri. Doux Jésus,

nous ne souhaitons la mort de personne. Il est vrai que jadis les chrétiens tuaient les infidèles en prétendant qu'ils n'avaient pas d'âme. Nous n'en sommes plus là aujourd'hui. L'idéal serait qu'il soit touché à son tour par la Grâce Divine et se convertisse. Pensez-vous pouvoir y arriver ?

— À le convertir ? J'en doute…

— Allons, sœur Salomé, ne doutez pas. La foi est votre soutien, et Dieu est à vos côtés, dans votre propre salon. (Devant l'air irrésolu de Pamela, Nelson a cru bon d'ajouter :) De toute façon, les voies de Dieu sont impénétrables. Le Seigneur Lui-même peut décider de châtier ce profanateur, et nul ne pourra s'y opposer ni contester Son jugement.

Qu'a donc voulu insinuer frère Ézéchiel ? Pamela s'est alors remémoré toutes les horribles accusations dont les impies accablent la Divine Légion : ces meurtres, ces attentats, ces pogroms et holocaustes, l'explosion de la digue en Europe, le massacre d'une communauté juive en Russie, l'anthrax dans les rues de La Nouvelle Orléans… Non, non, ce n'est pas possible ! Malgré tout, il lui a fallu des heures passées devant Lord's Channel, ainsi que la relecture complète de *Dieu me parle* et de *Comment Jésus va sauver l'Amérique* pour recouvrer la pureté de sa foi. Percevant son trouble, Nelson l'a entraînée à un jubilé de la Légion, où les témoignages des miraculées, un discours vigoureux du révérend et un don substantiel en espèces ont achevé de restaurer sa confiance.

Pamela a tenté une ou deux fois de convertir Anthony, de l'amadouer, usant même – Dieu lui pardonne ! – de ses charmes. Peine perdue : dès qu'elle prononçait les mots « Divine Légion » ou présentait l'une ou l'autre de ses brochures,

Anthony ne voulait plus rien entendre, lui jetait le fascicule à la figure, la traitait de «pauvre tarée» et autres vocables encore plus grossiers. Elle ne trouvait du réconfort que dans la prière, et lui dans ses médicaments. Alors... qu'il... *disparaisse*?

— Oh mon Dieu, Tony, par pitié, aide-moi... Si le Seigneur s'exprime vraiment à travers toi, pourquoi ne m'éclaire-t-Il pas? Pourquoi me laisse-t-Il dans les ténèbres et l'incertitude? Ô mon Père, est-ce une épreuve que Vous m'infligez? Est-ce que, comme Job, Vous cherchez à éprouver la sincérité de ma foi?

— Hin hin hin, ricane Tony Junior qui se met à baver.

Machinalement, Pamela prend un Kleenex et lui essuie les lèvres, comme elle l'a toujours fait. En plus de le laver, de changer ses couches, l'habiller, le nourrir... tâches dont elle s'acquitte elle-même, depuis qu'il n'y a plus de nurse à la maison. (Elle a refusé d'en engager une nouvelle, à moins qu'elle ne soit adepte elle aussi de la Divine Légion.) Et lui donner ses médicaments...

Pamela se redresse, atterrée. Non, elle ne lui donne *plus* ses médicaments. Elle a oublié... depuis combien de temps? Comment a-t-elle pu oublier une chose pareille, ce rituel opéré trois fois par jour depuis la naissance de Tony ou presque? Pourtant, il n'a pas l'air de s'en porter plus mal... Au contraire, il semblerait même que ça lui réussit: sa figure est moins grise, moins fripée, ses yeux plus brillants, plus éveillés, ses gestes moins maladroits. *Seigneur!* Pamela se frappe le front, rit de sa propre bêtise de ne pas y avoir pensé plus tôt: c'est Dieu qui le soigne! Le Messie s'incarnerait-il dans un corps débile, difforme, rongé par la progeria et appelé à mourir à plus ou moins court terme, sans le maintenir en vie ? Sinon le guérir... Accomplir ce miracle que la médecine est impuissante à réaliser. Tout de même, ne devrait-elle pas consolider ce miracle apparent par les remèdes appropriés ?

Une image – un souvenir ? – s'impose brutalement à son esprit : toute la pharmacopée de Junior jetée à la poubelle. Est-ce vrai ? Aurait-elle fait une chose pareille ? Intriguée, Pamela se rend dans la salle de bains, ouvre l'armoire à pharmacie réservée à Tony (il lui en faut une entière pour lui tout seul).

Elle est vide.

Un vertige saisit Pamela, qui se retient à la table en marbre des lavabos pour ne pas tomber. Qui, quand, comment... ? Ce ne peut être qu'elle : Anthony ne s'occupe *jamais* de son fils, au contraire il l'évite comme la peste. Un jour elle a tout jeté, et ne s'en souvient plus. C'est incroyable... Est-ce Tony qui l'a incitée à le faire, comme il a fait lâcher son pistolet au garde du corps du révérend ? Peut-il l'influencer à ce point, pour ensuite effacer tout souvenir de ce qu'elle a fait ? En ce cas... qu'aurait-elle accompli d'autre qu'elle aurait oublié ?

Tandis qu'elle reprend son souffle et ses esprits, éblouie par cette révélation, Anthony apparaît brusquement à la porte de la salle de bains.

— Toi ? Qu'est-ce que tu fais ici ? Je ne t'attendais pas si tôt !

— Des ennuis au bureau. J'ai eu besoin de revenir pour...

Sans achever sa phrase, Anthony se dirige vers sa propre armoire à pharmacie contenant sa réserve de substances psychotropes. S'arrête en chemin, découvrant soudain le trouble de sa femme.

— Qu'est-ce qu'il y a, Pamela ?

Il suit son regard égaré. Elle a oublié de refermer l'armoire de Tony… Il écarquille les yeux à son tour.

— Bon sang, Pamela ! Où sont passés les remèdes de Junior ?

— Je… je crois que… je les ai jetés, avoue-t-elle en rougissant.

— Tu les as *jetés* ? C'est bien ce que tu as dit ?

Elle confirme d'un signe de tête, croit utile de préciser :

— Tony est habité par la grâce divine. Dieu est dans son corps et le soigne. Il n'en a plus besoin…

Fuller suffoque, se prend la tête dans les mains, se retient d'exploser.

— Pamela, tu es complètement *folle*. Tu veux tuer Tony, c'est ça ? Tu sais bien que sans ses médics, il *crève* ! Les médecins ne lui donnent pas une semaine. T'es *cinglée*, merde ! (Il s'étire les joues de ses doigts crochus, comme s'il voulait s'arracher la peau du visage.) Mais tes conneries, c'est fini, Pamela. Je vais appeler de suite le docteur Kevorkian, placer Tony dans un institut spécialisé. Ce que j'aurais dû faire depuis longtemps, bordel !

— Anthony, tu ne feras pas une chose pareille.

— Ah non ? Qui va m'en empêcher ? Toi, peut-être ? Va te faire foutre !

Anthony fouille fébrilement dans son armoire à pharmacie d'où choient quelques boîtes et blisters, attrape un flacon de Dexomyl, l'ouvre d'une main tremblante, fait tomber trois gélules dans sa main qu'il avale aussitôt. Puis il déclipe son téléphone de sa ceinture :

— Allô ? Oui, bonjour, c'est Anthony Fuller. Pourrais-je parler au doct-

Il s'interrompt, les yeux exorbités, la bouche béante. Cherche son souffle, porte la main à son cœur… Lâche son téléphone et s'effondre tout d'une masse sur le carrelage, bousculant Pamela dans sa chute.

— Mon Dieu ! s'écrie-t-elle, une main sur la bouche. Non, Tony, ne lui fais pas ça… Pas devant moi !

PENDANT L'ARMAGEDDON,
LA VIE CONTINUE

... Et maintenant, la catastrophe du jour : un morceau de glace grand comme la pointe de Manhattan et pesant plusieurs dizaines de millions de tonnes s'est détaché du glacier Vatnajökull, en Islande, et est tombé dans la mer. Cette chute a provoqué un raz-de-marée qui, d'ici une heure, aura atteint les côtes de Norvège et de Grande-Bretagne après avoir ravagé les îles Féroé et Shetland. Les Pays-Bas, qui se remettent à peine de l'explosion de leur digue en octobre dernier, seront aussi sévèrement touchés. Enfin, les dernières plates-formes pétrolières et gazières des gisements Viking et Fischer, en mer du Nord, seront balayées par des vagues de trente mètres de hauteur... Un point rassurant cependant : nos experts estiment que la côte est des États-Unis ne sera pas ou peu atteinte. Riverains, tenez-vous en alerte malgré tout, et restez à l'écoute sur CNN, l'information en temps réel !

Allongé dans le lit de sa chambre au cœur de l'unité cardiologique du Memorial Hospital de Lawrence, Kansas, Fuller regarde d'un œil morne les

651

infos sur CNN, la seule chaîne américaine qui diffuse encore (*via* Maya) des nouvelles internationales. Il voit cette montagne de glace dérivant dans les eaux grises de l'Atlantique Nord, et les vagues énormes que sa chute a générées déferler sur les îles Britanniques, semant la ruine et la désolation, balayant ports et villages, butant contre les reliefs en gerbes d'écume boueuse hautes comme des gratte-ciel. Il voit les Écossais et les Norvégiens fuir, paniqués, devant le tsunami annoncé, en une cohue indescriptible et vaine – les vagues les avaleront en pleine bousculade. Il voit une plate-forme gazière, dévastée par de gigantesques déferlantes, donner de la bande et prendre feu, haute torchère de flammes surgissant de la mer déchaînée... Il voit tout cela et il soupire. Il ne se réjouit pas de cette nouvelle catastrophe qui frappe l'Europe, ne compatit pas non plus au malheur des centaines de milliers de victimes qu'elle va engendrer. Ce qui fait soupirer Fuller, c'est ce qu'il apprend en zappant à l'aide des touches interactives de la télécommande : six consortiums *ww* d'exploitation de l'eau – dont American Springwater – tournent déjà comme des mouches autour de l'iceberg géant, attendant qu'il sorte des eaux territoriales islandaises pour être le premier à poser le pied dessus et en revendiquer la possession. Une belle foire d'empoigne en perspective... dont est exclue la Kansas Water Union, dernière filiale acquise par Resourcing. Fuller eût-il été plus jeune, plus combatif, en meilleure forme, qu'il se serait lui aussi jeté sur cette manne providentielle, aurait surchauffé ses téléphones et saturé ses réseaux pour y envoyer dare-dare ses agents les plus agressifs. Mais voilà, d'une part il est cloué dans ce putain d'hôpital (pourquoi n'est-il pas dans la clinique privée de

Kevorkian, bon sang?), d'autre part il a sa propre manne à accaparer : cette foutue nappe phréatique africaine, qui ne se laisse pas prendre si facilement…

C'est justement à cause d'elle qu'il est rentré précipitamment chez lui l'autre jour (hier? avant-hier? ça reste nébuleux dans son esprit) pour prendre un Calmoxan (ou un Dexomyl? il ne sait plus), suite à ce que lui a annoncé Cromwell : un de ses agents au Burkina a été tué, apparemment par un commando, lors d'une opération visant à kidnapper le fils de la présidente.

— Pas de panique, a ajouté le directeur de la NSA d'une voix badine. La mission n'est absolument pas remise en cause : ce n'est qu'un incident de parcours, les risques du métier comme on dit. La phase deux est bien engagée…

— C'est quoi, la phase deux? s'est méfié Anthony, refroidi par cet « incident de parcours » : les agents de la NSA allaient-ils merder comme ceux de la CIA? Il leur fait quoi, ce pays maudit?

— Allons, Fuller, je ne vais pas m'étendre là-dessus au téléphone! Tout ce que je peux vous dire, c'est que vous allez rencontrer la présidente du Burkina à Nassau. Ça vous fait plaisir, je suppose?

— Très, a maugréé Anthony. Qu'est-ce que je suis censé lui dire? C'est quoi ce plan foireux?

— C'est un élément essentiel de la phase deux. Dites-lui ce que vous voulez : promettez-lui monts et merveilles ou menacez-la des feux de l'enfer, peu importe. Mais jouez-la fine : il serait bon que vous endormiez ses soupçons, qu'elle ne se méfie plus de vous, qu'elle vous croie impuissant. C'est comme aux échecs, voyez : on donne l'impression de sacrifier un pion débile pendant que par-derrière on place ses pièces maîtresses…

— C'est moi le pion débile? (Fuller commençait à s'énerver.) Je n'aime pas vos façons de m'impliquer dans vos magouilles, Cromwell. Si je vous ai engagé, c'est justement pour ne plus m'en mêler. Je vous paye assez cher pour avoir l'esprit tranquille, et vous venez m'emmerder avec votre présidente à la con!

Cette repartie a rembruni Cromwell, dont la face taurine s'est butée dans le petit écran du visiophone.

— À propos de payer, Fuller, je vous signale que la mort de mon agent va entraîner des frais supplémentaires qui vont se répercuter sur la facture.

— *Quoi?* Bon sang, Cromwell, vous êtes assuré, non? Ça fait partie des risques du métier, comme vous dites!

— Pour ça, pas de problème. Mais les frais de rapatriement du corps sont à votre charge. Relisez votre contrat, mon vieux : article douze, alinéa D. La note en bas de page.

Fuller s'est mis à bouillir. Il a insulté Cromwell, l'a traité d'escroc, d'incapable, a remis sur le tapis l'affaire lamentable des microcams placées chez lui pour la visite de Moses Callaghan : des heures d'enregistrement pour rien – tous les disques étaient vierges. Cromwell a eu alors la mauvaise idée de lui réclamer la note, prétextant que son matériel n'était pas en cause, que la Divine Légion avait sans doute installé des contre-mesures électroniques rendant les enregistrements inopérants. Du coup, Fuller a explosé : il a arraché le visiophone de son bureau et l'a éclaté contre un mur. Blême, la bave aux lèvres, le cœur battant la chamade, il a fébrilement cherché ses médics dans ses poches, ses tiroirs, partout – s'est rappelé qu'il ne les emmenait plus au bureau, s'efforçant de suivre les conseils de son psy de réduire ses doses. Mais là, c'était trop, il fallait qu'il se calme, sinon...

Sinon l'infarctus le guettait. Il l'a cueilli chez lui, dans la salle de bains, après un retour il ne sait comment, dans un brouillard de rage rouge. Tomber sur Pamela et sa connerie – jeter tous les remèdes de Junior ! – a été fatal. Il s'est réveillé dans l'unité cardiologique de l'hôpital de Lawrence, intubé et branché à des machines bipantes et clignotantes. On lui a dit qu'il avait été amené là par les pompiers. Les pompiers, merde ! Pamela n'avait qu'à prendre le téléphone d'Anthony et parler au docteur Kevorkian qu'il avait justement en ligne, lequel l'aurait accueilli dans sa clinique privée et traité comme son meilleur client qu'il est. Mais non, cette folle a bêtement appelé les pompiers.

Bêtement ? Pas si sûr, réfléchit Fuller, les yeux levés au plafond, laissant la télé babiller dans son coin. *En fait, elle cherche à m'éloigner de la maison par tous les moyens.* Faute d'enregistrement – maudit soit Cromwell ! –, Anthony ignore ce qui s'est passé durant la visite du gourou de la Divine Légion ; depuis, Pamela n'est pas nette, trafique il ne sait quoi avec Junior, rien de sain en tout cas. Elle qui réclamait le divorce avec tant d'insistance après l'épisode Consuela, voilà qu'elle ne veut plus, sous le prétexte bidon que la Divine Légion le lui interdit... Une fois il l'a surprise en train de fouiller dans ses papiers, dans son bureau. Comme elle ne sait pas mentir, elle lui a avoué tout de go qu'elle cherchait à savoir combien lui rapportaient les diverses filiales de Resourcing.

— Qu'est-ce t'en as à foutre ? s'est emporté Anthony. T'as pas assez de fric ?

— Je m'intéresse aux affaires de mon mari, c'est tout. C'est normal pour une épouse, non ?

Non, ce n'était pas normal. Pamela n'a jamais éprouvé une once d'intérêt pour les affaires d'Anthony, ni pour l'argent en général : tant qu'elle a de quoi faire tourner la maison et se payer ce dont elle a envie, c'est tout bon. Du reste, elle n'a qu'une idée très floue de la valeur de l'argent : depuis qu'Anthony et elle font comptes séparés, elle se retrouve régulièrement à découvert, alors qu'il lui verse des dividendes sur ses opérations boursières qui feraient vivre dans l'aisance une famille nombreuse…

Bref, il en vient à soupçonner que la Divine Légion s'intéresse de près, *via* Pamela, à sa fortune et à ses entreprises. Vu ce que cette oie crédule est capable de leur raconter, il devient primordial de divorcer au plus vite et, en attendant, de tout lui cacher.

L'éclairage de la chambre s'allume soudain. Fuller constate alors que le jour à l'extérieur s'est singulièrement assombri. Ses tubes et branchements l'empêchent de se lever pour aller voir, mais la couleur violacée du ciel et son aspect boursouflé, ainsi qu'une espèce de tension électrique dans l'air, lui font pressentir une perturbation sévère : tornade, ouragan, orage de grêle ou pluie diluvienne… Il éteint la télé pour écouter, par-dessus les bourdonnements des appareils : un roulement lointain, continu, qui évoque une avalanche ; des flashs stroboscopiques d'éclairs au sein de la masse nuageuse ; et surtout ce sifflement/rugissement assorti de fracas, typique d'une tornade. *Bon, c'est à notre tour*, se dit-il, fataliste. Il espère que l'hôpital est assez solide…

Comme pour le contredire, les lumières vacillent un instant. *Des générateurs ont pris le relais*, devine-t-il. Les appareils auxquels il est relié n'ont pas été affectés par la brève saute de tension : les voyants restent au vert, les courbes sinuent selon ses rythmes biologiques. Il entend des appels, des courses dans les couloirs. Une infirmière entre à la volée dans sa chambre, lui demande si tout va bien, lui dit de ne pas avoir peur, l'hôpital est conçu pour résister aux tornades, mais éteignez la télé.

— C'est fait, répond Fuller. Et je n'ai pas peur des tornades.

— Ah, si tout le monde était comme vous !

L'infirmière consulte sa remote de poignet et ressort précipitamment.

Le tohu-bohu de la tornade couvre à présent le tonnerre qui s'est rapproché pourtant ; la portion de nuage qu'il aperçoit par la fenêtre plonge vers le sol, tel un vaste entonnoir gris-jaune. En plissant les yeux, Fuller croit même entrevoir des débris qui tourbillonnent... Débris qui peuvent être des voitures ou des pans de toit.

Le vacarme devient tonitruant, épouvantable. La pression bouche les oreilles d'Anthony qui déglutit avec peine. Les débris, clairement visibles à présent, percutent les murs et le toit de l'hôpital en une grêle fracassante. Un élément de buffet s'écrase contre la vitre, qui frémit mais résiste. L'entonnoir jaunasse tournoie à quelques dizaines de mètres semble-t-il, mais il est difficile, en l'absence de tout repère, d'évaluer sa taille : est-ce une remorque de poids lourd qui vient d'être engloutie par la trombe ? L'hôpital tremble, les fenêtres vibrent. Fuller s'efforce de calmer les battements de son cœur qui font biper les appareils. Dans le couloir, la panique gagne : cris, appels, cavalcades... Les gens devraient pourtant avoir l'habitude : il passe au moins une centaine de tornades majeures par an dans le Kansas.

C'est au comble du charivari que la porte de sa chambre s'ouvre à nouveau, non sur une infirmière pressée, mais sur Samuel Grabber, son avocat. Il dit quelque chose que Fuller n'entend pas dans ce capharnaüm. Puis il lui serre la main en souriant.

— Bonnes nouvelles ? hurle Anthony.

Grabber tend l'oreille, secoue la tête : inutile. C'est comme s'ils avaient la tête à la sortie d'un réacteur crachant à pleine puissance. Déséquilibré par les vibrations du sol, l'avocat préfère s'asseoir sur le lit. Tous deux attendent que ça se tasse, sursautant chaque fois qu'un objet volant percute les vitres constellées d'impacts et grelottant dans leurs cadres d'acier, mais qui tiennent bon…

La tornade s'éloigne, son brouhaha décroît. Il devient de nouveau possible de s'entendre, en criant par-dessus les déflagrations de l'orage et les crépitements de la grêle qui déferle à présent, couvrant les hululements de sirènes qui rôdent comme des plaintes dans Lawrence dévastée.

— Eh bien, lance Fuller, vous prenez l'habitude de vous pointer quand ça barde un max dehors ! La dernière fois, Kansas City était en feu…

Grabber hausse les épaules.

— Que voulez-vous, Anthony, pendant l'Armageddon, la vie continue… Et le temps ne nous attend pas !

— Alors ? Bonnes nouvelles ?

— À quel propos ?

— Eh bien, de mon divorce ! C'est pour ça que vous êtes ici, non ?

— Non, je suis venu m'enquérir de votre santé. C'est une pratique courante entre amis, savez-vous ?

— Tu parles ! ricane Fuller. Vous vous inquiétez pour vos honoraires.

— Si vous voulez, concède Grabber. Concernant votre divorce, non, les nouvelles ne sont pas bonnes.

— Merde.

— J'ai passé votre contrat de mariage au crible des meilleurs logiciels experts, il est inattaquable. Le juge de mes amis dont je vous avais parlé a été muté dans l'Oregon et remplacé par une espèce de pète-sec incorruptible, genre la-loi-rien-que-la-loi. L'adhésion de votre femme à la Divine Légion n'est pas un motif recevable, en tout cas pas dans le Kansas. Bref, sans une preuve irréfutable qu'elle a commis une faute grave – au regard de la loi – justifiant un divorce, je ne vois plus trop ce que je peux faire…

— Elle a jeté les médicaments de Junior à la poubelle.

— Ah oui ? (Grabber hausse son absence de sourcils.) Intéressant. Non-assistance à personne en danger, mauvais traitements infligés à un enfant mineur, oui, ça se plaide… Vous pouvez le prouver ?

— Merde, Grabber ! Son armoire à pharmacie est *vide* !

— Ce n'est pas une preuve : elle peut les avoir rangés ailleurs. Il me faudrait autre chose… Son aveu qu'elle les a jetés, par exemple, ainsi qu'un examen clinique démontrant qu'à cause de ça la santé de votre fils s'est dégradée.

— O.K., je le lui ferai répéter et, cette fois, j'enregistrerai. Quant à l'examen, je vais appeler Kevorkian de suite. Qu'il aille sur place et constate par lui-même.

Dont acte. À l'issue d'un bref entretien, Fuller coupe, satisfait.

— Il va voir Tony dès demain. Et dûment notifier

l'absence des médicaments : ce sera dans son rapport.

— Bien, sourit Grabber. On va enfin pouvoir avancer.

— Il vaut mieux, Sam. Je pars à Nassau dans trois jours, je veux y aller l'esprit tranquille. Mon psy ne cesse de me répéter que j'ai besoin de vacances.

— Dans trois jours ? Je crains que ce ne soit pas possible, Anthony.

— Pourquoi ?

— À mon arrivée, j'ai parlé au médecin qui s'occupe de vous dans le couloir : il a la ferme intention de vous garder en observation au moins une semaine…

— Ah non, pas question ! Je signerai une décharge s'il le faut, mais je *pars* ! Je fous le camp de toute cette merde, nom de Dieu ! Et à mon retour, je divorce !

L'EAU PRÉCIEUSE

Le Pays
L'eau coule à Kongoussi !

- Le reportage de notre correspondant   **voir**
- L'interview de Moussa Diallo-Konaté   **écouter**
- L'interview de Mme la présidente   **écouter**
- De l'eau pour cinquante ans ?   **lire**
- Toutes les données chiffrées   **télécharger**
- Réactions diverses   **voir**

Lepays.bf, le Burkina au quotidien

— ... Et maintenant, mes chers amis, voici venu le moment que nous attendons tous depuis si longtemps, cet instant de grâce où, de ce sol devenu stérile, va jaillir la source de vie, *l'eau précieuse* !

Sur un signe de Fatimata juchée sur le podium, Moussa ouvre la vanne au pied du derrick. L'eau fuse de la buse, jaillit dans l'infrastructure métallique en un splendide geyser, retombe en pluie fraîche et limpide sur les ouvriers et les spectateurs extasiés. Une immense ovation monte de la foule massée dans l'enceinte du chantier. En un grand geste théâtral, Fatimata lève les mains et la tête au ciel,

comme si elle remerciait Dieu de cette manne terrestre et la recueillait sur ses paumes et son visage.
L'assemblée l'imite, poussant des cris et des youyous
de joie. Les gamins courent sous les gouttes, bouche
grande ouverte, langue pendante. Laurie et Rudy
embrassent Fatimata et Moussa monté la rejoindre.
Tous les quatre se tiennent sur le devant de la scène,
mains jointes et levées, acclamés par la foule. En
retrait sur le podium, Claire Kando fait comprendre
d'une mimique à sa présidente que ça suffit, tout ce
gaspillage. Celle-ci laisse encore un moment s'exprimer l'allégresse générale avant d'envoyer son fils
refermer la vanne. Puis elle reprend le micro :

— Mes amis, la ministre de l'Eau me signale
qu'il ne faut pas dilapider ce liquide précieux. Elle
a raison. À présent, l'eau va être stockée dans des
citernes. Dès demain matin une première distribution pourra commencer, en attendant de raccorder
les circuits de la ville. Pour vous remercier de votre
patience et de votre contribution à ce chantier, chers
habitants de Kongoussi, je vous annonce que pendant une semaine l'eau sera gratuite… (Nouveaux
vivats qui couvrent ses paroles. Elle attend en souriant et hochant la tête.) Après quoi, reprend-elle
quand le public s'est un peu calmé, l'ONEA fixera de
nouveaux tarifs qui, naturellement, seront revus à la
baisse, vu que désormais l'eau n'est plus cette denrée
plus rare que le pétrole, dont nous comptions avec
parcimonie chaque centilitre dépensé… Les journaux, votre radio La Voix des Lacs, le site Internet
de la mairie et des affiches vous préciseront les
modalités de la distribution qui, je vous le rappelle,
commencera dès demain. Je vous remercie de votre
attention et, maintenant, place à la fête !

Le maire, Étienne Zebango, fait signe qu'il veut ajouter un mot. Fatimata lui passe le micro :

— À propos de la distribution d'eau, je précise qu'il est inutile de camper devant les grilles du chantier dès ce soir. Elles n'ouvriront qu'à neuf heures demain matin et il y aura de l'eau pour tout le monde. Vingt litres seront donnés à chacun, inutile aussi de vous munir de fûts de cent litres ! Par contre, apportez un document prouvant que vous résidez bien à Kongoussi. Voilà, c'est tout.

Le maire est beaucoup moins applaudi que la présidente, car le public s'est déjà jeté sur les marmites de dolo, la bière de mil encore tiède, fraîchement fabriquée avec l'eau de la nappe (qui lui donne un goût minéral, mais tout le monde s'en fiche : c'est si bon de reboire du dolo !). Vendeurs de beignets, de salades, de tô, de poulets grillés, d'amulettes et de grigris (chance ! bonheur ! fortune ! amour !) ont réapparu, comme si la pluie issue du geyser les avait fait miraculeusement sortir de terre. Un groupe de djembés et balafons s'installe sur le podium déserté par les officiels, des jeunes se trémoussent déjà tandis qu'ils règlent la balance. Bref, la fête commence…

Accompagnée d'une garde rapprochée commandée par Abou, Fatimata s'octroie un bain de foule, serre des mains, embrasse des bébés, reçoit des cadeaux, écoute des doléances, énonce des promesses : oui, les cultures maraîchères reprendront à Kongoussi ; oui, il y aura de l'eau pour irriguer, mais on devra se montrer économe ; oui, les robinets seront alimentés plusieurs heures par jour ; oui, l'eau est bonne, elle a été analysée, il faudra juste un peu la déminéraliser ; oui, des citernes de l'ONEA circuleront de nouveau dans les villages ; non, hélas, le lac ne reviendra pas, il ne faut pas songer à reprendre la pêche…

De leur côté, Moussa, Laurie et Rudy baguenaudent de stand en stand, goûtent au dolo (acide et tiède), au poulet grillé (de vieilles poules rachitiques fortement épicées), au tô (un peu sec), écoutent le groupe lancé dans des rythmes endiablés, devant lequel s'agitent une bonne centaine de personnes.

— Des bébés vont se faire cette nuit, remarque Moussa, devant les danses très lascives des filles et très excitées des garçons.

Il glisse une œillade à Laurie et Rudy. *En tout cas ce n'est pas eux qui en feront un*, constate-t-il. *Cette femme est peut-être promise à Abou après tout…* Lui-même aimerait bien se trouver une gazelle pour la soirée – pourquoi pas cette Félicité qu'Abou dédaigne ? – mais il se sent vraiment épuisé, n'est pas sûr de tenir très longtemps. Depuis sa délivrance et son retour au bercail, à peine remis de ses émotions, il a travaillé d'arrache-pied pour remettre le chantier en état, trouver de bons mécaniciens pour réparer moteurs et turbines. Le *baamoogo*, chef forgeron de Kongoussi, a été en cela d'une aide inespérée, en lui évitant de se faire arnaquer par des vantards incompétents. Après quoi Moussa a rencontré des difficultés avec le forage proprement dit : d'abord avec la couche de sable et d'alluvions trop molle qui s'effondrait dans le trou, ensuite avec une veine de schiste à la fois dure et friable qui a émoussé et brisé plusieurs trépans. Là encore, le *baamoogo* s'est surpassé en réaffûtant des molettes au carbure de tungstène d'une façon quasi magique (un trépan ne s'aiguise pas : une fois usé, il se jette et se remplace). Il est vrai que dans la tradition les forgerons sont aussi des sorciers… En outre Moussa s'est trompé dans ses calculs de pression et de vitesse de rotation, ce qui s'est traduit par du matériel cassé ou des « poissons » à repêcher au fond du trou. Les ouvriers ont aussi commis des erreurs, cause encore de casse ou de retard, de veilles très tardives et de nuits sans sommeil... Enfin, le dernier trépan utilisable, en fin de vie, a percé l'ultime couche argilo-gréseuse, a plongé en fumant dans la nappe et l'eau a surgi ! Moussa a aussitôt empoigné son téléphone et appelé sa mère, qui a voulu procéder à une inauguration officielle. Inauguration qu'il a encore fallu préparer...

Moussa n'a qu'une envie, c'est dormir, ne plus penser à rien, oublier tous ces ennuis techniques, mais il doit faire acte de présence à cette fête qui est à son honneur, car c'est grâce à lui que l'eau a jailli du fond sablonneux de l'ex-lac Bam. Justement, il voit venir à lui Moussa Keita, le directeur de la CooBam, qui va encore le bassiner avec ses problèmes d'irrigation... Non, pitié !

Coup de chance, Keita est intercepté par Fatimata qui croise son chemin, avec sa garde personnelle et un petit cercle d'admiratrices menées par Alimatou Zebango. Ils se parlent un moment, que Moussa met à profit pour prendre Laurie et Rudy par le bras :

— Venez, éloignons-nous... Je n'ai pas envie de palabrer avec tous ces gens.

— Mais eux ont envie de palabrer avec toi, constate Rudy qui s'est retourné : Fatimata leur fait signe d'approcher.

— Oh, merde..., soupire Moussa. Dites-leur que... que je suis trop fatigué...

— Pas de problème, compatit Laurie. Va te reposer, tu l'as bien mérité.

Laissant Moussa s'éclipser dans la pénombre constellée de feux, de lampions, de néons, de lampes solaires, tous deux s'approchent du groupe en grande discussion, auquel se sont adjoints Claire Kando et le capitaine Yaméogo.

— Mon fils n'est pas avec vous ? s'étonne Fatimata. J'ai cru le voir pourtant… Claire et monsieur Keita voulaient lui parler.

— Il est malade, ment Rudy avec candeur. Trop de dolo… Il est parti vomir dans un coin.

Laurie pouffe, jette un regard à Abou – qui la couve des yeux. Elle détourne les siens, cesse de rire.

— Ah, c'est dommage, rétorque Fatimata, dépitée. Nous parlions des différentes responsabilités à assumer en mon absence, concernant le bon déroulement de cette distribution d'eau…

— En votre absence ? relève Laurie.

— Oui, je pars dans trois jours pour le Forum éconogique de Nassau, aux Bahamas. Je ne vous l'ai pas dit ?

Laurie et Rudy secouent la tête de concert.

— J'ai dû oublier. Il s'est passé tellement de choses ces derniers temps…

— Mais ce truc, là, ce forum, c'est un club de riches, non ? s'étonne Rudy. Un séminaire de P.-D.G. *worldwide* et de gros pontes de la finance, qui planifient comment baiser les gogos en pétant dans leurs piscines climatisées… Qu'est-ce que vous allez faire là-bas ?

— C'est ce qui m'intrigue, justement, avoue Fatimata. À ma connaissance, aucun représentant de PPP ne s'est jamais rendu à Nassau, et voilà que moi, présidente d'un pays pauvre d'entre les pauvres, j'y suis invitée en bonne et due forme… On m'offre même *deux* billets d'avion ! Au prix que ça coûte !

— Qui allez-vous emmener ? s'enquiert Rudy. Votre Premier ministre ?

— Non, il faut quelqu'un pour tenir les rênes de la nation. Je fais assez confiance au général Kawongolo…

— Excusez-moi, madame, intervient le capitaine Yaméogo. À votre place, je me méfierais du général.

— C'est vous qui me dites ça, capitaine ? Alors qu'il est votre supérieur hiérarchique ?

— Oui, madame, je lui dois obéissance et respect. N'empêche que j'ai mon opinion sur lui, que j'exprime ici à titre purement personnel. J'ai rencontré récemment le général Kawongolo, à propos de cette affaire de kidnapping. Son attitude m'a paru… bizarre, voire suspecte. Comme s'il se désolait que votre fils ait été retrouvé ! Il m'a même ordonné de diligenter une enquête pour arrêter les auteurs présumés du meurtre des deux espions. C'est bien le mot qu'il a employé : *meurtre*.

Tout en parlant, le capitaine ne peut s'empêcher de couler un regard dérobé sur Abou et Rudy, qui évitent soigneusement de le lui rendre.

— Ah bon ? Et vous l'avez faite, cette enquête ?

La mission ayant été discrète et officieuse, Fatimata n'a pas été mise au courant de l'exploit de son fils cadet ; son aîné aussi a tenu sa langue, ça reste leur secret à tous les deux. Inutile d'inquiéter leur mère *a posteriori* : si elle apprenait qu'Abou a risqué sa vie pour sauver Moussa… Elle n'en connaît donc que la version « officielle », que le capitaine résume à nouveau :

— Bien sûr que non : j'ai dit au général que j'avais envoyé un commando de mon propre chef, ayant été renseigné par des sources anonymes. Il s'agissait d'un acte de guerre, en aucun cas d'un meurtre.

— Et qu'a-t-il répondu ? s'intéresse Rudy.

— Il m'a collé un blâme. Pour avoir soi-disant

outrepassé mes droits et pris des initiatives sans ordre de mes supérieurs. Moi qui m'attendais à ce que le 4e R.I. reçoive les honneurs! Franchement, madame, vous ne trouvez pas ça bizarre? Nous délivrons votre fils et je reçois un blâme!

— Oui, je l'admets. Mais le général est très perturbé en ce moment à cause de la maladie de son épouse qui s'aggrave. Saibatou risque de perdre la vue, vous savez, et pour une artiste comme elle…

Ceux qui la connaissent hochent la tête en signe de compassion. La présidente évacue la question, revient à son sujet :

— Bref, je n'emmène donc pas Kawongolo au Forum. J'avais songé à Claire ici présente, mais elle préfère rester ici pour superviser la distribution de l'eau.

— De plus, intervient Mme Kando, me retrouver parmi tous ces gens qui nous méprisent me mettrait fort mal à l'aise. Le pays a besoin de moi en ce moment, donc je reste à mon poste.

— En dernier ressort, reprend Fatimata, j'ai donc pensé à vous, Laurie… C'est pourquoi je m'étonne de ne pas vous en avoir touché un mot.

— À *moi*? s'ébahit Laurie. En quel honneur?

— Parce que vous êtes ma conseillère et que vous êtes une Occidentale. Vous saurez parler à ces gens, me dire ce qu'ils pensent vraiment par-dessous leurs airs hypocrites.

— Mais pas du tout! Je n'ai jamais fréquenté de VIP, moi! Au contraire, j'ai plus l'habitude d'aller au fin fond de la misère…

Fatimata va pour répliquer – Rudy lui coupe la parole :

— Est-ce que Fuller sera présent à Nassau?

— Sans doute. C'est typiquement le genre de

P.-D.G. à y être invité régulièrement. Je me réjouis d'avance de le rencontrer afin de lui dire ses quatre vérités. Pourquoi cette question ?

— Si vous permettez, madame Konaté... Emmenez-moi. Laissez-moi venir avec vous.

— *Vous*, Rudy ? Pourquoi ? C'est Fuller qui vous intéresse ?

— Heu... oui, en fait. J'aimerais bien le rencontrer aussi. Mais pas seulement. Il s'avère que j'ai un peu l'habitude de ce genre d'institutions. Dans ma vie précédente j'étais horticulteur, et je me rendais fréquemment à Bruxelles pour tenter d'humaniser le commerce international dans ce domaine... Bref, croiser tous ces VIP ne me fait pas peur. Je sais comment les prendre.

— Je n'en doute pas, Rudy, sourit Fatimata, mais pour parler franchement, je crains que vous ne provoquiez un esclandre...

— Oh non, madame. Je sais me tenir dans ce genre d'endroit. Et je connais bien leur langue de bois. Croyez-moi, je peux vous être utile.

— Eh bien, si vous le dites... Vous seriez prêt à partir dans trois jours ?

— Tout de suite, si vous voulez.

— Demain, vous rentrerez avec moi à Ouaga. J'ai commencé à préparer un dossier... Des choses que j'aimerais dire là-bas. Voudriez-vous y jeter un œil ?

— Volontiers.

Fatimata se rappelle soudain que Laurie est censée être sa conseillère :

— Vous aussi, Laurie, naturellement !

— Euh, oui, bien sûr...

— Bien ! Voilà qui est réglé. Toutes ces parlottes, ça donne soif ! Si nous allions goûter ce dolo fabriqué avec notre bonne eau phréatique ?

Tandis qu'ils se dirigent vers la marmite la plus proche, autour de laquelle bourdonne une bande d'assoiffés, Laurie prend Rudy en aparté :

— C'est quoi, cette nouvelle lubie ? Pourquoi veux-tu aller à Nassau ?

— Ça m'intéresse, c'est tout. Je n'ai jamais assisté à un forum éconogique.

— Mon œil. T'as une idée derrière la tête. Je le vois à ton expression.

— Peut-être... Excuse-moi, j'ai un truc à demander à Abou.

La plantant là, il va rejoindre le jeune militaire et le prend en aparté. Tous deux s'éloignent en discutant dans la pénombre.

INFLÉCHIR SA VOLONTÉ

À l'origine des temps, Ziid Wendé créa l'absence et la vie. Il créa la mort, il créa la foudre, la tempête et le tourbillon. Il créa le bois fourchu, qui tue ; il créa la hache sacrée, qui tue. Enfin, il créa l'homme et la Justice qui venge.

Maître Titinga Frédéric PACÉRÉ,
Principes sacrés des Younyonsé.

— Entrez, je vous attendais.

Rudy n'en est pas vraiment surpris, pas plus qu'il ne l'a été, en arrivant, de voir de la lumière chez Hadé malgré l'heure avancée. La case est encore plus mystérieuse la nuit que le jour. L'éclairage, chichement dispensé par des lampes à huile et des bougies, creuse les ombres et accentue les reliefs étranges ou grimaçants des masques accrochés çà et là, paraît faire bouger les fibres végétales des parures qui les accompagnent, comme si les esprits censés habiter ces masques s'animaient d'une vie fantomatique à la faveur des ténèbres. Les diverses figurines posées sur des étagères ont des yeux brillants, semblent scruter les arrivants avec des intentions hostiles. Enfin, du grand fétiche en forme de motte décorée de cauris, qui durant le jour exhale une fumerolle bleutée, sourd à présent une lueur spectrale qui n'a rien de naturel. Abou frissonne, Rudy aussi a l'impression d'avoir froid malgré la chaleur nocturne.

Après les avoir invités à s'asseoir sur des nattes et leur avoir offert de l'eau fraîche tirée de son canari, Hadé s'adresse à Rudy avant qu'il ait placé un mot :

— Je dois vous prévenir que dans mon cercle de bangré je suis une *wemba*, une femme de grâce et de bien. Ma fonction est de soulager, d'apporter du réconfort, de pardonner et de réconcilier. Il est hors de question que vous me demandiez quelque chose qui puisse nuire à autrui, causer du tort ou de la souffrance, et encore moins tuer.

Rudy opine d'un hochement de tête, mais se permet d'interroger :

— Pourtant, parmi tous vos masques et vos fétiches, il y en a sûrement qui doivent être mortels, non ? Celui-ci, par exemple…

Il désigne un masque posé sur une touffe de raphia, surmonté d'une lame en bois sculpté de deux mètres de haut, dont le faciès humanoïde a des yeux hallucinés, cerclés de noir, et une bouche carrée hérissée de dents pointues.

— Celui-ci, oui, et bien d'autres… presque tous en vérité, à part les profanes, réservés aux danses et festivités joyeuses comme les mariages. Les autres… tout dépend de l'esprit qui les habite, et de ce qu'on lui demande.

— Mais, mamie, intervient Abou, tu m'as dit qu'il n'y avait qu'un seul esprit, qui est Wendé. Qu'à part ça il n'y a que des forces, ni bonnes ni mauvaises, et que c'est à nous, les *bangbas*, de les diriger vers le bien.

— Oui, fils. Je t'ai dit cela car tu ne sais pas tout encore. Ces forces ne sont pas issues de nulle part, elles sont animées par des *consciences*. Mais ces consciences ne sont pas humaines. Après la mort, l'esprit humain n'est plus humain, de même que l'esprit d'un lion ou d'une gazelle n'est plus lion ou gazelle. Dans le bangré, il n'y a rien d'humain ni de terrestre, rien en tout cas que tu puisses saisir avec ta conscience ordinaire. Si tu vois dans le bangré des choses qui te semblent familières, ce ne sont que des apparences, des caricatures, des interprétations. Tout comme ces masques ne sont que des interprétations. C'est pourquoi je préfère parler de *forces* plutôt que d'*esprits*. Tu comprends?

Abou hoche lentement la tête. Rudy s'efforce de ramener la conversation sur le motif de leur visite:

— Justement, est-ce que ce sont ces forces-là que je devrai combattre, ainsi que vous me l'avez dit l'autre jour?

Hadé le dévisage comme si elle cherchait à s'en souvenir, puis sourit.

— Non, Rudy. Ce que vous aurez à combattre, c'est bien vivant et *vraiment* malveillant.

— Anthony Fuller?

— Qui?

— Fuller, l'homme qui veut s'emparer de la nappe phréatique...

— Oh oui, je vois. (Nouveau sourire.) C'est pour lui que vous êtes venu, n'est-ce pas?

— En effet, admet Rudy. Le kidnapping de Moussa m'a donné une idée... Je sais qu'il est derrière tout ça, et j'aimerais lui rendre la pareille, si possible. Il ne s'agit pas de lui faire du mal, mais simplement de l'*obliger* à venir au Burkina. Afin qu'il constate par lui-même la réalité des choses, qu'il voie qui il essaie de gruger avec ses petits complots à la noix. Or ça m'étonnerait qu'il fasse le voyage de son plein gré : un P.-D.G. *ww* comme lui ne salit pas ses belles chaussures en mettant les pieds dans la misère. C'est pourquoi j'ai pensé qu'un truc venant de vous, une amulette, un grigri, je ne sais pas, pourrait infléchir sa volonté afin qu'il vienne malgré tout. Je vais le rencontrer dans trois jours aux Bahamas. Je pourrais lui remettre l'objet que vous me donneriez à ce moment-là... Qu'en pensez-vous ?

Assise dans son siège bas, les yeux clos, Hadé médite longuement sa réponse. S'il ne l'avait déjà vue dans cette attitude, Rudy pourrait croire que son discours l'a endormie, qu'elle se fiche royalement de ses plans concernant Fuller. Or d'après Abou elle consulte mentalement les esprits ou les ancêtres afin de déterminer si cette requête est recevable. Rudy s'installe donc confortablement sur la natte et se prépare à une longue attente.

Enfin Hadé rouvre les yeux, les pose directement sur Rudy qui a pourtant changé de place.

— C'est possible, approuve-t-elle. Je ne crois pas que ça va beaucoup améliorer la situation, en tout cas Fuller sera moins sous influence. Il peut même devenir un *allié*.

— Ça, j'en doute. Mais si vous le dites...

— Bien. Je vais vous donner quelque chose. Un fétiche est inapproprié : vous franchirez des douanes, on peut le retenir, le tripoter, le décortiquer, vous demander des explications. Et puis Fuller peut s'en méfier. (Hadé se lève, fait du regard le tour de sa case.) Mais j'ai une autre chose... Sortez, s'il vous plaît. Je vous appellerai quand ce sera prêt.

Rudy sort, Abou fait mine de rester.

— Toi aussi, fils. Tu n'as pas encore assez de pouvoir pour ce que je vais accomplir. Ça pourrait te détruire.

Abou suit Rudy à regret. Tous deux s'installent dehors sur le banc où s'entassent les patients durant le jour, sous les frondaisons touffues du tamarinier. La lune brille, gibbeuse, pas un souffle de vent n'agite le feuillage. La nuit est si calme… Nul bruit, humain ou animal, ne trouble cette quiétude que soulignent les stridulements discrets de quelques insectes. Silence également dans la case d'Hadé face à eux, d'où ne sort aucune fumée bizarre, où la faible lumière qui filtre à travers les persiennes closes ne change pas d'aspect ni d'intensité. Peut-être Hadé s'est-elle endormie pour de bon cette fois… Rudy s'apprête à en faire la remarque à Abou – qui frissonne, l'air inquiet – quand un long hurlement déchire le silence. Ce cri lointain, inhumain, issu du fin fond de la savane, s'achève en une espèce de ricanement insane. Puis se répète, beaucoup plus proche – terrifiant. Abou s'est mis à trembler, les yeux cachés dans ses mains. Rudy sent ses cheveux se hérisser sur sa nuque. Il veut se lever, mais ses jambes sont en coton, incapables de bouger. Le hurlement/ricanement retentit une troisième fois, semble issu de la cour même ! Rudy voudrait au moins tourner la tête, mais il est paralysé. Son cœur tambourine dans sa poitrine, une sueur glacée dégouline sur sa nuque, une terreur atavique l'envahit, qui exorbite ses yeux et lui coupe le souffle… La lune s'est voilée, un suaire de ténèbres est tombé dans la cour, qui rend toutes choses indistinctes, fait palpiter les recoins les plus obscurs, laisse entrevoir des ombres mouvantes qui peuvent receler toutes sortes d'indicibles horreurs… À présent, le silence n'est plus de la quiétude : c'est un silence de mort – même les insectes se sont tus.

Peu à peu, cette chape de terreur et de ténèbres s'allège, s'amenuise... Abou redresse la tête, Rudy respire de nouveau. Parvient à se lever, à faire quelques pas. La lune brille, sereine. Les insectes stridulent. Une brise légère fait frémir les feuilles du tamarinier. Les ombres ne sont plus que des ombres.

— Qu'est-ce qui s'est passé, Abou? susurre Rudy tout grelottant.

— Une hyène... le cri, c'était une hyène.

— Une *hyène*? Ici, en ville? Pas une hyène ordinaire?

— Non... pas ordinaire.

Abou a du mal à s'exprimer tellement il claque des dents. Rudy désigne du menton la case d'Hadé, où rien n'a bougé apparemment.

— Tu crois pas qu'on devrait aller voir?

— Non. Attends qu'elle nous appelle.

Ce qu'Hadé fait quelques instants plus tard, découpant sa silhouette massive dans la lumière de la porte d'entrée. Tous deux la suivent à l'intérieur. Elle aussi a transpiré. Elle avance d'un pas pesant, épuisé. Montre d'une main lasse un masque posé par terre, au pied du gros fétiche en forme de motte.

C'est une tête d'hyène.

Un masque en bois très stylisé, peint en noir, jaune et rouge, orné de taches aux motifs géométriques, d'aspect usé et patiné, aux couleurs passées, néanmoins reconnaissable : le museau noir, la gueule allongée garnie de crocs pointus, les petites oreilles rondes, la courte crinière hérissée, probablement en véritables poils d'hyène.

— C'est un *soukou*, un masque noir younyonsé, explique Hadé. Un masque très ancien qui m'a été donné jadis par un puissant *tengsoba*, un vieux chef de la terre. Les Younyonsé sont un peuple mystique, les premiers habitants de cette contrée avant l'arrivée, il y a six cents ans, des Nakomsé, les descendants des Mossis actuels. Le *tengsoba* m'a dit que ce masque existait déjà avant les Nakomsé. Il était transmis de père en fils dans son clan. Il me l'a légué parce qu'il allait mourir sans descendance... Selon lui, j'étais apte à le recevoir et le conserver. Ce masque ne sort que pour les danses de possession. L'hyène est la maîtresse des fétiches de possession. (Hadé soupire.) Je ne croyais pas que j'aurais à le réactiver un jour... C'est épuisant.

— Vous me le donnez ? s'étonne Rudy.

— Oh, il reviendra...

Hadé va pour s'asseoir dans son siège sénoufo, mais voyant que Rudy se dirige vers le masque, elle accourt et lui saisit le bras.

— N'y touchez pas ! Il pourrait vous posséder. L'esprit de l'hyène n'est pas des plus sereins, vous pouvez me croire.

— Oh oui, je vous crois, frémit Rudy rétrospectivement.

Hadé se traîne au fond de la case, d'où elle ramène quelques vieux journaux. Elle emballe grossièrement le masque sous de multiples couches de papier, le tend à Rudy.

— Voilà, maintenant vous pouvez le prendre. Je vous laisse le soin de l'emballer mieux que ça... Surtout n'y portez jamais la main, ne le montrez à personne d'autre que son destinataire.

— Est-ce qu'il peut causer du mal ?

— Physiquement, non. Mais vivre dans une terreur permanente, ce n'est pas agréable.

— C'est ça qu'il va provoquer à Fuller ? De la terreur ?

— S'il le touche seulement, oui. Si vous arrivez à

677

ce qu'il le coiffe… Alors ce sera pire. Vous pourrez obtenir de lui ce que vous voudrez. Mais vous devrez faire très attention…

— À quoi?

— Si Fuller coiffe le masque, il faudra que je sois prévenue immédiatement, afin de réunir un cercle de bangré pour le contrôler. Sinon…

— Sinon?

— Le masque finira par le dévorer.

ROMANCE

Trouvez l'eau, nous apportons le reste.
- Pompes et compresseurs solaires
- Drains « goutte à goutte »
- Arroseurs programmables
- Vannes à débit contrôlé
- Collecteurs d'eau de pluie
- Pièges à brouillard, éoliennes...

Quels que soient vos besoins en irrigation,
TENSING possède la solution.
Installations intégrées et personnalisées
Crédit total ou partenariat avec la BANK OF SHANGAI

Après le départ de Rudy et Fatimata, n'ayant rien d'utile à faire à Ouaga où elle ne connaît personne, Laurie est retournée à Kongoussi prêter main-forte à Moussa, revoir Alimatou Zebango qu'elle trouve accorte et sympathique, et dire à Abou de cesser de se faire des illusions, qu'elle ne tombera pas dans ses bras de toute façon.

C'est donc à Kongoussi que les Chinois la retrouvent, sur le chantier où elle s'efforce, avec Moussa, de gérer l'urgence sur trois fronts différents :

l'irrigation (les anciens circuits ont disparu dans les sables ou sont hors d'usage), la distribution (la noria des citernes et une queue d'assoiffés qui augmente sans cesse) et le prochain raccordement du pipeline vers Ouaga, actuellement en construction (le débit sera-t-il suffisant? Ne faut-il pas déjà prévoir un second forage?). Tout cela dans un préfabriqué non climatisé, au toit en tôle, dans une chaleur telle qu'il est impossible d'y réfléchir – voire d'y demeurer – entre dix heures du matin et sept heures du soir.

En fin d'après-midi, Laurie est parvenue à sortir de sa léthargie, s'est éclairci les idées à grandes aspergées d'eau fraîche, est de nouveau capable de réfléchir. Elle est en train d'aborder avec Moussa le problème de l'irrigation, en attendant l'arrivée de Moussa Keita, le directeur de la CooBam, qui fait une tournée d'inspection de la zone agricole afin d'évaluer les besoins de chacun et pouvoir en fournir une estimation chiffrée.

— En traversant le Sahara, explique Laurie, on a vu dans les oasis un système simple et efficace, qui de plus ne coûte rien puisqu'il est fait à base de matériaux locaux ou de récup: c'est celui des *foggaras* et des «peignes» de répartition de l'eau dans les parcelles. C'est surtout Rudy qui l'a étudié, il pourrait te l'expliquer mieux que moi...

— Je le connais, dit Moussa. Je l'ai étudié à l'université, à Berlin. Mais il me paraît difficilement applicable ici: dans les oasis, l'eau est captée sur les plateaux, dans des nappes peu profondes, et circule par gravité jusqu'aux parcelles situées en contrebas. Ici, c'est l'inverse: c'est l'eau qui est en bas et les champs dans les collines... Il faudrait installer des systèmes de relevage, surpresseurs ou pompes centrifuges, pour amener l'eau au point le plus haut... (Il secoue la tête.) Non. Ça me paraît onéreux et compliqué.

— Qu'est-ce que tu préconises, alors ?

— Eh bien, pour commencer…

On frappe à la porte.

— Ah, ça doit être monsieur Keita.

Laurie se lève, va ouvrir.

— Enchanté de vous revoir, honorable conseillère, salue le Chinois avec une courbette. Auriez-vous un moment à nous accorder ?

Laurie soupire, s'efface. Les quatre délégués – les mêmes qu'elle avait rencontrés au palais présidentiel – s'entassent dans la minuscule cahute. Moussa lève sur eux un regard interrogateur.

— Une délégation commerciale, explique Laurie. Je ne pensais pas vous revoir si vite… Vous êtes plutôt opiniâtres, hein ?

Le porte-parole sourit, tout mielleux.

— Le sage Laozi a dit : « Rien n'est plus souple et plus faible que l'eau. Mais pour s'attaquer à ce qui est dur, elle n'a pas d'égal. » Chère madame, vos promesses nous ont séduits, mais nos commanditaires, hélas, ne s'en contentent pas. Un proverbe français, je crois, dit également : « Un tiens vaut mieux que deux tu l'auras. »

Il pose son e-case sur le bureau encombré de papiers, l'ouvre. L'écran s'allume sur le logo mouvant en 3D de la société Tensing, irrigation et adduction d'eau. Sa collègue s'adresse à Moussa, avec un sourire séducteur :

— Cher monsieur et distingué ingénieur, nous avons cru comprendre que vous vous débattiez avec un problème d'irrigation. Réjouissez-vous car votre problème est résolu : nous vous apportons une solution clés en main.

— Heu…

Moussa glisse un regard à Laurie qui tente de lui faire comprendre, d'un geste équivoque de la main, qu'il doit se méfier, qu'ils vont l'embobiner.

— C'est que… ce problème n'est pas tellement de mon ressort, tergiverse-t-il. Plutôt de celui de Moussa Keita, le directeur de la CooBam…

— Nous avons rencontré monsieur Keita, déclare un autre délégué. Il nous a paru très intéressé, et doit nous rejoindre ici d'une minute à l'autre.

— Le voici justement, annonce le troisième délégué demeuré près de la porte ouverte.

— Bien. La démonstration est prête, déclare le porte-parole, devant son écran tourné vers l'assemblée.

— Ah, vous êtes déjà là, constate Moussa Keita. Avez-vous parlé à monsieur Diallo de votre système d'irrigation ?

— Nous n'attendions plus que vous pour commencer, estimable directeur, susurre le porte-parole avec une courbette. Messieurs, voulez-vous bien diriger vos yeux vers cet écran…

— Bon, soupire Laurie. Je n'ai plus rien à faire ici. Je vois que vos poissons sont déjà dans votre filet.

Elle s'éclipse. Dehors, elle cligne des yeux dans la poussière et l'orange vif du soleil couchant. Elle secoue la tête avec une moue agacée. Ces Chinois !… Plus retors qu'eux, ça n'existe pas. Même le plus hâbleur des vendeurs de grigris ne leur arrive pas à la cheville. Ils vont proprement emballer Moussa et le directeur de la CooBam, et la moitié de la production locale sera réservée au marché chinois… Elle devrait y retourner, les avertir, lutter pied à pied pour empêcher cette tractation, ou du moins la rendre moins contraignante. Mais Moussa et Keita sont tout ouïe, déjà séduits, elle l'a bien vu. Elle n'a pas le courage de se battre, de passer pour une rabat-joie, d'avoir à assumer les conséquences d'un conflit commercial qui, au fond, la concerne assez peu. Qu'avait dit Schumacher avant leur départ, à propos des Chinois ? « Tu leur présenteras les bonnes personnes », quelque chose comme ça. Eh bien voilà, c'est fait. Qu'ils se débrouillent entre eux maintenant. Laurie, elle, a d'autres soucis en tête.

L'un d'eux concerne Schumacher justement. Il lui a envoyé un message précisant que le Mercedes n'est pas inclus dans le « don » généreux de SOS et qu'elle doit le rapatrier au plus vite. Ramener le camion à Strasbourg ? Visiblement, Rudy n'en a pas l'intention. Elle pourrait engager sur place un autre chauffeur... qu'elle paierait elle ne sait comment : le maigre crédit alloué par SOS est épuisé depuis longtemps ; de plus, ledit chauffeur ne pourrait certainement pas franchir le *limes* : une fois à Marseille, que ferait-elle du camion ? En outre, a-t-elle vraiment envie de retourner en Europe ? Le mal du pays l'étreint parfois, mais d'une façon très détachée, sans aucun affect, un peu comme une migraine : ça la prend et puis ça passe... Quand elle y songe, rien ni personne ne l'attend en France, que la pluie, le spleen et l'ennui. Par ailleurs, Laurie n'envisage pas non plus de finir ses jours au Burkina. Certes, elle s'y est fait des amis : Fatimata, Alimatou, Moussa sans doute, Abou peut-être, Rudy autant que faire se peut... Mais franchement, a-t-elle sa place ici ? Supportera-t-elle cette existence à long terme, cette misère criante, cette chaleur suffocante ? Et comment vivre sans argent, ni travail, ni domicile ?

Laurie songe à tout cela tandis qu'elle se dirige à pas lents vers la sortie du chantier, longe la queue interminable, encadrée de soldats, qui attend ses vingt litres d'eau gratuite avec une patience remarquable. Elle réalise qu'elle n'a guère envisagé l'avenir, l'*après* de cette mission. Elle se tient éloignée de ce vide béant en se rendant utile, en jouant la conseillère pour Fatimata, l'assistante pour Moussa. Mais ils peuvent très bien se passer d'elle...

— Je peux vous raccompagner, mademoiselle Laurie?

Elle se retourne : Abou, dans son uniforme poussiéreux. Enchanté de la trouver seule. Elle refrène une moue d'agacement.

— Laurie tout court. Et tu peux me tutoyer : je ne suis pas si vieille...

— Oh non, Laurie. Vous... tu es...

Abou écarte les bras avec un sourire piteux. Elle lui sourit en retour : elle le trouve touchant dans sa maladresse d'adolescent.

— Tu n'es pas en train d'abandonner ton poste, là?

— Non, j'ai fini mon service.

— Mais tu sais, j'ai une voiture...

— En ce cas, est-ce que je peux vous... te demander de me déposer chez moi? Ça fait loin, à pied.

— Bon, d'accord, concède-t-elle.

Tous deux s'installent dans la Hyundai brûlante. Laurie démarre, pousse la clim à fond et roule avec prudence dans les rues défoncées menant vers le centre-ville. Abou reste silencieux à ses côtés, lui jetant de fréquents regards. Gênée par ce silence, elle engage la conversation :

— Dis-moi, Abou, qu'es-tu allé faire avec Rudy, pendant la fête? Vous avez disparu le restant de la nuit... Si ce n'est pas indiscret, bien sûr.

Abou hésite à répondre.

— Nous sommes allés visiter ma grand-mère, à Ouahigouya. J'ai profité que Rudy avait votre voiture…

— Comme ça, en pleine nuit ? Elle ne dort jamais ta grand-mère ?

— Euh… non. Pas cette nuit-là.

— Quand Rudy est reparti le lendemain matin avec Fatimata, il avait un gros paquet sous le bras, emballé dans du papier journal. Ça venait de chez ta grand-mère, n'est-ce pas ?

— Heu… Je ne sais pas… Je n'ai pas remarqué.

Laurie soupire de nouveau.

— Abou, sois franc, s'il te plaît. Je sais que ta grand-mère est une guérisseuse, qu'elle pratique un art divinatoire auquel elle t'initie. Vous avez ramené quelque chose de chez elle ce soir-là. C'était quoi ? Et pour qui ?

— Rudy m'a défendu de vous le dire.

— Rudy n'est pas ton père, il n'a rien à te permettre ou te défendre.

— Non, mais il est mon ami, et je lui ai promis.

— Et moi, je ne suis pas ton amie ? Je te promets à mon tour de garder le secret, si c'en est un.

Abou garde le silence, transpirant, les yeux fixés sur la route, en proie à un pénible conflit intérieur. Compatissante, Laurie pose une main sur son bras. Il tressaille.

— Tu peux tout me dire, Abou. Tu sais bien que ça restera entre nous.

— Tout vous dire, Laurie ?

— Oui, bien sûr…

Il se tourne vers elle avec une grimace qui voudrait passer pour un sourire.

— Je… j'ai fait quelque chose pour vous… pour toi, avec le bangré.

— Cette nuit-là ?

— Non. Avant. Quand tu étais à Ouaga, chez ma mère. J'ai appelé des forces… pour qu'elles vous attirent à Kongoussi.

— C'est vrai ? (Laurie se retient de pouffer.) Tu vois, ça a marché, je suis revenue. Et la nuit de la fête ? C'est aussi pour me jeter un… un charme que tu es allé voir ta grand-mère ?

— Oh non ! Elle me l'a interdit. Elle m'a dit qu'il ne fallait pas utiliser le bangré pour ce genre de choses. Et que, de toute façon…

Abou se retient *in extremis* de répéter à Laurie ce qu'Hadé lui a révélé : qu'elle est déjà consentante. Ça ne se dit pas à une femme, lui a appris Salah. Elle prend l'homme pour un vantard macho et l'affaire est gâtée.

— De toute façon, quoi ? insiste Laurie.

— Je dois compter sur mes propres forces, improvise-t-il.

— Tout à fait, opine-t-elle. Elle a bien raison, ta grand-mère.

Abou pose à son tour sa main sur celle de Laurie qui tient le levier de vitesses. Elle fait mine de se rétracter, mais laisse sa main.

— Est-ce que je peux… te dire quelque chose ?

— Si tu y tiens… bien que je devine ce que c'est.

— Ah oui ? Vraiment ?

— Tu veux me dire que tu es amoureux de moi. C'est ça ?

Il hoche la tête. À du mal à déglutir, une grosse boule dans la gorge. Il a ôté sa main, que Laurie lui reprend derechef.

— Moi aussi je t'aime bien, Abou. Tu es mignon, timide, et très gentil. Mais tu as dix-huit ans, tu es encore un adolescent ; moi j'en ai trente, je suis déjà une femme mûre. Ça ne peut pas marcher entre nous. Et puis...

Laurie s'interrompt, troublée. Elle allait dire « et puis je ne te désire pas », réalise brusquement que ce n'est pas vrai. Il est beau, grand, musclé, ses traits sont tout d'amour et de douceur, elle se rend compte avec surprise qu'elle aimerait bien se blottir dans ses bras. Et même... faire l'amour avec lui. Elle le sent *là*, dans sa matrice. Quelque chose y palpite, qu'elle croyait mort pourtant, mort avec Vincent, là-bas à Saint-Malo, dans sa vie précédente...

Elle le dévisage avec suspicion.

— Abou, tu n'es pas en train de me faire quelque chose, avec ton bangré ?

— Non, non. (Il cligne des yeux.) Mamie me l'a défendu. C'est dangereux.

— Oui, c'est dangereux. Et surtout inutile. Je ne... peux pas sortir avec toi. Nous sommes trop différents. Je t'assure, ça ne marcherait pas entre nous.

Laurie a l'impression que ses paroles sonnent faux. Elle n'y croit pas elle-même. *Qu'est-ce qui m'arrive ? Il faut que je me calme...* Abou garde le silence. Digne et raide, il continue de fixer la route.

— À droite, là, indique-t-il. Nous sommes arrivés.

Laurie se gare devant le petit immeuble de fonction entouré d'une terre craquelée, jonchée de détritus. Elle se tourne vers Abou, et lui vers elle. Ses grands yeux noirs la dévorent. Il essaie de sourire sans vraiment y parvenir.

— Eh bien voilà, déglutit-il. Je... vais rentrer chez moi...

— C'est ce que tu as de mieux à faire, Abou. Et si tu le peux, pense à autre chose. Cherche une autre fille qui te conviendrait mieux... Pourquoi pas celle du maire ? J'ai cru deviner que tu ne lui étais pas indifférent.

— Je ne l'aime pas. Elle est trop intéressée.

— Eh bien, ma foi... Les jolies filles ne manquent pas...

Abou ouvre la portière, s'apprête à sortir de la voiture. Cédant à une impulsion aussi soudaine qu'irraisonnée, Laurie lui attrape le cou, approche sa tête et plaque sur ses lèvres un bref mais fougueux baiser.

Elle se rétracte, clignant des yeux à son tour, étonnée de son geste.

— Sauve-toi, Abou. Sauve-toi vite !

Elle claque la portière sur lui, démarre en faisant patiner les pneus dans la poussière.

Plus tard, au creux de la nuit chaude, allongée nue et en sueur sur son lit chez Étienne et Alimatou, elle songe de nouveau à Abou, à ce baiser qu'elle lui a donné, à son air innocent, à son grand corps sanglé dans son uniforme. Elle imagine comment il pourrait être, nu avec elle sur ce lit, comment il pourrait la prendre, avec empressement et maladresse, mais avec tout son amour. Tandis qu'elle échafaude ce rêve érotique, sa main glisse d'elle-même vers son pubis, en triture les boucles blondes, s'insinue dans les replis chauds et humides... Elle ne réalise qu'elle est en train de se masturber qu'au moment où la jouissance commence à irradier entre ses cuisses. Mon Dieu ! Une éternité que ça ne lui était pas arrivé !

Apaisée, sa main reposant dans la moiteur de son désir inassouvi, Laurie se dit que demain elle devra avoir une explication très claire avec Abou, et surtout avec elle-même. Elle s'endort là-dessus, se promettant de lever l'équivoque : non, elle ne l'aime pas, ce garçon adorable.

Le lendemain à l'aube, sa romance naissante est réduite en miettes par deux canons mortellement froids braqués sur elle. Au bout des fusils, des militaires – qui ne viennent pas de la garnison du chantier. Ils la détaillent avec concupiscence.

— Quoi ? Qu'est-ce que c'est ? s'écrie Laurie, rabattant précipitamment le drap sur sa nudité.

— Habillez-vous et suivez-nous sans résistance, ordonne l'un des soldats.

— Vous êtes en état d'arrestation, ajoute l'autre.

CAUCHEMAR

> Vos cœurs connaissent dans le silence les secrets des jours et des nuits. Mais vos oreilles aspirent à entendre la connaissance de ce cœur.
> Vous voudriez connaître en paroles ce que vous avez toujours connu en pensée. Vous voudriez toucher du doigt le corps nu de vos rêves.
>
> Khalil GIBRAN, *Le Prophète* (1923).

Abou cavale dans la savane fleurie plantée de baobabs, fromagers et caïlcédrats aux feuillages touffus, aux fruits abondants. Il court vers Laurie qui l'attend là-bas sur la colline, nimbée des rayons dorés du soleil, resplendissante. Elle tend vers lui ses mains fines et blanches, mais plus il court, plus elle s'éloigne… Progressivement, le soleil devient ardent, aveuglant ; les fleurs de la savane fanent et s'étiolent ; les feuilles tombent des arbres, partent en fumée qui tord des volutes rouge sang dans le ciel décoloré, d'où surgit une nuée de vautours immenses qui se posent à grands flappements d'aile sur les branches torses et nues des baobabs morts. Deux d'entre eux fondent sur Laurie, se transforment en hommes kaki qui se saisissent d'elle et l'enlèvent! Elle crie le nom d'Abou, tend ses bras vers lui qui court, court de toutes ses forces, mais il n'avance pas, fait du surplace dans la poussière rouge sang, et les hommes kaki emportent Laurie au loin…

Abou s'éveille en sursaut, en sueur, cœur battant. S'assoit sur son matelas, cligne des yeux dans la pénombre. Il est dans sa chambre, chez Moussa. L'aurore pointe à peine par la fenêtre ouverte. Il se frotte les paupières, consulte sa montre : dans deux heures il devra prendre son service. Il a encore le temps. Il se rallonge en soupirant. Quel affreux cauchemar! Dehors, le silence de l'aube est perforé par des détonations assourdies. Que disait sa grand-mère à propos des rêves? « Il y a les rêves ordinaires et ceux qui émanent du bangré. Ceux-là sont souvent des signes, des avertissements, des prémonitions… » Des crépitements lointains, à l'extérieur. Comme des rafales d'armes automatiques. « Tu reconnais les rêves du bangré au fait qu'ils te marquent, qu'ils ne s'effacent pas à ton réveil, qu'ils te disent quelque chose que tu ignores. » Au loin claquent des coups de feu, une fusillade qui s'intensifie…

Abou se redresse d'un bond. *Laurie!*

Il saute dans son uniforme, ses rangers, se précipite dans la rue. Ces bruits de combats semblent provenir du lac Bam : la garnison est-elle attaquée? Des bandits, des pillards? Doit-il s'y rendre en priorité? Si on avait eu besoin de lui, on l'aurait appelé : il y a un téléphone dans l'appartement. Non, c'est de Laurie qu'il a rêvé, c'est Laurie qui est en danger!

Il fonce dans les rues encore vides et silencieuses vers la maison du maire où Laurie est hébergée. À un carrefour surgit soudain un camion militaire

Daewoo qui tressaute dans les nids-de-poule : un transport de troupes. Saisi d'un pressentiment, Abou bondit par-dessus un muret derrière lequel il s'aplatit. D'après ce qu'il entrevoit, aucun des soldats secoués à l'arrière du camion – et tous armés – n'a une tête connue. Des renforts ? Est-ce si grave que ça ? En ce cas, pourquoi ne l'a-t-on pas appelé ? De plus, ce camion ne va pas dans la direction du chantier…

Il reprend sa course, déboule essoufflé dans la rue où habite le maire – pile sur place.

Le Daewoo est garé devant sa maison, les soldats ont investi les lieux.

Ça paraît très louche à Abou, qui entre dans la cour la plus proche, fait « chut », un doigt sur ses lèvres, à un homme qui sort de sa case en se grattant les côtes et qui pose sur lui un regard éberlué. Il escalade prestement le mur du fond – à côté des latrines, pouah –, se hisse sur le toit en terrasse de la maison mitoyenne, redescend dans une autre cour où il dérange quelques poules qui s'égaillent en caquetant, grimpe à un néré mort dont une branche en surplomb lui donne accès à une troisième cour qu'il traverse en courant, attrape une vieille échelle de grenier au passage, l'appuie contre le mur d'une cuisine noircie par la fumée (un chien squelettique lui aboie dessus, mais il est trop faible pour venir l'attaquer), monte sur le toit plat et crasseux de la bâtisse où il se met à ramper dans la poussière, les détritus et les fientes de vautour, car ce toit donne sur la cour de la maison du maire.

Il y parvient juste à temps pour voir Étienne Zebango sortir de chez lui, avec sa femme et Félicité – et Laurie. Tous quatre sont menottés, encadrés de soldats qui braquent sur eux leurs Uzi.

Abou se retient à grand-peine de sauter du toit et leur arracher Laurie des mains. Il est seul et sans arme, eux sont bien une douzaine. Il les observe plus attentivement : ils portent les insignes du 1er R.I. C'est sa propre armée !

Qu'est-ce que ça signifie ? Le maire aurait-il commis une faute si grave qu'il faille un détachement militaire pour l'arrêter ? Mais pourquoi arrêter aussi sa femme, sa fille – et surtout Laurie ?

Le mieux, conclut Abou, est de se rendre à la garnison où son capitaine pourra sans doute lui donner des éclaircissements sur cette étrange situation. De plus, si le 4e R.I. est en train de repousser un assaut, il est préférable qu'il y soit, même si on ne l'a pas appelé.

En redescendant du toit de la cuisine, il tombe sur une mama en boubou qui s'apprêtait à y entrer. Elle pousse un cri de surprise en le voyant. Il réitère son geste de faire silence. Compréhensive, elle acquiesce d'un hochement de tête mais lui demande à mi-voix :

— Que se passe-t-il chez le maire ? Ces militaires, tout ce raffut, c'est quoi ?

— J'aimerais bien le savoir, justement, répond Abou sur le même ton.

— À la radio, ils ne disent rien, ils ne jouent que de la musique… D'habitude, La Voix des Lacs nous tient informés !

— Je n'en sais pas plus que vous, madame. Y a-t-il une autre issue à cette cour que la rue ? Je ne voudrais pas que les soldats me voient.

— Pourquoi ? Vous n'êtes pas avec eux ? (La femme détaille d'un air soupçonneux son uniforme sali par sa reptation sur le toit.) Tss ! Si ça se trouve, c'est vous qu'ils recherchent. Pourtant vous m'avez l'air d'un bon garçon…

— S'il vous plaît, madame…, insiste Abou d'un ton suppliant. Je dois rejoindre ma garnison, au chantier de forage, qui est attaquée présentement.

Le visage de la mama s'éclaire :

— Mais oui, je vous reconnais ! Je vous ai vu en allant chercher de l'eau là-bas… Vous êtes ce caporal si gentil ! Venez par ici.

Elle lui fait traverser la cour en biais, lui montre une petite porte en tôle enchâssée entre deux bâtisses.

— Vous pouvez sortir par là, ça donne sur une venelle. Alors ce sont des ennemis, ces militaires-là ?

— Oui, pour moi en tout cas, vu qu'ils ont arrêté ma… ma petite amie.

Abou frémit en prononçant ces derniers mots. Compatissante, la femme lui donne une petite tape sur l'épaule.

— Oh, pauvre garçon ! Allez, sauvez-vous.

Courant autant qu'il peut, se cachant chaque fois qu'il voit passer et repasser le camion Daewoo de plus en plus chargé de prisonniers, Abou parvient aux abords du chantier à peine une demi-heure plus tard. Par précaution, il fait un détour par les collines qui lui permettent d'avoir une vue d'ensemble sur le forage et ses alentours. Il a bien fait, constate-t-il, car il aurait pu se jeter droit dans la gueule du loup.

Les combats ont cessé autour du forage. Le 4ᵉ R.I. a été vaincu : il est regroupé au milieu du camp militaire, gardé par une haie de soldats en armes. D'autres évacuent les morts et les blessés, fourrés pêle-mêle dans un camion bâché. Plusieurs tentes sont détruites, deux d'entre elles brûlent en dégageant une épaisse fumée. Un obus a anéanti la baraque en dur réservée aux officiers. Les autres cahutes, notamment celle réservée aux communications, sont sous contrôle des attaquants. Lesquels sont venus avec des moyens, constate Abou depuis sa planque derrière une levée de terre : plusieurs camions, deux blindés légers, un mortier. Ils ont aussi investi le chantier de forage, tiennent sous surveillance les ouvriers qui vivent sur place, pareillement regroupés au milieu de leur campement de tentes et de cabanes dont plusieurs ont été saccagées.

De sa position, Abou ne parvient pas à discerner si les assaillants font partie du 1er R.I. En tout cas le matériel et les uniformes sont semblables à ceux de l'armée burkinabé. Dans son esprit, l'étonnement et la perplexité le disputent à la colère. Salah fait-il partie des morts ou des prisonniers ? Et le capitaine Yaméogo ? Et la section qu'Abou commandait ? On commence à charger les prisonniers dans les camions. Pour les emmener où ?

Et Moussa ?

Abou opère une retraite prudente. Sitôt hors de vue, il retourne en courant au centre-ville. Kongoussi commence à se réveiller, à vaquer à ses occupations, en apparence indifférent au drame qui s'est joué chez le maire et sur le chantier : une circulation sporadique dans les rues, quelques boutiques s'ouvrent, des femmes se rendent au marché, leur chargement sur la tête, d'autres, portant des jerricanes, prennent la direction du forage. Au bord des toits, sur les poteaux et lampadaires, les vautours s'ébrouent, se mettent à chercher leur pitance de la journée. Toutefois, malgré sa course et sa propre angoisse, Abou sent planer dans les rues une vague inquiétude, un remous inhabituel : les gens s'interpellent, s'interrogent, des enfants pleurent, des femmes crient, bras au ciel, qu'on a arrêté leur mari...

Il parvient chez Moussa hors d'haleine, les jambes

raides et douloureuses d'avoir tant couru, grimpe néanmoins l'escalier quatre à quatre, cherche sa clé pour ouvrir la porte – elle est entrouverte. Il la pousse avec circonspection...

— Moussa ?

Silence.

Abou inspecte rapidement les trois pièces. L'appartement n'a pas été saccagé, mais plusieurs objets manquent : l'ordi de Moussa, sa télé plate, le micro-ondes, la mini-sono... ainsi que pas mal de vêtements. Et le contenu du frigo.

Il s'affale sur une chaise, se laisse aller un instant à l'abattement, la tête dans les mains. Laurie... Moussa... Salah... Le maire... *Mais que se passe-t-il ?* Il se ressaisit d'un bond. Le portable de Moussa a évidemment disparu, mais l'appartement dispose d'un téléphone fixe. Un vieux modèle qui marche quand il veut bien. Peut-être, à défaut de joindre sa mère, là-bas dans les Caraïbes, peut-il au moins appeler Yéri, sa secrétaire, qui forcément sera au courant.

Il retrouve l'appareil sous une pile de journaux dans l'entrée, décroche le combiné, va pour composer le numéro direct de Yéri... Aucune tonalité dans l'écouteur. Il secoue le téléphone, le débranche, le rebranche, appuie sur les touches : rien. Soit il est vraiment naze, soit la ligne a été coupée.

Comment savoir ?... La radio ! Moussa a une petite radio dans la cuisine, il aime bien écouter les infos en buvant son thé le matin. Pourvu que... Non : il la retrouve sur une étagère, derrière une boîte de sucre.

Il l'allume, parcourt les fréquences : musique, musique, musique... sur toutes les stations burkinabés. Sur les maliennes ou ivoiriennes que ce poste primaire peut capter, il n'entend rien de spécial à propos du Burkina Faso.

Les journaux, alors ? Abou redescend dans la rue, se rend au kiosque le plus proche qui fait en même temps maquis et épicerie. Pas de journaux aujourd'hui, l'informe le boutiquier d'un air navré. Il ignore pourquoi, il n'a tout bonnement pas été livré. Les trois clients attablés devant le sempiternel Nescafé noyé dans le lait concentré n'en savent pas davantage. Et la télé ?... Aucune des personnes présentes n'en possède.

Puisqu'il est là, Abou se paye un café, le temps de réfléchir. On l'interroge sur ces militaires qui ont sillonné la ville à l'aube, ont arrêté pas mal de gens ; on est déçu qu'il ne sache rien, lui qui porte un uniforme pourtant.

Je vais retourner chez le maire, décide-t-il. *Emprunter le scooter de Félicité, si les soldats ne l'ont pas embarqué, et me rendre chez mamie Hadé : forcément, elle saura.*

Aussitôt dit, aussitôt fait, ou presque : car un garde est posté devant la maison d'Étienne Zebango. Abou décide de ruser. Sa tenue cradingue va l'aider.

Il arrache son insigne du 4e R.I., se barbouille le visage de poussière, puis s'approche en boitant bas du garde qui l'observe, plus intrigué que méfiant.

— Salut, collègue, fait Abou d'un ton épuisé, grimaçant comme s'il souffrait. La paix sur toi et les tiens...

— De même, répond le garde. D'où tu sors ? Qu'est-ce qui t'est arrivé ?

— J'étais en... mission spéciale, on a été pris dans une embuscade... Je suis le seul à avoir survécu, je crois. Il faut que je prévienne mon capitaine... Est-ce que je peux emprunter ton téléphone ?

Il désigne d'une main tremblante l'appareil de campagne clipé à la ceinture du garde.

— Oui, bien sûr. Ça, c'est pas de chance, compatit le soldat, qui pose son fusil et penche la tête pour décliper son téléphone.

Vif comme l'éclair, Abou bondit sur le fusil, le saisit par le canon et balance un méchant coup de crosse dans la figure du garde éberlué. Celui-ci s'écroule, sonné, son nez cassé pissant le sang.

— Pas de chance pour toi, rétorque Abou en le tirant prestement dans la cour.

À l'abri des regards derrière le mur, il lui arrache son casque et lui donne un second coup sur l'occiput, afin d'être bien sûr. Le soldat sursaute et s'étale inerte dans la poussière. Abou espère qu'il ne l'a pas tué. Si oui, tant pis, ses collègues ont bien massacré au saut du lit plusieurs membres de la garnison, dont peut-être Salah…

Le scooter de Félicité est toujours dans le garage, à côté du pick-up du maire. Il n'y a presque plus d'éthanol dans le réservoir, mais Abou a reçu sa solde il y a quelques jours, il a donc de quoi faire le plein.

Calant le fusil du garde dans son dos, il démarre l'engin, grimpe dessus et sort de la cour en trombe, direction Ouahigouya.

MESURE PRÉVENTIVE

Peuple du Burkina Faso

Le gouvernement **inique, faible et corrompu** de Fatimata Konaté a été **renversé** par une coalition militaire attachée à la **grandeur** de la **patrie** et aux valeurs d'**équité** et de **progrès**. Le **général Victor Kawongolo** est votre nouveau **chef d'État**, en attendant des élections **libres, transparentes** et **démocratiques**. Afin d'éviter toute **propagande insidieuse** des **ennemis** de la patrie, la presse est provisoirement suspendue, la radio et la télévision sont sous contrôle, les réseaux téléphoniques et Internet sont bloqués. La situation normale sera rétablie sitôt que l'**État de droit** sera **instauré** sur l'ensemble du territoire.

Fait à Ouagadougou, le 20/12/2030

Laurie a été jetée en prison.

Par « égard », peut-être, pour sa qualité d'Européenne, on ne l'a pas mise avec les autres femmes embarquées à Kongoussi, mais toute seule dans une cellule à part. Un vrai cul-de-basse-fosse sombre, étouffant, qui empeste la pisse et la sueur rances, envahi de mouches et infesté de cafards, avec un grabat infect pour tout confort, un seau sans eau et un trou immonde pour toute hygiène. Si c'est là un traitement de faveur, dans quelles conditions doivent végéter les autres !

Ça fait plusieurs heures qu'elle croupit ici, moite, sale, assoiffée (on a daigné lui apporter un gobelet d'eau tiède, au sale goût de vase, très insuffisant), et totalement ignorante du sort qu'on lui réserve. La raison de son arrestation, elle pense l'avoir devinée en parcourant les rues de Ouaga à bord de ce camion militaire brinquebalant et surchargé de prisonniers. Elle a vu les patrouilles en armes sillonnant les artères principales, les blindés occupant les endroits stratégiques – rond-point des Nations-Unies, boulevard de la Révolution, palais présidentiel, aéroport, ministères, bâtiment de la télévision... – et les affiches placardées partout, qu'elle n'a pas eu le temps de lire mais qui s'adressaient en gros caractères au «Peuple du Burkina Faso». Elle a vu des rafles, des gens frappés par les militaires, mis en joue, abattus. Elle a bien senti, tout au long de ce trajet éprouvant, dans une chaleur d'enfer et une poussière abrasive, la nervosité des soldats qui gardaient les prisonniers, les regards inquiets qu'ils jetaient alentour, le doute qui les envahissait parfois. Pas le droit de poser de questions, interdit aux prisonniers de se parler, néanmoins Laurie a compris, et sans doute aussi plusieurs de ses compagnons d'infortune.

C'est un coup d'État, sûrement à l'initiative de ce général Kawongolo dont tout le monde disait de se méfier. Fatimata n'a pas écouté ces paroles défiantes, a persisté à trouver des excuses au général (son épouse malade), à le maintenir à son poste. Elle récolte à présent le fruit amer de son aveuglement...

Et son peuple souffre tandis qu'elle fait des ronds de jambe aux VIP, là-bas à Nassau. Est-elle au courant seulement ? Prévoit-elle un retour d'urgence afin de reprendre la situation en mains, si c'est encore possible ?

Malgré la chaleur, la puanteur, les mouches et les cafards, Laurie s'efforce de réfléchir. Elle a d'abord pleuré – de rage, d'angoisse, de dépit –, a beaucoup pensé à Abou : a-t-il été arrêté aussi ? Ou tué durant l'assaut donné au forage ? Car le camion y est passé prendre d'autres prisonniers (dont le capitaine Yaméogo) avant de filer sur la route de Ouaga : elle a découvert que cette armée rebelle avait investi le chantier et arrêté la garnison, elle a aperçu quelques dégâts, des tentes et des bâtiments en feu...

C'est clair que s'approprier la nappe phréatique a été le principal, sinon l'unique objet de ce coup d'État. Lequel n'est pas à imputer au seul général Kawongolo : celui-ci a dû servir de caution locale, d'homme de paille ou de main, les vrais responsables étant cette fameuse NSA dont Yann avait averti Fatimata de sa présence sur le territoire... Un avertissement pas assez pris au sérieux, regrette Laurie. On a cru que leur action s'était cantonnée à enlever Moussa ; cette action ayant échoué, on a un peu trop vite crié victoire et baissé la garde... Alors que ce n'était qu'une diversion, peut-être un coup d'essai, tandis que la vraie grande opération se préparait en douce : un putsch ! Rien que ça ! *Fuller a mis le paquet*, enrage Laurie. *L'enfoiré, l'immonde crapule !* Elle espère que la présidente a été mise au courant d'une façon ou d'une autre, que Rudy va lui régler son compte : si une pulsion meurtrière le reprend face à Fuller, pour une fois, elle applaudirait des deux mains. Sauf qu'en ce cas, Rudy ne sortirait pas vivant de Nassau… Laurie se rappelle soudain ce paquet enveloppé de papier journal qu'il a rapporté avec Abou de chez la grand-mère. *Serait-il destiné à Fuller ? Rudy, Abou ou la grand-mère savaient-ils déjà ce qui allait se passer, auraient-ils pris les devants ?* Une supposition vertigineuse et très dangereuse : s'ils savaient, pourquoi n'ont-ils pas prévenu Fatimata, pourquoi l'ont-ils laissée partir ? Non, c'est insensé… Comment savoir ? Comment avertir la présidente ? Si les auteurs du coup d'État ont bien tout prévu, ils doivent contrôler ou empêcher les appels par satellite… De toute façon Laurie n'a pas son portable. Elle n'a rien, qu'un slip, un tee-shirt et une jupe enfilés à la hâte. Elle a même de la chance, dans son malheur, que les soldats n'aient pas tenté de la violer… Peut-être avaient-ils des consignes.

Elle est interrompue dans ses réflexions par l'irruption de la gardienne qui lui fait signe de sortir. Un fol espoir fait battre son cœur : est-ce qu'on la libère ? Le putsch a-t-il foiré ?

Non, hélas : elle est escortée par deux soldats jusqu'au bureau du directeur de la prison, traversant au passage une vraie cour des miracles – cernée de hauts murs, de barbelés, de miradors – où elle reconnaît de loin quelques coprisonnières, dont Alimatou et sa fille, prostrées dans un coin, hébétées. Elle leur adresse un discret signe d'encouragement, mais les soldats la poussent en avant, elle ignore si elles l'ont vue, lui ont répondu.

Dans le bureau du directeur l'attend un grand Noir en costume sombre, portant des lunettes de soleil et sentant l'après-rasage.

— *Do you speak english ?* s'enquiert-il.

— *Yes…*

— *Very good.*

Il l'invite à s'asseoir et demande, dans un mauvais français teinté d'un fort accent américain, à ce qu'on lui serve à boire. L'un des soldats apporte un verre propre et une carafe d'eau fraîche.

— Réjouissez-vous, mademoiselle, dit en anglais l'homme en noir avec un franc sourire, votre calvaire va bientôt prendre fin.

— Qui êtes-vous ? lance Laurie d'un ton rogue, une fois désaltérée.

— Peu importe mon nom. « Numéro 1 » conviendra parfaitement.

— Pourquoi m'avoir arrêtée ? Quand allez-vous me libérer ?

— Bientôt. C'est l'affaire de quelques jours… quand tout danger sera écarté. Quant à la raison… c'est une mesure préventive, je dirais.

— Expliquez-vous, je ne comprends pas.

— Eh bien, répond N° 1, nous avons constaté que vous entreteniez avec la présidente – l'*ex*-présidente – de bonnes relations d'amitié. Il nous aurait été désagréable, voire préjudiciable, que vous trouviez un moyen de la prévenir de ce qui se passe ici. Je vous suppose assez intelligente pour avoir compris de quoi il retourne…

Laurie hoche la tête, retient l'information : *Fatimata n'est pas au courant.*

— Bien, sourit N° 1. Votre emprisonnement n'a donc rien d'une mesure de rétorsion, en vertu d'une accusation quelconque. Vous avez fait votre travail, nous faisons le nôtre. Celui-ci implique de vous mettre simplement à l'écart quelque temps. J'espère que vous êtes bien traitée ?

— Ma cellule est infecte.

N° 1 se tourne vers le chef de l'établissement qui s'efforce, sourcils froncés, de suivre la conversation.

— Monsieur le directeur, lui dit-il en français, donnez à mademoiselle une... cellule meilleure. Plus confortable.

— J'y veillerai, monsieur, opine celui-ci.

— *Well.* (N° 1 revient à Laurie :) Une fois la situation stabilisée, vous ne pourrez demeurer dans ce pays. Vous ferez donc l'objet d'une procédure d'expulsion. Mais en guise de dédommagement pour, disons, les préjudices que vous avez subis, nous vous offrirons un billet d'avion pour la France ou le pays de votre choix. Cela vous convient-il ?

— Non. Je veux rester ici. Et retrouver Abou.

— Qui est Abou ?

— Abou Diallo-Konaté, le fils de la présidente. Il était en service à la garnison de Kongoussi que vos hommes ont massacrée.

Le sourire de N° 1 s'estompe.

— D'abord ce ne sont pas « mes » hommes, mais ceux du général Kawongolo, nouveau président de ce pays. Ensuite il n'y a pas eu de massacre, les ordres étaient stricts à ce sujet ; s'il y a quelques morts à déplorer, ce sont hélas les aléas de la guerre. Enfin, concernant le fils de la présidente – son cadet, je crois ? –, je me renseignerai à son sujet, mais aux dernières nouvelles il est toujours recherché. En tout cas, nous n'avons pas son décès sur la conscience, si cela peut vous rassurer.

Laurie retient un soupir de soulagement, attaque derechef N° 1 :

— Vous travaillez pour la NSA, n'est-ce pas ? Pour Anthony Fuller ?

Cette fois le sourire s'efface complètement.

— C'est ce message soi-disant expédié par votre

frère à l'ex-présidente qui vous incite à le penser, n'est-ce pas ? Eh bien, c'était un faux. Un *hoax*, comme on dit en jargon informatique.

Laurie n'en croit pas un mot, mais comprend, alarmée, que ce message a été intercepté par la NSA, laquelle possède infiniment plus de moyens pour retrouver son origine qu'un petit hacker planqué au fond des Pyrénées n'en a pour la dissimuler...

— Comment savez-vous que j'ai un frère ? Que savez-vous de lui ?

Questions idiotes, elle en convient : les cyberflics de NetSurvey l'ont déjà interrogée à ce sujet à Saint-Malo, or NetSurvey est une émanation de la NSA... Toutefois la réponse de N° 1 la surprend :

— Tout ce qu'on peut en savoir, vu qu'il travaillait justement pour la NSA.

— *Quoi ?* Lui ?

— Eh oui... Malheureusement, j'ai une mauvaise nouvelle à vous annoncer à propos de votre frère : il a été victime d'un accident.

Le cœur de Laurie se serre dans sa poitrine.

— Comment ça ? articule-t-elle d'une voix blanche.

— Sa voiture a explosé sur l'autoroute, entre Washington et Baltimore. Mes sincères condoléances. (En français, au directeur :) Vous pouvoir conduire elle dans sa cellule.

Tandis que les soldats empoignent Laurie atterrée pour l'emmener, N° 1 ajoute d'un ton désinvolte :

— Un dernier conseil, mademoiselle : ne suivez pas le mauvais exemple de votre frère. Moins vous chercherez à en apprendre, plus vous vivrez tranquille.

NICHE DE RICHES

Le

FORUM ÉCONOGIQUE DE NASSAU

c'est :

- 10 000 participants
- 1 000 entreprises dont 400 *ww*
- 100 (+) pays
- 10 milliards d'euros de chiffre d'affaires*
- 1 lauréat élu « Entreprise responsable de l'année »

* Données extrapolées des contrats conclus sur place en 2029

Inscrivez-vous !

Nom		Fonction	
Sté		C.A. (k€)	

Envoyez

Arriver à Nassau par avion donne l'étrange impression de débarquer sur une autre planète. Après avoir survolé des milliers de kilomètres d'océan vide, on aborde les Bahamas au moment où l'avion commence à descendre, langues de verdure bordées d'écume blanche et des taches turquoise des lagons. Si le ciel est clair et qu'on a un regard acéré, on aperçoit les côtes et les terres noyées par la mer, les zones ravagées par les cyclones. Puis apparaît l'île de Nouvelle-Providence, protégée des dangers du large par le long croissant d'Eleuthera, et cette énorme bulle de savon irisée posée sur sa côte nord : l'enclave de Nassau/Paradise Island. C'est la première enclave sous globe, totalement protégée des aléas climatiques extrêmes de la région. Le dôme couvre le port de Nassau et ses environs, dont Paradise Island, niche de riches depuis un siècle, ainsi qu'une portion de mer suffisante pour se livrer en toute sécurité aux sports nautiques dans un environnement marin reconstitué : coraux, poissons tropicaux, flore variée et colorée, dauphins et même quelques requins rendus inoffensifs par traitements génétiques. Le dôme d'altuglass, capable de résister à des cyclones de force 5 et des vagues de trente mètres de hauteur, est veiné de nanocapteurs solaires qui lui donnent ce bel aspect irisé et fournissent 80 % de l'électricité à l'enclave, les 20 % restants provenant de turbines marémotrices. Dessous fleurit une industrie du tourisme haut de gamme, planifiée de façon que chacun en ait pour son argent de lagons bleus, de plongées dans les coraux, de jet-ski, de jeux avec les dauphins, de pêche au gros, de piscines à remous, de golf et tennis, de couchers de soleil romantiques et de dîners aux chandelles au bord de l'eau... C'est là que se tiennent maints meetings internationaux où l'élite décide du sort du monde – ou plutôt du sien propre – en s'offrant des weekends de luxe en notes de frais. Et c'est là, naturellement, que la tri-séculaire famille Rothschild organise son forum éconogique annuel, où les entreprises *ww* sont censées prendre conscience de leur responsabilité dans l'état actuel du monde et s'efforcer, dans le cadre de leurs productions, d'améliorer cet état (lutter contre la pollution, produire utile et durable, aider les défavorisés, etc.). En fait, le sous-titre de ce forum, « économie de l'écologie », révèle sa vraie nature : un grand marché où l'on vend, achète, échange tout ce qui a le vent en poupe en matière de nouvelles technologies, les start-up et joint-ventures qui les fabriquent ou les commercialisent, ainsi que les crédits et investissements permettant de les financer. La planète ne s'en porte pas mieux, mais nombre d'industriels obsolètes (pétrole, plastiques, chimie corrosive, nucléaire…) ont pu grâce au forum se reconvertir dans du « propre » (solaire, hydrogène, géothermie, biomatériaux…) et restaurer un chiffre d'affaires leur permettant de se maintenir au sein de l'élite. Quant au sort des « damnés de la terre », il n'intéresse ladite élite que dans la mesure où il y a un marché rentable à conquérir : reconstruction, captage d'une source d'énergie ou appropriation de ressources vitales.

C'est pourquoi Fatimata trouve de plus en plus bizarre d'avoir été invitée à ce forum. Elle se sent un peu comme un cheveu dans la soupe, elle qui n'a rien à vendre ni à acheter, n'a été prévue à aucun débat, conférence ou atelier. Quand on lui demande quel consortium *ww* elle représente, elle répond :

— Je représente le Burkina Faso que je préside, et qui présentement lutte contre la soif et le vol de sa dernière nappe phréatique par un de vos collègues, P.-D.G. de Resourcing, vous connaissez ?

— Resourcing, oui, bien sûr, répond-on, mais Burkina Faso… Vous êtes dans quel domaine ? Vous fabriquez quoi ?

À l'aéroport, les douaniers ont scanné deux fois leurs bagages et vérifié leur invitation au forum avant de les laisser sortir. Même méfiance au contrôle d'entrée sous le dôme, où Rudy a dû cette fois déballer son « cadeau » pour Fuller : le contrôleur – un Caraïbe – a reposé le masque tout de suite, avec un évident malaise, et fixé Rudy droit dans les yeux en lui demandant ce qu'il comptait en faire.

— C'est pour offrir, a répondu ce dernier avec un sourire.

Avec une moue dégoûtée, l'autre a repoussé masque et emballage vers Rudy en marmonnant :

— Je ne peux rien dire, ce n'est pas illégal. Mais c'est atroce.

Il a effectué un geste bizarre que Rudy a compris depuis, grâce à un serveur caraïbe qui l'a pris en sympathie :

— Ce geste-là ? C'est un signe de protection vaudou… T'as vu ça où ?

Enfin, à l'accueil du forum – installé dans l'immense, luxueux et très kitch complexe Atlantis, sur la côte nord de Paradise Island – s'est reproduit le même manège : l'hôtesse a été fort surprise de voir débarquer Fatimata et Rudy, et encore plus de découvrir que la présidente du Burkina figure sur la liste des invités, sans la mention d'un consortium *ww* accolé.

— Qu'est-ce que j'imprime sur le pass ? Votre seul nom, ça ne suffit pas !

— Mettez « Burkina Faso », suggère Fatimata.

— C'est le nom de votre entreprise ? Ça s'écrit comment ?

À l'hôtel, en revanche – le Comfort Suites, situé en bordure d'Atlantis et réservé aux invités les moins riches –, on ne leur crée aucune difficulté, habitué que l'on est aux excentricités de l'élite : une femme noire en boubou, ma foi… Sitôt installés dans leurs chambres, Fatimata vient frapper à la porte de celle de Rudy, exige de savoir ce qu'est ce masque et à qui il le destine.

— C'est un masque soukou younyonsé, élude Rudy. Il est très ancien…

— Je le sais! s'énerve Fatimata. Je l'ai toujours vu chez ma mère. Comment se fait-il que vous l'ayez? Ne me dites pas qu'elle vous l'a donné!

— Non, ce n'est pas pour moi… C'est pour Fuller, avoue-t-il.

— Pour *Fuller*! (Fatimata hausse les sourcils.) Vous *offrez* ce trésor du patrimoine burkinabé à Fuller?

— Pas exactement, non. Hadé a dit qu'il lui reviendrait de toute façon.

Les yeux de Fatimata s'étrécissent, ses lèvres épaisses se plissent en une expression dubitative.

— Je commence à comprendre… Il est chargé, n'est-ce pas? Ma mère a… comment dire… a «travaillé» sur ce masque. Il est censé produire quoi?

— De la terreur, entre autres.

— Vous voulez terroriser Fuller? Dans quel but?

Rudy est bien forcé de lui expliquer son plan. Elle l'écoute bouche bée, sans mot dire, secouant parfois la tête en signe d'incrédulité. Après quoi elle soupire, le front dans la main.

— Je ne sais qu'en penser, Rudy. Je vous jugeais tête brûlée sur les bords, mais c'est pire que ça : vous êtes insensé. Insensé de prendre les dons de guérisseuse de ma mère pour des pouvoirs magiques, insensé de croire que ça marchera. Et je suis extrêmement peinée de constater que vous avez embobiné ma mère au point qu'elle accepte de sacrifier un objet d'une telle valeur.

— Vous parlez comme Laurie, s'énerve Rudy à

son tour. Chez elle, c'est normal, mais venant de vous, ces propos m'étonnent. Et me déçoivent. Si vous croyez que j'ai pu «embobiner» votre mère, comme vous dites, c'est que vous la connaissez mal. Et si vous pensez que mon plan est insensé, oubliez-le. Allez arpenter les allées du pouvoir, essayez de placer vos discours, de convaincre ces P.-D.G. *ww* que le Burkina est une cause à défendre et soutenir. On verra bien qui de nous deux aura le plus de succès.

Dès lors, les itinéraires de Rudy et de Fatimata se séparent : la présidente passe effectivement son temps à arpenter les allées du pouvoir, assiste aux débats, aux conférences, aux ateliers et *think tanks* où elle peut s'introduire, aux cocktails et dîners de gala, effarée de ce luxe ostentatoire, choquée de payer un café le prix d'une journée de salaire burkinabé, révoltée de voir l'eau couler à flots partout, tant de nourriture gaspillée, toute cette énergie dépensée à climatiser les piscines ou à créer des jeux de lumière futiles... Partout, autant que faire se peut, elle essaie de placer ses discours, de rencontrer des responsables, des hommes de pouvoir, d'attirer l'attention sur son petit pays ou sur le sort des pauvres en général. Mais personne ne l'écoute, ne s'intéresse à elle, ne pose la moindre question pertinente, n'envisage la moindre ébauche de solution. Au mieux, on la regarde comme un personnage curieux, une espèce de phénomène, un caillou noir au milieu des pierres blanches. Tout ce qu'on retient d'elle, c'est : «Voici la présidente de ce pays d'Afrique qui a gagné contre Resourcing au TCI, vous vous rappelez? — Ah oui, fameux procès ! Pauvre Fuller! Ah ah ah!» Navrant. Horripilant. Désespérant.

Rudy, de son côté, n'a qu'un seul but : repérer Fuller. Il explore l'enclave en tous sens, repère les gardes, vigiles et patrouilles, les systèmes de vidéo-surveillance et de sécurité, noue des contacts parmi le personnel, les petites gens, ceux qui servent et qu'on ne voit pas, qui lui expliquent peu ou prou comment fonctionne ce gigantesque piège à touristes, ce qu'on peut s'y permettre, ce qui paraît louche, les comportements à adopter en diverses occasions... Il étudie aussi l'aéroport, ses abords et la route qui y mène, se renseigne sur le trafic aérien local. Il sympathise avec des flics et des vigiles, qui lui avouent qu'ils ont un boulot peinard : les multiples contrôles et la redondance des systèmes électroniques de surveillance sont en principe suffisants pour empêcher les vols ou le terrorisme. Leur rôle se limite le plus souvent à ramener la viande saoule à son hôtel, à intervenir avec doigté quand un de ces richards pète un plomb parce qu'un autre a baisé sa femme, à savoir distinguer les drogues légales des illégales, et jusqu'à quel niveau de bakchich une drogue reste illégale...

C'est lors du cocktail de la remise du prix Rothschild de l'« entreprise responsable de l'année » que Rudy repère enfin Fuller.

HARSH

> ... Je rappelle que ce prix est assorti d'un chèque
> d'un million d'euros, et d'un financement garanti par la
> banque Rothschild ou l'une de ses filiales. Il récom-
> pense une entreprise qui, cette année, a opéré une
> avancée significative dans le domaine des technologies
> non polluantes ou de dépollution, ou dont la politique
> globale a été exemplaire concernant la préservation ou
> la restauration du patrimoine naturel. Comme vous
> pouvez le constater, le champ d'application de ce prix
> est vaste, et le choix du lauréat a été, une fois de plus,
> très épineux. Néanmoins, parmi la centaine d'entre-
> prises retenues au départ et les dix parvenues à la
> sélection finale, l'une d'entre elles a fini par emporter
> la décision du jury. Mes chers amis, je suis heureux et
> fier de vous annoncer que l'entreprise responsable de
> l'année 2030 est...
>
> Extrait du discours de Franklin Rothschild.

De son côté, Fuller fait tout son possible pour
éviter Fatimata. Il ne sort pratiquement pas de
l'enceinte de l'Ocean Club où il est logé avec l'élite
de l'élite. Il a annulé sa participation à tous les

débats, conférences et cérémonies où la présidente du Burkina risque d'être présente. Il n'a maintenu que les ateliers et *think tanks* privés où elle ne peut s'introduire, ainsi que les déjeuners ou dîners en petit comité dans l'un ou l'autre des restaurants d'Atlantis, ou (mieux) sous les palmiers du Courtyard Terrace ou au Dune, le restaurant gastronomique de l'Ocean Club qui donne sur une belle plage de sable blanc. Loin de la foule, du bruit et des attractions d'Atlantis, on reste entre gens distingués, on peut parler tranquillement d'affaires qui ne regardent personne. Pour le reste, Anthony fait dire qu'il est souffrant.

En fait il profite de la mer, de la piscine, du tennis et du centre de fitness de l'hôtel pour se refaire une santé. Il ne touche pratiquement plus à ses médicaments, sauf circonstance exceptionnelle telle qu'une négociation délicate. Après des mois de nourriture hâtive avalée sans appétit, il apprécie la bonne chère de l'hôtel, les petits-déjeuners au bord de l'océan, les dîners aux chandelles qui s'éternisent dans la douceur du soir. Après des semaines d'abstinence sexuelle forcée, il retrouve la forme (sans Erectyl) avec Samantha, une call-girl offerte par le forum, une belle et joyeuse Caraïbe prête à tout, spirituelle et tout à fait sortable en soirée. Après des mois de cauchemars et d'insomnies, il dort comme un loir et se réveille reposé, heureux de la journée qui l'attend. Castoriadis avait raison : Anthony avait *vraiment* besoin de vacances, il glissait sur une très mauvaise pente. Il se sent même tellement bien qu'il envisage de prolonger son séjour après le forum : après tout, il pourrait traiter ses affaires d'ici… *(Oui, mais il y a Pamela et le divorce ; il y a Junior à placer ; il y a la Divine Légion… Non,*

Anthony, ne pense pas à toutes ces merdes. Tu es en
vacances. Jouis du présent, pour une fois!)

L'unique point noir, le seul nuage dans l'azur de
son bien-être, c'est cette présidente du Burkina qui
hante le forum à sa recherche, affublée d'une espèce
de Viking à la moustache farouche, sûrement son
garde du corps. Quelle foutue idée il a eue, cet enfoiré
de Cromwell, de l'amener ici! O.K., il fallait l'éloigner de son pays pour mieux réussir le coup d'État
– la phase 2 de l'opération Aqua™, selon le jargon
de la NSA –, mais bon Dieu, on pouvait l'expédier
ailleurs, non? Chez ses amis chinois par exemple: là-
bas, il ne manque pas de symposiums destinés à
compatir à la misère des PPP. Belle connerie de
l'inviter au sein de l'élite! Cromwell aurait voulu
faire un coup en vache à Fuller qu'il n'aurait pas agi
autrement. «Pour mieux combattre ton ennemi,
apprends d'abord à le connaître», a dit Sun Tzu.
D'accord, mais Anthony doute que le directeur de la
NSA ait jamais entendu parler de Sun Tzu: il a l'air
fin comme un rhinocéros et aussi cultivé qu'un chou.

Quoi qu'il en soit, Fuller n'a aucune envie de rencontrer Fatimata Konaté, d'autant plus qu'elle est
désormais *has been*: la phase 2 a réussi, lui a annoncé
Cromwell; la NSA est maître du terrain *via* un
homme de paille local. Dans quelques jours, Fuller
pourra engager la phase 3: l'envoi sur place de ses
équipes pour exploiter le forage. Dans ces conditions,
que peut lui apporter une entrevue avec l'ex-
présidente? Juste de l'énervement: soit elle est au courant de ce qui se passe chez elle et va l'abreuver
d'injures, soit elle l'ignore et va se gargariser de sa
petite victoire judiciaire au TCI. Dans les deux cas,
Anthony aura le mauvais rôle... Déjà fusent dans son
dos des plaisanteries douteuses à son sujet: «Elle a

niqué Fuller une fois, ça lui a plu, elle veut remettre ça », « Chassez la misère, elle revient vous coller », « Elle veut lui piquer la Kansas Water Union maintenant », « Fuller baise les femmes de gouverneur, mais se couche devant une mama black »… et autres vannes du même tonneau. C'est aussi à cause de ça qu'il évite autant que possible de se montrer au forum : par sa seule présence, cette dinde en boubou lui pourrit la vie, l'empêche de jouir pleinement de ses vacances.

Il y a toutefois une cérémonie officielle à laquelle Fuller ne peut déroger car il est plus ou moins directement concerné : la remise du prix de l'« entreprise responsable de l'année ». C'est l'ONG Deep Forest, une de ses filiales, qui l'a décroché pour avoir replanté dix mille hectares d'okoumés dans le désert d'Amazonie : un bois de construction qui pousse vite et bien, demande peu d'eau et d'entretien, bref, rentable à assez court terme. La fondation Rothschild y a vu « une action exemplaire de reboisement, de lutte contre la désertification, de restauration du poumon de la planète et de création d'emplois locaux ». Tant mieux pour Deep Forest. Fuller y voit surtout un investissement peu onéreux (une ONG ne paie ni taxes ni impôts au Brésil) aux bénéfices garantis, ainsi qu'une façon détournée de reposer un pied américain dans ce territoire affidé à l'Asie qu'est l'Amérique du Sud.

C'est contraint et contrit qu'il monte sur la scène du Grand Ballroom des Royal Towers, sous le feu des projecteurs, pour serrer la main de Franklin Rothschild et donner l'accolade à Ramón Ramirez, le président de Deep Forest. Après l'introduction d'usage du directeur du forum, une splendide créature vêtue du minimum décent remet le prix à Ramirez : le chèque dans une enveloppe en papier bouffant, et une statuette en or massif représentant un globe terrestre entre deux mains en coupe. Embrassades, puis Fuller entoure fraternellement l'épaule du lauréat qui brandit triomphalement son prix sous un déluge de son et de lumières. Pendant le discours de Ramirez, Fuller s'efforce de ne pas observer l'assistance or son regard se porte malgré lui pile au bon endroit : à quelques rangs devant la scène, Fatimata a les yeux fixés sur lui, arbore une expression indéchiffrable. À ses côtés, le Viking susmentionné, en blouson de cuir noir, la moustache tombante, les cheveux raides, la mine sombre. Fuller détourne les yeux, peine à ne pas les ramener sur ce couple disparate.

C'est à lui. Il a préparé son discours à l'avance et a essayé de l'apprendre par cœur, mais impossible, sa mémoire est trop détériorée par des années d'addiction au Neuroprofen. Il sort donc ses notes et ânonne son speech, dans lequel il vante les qualités de Deep Forest, son dévouement à la cause de l'environnement, son dur combat au quotidien, ses succès éclatants de par le monde, à quel point il est fier de soutenir cette ONG méritoire, etc.

Applaudissements, puis Franklin Rothschild reprend le micro pour annoncer que le buffet est ouvert au fond de la salle, ainsi que dans les annexes Orion & Zeus, à gauche après la rotonde, pour ceux qui auraient « quelque difficulté à supporter » ce qui va suivre sur la scène :

— À savoir le groupe de « harsh » Kill Them All, idoles de nos enfants et terreur des parents que nous sommes, dit-il avec un sourire équivoque. Ils appliquent à la lettre ce genre musical qu'ils ont inventé[1], dérivé de ce qu'on appelait autrefois la

1. *Harsh* : rude, rêche, strident, désagréable…

musique industrielle. Ceux d'entre vous qui travaillent dans l'acier ou ont visité des usines d'emboutissage ont déjà une vague idée de ce qu'ils vont entendre. Pourquoi, me direz-vous, avoir programmé ces terroristes sonores et non quelque chose de plus anodin et convivial? Parce que, justement, ils n'ont rien d'anodin : qui d'entre vous peut se targuer d'avoir vu son chiffre d'affaires progresser de 400 % cette année? Eh bien, c'est le cas de HellTrax, leur propre label. Et si j'ajoute qu'ils ont décidé, profitant de leur présence au forum, de verser 5 % des recettes de leur dernier album à l'ONG SOS, vous admettrez que leur présence parmi nous est tout à fait justifiée. Voilà, je me tais maintenant. Place au déluge sonore de Kill Them All, et au déluge de cocktails dans vos gorges assoiffées !

En vérité, Kill Them All n'a rien décidé du tout, c'était la condition *sine qua non* de leur prestation au forum et du confortable cachet qui va avec. Leur manager a accepté au prétexte que c'est toujours ça de moins qu'ils dépenseront en beuveries et drogues diverses, et que c'est déduit de l'impôt sur les sociétés. De plus, il a trouvé assez ironique qu'un groupe nommé Kill Them All subventionne une ONG nommée Save OurSelves[1]...

Sitôt Franklin Rothschild éclipsé, tandis qu'une bonne partie du public va s'agglutiner devant les longs comptoirs situés à l'autre extrémité de la salle, la scène est plongée dans les ténèbres et le silence.

Peu à peu la rumeur de la foule est dominée par un vague brouhaha, comme le vrombissement lointain de turbines géantes. Celui-ci s'amplifie, assorti d'un sifflement ululé qui provient de partout à la

---

1. *Kill Them All :* Tuez-les tous ; *Save OurSelves :* Sauvons-nous nous-mêmes.

fois. Les gens tournent des yeux froncés vers la scène toujours plongée dans le noir. Mais ce son gigantesque ne semble pas provenir des micro-enceintes disséminées sur le pourtour du haut plafond... desquelles jaillit une voix féminine suave et synthétique : « Nous informons l'aimable assistance qu'un cyclone déferle actuellement sur les Bahamas. Nous vous recommandons vivement de ne pas tenter de sortir de l'enclave. Le dôme est sécurisé et vous n'avez absolument rien à craindre. Merci de votre attention. »

Des rires nerveux et des remarques acerbes fusent çà et là : « Quand même, ils exagèrent ! », « On ne devrait pas plaisanter avec ça », « Comme entrée en scène, c'est plutôt réussi »... Les sifflements/vrombissements se sont fondus en un long hurlement accompagné d'une grave vibration sous-jacente. Quelques-uns se décident à sortir de la salle pour aller voir aux fenêtres des couloirs, en reviennent pâles et anxieux : c'est l'enfer qui se déchaîne dehors, le ciel est noir et boursouflé, des vagues énormes explosent au loin contre le dôme, va-t-il résister ?

C'est à ce moment de tension maximale que Kill Them All entre en scène : deux gyrophares rouges se mettent à pulser dans les portiques tandis que des sirènes vrillantes tournoient dans la salle. Au rythme des pulsations, de blêmes hologrammes envahissent le podium et se répandent parmi le public – des séquences de guerre et de dévastations : bombardements, tsunamis, éruptions volcaniques, cyclones (justement), avalanches, incendies... Des populations paniquées fuyant les fléaux, des bâtiments qui brûlent ou s'écroulent, des morts filmés en gros plan, la terreur figée dans leurs regards vitreux, des gens piétinés, des blessés se traînant parmi les décombres... Au milieu de ces images morbides surgissent soudain deux zombies au teint verdâtre, au corps glaireux, vêtus de hardes effilochées. L'un tient un micro en forme de phallus, l'autre une remote figurant un bras coupé aux doigts pendants : Destroïd, le chanteur, et Killing Machine, l'homme des sons. Tandis que le ululement des sirènes se noie dans un bombardement intensif, les deux zombies exécutent une danse grotesque parmi des monceaux de cadavres holographiques. Puis Destroïd se met à hurler dans son micro – on dirait un porc qu'on égorge, enrichi d'échos et très saturé ; Killing Machine tripote son bras mort qui produit des bruits et rythmes assez indistincts, à divers degrés d'atrocité : réacteurs, scierie métallique, emboutissage, plusieurs variétés d'explosion, turbines, cataractes, halètement de pistons (c'est le *beat*), mix de hurlements d'agonie, crashs de voitures et autres vacarmes industriels bidouillés pour être encore plus insupportables... La violence du cyclone à l'extérieur s'incorpore à ces stridences, forme un bruit de fond qui ne nuit en rien à l'« harmonie » de l'ensemble.

Les trois quarts du public ont fui. Beaucoup sont allés s'entasser dans les annexes Orion & Zeus, trop petites pour contenir tout le monde. Certains errent dans les couloirs, verre et petit four à la main ; d'autres sont retournés à leur hôtel ou se sont égaillés dans les restaurants alentour ; quelques-uns, scotchés aux fenêtres, observent l'apocalypse lointaine, déréalisée par les parois du dôme dégoulinantes et percutées par maints débris volants. Reste un quart qui demeure, fasciné par ce « terrorisme sonore », oreilles et cerveau vrillés par le capharnaüm cadencé à

180 bpm. Pour ce quart, Kill Them All crache du feu, égorge des poulets, tronçonne des machines, lasérise des mannequins à l'effigie des puissants, s'ouvre les veines (pour de faux) et vomit sur les premiers rangs (pour de vrai)…

Fuller, lui, n'a pas résisté : il a fui dès les premières stridences et scènes de carnage. Il a quitté non seulement le Grand Ballroom, mais le cocktail en général, pour ne pas tomber sur la mère Konaté, son boubou et son chien de garde.

Les quelques centaines de mètres de marche entre les Royal Towers d'Atlantis et l'Ocean Club constituent une expérience surréaliste : comme s'il se mouvait à l'intérieur d'un dôme iMax sur lequel serait projeté un ouragan en 3D et grandeur réelle. Il voit les vagues gigantesques exploser contre le dôme en gerbes d'écume hautes comme des buildings, les nuages grands comme des montagnes se ruer en se télescopant, des objets divers se fracasser sur la paroi d'altuglass qui vibre (c'est ce grondement sourd qui résonne au creux de son ventre) ; il entend le hurlement du vent qui se déchaîne… Tandis que sous le dôme tout est calme, les lumières brillent et se reflètent dans les piscines, les lagons sont à peine frémissants de friselis, les néons et holos des enseignes dansent et clignotent comme à l'accoutumée, les passants vaquent comme si de rien n'était. En fait, c'est plutôt l'enclave qui est le film, et la réalité qui est repoussée à l'extérieur. Étrange impression.

À la réception de l'hôtel, Anthony tombe sur Franklin Rothschild, ses proches collaborateurs et Ramón Ramirez, le lauréat, tous en habits de soirée.

— Nous allons dîner au Dune, lui annonce Ramirez. Vous nous rejoignez ?

— Le temps de me changer et j'arrive. Chambre 156, dit-il à la réceptionniste qui lui remet sa carte d'entrée.

Accaparé par Rothschild et sa suite, Fuller n'a pas vu l'homme enfoncé dans un fauteuil du hall, en train d'étudier attentivement un dépliant de l'hôtel.

À peine a-t-il rejoint sa chambre et jeté veste et chemise pour aller se rafraîchir qu'on frappe à sa porte.

— Qu'est-ce que c'est ?

— Room service, monsieur. On a un cadeau pour vous, qu'on a oublié de vous remettre à la réception.

— Un cadeau ? De la part de qui ?

— Heu… de monsieur Franklin Rothschild, monsieur.

— Une seconde.

Anthony se rhabille, un brin étonné : *un cadeau de Rothschild ? Ça alors…* Il ouvre la porte, plus excité qu'intrigué. Tombe sur le Viking, le garde du corps de Fatimata Konaté, qui s'empresse de glisser un pied dans l'embrasure.

— Vous ! sursaute Fuller. Qu'est-ce que vous voulez ?

— Je vous l'ai dit, j'ai un cadeau pour vous. Je peux entrer ?

— Je n'en veux pas. Je n'ai rien à dire à votre patronne.

— Allons, monsieur Fuller, sourit Rudy avec aménité. Cessez donc de vous méfier et de vous défiler ainsi. Ma patronne, comme vous dites, ne désire rien d'autre que faire la paix avec vous. Ce cadeau est un gage de bonne volonté.

Il lui montre un paquet assez volumineux, emballé dans du papier de soie et entouré d'un ruban doré.

— Qu'est-ce que c'est ? Une bombe ?

Rudy prend un air navré.

— Monsieur Fuller, vous croyez que j'aurais pu parvenir jusqu'ici avec une bombe? Les gens sont parfois bienveillants, vous savez. C'est précisément le cas de madame Konaté, qui espère vraiment vous rencontrer. (Rudy s'immisce par la porte entrouverte.) Jetez-y au moins un coup d'œil. S'il ne vous plaît pas, vous me le rendez et on en reste là. D'accord?

— Bon, mais faites vite. J'ai rendez-vous.

Fuller s'efface à contrecœur. Rudy dépose le cadeau sur la table du salon, garnie d'un gros bouquet de fleurs exotiques au lourd parfum. Puis s'écarte.

Anthony lui jette un regard soupçonneux, ne trouve pas d'argument à lui opposer. Il ôte le ruban, déchire le papier de soie – il y en a plusieurs couches…

Le masque d'hyène le fixe de ses yeux vides et fous.

Un étrange malaise envahit Fuller. Une boule d'angoisse prend naissance dans ses tripes, comme s'il se trouvait au bord instable d'un précipice vertigineux. En même temps, il perçoit nettement, au creux de son oreille, une espèce de ricanement évoquant celui qu'émet parfois Tony Junior. Il tourne la tête vers Rudy qui lui sourit benoîtement. Revient au masque, fasciné par sa hideur.

— Prenez-le, suggère Rudy. Touchez la patine extraordinaire de ce bois. Ce masque est très ancien: plus de cinq siècles… C'est un cadeau inestimable.

Malgré lui, Anthony obéit, empoigne le masque… Il ne peut plus en détacher son regard. Le ricanement retentit de nouveau, plus fort. Non, ce n'est pas un ricanement: c'est un cri, un cri animal. Un cri d'hyène ! Une terreur viscérale s'empare de lui. Il voudrait lâcher cette horreur, fuir hors de la chambre, mais il est paralysé, cloué sur place. Ses yeux exorbités fixent la figure peinte de motifs noirs, rouges et jaunes... qui se mettent à danser devant lui, brouillent la forme du masque... lequel a maintenant le visage de Wilbur. C'est la tête coupée de son fils décédé qu'il tient entre ses mains. Livide, exsangue, les traits tirés, comme il était au jour de sa mort. Ses paupières fripées se soulèvent sur des yeux jaunes injectés de sang. L'épouvante se répand dans l'esprit d'Anthony comme une lave brûlante, annihilant toute pensée, toute volonté.

Le masque Wilbur ricane de nouveau – une hyène ? Non : c'est Tony Junior, qui lui dit d'une voix sans timbre :

— Tu vas mourir, papa.

Chapitre 10

LA PATRIE OU LA MORT

Le cyclone Zoé qui a déferlé sur les Bahamas dans la nuit du 21 au 22 décembre, prélevant son lot habituel de morts et de blessés, n'a pas empêché la remise du prix de l'entreprise responsable de l'année qui a brillamment clôturé le 5ᵉ Forum éconogique de Nassau. Décerné par la fondation Rothschild, ce prix a été attribué cette année à l'ONG Deep Forest, à qui l'on doit le reboisement d'une partie de l'Amazonie. Par ailleurs, ce forum a permis d'aborder maints sujets en rapport avec l'environnement ou le climat par des entreprises de plus en plus conscientes de leurs responsabilités, car elles jouent les premiers rôles sur l'échiquier politico-économique mondial et contribuent à construire le monde de demain.

Ainsi, par exemple, a été avancée l'idée de créer une taxe « sur le vent et le soleil », autrement dit sur les éoliennes et les capteurs solaires domestiques, dans le louable but de financer les études de rentabilité. Les unités de production de plus de 20 Mw en seraient dispensées, au titre de leur contribution à la fourniture d'énergie publique.

Un autre projet qui a retenu l'attention serait de décréter le pôle Nord « réserve mondiale d'eau douce » et d'instaurer des quotas d'exploitation de la glace, basés sur la consommation d'eau actuelle de chaque pays, ceci afin d'éviter les foires d'empoigne comme celle qui s'est déroulée récemment autour de l'iceberg détaché d'un glacier islandais. Au besoin, les quelques Inuits qui vivent encore au pôle Nord seraient déplacés.

L'enclave sous dôme de Nassau constitue une réelle avancée en termes de confort et de sécurité, les responsables ont pu le vérifier *in situ* lors du passage du cyclone Zoé : si l'île de Nouvelle-Providence a été en partie dévastée, le dôme, lui, n'a pas bronché. Il est prévu d'étendre cette expérience à d'autres enclaves d'une importance stratégique au niveau économique ou relevant du patrimoine de l'humanité, telles Hong-Kong, Genève, Honolulu ou Washington...

Par ailleurs on s'interroge toujours sur l'étrange disparition de M. Anthony Fuller, P.-D.G. du consortium *ww Resourcing*. L'hypothèse d'un enlèvement paraît peu probable, les agences de sécurité locales sont formelles sur ce point. Disposant de son propre avion, M. Fuller a pu se rendre n'importe où. Une enquête est en cours, toutefois M. Franklin Rothschild, directeur du forum, nous a fait part de son inquiétude concernant l'état de santé du P.-D.G. : « Il a pu aller se faire soigner quelque part et ne veut pas que cela se sache », a-t-il avancé. Bien entendu, nous vous tiendrons au courant de l'évolution de l'enquête. Gardez le contact sur Fortune.net, et n'oubliez pas de l'ajouter à vos favoris !

UN AMOUR PERDU

... Je veux sortir le pays de l'obscurantisme à la
fois religieux, économique et historique. Religieux,
car ni Dieu, ni Allah, ni les génies ou les mânes des
ancêtres ne guideront notre destinée, qui sera bâtie
uniquement par des hommes et des femmes de
bonne volonté. Économique, car nous ne dépen-
drons pas plus des diktats de l'Occident que de ceux
des chefs de la terre locaux pour savoir ce que nous
devrons planter pour nous nourrir. Historique, car
nous ne permettrons plus que des dictateurs ou des
banquiers occidentaux décident de notre politique...

Extrait du discours de Fatimata Konaté lors
de son élection à la présidence, 25 mars 2028.

— Abou, tu dois être prêt ce soir. Car tu vas assister à un cercle de bangré.

— Tu m'en as souvent parlé, mamie, mais tu ne
m'as jamais dit ce qu'il s'y passait vraiment.

— C'est la sortie des masques.

— Ah...

Abou est presque déçu. Il a déjà assisté à des
danses de masques : quoique impressionnantes, il

les considérait comme des spectacles folkloriques un peu désuets, des traditions maintenues par les anciens, voire des attractions pour touristes (sans touristes). Mais c'était avant son apprentissage… Certainement, avec Hadé, cela revêtira une tout autre signification.

— Ce ne sera pas comme invoquer la pluie ou espérer de bonnes récoltes. Ce soir, nous allons sortir les masques *soukou*, les masques noirs. Ce sera une danse de vision et de pouvoir.

— Pour quoi faire ?

— Tu as oublié déjà ? Ton ami Rudy aura remis le masque-hyène à Fuller. Si nous ne voyons pas ce qui se passe, si nous ne maîtrisons pas les forces, ce masque très puissant le dévorera. Nous ne voulons pas cela, n'est-ce pas ?

— Moi aussi, je porterai un masque ? appréhende Abou.

— Non, tu n'es pas encore assez fort. Tu regarderas seulement. Ou plutôt tu *verras*…

— Est-ce que je devrai respirer la fumée du fétiche ?

— Si tu es ouvert au bangré, ce ne sera pas utile. En revanche, tu auras besoin de toute ton énergie. C'est pourquoi il faut bien te reposer avant. Allonge-toi sur cette natte et dors.

Abou doute de pouvoir s'endormir, avec ces faciès grimaçants qui le regardent, accrochés aux murs et solives de la case, et surtout avec l'anxiété qui le ronge. Car il a appris, en arrivant chez Hadé, la raison de ce déploiement militaire à Kongoussi, de l'attaque de la garnison, de l'arrestation de Laurie et du maire : un coup d'État ! Le général Kawongolo a lâchement profité de l'absence de sa mère pour s'emparer du pouvoir.

— Mais ce n'est pas lui le vrai responsable, a révélé Hadé. Ce sont des gens à la solde de Fuller.

Abou ne lui a pas demandé comment elle le savait : elle *sait*, c'est normal. Et Laurie ? Est-elle en vie ? Que lui a-t-on fait ?

— Oui, elle est vivante. Ainsi que ton frère, s'il t'intéresse, a sèchement répliqué sa grand-mère.

Elle n'a pas pu ou voulu lui en dire davantage. Sans doute croupissent-ils au fond d'une cellule, a supposé Abou, frémissant d'angoisse et de colère à l'idée qu'on ait pu porter la main sur Laurie. Un peu honteux de ne pas s'être d'abord inquiété de sa famille, il n'a plus rien osé lui demander.

C'est Hadé qui est revenue à la charge un peu plus tard, après un riz-sauce fort bienvenu apporté par Bana :

— Fils, demain matin tu partiras à Bamako, chez ton père. Il ne faut pas que les soldats de Kawongolo te trouvent ici. De là-bas, tu avertiras ta mère, si elle n'est pas déjà au courant. C'est à Bamako que son avion atterrira. Tu vas l'accueillir et préparer la résistance. Si tu le peux, essaie de parler au président du Mali, mets-le au courant de la situation. Ton père t'aidera pour cette démarche.

Son père… Cela fait plus d'un an qu'Abou ne l'a pas vu. En fait, depuis qu'il a divorcé d'avec sa mère, il est parti au Mali occuper un poste élevé au sein de la BAD, la Banque africaine de développement. Un an de présidence de Fatimata a fini de rompre leur relation déjà fort distendue…

Ils se sont connus à la fin des années 2000, lors de cette période d'euphorie politique où le petit Burkina Faso croyait pouvoir tenir tête aux grands prédateurs occidentaux, Banque mondiale et FMI en tête. Il a porté au pouvoir Alpha Konaté, le père de

Fatimata, fondateur du parti Pour le renouveau du Burkina (PRB), chantre de l'altermondialisme, de l'économie durable et de la préservation des ressources. Dans son orbite gravitaient deux frères, Amadou et Adama Diallo, fervents disciples promis à une brillante carrière politique. La jeune et fougueuse Fatimata a couché avec les deux, mais c'est Amadou qui lui a fait un fils, Moussa, en 2008. Nommée l'année suivante (à 21 ans !) ministre à la Condition féminine du gouvernement de « reconstruction nationale » de son père, elle a dû régulariser sa situation : une fille-mère ministre, c'était très mal vu des milieux traditionnels, sur le soutien desquels Alpha comptait beaucoup. Fatimata a donc épousé Amadou...

Or c'était d'Adama qu'elle était secrètement amoureuse ; elle s'en est rendu compte plus tard – trop tard –, lors du putsch militaire de 2011 où son père a été tué et Adama jeté en prison. Il y a croupi douze ans, douze années noires de dictature militaire incompétente, à la solde de consortiums *ww* qui ont saigné le pays à blanc et s'en sont servis de poubelle pour leurs déchets. (Certaines zones dans le Nord, aux alentours de Markoy et Gorom-Gorom, sont polluées pour des siècles : quand l'harmattan souffle de là-bas, il charrie encore des particules radioactives.)

Pendant ces années sombres, Fatimata et Amadou, en exil au Mali, ont eu un autre garçon – Abou, né en 2012 – et, surtout, ont fait de la résistance active. Fatimata a remué ciel et terre pour obtenir la libération d'Adama tandis qu'Amadou, déjà dans la finance, créait la Coogeab (Coopérative de gestion agricole du Burkina), une société de microcrédit venant en aide aux paysans démunis de tout. En 22, quand les militaires au pouvoir ont réalisé que les consortiums *ww* qui les soutenaient et les finançaient avaient disparu, avalés par le «dragon chinois», ils n'ont pas tenu longtemps : chauffé par Fatimata et le PRB, le peuple les a renversés et a libéré les prisonniers politiques, dont Adama Diallo, porté triomphalement à la présidence l'année suivante. La prison l'avait usé et durci, mais n'avait pas entamé ses convictions politiques : il a repris les idées et directives de feu Alpha Konaté et nommé sa fille Premier ministre. Fatimata s'est alors avoué qu'elle l'aimait toujours. À ce moment-là, elle aurait dû divorcer et l'épouser. Elle ne l'a pas fait : ses proches et le qu'en-dira-t-on l'en ont dissuadée. Et lui, l'aimait-il? Elle ne l'a jamais su vraiment. Tout son amour était voué à «son» pays, «son» peuple, «sa» terre. En outre, Dioula d'origine, il s'est pris de passion pour la société peule et sa très riche mythologie...

Entre Amadou et Fatimata, rien n'allait plus : l'exercice du pouvoir pour elle, la direction de la Coogeab pour lui – et la présence quotidienne d'Adama entre les deux – les ont éloignés inexorablement. En 2028, au terme de son mandat de cinq ans, Adama s'est retiré. Fatimata a été élue, et son amour secret est parti s'exiler dans le désert chez les Peuls... Où est-il maintenant, que fait-il? Élève-t-il un troupeau? Cultive-t-il les jardins d'une oasis? Est-il en vie seulement? Elle l'ignore. Peut-être son frère le sait-il, mais il ne lui dit rien.

L'année dernière, Amadou s'est vu proposer le poste de directeur adjoint de la BAD, avec le salaire et les avantages associés, sans commune mesure avec le peu que lui rapportait la Coogeab. Fatimata l'a pris comme une trahison : le frère d'Adama, le disciple du grand Alpha Konaté, rejoignait le camp des capitalistes ! Africains certes, mais capitalistes tout de même. En suspens depuis trop longtemps, le divorce a été prononcé – tant pis pour les traditions et le qu'en-dira-t-on. Amadou est parti au Mali vivre sa vie de nouveau riche, Fatimata est restée seule avec ses convictions, un pays exsangue à gouverner, et le souvenir d'un amour perdu... Elle a confié son histoire à Abou un soir de déprime et de découragement. Son fils n'a pu que compatir : il n'allait quand même pas partir dans le désert à la recherche de son oncle, pour lui dire « Reviens, maman t'aime » ?

Il y songe à nouveau, allongé sur la natte dans la case odorante d'Hadé, curieusement fraîche malgré la chaleur de four à l'extérieur. Comment réagira sa mère à l'annonce du coup d'État ? Va-t-elle se battre comme une lionne, reprendre la situation en main ? Ou sombrer dans la dépression ? Et son oncle Adama ? Va-t-il réagir aussi, revenir du désert ? Ou est-ce reparti, comme en 2011, pour des années d'une dictature inique ? Au moins ces questions, dont il cerne l'ampleur dramatique, l'éloignent de son petit problème personnel : cet amour naissant étouffé dans l'œuf par les militaires. À croire que c'est une malédiction familiale... Et contre toute attente Abou s'endort...

Il vole. Il vole au-dessus de flots sombres et houleux, sous un ciel piqueté d'étoiles. Il se déplace vite, très vite. Sous lui les vagues se succèdent, s'évanouissent à l'horizon. Il aborde un archipel, de longues îles au ras des flots. L'une d'elles brille comme un joyau, on dirait une perle posée au bord de la mer... C'est un dôme. Un dôme translucide, sous lequel scintille une galaxie de lumières... Des immeubles. D'immenses buildings, des villas, des bungalows, des piscines éclairées, des rues ruisselantes de néons, des parcs semés de photophores : une ville. Il passe à travers le dôme, atteint l'un des immeubles, un hôtel au bord de l'océan. Le voilà à l'intérieur : un couloir, une chambre... Fuller est là, dans cette chambre. Il est assis dans un fauteuil, hébété. Face à lui se tient une hyène qui le scrute de ses yeux jaunes. Fuller ne peut en détacher son regard. L'hyène sourit – non, elle ricane : « Hin hin hin. » Elle n'a pas figure d'hyène, plutôt un visage de nain ou d'enfant, gris, flétri, ratatiné, dévoré par d'immenses yeux brasillants. L'enfant scrute Fuller et se contente de ricaner, hin hin hin, comme s'il savourait une mauvaise blague ou une obscure vengeance. Soudain, l'enfant-hyène lève la tête et le voit collé au plafond. Il ne sourit plus. Son regard est flamboyant de haine.

Abou s'éveille en sursaut, trempé de sueur, cœur battant. Penchée sur lui, Hadé lui sourit.

— C'est très bien, fils. Tu seras prêt, ce soir, à affronter le monde invisible.

HAINE-HYÈNE

> Le masque n'est jamais exactement ce à quoi il
> ressemble. [...] Tous les masques sont l'émanation
> d'un être spirituel qui ne possède par définition
> aucune forme précise.
>
> G. Le Moal.

Abou et Hadé quittent la concession au crépuscule. Ils marchent longtemps, d'abord sur une route
bitumée puis sur des chemins de moins en moins
tracés, pour finalement déambuler, sans autre point
de repère que la lune ronde, parmi cette savane
moribonde, ensablée, prémices du désert à venir.
Hadé sait parfaitement où elle va et avance d'un
pas tranquille, mais Abou, lui, n'a jamais marché
de nuit dans la brousse. Chargé d'un grand sac ren-
fermant le costume de cérémonie, les accessoires et
le masque d'Hadé (un *karinga* à tête vaguement
humanoïde, dont la lame de bois peinte et sculptée
de signes ésotériques dépasse largement du sac),
Abou trébuche souvent, craint de poser le pied sur
un serpent, un scorpion ou un trou de mygale, sursaute à l'envol froufroutant d'oiseaux nocturnes ou

aux cris étranges qui résonnent de loin en loin dans la savane… Hadé ne l'inquiète ni ne le rassure : elle se tait et lui intime silence.

Au bout de cette marche effrayante et interminable, ils parviennent au milieu de nulle part à ce qu'il semble – en fait un lieu chargé de pouvoir, délimité par trois arbres en triangle, bien vivants : un baobab, un fromager et un caïlcédrat, tous trois hautement symboliques (sagesse, esprit, purification). Il n'y a personne. Hadé ordonne à Abou d'attendre là, devant l'arbre qu'il préfère, et surtout de ne pas bouger. Puis elle s'évanouit dans l'obscurité.

Abou s'assied au pied du caïlcédrat et attend, les yeux levés vers la lune, dans le silence peuplé de la nuit. Il attend longtemps, très longtemps… Il se demande ce qu'il fait là, pourquoi c'est si long, où est Hadé, où sont les autres ? Il attend, essaie de réfléchir à sa situation présente et à venir, à son voyage au Mali, mais il est obsédé par ce rêve qu'il a eu chez Hadé : ce masque d'hyène, ce visage de haine qu'il a déjà vu dans le bangré. En quoi sont-ils liés ? Que doit-il en penser ? Sa grand-mère lui expliquera… Il attend, commence à prendre peur : car des voiles noirs passent devant la lune, étirent des ombres bizarres sur le sol nu ; car les cris étranges s'approchent, accompagnés de mouvements furtifs entr'aperçus au loin entre les arbres… Des animaux ? Quelles sortes d'animaux rôdent la nuit dans la brousse ? Il n'y a plus de lions ni de panthères au Burkina, lui a dit sa mère quand il était gosse ; quelques éléphants survivent tant bien que mal dans des parcs, et les derniers crocodiles sacrés se meurent dans leurs marigots réduits à des flaques… Il attend, l'affolement le gagne, mais il ne peut se lever, ses jambes ne le portent plus. Les cris étranges – ni animaux, ni humains – s'approchent encore, les mouvements se font de plus en plus vifs entre les arbres. Abou croit discerner des formes sans parvenir à les distinguer ; lorsque les linceuls de nuit masquent la lune, il entrevoit des lueurs tels des yeux brasillants... Il transpire une sueur glacée, son cœur cogne dans sa poitrine, cogne à un rythme effréné, qui ne vient pas de lui-même mais de partout à la fois, de mille tambours accourant à lui du fond de la savane. *Les zindamba, les génies !* panique Abou, qui ne peut ni bouger, ni crier, juste *voir* – il est paralysé.

À présent les cris d'outre-monde tourbillonnent autour de lui, les formes floues courent/volent d'un arbre à l'autre et tout à coup *ils* sont là, dans le triangle sacré – les génies ! Bêtes fantastiques, gueules aux crocs pointus, figures aux yeux globuleux, êtres démoniaques, mi-humains mi-animaux, tous virevoltent en une sarabande infernale sur une pulsation issue du cœur de la terre – corps de fibres lumineuses, fous et flous, sautent et voltent et tourbillonnent, des faces hideuses se tendent vers Abou, crocs/cornes/becs en avant, des regards hallucinés le transpercent et le carbonisent, il se consume de l'intérieur, n'est plus que terreur et douleur – soudain il se dédouble et il *voit*.

Son corps est recroquevillé au pied du caïlcédrat dont les racines et le tronc absorbent tout ce qu'il y a de lourd, méchant, négatif, terre à terre en lui, tout ce qui le cloue au sol, aux routines, aux mauvaises habitudes, aux pensées étroites et mesquines. Lui, Abou l'initié, plane au-dessus, virevolte à son tour parmi les branchages, au sein des linceuls de nuit... Cette danse échevelée des *zindamba*, il la comprend à présent : ce n'est pas une danse, c'est un combat. Ils ont cerné l'esprit haine-hyène et le maintiennent à l'intérieur de leur *cercle*. L'esprit se débat, il veut s'échapper, il projette ses lianes de mort à droite, à gauche, devant, derrière, mais tous le repoussent, à la rescousse, secousses, secours, concours de forces *positives*, fibres vitales contre fièvre létale, ils pulsent au rythme chtonien et maintiennent la haine-hyène, la maintiennent dans le cercle, encore et encore, jusqu'à ce qu'elle s'affaisse, se soumette, accepte, tête basse et bave aux lèvres. Alors les *zindamba* se redressent et s'embrassent, dansent leur victoire... *ATTENTION!* crie l'âme délivrée d'Abou planant dans les arbres. Soudain l'hyène bondit, un bond prodigieux par-dessus le cercle, saisit un linceul de nuit et s'enfuit dans les ténèbres. On entend son ricanement lointain, en écho dans la savane : hin hin hin... hin hin hin... hin hin hin...

Abou réintègre brutalement son corps, les ténèbres l'engloutissent à son tour.

Il ne sait combien de temps il est demeuré inconscient : quand il ouvre brusquement les yeux, la peur crépitant encore au fond de ses prunelles, la savane est vide et silencieuse, la lune est descendue derrière les arbres morts. À ses côtés, adossée au tronc du caïlcédrat, Hadé chantonne d'une voix douce et grave une très ancienne mélopée, dans une langue qu'il ne connaît pas.

— Mamie ? C'est bien toi ?

Elle se penche vers lui, un doigt sur ses lèvres : *chut*... Ses yeux brillent dans la pénombre, mais ses traits sont tirés. Elle demande à son petit-fils en chuchotant :

— Peux-tu marcher ?

Abou remue ses jambes : oui, il les sent. Il se lève : elles le soutiennent. Il acquiesce d'un signe de tête, adresse à son tour un regard interrogateur à sa grand-mère : *Et toi ?*

Hadé sourit, se lève à son tour, prend le chemin du retour. Abou hisse le gros sac sur son dos et la suit. Il est long, très long, le chemin du retour. Abou a mal aux pieds, il est très fatigué, mais il n'a plus peur du serpent, du scorpion ou de la mygale : après ce qu'il a vu, que peuvent lui faire ces bêtes insignifiantes ?

Ce n'est que parvenu dans les faubourgs de Ouahigouya qu'il ose reprendre la parole :

— Mamie, est-ce que vous avez réussi, toi et les tiens ? Est-ce que vous êtes parvenus à maîtriser le masque-hyène de Fuller ?

Il ne doute pas à présent d'avoir effectivement assisté à une danse de masques, à un cercle de bangré. Mais pas avec son regard ordinaire : il a vu ce qui se cache derrière les apparences, il a affronté le monde invisible.

— Oui, opine Hadé avec un soupir. Fuller lui survivra. Or une autre force le manipule... que tu connais déjà, fils. Tu l'as même vue nous échapper...

— Le visage de la haine.

— Oui... C'est un nom qui lui va bien.

À la concession ils sont accueillis par Bana et Magéné, portant des lampes et très anxieuses.

— Grâce à Wendé, vous êtes de retour ! s'écrie Magéné.

— On craignait que les militaires vous aient trouvés, dit Bana.

— Quels militaires ? demande Abou.

— Des soldats sont venus en votre absence, explique Bana. Je leur ai raconté qu'Hadé était partie soigner quelqu'un, mais c'était toi qu'ils cherchaient, Abou. J'ai dit que j'ignorais où tu étais, pas ici en tout cas.

Le scooter de Félicité! Abou scrute la cour obscure, vers le mur le long duquel il l'avait garé. Magéné devine la direction de son regard :

— J'ai caché ton moteur dans l'arrière-cour. Ils n'ont pas osé entrer pour fouiller… On aurait dit qu'ils avaient peur.

— Ils pouvaient, opine Hadé. Bon, allons nous coucher maintenant.

— Et s'ils revenaient, mamie? s'inquiète Abou. Tu ne crois pas que je devrais partir tout de suite?

— Non, ils ne reviendront pas. Tu as besoin de reprendre des forces. Tu partiras demain matin.

ZOMBIE

Boeing Business Jet BBJ 3-A
Vitesse de croisière : Mach 2 (2 100 km/h)
Plafond : 41 000 ft (12 500 m)
Autonomie : 13 800 km
Distance au décollage : 1 200 m
Distance à l'atterrissage : 800 m
Dimensions hors tout : longueur 32,4 m, hauteur
10,7 m, envergure 34,3 m, surface alaire 1 111,3 m²
Surface passagers utile : 78,6 m²
Nombre de places : jusqu'à 50
Équipement intérieur : selon client (toutes options
possibles, voir catalogue)
Motorisation : 2 turboréacteurs à double flux et
postcombustion General Electric/Cathay Dynamics
CFM 72-8 de 400 kN de poussée chacun
Constructeur : Boeing (@ Resourcing)
Mise en service : juin 2018

Rudy observe longuement Fuller qui a blêmi,
transpiré, dont les yeux se sont écarquillés et la
bouche a béé de terreur, sans pour autant lâcher le
masque-hyène. Maintenant, son regard est rivé aux
yeux ronds cernés de jaune du faciès bestial, comme

hypnotisé par ces trous noirs sans fond, tourbillonnant vers il ne sait quels abysses infernaux. Rudy aimerait bien posséder ne serait-ce qu'une parcelle du don de voyance d'Abou, afin de savoir ce qui se passe vraiment entre Fuller et ce morceau de bois sculpté. Hadé ne lui a fourni aucune instruction précise : Fuller doit-il porter ce masque ? Si oui, à quel moment ? Combien de temps ? Le masque agit-il aussi à distance ? Ou bien sa « victime » ne doit-elle jamais le lâcher ? C'est là où réside la plus grande part d'incertitude de son plan : Rudy veut emmener Fuller au Burkina par son vol de retour Nassau-Dakar-Bamako prévu pour après-demain matin. Comment faire, si Fuller doit tenir ou porter ce masque en permanence ? Ou s'il est hypnotisé au point de s'avérer incapable de répondre à des questions simples ? Ou si, au contraire, l'envoûtement ne dure qu'un temps et qu'il recouvre trop tôt sa lucidité ?

Rudy décide de faire un essai à tout hasard :

— Monsieur Fuller, vous m'entendez ?

Celui-ci hoche lentement la tête, sans détourner son regard.

— Coiffez ce masque à présent. Plaquez-le sur votre visage.

Anthony obéit, à gestes lents, hésitants. Rudy fixe sur sa nuque la bride de cuir craquelé qui maintient le masque en place. Il opère avec des gestes prudents afin d'éviter de le toucher. Puis il s'écarte pour jauger l'effet produit.

Durant un moment il ne se passe rien : Fuller a juste l'air grotesque avec cette figure de bois peint sur sa tête, ces gros yeux ronds, ces crocs saillants, cette crinière hérissée comme un balai-brosse… Soudain Anthony pousse un long cri d'horreur, porte les mains au masque comme s'il essayait vainement de l'arracher. Il râle de souffrance, se tord en tous sens, roule sur le tapis. Rudy se précipite sur lui, tente de défaire la bride, n'y arrive pas tant Fuller s'agite, finit par l'arracher. Le masque tombe au sol.

Les traits d'Anthony forment un masque aussi – de pure panique. Livide, les yeux exorbités, les lèvres tremblantes, la joue en sang. Rudy étudie la plaie : il y distingue nettement des stigmates, deux trous ensanglantés.

Retournant le masque du bout du pied, il examine l'intérieur : que du bois normal, plus ou moins poli ; ni clous ni bouts de ferraille qui dépassent. D'où vient cette blessure ?

— Monsieur Fuller, vous pouvez vous lever ?

Ce dernier gît toujours sur le tapis qu'il tache de son sang, tête basse, hébété. Rudy le soulève, le conduit à la salle de bains, lave la plaie avec un gant. Fuller se laisse faire, comme en catatonie. Rudy trouve une trousse de premiers secours, pulvérise un spray cicatrisant sur la blessure, y colle un pansement puis ramène Anthony dans la chambre.

Porter le masque en permanence n'est pas une chose à faire, convient Rudy. Et ne pas le porter du tout ? Le ranger dans ses bagages ? Est-ce que ça suffirait ?

Il sort une valise de la penderie, la pose au milieu de la chambre, cherche quelque chose pour emballer le masque et le fourrer dedans. Une serviette devrait faire l'affaire... Il retourne en chercher une dans la salle de bains. Assis au bord du lit, Anthony le regarde s'activer, d'abord inexpressif, mais peu à peu ses traits se teintent d'une forme d'interrogation.

— Que... que se passe-t-il ? marmonne-t-il.

Accroupi près du masque abandonné sur le tapis,

essayant de l'emballer dans la serviette sans le toucher, Rudy lève les yeux sur Anthony dont les paupières papillotent.

— Rien, Fuller. Tenez, prenez ce masque. Il est à vous.

Rudy ramasse le masque-hyène à l'aide de la serviette et le lui tend. Fuller s'en saisit – ses pupilles s'écarquillent de nouveau : il retombe dans sa transe.

Sa remote de poignet se met à biper à plusieurs reprises. Il ne réagit pas. *Bon signe*, se dit Rudy. *Il est à ma merci.* Puis c'est au tour de l'intercom de la chambre de se manifester par une petite mélodie. Rudy décroche sans allumer l'écran.

— Oui ?... Non, monsieur Fuller est souffrant, il ne peut prendre la communication. ... Je suis son médecin personnel. ... Si, assez grave... Non, ça va, j'ai tout ce qu'il faut. ... Non, il ne veut voir personne. ... Voilà, oui, merci de les prévenir. ... Oui, merci.

Rudy coupe. *Évidemment, Fuller connaît plein de monde ici*, s'inquiète-t-il. *Il devra garder la chambre jusqu'au moment du départ. Ça va être long ! Si on pouvait partir plus tôt...*

— Fuller, vous m'entendez toujours ?

— Oui.

— Où est votre billet d'avion ?

— J'ai mon avion personnel.

Mazette ! Monsieur ne se refuse rien ! Lors du voyage aller, Rudy a étudié le dossier sur le forum que Fatimata avait reçu avec les billets, et tout particulièrement la fiche *Resourcing* : il se souvient que dans la liste longue comme le bras de ses filiales figurait Boeing, ancien fleuron de l'aéronautique américaine. Fuller ne possède pas qu'un avion, il détient une compagnie entière. En tout cas, ça va grandement faciliter les choses : Rudy peut repartir avec son otage *tout de suite*, éviter la longueur et les dangers de l'attente ainsi que maints désagréments aux douanes et aéroports... Si l'avion est un long-courrier, ils peuvent même atterrir directement à Ouagadougou, sans passer par Dakar et Bamako.

— Je suppose que ce n'est pas vous-même qui le pilotez. Vous avez un numéro où joindre le pilote ?

Fuller le lui donne. Rudy se sert de l'intercom de la chambre pour l'appeler. En goguette avec le copilote dans les casinos et salles de jeux d'Atlantis, il se montre fort étonné de ce retour d'urgence : le départ était normalement prévu pour le lendemain en fin d'après-midi... Rudy lui refait le coup du médecin personnel et de la maladie grave, mais le pilote n'y croit qu'à moitié. Il exige de parler à Fuller personnellement.

— Bon, je vous le passe, concède Rudy. Mais ne vous étonnez pas s'il paraît dans le cirage. (Il coupe le son et l'image, s'adresse à Anthony :) Je vous passe votre pilote. Tout ce que vous avez à lui dire, c'est : « Je me sens très mal et j'ai décidé de rentrer d'urgence. Soyez prêt dans une heure. » Vous avez compris ?

Fuller acquiesce d'un signe de tête. Non sans appréhension, Rudy réactive l'intercom, le lui tend. D'une voix monocorde, il répète la phrase mot pour mot. Mais c'est davantage son air hagard que ses paroles qui convainc le pilote.

— En effet, il ne va pas bien du tout, admet-il quand Rudy le reprend. Qu'est-ce qu'il lui est arrivé ?

— Une crise d'épilepsie aggravée. Sa tension est extrêmement élevée, je crains une rupture d'anévrisme. C'est pourquoi je préconise ce rapatriement d'urgence.

— Nous serons prêts, monsieur. Rendez-vous à l'aéroport dans une heure.

Biien! exulte Rudy en reposant l'intercom. Il se tourne vers Anthony qui n'a pas bougé.

— Habillez-vous, Fuller. Nous partons en voyage.

Il jette sur le lit des vêtements tirés de sa garde-robe. Tandis qu'Anthony s'habille avec des gestes lents et machinaux, Rudy boucle rapidement ses valises. À la réception de l'hôtel, l'attitude de zombie de Fuller constitue la meilleure des explications : bien sûr, monsieur, nous comprenons parfaitement, tout est réglé ne vous inquiétez pas, bon retour et bon rétablissement à monsieur Fuller…

Il ne leur faut qu'un quart d'heure pour gagner l'aéroport en taxi, sous un vent encore très fort et une pluie diluvienne, sur une route partiellement inondée, jonchée de branches et de débris. Le chauffeur est un habitué, il slalome sans se formaliser parmi les dévastations, dans la tempête post-cyclone. À l'aéroport, Rudy apprend que tous les vols sont annulés jusqu'au lendemain matin. On ne rigole pas avec la sécurité des VIP : même une traîne de cyclone peut être dangereuse. Rudy répète l'histoire de la maladie grave et du rapatriement d'urgence ; on en réfère aux supérieurs hiérarchiques, l'affaire remonte jusqu'au directeur de l'aéroport, rentré chez lui dans l'enclave, qui refuse de s'engager :

— Si monsieur Fuller nous signe une décharge stipulant qu'il décolle à ses risques et périls et sous son entière responsabilité, nous le laisserons partir. Tant pis pour lui s'il s'abîme en mer, il est prévenu des risques. Est-ce bien clair ?

Rudy acquiesce, on rédige la décharge. Il est en train de la faire signer par Fuller quand le pilote et le copilote se pointent à l'aéroport. Ce sont deux solides Texans coiffés de Stetson, américains jusqu'au bout des ongles. Ils saluent leur patron, qui ne leur répond pas.

— Ça va, boss ? Vous tiendrez le coup ? s'enquiert le pilote.

Fuller acquiesce d'un bref signe de tête, les yeux fixés sur son masque.

— Pourquoi ne lâche-t-il pas ce truc ? demande le copilote à Rudy.

— C'est fréquent dans les cas d'épilepsie aggravée comme le sien, explique celui-ci d'un ton doctoral. On s'accroche à la vie comme on le peut : n'importe quel objet fait office de bouée de sauvetage, pour ainsi dire. Si vous lui retirez, il peut tomber raide sur le carrelage…

— Ah ouais ? J'ai jamais vu ça, doute le copilote.

— Tu sais, avec tous ces médics qu'il avale, ça m'étonne pas qu'il ait fini par péter une pile, confie à mi-voix le pilote à son collègue.

Rudy enregistre l'information et saisit la balle au bond :

— Précisément. C'est à cause de ces… doses excessives de médicaments qu'il risque la rupture d'anévrisme. Bon, vous êtes prêts, les gars ?

— Autant qu'on peut l'être, affirme le copilote.

— Avec cette tempête, ça va pas être de la tarte, suppute le pilote. Mais on en a vu d'autres, hein Hank ?

— Sûr, Bill. On a l'autorisation de décoller, au moins ?

Hank se tourne vers le chef aiguilleur, qui attend la décharge que Fuller vient de signer. Rudy la lui donne.

— Maintenant, vous l'avez. À vos risques et périls, précise-t-il.

Ils franchissent les douanes et contrôles déserts à cette heure avancée de la nuit, traversent à pied le tarmac battu par la pluie jusqu'au pad où est garé l'avion de Fuller, un Boeing Business Jet 3-A à l'empennage vert printemps, portant le logo *Resourcing* en immenses lettres émeraude sur ses flancs.

L'intérieur est d'un luxe inouï : tables en teck, profonds fauteuils en cuir, une cuisine en marbre et cuivre, une chambre à coucher aux tapis de cachemire assortie d'une salle de bains, un équipement domotique complet, avec écran holo géant et système ambionique, un poste de travail muni de toute la connectique imaginable et d'un Quantum Physics tactile haut de gamme... Tandis que pilote et copilote procèdent au check-up de l'avion – tout est O.K., tous les contrôles sont verts, les réservoirs aux trois quarts pleins –, Rudy réfléchit intensément : sans arme, comment obliger Hank et Bill à mettre le cap sur le Burkina ?

L'idée lui vient tandis que l'appareil gagne la piste de décollage et commence à accélérer : au début du siècle, des pirates islamiques n'avaient-ils pas détourné quatre avions de ligne américains et obligé deux d'entre eux à s'écraser sur les tours du World Trade Center, armés seulement de couteaux et de cutters ? Il va sûrement en trouver à la cuisine. En fait, il possède bien une arme... du moins si les pilotes tiennent à leur patron.

Le Boeing décolle puissamment en rugissant, ses réacteurs à plein régime, et grimpe en large vrille vers son altitude de croisière, fortement secoué par les turbulences. Les pilotes, chevronnés, jouent habilement avec les courants violents que traîne le cyclone dans son sillage. Malgré tout, Rudy est bousculé, trébuche, s'accroche, peine à gagner la cuisine et à fouiller parmi les ustensiles, tous bien arrimés. Il déniche un couteau à découper la viande, long, fin et très tranchant. Il le cache sous son blouson et revient auprès de Fuller affalé dans un fauteuil du salon, le masque sur ses genoux.

Rudy attend que l'avion ait atteint son plafond de vol, loin au-dessus des turbulences, puis ordonne à Fuller :

— Remettez le masque.

Celui-ci secoue sa torpeur, lui jette un regard affolé.

— Non... Je... J'ai peur.

— J'ai dit *remettez le masque* !

Anthony le porte à son visage d'une main tremblante. Avec son couteau, Rudy coupe une ceinture de sécurité, la sangle autour du masque, la noue dans la nuque du P.-D.G. – qui se met à hurler de nouveau, se tordre par terre et griffer le tapis de ses doigts crochus.

Le copilote se pointe, alarmé.

— Que se passe-t-il ?

— Il se passe que votre patron est ensorcelé par ce masque africain qu'il a sur la figure. Donc c'est pas à Kansas City que nous allons, mais à Ouagadougou, au Burkina Faso. Il n'y a que là-bas que l'on pourra le désenvoûter.

Hank fronce les sourcils.

— C'est quoi cette histoire ?

— C'est une histoire *vraie*, Hank. Et il y a urgence. Retournez dans le cockpit dire à votre collègue qu'on change de cap.

— Vous êtes malade ! Je me doutais bien, à votre

gueule, que vous n'étiez pas médecin. Faut lui enlever ça !

Hank se penche sur Fuller qui se tortille au sol en émettant des râles rauques. Un filet de sang s'insinue dans son cou, par-dessous le masque. Rudy bondit sur Hank, lui tire la tête en arrière, appuie le couteau sur sa jugulaire.

— On obéit, Hank, et *fissa*, sinon je vous saigne tous les deux et on plonge dans l'océan. Choisis vite, mec.

— O.K., O.K., fait Hank d'une voix étranglée.

Le poussant devant lui, Rudy le ramène dans la cabine de pilotage.

— Alors, c'est quoi ces cris de cochon qu'on égor–

Bill s'interrompt, bouche bée, voyant son copilote plaqué contre Rudy, une longue lame en travers de la gorge. Rudy lui répète ce qu'il a dit à Hank.

— Regagne ta place, intime-t-il au copilote. Et pas d'entourloupe, vous deux : je reste ici et vous surveille. Si je vous entends dire quelque chose de pas clair dans vos micros ou si je sens que l'avion change de cap, parole, je vous tue. J'ai rien à perdre et vous avez tout à gagner. Pigé ?

Les deux cow-boys se tassent dans leurs sièges : ils n'ont jamais vécu une situation pareille. Piloter un avion privé, c'est relativement peinard... On n'est soumis qu'aux caprices du patron.

— Il faut quand même qu'on notifie le changement de cap, et qu'on avertisse l'aéroport de... comment vous avez dit ? ose timidement Hank.

— Vous notifiez rien du tout ! Fuller n'est pas le président des États-Unis, on va pas vous envoyer des chasseurs au cul. Pour l'aéroport, O.K., c'est normal. Ouagadougou, au Burkina Faso. C'est en Afrique. Vous captez ?

749

— En *Afrique*? s'inquiète Bill. Je suis pas sûr qu'on aura assez de carburant...

— Je vous ai entendus checker l'avion tout à l'heure : les réservoirs sont pleins aux trois quarts.

— Justement...

— Bill, réplique Rudy avec une patience contenue. Il y a tout ce qu'il faut pour se connecter, là à côté. Je vais sur le site de Boeing, je demande BBJ 3-A et j'ai toutes les caractéristiques de l'avion, dont la capacité des réservoirs, sa consommation et son autonomie. Tu veux me raconter des salades ?

— O.K., soupire Hank. On a dix mille kilomètres d'autonomie.

— Ça suffira largement. Alors, t'appelles Ouagadougou ?

Hank s'exécute. Pas de réponse. Réitère. Silence.

— L'aéroport ne répond pas, informe-t-il sur un ton d'espoir.

— Essaie encore.

« Aéroport de Ouagadougou, BF. Identifiez-vous. »

— Ah, tu vois, sourit Rudy.

— Vol privé 107-4, BBJ 3-A, en provenance de Nassau, Bahamas. On sollicite un atterrissage non prévu dans... environ quatre heures.

« Vous ne pouvez pas atterrir à Ouagadougou. »

— Pourquoi ?

« Parce que... l'aéroport est fermé. »

— Pour quelle raison ?

Un silence. Puis une autre voix, sèche, autoritaire :

« Qui êtes-vous ? Pourquoi voulez-vous atterrir à Ouagadougou ? »

Hank se tourne vers Rudy, alarmé.

— Je lui réponds quoi ?

— Dis-lui qu'il n'a pas à le savoir, le numéro du

vol lui suffit, qu'il faut une putain de bonne raison pour fermer un aéroport international, et que s'il ne fournit pas cette raison on va en référer à l'IATA, et ça va chauffer pour son grade.

Hank répète les paroles de Rudy. Ça ne produit pas l'effet escompté :

« Si vous atterrissez ici, vous serez accueillis à coups de canon. Terminé. »

Ça c'est la meilleure, s'inquiète Rudy. *Qu'est-ce qui se passe au Burkina ?*

Il retourne au salon, relève brutalement Fuller qui vagit sur la moquette, lui arrache son masque. Il tressaille à ce contact : durant le bref instant qu'il le tient, il ressent à la fois un profond dégoût (comme s'il empoignait une charogne répugnante), une puanteur associée (toute psychologique) et surtout un effroi sans nom ni motif, une peur primitive issue du fond des âges... *Rude expérience pour Fuller*, convient-il. *Mais il l'a bien méritée.*

Le bas de son visage est en sang. De nouveaux stigmates sont apparus sur son menton, son nez, ses lèvres, qui ressemblent étrangement à... des morsures.

Cependant Rudy est trop en colère pour se laisser impressionner. Il empoigne Anthony par le col de sa chemise, lui crie à la figure :

— Qu'est-ce t'as fait au Burkina, Fuller ? Qu'est-ce qui se passe là-bas ?

— Un... coup d'État... mâchonne-t-il entre ses lèvres déchirées.

— *Enculé !*

Rudy lui assène un coup de poing furieux sur la tempe, qui étale Anthony sur un canapé. Il se rue de nouveau dans le cockpit.

— Hank ! Tu rappelles Ouaga. Tu dis à ces enfoi-rés que Fuller est dans l'avion. S'ils veulent garder leur commanditaire vivant, ils ont intérêt à ranger leurs canons et à dérouler le tapis rouge.

TERRORISME

> Le mensonge peut courir un an, la vérité le
> rattrape en un jour.
>
> Proverbe haoussa.

— Bonsoir, madame Konaté.

— Rudy ! Où êtes-vous donc ? J'ai essayé de vous joindre maintes fois !

— Je suis dans un avion.

— Dans un *avion* ?

— Dans celui d'Anthony Fuller. Nous faisons route vers le Burkina.

— Comment ? Fuller a accepté de se rendre au Burkina ?

— Pas vraiment, non. Vous vous souvenez du masque ? Eh bien, ça a marché : Fuller est totalement sous mon emprise. Je l'ai kidnappé avec son propre avion.

— Rudy, vous n'avez pas accompli un acte aussi insensé !

— C'est précisément ce que je suis en train de vous dire.

— Mais c'est… c'est… Ah, je ne trouve pas mes

mots. Vous allez au-devant de gros ennuis, vous savez.

— C'est plutôt vous qui avez de gros ennuis, madame.

— Comment ça ?

— Je viens d'apprendre de la bouche même de Fuller qu'il a fomenté – ou du moins commandité – un coup d'État au Burkina.

— *Quoi ?*

— Ça vous surprend ? N'avez-vous pas été avertie, avant votre départ, de l'attitude ambiguë du général Kawongolo ? À mon avis, c'est lui qui a servi d'homme de main dans l'affaire.

— Ah… je comprends maintenant pourquoi je n'arrivais pas à joindre le palais, ni mes fils, ni Laurie… Je mettais ça sur le compte d'un dérangement des télécoms, comme ça arrive parfois. Mon Dieu ! Quelle naïve j'ai été !

— Je vous le fais pas dire. Naïve et sourde aux rumeurs.

— Dites-m'en davantage, Rudy. Je veux tout savoir.

— Je n'en sais guère plus moi-même. C'est l'attitude agressive de l'aéroport de Ouaga qui m'a mis la puce à l'oreille. J'ai interrogé Fuller, mais il ne sait pas grand-chose hormis que « ça a marché », c'est tout. Il attend le feu vert pour envoyer ses équipes investir et exploiter le forage de Kongoussi.

— C'est… c'est incroyable. Abominable. Odieux !

— Vous considérez toujours que j'ai accompli un acte insensé ?

— Eh bien, dans ces conditions, ça peut s'inscrire dans… disons une logique de guerre. Il n'empêche que légalement ça reste un acte de terrorisme envers un citoyen américain. Je crois savoir qu'aux États-Unis, c'est puni de mort.

— Et un coup d'État, c'est quoi selon vous ? C'est pas du terrorisme ?

— Si, justement. Il existe une cour internationale de justice qui juge ce genre de crimes. Je vais la saisir immédiatement…

— *(Soupir.)* Madame Konaté, je sais pas si vous captez bien la situation. Vous me parlez de légalité, de crime et de jugement, pendant que des militaires à la solde de Fuller ont *concrètement* fait main basse sur *votre* pays et sur une nappe phréatique censée assurer sa survie. C'est pas le moment d'en référer à la justice, pendant que les voleurs sont chez vous et vous pillent. Il s'agit avant tout de se *défendre*.

— Que pouvez-vous faire, seul contre tous ?

— Ne prenez pas cet air désolé, madame. Il s'avère que j'ai un argument de poids : Fuller lui-même. C'est lui le patron, d'accord ? Donc c'est lui qui paye. Or je le tiens en otage. Sur cette base, je pense qu'une négociation est possible.

— En effet. C'est une méthode qui me déplaît au plus haut point, mais…

— Mais la fin justifie les moyens. Que je détienne Fuller va déstabiliser les putchistes, au moins les ralentir le temps que vous arriviez et repreniez la situation en mains. J'ai constaté que le peuple vous était globalement fidèle, ainsi qu'une grande partie de l'armée sans doute. À mon avis ce coup d'État n'a mobilisé que de faibles troupes, juste suffisantes pour s'emparer des postes clés. Si ça se trouve, des combats ont lieu actuellement entre les insurgés et l'armée régulière… Je n'arrive à obtenir aucune info du Burkina. Ils ont bloqué tous les moyens de communication.

— Hélas! mon avion ne décolle qu'après-demain matin, et je doute qu'il y en ait un autre avant qui desserve l'Afrique de l'Ouest... Mais je vais de suite informer Omar Songho, le président du Mali, de la situation. Adama Diallo, mon prédécesseur, avait signé une alliance militaire avec le Mali, qui n'a servi à rien jusqu'ici : c'est le moment de la faire appliquer.

— Vous pensez que le Mali vous enverra des renforts?

— Je n'en sais rien. Songho ne veut pas se mobiliser contre la Côte d'Ivoire, qui pourtant assassine nos ressortissants tous les jours, parce qu'il craint un conflit régional. Mais là, la situation est toute différente. Il ne peut me refuser son aide.

— Si vous le dites... En tout cas je vous attends à Ouaga. Je garde Fuller sous le coude jusqu'à votre arrivée, avec ou sans renforts.

— Vous allez vous faire tuer, Rudy.

— Je ne crois pas, non. Pas tant que leur patron aura le couteau sous la gorge. L'argent est le nerf de la guerre, vous le savez bien.

— J'espère qu'il n'est rien arrivé de fâcheux à mes fils, qu'ils ont pu fuir ou se cacher. Ainsi que Laurie, bien sûr...

— Je l'ignore, madame. Si j'obtiens des informations, je vous les communiquerai évidemment. La connectique de l'avion échappe au black-out instauré par les putschistes. Pareillement, si vous avez des nouvelles, ne manquez pas de me les transmettre. Je vous donne le numéro de ce poste... Il doit s'afficher sur votre écran. Vous l'avez?

— Oui, je l'enregistre... Voilà.

— Bien. Je vous laisse. Je dois surveiller mon prisonnier et les pilotes de l'avion, qui ne sont pas très chauds pour faire ce détour par le Burkina.

— Je m'en doute. Bonne chance, Rudy, et...
merci.

— De rien, madame Konaté.

— Si, j'insiste. Vous n'êtes pas obligé de risquer
votre vie. Votre mission était terminée, pour ainsi
dire.

— Bah, c'est ma façon de faire de l'humanitaire.
Laurie lutte contre la misère indigne, moi contre la
richesse prédatrice. Dans les deux cas, c'est un
combat sans fin. À bientôt.

TRACAS

> Le terrorisme est parfois un préalable, le plus souvent un substitut, à la guerre. Il représente une stratégie de pression exercée contre certains États. Le but n'est ni de les vaincre ni de les conquérir, mais de les amener à adopter tel ou tel comportement. Le terrorisme est avant tout l'arme des pauvres ou des faibles.
>
> Pascal BONIFACE, *Les Guerres de demain* (2001).

Installé dans le bureau et le fauteuil de la présidente, le général Kawongolo n'est pas très à l'aise. Il ne contrôle pas totalement la situation, loin s'en faut. Une petite partie de l'armée l'a suivi dans son aventure – en fait, seulement le 1er R.I. ; le reste, officiers compris, se retranche prudemment dans ses casernes. À ses injonctions d'obtempérer, assorties de menaces telles que la cour martiale ou des représailles militaires, il a été répondu qu'on ne reconnaissait que l'autorité de la présidente et qu'on n'agirait que sous ses ordres. Peut-il donner l'assaut à ses propres troupes, comme le lui enjoint N° 1 ? Encore faudrait-il que le 1er R.I. accepte de tirer sur ses camarades, ce qui n'est pas du tout certain. Sur le plan civil, la plupart des entreprises, d'État ou privées, se sont mises en grève ou en «congé exceptionnel»; et le peuple, pas aussi apathique que le pensait N° 1, commence à renâcler: des attroupements se forment, des cris fusent – «à bas Kawongolo», «vive Fatimata», «la patrie ou la mort, nous vaincrons»… –, les blindés et camions qui sillonnent les rues sont la cible de jets de pierres. Là aussi, N° 1 préconise une répression féroce, une démonstration de force, mais le 1er R.I. répugne à molester des civils: c'est tout bonnement exclu de leur éthique de soldats formés à l'aune du gouvernement humaniste de Fatimata Konaté. Les quelques tentatives de faire disperser un attroupement ou investir une usine occupée se sont traduites par une molle intervention suivie d'une retraite hâtive et peu glorieuse. Quant à la police, il ne faut pas compter sur sa collaboration: le ministre de l'Intérieur a démissionné avec l'ensemble du Gouvernement. Kawongolo se retrouve donc seul à la tête du pays – ou plutôt d'une infime fraction du pays, limitée à la capitale et à Kongoussi –, avec N° 1, N° 2 et N° 3 comme conseillers, des Américains totalement ignorants des us, mœurs et coutumes burkinabés.

Certes, concernant l'organisation d'un coup d'État, les agents de la NSA connaissent leur affaire: lancée hier à l'aube sur des objectifs désignés par N° 1, l'offensive du 1er R.I., bénéficiant de l'effet de surprise, a été couronnée d'un franc succès. Depuis vingt-quatre heures, le palais, les principaux ministères, le prytanée militaire, l'aéroport, la poste, les télécoms, le forage de Kongoussi, bref, tous les organes vitaux de la nation sont sous contrôle. N° 2 a coupé ou brouillé tous les réseaux téléphoniques, filaires ou hertziens (seuls les téléphones-satellite directs restent hors de sa portée, mais ils sont peu nombreux au Burkina) ainsi que les stations de radio récalcitrantes. N° 3 s'est occupé des réseaux numériques, routeurs et serveurs Internet, fibres optiques de HD et 3D, télés et radios câblées, etc. Bref, à eux deux, avec leurs portables et le Quantum Physics de Fatimata, ils ont aveuglé le pays et l'ont réduit au silence. Mais Victor Kawongolo sait que ce blackout ne durera pas longtemps : les agents de la NSA réagissent en Américains qui sortent peu de chez eux et pour qui toute communication passe forcément par un réseau. Or, au Burkina, une grande partie des échanges se fait de bouche à oreille : le « téléphone de brousse » fonctionne toujours... Ils doivent être des dizaines, sinon des centaines à avoir sauté sur leurs mulets, vélos, moteurs ou guimbardes pour aller avertir de la situation tel oncle, cousin, membre du clan, à charge pour celui-ci de répercuter l'info vers tel autre membre, cousin, oncle, jusqu'à atteindre celui qui possède un téléphone-satellite ou qui peut faire passer la nouvelle hors du territoire. Kawongolo ne donne pas vingt-quatre heures avant que les médias des pays voisins ne soient au courant du putsch et que Fatimata ne soit prévenue. Or il existe un accord de coopération militaire avec le Mali, qu'elle va sûrement faire appliquer. Sans compter que la Côte d'Ivoire peut profiter de la déstabilisation du pouvoir au Burkina pour pousser ses troupes à l'intérieur du pays et, pourquoi pas, chercher elle aussi à s'emparer de la nappe de Kongoussi...

Tout cela donne beaucoup de tracas au général Kawongolo, qui n'en dort plus depuis deux nuits. Il a interrogé N° 1 sur ces questions, qui a haussé les épaules et s'est contenté de répondre :

— Général, nous vous avons aidé à conquérir le pouvoir, à vous de savoir le conserver. Débrouillez-vous, c'est votre problème. N'oubliez pas toutefois que nous devons exploiter cette nappe dans des conditions optimales de stabilité et de sécurité : ça fait partie de notre contrat, donc de *vos* devoirs. N'oubliez pas non plus que la guérison de votre femme dépend du succès du coup d'État…

La guérison de sa femme : voilà un autre sujet d'anxiété pour Victor. Au début, lorsqu'il a accepté de suivre la NSA dans ce plan scabreux, on lui avait promis que, sitôt l'opération lancée, Saibatou serait transférée aux États-Unis pour se faire opérer au plus vite, sa vue se dégradant d'une façon alarmante. Victor a rappelé cette promesse à N° 1, dont c'est apparemment le dernier des soucis :

— Nous verrons. Pour l'instant il y a plus urgent, et nous n'avons pas d'avion à disposition.

Pas d'avion ! Quel prétexte bidon ! Fatimata en a bien trouvé un, d'avion, au départ de Bamako, pour se rendre à Nassau, à quelques encablures des côtes américaines… Saibatou aurait même pu partir avec elle. Victor en vient à craindre que tout ça ne soit que du vent, une carotte pour l'inciter à se mouiller dans cette affaire, assumer tous les risques en somme. *S'ils ne tiennent pas leur promesse, parole, je les arrête et les fais fusiller comme espions !* fulmine-t-il. En tant que chef de l'État et de l'armée, il en a le pouvoir désormais.

En attendant, il doit s'occuper dès aujourd'hui de former un nouveau ministère et de remettre en route les principales institutions du pays. Or il n'a pas la moindre idée de qui recruter. Il n'aurait pas cru que le Gouvernement tout entier allait démissionner en bloc, jusqu'à Yéri Diendéré, la secrétaire de Fatimata, qui sait tout sur tout et lui aurait été d'une aide précieuse, une très bonne amie de Saibatou en plus. *Cette Fatimata, ce n'est pas de collaborateurs dont elle s'est entourée, c'est de fidèles, de disciples!* Et lui, sur qui peut-il compter? Sur quatre ou cinq officiers qu'il a entraînés à sa suite, qui eux sont réellement attirés par le pouvoir mais n'ont pas la moindre des compétences nécessaires. On ne s'improvise pas ministre des Finances, des Transports ou des Affaires étrangères quand on n'a qu'une expérience militaire réduite. Entouré d'experts et de bons conseillers, on peut à la rigueur parvenir à prendre quelques décisions. Mais ceux-ci, suivant l'exemple du Gouvernement, ne se sont pas présentés au palais ce matin et sont injoignables à cause du téléphone coupé. Victor Kawongolo a l'impression désagréable de régner sur un palais fantôme, d'exercer un semblant de pouvoir sur un pays qui le considère comme un traître.

Il en est là de ses réflexions désabusées, tout en essayant de comprendre comment fonctionne l'ordinateur de Fatimata – sacré nom, il n'a même pas le mot de passe! – quand un grondement sourd résonne dans le ciel matinal. Il se lève et gagne la fenêtre, alarmé. Qu'est-ce que c'est? Un orage? Pas la saison. Le canon? Un assaut donné par l'armée régulière? (Il ne peut se résoudre à dire « rebelle » : le rebelle, c'est lui...) Il sort sur le balcon, dans le petit matin jaune, sablé par l'harmattan. Le grondement est devenu un rugissement sifflant qui descend du ciel... Victor le repère soudain : un avion! Un avion qui accomplit un grand cercle autour de la capitale, visiblement dans l'intention d'atterrir. Il plisse les paupières dans le vent poussiéreux, scrute l'appareil qui a sorti son train d'atterrissage : un avion civil genre Boeing. Une inscription sur ses flancs, qu'il ne peut déchiffrer à cette distance. Est-ce celui qui vient chercher Saibatou ? N° 1 a-t-il tenu sa promesse finalement ?

Le général résiste à l'impulsion de foncer à l'aéroport : ce n'est pas digne d'un chef d'État de se précipiter ainsi aux nouvelles, il doit attendre qu'on les lui apporte. Bien que les télécoms soient coupées sur l'ensemble du territoire, il existe néanmoins au palais une ligne rouge qui permet au président de communiquer avec le chef des armées, les centres névralgiques et le reste du monde. Les yeux fixés sur le téléphone relié à cette ligne, Victor attend avec impatience qu'il se mette à sonner.

Il n'attend pas longtemps.

Dès la première sonnerie il décroche, tout sourire, le cœur empli d'espoir.

— Mon général ? Ici le capitaine Simporé, de faction à l'aéroport...

— Oui, capitaine ? J'ai vu un avion atterrir. Que se passe-t-il ?

— Heu, mon général... Nous avons un problème.

Le sourire de Kawongolo s'efface.

— Quel genre de problème ?

— Un individu s'est présenté à la porte de l'appareil, tenant en otage un autre individu qu'il dit se nommer Anthony Fuller...

— Fuller ? Vous avez dit *Fuller* ?

— C'est ce que j'ai cru comprendre, mon général. L'individu en question désire parlementer avec une autorité supérieure, c'est pourquoi j'ai cru bon de...

— J'arrive.

Kawongolo coupe, désemparé. *Fuller, pris en*

otage? C'est quoi ce micmac? Malgré l'heure matinale, il appelle aussitôt N° 1 par la même ligne sécurisée. Après tout, Fuller, c'est *son* problème à lui…

N° 1 est tout aussi surpris :

— Comment ça, en otage? Par qui? Combien
sont-ils? D'où viennent-ils? De quel armement
disposent-ils?

— Je n'en sais rien. Je vais me rendre compte sur
place.

— O.K., je vous rejoins. Surtout ne vous exposez
pas, général. Nous avons encore besoin de vous.

Kawongolo arrive à l'aéroport quelques minutes
avant N° 1. Depuis le hall d'embarquement, il considère l'avion posé sur le tarmac : *Resourcing* s'étale en
grandes lettres vertes sur ses flancs, *Boeing Business
Jet 3-A* est inscrit sur l'avant en plus petit. L'avion
personnel de Fuller… Ces pirates ont détourné
l'avion personnel de Fuller! Deux hommes se présentent en effet à la porte avant, serrés l'un contre
l'autre. Le général emprunte la lunette de visée du
fusil d'un soldat (c'est un vrai branle-bas dans le hall,
genre fourmilière bousculée) afin de les détailler. Le
premier, qui sert de bouclier à l'autre, a le visage
blessé et tuméfié, paraît épuisé, pose sur les alentours
un regard hagard. Le second, qui lui appuie un
grand couteau de cuisine sur la gorge, a des cheveux
longs, noirs et raides, une moustache tombante…
Kawongolo tressaille car il le reconnaît : *Rudy!* Cette
espèce de Viking qui a convoyé le matériel de forage
avec cette blonde, et qui traîne depuis dans l'entourage de la présidente… Ne l'avait-il pas accompagnée à Nassau, justement? Que fait-il ici? Fatimata
serait-elle avec lui? En ce cas, pourquoi ne se
montre-t-elle pas?

Le capitaine Simporé, jeune et sec, se présente à son supérieur :

— Capitaine Simporé au rapport.

— Comment se fait-il que cet avion ait atterri ici, capitaine ? L'aéroport n'était-il pas fermé ? Qui l'a autorisé à se poser ?

— C'est moi, mon général. J'ai estimé que la vie de l'otage était en danger, et que la situation serait mieux gérable une fois l'appareil au sol. Cet otage m'a paru important. D'après les dires du pirate, il semblerait qu'il joue un rôle dans l'opération en cours...

— Quand avez-vous été averti de cette prise d'otage ?

— Ce matin à... (Il consulte sa montre.) 3 h 12.

— Et vous n'avez pas jugé utile de me prévenir ?

Simporé pique un fard.

— Je n'ai pas osé vous réveiller, mon général. J'ai pensé que, tant que l'avion était en vol, nous ne pouvions rien faire de toute façon...

— Vous n'avez pas à *penser*, capitaine ! Si je n'avais pas besoin de vous en ce moment, je vous mettrais aux arrêts pour rétention d'information stratégique. En tout cas je vous colle un blâme. Vous vous présenterez à mon bureau... non, au palais présidentiel, dès la fin de votre service. En attendant, retournez à votre poste et attendez mes instructions !

— À vos ordres, mon général.

Le capitaine claque les talons, effectue un sec salut militaire, opère un demi-tour droite et s'éloigne à grands pas, croisant au passage N° 1 qui arrive tout chiffonné, visiblement tiré du lit, mais n'a pas oublié ses lunettes noires.

— Alors, général ? Vous en savez un peu plus

maintenant? L'otage, c'est bien Fuller? Et les pirates, qui sont-ils?

— Jugez par vous-même.

Kawongolo lui tend la lunette de visée. N° 1 émet un sifflement.

— Merde, ils l'ont bien amoché! Il a dû résister. Le type au couteau, sa tête me dit quelque chose…

— C'est Rudy, l'Européen qui a apporté le matériel de forage… et qui est parti à Nassau avec la présidente.

— Est-elle avec lui dans l'avion?

— Je n'en sais rien encore. Je viens juste d'arriver.

— Bon. *(Soupir.)* Combien sont-ils? Vous ne le savez pas non plus. Qu'est-ce qu'ils veulent?

— Parlementer avec une autorité supérieure.

— Eh bien, général, c'est vous, l'autorité supérieure. Allez-y, parlementez. Moi je vais voir ce que je peux faire… Vous avez un tireur d'élite dans votre armée de ploucs?

Kawongolo tique mais se contient.

— Mes soldats sont tous bons tireurs, mais si vous envisagez de descendre Rudy depuis l'aérogare, laissez tomber. À moins que vous ne teniez pas à votre Fuller.

— Bon, j'appelle Numéro 2 et Numéro 3. Vous, vous montez à la tour de contrôle et vous négociez avec le pirate. Tâchez de le retenir le plus longtemps possible et d'en apprendre le plus possible. Promettez tout ce qu'il désire: de toute façon ils sont cuits, lui et ses complices.

— Vous me paraissez bien sûr de vous, relève Kawongolo.

— On est de la NSA, mon vieux. La prise d'otage, c'est le b.a.-ba des opérations spéciales.

RÉSISTER

Fight the power that chokes your speech
Fight the power that makes you bleed
Fight the power that propagates lies
To keep you weak, keep you in line
Fight the power that reigns you in
Divides and conquers, defines your sin
Fight the power for one and all
Before the power swallows us whole[1]

KMFDM, « New American Century »
(*Hau Ruck*, 2005).

Exposé au soleil du matin, à l'harmattan, à la poussière et à tous les regards, Anthony cligne et plisse les paupières, observe effaré les alentours, se demande où il est, comment il est arrivé là… tandis que Rudy jauge les forces en présence : l'aérogare

---

1. Combats le pouvoir qui étouffe ta parole/Combats le pouvoir qui te saigne/Combats le pouvoir qui propage des mensonges/Pour te maintenir débile, te garder dans le rang/Combats le pouvoir qui règne en toi /Qui divise et conquiert, détermine tes péchés/Combats le pouvoir pour tous et chacun/Avant que le pouvoir ne nous avale tout cru. *(TdA)*

pleine de militaires, les tireurs sur le toit, les deux
blindés canons pointés sur l'avion.

— T'es au Burkina Faso, lui murmure Rudy à
l'oreille en appuyant le couteau sur sa gorge. C'est ta
vie qui est en jeu maintenant. Ta survie contre celle
du pays, tu piges ?

Si Fuller saisit l'allusion, il ne le montre pas. Il ne
dit rien, ne fait que trembler et transpirer. De retour
dans l'habitácle, il se plaint de douleurs au visage.
Rudy juge plus prudent de l'enfermer dans les toilettes : il n'aura pas à le surveiller si le pouvoir du
masque s'estompe… Il rejoint le pilote et le copilote
où il les a laissés, à l'office, accoudés devant un café.
Depuis l'atterrissage, Hank et Bill ont été particulièrement discrets et coopératifs, espérant sans doute la
délivrance. Ce que Rudy leur confirme :

— Les gars, je n'ai rien contre vous, donc je vais
vous libérer. Je ne vous garantis pas que vous rentrerez chez vous avec cet avion, ça dépendra de la tournure des événements. Mais il y a une ambassade
américaine à Ouaga, qui trouvera sûrement un
moyen de vous rapatrier. En attendant, profitez-en
pour visiter la ville, voir de près ce qu'est un PPP :
c'est très édifiant. Mais avant, Bill, montre-moi
comment fonctionne la radio de bord. Je suppose
que les autorités – ou ceux qui se font passer pour
telles – vont utiliser la tour de contrôle pour communiquer…

Après un cours de radio sommaire, Rudy ouvre
la porte avant, pousse les deux hommes dehors :

— Bonne chance, les gars. Avancez doucement et
gardez les mains loin du corps, on ne sait jamais : ce
serait idiot qu'ils vous abattent par erreur.

Seul dans l'habitacle, Rudy réfléchit : Fatimata
n'arrivera au plus tôt que demain soir, il a donc au

minimum trente-six heures à attendre, si toutefois il reste à la présidente assez de troupes fidèles pour renverser l'usurpateur et reprendre le pouvoir. Ça n'ira pas. Il se doute bien que les putschistes – en particulier les agents de la NSA – vont tout tenter pour délivrer leur commanditaire. Combien de temps pourra-t-il résister? Et s'il est forcé de tuer Fuller? Rudy réalise que sa propre vie est subordonnée à celle de son otage: est-il prêt à la perdre pour descendre un type envers qui il n'a pas de haine particulière, hormis son ressentiment général envers tous les pourris de la planète? *Non*, réalise-t-il. *S'ils donnent l'assaut à l'avion, ou s'ils parviennent à y pénétrer, je préférerais me rendre que tuer Fuller et être massacré à mon tour...* Rien ne garantit non plus qu'une fois Fuller délivré ils n'abattent pas Rudy malgré tout: un coup d'État victorieux, c'est la porte ouverte à tous les excès. Dans un cas comme dans l'autre, sa position est très précaire, sa vie ne tient qu'à un fil.

Un appel retentit dans le cockpit où Rudy s'est réfugié, prenant soin de se tenir hors de vue des vitres où l'on pourrait le prendre pour cible. Il coiffe les écouteurs, enclenche la radio.

— Ici le général Kawongolo. Je vous appelle depuis la tour de contrôle. Vous êtes Rudy, n'est-ce pas?

— Vous avez une bonne vue, général. Et celle de votre femme, comment va-t-elle?

— Pas très bien. Mais là n'est pas la question...

— Si, justement, là est la question. Ces types pour qui vous vous mouillez ont dû vous promettre de la soigner, n'est-ce pas? Lui payer un traitement dans une clinique privée. Pas vrai? *(Un silence.)* Vous y croyez vraiment, général? Ils l'ont emmenée, votre

769

femme, ou est-elle toujours chez vous à se cogner aux meubles ?

— Laissez ma femme en dehors de tout ça. C'est de vous qu'il est question, Rudy. Vous vous êtes mis dans de sales draps.

Dehors, l'harmattan qui souffle depuis l'aube a forci, charrie des vagues de sable. Le paysage s'efface peu à peu dans une brouillasse ocre qui crépite sur la carlingue et les pare-brise.

— Pas aussi sales que les vôtres, général. Qu'est-ce que Fatimata va faire de vous quand elle aura repris le pouvoir ? Vous êtes coupable d'atteinte à la sûreté de l'État. C'est puni de mort, ça, il me semble.

Un autre silence. Rudy parviendra-t-il à déstabiliser Kawongolo ? Ce serait la meilleure des stratégies : qu'il réalise son erreur, arrête ces types de la NSA, et tout serait résolu !

— Que voulez-vous, Rudy ? Qu'espérez-vous obtenir avec votre petit coup d'éclat ?

À présent, c'est une véritable tempête qui se déchaîne à l'extérieur. Le vent de sable cingle violemment le Boeing qui s'est mis à vibrer. Une intervention aérienne ou héliportée est exclue pour le moment. Les agents de la NSA ou les soldats de Kawongolo oseront-ils s'aventurer sur le tarmac râpé par ces rafales abrasives ?

— Je vous retourne la question, général : qu'espérez-vous obtenir avec votre petit coup d'État ? La guérison de votre femme ? À mon avis c'est du pipeau. La reconnaissance du pays ? Je ne la sens pas trop. Jouir de tous les pouvoirs ? Ça va être bref et douloureux. Vous y avez réfléchi au moins ?

— Vous devriez vous inquiéter de votre propre sort plutôt que du mien. Vous êtes seul, isolé dans cet avion, et j'ai toute une armée à ma disposition. Y compris des tireurs d'élite et des… experts en prise d'otage. Évitez l'effusion de sang, Rudy. Ne prenez pas de risques inutiles : libérez Fuller et nous vous laisserons partir, c'est promis. Nous mettrons même un véhicule à votre disposition, si vous le désirez.

— Non, général. Je ne suis pas comme vous : je ne crois pas aux promesses fallacieuses des macaques de la NSA. La vie de Fuller – et la mienne, du reste – importe peu dans cette histoire. Vous m'enjoignez d'éviter l'effusion de sang, mais vous, vous l'avez provoquée ! Fatimata est au courant de tout : en ce moment même, elle prépare la riposte. Je ne donne pas cher de votre peau…

Risquant un œil à l'extérieur, Rudy distingue, entre les bourrasques sableuses, deux silhouettes qui s'approchent côté piste, pliées sous le vent. Il reprend le micro, crache rageusement :

— Kawongolo, rappelez vos hommes ou je les descends. Je vous préviens, j'ai un flingue. Et je peux toujours saigner Fuller comme un porc. (Il éloigne le micro, se met à pousser un hurlement de douleur.) Vous l'avez entendu ? reprend-il. Ou vous voulez que je jette son doigt sur la piste, comme ont fait vos copains de la NSA ?

Il coupe la radio, se colle à un hublot pour scruter l'approche des deux hommes. Ceux-ci se sont immobilisés. Ils ne tardent pas à faire demi-tour. *Raté, les gars. Faudra trouver autre chose.*

Ils trouveront, Rudy n'en doute pas. Ce n'était qu'une première tentative. Si l'harmattan se calme, ils peuvent essayer la voie des airs ou une attaque frontale. Rudy ne peut être partout, tout voir, tout surveiller. Il doit vite obtenir du renfort. Appeler quelqu'un à l'extérieur… Fatimata. Après tout, elle est la *présidente* de ce fichu pays. Elle possède tous les numéros utiles, des lignes privées ou codées, des accès directs. Rudy gagne le salon-bureau du Boeing, la rappelle avec le téléphone-satellite intégré à la connectique du Quantum Physics.

Votre correspondant est en ligne. Veuillez laisser un message ou rappeler ultérieurement, SVP. Merde. Évidemment, elle n'est pas restée les bras ballants : elle doit se démener actuellement pour mobiliser ses troupes, décider le président du Mali… Il l'espère en tout cas. *Grouille-toi, Fatimata. Et tiens-moi au courant !*

Dehors, le vent se calme. Des volutes de sable tourbillonnent encore sur les pistes, mais l'avion n'est plus secoué par les bourrasques, le crépitement s'amenuise sur les vitres, l'horizon est de nouveau visible. Les conditions redeviennent favorables à une nouvelle intervention de la NSA…

Dans le cockpit, la radio se manifeste à nouveau. Après avoir jeté un coup d'œil circulaire par les hublots, Rudy va répondre. Kawongolo, encore :

— Alors, Rudy, vous avez réfléchi ? Vous êtes disposé à vous rendre ?

— Vous plaisantez, général. Je m'étonne d'ailleurs que vous ne soyez pas en train de vous replier, vous et vos troupes, et de fuir comme des rats. Ne vouliez-vous pas éviter une effusion de sang ?

— Pourquoi ferions-nous une chose pareille ? Nous contrôlons parfaitement la situation. Tous les postes clés sont entre nos mains…

— Je vous l'ai dit, Fatimata est prévenue. Je viens de l'avoir au téléphone : l'armée régulière est en marche, augmentée de renforts maliens. Fuyez pendant qu'il est encore temps !

— Vous bluffez, Rudy. Ça ne prend pas, pour la simple raison que toutes les communications vers l'extérieur sont coupées : Fatimata ne peut joindre personne… à part le président du Mali, à la rigueur, je vous le concède. Mais il ne fera rien : c'est un homme pacifique, qui ne souhaite pas se mêler des affaires intérieures d'un autre État. Vos menaces ne sont que du vent. En revanche votre situation est réellement critique…

— Nous verrons bien qui de nous deux flanchera le premier. Excusez-moi, on m'appelle sur une autre ligne.

Au salon, le Quantum Physics émet une petite mélodie avenante. Tandis qu'il le rejoint, Rudy s'interroge : peut-on réellement, aujourd'hui, isoler totalement un pays du reste du monde ? Même s'ils sont des cracks, les agents de la NSA ne peuvent contrôler *tous* les réseaux. Déjà, la connectique du Boeing échappe au black-out…

Le visage de Fatimata s'affiche dans l'écran, nettement moins angoissé que la nuit précédente.

— Rudy ? Où êtes-vous ?

— À l'aéroport de Ouaga, dans l'avion. Je tiens toujours Fuller en otage. Kawongolo et moi faisons semblant de négocier. Pendant ce temps les types de la NSA essaient de m'avoir en douce… Je ne tiendrai pas très longtemps, madame Konaté. Où en êtes-vous de votre côté ?

— J'ai pu avoir le président Songho. Comme je m'en doutais, il ne veut pas engager ses troupes, mais il a mis sa logistique à ma disposition. Il est impossible de joindre le Burkina par téléphone ou Internet…

— Je sais.

— … Mais l'armée dispose de fréquences radio codées et brouillées. Il s'avère que dans le cadre de la coopération militaire dont je vous ai parlé, certains de ces codes ont été portés à la connaissance du haut commandement de l'armée malienne. J'ai pu indirectement contacter plusieurs garnisons au Burkina, et j'ai appris qu'en vérité un seul régiment avait suivi le général Kawongolo : le 1er R.I. Le reste de l'armée est cantonné dans les casernes, ses officiers n'attendent que mon ordre pour se mobiliser.

— Vous l'avez donné ?

— Oui, bien sûr.

Un franc sourire détend les traits crispés de Rudy.

— Alors je peux espérer être prochainement tiré d'affaire ?

— J'ai ordonné que l'attaque principale se porte sur l'aéroport. Très bientôt nous aurons repris la situation en mains.

— Ça me fait énormément plaisir d'entendre ça, Fatimata.

— Je dois vous laisser, Rudy, j'essaie de joindre mes ministres à présent... Ah, une dernière chose : motus ! Nous comptons sur l'effet de surprise.

— Bien sûr. Je vous embrasse !

Rudy se frotte les mains. *Eh bien, voilà ! La délivrance est proche...*

Soudain une double explosion fait tressaillir l'avion. Les portes avant et arrière s'abattent dans un nuage de fumée. Deux hommes en noir surgissent à chacune, bondissent dans l'habitacle et s'abritent derrière des fauteuils, flingues pointés. Rudy se trouve entre les deux, armé seulement de son couteau. Il se cache sous le bureau supportant le Quantum Physics. *Merde merde merde ! Fatimata m'a distrait avec son appel...*

— Vous êtes cuit, Rudy ! crie N° 2. Vous n'avez aucune chance ! Levez-vous et avancez les mains en l'air !

Rudy ne répond pas. Derrière lui, N° 3 renchérit :

— Faites pas le con ! Nous savons que Fuller n'est pas avec vous : vous l'avez enfermé dans les chiottes. Sortez de votre trou et avancez bien sagement !

Rudy garde le silence. Son unique atout est qu'ils ignorent à quel point il est armé, et où il se planque exactement. Mais peu à peu, de siège en siège, de meuble en cloison, les deux agents vont le prendre en tenaille : il les entend progresser vers lui. Que peut-il faire, muni d'un couteau de cuisine, contre deux flingues ? *Putain, ces enculés arrivent un poil trop tôt...*

— Allez, Rudy ! Sortez de là les mains en l'air !

— On sait où vous êtes ! Résister ne sert à rien !

Il risque un œil dans le couloir. S'il pouvait atteindre les toilettes et choper Fuller... Un vif mouvement noir, d'un fauteuil à un canapé – trop tard : l'un des types lui coupe le passage. Il se retourne : un autre mouvement noir, une course rapide à travers le salon. Par réflexe, Rudy lance son couteau. Et fait mouche ! L'ustensile se plante dans la cuisse de N° 2, qui roule sur la moquette avec un cri de douleur et tire au jugé. Une balle se fiche dans le bois précieux du bureau, juste au-dessus de la tête de Rudy.

— Numéro 2 ? C'est toi qui as tiré ?

— Il m'a planté, l'enfoiré ! Il m'a lancé un couteau dans la cuisse !

— Bouge pas, je vais le buter.

Nouvelle approche furtive. Encore un fauteuil, une table, un tronçon de couloir, et N° 3 atteindra Rudy. Il ne lui fera pas de cadeau.

Un rugissement déchire le ciel au-dehors. Détonation / sifflement / *explosion* ! Fracas de verre brisé, de murs qui s'écroulent, staccatos d'armes automatiques, tonnerre sourd d'un canon – une déflagration, au loin. Le rugissement aérien s'éloigne, revient. Nouveau tir, nouvelle explosion. Nouvelle riposte d'un canon. Des portières claquent, des moteurs s'emballent, des pneus crissent. Des cris, encore des tirs d'armes automatiques. *Un Rafale*, jubile Rudy. Un des deux Rafale de l'armée burkinabé – toute sa force aérienne !

— Bordel de merde ! crie N° 3. On est attaqués ! Ils bombardent l'aéroport ! L'armée se barre !

Il opère une retraite précipitée, se jette par la porte arrière béante.

— Me laisse pas ! braille N° 2. Je peux pas marcher !

Au mépris de toute prudence il se redresse, tente de gagner clopin-clopant la porte avant, tenant sa jambe ensanglantée. Rudy arrive dans son dos, sans bruit sur la moquette, lui saute dessus au moment où il se retourne, lui fait lâcher son arme d'une manchette, le plaque au sol, ramasse le flingue et, à califourchon sur sa poitrine, appuie le canon sur sa pommette.

— T'es cuit, mec.

— Me tuez pas, s'il vous plaît, par pitié… J'ai une femme, des gosses…

— Ah ouais ? Je sais pas ce qui me retient. Le plaisir de te voir lyncher par le peuple, peut-être… (Rudy se dégage d'un bond, tout en gardant l'arme pointée.) Allez, debout ! Avance !

— Je… ne peux pas… Ma cuisse…

— Tu pouvais, à l'instant. Debout !

N° 2 se lève avec peine. Dehors, le charivari continue : cris, moteurs, débandade, explosions, écroulements, incendie. L'avion de chasse est parti, ce sont maintenant des hélicoptères qui atterrissent sur le tarmac enfumé, dégorgent des troupes. Tirs sporadiques encore, mais manifestement les rebelles n'ont plus qu'un désir : fuir au plus vite.

— Avance ! intime Rudy à son prisonnier. Non, pas dehors. Par là.

Il le pousse vers les toilettes, qu'il ouvre avec le carré que lui a fourni Hank. Fuller se lève de la lunette, tout sourire, l'espoir éclairant son visage stigmatisé.

— C'est fini, les gars ? Vous avez descendu cet–

Il ravale ses paroles et son sourire devant l'expression de souffrance et de désespoir de N° 2, que Rudy jette dans le réduit.

— Oui, Fuller, c'est fini. T'as perdu.

JOUER LES HÉROS

Lève-toi, bats-toi... Va revendiquer tes droits
Lève-toi, bats-toi... La vie, c'est ton droit
Quatre-vingts pour cent de nos présidents
Sont des marionnettes
L'Occident tire sur les ficelles
Les marionnettes font du zèle
Le pouvoir leur monte à la tête
Moi j'ai peur des mitraillettes
Mal en pis, les choses vont de mal en pis *(bis)*
Quel que soit ce qu'on leur dit,
Ces abrutis n'ont rien compris

ALPHA BLONDY, « Politruc » (*Merci*, 2002).

Abou s'éveille en sursaut. Il fait déjà chaud dans la case, le soleil darde ses langues de feu par les fentes des persiennes. Il consulte sa montre : neuf heures ! Il devrait être parti depuis trois heures ! Que s'est-il passé ? Pourquoi Hadé ne l'a pas réveillé ?

Il s'habille en vitesse et se précipite dans la cour, où se déroule la vie quotidienne : Hadé, assise sous le tamarinier, palpant le cou d'une femme accroupie devant elle ; les patients qui attendent, tassés sur le banc ; Magéné qui revient du « labo » avec une fiole contenant un liquide grisâtre ; Bana pilant du mil devant sa case, au son enjoué d'une petite radio pendue au mur. Comme si on l'avait oublié… comme si la journée de la veille n'avait été qu'un cauchemar.

Abou court vers sa grand-mère :

— Mamie ! Pourquoi tu m'as laissé dormir ? Je devais partir à l'aube !

— Tu n'as plus besoin de partir, fils.

— Pourquoi ?

— Va voir Bana, écoute sa radio. Et laisse-moi travailler. (À la femme :) Et quand je te touche là, ça te fait mal ?

— Oui, *m'boyo*. Ça me lance jusqu'à l'épaule.

Inutile d'insister, Abou le sait. Réprimant une moue d'agacement, il se rend donc auprès de Bana, qui pose son pilon et l'accueille avec un sourire.

— Bonjour, Abou ! As-tu bien dormi, comme ça ?

— Trop, Bana. Mamie me dit que je n'ai plus à partir au Mali, qu'il faut que j'écoute ta radio. Il y a des nouvelles ?

— Attends, je vais remettre La Voix des Lacs.

Elle décroche la radio du mur, presse un bouton de présélection, tend le poste à Abou.

« … *l'aéroport et l'office de télédiffusion, ses premiers objectifs, c'est au tour du palais présidentiel d'être libéré par l'armée régulière. Depuis l'arrestation du général Kawongolo, les insurgés n'opposent plus guère de résistance. Selon le ministre de l'Intérieur, monsieur Dramane Bako, qui assume provisoirement les fonctions de chef du gouvernement, je cite, "la situation normale sera rétablie sans aucun doute avant la fin de la journée", fin de citation. Le colonel Barry, qui a pris la direction des opérations, assure de son côté que les forces rebelles sont prêtes à se rendre… »*

Abou pose sur Bana réjouie un regard stupéfait.

— Le coup d'État a échoué ? C'est ça que je comprends ?

— On dirait bien. La Voix des Lacs a recommencé à émettre il y a une heure.

— Mais – ma mère n'arrive à Bamako que cet après-midi… J'étais censé la mettre au courant !

— Eh bien, elle a été informée d'une autre façon, voilà tout.

— Par mamie ?

— Je ne pense pas, non, rit Bana. Ta grand-mère a beaucoup de pouvoir, mais elle ne remplace pas un téléphone !

« Cependant, à Kongoussi même, la situation n'a guère évolué : le chantier de forage est toujours aux mains des rebelles, qui se sont retranchés derrière les grilles et semblent vouloir tenir coûte que coûte. Présentement, l'armée régulière n'est pas encore venue jusqu'ici… »

— Il faut que j'y aille, Bana, décide soudain Abou.

— Au Mali ?

— Non ! À Kongoussi. Je dois y retourner, libérer le forage.

— À toi tout seul ?

— Mon régiment a dû être délivré, il va forcément revenir là-bas. Je dois y être pour me battre avec mes camarades, sinon on va me traiter de lâche. C'est mon devoir !

— Si c'est ton devoir, alors…

Sans autre commentaire, Bana se remet à piler le mil. Abou retourne voir Hadé, lui répète sa décision. Elle acquiesce d'un signe de tête, occupée cette fois à apposer ses mains sur le corps décharné d'un vieillard aux yeux blancs. Abou sait que ce n'est pas de l'indifférence : elle a dû parvenir à la même conclusion que lui, ne cherche donc pas à le retenir.

Une heure et demie plus tard, il gare le scooter derrière un gros baobab, dans les collines bordant la route de Djibo, et regagne son poste d'observation de la veille.

Le travail a repris dans le chantier, sous la surveillance des soldats qui sont partout : sur le derrick et autour, près des citernes de stockage et des pipelines d'adduction de l'eau en ville, devant les compresseurs et les baraquements techniques, dans le campement des ouvriers. Les deux blindés – une automitrailleuse et un canon multicharge – stationnent de part et d'autre de l'entrée, le mortier est positionné en avant du camp militaire. Des plantons font le pied de grue devant la casemate des télécoms reconvertie en mess des officiers. *C'est là le point névralgique*, se dit Abou. *Si je pouvais zigouiller ces traîtres de gradés, le bataillon serait comme un poulet décapité, à courir en tous sens. Le 4e R.I. n'aurait plus qu'à le choper.* Comment faire ? Et comment entrer dans le chantier ? L'issue est bien gardée, des patrouilles circulent le long des grillages qui ont été réparés et renforcés de barbelés... Ne serait-il pas plus sage d'attendre tranquillement que l'armée régulière se pointe, et de s'intégrer dans ses rangs ? Mais Abou a envie d'une action d'éclat, de jouer les héros. De mériter l'amour de Laurie...

En retournant le problème en tous sens, une idée lui vient. Folle, mais qui peut marcher – parce que folle, justement. Après tout, elle a déjà fonctionné une fois... Il rejoint son scooter, fouille dans le coffre, trouve un chiffon crasseux qu'il s'enroule autour de la tête. Il est taché d'huile, mais de loin ça peut faire illusion.

Les deux gardes postés devant l'entrée principale voient arriver sur la route un scooter pétaradant qui ne roule pas très droit, piloté par un soldat avachi dessus, un pansement de fortune sur la tête, visiblement à bout de forces. Ils pointent leurs fusils parce que c'est la consigne, mais *a priori* ce gars-là ne présente aucun danger. Ils le laissent mettre pied à terre et s'approcher, néanmoins circonspects. Il traîne la jambe, tête basse. Son uniforme est couvert de poussière. Devant eux il fait l'effort de se redresser, de porter la main à son front.

— Salut, les amis, fait-il d'une voix rauque et lasse. J'arrive de Ouaga, j'ai un message à porter à votre commandant...

— Le capitaine Balima ? demande l'un des gardes.

— Heu... Ouais, c'est ça. Où est-ce que je peux le trouver ?

— Viens avec moi.

Le garde remet son fusil à l'épaule, accompagne Abou jusqu'à la casemate des télécoms.

— Paraît que ça barde à Ouaga ? s'enquiert-il en chemin.

— Ouais, c'est l'enfer. Les autres nous assiègent et brouillent nos coms. J'ai réussi à m'échapper pour apporter ce message...

— Ah, c'est pour ça qu'on n'a pas de nouvelles... Mais mon pote Ernest a une radio, ils disent que le coup d'État a échoué. C'est vrai ?

— J'en sais rien. En tout cas, on se bat comme des lions.

— Tu crois qu'ici aussi, on va se battre ?

— Ouais... C'est bien possible.

— Merde, grimace le garde, l'air inquiet.

Il s'adresse aux plantons devant la casemate :

— Le capitaine Balima est ici ?

— Oui, avec ses lieutenants. C'est pour quoi ?

Le soldat désigne Abou du pouce.

— Un message de Ouaga.

Le planton frappe à la porte métallique, l'ouvre, passe la tête à l'intérieur.

— Capitaine, il y a là un messager qui vient de Ouaga…

— Ah oui ? Faites-le entrer.

Le planton s'efface pour laisser passer Abou. Trois personnes sont présentes dans la petite pièce confinée, étouffante malgré une fenêtre ouverte côté nord : le capitaine Balima, penché sur l'ordi de Moussa, un lieutenant qui s'escrime devant un transmetteur radio, un autre en train de connecter un téléphone de campagne. Personne ne prête attention à Abou, qui en profite pour fermer discrètement le verrou du baraquement.

— Ça ne marche pas, capitaine, annonce le subalterne qui a branché le téléphone. Je ne capte rien.

Balima, un gros joufflu, lève les yeux de l'écran, remarque Abou.

— Eh bien, on va avoir des nouvelles. Qui vous envoie, messager ?

— Ma haine.

— Pardon ? (Les yeux du capitaine s'écarquillent.) Mais vous êtes…

D'un geste vif Abou empoigne son fusil, tire une longue rafale en demi-cercle. Des balles se logent dans le transmetteur, dans l'ordi de Moussa, dans les cloisons et dans les corps des trois gradés qui s'écroulent, emportent dans l'autre monde la surprise qui s'est figée sur leurs visages.

Branle-bas à l'extérieur : des cris, des coups à la

porte. Abou doit agir très vite. Il saute sur le bureau où s'est effondré Balima, la tête baignant dans son sang, puis sur le rebord de la fenêtre. Un soldat a fait le tour et l'aperçoit : il l'abat avant qu'il n'ait proféré un mot. De là, Abou se hisse sur le toit de la casemate hérissé d'antennes. Il s'aplatit juste à temps derrière une parabole : d'autres hommes ont fait le tour de la bâtisse, ont vu leur collègue à terre, la fenêtre ouverte. L'un d'eux se hisse sur la pointe des pieds, regarde à l'intérieur.

— Il a abattu le capitaine et les lieutenants !

— Il s'est enfui par la fenêtre !

— Cherchez-le ! Il ne doit pas être loin !

Tous s'égaillent en tous sens. *Comme un poulet sans tête…* À plat ventre sur le toit brûlant, Abou rit sous cape. Il pense avoir éliminé les seuls officiers aptes à prendre des décisions : ce bataillon n'a donc plus de chefs, plus de tactique, plus d'ordres ni de plan de bataille… N'empêche, Abou n'en mène pas large. Tôt ou tard quelqu'un aura l'idée de jeter un œil sur le toit, ou il sera aperçu depuis un autre point élevé. *Pourvu que l'armée régulière vienne vite…* C'est là l'inconnue de son plan : s'il doit attendre des heures, c'est sûr, il ne tiendra pas. Mais si la libération de Ouaga est aussi avancée que la radio le laissait entendre, celle de Kongoussi ne devrait pas tarder…

En dessous, tout le monde court partout, ça crie, ça s'interpelle :

— Les baraques du chantier ! Allez voir par là !

— Il s'est planqué dans le campement des ouvriers !

— Faites gaffe, il est armé !

— Où sont ses complices ?

— Deuxième section à mes ordres! Il faut organiser une battue!

Abou cuit sur le toit chauffé à blanc. Il transpire à flots et meurt de soif. Si ce ne sont pas les rebelles qui le tuent, ce sera le soleil… Il n'ose pas se glisser à l'ombre de la parabole : il y a des soldats dans la casemate, qui constatent le décès de leurs chefs et tentent d'appeler Ouaga par radio. S'il bouge, on risque de l'entendre… *Venez, le 4ᵉ R.I., oh, venez vite,* se met-il à prier. *Je grille là-dessus, je ne vais pas durer…* Par inadvertance il a posé la main sur la surface métallique – a retenu un cri de douleur : sa paume est cloquée! Son uniforme le protège encore un peu, ainsi que la sueur profuse dans laquelle il baigne, mais il sent la chaleur s'insinuer à travers le vêtement et lui rôtir inexorablement la peau.

Soudain les cris changent sur le terrain tandis qu'enflent au loin des bruits de moteurs accompagnés de flappements. Abou redresse la tête, les aperçoit : trois gros points noirs qui se détachent dans le ciel blanc. Des hélicos.

Enfin! soupire-t-il de soulagement. *Merci, Wendé, merci!*

Ce sont de lourds appareils de transport de troupes qui survolent le chantier et le camp militaire à basse altitude, canardent au hasard. C'est le sauve-qui-peut. Plusieurs hommes tombent, fauchés par les rafales, les autres se jettent derrière le moindre abri. Deux servants grimpent sur le canon multicharge, mais un hélico tire une roquette qui fait sauter l'engin et les deux hommes. Une autre roquette atteint le mortier qu'un soldat tentait frénétiquement de charger. Une troisième explose juste à côté de l'automitrailleuse, renversée par le souffle.

Les hélicos se posent sur le terrain nu, entre le

chantier et le camp militaire, soulevant un énorme nuage de poussière rouge. À peine ont-ils touché le sol que les portières coulissent et dégorgent des troupes qui se déploient aussitôt, Uzi et M16 pointés, prêtes à tirer sur tout ce qui bouge... Mais rien ne bouge, sauf la poussière qui volute et retombe lentement. Puis un à un les insurgés sortent de leurs abris précaires, jettent leurs armes et lèvent les mains...

Abou rampe jusqu'au bord du toit, se laisse glisser à terre. Il pose également son fusil (ce serait malvenu qu'on le prenne pour un rebelle), s'avance vers le 4e R.I. qui assiste, plutôt perplexe, à cette reddition générale. Il repère son capitaine, qui donne des ordres d'encerclement à l'aide de grands gestes des bras.

— Capitaine Yaméogo !

Celui-ci pivote vivement, surpris d'entendre son nom. Abou ôte le bandeau de sa tête afin d'être reconnu.

— C'est moi, Abou Diallo ! Votre caporal !

— Nom de Dieu, caporal Diallo ! Qu'est-ce que vous foutez ici ? Je vous arrête pour désertion...

— Attendez, mon capitaine. Allez d'abord voir dans la casemate des télécoms, là-bas. Vous jugerez après si vous devez m'arrêter...

Yaméogo lui coule un regard circonspect, ordonne à l'un de ses hommes d'aller voir. Tandis qu'ils attendent, Salah se détache soudain des rangs, court vers Abou, se jette dans ses bras.

— Abou, t'es vivant ! Je croyais qu'ils t'avaient tué...

— Moi aussi, Salah, j'ai eu peur pour toi !

— Soldat Tambura ! Pas de familiarités avec le prisonnier !

— T'es prisonnier ?

786

— Pas pour longtemps, je crois, sourit Abou.

L'émissaire revient en courant de la casemate, estomaqué.

— Mon capitaine, il y a le capitaine Balima et deux lieutenants dans le local… Ils sont morts ! Ils ont été abattus.

Yaméogo se tourne vers Abou, affichant toujours son expression sévère.

— C'est ça votre exploit, caporal Diallo ?

— Oui, mon capitaine. J'ai pensé que les rebelles se rendraient plus facilement s'ils n'avaient plus de chefs. (Abou désigne les prisonniers que le 4e R.I. regroupe à présent au milieu du terrain.) Je crois que j'ai eu raison…

Yaméogo fait la moue en hochant la tête.

— Je le crois aussi. Bon, je dois arrêter le caporal Diallo pour son absence sans motif lors du combat d'hier, mais je dois aussi féliciter le sergent Diallo pour avoir aidé le 4e R.I. à remporter le combat d'aujourd'hui. Aussi, sergent Diallo, je commue votre peine en trois jours de permission exceptionnelle. Vous passerez à mon bureau, dès qu'il sera installé, pour recevoir vos galons et votre médaille.

— Merci, mon capitaine ! Je meurs de soif. Puis-je aller boire un coup ?

— Vous avez l'autorisation.

Abou court vers les citernes de stockage, ouvre la vanne de l'une d'elles, se fourre la tête sous le flot d'eau fraîche qu'il ingurgite à grandes lampées. Puis il ôte son uniforme et, en slip, s'accroupit dessous, laisse l'eau dégouliner sur son corps poisseux en poussant des soupirs d'aise. C'est si bon ! La sueur, la poussière et le stress s'évacuent dans la latérite avec cette eau qu'il gaspille sans remords. Il se frotte le corps et les cheveux, s'ébat et s'ébroue sous le filet d'eau en criant de joie comme un gamin.

Salah le rejoint, tout souriant.

— Abou, tu dois te rhabiller, quelqu'un te demande.

— Qui?

— Tu verras…

Tandis qu'Abou revêt son uniforme crasseux (en attendant mieux), Salah profite à son tour de l'eau qui coule pour boire et s'asperger la tête. Tous deux reviennent vers les hélicos en se tenant la main.

Une voiture stationne près des appareils : une petite Hyundai gris métallisé qu'Abou connaît bien. Laurie cause avec le capitaine Yaméogo, vêtue de blanc, sa crinière blonde auréolée de soleil…

— Bon, je te laisse, dit Salah en clignant de l'œil. On se retrouve tout à l'heure, Abou? T'as plein de choses à me raconter!

Celui-ci hoche la tête mais ne répond pas, une grosse boule obstruant sa gorge. Il reste figé sur place, incapable de faire un pas. Enfin Laurie tourne la tête et le remarque. Elle court aussitôt vers lui… stoppe à deux pas, lève un sourire hésitant.

— Je… Je ne sais pas, bafouille-t-elle. Est-ce qu'on doit s'embrasser?

Le désir et le bonheur balaient la timidité d'Abou, qui attrape Laurie dans ses grands bras musclés, la serre contre lui, colle un baiser ardent sur ses lèvres frémissantes. Alors qu'il reprend son souffle, elle croise ses mains sur la nuque d'Abou et lui rend son baiser – plus long, plus tendre.

Autour d'eux, les soldats applaudissent et lancent des « youpi » joyeux.

LA VOIE LÉGALE

InfoMatin
Le premier quotidien malien en ligne

COUP D'ÉTAT AU BURKINA !

Une tentative de coup d'État s'est produite hier à l'aube au Burkina Faso. Profitant du voyage à l'étranger de la présidente Mme Fatimata Konaté, le général Victor Kawongolo, Premier ministre par intérim, a tenté de s'emparer du pouvoir. Ce matin, les forces armées régulières ont livré combat contre les rebelles. Elles semblent l'emporter à l'heure où nous mettons cet article en ligne (12 h)... *Suite —>*

Le président Omar Songho : « J'apporte tout mon soutien à ma collègue burkinabé »

Mme Konaté : « Ce coup d'État est téléguidé de l'étranger. Les coupables paieront »

M. Amadou Diallo (BAD) : « Je persuaderai la BAD de débloquer un crédit pour reconstruire »

Quand Fatimata atterrit à l'aéroport de Ouaga-dougou, au coucher du soleil, une foule considérable l'attend, plus ou moins contenue par des barrières de sécurité et des cordons de policiers. Ce n'est pas la cohue houleuse, aux questions agressives, qui l'avait houspillée lorsqu'elle était venue chercher son fils, mais un peuple en liesse qui la fête comme une libératrice. Dès sa descente de l'avion (un vieux cargo militaire affrété par l'armée malienne, sur ordre du président Songho), les hourras lui parviennent malgré le sifflement strident des réacteurs : « Vive la présidente ! », « Fatimata avec nous ! », « La patrie ou la mort, nous vaincrons ! », « Victoire pour Fatimata ! »… Elle s'y attendait : tout au long de son voyage de retour, elle a été tenue au courant heure par heure de la lutte de « libération » menée par ses troupes fidèles. Pourtant elle vacille un peu sous le choc, autant de fatigue que d'émotion : tous ces cris, ces mains tendues, ces drapeaux agités, ces portraits d'elle brandis, ce grand calicot proclamant FATIMATA POUR TOUJOURS… Et ce n'est pas tout : un tapis rouge a été déroulé sur le tarmac, foulé par un comité d'accueil composé du Gouvernement au grand complet mené par Dramane Bako, le ministre de l'Intérieur, de quelques officiers supérieurs, de son fils Moussa et de Rudy. En costumes d'apparat traditionnels – tuniques brodées et pantalons bouffants pour les hommes, boubous et turbans aux couleurs vives pour les femmes –, les ministres approchent d'un pas solennel, Bako portant un objet posé sur un coussin de velours pourpre.

Des clés… Fatimata lève un regard étonné sur Bako, qui déclare alors d'une voix forte, amplifiée par des haut-parleurs accrochés parmi les ruines de l'aérogare :

— Madame la présidente, au nom du Gouvernement et du peuple burkinabé, je vous remets les clés du palais présidentiel, reprises aux traîtres à la patrie qui ont tenté d'usurper le pouvoir que le peuple vous a librement conféré !

La fin de sa phrase se perd dans une ovation clamée par des milliers de bouches. Les flics resserrent les rangs, se cramponnent aux barrières que la foule est près de renverser.

Fatimata a très chaud tout à coup, l'émotion lui étreint le cœur.

— Je vous remercie, bafouille-t-elle, il ne fallait pas…

— Attends, maman, la coupe Moussa. On t'a préparé une tribune avec un micro, comme ça tout le monde t'entendra.

— Mais je n'ai pas prévu de discours !

— Vous en improviserez un, rétorque en souriant Lacina Palenfo, la ministre de l'Éducation. On vous fait confiance.

Fatimata soupire, se laisse conduire jusqu'à la tribune dressée devant l'amas de décombres qu'est devenue l'aérogare, dont ne restent debout que les deux extrémités. Bien qu'elle ait été avertie que la libération de la capitale ne s'est pas effectuée sans quelques victimes et dégâts, elle contemple ces ruines encore fumantes avec un mélange de désarroi et de fatalisme.

En chemin, elle prend connaissance des derniers détails : l'arrestation du général Kawongolo et d'un agent blessé de la NSA, cernés avec les insurgés dans l'enceinte de l'aéroport bombardé, et la libération de tous les prisonniers dont Moussa et Laurie. Laquelle est aussitôt repartie avec le 4e R.I. pour Kongoussi où elle a retrouvé Abou, qui s'est distingué par un haut fait militaire et a été promu sergent par son capitaine… La présidente hoche la tête en souriant, fière de son fils cadet.

Elle monte sur le podium, où la rejoignent Dramane Bako et le colonel Barry. Nouvelles acclamations tonitruantes. Fatimata attend qu'elles s'apaisent, les mains levées, index et majeur formant le V de la victoire. Puis elle empoigne le micro et se lance dans un discours enflammé comme elle sait si bien les improviser, formée par des années d'expérience militante. Il y est question d'amour de la patrie, de liberté, de justice et de progrès social ; du « pays des hommes intègres[1] » qui n'a jamais si bien mérité son nom ; de la lutte courageuse du peuple burkinabé contre des usurpateurs sans foi ni loi vendus à des agents étrangers ; des valeureuses batailles de l'armée régulière pour libérer le pays, sous le commandement du colonel Barry qui sera promu général ; et des nombreux combats qu'il reste à mener au quotidien contre la pauvreté, un climat hostile, des traditions encore rétrogrades et l'auto-apitoiement qui mène à l'assistanat, afin que le Burkina devienne un pays où il fait bon vivre et qui soit cité en exemple comme étant la perle de l'Afrique.

— Pour conclure, je voudrais remercier non seulement Dramane Bako et le colonel Barry, qui ont certes été les chefs de la résistance, mais aussi tous ceux, militaires ou civils, qui ont contribué à faire échouer ce coup d'État, chacun avec ses petits moyens, sa grande volonté et son immense amour de la liberté. Enfin, je dois attribuer à Ruud Klaas, ici présent, toute la gloire et le respect qu'il mérite, pour avoir deux fois aidé à sauver le pays d'une crise grave. Venez à cette tribune, Rudy. (Celui-ci renâcle, Fatimata insiste.) Allez ! Vous ne pouvez pas tou-

1. Signification du nom « Burkina Faso ».

jours rester dans l'ombre. C'est vous, l'artisan de la libération !

Poussé sur le podium, Rudy se retrouve sous le feu du soleil couchant qui forme un magnifique projecteur couleur cuivre. La main sur son épaule, Fatimata résume ses exploits : le convoyage avec Laurie, au péril de leur vie, d'un camion de matériel de forage depuis l'Europe ; et avoir fait en sorte – là aussi au péril de sa vie – de retenir les conjurés à l'aéroport le temps que l'armée régulière les encercle. (Elle ignore toujours le rôle de Rudy dans la délivrance de Moussa…) La foule acclame joyeusement le Hollandais cramoisi de confusion, lui qui n'a jamais été ainsi plébiscité. Quand le public se calme, il fait signe qu'il désire ajouter un mot. Fatimata lui passe volontiers le micro.

— Madame la présidente vous a fait un joli discours politique, juste et sincère, mais un peu trop général à mon goût. Moi j'ai envie de vous donner quelques détails. Comme je ne fais pas de politique, ils n'engagent que moi. Fatimata vous a dit que l'auteur du coup d'État, le général Kawongolo, était vendu à des étrangers, c'est vrai : c'était quatre espions de la NSA, les services secrets américains, qui opéraient pour le compte d'un consortium *ww* dénommé Resourcing. Ce consortium cherchait ni plus ni moins à vous voler la nappe phréatique de Kongoussi. Sur ces quatre agents de la NSA, deux sont morts : le premier au cours de la lutte pour délivrer Moussa Diallo, le fils de la présidente kidnappé par ces enfoirés ; le second sous le bombardement de l'aéroport. Le troisième, blessé, est à l'hôpital sous bonne garde. Le quatrième, le leader, s'est réfugié à l'ambassade américaine. Le Gouvernement et l'armée n'ont pas le droit d'intervenir à l'ambassade américaine : ce serait une violation d'un territoire étranger. Mais le peuple, poussé par une juste colère, peut parfaitement le faire. Voilà, c'est tout ce que j'avais à ajouter. Merci.

Rudy descend du podium, un sourire au coin des lèvres, tandis que résonnent dans son dos, au sein de la foule excitée, des hourvaris d'une tout autre nature : « Vengeance ! », « À l'ambassade ! », « À bas la NSA ! », « Mort aux espions ! ». Fatimata le rejoint, partagée entre l'effarement et l'indignation :

— Vous êtes fou, Rudy ! C'est un lynchage que vous voulez, c'est ça ?

— Exactement. Réfugié à l'ambassade, ce type peut vous échapper. Mais il n'échappera pas au peuple.

— Il existe des voies légales…

— Je m'en tape de vos voies légales. Si on avait suivi les voies légales, Kawongolo serait toujours au pouvoir, et pour un bail. C'est légal, un coup d'État ?

— Non, mais ce n'est pas une raison pour…

— Pour moi c'en est une. Qu'en penses-tu, Moussa ? Est-ce qu'on t'aurait délivré, par la voie légale ?

Moussa plisse les lèvres, indécis, ne voulant pas contrarier sa mère. Mais il se rappelle comment il a été libéré et se sent bien obligé de faire « non » de la tête.

— Et Fuller ? relance Fatimata (qui n'a pas relevé l'allusion). Pourquoi ne l'avez-vous pas livré au peuple aussi, pendant que vous y êtes ?

— Parce qu'on lui réserve un traitement spécial.

— « On » ?

— Abou et moi.

— Malgré tous les remerciements que je vous dois, Rudy, laissez-moi vous dire que ça ne me plaît pas du tout de vous voir impliquer mon fils dans vos complots scabreux. Vous avez eu une chance inouïe de réussir à enlever Fuller et que ce rapt ait eu les résultats escomptés. Mais je désire que ça s'arrête là. Fuller est maintenant en prison, et il sera jugé selon les lois burkinabés. Quel « traitement spécial » lui réserviez-vous ?

— Rien de « magique » ni de « sorcier », si c'est ce que vous craignez. Je veux simplement l'emmener à Kongoussi. Qu'il voie de ses propres yeux qui il essayait de voler.

— Ça me paraît une bonne idée, intervient Claire Kando, la ministre de l'Eau. D'ailleurs c'était celle d'Issa Coulibaly, paix à son âme. Il l'avait émise au début de cette affaire, lors d'un Conseil des ministres, si je me souviens bien.

— Oui, elle avait même été approuvée à la majorité, rappelle Lacina Palenfo. Moi, j'étais contre.

— Et maintenant, Lacina ? demande Fatimata.

— Les circonstances ont changé présentement. Nous sommes en position de force. Que Fuller voie donc ce qu'est la vraie misère humaine.

Une discussion s'engage entre les ministres sur l'opportunité ou non d'emmener Fuller à Kongoussi. Fatimata tranche dans le vif :

— Nous n'allons pas tenir un conseil ici, au milieu des ruines. Allons au palais, puisque j'en ai les clés... (Elle les agite sous leur nez.) Nous soumettrons cette question au vote.

— Pardon, madame, s'interpose Rudy. C'est *ma* décision, que j'ai prise avec Abou. Il n'y a pas à en discuter.

— Si, Rudy. Car Fuller est en prison, je vous signale. Pour l'en sortir, il vous faudra une autorisation spéciale, délivrée par la ministre de la Justice

Aïssa Bamory ici présente. Or cette autorisation est subordonnée à une décision prise en Conseil des ministres. C'est ça, la démocratie, mon cher. Peut-être en aviez-vous perdu l'habitude, mais il faudra vous y faire.

— Mouais, ronchonne Rudy. Laurie m'a cité un adage français qui dit : « La dictature c'est "ferme ta gueule", la démocratie c'est "cause toujours". » J'ai appris à faire sans, à régler mes affaires moi-même.

— Eh bien ici, il faut faire avec, Rudy. Même si ça paraît lent et compliqué au premier abord, vous constaterez qu'au final, ça produit des résultats qui satisfont au moins une majorité de gens.

Contente de sa petite victoire verbale, Fatimata invite Rudy à monter dans sa Daewoo MultiFuel de fonction, en compagnie de Dramane Bako et du colonel Barry, pour rejoindre le palais présidentiel. En chemin, ils passent à proximité de l'ambassade américaine, devant laquelle se tient un attroupement houleux, observé de loin par des policiers impassibles. Fatimata dit au chauffeur de ralentir. Ils constatent que les vitres du bâtiment ont été brisées, les grilles renversées. Les assaillants sont encore plus excités dans la cour, de laquelle un groupe braillard sort quelqu'un en le malmenant. On lui passe une corde autour du cou, qu'on lance par-dessus un lampadaire. La corde est tirée, le type hissé, râlant et gigotant. C'est N° 1, l'agent de la NSA.

Fatimata détourne les yeux, écœurée.

— Votre démocratie n'aurait pas permis ça, relève Rudy. Ce type serait libre de rentrer chez lui, rapatrié par les Américains.

— Et j'en serais fort aise ! Je préfère de loin vivre dans un État de droit même s'il laisse fuir un criminel. Un lynchage, c'est un déni de justice. Et le déni de justice, c'est le premier pas vers la dictature.

Rudy s'apprête à répliquer quand un homme se jette soudain sur la voiture, poursuivi par un groupe vociférant, armé de haches et de machettes. C'est un gros Blanc à moitié chauve en short et chemise, dégoulinant de transpiration, défiguré par la panique. Il tambourine à la portière en hurlant :

— Ouvrez-moi ! Sauvez-moi, par pitié !

— Ouvrez-lui, colonel, consent Fatimata.

L'homme s'engouffre dans la voiture, atterrit quasiment sur les genoux de Rudy. Il sent l'alcool, la sueur aigre et la peur.

— Foncez ! ordonne Fatimata au chauffeur.

La Daewoo distance rapidement les poursuivants qui clament leur dépit en brandissant poings et machettes.

— Madame la présidente ! réalise l'homme, qui commence à recouvrer souffle et contenance. Ça alors ! Je vous remercie de m'avoir sauvé de ces sauvages.

— Ne me remerciez pas, Gary Jackson. Colonel Barry, veuillez arrêter cet homme, pour complot contre l'État et complicité de sédition.

L'ambassadeur des États-Unis blêmit quand le colonel Barry lui colle son pistolet sur la tempe. Il tente de bafouiller quelque chose, sans succès. Fatimata se tourne vers Rudy avec un sourire :

— Voyez, Rudy : même la voie légale peut être rapide et expéditive.

L'ANTÉCHRIST

— Monsieur le président, que comptez-vous faire à propos du rapt de monsieur Fuller, le P.-D.G. de Resourcing, par des terroristes et du meurtre gratuit de citoyens américains au Burkina Faso ?

— Ces crimes ne resteront pas impunis ! Une nation puissante comme la nôtre ne peut laisser malmener ses ressortissants par un État africain voyou sans réagir avec une sévérité extrême !

— Concrètement, président Bones ? Allez-vous déclarer la guerre à ce pays ? le traîner en justice ? opérer des mesures de rétorsion économique ?

— Aucune de ces options n'est exclue. Bien sûr, ce n'est pas à moi seul de décider, mais au Gouvernement et à l'état-major. Nous étudions actuellement toutes les possibilités.

— La Chine, les Huit Dragons et la Russie ont déclaré ouvertement qu'ils soutiendraient le Burkina Faso en cas d'attaque américaine. Ne craignez-vous pas de déclencher un conflit mondial, comme le président Cornell a failli le faire au Mexique en 21 ?

— J'ai heureusement plus de clairvoyance que mon prédécesseur. La prudence s'impose, mais je vous le répète, ces crimes ne resteront pas impunis. L'honneur de l'Amérique est en jeu !

Scotchée dans un fauteuil devant la grande télé murale 3D du salon, Pamela n'en croit pas ses yeux ni ses oreilles. À son retour de l'église, elle a trouvé la télé calée sur FoxNews alors qu'elle l'avait laissée sur Lord's Channel, la chaîne de la Divine Légion, pour l'édification de Tony Junior. Surprise, elle allait rappeler son canal favori quand elle a entendu cette nouvelle incroyable : *son mari a été kidnappé !* Du coup, elle zappe d'une chaîne à l'autre en quête d'informations, passant outre l'interdit de la Divine Légion, pour laquelle tous les réseaux TV américains sauf Lord's Channel sont dans les griffes de Satan. À ses côtés, Junior glousse et bavouille comme si tout ça l'amusait.

— Il n'y a pas de quoi être si joyeux, mon chéri, lui reproche Pamela. Ton père est dans une situation très délicate et doit beaucoup souffrir.

Mais, en son for intérieur, elle est presque soulagée : se peut-il que ces Nègres qui ont emporté Anthony dans leur pays fassent partie du plan divin visant à faire de sa villa la maison du Seigneur, ainsi qu'il a été révélé au révérend Callaghan ? Les voies de Dieu sont impénétrables et parfois bien tortueuses, allant jusqu'à utiliser une race inférieure pour exécuter Ses desseins... Pourquoi pas ? D'ailleurs Pamela n'a pas à juger, juste à remercier le Seigneur d'avoir écouté ses prières. Elle a prié – ô combien ! –, elle a *supplié* Dieu de lui apporter la clairvoyance et de l'aider à trouver une solution. Or voici qu'Anthony est kidnappé à Nassau, la plus sécurisée des enclaves ! Comment ne pas y voir une intervention divine, la lumière céleste au plus obscur de son désarroi ?

Car avant le départ d'Anthony pour le Forum éconogique, les forces du mal se sont acharnées sur

Junior et Pamela, à croire que son mari avait invoqué les hordes de l'enfer pour la tourmenter durant son absence. En premier lieu, le Dr Kevorkian, le médecin personnel de Tony, est venu fort inquiet, ayant appris que Pamela avait jeté tous ses médicaments à la poubelle. Il a exigé d'emmener Junior à sa clinique afin de procéder à des examens complets, menacé de l'interner s'il s'avérait qu'il avait été négligé ou mal soigné. Mais Kevorkian a constaté que Tony se portait comme un charme ; mieux, il bénéficiait d'une sorte de rémission qui retardait voire stoppait le vieillissement accéléré de ses cellules ! Un résultat auquel tous les traitements administrés jusqu'à présent n'avaient pu aboutir. Ne pouvant obtenir l'assentiment de Pamela pour le garder dans sa clinique, Kevorkian l'a donc rendu à sa mère... après l'avoir obligée à racheter tout le stock de médicaments – qu'elle oublie régulièrement de donner à Tony.

Ensuite, Robert Nelson a avoué à Pamela, fort contrit, qu'au cas où Anthony parviendrait à obtenir une audience devant le juge pour le divorce, il ne pourrait pas la défendre, car il n'avait plus le droit d'exercer la profession d'avocat dans le Kansas. Samuel Grabber avait joué de toutes ses influences pour le faire radier du barreau, au prétexte qu'il est un membre actif de la Divine Légion !

— Ce sale Nègre, on l'aura, d'une façon ou d'une autre, a grondé Nelson.

— Comment l'a-t-il su ? s'est étonnée Pamela.

— Par votre mari, sans doute.

— Mais il ne vous connaît pas !

— La vidéosurveillance de la maison... Vous avez oublié plusieurs fois de la désactiver, a reproché Nelson.

Toutefois, s'est-il empressé de rassurer Pamela, sa carrière n'est pas fichue, parce que la Divine Légion va l'embaucher pour défendre ses intérêts. Hélas, ils se verront moins souvent :

— Le révérend Callaghan m'a signalé qu'il y aurait un poste à pourvoir dans le Montana…

— Le Montana ! s'est écriée Pamela, sidérée. Mais c'est dans le Grand Nord !

Dépité, Nelson a écarté les bras en signe d'impuissance : on ne discute pas les ordres du révérend, inspirés directement par Dieu. Après son départ, Pamela a pleuré. Car elle aime beaucoup frère Ézéchiel, oui, vraiment beaucoup, et même – s'est-elle avoué, suffoquant de honte – elle le *désire*… Elle s'est confessée et fustigée pour évacuer ces pulsions libidineuses – en vain : seule la nuit dans son lit, elle ne pouvait s'empêcher d'avoir des visions de luxure de frère Ézéchiel, tandis qu'une chaleur étrange, proprement diabolique, palpitait entre ses cuisses… Il lui est venu des rêves de stupre et de fornication, des cauchemars affreux, ressemblant à ses visions de Consuela, où frère Ézéchiel accomplissait avec elle (et d'autres !) des actes obscènes. Au matin, elle se réveillait l'entrejambe mouillé ! Elle a réussi à évacuer ces tentations sataniques à force de prières, de jeûne et de pénitences, scrutée par le regard sarcastique de Junior. *Il sait*, a réalisé Pamela, effrayée. *Le Seigneur l'habite !* C'est se savoir sondée jusque dans ses pensées les plus honteuses qui l'a guérie en définitive de cette possession démoniaque. Malgré tout, elle pleure encore, parfois, à la pensée qu'Ézéchiel va partir si loin…

Comme si ces épreuves ne suffisaient pas, la police est venue chez elle pour l'interroger longuement et âprement à propos de Rachel, sa voisine. Pamela s'étonnait de son absence, elle qui ne quitte jamais Eudora ; partie sans la prévenir, en plus ? L'inspecteur lui a fourni l'explication : on a retrouvé son corps – ce qu'il en restait – dans le lit de la Wakarusa quasiment à sec, en pleine zone outer. Ce qu'elle faisait là, la police voulait justement le savoir. Il s'avérait que Pamela était la dernière personne à avoir vu Rachel, lors de la visite de Moses Callaghan où elle devait être intronisée... Bien sûr, Pamela ne pouvait tout dire à l'inspecteur, qui l'a bien senti. C'est pourquoi il l'a tant cuisinée... Et il ne portait pas la Divine Légion dans son cœur. Il a failli l'emmener au poste, l'a même menacée de prison pour complicité de meurtre ! Heureusement, l'intervention autoritaire de Robert Nelson, qui s'est prétendu l'avocat de Pamela, a dissuadé les flics de l'embarquer.

— Je n'en ai pas fini en ce qui vous concerne, a averti le policier en brandissant un index accusateur. Je veux tout savoir sur ce qui s'est passé durant cette réunion et je le saurai !

Depuis, Pamela n'a eu aucune nouvelle de la police. Nelson lui a dit qu'il en avait référé « en haut lieu », sans lui fournir davantage de précisions.

Or voici que le temps des épreuves touche à sa fin, voici que le Seigneur l'écoute, exauce ses vœux les plus secrets ! Anthony enlevé par ces Nègres, emmené dans ce pays d'Afrique au nom imprononçable ! *Pourvu qu'ils le retiennent longtemps*, se prend-elle à espérer. Ils ne semblent pas exiger de rançon, en tout cas les infos n'en parlent pas. Mais si c'est le cas, que faire ? Payer pour qu'il revienne ? Si elle ne paie pas ? *Ils le tueront*... Pamela frémit à cette pensée : elle tient la vie d'Anthony entre ses mains, à son bon vouloir ! Toutefois le président

Bones a l'air très remonté contre ce rapt : il se pourrait bien que les États-Unis tentent quelque chose pour le délivrer. En y réfléchissant, Pamela réalise qu'elle va certainement être assaillie par les médias – le P.-D.G. de Resourcing n'est pas un quidam lambda – qui voudront voir en elle une épouse éplorée, prête à tous les sacrifices pour récupérer son cher mari. Devra-t-elle jouer la comédie ? Elle ne peut avouer publiquement qu'elle souhaite que les Nègres le gardent ! Doux Jésus ! C'est une nouvelle épreuve...

Le visiophone fait entendre son doux carillon, qui la fait néanmoins sursauter. *Ça y est, les médias, déjà !* s'affole-t-elle. Elle établit la connexion d'un doigt hésitant... pousse un *ouf* de soulagement : c'est frère Ézéchiel, tout excité.

— Pamela ! Heu – sœur Salomé ! Êtes-vous au courant de la nouvelle ?

— À propos de mon mari ? Oui, j'ai écouté les infos, avoue-t-elle en rougissant.

Ézéchiel ne relève pas ce manquement aux règles :

— C'est *fantastique*, Salomé ! Dieu vous a écoutée ! Il a résolu tous vos problèmes ! Votre maison est à nous – je veux dire, elle peut désormais être entièrement consacrée au Seigneur !

— Croyez-vous ? Si Anthony est libéré ? S'il revient ?

— Il ne reviendra pas.

— Comment pouvez-vous en être aussi sûr, frère Ézéchiel ?

— C'est le révérend Callaghan qui me l'a dit. Dieu lui a parlé dans sa tête et lui a annoncé : « Fuller le pécheur mourra solitaire dans les sables du désert. » Texto.

Frissonnant de nouveau, Pamela pivote vers Junior, qui a *tourné son fauteuil* et la fixe intensément de ses yeux embrasés.

— Hin hin hin, ricane-t-il.

— Qu'avez-vous, Pamela ? s'inquiète Nelson dans le petit écran. Vous êtes toute pâle !

— Ce n'est rien, c'est… une terrible nouvelle que vous m'annoncez là, frère Ézéchiel.

— Terrible, vous dites ? Elle est plutôt excellente, non ? Attendez, j'en ai une autre aussi bonne : je ne pars plus dans le Montana ! Le révérend Callaghan m'a mandaté personnellement pour m'occuper de la succession – je veux dire, pour vous aider à résoudre tous les problèmes que pourrait causer la disparition de votre mari, notamment sur le plan de ses affaires…

— C'est très gentil à vous, Ézéchiel. Maintenant, je… désire prier pour me remettre de ces émotions, retrouver la sérénité qui sied à la mère du Messie…

— Je comprends, Pamela. Je vous laisse à vos dévotions. Je vous rappellerai plus tard.

— C'est ça, oui. À plus tard.

Sitôt le visiophone éteint, Pamela s'approche prudemment de Junior, remet son fauteuil en place et murmure d'une voix tremblante :

— Mon fils, mon chéri… Est-ce bien le Christ qui est revenu en toi ? Ou… l'Antéchrist ?

Chapitre 11

DES VOIX DANS LE VENT

— Docteur Moore, vous avez fondé l'association Euthanasie pour tous, dont la devise est plutôt inquiétante : « Pas de survivants sur Terre. » Son but, pour une fois, n'est pas de sauver le plus grand nombre ou une élite donnée, mais au contraire d'aider les gens à mourir. Pourquoi les aider à mourir et non à survivre, docteur ?

— Parce que mourir n'est jamais facile, mais survivre deviendra impossible. Notre but est simplement d'éviter la souffrance, d'abréger les affres de l'agonie.

— Avez-vous donc une vision si désespérée de l'avenir de l'humanité ?

— Pas désespérée : réaliste. Notre temps est arrivé à son terme, c'est évident. Nous allons disparaître, tout comme les dinosaures jadis, les baleines il y a peu. Les dinosaures ont dû énormément souffrir, les dernières baleines se sont suicidées. Suivons leur exemple et, puisqu'il existe des techniques d'euthanasie douces et indolores, appliquons-les.

— Qu'est-ce qui vous permet de croire qu'il n'y aura « pas de survivants sur terre » ?

— Désormais, la courbe des décès croît plus vite que celle des naissances. La mortalité pour causes écologiques directes – catastrophes climatiques, cancers dus aux UV, morts provoquées par la sécheresse, la chaleur, le froid, la pollution, etc. – est cette année de 35 %, et augmente de 3 à 5 % par an. La mortalité pour causes dérivées, c'est-à-dire la famine, la malnutrition, l'empoisonnement hydrique ou alimentaire et toutes les maladies induites, atteint 25 %. Ajoutons 10 % d'accidents, 20 % de guerres, 5 % de suicides. Faites le calcul : il reste 5 % d'humains à mourir de mort naturelle, autrement dit de vieillesse tout simplement. 5 % ! Croyez-vous que vous en ferez partie, mademoiselle ?

— Ces chiffres donnent froid dans le dos, docteur Moore...

— Je ne vous ai pas encore asséné le plus terrible : en extrapolant ces données, et si l'on intègre le fameux «effet Vénus» dont nous menace le professeur da Silva de Global Climate Change, l'humanité aura disparu d'ici à la fin du siècle. Vous voulez vous inscrire à Euthanasie pour tous, mademoiselle ? Je vous préviens, la liste d'attente est longue.

HORREUR

Mon objectif – je devrais dire ma mission – est non seulement de contribuer à la lutte contre le réchauffement climatique et son cortège de catastrophes, mais également de venir en aide aux populations sinistrées. Présent dans 72 pays à travers l'une ou l'autre de ses filiales, Resourcing contribue chaque jour à apporter un peu de réconfort aux gens dans le besoin.

Interview d'Anthony Fuller pour One Earth,
2 janvier 2030.

Fuller tourne en rond dans sa cellule comme un tigre en cage. Il ne dort plus, a la chiasse, de la fièvre, les nerfs en pelote, la nausée au bord des lèvres, une sueur malsaine qui empoisse ses vêtements sales. Il pourrit sur pied dans six mètres carrés, dans une chaleur de four, une pénombre poussiéreuse, une puanteur de latrines et de crasse humaine, assailli par les mouches et les cafards. L'eau qu'on lui file au compte-gouttes a un goût de chiottes, la nourriture sent la merde, même l'air qu'il respire est chargé de miasmes putrides. Il n'imaginait pas qu'il puisse exister, aujourd'hui dans le monde, des conditions de détention aussi ignobles. Et il paraît qu'il a un traitement de faveur !

Il ignore combien de temps il va rester dans cette bauge infâme, quel sort on lui réserve. Il a exigé d'être informé, d'avoir un avocat, de passer un coup de fil – droits élémentaires de tout citoyen américain : on a haussé les épaules, comme si sa demande légitime n'avait aucun sens. Sur quelle planète est-il donc ? Va-t-il émerger un jour de ce cauchemar ?

Ce cauchemar. C'est bien de cela qu'il s'agit : peut-être Anthony est-il devenu fou, a été enfermé dans la cellule capitonnée d'un asile et, dans son délire, se croit en prison au Burkina... Non : cette pestilence, ces murs de parpaings rugueux, ce grabat en mousse grouillant de punaises, ces piqûres qui l'irritent et s'infectent, tout ça est bien réel. Le cauchemar, c'était *avant*... avant qu'il n'émerge à la réalité sur le tarmac d'un aéroport ensablé, à la porte de son propre avion, un couteau sous la gorge.

Une longue nuit d'horreur pure, peuplée de démons grimaçants, où l'assaillait sans cesse ce haineux faciès d'hyène qui prenait parfois les traits de Wilbur, son fils décédé, ou ceux de Tony Junior, voire un mélange des deux, cette face hideuse lui crachant sa mort au visage, ces yeux sans fond, hypnotiques, forant son esprit en déroute et l'emplissant de vers putrescents... Il conserve l'image d'une danse macabre, cercle de mort tourbillonnant dont il ne pouvait s'extraire, et celle de sa tourmenteuse, l'hyène à la figure changeante qui l'enserrait dans ses crocs pour l'entraîner en des abîmes de terreur et de folie... Trois jours après, ce cauchemar lui procure encore des sueurs froides et des frissons d'angoisse, perdure dans les hallucinations qui s'immiscent dans ses nuits sans sommeil.

Ce sont toujours les mêmes : c'est le fantôme de Wil, parfois curieusement déguisé en Touareg, qui apparaît la nuit dans sa cellule, ombre flottante et regard de braise, armé d'une dague effilée qu'il lui plonge en plein cœur ; c'est le ricanement d'*hyène* de Tony qu'il perçoit au creux de son oreille, son visage de gnome qui se dessine derrière les barreaux de l'étroite fenêtre ; ce sont ces pas résonnant sur le sol de ciment qui s'approchent du grabat, ces yeux de feu braqués sur lui et cette voix susurrée, sans timbre, proche et lointaine à la fois, comme apportée par un vent des limbes : « Tu vas mourir, papa. » À chaque fois Anthony se redresse d'un bond, le cœur affolé, cherche une lumière qu'il ne trouve pas, un Tranxène ou un Calmoxan qu'il ne possède plus. Il ne peut se rendormir, n'est même pas sûr d'avoir dormi ni rêvé…

S'il continue de croupir ici, de végéter dans cette incertitude, Fuller va vraiment devenir fou. C'est sans doute ce qu'ils veulent, ce maudit Viking qui l'a kidnappé et sa patronne en boubou. Se venger à la mode africaine, en l'envoûtant avec un masque, puis en le jetant dans un cul-de-basse-fosse… Et ensuite ? Une mascarade de jugement ? L'ensorceler ? Le tuer à petit feu ? On ne les laissera pas faire. Le gouvernement des États-Unis, ou la NSA, ou ses associés de Resourcing vont intervenir, le délivrer, c'est certain. Enfin, quoi ! On n'enferme pas impunément dans une geôle africaine le P.-D.G. d'un des plus gros consortiums *ww* comme un vulgaire voleur de poules ! Tout l'Occident doit hurler au scandale : cette présidente de pacotille sera forcée de se plier ou sera écrasée comme une punaise.

C'est juste, c'est logique, c'est *normal*! Sitôt libéré, Fuller va non seulement lui pomper *toute* sa nappe phréatique, mais également transformer son pays de merde en désert. Qu'elle crève, cette salope malfaisante! *Qu'ils crèvent tous!*

Calme-toi, Anthony, calme-toi. Tu n'as pas de Calmoxan, ce n'est pas le moment d'être emporté par une attaque. Il s'assoit sur le grabat, les mains sur les genoux, s'efforce de respirer à fond l'air confiné et surchauffé, sans tenir compte des odeurs. Une douche froide serait des plus bénéfiques, mais on ne lui octroie qu'un demi-seau de flotte croupie par jour...

Bruits de pas dans le couloir – de *vrais* pas –, cliquetis de clés, claquements de verrous. Le gardien pointe son mufle de gorille :

— Debout, Fuller. Prenez vos affaires et suivez-moi.

— On me libère enfin ?

Pas de réponse. Anthony n'en attendait pas vraiment : ce gardien trapu est aussi loquace qu'un muet dans un congrès de sourds. Il l'emmène, à travers des couloirs lépreux et une cour grillée par la chaleur, jusqu'au bureau du directeur de la prison. Outre celui-ci – le même qui avait accueilli Laurie quelques jours plus tôt –, la pièce est occupée par un sergent et ce chien de Rudy! Fuller sent aussitôt monter sa tension mais se retient de lui sauter dessus : le soldat est armé et le gardien peut lui arracher la tête d'une simple torgnole.

— Encore vous! aboie-t-il. Qu'est-ce que vous voulez cette fois ?

— Vous emmener en balade, répond Rudy.

Fuller fronce les sourcils, méfiant. Rudy se tourne vers le directeur et l'invite du geste à prendre la parole. Celui-ci chausse d'antiques lunettes pour lire un document imprimé :

— « En vertu du vote favorable issu de la délibération du Conseil des ministres du 23 décembre, nous, madame Aïssa Bamory, ministre de la Justice et garde des Sceaux, décidons le transfert provisoire de monsieur Anthony Fuller à Kongoussi, afin qu'il puisse visiter le chantier de forage et observer les conditions de vie des habitants. Ce transfert s'effectuera sous bonne garde par transport militaire. Sur place, monsieur Fuller sera logé dans le camp du 4e R.I., selon les modalités réservées aux officiers. » (Il relève la tête et ses lunettes.) Voilà. Si vous êtes prêt, monsieur Fuller, vous pouvez partir de suite.

— Non, je ne suis pas prêt, grogne-t-il. Je veux d'abord prendre une douche.

— Je crains que ce ne soit pas possible, grimace le directeur. (Après réflexion, il ajoute :) Cependant, par égard pour votre rang, et pour vous prouver que nous ne sommes pas des sauvages, je consens à vous fournir un seau d'eau puisé dans ma réserve personnelle et à vous prêter ma salle de bains.

— Vous êtes trop aimable, maugrée Anthony.

Le directeur se lève avec peine de derrière son bureau.

— Venez, c'est par ici. Gardien, accompagnez-nous, s'il vous plaît.

— Inutile de m'infliger votre gorille, je ne m'enfuirai pas…

— Nous ne sommes pas des sauvages, monsieur Fuller, mais vous autres Américains, vous l'êtes bel et bien.

Une demi-heure plus tard, propre, rasé et changé, Anthony monte dans le Daewoo bâché garé dans la cour d'arrivée, en compagnie de Rudy et de deux soldats, Uzi au poing. Le sergent s'installe dans la cabine. Rudy porte un paquet sous le bras, enveloppé de papier journal, dont la forme rappelle aussitôt d'atroces souvenirs à Fuller, qui se met à trembler.

— Rassurez-vous, sourit Rudy. Je ne vais pas vous soumettre de nouveau à l'épreuve du masque… à moins d'y être contraint, naturellement. Je vais juste le rendre à sa propriétaire.

Le camion s'ébranle, sort de la prison, s'engage dans la circulation sporadique des rues de Ouaga. Au bout de dix minutes, Fuller est aussi suant et poussiéreux que dans sa cellule.

Maussade au début du voyage, accablé par la canicule, il prend peu à peu conscience de la terre de désolation que le camion traverse. Il voit les carcasses et les cadavres desséchés au bord de la route, récurés par les vautours ; il voit les villages moribonds, les gens squelettiques, les gosses au ventre gonflé, la bagarre autour d'une citerne d'eau ; il voit les arbres morts, les champs stériles de latérite rouge, les rares animaux émaciés traquant d'ultimes broussailles racornies ; il voit les boutiques closes, les maisons abandonnées aux persiennes claquant sous l'harmattan, les vieux affalés contre un mur, attendant la mort ; il voit le ciel incandescent, le soleil telle une bombe au ralenti… Il ne dit rien, mais son air renfrogné cède la place à la surprise, à l'ahurissement, à l'horreur. Rudy étudie attentivement l'effet que produit l'environnement sur Anthony. Fuller n'en a pas assez, décide-t-il. Il faut qu'il voie Kongoussi *maintenant*. Qu'il en prenne plein la gueule.

Arrivés à destination, Rudy s'arrange avec le sergent pour effectuer un tour de la ville, spécialement le marché et les vieux quartiers, les plus pauvres, ainsi que des collines environnantes, jadis zone de cultures maraîchères florissantes. La misère, la lente agonie, la mort qui rôde dans le sillage des vautours, la putréfaction sèche qui s'exhale en miasmes des cours brûlées, le marché misérable et indigent, les zombies décharnés qui errent dans les rues, les cadavres abandonnés... tout cela agresse physiquement Fuller qui se recroqueville au fond du camion, se cache dans ses bras. Rudy le redresse, lui tourne la tête au-dehors, lui ordonne de regarder encore. Les cases qui s'écroulent. Les champs de poussière balayés par le vent. Les dunes venues du nord qui ensablent les vallons. Les baobabs qui dressent leurs branches courtaudes et nues sous le ciel blanc. Les animaux morts. Les squelettes. Les épaves. Mais aussi – regarde, Fuller, regarde ! – le chantier de construction du pipeline vers Ouaga, où les ouvriers à demi nus s'activent dans le cagnard. Les rires des enfants abreuvés saluant le camion qui passe. Les femmes portant des jerricanes sur la tête, droites et fières. Les hommes qui reconstruisent les greniers effondrés. Ceux qui tracent des sillons dans la latérite, les ensemencent, les arrosent d'un filet d'eau mesuré. Ceux qui creusent des *foggaras*, emboutissent des tuyaux, réparent de vieilles vannes ensablées. Ce gamin nu et radieux qui s'est versé le fond d'un seau sur la tête, ses cheveux crépus scintillants de gouttelettes comme autant de diamants. Et ces sourires, cette joie revenue chez ceux qui ont un peu d'eau, assez pour boire, se laver, ressusciter les jardins...

La virée s'achève par le forage lui-même, son activité bourdonnante, les pompes qui aspirent, les compresseurs qui ronronnent, les citernes qui se remplissent, gardées par des soldats, ces femmes patientes et disciplinées qui attendent, calebasse, seau ou jerricane en main, leur tour de distribution gratuite, celles qui ont été servies et qui repartent d'un pas prudent, attentives à ne pas perdre une goutte, mais rayonnantes, à nouveau pleines de vie…

Enfin le Daewoo se gare à l'entrée du camp militaire. Les arrivants sont accueillis avec… un quart de flotte. Fuller boit au gobelet communautaire sans faire de chichis : il a les mains qui tremblent et les larmes aux yeux. Arrivent un grand Noir mince et bien habillé, l'air d'un intellectuel, et une jeune femme blonde qu'il n'a jamais vue, en short et tee-shirt, la peau tannée par le soleil. Celle-ci lui adresse la parole sur un ton plutôt rogue :

— Alors, monsieur Fuller, le voyage s'est bien passé ? La visite touristique vous a plu ?

Il ne sait que dire. Se contente de secouer lentement la tête, les yeux mouillés, une grosse boule dans la gorge.

— Réponds ! le presse Rudy. Ça te change de Paradise Island, pas vrai ?

— Je… n'imaginais pas… que c'était à ce point, réussit-il à articuler.

— Ah oui, vraiment ! persifle Laurie. Monsieur Fuller, voler des pauvres, ce n'est pas un délit, c'est un *crime*. J'espère que vous en avez conscience maintenant ? Combien de gens alliez-vous tuer, en pillant cette nappe phréatique ?

— Je ne sais pas… J'ignore le chiffre de la population…

— Vous vous êtes guère renseigné, hein ! Un peu plus de dix millions. Sans compter ceux qui sont déjà morts, soit la moitié. Mais ça n'entre pas dans vos lignes de comptes, n'est-ce pas ? Qu'est-ce que c'est que dix millions de Noirs végétant dans un PPP ? Négligeable. Pas rentable. Tandis que remplir les piscines des enclaves du Kansas, ça c'est rentable !

Laurie est tellement remontée que sa voix tremble et ses yeux lancent des éclairs. Proche d'elle, Abou l'admire, éperdu d'amour, mais il ne peut la toucher car il est en service : c'est lui qui est chargé de superviser la détention de Fuller au camp. Il jette à son frère un regard empreint de fierté que Moussa ne capte pas, en train de dévisager Fuller avec un mélange de répugnance et de curiosité.

— Je ne pensais pas spécialement aux piscines du Kansas... (Anthony s'interrompt, soupire, passe une main sale sur son visage poussiéreux, poursuit d'une voix plus ferme, comme s'il venait de prendre une décision soudaine :) Écoutez, mademoiselle, et vous aussi, Rudy. Vous tous, écoutez-moi ! (Un silence attentif se fait autour de lui.) Bon, c'est vrai, je l'avoue, quand j'ai voulu prendre possession de cette nappe phréatique qui légalement est censée m'appartenir, je n'avais pas conscience des conditions locales. C'est vrai, on ne m'a pas renseigné. C'est vrai aussi que je m'en foutais. Je ne considérais que ma réalité à moi : mon pays qui meurt aussi de soif, le bétail qui crève par milliers de têtes, les cultures qui dépérissent, l'économie qui s'écroule. Mais j'ai vu ce qui se passe ici, et c'est sans commune mesure. En comparaison, le Kansas est florissant, a de l'eau à profusion. Aussi je viens de décider, mes amis, que non seulement cette nappe phréatique vous appartient de plein droit, mais qu'en plus je peux vous aider à l'exploiter. J'ai des filiales dans le forage, dans l'adduction et la distribution de l'eau. Je peux, en quelques mois, équiper tout le pays d'un réseau performant. Ne croyez pas que je ferai ça pour

chercher à vous exploiter. Non, grands dieux, non !
Je le ferai parce que vous en avez besoin, parce que
Resourcing est en mesure de vous le fournir. Et pour
être fier d'avoir accompli, au moins une fois dans ma
vie, une action utile et désintéressée, sans y rechercher le moindre profit ! Voilà, j'ai terminé. Maintenant, faites de moi ce que vous voulez, achève-t-il un
ton plus bas.

L'assistance – essentiellement composée de militaires, mais aussi de quelques ouvriers du chantier
venus en curieux – se concerte un instant, interloquée. Puis des applaudissements éclatent… qui
roulent bientôt en une vague croissante au sein de
l'assemblée. Même Moussa claque des mains.
Anthony redresse la tête, sourit avec fierté, laisse
sciemment couler la larme qui lui perle au coin de
l'œil.

— Très bien, Fuller, très bien, approuve Rudy.
Beau discours, vibrant, sincère, apte à galvaniser les
foules. Joli résultat pour une improvisation… (Fuller
se tourne vers lui, tout content.) Mais moi j'y crois
pas. Pas une seconde. Quand on naît pourri, on
meurt pourri. Emmenez-le !

MOMENT PROPICE

Vous avez rencontré l'âme sœur.
Êtes-vous bien sûr(e), au moment crucial,
de ne lui apporter que du bonheur ?
VirOcid®. Jouissez de la vie sans risque.
Vaccin efficace contre toutes les mutations connues du
virus HIV : HIV+, HIV_2+, HIV_3+, HIV_R.
VirOcid® n'est délivré que sur ordonnance et
administré par un médecin, après dépistage gratuit.
VirOcid® **est inefficace** sur une personne séropositive.
VirOcid® est un produit du groupe Pharmacia *ww*.

Ce soir-là, Moussa est retenu au chantier par un surcroît de travail : d'une part, il doit rechercher et télécharger toute sa doc et ses données dans le Quantum Physics qu'il a apporté, son ordi ayant été cassé par une balle d'Abou ; d'autre part, une des pompes a explosé pour cause de surpression, il doit revoir tous ses calculs. De son côté, Rudy a préféré rester au camp militaire pour « tirer les vers du nez à Fuller », mais Laurie a vu à son clin d'œil complice qu'il avait deviné… C'est donc seule qu'elle raccompagne Abou chez lui, après son service, dans la petite Hyundai de fonction gris métallisé.

En chemin, tous deux reparlent du discours inspiré de Fuller. Aligné sur Rudy, Abou n'y croit pas non plus : « Cet homme est mauvais, je le *sens*. » Laurie est plus mitigée : elle serait tentée de mettre Fuller à l'épreuve, lui faire signer un engagement écrit, conclure un partenariat transparent avec l'ONEA.

— Il dispose d'une logistique et d'une technologie que vous aurez beaucoup de mal à acquérir et qui coûte très cher, même importée de Chine, argumente-t-elle. S'il la met vraiment gratuitement à disposition, c'est un avantage économique certain par rapport à vos vieux réseaux qui ont forcément des fuites…

— Il y a un proverbe qui dit : « Si tu serres la queue du serpent, il te mord. » Peut-être que Fuller est sincère présentement. Mais quand il aura la main sur le robinet, il va bouffer l'ONEA tout cru et c'est à lui qu'on devra payer la facture.

Laurie défend son point de vue assez mollement, car elle reconnaît qu'au fond Abou et Rudy ont raison : un homme éduqué depuis sa petite enfance à transformer en dollars tout ce qu'il touche ne devient pas philanthrope par miracle, même après avoir sali ses Burton dans la misère noire. Ce n'est que sur le long terme que l'on pourrait constater un changement notable de son comportement, or elle ignore quel sort est réservé à Fuller : un jugement probablement, mais ensuite ?

En outre, elle sent bien que cette conversation avec Abou est superficielle, destinée à contenir l'émotion qui affleure et s'insinue par des regards biaisés, des palpitations, des mains frôlées, des bouffées de chaleur… Depuis qu'ils se sont retrouvés en ce beau jour de libération nationale, tous deux ont échangé maintes étreintes et baisers, mais chaque soir Laurie a laissé Abou à la porte de chez lui, a fait retraite chez Étienne et Alimatou ; chaque nuit, elle s'est caressée en pensant à lui. Ce soir – le quatrième –, elle pressent que ce sera différent : il y a cette tension érotique entre eux, et comme un consensus autour qui rend le moment propice... Tandis qu'elle gare la voiture devant le petit immeuble, son cœur bat la chamade et le rouge lui monte aux joues comme une minette de quinze ans. Or elle en a trente et, sans être une bombe sexuelle, elle a connu plusieurs garçons dans sa vie ; elle a même expérimenté à dix-huit ans une partie à quatre pour fêter son vaccin antisida... C'est Abou le novice – du moins le suppose-t-elle –, c'est lui qui devrait être confus !

Il l'est, du reste : lui aussi sent cette émotion mal contenue, ce désir qui monte, ce moment propice. Il prend les mains de Laurie dans les siennes et murmure :

— Alors... On se dit à demain ?

Elle soupire, sourit – se lance :

— J'ai soif, Abou... Tu m'offres un verre ?

— Oh oui, oui, bien sûr !

Ils grimpent les deux étages main dans la main, entrent dans l'appartement obscur et surchauffé. Laurie se met à transpirer illico. Malgré tout, elle se colle contre Abou dans le vestibule et lui donne un long baiser, langues mêlées. Elle sent un renflement presser contre son short : il la désire... Ils s'écartent, Abou allume la lumière, va dans la cuisine, inspecte le frigo.

— Il n'y a que de la bière...

— Ça ira très bien.

Il prend deux verres sur l'étagère, va pour les

rafraîchir dans le seau posé près de l'évier, se ravise. Par curiosité, il ouvre le robinet. La tuyauterie renâcle et gargouille (elle n'a pas servi depuis long-temps), quelques gouttes apparaissent, suivies d'un filet d'eau qui jaillit par à-coups, enfin l'eau se met à couler régulièrement, d'abord brunâtre puis de plus en plus claire… Abou contemple ce miracle, éberlué.

— Laurie! crie-t-il tout excité. L'eau coule!

— Je le vois bien, sourit-elle. Tu as une douche?

— Oui! Tu crois qu'elle marche?

Abou se précipite dans la salle de bains, ouvre le robinet de la douche : le même manège se reproduit. Ravi, il se fourre la tête sous le jet bienfaisant. Laurie le rejoint, battant des mains comme une fillette, partageant sa joie.

— On prend une douche, Abou?

— Euh… Je ne sais pas s'il y aura assez d'eau pour deux.

— On la prend ensemble… Il y a de la place!

La douche murale coule directement sur le carre-lage dénivelé, muni d'un orifice d'évacuation. Un rideau de nylon la sépare du reste de la pièce. Sans attendre l'avis d'Abou, Laurie ôte tee-shirt, short et slip, riant de ses yeux écarquillés.

— Ton… ta… ça aussi, c'est blond? bafouille-t-il.

— Eh oui! Je suis une vraie blonde!

Elle se glisse sous le jet d'eau fraîche en poussant de petits cris de saisissement. Ne voulant pas mon-trer sa gêne, Abou se déshabille à son tour, rejoint Laurie sous la douche.

— T'as du savon ou du gel? (Il attrape un flacon sur le lavabo, le lui tend.) Frotte-moi avec, s'il te plaît… minaude Laurie.

Abou ose à peine la toucher, mais elle l'embrasse à pleine bouche et il s'enhardit, caresse tout son corps avec le gel, insistant ravi sur ses seins menus, ses fesses rondes, ses cuisses fermes et fuselées... Il l'embrasse à son tour et descend plus bas, lèche les tétons qui durcissent, baise le ventre un peu bombé, fourre son nez dans cette touffe blonde attirante, tâte sa vulve rose du bout de la langue... Elle le repousse en riant.

— Tu me chatouilles !

Abou se redresse et c'est au tour de Laurie de couvrir son corps de gel et de baisers. Elle constate incidemment qu'il porte (tout comme elle) les trois points rouges du vaccin antisida sur l'épaule gauche. Un *vrai* vaccin, suppose-t-elle : en tant que fils de la présidente, il n'a pas dû être victime de cette arnaque de vaccins au rabais, venus d'on ne sait où, qui a tué des dizaines de milliers d'Africains qui se croyaient protégés... Elle constate aussi qu'Abou, trop ému, ne bande pas. Son sexe est joli, d'une taille confortable, mais mou.

— Laurie, bégaie-t-il au comble de la confusion, je ne sais pas ce que j'ai...

— Pas de problème. Laisse-moi faire. Ça va s'arranger.

Elle s'agenouille devant lui, empoigne le membre, le branle un peu, l'embouche. Il a un goût d'homme et de savon. Hésitante et maladroite au début (elle n'a pas fait ça depuis... *Non, oublie, c'est un nouveau jour, une nouvelle vie*), Laurie prend de l'assurance, retrouve les bons mouvements de main, de lèvres, de langue. Pour se donner du cœur à l'ouvrage, elle se titille de ses doigts libres. Abou la regarde, éberlué, pétrifié. L'eau coule sur eux en une onde bienfaisante, qui rend cette fellation très agréable. Ça vient : le pénis se redresse peu à peu. Laurie accélère ses mouvements. Suce, aspire, lèche, branle. La chaleur monte aussi en elle. Et Abou durcit, durcit… se met à gémir, haleter. Ça vient…

— Oh, Laurie… oh !

Elle se retire – trop tard. En un seul et puissant spasme, Abou éjacule sur sa figure. Elle en recueille sur ses lèvres, lui trouve un bon goût, à la fois acide et sucré. Elle reprend dans sa bouche le membre palpitant, avale ce qui jaillit encore, lèche jusqu'à la dernière goutte. Abou n'en revient pas.

— Tu… tu fais ça comme… comme dans les films porno…

— T'as vu des films porno ?

— Parfois, avoue-t-il. En 3D dans Maya. Je ne… savais pas qu'une fille pouvait le faire. En vrai, je veux dire.

— Une femme qui aime son homme peut tout lui faire. Il n'y a pas de tabous dans le sexe, tu sais. En tout cas, moi j'en ai pas.

— Alors, Laurie… c'est parce que tu m'aimes ?

— Je crois bien, Abou… C'est à ton tour, sourit-elle.

— À mon tour de quoi ?

— Eh bien, de me prouver que tu m'aimes !

— Mais… je ne peux plus, là. (Il soulève son membre ramolli.)

— Avec tes doigts, ta langue… Fais comme moi !

Elle s'adosse au mur dégoulinant, cuisses écartées. Abou s'agenouille devant elle, commence à la frotter avec un doigt, puis deux… qu'il tente d'immiscer dans la fente humide et nacrée. Laurie lui écarte la main.

— Doucement ! Tu me fais mal… Vas-y tout doux. Comme ça, tu vois…

Elle lui montre. En bon élève, Abou câline du bout des doigts, des lèvres. Ose lécher, sucer, mordiller.

Glisse sa langue entre les lèvres gonflées, elle pénètre... C'est chaud, mouillé, mielleux. C'est bon... Il insinue un doigt entre les fesses, caresse l'anus, y introduit lentement l'index, comme il a vu dans les films. Laurie tressaille, mais laisse faire. En même temps, il pousse son pouce dans le vagin, amorce un mouvement de va-et-vient. Laurie commence à onduler, soupirer, gémir.

— Ça va? Je te fais pas mal?

— Non Abou, c'est délicieux... Continue... Oui, avec ta langue...

Il lèche, suce, caresse, frotte. N'oublie pas le bouton rose du clitoris, qu'il mordille. Frétille de tous les doigts, des lèvres, de la langue. Laurie ondule, pantelante. Elle saisit la tête d'Abou qu'elle presse contre elle. Il sent ses pulsations qui vont *crescendo*. Il ne s'écarte pas: lui aussi veut la goûter, absorber sa jouissance. Soudain elle pousse un cri, se cabre. Ça jaillit en spasmes, chaud et piquant, mais l'eau dilue. Les contractions s'estompent, elle soupire, se détend. Abou se redresse, souriant. Laurie a les yeux pleins d'étoiles.

Soudain la douche cesse de couler dans un ultime gargouillis de tuyauterie: le quota du jour est épuisé. Tous deux se dévisagent, un peu interdits. Laurie baisse les yeux, tend la main vers le membre d'Abou qui s'est de nouveau redressé: la fougue de la jeunesse...

Ils vont dans la chambre et se jettent sur le lit, simple plaque de mousse posée par terre couverte d'un drap frais. Toute timidité évaporée, ils recommencent à s'explorer des yeux, des doigts, de la langue... Abou s'émerveille des seins menus de Laurie aux tétons petits et durs, de sa taille cambrée, de ses longues jambes, de son ventre à peine bombé, de son pubis blond ; Laurie admire le gros sexe d'Abou, noir et brillant comme l'ébène, les globes durs de ses fesses, ses cuisses musclées, ses abdos saillants, sa poitrine glabre et luisante. Après s'être redécouverts et regoûtés, fébriles d'excitation, elle s'offre à lui, croupe tendue, jambes en l'air. Il la pénètre un peu trop vite et brutalement.

— Tout doux, mon amour… c'est sensible !

— Excuse-moi, chérie… Comme ça, c'est bien ?

— C'est divin.

Hélas, ce n'est pas divin très longtemps. Abou est trop excité, va trop vite, s'en rend compte, s'efforce de se retenir – en vain : il éjacule alors que Laurie commençait juste à monter vers l'orgasme. La chute est brutale et frustrante, mais elle ne lui en veut pas : il est empourpré de honte, a presque les larmes aux yeux. Elle l'embrasse tendrement, le rassure :

— C'est normal, tu sais… Tu n'arrives pas encore à te contrôler. Mais plus on le fera, mieux tu y parviendras… Déjà, ce qui me plaît énormément, c'est que tu sois attentif à mon désir. Je craignais que tu ne sois un macho.

— Quand même ! Ma mère m'a bien éduqué… Salah aussi m'a dit des trucs.

— Qu'est-ce qu'il t'a dit, Salah ?

— « Une femme, c'est comme un verre en cristal : si tu la brutalises, tu vas la casser. Mais si tu sais bien la caresser, elle se mettra à chanter. »

— C'est macho, rit Laurie, mais c'est joli. Je lui pardonne, à Salah. Tu n'avais pas proposé une bière ?

— Si ! Je vais les chercher.

Assis dos au mur, tous deux sirotent leur bière en silence, se caressant nonchalamment, savourant l'amour qui les électrise en ondes vibrantes, en har-

moniques sensitives. Les yeux dans le vague, Abou
réfléchit. Laurie s'en aperçoit :

— À quoi songes-tu ?

Il se tourne vers elle, l'air grave :

— Laurie chérie, j'aimerais que tu sois ma femme.

Elle cesse de sourire.

— Hum ! Là aussi, tu vas trop vite... On se
connaît à peine.

— Mais tu m'aimes, tu m'as dit. Et moi aussi je
t'aime. Je t'adore même.

— Mon amour... (Elle l'embrasse tendrement.)
On s'aime très fort aujourd'hui, mais demain ?
Laissons passer un peu de temps, puis on en repar-
lera.

— Combien de temps ? (Abou reprend avant
qu'elle ne trouve une réponse.) Sérieusement, j'ai
réfléchi, c'est possible. Tu m'as dit que rien ni personne ne t'attend en France. Ici, moi j'ai une situation. Je peux faire carrière dans l'armée. Je suis déjà
sergent, je peux finir général. J'aurai une bonne
paye, tu n'auras pas à travailler, je t'offrirai tout ce
que tu veux, des robes, des bijoux...

— Et ton initiation ? Le bangré, c'est compatible
avec la carrière militaire ?

— Non, grimace-t-il. Mais je laisserai tomber le
bangré pour toi...

Laurie secoue la tête.

— Non, Abou. C'est très gentil à toi, mais une
femme ne s'achète pas avec une bonne situation, des
robes et des bijoux. Pas moi en tout cas. Moi, ce dont
j'ai besoin, c'est d'un homme qui m'aime et sur qui je
puisse compter, c'est tout. Peu m'importe qu'il soit
riche ou pauvre, qu'il ait ou non une bonne situation.
Du moment qu'on se soutient... Tu comprends ? (Il
hoche lentement la tête. Il paraît en avoir gros sur le

cœur.) De plus, ce serait dommage que tu sacrifies une connaissance traditionnelle à une carrière militaire…

— Mais si je ne fais pas carrière dans l'armée, je ferai quoi ? Comment je gagnerai notre vie ?

— Je sais pas. Je n'y ai pas encore réfléchi… Et puis moi aussi je peux avoir du travail. Ta mère m'en a proposé un.

— Non. Ce n'est pas convenable. C'est l'homme qui doit travailler, pas la femme. La femme doit s'occuper de la maison et des enfants.

— Ah oui ? C'est ta mère qui t'a dit ça ?

— Non. C'est la tradition.

— Laisse tomber la tradition, Abou.

— Mais tu m'as dit que je dois étudier le bangré…

— Ce n'est pas la même chose. Il y a de bonnes traditions et des mauvaises. (Laurie soupire, voyant qu'Abou ne comprend pas.) C'est long à t'expliquer, chéri. Je crois que sur certains points il nous faudra du temps pour nous comprendre… Mais on a le temps, n'est-ce pas ? Pour le moment, il y a plus urgent.

— Quoi donc ?

— Ça.

Elle empoigne le pénis d'Abou qui, à force de papouilles, a fini par se redresser. Elle le porte de nouveau à sa bouche, enchantée de son goût, de sa fermeté. Il s'allonge et elle se couche sur lui à l'envers, lui offre sa vulve moite. Il y fourre son visage, hume son parfum, goûte son miel, joue de la langue… Laurie monte très vite, comme si son excitation reprenait là où il l'avait laissée. Sur le point de jouir, elle se retourne, s'empale sur le sexe rigide. Abou commence à ondoyer du pelvis… Très vite, l'orgasme déferle en Laurie comme un tsunami. Elle se cambre, palpitante, ahanante. Les vagues se chevauchent en elle, brûlantes, explosives. Abou tient le coup. Il respire à fond, s'efforce de calmer ses propres palpitations. Après un spasme ultime, Laurie retombe sur le lit, tremblante et vidée... Abou, lui, peut toujours. Ravie, elle se couche à plat ventre, fesses en l'air. Son vagin est irrité, presque douloureux, mais elle veut jouir encore : trop d'années de frustration, de morne solitude... Abou la pénètre à nouveau, tendrement, en la caressant partout. Il va et vient en elle, flux et reflux de vagues de jouissance, chacune plus haute, plus forte, déferlant dans sa matrice, éclaboussant tout son corps d'embruns crépitants. L'orgasme survient, nouveau tsunami d'autant plus puissant qu'Abou jouit en même temps – explose en elle en un mascaret de sucs mêlés.

Enfin tous deux s'effondrent, épuisés, douloureux, comblés, au zénith de l'amour. Ils ne tardent pas à s'endormir serrés l'un contre l'autre, moites et poisseux, dans les parfums de leur plaisir. Et Laurie fait un rêve...

Abou est un sorcier-guérisseur et elle occupe un poste important dans le gouvernement de Fatimata, travail qui consiste essentiellement à négocier avec les Chinois à coups de citations taoïstes. Tous deux habitent dans une grande case ronde qui est celle d'Hadé, telle qu'elle l'imagine d'après la description d'Abou : peuplée de masques étranges, de fétiches inquiétants, garnie de bouquets de plantes séchées et de bocaux recelant des choses bizarres, vaguement monstrueuses – l'antre d'une sorcière comme dans les contes pour enfants. Vêtu d'un costume en fibres de raphia et portant un masque à figure d'hyène, Abou danse en secouant un bâton sculpté avec lequel il veut pénétrer Laurie, nue et penchée sur un ordinateur Quantum Physics.

Elle se réveille : Abou essaie vraiment de la prendre encore, tout ensommeillé qu'il est. Mais il bande à peine, à bout de forces. Elle se retourne, l'embrasse, et ils se rendorment, le sexe mou d'Abou dans la main chaude de Laurie. Dehors, un coq chante, annonçant le retour du jour et de la vie.

GRÂCE

Enlèvement d'Anthony Fuller. P.-D.G. de Resourcing
Pdt Jim Bones (USA) :
Une intervention militaire n'est pas exclue
Pdt Hans Schiller (UE) :
Cette affaire ne nous concerne en rien
Mme Jiang Lizhi, 1re sec. « Paix-Émergence »
(Chine) :
Nous défendrons notre partenaire commercial
M. Amadou Diallo, dir. adj. BAD (Ouest-Afrique) :
Madame Konaté sait ce qu'elle fait
Dir. générale de Resourcing (Kansas, USA) :
Nous ferons tout pour récupérer notre patron
Mme Pamela Hutchinson, épouse de M. Fuller :
Y a-t-il, oui ou non, une rançon à payer ?
*Toutes les réactions en cliquant **ici***
<euronews.com>

— ... En vertu des lois civiles et codes militaires précités, nous déclarons l'ex-général Victor Kawongolo coupable de haute trahison, complot contre l'État, mutinerie, enlèvements et séquestrations multiples, actes de guerre en temps de paix, appropriation frauduleuse et dégradation de biens publics, incitation à la rébellion, association criminelle et détournement de fonds publics. En conséquence, nous condamnons l'ex-général Victor Kawongolo à la peine capitale. Cette sentence sera exécutée selon les règles militaires, par un peloton d'exécution dûment désigné par les autorités compétentes. Avez-vous quelque chose à ajouter, ex-général ?

Un silence de mort plane sur la cour martiale. Tous les yeux se tournent vers Kawongolo, tassé sur le banc des accusés, encadré de deux soldats pas très à l'aise. Celui-ci redresse lentement la tête, parcourt d'un regard las le tribunal composé uniquement de militaires, hormis la présidente Fatimata Konaté qui a le droit d'être présente en tant que chef suprême des armées. Il lève ses yeux cernés vers le juge trônant sur l'estrade, qui n'est autre que le colonel – désormais général – Barry, le vainqueur des putschistes et « libérateur » du Burkina.

— Oui, j'ai quelque chose à ajouter, marmonne-t-il d'un ton morne.

— Levez-vous et parlez plus fort, s'il vous plaît.

Kawongolo s'exécute, tente d'adopter la posture droite et fière qui sied au rang qui était le sien. Il n'y réussit qu'à moitié : une semaine de cachot l'a cassé, physiquement et moralement.

— J'ai fait tout ce dont vous m'accusez dans un seul but : sauver mon épouse de la cécité. J'ai été séduit et abusé par les promesses fallacieuses d'agents de la NSA, j'ai cru qu'en échange de mon aide ils la feraient soigner par les meilleurs spécialistes américains. J'ai été stupide et naïf, je paye de ma vie pour cela. Je l'accepte. (Il se tourne vers Fatimata.) Saibatou, elle, n'est pas coupable. Elle ne savait rien, et maintenant elle est très malade.

Madame, je vous en prie, faites votre possible pour la soigner. C'est tout ce que je demande.

Kawongolo retombe lourdement sur le banc, les yeux voilés par le chagrin. Fatimata lève la main pour demander la parole à son tour. Barry la lui accorde. Elle déclare d'une voix forte et claire :

— Général Kawongolo, soyez assuré que j'accéderai à votre requête : votre épouse sera soignée dans les plus brefs délais. Si vous en doutez, permettez-moi de vous rappeler une coutume ancestrale : la promesse faite à un mort a force de contrainte, faute de quoi celui qui se dédit meurt à son tour.

L'assemblée applaudit Fatimata, qui se rassoit avec dignité. Barry attend que le silence revienne pour conclure :

— La sentence sera exécutée après-demain 28 décembre à l'aube, sauf grâce présidentielle de dernier recours. Madame, messieurs, la séance est levée.

En sortant du prytanée militaire du Kadiogo où s'est tenu ce tribunal, Fatimata rencontre Aïssa Bamory, ministre de la Justice, et Claire Kando, ministre de l'Eau et des Ressources, promue depuis peu Premier ministre par intérim. (*Un intérim qui pourrait bien devenir définitif*, songe la présidente : *Claire est compétente, efficace, intransigeante, incorruptible.*) Elle sourit de voir ces deux femmes ensemble, aussi opposées que le jour et la nuit : autant Claire est petite, sèche, ridée, voûtée, sa maigre figure mangée par d'énormes lunettes, autant Aïssa est grande, épanouie, plantureuse, des lèvres pulpeuses dans un beau visage rond, des yeux en amande qui ont failli traîner en justice feu Issa Coulibaly (paix à son âme) pour harcèlement sexuel... Autant Claire est rude, directe et sévère, autant Aïssa est fleurie, enjouée, conciliante.

(Elle passerait bien mieux à la télé en Premier ministre…) Néanmoins, elles s'entendent comme deux sœurs et adorent leur présidente. Elles sont venues en scooter et se proposent de la raccompagner au palais, avec une halte dans un maquis pour boire un thé. Fatimata devait se faire ramener par le général Barry – à qui elle envisage de proposer la Défense en remplacement de Kawongolo – mais celui-ci discute avec ses subalternes, planifie les sept exécutions prévues : l'ex-général et six officiers qu'il a entraînés dans son aventure. Elle accepte donc cette virée entre femmes. Les voilà parties toutes les trois sur deux scooters, à slalomer dans la circulation qui revient peu à peu dans les rues, depuis qu'elles sont sillonnées par des citernes en attendant le pipeline qui n'est plus qu'à vingt kilomètres. Les badauds qui les reconnaissent les saluent au passage, quelques « Vive Fatimata ! vive la présidente ! » retentissent dans leur sillage.

Elles s'arrêtent avenue Nelson-Mandela, dans un café-boutique tenu par un Chinois, réputé pour ses thés qu'il importe directement d'Asie. Connaisseuse, Aïssa commande un *lapsang souchong*, Claire un *oolong* et Fatimata un *nan yu* au jasmin, qui se rapproche du thé vert qu'elle boit d'habitude. Après avoir goûté à son breuvage, Aïssa appelle le Chinois :

— Votre thé est bien meilleur, remarque-t-elle. C'est un nouvel arrivage ?

— C'est l'eau, madame, sourit le tenancier en s'inclinant. Nous avons une bonne eau maintenant…

— L'eau de Kongoussi, sourit Claire (ce qui lui donne l'air d'une grenouille).

— Elle est incomparable. Dommage qu'elle soit un peu chère…

— On vous vend l'eau plus cher ? (Claire fronce les sourcils.) Ce n'est pas normal, Fatimata.

— En effet, opine celle-ci. Rappelle-moi de convoquer le directeur de l'ONEA, tout à l'heure au palais.

— Madame la présidente! réagit le Chinois, qui s'incline de plus belle. Quel honneur pour mon modeste établissement! Permettez-moi de vous offrir ce thé.

— Nous pouvons payer...

— J'ose insister, honorable présidente. Et puis, attendez... (Il retourne dans sa boutique, revient peu après avec une assiette de gâteaux au gingembre et au sésame.) Pour accompagner le thé. (Il dépose devant chacune un petit bouddha enveloppé de Cellophane.) C'est un porte-bonheur, en vrai jade. Que les dieux, les esprits et les mânes des ancêtres vous bénissent, mesdames!

Toutes trois remercient, touchées. Le Chinois va pour s'éclipser, revient à la charge.

— Puis-je abuser de votre amabilité pour vous poser une question, estimées clientes?

— Je vous en prie, abusez, répond Aïssa qui se retient de pouffer.

— Tensing a-t-il emporté le marché de l'irrigation à Kongoussi?

Claire et Aïssa dévisagent Fatimata, interloquées. Celle-ci fronce les sourcils : ça se sait déjà?

— C'est en négociation, élude-t-elle. Pourquoi me demandez-vous cela?

— Je possède des actions de Tensing.

Enfin le tenancier les lâche. Aïssa grignote un gâteau. Claire apostrophe Fatimata, en colère :

— Comment! Ce sont les Chinois qui vont irriguer Kongoussi?

— Je le crains, avoue la présidente, confuse. Moussa et le directeur de la CooBam se sont fait embobiner...

— Mais ta conseillère n'était-elle pas avec eux ? Pourquoi a-t-elle laissé faire ?

— Je n'en sais rien…

— Moi je le sais, glousse Aïssa. C'est parce que Laurie n'a plus toute sa tête.

— Que veux-tu dire ?

— Eh bien, elle est amoureuse, quoi !

— Ah bon ? s'étonne Fatimata. De Rudy ?

— Mais non, voyons ! D'Abou ! Abou, ton fils !

Fatimata ouvre de grands yeux.

— Abou fréquente Laurie ?

— Même plus que ça, je crois bien. Ma chère Fatou, tu devrais lever le nez des affaires du pays de temps en temps, t'occuper un peu des tiennes et de celles de tes enfants… C'est un conseil d'amie, pas de ministre.

Fatimata pique un fard. Aïssa reprend un gâteau.

— Tu as raison, marmonne-t-elle. Enfin, il est majeur, et Laurie est un bon parti… Peut-être un peu âgée pour lui cependant…

Claire, qui s'agite depuis un moment sur sa chaise, manifeste son impatience :

— Assez causé fredaines, moi j'aimerais savoir ce qui s'est passé au tribunal militaire. Kawongolo a été condamné ?

— Oui, à mort, répond Fatimata. Avec six de ses complices. Il sera exécuté après-demain. Je lui ai promis de faire soigner sa femme… Il faudra s'en occuper sérieusement.

— Tu comptes lui accorder une grâce ? demande Aïssa.

— À Kawongolo ? Non. Il s'est fait berner, d'accord, mais on n'organise pas un coup d'État juste pour envoyer sa femme se faire soigner aux États-Unis. C'est ridicule. Il avait d'autres objectifs.

— Gracie-le, s'il te plaît, enjoint Aïssa, posant la main sur le bras de Fatimata.

— Pourquoi ? Tu as pitié de lui ?

— Non : de Saibatou. Son mari sera mort avant qu'elle ait recouvré la vue. En ce cas, je pense qu'elle préférera rester aveugle, si elle ne le voit plus jamais.

Fatimata plisse les lèvres, hoche lentement la tête.

— Je vais y réfléchir. Mais même si je le gracie, il restera en prison à vie.

— C'est mieux que d'être mort. Ils s'aiment beaucoup tous les deux, tu sais.

Claire hausse les épaules. Aïssa grignote un troisième gâteau.

— Vous êtes bien sentimentales, vous deux. Le châtiment pour un coup d'État, c'est la mort, point. Quant à Saibatou, où trouves-tu l'argent pour l'envoyer aux États-Unis, Fatimata ? Le budget 2031 est extrêmement serré, je te rappelle.

La présidente dévisage Claire, son air pincé, ses yeux globuleux derrière ses lunettes, son cœur sec comme le sable du désert. Elle se demande si ce n'est pas Aïssa qu'elle devrait nommer Premier ministre, finalement.

— Claire, j'ai fait une promesse à un mort. Je ne peux m'en dédire.

— Il ne sera pas mort, si tu le gracies.

— Ça suffit ! (Fatimata tape sur la table, faisant tinter les tasses.) Je vais gracier Kawongolo et envoyer Saibatou aux États-Unis par l'avion de Fuller. Ainsi, au moins, le voyage sera gratuit. La discussion est close à ce sujet.

À point nommé, son téléphone se met à sonner. Elle le déclipe de son boubou, l'allume :

— Oui ? Yéri ? Que se passe-t-il ?... Mais encore ?... Bon, j'arrive. (Elle raccroche.) Une affaire grave, paraît-il. Yéri me paraît inquiète, ce qui est rare. On ferait mieux de rentrer.

L'« affaire grave » est un fax émanant directement de la Maison Blanche, que lui tend Yéri, contrite :

De James H. Bones, président des États-Unis,
à Fatimata Konaté, présidente du Burkina Faso.

Maison Blanche, Washington D.C.,
26 décembre 2030.

Madame,

Vous avez fait kidnapper et vous détenez depuis huit jours, sans motif et au mépris de toutes les lois internationales, un citoyen américain répondant au nom d'Anthony Fuller. Cette prise d'otage est assimilable à un acte terroriste visant directement les intérêts américains. En outre, vous avez sciemment laissé l'ambassade américaine se faire saccager par la populace. Vous détenez également M. Gary Jackson, ambassadeur des États-Unis au Burkina Faso, sans chef d'accusation dûment prouvé, bafouant là encore les droits élémentaires d'un État démocratique. Ces actes équivalent à une attaque directe d'un territoire américain.

En conséquence, nous, président des États-Unis, en accord avec le Congrès et l'état-major des armées, déclarons la guerre au Burkina Faso si, dans les quarante-huit heures, MM. Fuller et Jackson n'ont pas été rendus à leur pays et leurs familles par vos propres moyens. Les premières frappes seront déclenchées dans 49 heures, à compter de l'heure d'envoi de ce fax.

Il n'y aura pas de nouvelle sommation.

Signé : James H. Bones,
président des États-Unis

— Il bluffe, lance Fatimata, qui blêmit néanmoins.

— Vous êtes sûre ? demande Yéri, alarmée.

— Presque. Convoque d'urgence le Conseil des ministres.

ESPRIT

« L'arrogance agressive des États-Unis n'est vraiment plus de mise. Vouloir attaquer le Burkina Faso,
un de nos partenaires commerciaux, pour délivrer
un Américain soi-disant retenu en otage équivaut à
incendier une forêt pour délivrer un chat perché
sur un arbre : c'est ridicule, disproportionné et en
violation flagrante des nouvelles lois écologiques.
Que le président Bones tienne compte de ces trois
facteurs : un, de nombreuses entreprises américaines ont leurs sièges sociaux en Chine ou dans le
Bloc asiatique ; deux, l'Inde, l'Amérique latine et
les Huit Dragons sont nos alliés ; trois, par rapport
au nôtre, l'armement des États-Unis est désormais
obsolète. »

Discours de Li Yaobang,
président de la R.P. de Chine.

Assis dans la latérite, son Uzi entre les cuisses,
tête levée vers le firmament, Abou contemple la
lune. Le vent est tombé, la nuit est calme et plutôt
douce : la température ne dépasse pas 30 °C. Il rêve
qu'il serait bien là, avec Laurie dans ses bras, à
contempler la lune de concert, ou bien à faire

l'amour sur le sable roux, là-bas dans les collines… Le cœur gros d'amour, il songe à son corps bronzé, ses yeux noisette, sa bouche rieuse et gourmande… à sa façon de voir le monde et de les voir ensemble, bien différente de la sienne… Il voudrait être auprès d'elle maintenant, mais il ne peut pas : il est de garde ce soir, devant la tente où est enfermé Anthony Fuller. Les jours de grâce ont pris fin, le service normal prime à nouveau, avec ses routines et ses contraintes : plus de « permission spéciale » pour passer du bon temps avec sa chérie, l'a averti le capitaine Yaméogo. Abou soupire, consulte sa montre : encore trois heures à tirer… À quoi ça sert, au fond, de garder Fuller dans ce camp ? Hier et avant-hier, Rudy et Abou l'ont emmené dans les collines, les quartiers pauvres, les villages alentour ; ils l'ont forcé à sortir de la voiture, parler aux gens, mettre les pieds dans la merde, toucher les bébés malades, les vieillards lépreux. Fuller a redit à quel point il était touché par cette misère, qu'il voulait aider les Burkinabés, mobiliser Resourcing pour cette grande cause humanitaire. Rudy ne le croit toujours pas, et sous son apparence de sincérité Abou devine la fourberie et le calcul. Le P.-D.G. cherche simplement à sauver sa peau, gagner du temps. Du temps pour quoi ? Que va-t-on faire de lui ? On a évoqué un jugement, mais d'après Rudy, il n'y a aucune preuve tangible que Fuller ait commandité ce coup d'État. Ce dernier a affirmé que s'il était jugé, il nierait de toute façon. Le seul témoin qui aurait pu l'impliquer, cet agent de la NSA que Rudy a blessé dans l'avion, est mort à l'hôpital de Ouaga, suite à l'amputation de sa jambe infectée. Alors ? Le libérer, le laisser retourner chez lui ? Il en est question, lui a dit Laurie, à cause des menaces d'intervention mili-

taire proférées par les États-Unis... Menaces aux-
quelles la Chine a répondu très méchamment, agitant le spectre d'une guerre mondiale, arguant du
soutien de l'Amérique latine et du bloc asiatique,
annonçant des mesures de rétorsion économique
immédiates. Abou ne suit pas de près la politique
internationale (ni nationale), mais il comprend que
ça barde chez les puissants. Tout ça pour le petit
Burkina, et pour ce blanc-bec qui croupit dans la
tente ? N'est-ce pas un peu démesuré ? Ne pourrait-
on pas les laisser tranquilles, une bonne fois pour
toutes ? Quoi qu'il en soit, Fatimata est très remontée contre Rudy, qu'elle accuse d'être à l'origine de
cette crise mondiale, même si l'enlèvement de Fuller
a contribué à l'échec du coup d'État. Rudy s'en
fout, il suit sa propre voie – Abou l'admire pour
cela : c'est un guerrier farouche et indépendant qui
ne recule devant rien pour défendre une cause qu'il
estime juste. Abou aimerait être comme ça, s'efforce
de le devenir : pas de pitié pour les ordures ! Ce
Fuller, on devrait le tuer pendant qu'on le tient,
ainsi tout serait résolu... Enfin, ce n'est pas à lui de
décider, alors que la Chine et les États-Unis sont
prêts à se déclarer la guerre pour Fuller !

Si, c'est à toi de décider : son sort est entre tes
mains.

— Hein ?

Abou se redresse brusquement : il a entendu une
voix, très nette au creux de son oreille, un chuchotis
sans timbre...

Pourquoi ne l'emmènerais-tu pas dans le désert ?

— Qui est là ? Qui parle ?

Il se lève, empoigne son Uzi, scrute la nuit claire,
les ombres noires entre les tentes du camp mili-

840

taire… Il l'aperçoit soudain, comme s'il venait de se matérialiser devant lui : Abou discerne un reflet de lune à travers.

Ce fantôme de Touareg, dégingandé dans sa djellaba couleur de sable, au visage de néant sous son épais chèche indigo, la traditionnelle *takouba* fixée à sa hanche. Celui qu'il a aperçu dans la tempête, un jour qu'il gardait l'entrée du chantier avec Salah. Presque translucide sous la lune, il s'approche lentement d'Abou pétrifié, tremblant de tous ses membres. Ses pas silencieux ne soulèvent pas la moindre volute de poussière, ne laissent aucune trace dans la latérite poudreuse.

Emmène-le, susurre le fantôme. *Livre-le à son sort… Les* kel essuf *sauront quoi faire de lui.*

Glacé, muet d'épouvante, Abou regarde l'homme bleu sans visage qui passe tout près de lui – croit-il distinguer deux yeux de braise à travers le chèche ? –, tourne au coin de la tente et disparaît… Il reste longtemps immobile, s'efforçant de calmer les battements de son cœur, de recouvrer une respiration normale.

C'est ainsi que Rudy le surprend, statufié devant la tente de Fuller, fixant la nuit d'un regard terrifié. (Rudy niche sur le chantier, où il squatte la case d'un ouvrier tué lors des échauffourées.)

— Eh bien, Abou, qu'est-ce qui t'arrive ? On dirait que t'as vu un fantôme !

Abou s'ébroue, cligne des yeux, lui adresse une ombre de sourire.

— C'est le cas… J'ai vu un esprit qui m'a parlé.

— Sans blague ? Raconte !

Tous deux s'assoient dans le sable, Abou narre sa rencontre. Il en tremble encore, a des trémolos dans la voix.

— C'est le bangré, tu crois? interroge Rudy.

— Le bangré, c'est le monde des esprits…

Le Hollandais hoche gravement la tête.

— C'est très bizarre, Abou, parce que, tu vois, je n'arrivais pas à dormir, je pensais à Fuller, à tout ce ramdam autour de lui. Je crois – je suis même certain – que Fatimata a pris peur et va le renvoyer chez lui. Laurie a dû la persuader qu'il vous aidera pour de vrai…

— Elle n'en est plus si sûre, remarque Abou.

— Peu importe. Je me suis dit : C'est trop con qu'on laisse partir Fuller comme ça, après tout le mal qu'il a fait. Mais le tuer, ce serait un crime. Alors j'ai pensé : Si on le perdait dans le désert? Il a une chance de s'en sortir, mais il va en baver. Au fond, c'est ce qu'on veut, non? Qu'il découvre ce que c'est que plus rien avoir, marcher, souffrir de la faim et de la soif. Je me pointe ici pour t'en parler, et paf! tu me dis qu'un esprit t'a commandé de le faire. Tu trouves pas ça curieux, comme coïncidence?

— Ce n'est pas une coïncidence. C'est un esprit qui t'a parlé aussi.

— Ah oui, tu crois? Moi, j'ai pas vu d'esprit…

— Mais tu as toujours le masque-hyène.

— C'est vrai. (Rudy se lève.) Bon, on le fait?

— Quoi?

— On emmène Fuller dans le désert.

— Maintenant?

— C'est le moment, non? Il fait nuit, tu le gardes, tout le monde dort…

— Comment on expliquera qu'il n'est plus là?

— Tu n'auras qu'à dire qu'il s'est évadé.

— C'est un mensonge…

— À moitié seulement : *nous* l'aurons évadé.

Abou réfléchit quelques instants. Puis il sourit, tape dans la main de Rudy.

— O.K., Rudy. Je risque un blâme, mais tant pis. Ça me plaît, comme solution.

— Et puis le bangré a parlé, pas vrai? On peut pas aller contre.

SARABANDES

> Comme le désert n'offre aucune richesse tangible, comme il n'est rien à voir ni à entendre dans le désert, on est bien contraint de reconnaître, puisque la vie intérieure loin de s'y endormir s'y fortifie, que l'homme est animé d'abord par des sollicitations invisibles.
>
> Antoine DE SAINT-EXUPÉRY,
> *Lettre à un otage* (1943).

Anthony Fuller rêve qu'il a été libéré de l'enfer africain, qu'il atterrit à l'aéroport de Lawrence à bord de son propre avion. Il est accueilli en héros : on a déroulé le tapis rouge, une foule considérable l'applaudit avec chaleur, le président des États-Unis lui-même s'est déplacé. Tout heureux, il commence à descendre l'escalier de débarquement… Il constate soudain que le président a la tête de Moses Callaghan, le gourou de la Divine Légion, qu'il serre Pamela dans ses bras, et que Tony Junior est assis dans son fauteuil à ses côtés, le visage couvert par le masque d'hyène ! « Tu vas mourir, papa », ricane-t-il.

Anthony s'éveille en sursaut – une main se plaque

sur sa bouche. Il écarquille les yeux dans l'obscurité : c'est un soldat, il ne sait qui, pour lui tous les Noirs se ressemblent.

— On vous emmène en balade, Fuller, chuchote une voix à proximité.

Cette voix, il ne l'a que trop entendue déjà. Du coin de l'œil il reconnaît les cheveux raides, la moustache tombante de Viking. Que lui veut encore ce damné terroriste ? Fuller ne s'interroge pas longtemps : quelque chose vient se plaquer sur sa figure – l'enfer lui saute à la gueule.

Univers de cendre et de feu, sarabande de démons, monstres hurlants surgissant des flammes, et cette atroce caricature d'hyène, crinière hérissée, yeux ronds hallucinés, qui volte et danse devant lui, bondit, le mord et s'éloigne, puis recommence son manège sempiternel... Danse macabre insane, cercle de mort et de folie duquel il ne peut s'extraire, l'hyène qui ricane, change à nouveau de visage, adopte le faciès de hibou de Tony, l'air abruti de Wilbur, ricane et jubile, saute et danse dans ce cercle mortel... Il hurle – aucun son ne sort de sa bouche ; il pleure – ses yeux n'excrètent aucune larme ; il saigne – ce sont des vers et du pus qui suintent de sa peau. Il ne sait combien de temps dure cette torture : en enfer le temps n'a plus cours, et c'est long l'éternité... Il a vaguement conscience d'un déplacement, mais est-ce lui qui court pour échapper à ses tourments, ou bien les démons qui l'entraînent vers quelque géhenne plus terrible encore ?

Fuller débouche soudain dans la nuit sèche et froide : plus de feu, plus d'horreur, plus de monstres hurlants, plus d'hyène ricanante. Les ultimes visions s'évanouissent en palpitant dans les ténèbres immenses et vides... Le ciel fourmille d'étoiles innombrables, la terre n'est que mornes ondulations parsemées d'épineux revêches. Un monde à l'agonie assurément. Est-il de retour sur la terre des vivants? Pas même un souffle de vent… Soudain le silence de cimetière est brisé par un claquement de portière, le toussotement d'un moteur qui démarre, son ronronnement qui s'éloigne. Anthony court dans cette direction, entrevoit deux feux rouges (les yeux d'un démon?) qui cahotent entre les dunes, disparaissent bientôt à sa vue, masqués par un nuage de poussière qui s'élève et se disperse dans le ciel pur. Le bruit de moteur aussi s'estompe, ainsi que l'odeur ténue mais prégnante de gaz d'échappement… Le monde recouvre son immobilité minérale, le silence absolu d'une infinie désolation.

Fuller réalise peu à peu qu'il est seul au milieu de nulle part. Son esprit confus, encore imprégné de terreur primitive, reconstitue ce qui a dû se passer en réalité: on lui a remis le masque-hyène, puis Rudy et ce soldat l'ont emmené dans le désert, dans le but manifeste de l'y perdre. Anthony sourit – sourire qui se transforme aussitôt en grimace, car il souffre de multiples morsures au visage. Son visage ensanglanté, remarque-t-il en y portant une main prudente. Les démons, l'hyène ne sont donc pas issus de sa seule imagination! Cette constatation lui procure un regain de terreur: il fait volte-face, scrute la nuit, pivote de nouveau, guette un mouvement, un ricanement, un regard brasillant… Rien. Il se détend peu à peu: il est vraiment sorti de ce cauchemar, semble-t-il. Plus qu'à retrouver les traces de la voiture, qui a nécessairement rejoint une piste, une route… Ils ont cru le perdre, ces naïfs? Mais Fuller n'est pas tombé de la dernière pluie!

Il se met en marche dans la direction approximative où ont disparu les feux rouges et le bruit de moteur. Tandis qu'il avance péniblement, ses pieds s'enfonçant dans le sable pulvérulent, il entend et sent sur sa peau le vent qui se lève. Tout d'abord à peine perceptible – haleine tiède et sèche d'un mourant, soupirs à son oreille –, le vent forcit peu à peu, devient sifflant, se charge de particules… Les sommets des dunes commencent à voluter, des tourbillons se forment dans les creux, les buissons agitent leurs branches acérées… Tête baissée, scrutant le sol, Anthony presse le pas, cherche les traces avant qu'elles ne s'effacent, mais il ne voit rien que le sable qui poudroie, soulevé par le vent croissant, et commence à danser autour de lui, torsades de poussière, sarabandes de silice… *Non! Non!* Fuller se met à courir mais le vent le poursuit, chuchotant d'imprécises imprécations. Le sable virevolte autour de lui, forme des figures éphémères dans lesquelles il croit reconnaître ses chimères… *Non! Pas ici! Je suis vivant – dans le RÉEL!* Vraiment? Le firmament est effacé par les nuées, l'horizon n'est plus que poussière tourbillonnante, les broussailles entraperçues affectent la forme menaçante de créatures hérissées, tapies, prêtes à bondir sur lui… Anthony court en tous sens, il crie, mais le vent hurle plus fort que lui à présent, apporte des mots à ses oreilles, des voix désincarnées : *Tuuuu vaaaas mouriiiiiiiir… Tuuuu vaaaas mouriiiiiiiir…*

Il trébuche contre un buisson tors à moitié enseveli, s'étale de tout son long. Il reste un moment le nez dans la poussière tandis que sable et vent tourbillonnent autour de lui, dansent leur sarabande insane, hurlent des menaces de mort, esquissent des faciès de démons grimaçants… Il sent soudain une présence, une ombre le recouvrir. Reviennent-ils le chercher ? Ont-ils eu pitié de lui finalement ? Il dresse la tête, lève son visage encroûté de sable ensanglanté…

C'est un Touareg. Grand, longiligne, dégingandé. Vêtu d'une djellaba ocre, coiffé d'un épais chèche indigo qui lui cache tout le visage à l'exception de ses yeux gris acier. Il tient dans la main droite une *takouba* dégainée, à la lame pointue et très effilée.

— Aidez-moi, s'il vous plaît…, marmonne Fuller, toute fierté envolée.

Le Touareg se met à ricaner. De sa main libre, il abaisse lentement le devant de son chèche…

Il a le visage de Wilbur. Non, de Tony. De Wilbur. De Tony…

— Tu vas mourir, papa.

Fuller se met à hurler.

Le Touareg lève sa *takouba*, lui plonge la lame en plein cœur.

L'ENNEMI

Le cadavre d'un homme blanc, âgé d'une cinquantaine d'années, a été découvert ce matin par un
pasteur peul dans la province de Soum, en plein désert,
à une quinzaine de kilomètres au nord de Tongomayel.
Vraisemblablement cet homme s'était perdu, il a succombé à la soif ou à la chaleur. Des charognards
avaient commencé à lui dévorer le visage. Il ne possédait aucun bagage, objet ou document permettant
d'établir son identité. Toutefois, selon le commissaire
Ouattara chargé de l'enquête, cette découverte serait
à mettre en relation avec l'évasion, dans la nuit de
mercredi à jeudi, de M. Anthony Fuller, P.-D.G. du
consortium *ww* Resourcing, qui était gardé au camp
militaire de Kongoussi...

Serrant la main de Laurie dans la sienne, Abou
tend l'oreille vers la radio de Bana qui babille en
sourdine, suspendue au mur de sa case. C'est l'heure
des infos sur La Voix des Lacs, on y parle de l'« évasion » de Fuller et de son corps retrouvé dans le
désert de Soum... Son *corps*? Ce n'était pas prévu
qu'il meure ! Abou se ronge les sangs, il a le sentiment
d'avoir fait une grosse connerie. Qu'Hadé les fasse

attendre ainsi confirme cette impression pénible. Pourtant, le bangré… Laurie s'en aperçoit :

— Que se passe-t-il, Abou chéri ? Tu m'as l'air soucieux. Tu crains que ta grand-mère me reçoive mal ?

— Non, ce n'est pas ça…

Il tend de nouveau l'oreille vers la radio, qui recueille l'avis du commissaire Ouattara selon lequel il n'est pas exclu qu'il puisse s'agir d'un crime, bien qu'on n'ait relevé sur le cadavre d'autre blessure que celles opérées par les charognards. Le fait qu'il ne possède ni papiers ni affaires accrédite l'hypothèse du vol. Or on sait que les zones désertiques au nord du pays sont sillonnées par des pillards et des « coupeurs de routes ». Comment et pourquoi Fuller (si c'est bien lui) est parvenu jusqu'ici reste un mystère pour le commissaire. En revanche, il ne doute pas de l'évasion, également admise par le capitaine Yaméogo et qui a valu à Abou un nouveau blâme : bon prince, son supérieur lui a permis d'aller voir sa grand-mère aujourd'hui « pour son traitement » (Abou prétend toujours qu'il est malade et qu'elle le soigne) mais dès demain il sera consigné au camp pour quinze jours : interdiction de sortir et *a fortiori* de batifoler avec sa chérie !

Voyant l'attention que porte Abou à la radio, Laurie s'est mise à écouter aussi. Peu à peu, la vérité lui apparaît…

— Dis-moi, questionne-t-elle à mi-voix, c'est pas Rudy et toi qui avez emmené Fuller là-bas… Rassure-moi !

— Si, avoue Abou, tête basse. Mais on ne l'a pas tué, s'empresse-t-il d'ajouter. On l'a juste abandonné sur place.

— Mais… Mais c'est… (Effarée, Laurie ne trouve pas ses mots.)

— On voulait lui donner une leçon, explique Abou. Ce n'était pas très dangereux, il en aurait bavé un peu seulement… Il était à trois heures de marche environ du village le plus proche.

— Mais… Fuller devait retourner à Ouaga… pour y être jugé…

— Rudy prétend que non. Que Fatimata l'aurait laissé retourner chez lui.

— C'est Rudy qui a eu cette brillante idée ?

— Euh… oui et non. C'est un esprit du bangré qui nous l'a commandé.

Abasourdie, Laurie secoue la tête, n'en croit pas ses oreilles. Un *esprit* leur commande de perdre Fuller dans le désert ! Ah, il a bon dos, le bangré !

De l'autre côté de la cour, Hadé s'est enfin levée de son banc sous le tamarinier, se dirige en se dandinant vers sa case. Au passage, elle adresse un signe de tête à Abou, qui se lève et saisit le masque-hyène qu'il a apporté, enveloppé sous plusieurs couches de papier journal. Laurie le suit.

L'intérieur de la case correspond à peu près à ce qu'elle imaginait : les masques, les costumes de fibres végétales, les plantes séchées, les figurines et amulettes… hormis cette motte d'argile ornée de cauris, de laquelle s'échappe une fumerolle à l'odeur indéfinissable, qui lui inspire une crainte irraisonnée. Est-ce là ce fameux fétiche qui permet de « voir » dans le bangré ?

Abou pose le masque-hyène au pied d'un pilier, prend la main de Laurie :

— Mamie, je te présente ma fiancée…

Il ne poursuit pas : Hadé ne lui prête aucune attention. Elle tourne en rond comme un fauve en cage, déplace des objets, suspend un vêtement qui traîne, bref, s'agite futilement, fort énervée. Elle n'a même pas offert à ses visiteurs le traditionnel gobelet d'eau fraîche, remarque Laurie avec étonnement.

Elle se plante soudain devant son petit-fils. Ses gros yeux lancent des éclairs.

— Abou, gronde-t-elle, est-ce que tu n'as que du vent dans la tête ? Ou c'est l'amour qui te rend aveugle et sourd ?

Celui-ci se tasse sous l'attaque. Depuis son arrivée, il pressentait cette engueulade. Ce n'était pas une bonne idée d'amener Laurie aujourd'hui, mais c'est elle qui a la voiture, et lui ne sait pas conduire.

— C'est… à propos de Fuller que tu me dis ça ? demande-t-il piteusement.

Hadé ne répond pas, continue de vitupérer. Abou ne l'a jamais vue si fâchée.

— À quoi te sert tout ce que je t'ai appris ? À quoi te sert de voir dans le bangré ? À quoi te sert d'user tes forces et les miennes, si tu ne reconnais même pas ton ennemi quand tu le vois ? Est-ce qu'un esprit t'a déjà parlé dans le bangré ? Est-ce qu'un esprit t'a ordonné de faire ceci, de ne pas faire cela ? Réponds !

— N-non, mamie, avoue-t-il, transpirant de honte.

— Et ce soi-disant Touareg, tu ne l'aurais pas déjà vu ? Je ne t'ai pas montré qui il était ? Où est donc ta tête ? Ô Wendé ! Dire que j'avais placé toute ma confiance en toi…

Abou ne sait plus où se mettre, quelle attitude adopter. Laurie préfère sortir, afin de ne pas accroître son malaise.

— C'était… l'ennemi, mamie ? devine-t-il. Le visage de la haine ?

— Tsss ! (Hadé secoue une tête navrée, prononce quelques mots dans l'ancienne langue younyonsé.) Et toi, reprend-elle en français, tu lui as obéi servilement, sans te poser de questions, sans même chercher à *voir* !

— Je ne comprends pas… Pourquoi l'ennemi voulait-il qu'on emmène Fuller dans le désert ? N'aurait-il pas dû le protéger ? Fuller n'est-il pas son allié ?

— Ça aussi, je te l'ai déjà expliqué. Mais tu ne retiens plus rien présentement. Tu as mis toute ton énergie dans ton pénis.

— Mamie !…

— Je dis la vérité, Abou, et tu le sais ! Aujourd'hui, tu viens m'annoncer que tu veux renoncer au bangré pour devenir général, pour garder Laurie auprès de toi. Ce n'est pas vrai ?

Il pique un fard. Bien qu'il sache que sa grand-mère peut lire dans ses pensées comme dans un livre ouvert, il escomptait lui présenter la chose autrement, en y mettant des formes…

— Ce n'est pas ainsi que tu la garderas. Ça aussi, tu le sais.

— Oui, elle me l'a dit… La fortune ne l'intéresse pas. Mais je veux la rendre heureuse… Pour ça, il faut de l'argent.

Hadé soupire.

— Fils, tu te mets à penser comme un Blanc, et ça, c'est très mauvais. Tu crois que le bangré, ce n'est que des tours de passe-passe pour épater tes amis ? Ou quelque chose comme un sport, qu'on peut arrêter quand on veut ? Tu te dis que pour te mettre en ménage, il faut laisser tomber ces fariboles et te consacrer à des choses sérieuses comme une carrière militaire ? C'est comme ça que tu penses, Abou ?

— N-non, je...

— Sois franc !

Il baisse de nouveau la tête. En effet, doit-il admettre, ce genre d'idées lui a traversé l'esprit. Laurie ne croit pas au bangré, c'est une Occidentale rationnelle : il s'est dit qu'il devait se mettre à l'unisson, penser comme elle pour qu'ils soient en harmonie. Il faut qu'ils se comprennent, a-t-elle souligné.

— Oui, mamie, avoue-t-il dans un murmure.

Hadé cesse de faire les cent pas, s'assied dans son siège bas, prend les mains d'Abou dans les siennes, le force à s'accroupir devant elle. Elle le scrute longuement dans les yeux, au point qu'il doit détourner la tête, mal à l'aise.

— Écoute-moi bien, fils, c'est très important ce que je vais te dire. Ça engage ton avenir et ta vie même. Tu es bien attentif ?

— Oui, mamie, je t'écoute.

— Si tu continues de penser comme ça, tu vas tout perdre. Tu perdras Laurie, tu perdras ta carrière, tu perdras ta santé et ton âme, tu perdras ta vie pour finir. Le bangré, ce n'est pas toi qui l'as choisi, c'est lui qui t'a choisi. Si j'ai décidé de t'initier, ce n'est pas pour faire ton éducation ou t'inculquer la tradition de nos ancêtres. C'est parce que j'ai *vu* que tu as un don, que tu sais voir et ressentir les forces tout comme moi. Wendé m'a montré que si je ne t'apprenais pas à maîtriser ces forces pour faire le bien, elles pouvaient s'emparer de toi pour faire le mal. Si tu renonces maintenant, Abou, c'est ce qui se produira. Et si tu te mets à faire le mal, c'est ta propre vie que tu détruiras.

— Mais je n'ai pas du tout l'intention...

— Ne m'interromps pas ! Si tu embrasses une carrière militaire, forcément, tu vas tuer des gens.

Tu l'as déjà fait, n'est-ce pas ? Tuer des gens, ça accroît les forces mauvaises et négatives. Ça nourrit l'ennemi, le rend plus fort. Il s'emparera de toi, Abou, et tu deviendras son esclave. Tu ne peux plus te rétracter désormais, oublier tout ça, faire comme si de rien n'était. C'est trop tard.

— Ça me fait peur ce que tu dis, mamie, avoue Abou d'une voix tremblante.

— Je l'espère bien ! Si tu n'avais pas peur, tu serais idiot ou inconscient. Mais la peur ne doit pas te faire renoncer à agir, réparer ta faute, empêcher cette force mauvaise de se répandre dans le monde.

— Qu'est-ce que je dois faire ?

— Ça, c'est à toi de le *voir*, de le trouver. Tu sais quelle est cette force, d'où elle provient. Si tu l'as oublié, fais l'effort de t'en souvenir. Et demande à ton ami Rudy de t'aider. Lui aussi a été influencé, mais il n'est pas aussi sensible que toi. Il peut fermer son esprit et lutter. Toi, au contraire, tu peux ouvrir le tien, te rendre réceptif aux forces positives. (Hadé s'interrompt, les yeux dans le vague. Puis conclut en hochant la tête :) Oui, vous deux ensemble, vous pouvez y arriver…

— À quoi faire, mamie ?

— À tuer l'ennemi !

— Mais tu m'as dit qu'il ne fallait pas tuer…

— Pas tuer des humains, non. Ni des animaux, d'ailleurs. Mais cet ennemi-là… il n'est pas humain. Ce n'est pas non plus l'esprit d'un mort. C'est quelque chose de très nuisible, qui doit être détruit. C'est une force du chaos.

— Je sais qui il est, mamie, déclare Abou fièrement. Fuller nous en a parlé, à Rudy et moi. Il s'appelle Tony. Tony Junior.

En effet, Fuller leur avait parlé de lui lorsqu'ils

l'avaient trimballé en divers lieux de misère : il espérait ainsi les amadouer, éveiller leur pitié... Il leur avait narré comment sa vie partait à vau-l'eau : son divorce difficile d'avec sa femme, adhérente d'une secte apocalyptique nommée la Divine Légion (Rudy connaissait) ; son fils aîné accro au zipzap et à Maya, tué par des récos mais dont le fantôme le hantait ; son cadet issu d'un clonage raté, atteint de progeria, qui répandait autour de lui des vibrations malsaines – c'était ce qu'il ressentait – et qui intéressait la Divine Légion car, d'après Pamela, il avait la « grâce divine »...

— Grâce divine, mon cul, avait conclu le P.-D.G. de Resourcing. Il est aussi malade et pernicieux que ces tarés, c'est tout. Qui se ressemble s'assemble... Ça m'étonne pas que ce fou dangereux de Callaghan voie en lui la réincarnation de Jésus. Bon sang ! Si Jésus était comme ça, alors c'est bien Satan qui nous gouverne, comme le croient les juifs. On n'est pas sorti de l'enfer...

Rudy n'écoutait que d'une oreille ; quant à Abou, ce discours éveillait en lui d'obscurs pressentiments... qu'il n'a pas cherché à creuser sur le coup. Grave erreur, reconnaît-il à présent. S'il avait mieux réfléchi, il aurait compris : ce Tony Junior n'était pas l'allié de son père, mais son *ennemi*. À présent, Hadé lui signifie qu'il ne peut se mettre la tête dans le sable, qu'il est plongé dedans jusqu'au cou : par son aveuglement, il a servi les forces mauvaises. Il doit donc réparer, se battre avec d'autres armes que son Uzi. Il ne s'agit plus seulement de délivrer son frère de terroristes. Il s'agit de sauver le monde du chaos. Et de sauver sa propre vie du même coup.

— Je vois que tu commences à comprendre, sourit Hadé, sa colère apaisée.

— Je n'ai pas le choix, en vérité…

— Non, fils, tu n'as pas le choix.

Hadé se relève, non sans effort : elle paraît bien fatiguée… Une fois debout, elle arrange son boubou sur elle, se compose une mine avenante.

— Bon, si tu me présentais ta charmante fiancée ?

SAUVER LE MONDE DU CHAOS

— Son *corps*? Ils nous renvoient son corps?

— Oui, monsieur. Ils disent que Fuller a été attaqué par des bandits lors d'une tentative d'évasion.

— Il faut les exterminer! Leur faire la guerre à outrance! On ne peut laisser passer un tel affront!

— Je crains qu'une guerre ne soit pas possible, monsieur. La Chine a déclaré que...

— Je sais, je sais. *(Soupir.)* Quelle solution nous reste-t-il? Un embargo économique?

— Nous y avons songé. Mais les produits d'origine américaine représentent à peine un pour cent de leurs importations... Et seule l'Angleterre accepterait de nous suivre.

Conversation entre le président Bones
et l'un de ses conseillers,
captée à la Maison Blanche par la NSA.

Au retour de Ouahigouya, Abou et Laurie passent prendre Rudy au chantier – où il n'est pas. Ils le cherchent en ville, sans plus de succès. Depuis que l'eau circule dans les citernes et les canalisations, Kongoussi ressuscite; maints cafés et maquis ont rouvert, mais ils ne le trouvent dans aucun d'eux. Abou est déçu : il comptait parler dès ce soir à Rudy de cette mission que lui a confiée sa grand-mère. Laurie est plutôt soulagée, elle qui n'a qu'une envie : aller vite récupérer son sac chez Étienne et Alimatou, le poser dans la chambre d'Abou et faire l'amour avec lui jusqu'à tomber d'épuisement, d'autant plus qu'à partir de demain elle sera privée de lui pendant quinze jours. Elle en a presque pleuré quand Abou lui a annoncé cette mesure de rétorsion, sur la route du retour. Leur amour rayonne sur leurs visages et suscite souvent des sourires de connivence, mais aussi des regards de jalousie… Jalousie des copains de régiment d'Abou, qui n'ont pas de «chérie» ou l'ont laissée au pays, et surtout de Félicité qui incendie Laurie de sa haine, au point qu'elle ne peut plus demeurer chez le maire et son épouse, bien qu'ils se déclarent navrés de l'attitude de leur fille. Hadé a même découvert que Laurie a été «maraboutée» par un *wackman* de Kongoussi (celui qui vend ses grigris au marché) : il lui a jeté un sort destiné à la rendre gravement malade. Laurie a bée de surprise, mais Hadé en a ri :

— Ne vous inquiétez pas, Abou est votre meilleur protecteur. Je n'ai rien à vous donner contre ça, ce qu'il met en vous chaque nuit suffit à vous immuniser.

Abou a rougi, Laurie s'est retenue de pouffer. Hadé a refroidi son hilarité :

— Tant que vous resterez avec lui, vous serez protégée contre ce mauvais sort.

C'est chez Étienne Zebango que Laurie retrouve Rudy, assis dans une chaise longue au fond de la cour enténébrée, au pied d'un néré mort squatté par une bruyante tribu de margouillats. Félicité est sur ses genoux, les bras autour de ses épaules, la tête dans son cou. Elle se redresse brusquement à l'irruption de Laurie, la fusille du regard.

— Oups! Excusez-moi de vous déranger. Rudy, on te cherchait, mais si t'es occupé…

— Eh bien… (Félicité traverse la cour en courant, entre chez elle en claquant la porte. Rudy écarte les bras en un geste fataliste.) Plus maintenant. T'as besoin de moi, Laurie?

— On revient de chez la grand-mère d'Abou. Il voudrait te parler. Mais dis-moi, toi et Félicité… je ne savais pas…

— Moi non plus. (Rudy se lève, s'étire.) Elle est venue en larmes au chantier, elle voulait *absolument* voir Abou. Je lui ai dit qu'il était à Ouahigouya, sans préciser que t'étais avec lui. Elle voulait le rejoindre en scooter. Elle en pince vraiment pour lui!

— Je sais. *(Soupir.)* Elle m'a fait jeter un sort par un *wackman*.

— Ah ouais?

— Abou me protège avec son… Il me protège, quoi. Alors t'as consolé Félicité, tu l'as ramenée chez elle, et je vous ai surpris au moment crucial, c'est ça?

— Pas vraiment crucial: je crois pas qu'on serait allés plus loin. C'est qu'une môme, un peu enveloppée à mon goût… Et toi? Ça se passe bien avec Abou?

— C'est divin. D'ailleurs je viens chercher mes affaires car je vais habiter chez lui.

— C'est pas un peu prématuré? Enfin, ça me regarde pas…

— Tout à fait.

— Mais depuis que tu baises avec lui, t'as l'air d'une minette qui vient de découvrir les joies du sexe. C'était si moche que ça, avant?

— J'ai pas *du tout* envie d'en discuter, Rudy. Abou attend dans la voiture, va le rejoindre, d'accord ? Il a des choses intéressantes à te dire.

Elle plante là Rudy qui soupire en secouant la tête. Il est surpris de ressentir une pointe de jalousie lui pincer le cœur. Cette pensée macho lui traverse l'esprit : *Si j'avais voulu, j'aurais pu la baiser aussi…* Or il n'a jamais été question de sexe entre eux, pas même un désir fugitif au creux des brillantes nuits sahariennes. Le regrette-t-il à présent ? Ou est-il seulement jaloux que Laurie s'éclate et pas lui ? *Ça doit être ça*, conclut-il en rejoignant la voiture. *Il faudrait que je me trouve une nana… Enfin, si je décide de rester dans ce pays.* Il songe furtivement à Yéri Diendéré, la jeune et jolie secrétaire de Fatimata, qu'il a entrevue deux ou trois fois. Il se rappelle son charmant sourire… *Bah, elle est sûrement mariée, a déjà deux ou trois gosses. Arrête de fantasmer, Rudy. Tu n'as pas fini ton deuil.* Son deuil… Il l'avait presque oublié. *Aneke… Kristin… Où êtes-vous ?*

— Rudy ! sursaute Abou, le découvrant qui s'approche de la Hyundai. Qu'est-ce qu'il y a ? Ça ne va pas ?

— C'est rien. Un flash du passé plutôt malvenu… (Rudy ouvre la portière, s'installe à l'arrière.) Paraît que t'as des choses intéressantes à me raconter ? Qu'est-ce qui s'est passé chez Hadé ?

— Je lui ai présenté Laurie… Ma grand-mère la trouve très bien. Gentille, posée, ouverte, pleine de qualités. Elle a vu que Félicité l'avait maraboutée…

— Oui, Laurie me l'a dit.

— Tu te rends compte ? Moi je l'avais pas vu ! Elle aurait pu tomber malade et je n'aurais même pas su pourquoi !

— Tu la protèges, paraît-il.

— Oui, mais j'aurais dû le *voir*. Je m'en veux ! Je suis nul avec le bangré… D'ailleurs, on a fait une grosse connerie, Rudy.

— Laquelle ?

— Emmener Fuller dans le désert. Ce n'est pas les *zindamba* qui nous l'ont commandé. C'est *l'ennemi* !

— Quel ennemi ?

Abou commence à lui résumer son entrevue avec Hadé, mais il est interrompu par l'arrivée de Laurie avec son gros sac. Il sort de la voiture pour l'aider à le ranger dans le coffre. En regagnant sa place à l'avant, Abou jette machinalement un œil vers la cour du maire, à l'entrée de laquelle il aperçoit Félicité. Malgré l'obscurité, il capte son regard enflammé. Grimaçante, elle se passe d'un geste sec l'index sur la gorge puis fait demi-tour et disparaît dans la cour. Abou hausse les épaules et remonte dans la voiture.

Il reste tendu et silencieux durant tout le trajet, inspectant chaque carrefour, détaillant les passants, observant les véhicules qu'ils croisent ou doublent. Bien sûr, Laurie le remarque :

— Qu'est-ce qui te tracasse ?

Abou lui parle du geste menaçant de Félicité à son égard. Elle en sourit :

— Pourquoi t'en soucier ? Ce n'est qu'une…

Laurie s'interrompt : elle allait dire « Ce n'est qu'une gamine », oubliant que Félicité a le même âge qu'Abou ou peu s'en faut.

— Tu le vois bien, reprend-elle. Elle me jette un sort, ça marche pas.

— C'est la fille du maire quand même. Elle a des moyens, des influences…

Arrivés au pied du petit immeuble de fonction, lui aussi plongé dans le noir, Laurie gare la voiture sur le terre-plein et tous trois en sortent. En allant chercher le sac dans le coffre, Abou reste aux aguets, sur le qui-vive.

C'est ce qui les sauve.

— *Attention!* crie-t-il soudain.

Trois silhouettes surgissent des ténèbres et se précipitent sur eux, couteaux brandis. Abou jette le sac de Laurie dans les jambes du plus proche, qui trébuche. Le second lance son couteau – il l'évite de justesse. Le troisième se jette sur Laurie, roule à terre avec elle, cherche à la poignarder. Rudy dégaine son Luger, l'arme et tire – l'agresseur tressaute, une fleur rouge éclate dans son dos. Il tire encore sur le premier, qui s'est relevé, l'abat d'une balle en pleine tête. Le lanceur de couteau fait volte-face pour s'enfuir. Abou ramasse son coutelas et se lance à sa poursuite – «Laisse-le-moi!» crie-t-il à Rudy qui le vise –, le rattrape en quelques foulées, le plaque au sol, appuie la lame sur sa nuque.

— Qui vous a envoyés? Réponds ou je te tue!

— Une... une jeune femme... halète le tueur, le nez dans la terre craquelée.

— Quel est son nom?

— Je ne sais pas...

— Elle t'a payé combien?

— Cinq mille CFA... Et beaucoup d'eau...

— Putain, la vie vaut pas cher ici, commente Rudy qui s'est approché. T'as appris ce que tu voulais, Abou?

— Oui, assez en tout cas.

— Bon. Écarte-toi.

Rudy vise soigneusement la tête de l'homme à plat ventre, qui roule de gros yeux paniqués.

— Ne me tuez pas, s'il vous plaît...

— Je vais me gêner, tiens!

— Non, laisse-lui la vie, intervient Abou. Je veux qu'il aille dire à Félicité qu'il a échoué, que ses deux copains sont morts, et que si elle s'avise encore de m'envoyer des tueurs ou de jeter un sort c'est elle qui y passera, même qu'elle est la fille du maire. Qu'elle n'oublie pas que je suis initié au bangré !

— T'as entendu, égorgeur de poulets ? lance Rudy en lui balançant un coup de pied dans les côtes. Répète !

L'homme répète d'une voix chevrotante. Abou s'écarte, le laisse se relever.

— Allez, tire-toi, consent Rudy. Évite de recroiser mon chemin : mon flingue se souvient de toi ! menace-t-il en agitant son Luger.

L'homme détale sans demander son reste. Abou et Rudy rejoignent Laurie restée près de son sac, tremblant de tous ses membres. Abou l'entoure de sa sollicitude :

— Il t'a fait mal, mon amour ?

— Non, ça va...

Tête basse, bras croisés sur la poitrine, Laurie évite de porter le regard sur les deux cadavres étalés dans la poussière. Tandis qu'Abou l'emmène chez lui, la soutenant comme une éclopée, Rudy disperse à grands gestes de son bras armé les badauds qui commencent à converger :

— Circulez ! C'est fini ! Y a plus rien à voir !

— Mon Dieu, c'était vous ? réalise Moussa qui les accueille dans le vestibule, voyant Laurie défaite et couverte de poussière, Abou chargé d'adrénaline, Rudy l'arme au poing. J'ai entendu des coups de feu... Vous avez été agressés ?

Abou commence à décrire l'échauffourée à son frère.

— Je peux prendre une douche ? l'interrompt Laurie. Ça me calmera.

— Bien sûr, opine Moussa. Tu n'as pas à demander, tu es chez toi ici.

— Je viens avec toi si tu veux, propose Abou.

— Pas cette fois, mon chéri. Je préfère rester seule un moment.

Elle s'éclipse avec son sac, laissant Abou tout dépité. Rudy lui explique :

— Elle est choquée que je tue des gens. Elle croit que j'aime ça.

— Tu as tué des gens, Rudy ? s'étonne Moussa.

— Bien obligé. Légitime défense...

Abou achève son récit, dans lequel il met Rudy en valeur : s'il n'avait pas été là, Laurie et lui ne seraient plus de ce monde, prétend-il.

— Je pense qu'on devrait appeler la police, décide Moussa. Ça va jaser dans le quartier, et je n'ai pas envie d'avoir des ennuis.

— T'en auras forcément si t'appelles les flics.

— Rudy, nous sommes les fils de la présidente...

— O.K., fais comme tu veux.

Moussa téléphone donc au commissariat, explique l'incident tel que son frère le lui a raconté. De son côté, Abou estime nécessaire de prévenir Laurie de l'arrivée de la police. Elle est sous la douche, en train de se savonner avec énergie. Il a le temps d'admirer son corps moussu avant qu'elle ne découvre sa présence : elle pousse un petit cri, sa main vole vers son pubis – elle le reconnaît, sourit.

— Ah, c'est toi ! Tu m'as fait peur.

— Désolé... Les flics vont venir, Moussa les a appelés.

— Je n'ai pas envie de les voir. J'ai besoin de calme et de solitude...

— Je leur dis quoi, s'ils te demandent?

— Dis-leur que cette agression m'a choquée et épuisée, que je me repose… C'est la vérité, d'ailleurs.

— Laurie… Tu ne veux pas rester seule toute la nuit, quand même?

Riant de l'air consterné d'Abou, elle sort de la douche, se serre toute mouillée contre lui, l'embrasse longuement, mêlant leur langue et leur salive.

— J'ai pas oublié que c'est notre dernière nuit ensemble avant longtemps… Elle sera spéciale, je te le promets. Je t'attends dans la chambre… Viens vite!

Les policiers se pointent vingt minutes plus tard, accompagnés du commissaire Ouattara en personne. Celui-ci tique en découvrant Rudy dans le canapé du salon, une canette de bière à la main.

— Encore vous! Décidément, vous êtes sur tous les mauvais coups!

— Bah, c'est la vie, répond le Hollandais stoïque.

— C'est vous qui avez descendu ces bandits là-dehors?

— Légitime défense…

— Vous êtes donc armé. Vous avez un permis de port d'arme?

— Commissaire, intervient Moussa, ne chipotons pas, voulez-vous? Rudy a sauvé le fils de la *présidente* d'une agression. Ne vous trompez pas de coupable, d'accord?

Ouattara grommelle, aboie d'un ton rogue qu'il doit recueillir des dépositions, mener un interrogatoire afin de conclure l'enquête. Abou s'en tire plutôt bien, évite d'impliquer Félicité, ramène l'affaire à une simple histoire de vol. Le commissaire s'en contente d'autant plus que les deux morts sont des bandits connus de la police pour plusieurs braquages. Moussa achève de détendre l'atmosphère en offrant une tournée de bière fraîche que les policiers acceptent avec joie. Néanmoins, Ouattara ne cesse de poser sur Rudy ses gros yeux bovins chargés de suspicion.

— Vous, un jour ou l'autre, je vous aurai, menace-t-il sur le palier.

— On dirait que le commissaire ne te porte pas dans son cœur, remarque Moussa, une fois les flics partis.

— Il me déteste, sourit Rudy. Surtout depuis qu'Abou et moi on t'a délivré quasi sous son nez. Il me prend pour un pirate et enrage que je sois protégé par la présidente...

— Tu l'es de moins en moins, protégé. J'ai eu ma mère au téléphone cet après-midi, elle est très remontée contre toi : elle t'accuse d'avoir tué Fuller et semé un beau bordel... C'est vrai ?

Abou et Rudy échangent un bref regard, que Moussa n'intercepte pas.

— Pas du tout. Fuller s'est évadé, il est allé se perdre dans le désert, il a été tué par des brigands.

— Ça c'est la version officielle, mais je n'y crois pas. C'est *toi* qui l'as emmené au désert, n'est-ce pas ? (Moussa se tourne vers Abou.) Et toi aussi ?

Celui-ci fait la moue, hausse les épaules.

— Après tout, Rudy, Moussa est mon frère. Il a le droit de savoir. Et puis il faut qu'on discute de la suite, je te rappelle.

Rudy opine d'un signe de tête. Abou se met à tout raconter, depuis l'apparition du Touareg fantôme dans le camp militaire jusqu'à l'interprétation d'Hadé et la mission qu'elle leur a plus ou moins confiée, à Rudy et lui : débusquer cet «ennemi» dans son repaire et l'éliminer, rien de moins que pour sauver le monde du chaos. Moussa écoute sans mot dire, en écarquillant parfois des yeux effarés.

— C'est dingue, soupire-t-il quand Abou a terminé. C'est… C'est incroyable. Ainsi, si je comprends bien, rien qu'en te fiant aux… élucubrations de mamie Hadé, tu es prêt à te rendre aux États-Unis afin d'aller assassiner le fils cloné de Fuller ? C'est bien de ça qu'il s'agit, n'est-ce pas ?

— Oui. Sauf que ce n'est pas moi qui irai. C'est lui.

Abou désigne Rudy du pouce, qui hoche de nouveau la tête.

— C'est bien ce que j'avais cru comprendre, opine-t-il. Du même coup, je débarrasse votre mère de ma présence gênante. Pas mal vu…

— Mais sincèrement, s'écrie Moussa, tu y crois, à toutes ces fariboles ?

— Bien sûr que j'y crois. Moi j'accuse pas ta grand-mère d'être une demeurée, ni ton frère d'être un imbécile influençable. De plus, Fuller a confirmé lui-même ce qu'a dit Hadé : son clone est foncièrement *mauvais*. Et la Divine Légion, c'est pas qu'une secte de doux illuminés, crois-moi. Ils ont tué ma femme et ma fille, parmi trois cent mille autres victimes, et ravagé mon pays…

— Alors tu vas y aller, comprend Moussa.

— Oui, je vais y aller. Ça me plaît comme mission. Ça me permettra d'accomplir ma vengeance… et peut-être d'achever mon deuil.

— Tu veux aller où ? (Laurie apparaît en tunique légère sur le seuil du salon, tout ensommeillée.) Excusez-moi, j'ai dû m'assoupir…

— Aux États-Unis, répond Rudy.

— Pour quoi faire ?

— Tuer des gens.

ONCHOCERCOSE

Au cours de l'année 2029, le Sahara s'est étendu vers le sud sur une frange de 35 km environ, ce qui représente une progression moyenne de près de 100 m par jour, et ce malgré tous les programmes de fixation des dunes, de reboisement, de plantations et d'irrigation. Pour les six premiers mois de 2030, l'expansion a été évaluée à 25 km. Avec un tel rythme de croissance, on estime que d'ici à 15 ans l'Afrique du Nord ne sera plus qu'un désert, d'Alger à Abidjan et de Dakar à Djibouti.

Rapport 2030
du Global Climate Change Institute.

Depuis trois jours, l'harmattan souffle sans trêve, ce qui retarde Rudy dans l'exécution de son plan : partir aux États-Unis avec l'avion de Fuller, en y embarquant Saibatou Kawongolo et le corps du P.-D.G. par la même occasion. Il met ces trois jours à profit pour préparer minutieusement ce voyage qui pourrait être sans retour…

La réconciliation avec Fatimata est plus facile qu'il ne le craignait. Rudy se présente tout bonnement au palais pour solliciter un rendez-vous, qu'il obtient presque aussitôt.

— J'ai la solution à tous vos problèmes, annonce-t-il en pénétrant dans le grand bureau ombragé de la présidente.

— C'est *vous* le problème, réplique-t-elle froidement.

— Ne prenez pas si mal les choses, madame Konaté. Fuller est mort, d'accord, mais au fond, en quoi ça vous nuit ? Les États-Unis vous font-ils la guerre ? Non. Le reste du monde en est-il scandalisé ? Non plus. Le Burkina subit-il des pressions, des mesures de rétorsion, un embargo quelconque ? Pas davantage. Au contraire, on parle de vous dans les médias, on vous cite comme un exemple de développement durable, une solution africaine à la question africaine. La Chine s'est déclarée votre protectrice, ce qui vous rend intouchable. La mort de Fuller est vue comme un incident de parcours, voire comme une justice !

Fatimata est bien forcée d'en convenir : les menaces de guerre des États-Unis sont restées lettre morte, se traduisant au pire par la disparition du Coca des bars et des boutiques (aussitôt remplacé par du Pepsi *made in Thailand*), mais les Camel et Philip Morris sont arrivées par contrebande comme d'habitude. Le Tribunal pénal international a émis un avertissement pontifiant, invitant le Burkina à mieux protéger ses ressortissants étrangers... et la Chine a fait don au pays de tonnes de riz transgénique, contre un engagement à fournir un quota de cultures maraîchères sur cinq ans.

— Je me méfie de vos solutions, rétorque néanmoins la présidente. De quels problèmes parlez-vous ?

Rudy lui expose son plan : rapatrier Fuller, faire soigner Saibatou Kawongolo, rendre à ses légitimes propriétaires le Boeing qui s'ensable à l'aéroport, et la débarrasser de sa présence importune.

— Vous voulez vous rendre aux États-Unis ? Ça m'étonne fort de votre part !

— J'y vais pour raisons personnelles, élude Rudy.

N'étant ni rancunière ni butée sur ses opinions, Fatimata en conclut que Rudy cherche à faire amende honorable : elle accepte donc de l'héberger au palais, le temps que l'harmattan se calme et qu'il prépare son voyage.

En faisant des recherches sur l'ordi de Yéri, Rudy déniche une clinique privée proche de son lieu d'atterrissage : celle du Dr Kevorkian, à Lawrence, qui se targue sur son site de pouvoir réparer n'importe quelle lésion par traitement génétique. Il appelle ledit docteur :

— Les affections parasitaires ne sont guère notre domaine, précise Kevorkian. Nous traitons plutôt les déficiences génétiques prénatales ou congénitales. Toutefois l'onchocercose se manifeste entre autres par une lésion du cristallin que nous pouvons certainement reconstituer par la voie génétique, une fois la patiente débarrassée des filaires. Est-elle gravement atteinte ?

— Je crois, oui.

— Se soigne-t-elle ?

— Autant que possible, je présume. Nous sommes au Burkina, vous savez…

À ce mot, le ton poli mais neutre du docteur s'enflamme : il se déclare ravi de pouvoir venir en aide « avec ses modestes moyens » à une citoyenne de cet État qu'il juge exemplaire, et considère « passionnante et enrichissante » l'expérience de traiter une lésion d'origine parasitaire par la voie génétique.

— J'ai d'autres patients qui me rapportent largement de quoi investir dans la recherche, même à perte…

— La recherche? Vous voulez dire que si vous parvenez à guérir madame Kawongolo de l'onchocercose, ce serait une première?

— À ce stade avancé, oui. Les maladies tropicales n'ont guère intéressé l'Occident jusqu'à présent. Ce n'est que maintenant, alors qu'elles envahissent des régions autrefois tempérées et affectent des Blancs en grand nombre, que l'on commence à se pencher sérieusement dessus. Savez-vous que si l'on y avait injecté un peu de finance, on aurait pu mettre au point un vaccin contre le paludisme il y a trente ans?

— Il n'existe pas déjà?

— Eh non, mon cher. On nous le promet pour dans deux ans. Quand la clientèle occidentale sera suffisante pour qu'il soit rentable…

Rudy saisit la balle au bond:

— Et vous, docteur, que ferez-vous de votre expérience, si elle réussit? Attendrez-vous à votre tour que se développe une clientèle rentable, ou l'offrirez-vous aux milliers d'Africains qui en ont besoin?

Un court silence.

— Vous me posez là un problème d'éthique intéressant. Vous vous doutez bien que je ne suis pas un chercheur solitaire, penché sur ses microscopes au fond de son labo. Je suis lié par contrat avec des hôpitaux, des universités, un consortium pharmaceutique, et chacun veut sa part du gâteau. La réponse à votre question n'est donc pas aussi simple qu'elle paraît. Mais je vais y réfléchir. Nous en reparlerons… si j'aboutis à un résultat positif.

Afin d'annoncer cette bonne nouvelle à Saibatou, Rudy demande son adresse à Yéri. Contre toute attente, elle lui propose de l'accompagner. Dans la petite Daihatsu électrique qui les mène sur la route de Kaya, à travers feu le « bois de Boulogne » (en cours de reboisement), il tente de la draguer assez maladroitement, mais avec sincérité : il apprécie son flegme et son intelligence, admire son corps et ses yeux de gazelle, sa peau de satin noir qu'il ose frôler. Elle sourit de ses compliments, repousse doucement sa main. À la seconde tentative, son regard de glace notifie clairement à Rudy qu'il est vain d'insister.

Il en comprend la raison une fois arrivés chez Saibatou, une propriété sise à l'écart dans la brousse, plantée d'arbres encore vivants qui ombragent une grande maison récente mais de facture traditionnelle, de style soudanais. Rudy et Yéri sont accueillis par une domestique qui les mène au salon vaste et lumineux, où les attend une femme fière et altière d'une trentaine d'années qui a dû être très belle mais que l'onchocercose a défigurée : des nodules grisâtres gonflent sa peau, des lésions plus ou moins purulentes la parsèment, et surtout ses yeux troubles et voilés paraissent injectés de sang – or ce sont des vers qui y circulent. Malgré tout Yéri se serre contre elle, l'embrasse sur la bouche, la contemple avec un regard qui n'est pas empli que de compassion. Quasi aveugle, Saibatou capte bien la surprise de Rudy, dont elle ne discerne qu'une tache floue bougeant dans la pièce.

— Ne vous méprenez pas, monsieur, avertit-elle. Même si Yéri et moi sommes plus proches que deux sœurs, j'aime profondément mon mari et ne l'abandonnerai jamais, doit-il passer sa vie en prison.

— Pas de problème, madame Kawongolo. Je suis pas là pour vous juger sur quoi que ce soit. Je viens juste vous annoncer une bonne nouvelle : j'ai trouvé une clinique qui accepte de vous soigner. Qui s'en fait même un point d'honneur.

— Vraiment? (Le visage de Saibatou s'illumine.) Où cela?

— Aux États-Unis. Je peux vous y conduire, si vous acceptez…

— Si j'accepte? Mon Dieu! Je vais revivre enfin!

— N'est-ce pas merveilleux, ma chérie? renchérit Yéri.

Toutes deux se tombent dans les bras. Saibatou en a les larmes aux yeux, ce qui lui fait mal apparemment, car elle se les tamponne aussitôt. Rudy s'en veut presque de tempérer leur bonheur:

— Je dois toutefois vous prévenir que le succès de l'opération n'est pas garanti. D'après ce que j'ai compris, il s'agirait d'une thérapie génique encore expérimentale.

— Tant pis! S'il existe une minuscule chance de guérir, je dois la tenter. Sinon, je mourrai ici dans le noir. Sans mon mari, sans mon art, ma vie n'aurait plus de sens…

— Il resterait moi, relève Yéri.

— Bien sûr, mais je ne te verrais plus non plus. Tandis que si je guéris…

Saibatou tourne sur elle-même en écartant les bras. Rudy saisit le sens de son geste: elle montre les dizaines de tableaux accrochés aux murs du salon. Beaucoup de scènes de brousse très colorées, dans un style presque impressionniste, et un certain nombre de nus féminins, tous inspirés de Yéri. En étudiant de plus près les peintures, Rudy remarque l'évolution de la maladie: les traits de moins en moins précis, les couleurs qui bavent, des erreurs et imperfections de plus en plus flagrantes… La dernière Yéri, qui date d'un an, est difforme et grossière, semble avoir été barbouillée par un enfant daltonien.

— Vous observez mes tableaux, n'est-ce pas ? Vous voyez la progression du désastre… Les derniers sont dans mon atelier, je ne les montre à personne : j'en ai honte.

— Pourquoi ? Ce n'est pas votre faute.

— Certes. Mais imaginez un musicien aux doigts bloqués par les rhumatismes, un écrivain atteint d'Alzheimer. Ils réécoutent ou relisent les œuvres dont ils sont les plus fiers, les comparent au pauvre galimatias qu'ils parviennent péniblement à produire… et ils pleurent. Moi, je n'ai même pas le loisir de revoir mes œuvres passées…

— Vous allez guérir, madame. J'en suis persuadé. Nous partirons dès que l'harmattan sera calmé. Tenez-vous prête !

Il ne reste plus à Rudy qu'à retrouver les pilotes du BBJ de Fuller. Depuis le coup d'État, nul ne s'est soucié d'eux, ils se sont égaillés dans la nature. Rudy brave la chaleur de four et les rafales de sable pour les chercher dans les hôtels de Ouaga, les bars et restaurants, à l'hôpital, la mission évangélique… sans succès : personne n'a vu deux Yankees en Stetson au look de cow-boys. C'est en arpentant l'avenue Kennedy que l'idée lui vient subitement : l'ambassade américaine !

Elle a été dévastée et partiellement incendiée par les émeutiers qui ont pendu l'agent de la NSA au lampadaire, et auraient fait subir le même sort à l'ambassadeur Gary Jackson s'il ne s'était jeté sur la providentielle voiture présidentielle. Les deux pilotes campent au milieu des décombres, hâves, sales, hirsutes, tels des naufragés sur une île déserte. Morts de trouille, ils accueillent Rudy un pied de bureau à la main.

— Alors les gars, vous vous croyez où ? Au fond de la jungle ? Il y a une *ville* là-dehors ! Pourquoi vous campez dans ces ruines ?

— C'est plein de Nègres, geint Bill.

— Ils veulent nous faire la peau, craint Hank. Ils ont déjà tué notre patron…

Rudy éclate de rire.

— Sûr ! S'ils vous trouvent, ils vous cuiront dans leurs gros chaudrons de cannibales et se mettront les os de vos doigts dans le nez. Allez, les ploucs, sortez de là, venez reprendre forme humaine au palais.

— Pourquoi ? C'est quoi ce sale coup ? se méfie Bill.

— Vous rentrez chez vous, les gars. Vaut mieux être présentable, non ?

Enfin, le quatrième jour, l'harmattan se calme, se réduit à une simple brise chargée de poussière rouge. Saibatou a fait ses bagages ; Adama Palenfo, le ministre des Finances, a débloqué l'argent détourné par Kawongolo pour soigner sa femme ; Rudy a mis au point, par téléphone avec Abou, les derniers détails de son plan et fait ses adieux ; les pilotes ont checké l'avion (dont les portes ont été réparées), l'ont trouvé en bon état à part les réacteurs ensablés ; le cercueil de Fuller a été placé dans une soute réfrigérée… Tout est fin prêt, plus qu'à partir. La surprise de dernière minute vient d'Aïssa Bamory, la ministre de la Justice : en accord avec (ou influencée par) Fatimata, elle a décidé de ne pas envenimer les relations déjà tendues – pour le moins – avec les États-Unis et de leur rendre leur ambassadeur. Gary Jackson fait donc partie du voyage. Rudy proteste, se fâche, rien n'y fait : c'est une décision de justice irrévocable.

— En ce cas, qu'il serve au moins à quelque chose : je veux qu'il me confère l'immunité diplomatique, exige-t-il. Afin que je puisse entrer aux États-Unis sans emmerdes.

— Arrangez-vous avec lui, répond Aïssa. Il est tellement heureux de s'en tirer à si bon compte qu'il se montrera sûrement coopératif…

Quand sonne l'heure du départ, Rudy constate que les seules personnes à y assister sont Yéri et les deux flics qui amènent Jackson jusqu'à l'avion. O.K., il admet pour Abou, consigné au camp militaire ; mais Laurie, accrochée à lui comme une sangsue, n'a pas daigné se taper les cent quinze bornes la séparant de Ouaga, Moussa doit être trop pris par son chantier, et Fatimata a sûrement des rendez-vous…

Les vrais guerriers sont toujours solitaires, songe amèrement Rudy qui regarde, le cœur gros, se refermer en chuintant la porte de l'appareil.

ENGAGEMENTS

> Le chiffre d'affaires brassé par Resourcing et ses
> 37 filiales équivaut au PIB des 70 pays les plus pauvres.
> La fortune personnelle de M. Anthony Fuller, son
> P.-D.G., atteint le budget d'État de l'Espagne.
>
> C. Mungo, *Toujours plus riches,*
> *toujours plus pauvres* (2030).

« Monsieur Samuel Grabber, avocat bien connu
des milieux d'affaires du Kansas, engagé notamment
par le consortium Resourcing *ww*, a été tué ce matin
vers neuf heures sur la K10, entre Lawrence et
Topeka. Sa voiture a été retrouvée sur la bande
d'arrêt d'urgence, où les systèmes de contrôle l'ont
immobilisée après qu'elle a heurté la barrière de sécurité. Elle porte plusieurs impacts de balles. Monsieur
Grabber lui-même en a reçu deux, dont une mortelle
à la tête. D'après la police, il pourrait s'agir d'une
attaque d'outers, bien que l'hypothèse d'un règlement de comptes suite à un procès perdu par l'un de
ses adversaires ne soit pas exclue. Toujours à propos
de Resourcing, nous apprenons à l'instant que la

dépouille de monsieur Anthony Fuller, feu son P.-D.G., va être rapatriée dans son propre avion jusqu'à l'aéroport de Lawrence, d'où elle sera transférée au cimetière d'Eudora, l'enclave où il demeurait avec son épouse. Rappelons que monsieur Fuller a trouvé la mort jeudi dernier dans un pays d'Afrique, le Burkina Faso, où il s'était rendu afin de régler un différend avec le gouvernement local à propos d'une nappe phréatique découverte par GeoWatch, une filiale de Resourcing. Retenu en otage, il aurait été attaqué par des bandits alors qu'il tentait de s'évader... »

Pamela effleure la boule de commande et revient sur Lord's Channel, un peu honteuse d'avoir zappé sur une chaîne d'infos locales. Mais il faut bien qu'elle s'informe : sur Lord's Channel, on ne parle que de Dieu et de la Divine Légion, et elle a résilié tous ses abonnements à des journaux en ligne hormis *La Voix du Seigneur*, le bulletin de liaison réservé aux membres... En outre, c'est frère Ézéchiel qui l'a incitée à le faire : il l'a appelée à 9 h 30 pour lui annoncer la mort de Sam Grabber, avec une joie qu'il ne cherchait pas à dissimuler.

— Rendez-vous compte, Pamela ! Votre mari et Grabber décédés, plus rien ne s'oppose à ce que nous prenions le contrôle de Resourcing, et que votre villa devienne réellement la maison du Seigneur ! C'est un signe de Dieu, ne voyez-vous pas ? Le Créateur Lui-même désire que les choses se passent ainsi !

Pamela a détourné le regard vers Tony Junior, qui bavait doucement en la contemplant d'un air aussi niais que satisfait. Elle a opiné aux propos de Nelson d'un signe de tête, mais l'idée lui a traversé l'esprit que le bras long de la Divine Légion se substituait parfois à la main du Seigneur… Pensée impie voire hérétique, qu'elle s'est empressée de refouler.

Nouveau coup de fil : ce sont les pompes funèbres d'Eudora, qui ont appris le rapatriement de feu son mari et voudraient quelques renseignements sur la manière d'opérer le transfert du défunt jusqu'à sa dernière demeure : désire-t-elle un convoi en grande pompe ? quelque chose de plus discret ? en voiture ou en hélicoptère ? Doit-on prévoir une cérémonie à l'aéroport même ? ou tout concentrer au cimetière ? Envisage-t-elle une veillée du défunt ? M. Fuller avait-il prévu d'être enterré ou incinéré ? L'incinération produit de l'énergie qui peut être récupérée, cela réduit la facture…

— Faites comme bon vous semble, marmonne Pamela, que tout cela ennuie fort. Je dois être présente au cimetière, je présume ?

— C'est la moindre des choses, madame ! répond le croquemort, offusqué. Tout le conseil d'administration de Resourcing y sera, ainsi que la famille du défunt. C'est pourquoi je dois savoir s'il faut les convoquer à l'aéroport, pour l'arrivée de l'avion, ou seulement au cimetière…

— Comme vous voulez. Mais faites simple, tranche Pamela avant de couper.

Elle soupire : un moment pénible en perspective, d'autant plus qu'il y aura certainement des journalistes. Elle devra répondre à plein de questions, éviter de mettre en avant la Divine Légion (Nelson l'a bien briefée là-dessus), jouer son rôle de veuve éplorée… Devra-t-elle inviter tout ce monde à dîner ? Grand Dieu, non ! Ils n'auront qu'à réserver un restaurant. Pas de veillée non plus : « Aucun mécréant ne doit entrer dans la maison du Seigneur », a décrété le révérend Callaghan.

Encore le téléphone. Pamela reconnaît cette tronche de comptable à lunettes, au crâne dégarni : c'est frère Marc, l'un des Apôtres qui entourent le révérend. Un frisson lui parcourt l'échine, elle se sent rougir sans raison, se demande avec anxiété si elle a commis quelque impair et va se faire sermonner. Peuvent-ils savoir qu'elle a zappé sur une chaîne d'infos, alors que c'est en principe interdit ? Mais l'Apôtre sourit d'un air avenant.

— Sœur Salomé, réjouissez-vous et bénissez le Seigneur ! Le révérend Callaghan en personne viendra vous visiter.

— Doux Jésus ! (Pamela écarquille les yeux de surprise.) Quand ?

— Le plus tôt possible. Juste après l'enterrement de votre mari, très certainement. Il faut battre le fer quand il est chaud...

— Battre le fer ? Que voulez-vous dire, frère Marc ?

Le sourire de l'Apôtre s'estompe, ses petits yeux en billes de loto durcissent derrière ses lunettes aux verres teintés.

— Auriez-vous oublié vos engagements, sœur Salomé ? Le don de votre propriété à la Divine Légion. Dois-je vous le rappeler ?

— Ah oui, c'est vrai...

— Ainsi que le transfert de la direction de Resourcing à notre filiale de gestion d'affaires Capital Investments. Dois-je également vous le rappeler ?

— Le transfert de quoi ? Excusez-moi, frère Marc, je ne suis pas au courant.

— Frère Ézéchiel ne vous en a rien dit ? Il va le faire sous peu, alors. Encore une chose, sœur Salomé : lors de l'enterrement, vous serez confrontée au conseil d'administration de Resourcing...

— Comment le savez-vous ?

— N'oubliez pas que Dieu Lui-même parle au révérend et ne m'interrompez pas, je vous prie. Ils vous poseront des questions, chercheront à obtenir des informations, savoir comment vous allez gérer les affaires de votre mari. Restez évasive là-dessus. Moins vous leur en direz, mieux cela vaudra pour nous… et pour vous. Vous avez compris, sœur Salomé ?

— Oui, mais… je ne me suis jamais occupée des affaires de mon mari, moi. J'ignore totalement comment diriger un consortium aussi gigantesque !

— Vous n'aurez pas à l'apprendre, sourit de nouveau Marc. Frère Ézéchiel prendra les choses en main, vous expliquera ce que vous devrez savoir ; vous n'aurez qu'à signer où il vous dira de signer. Après quoi vous pourrez vous consacrer entièrement à votre dévotion, à la Divine Légion et à l'Esprit-Saint, comme c'est votre devoir.

L'Esprit-Saint : c'est ainsi qu'à la Divine Légion on appelle désormais Tony Junior… Elle glisse de nouveau un œil dans sa direction : il est en train de regarder la télé. Bien.

— Je vous laisse, sœur Salomé. Préparez-vous à accueillir le révérend comme il se doit. Que Dieu vous bénisse !

— À la grâce du Seigneur, frère Marc.

Pamela coupe et rejoint le coin télé du salon afin de baisser le volume qu'elle trouve un peu fort et particulièrement bruyant. Qu'est-ce donc que cela ? On dirait des cris, des coups de feu : il n'y a pas ça sur Lord's Channel…

En lorgnant vers le champ holo, elle étouffe un cri d'horreur : ce n'est plus Lord's Channel mais un manga 3D obscène, hyperviolent ! Des êtres bardés de cuir et de métal s'entredéchirent et se canardent avec des armes énormes tandis que des créatures à demi nues rampent lascivement à leurs pieds, le tout martelé par un vacarme de harsh insupportable ! Pamela se jette sur la boule de commande pour zapper de nouveau – réalise alors que celle-ci est bien trop loin de Junior. Quand bien même elle serait à sa portée, Tony serait incapable de la saisir... Les yeux rivés sur le champ holo, exorbités d'excitation, il bave de plus belle, affiche un air carrément lubrique.

Grimaçant de dégoût, Pamela éteint la télé.

Laisse. Je veux mater.

— Tony... Ce n'est pas toi, n'est-ce pas ? Ce n'est pas toi qui me parles ?

Je veux mater ! Rallume !

Malgré elle, la main de Pamela s'allonge vers la boule de commande...

— Non, Tony ! Non !

Obéis !

Son doigt tremblant effleure la touche ON... On sonne à la porte d'entrée.

La pression dans sa tête et son bras se relâche d'un coup, tel un sifflement suraigu qui cesse brusquement. Elle se jette en arrière, lance à Junior un regard de terreur, se précipite dans le vestibule, commande l'ouverture de la porte sans même regarder dans l'interphone.

C'est Robert Nelson, dont le sourire s'efface devant l'expression affolée de Pamela.

— Eh bien, sœur Salomé ? Que vous arrive-t-il ?

Par pur réflexe, elle tombe dans ses bras. Il enserre sa taille, lui caresse les cheveux, la nuque.

— Là... là... Détendez-vous. Dites-moi tout.

— C'est To-Tony, hoquette-t-elle. Il... Il me fait des misères.

883

— Des misères ? (Nelson pose un baiser furtif sur le front de Pamela.) Quel genre de misères ?

— Il zappe de lui-même sur des chaînes dépravées et si j'éteins la télé, il me force à la rallumer…

— Allons donc. C'est bien du Messie dont vous parlez ? De l'Esprit-Saint ? À vous entendre, on dirait une manigance du Malin !

— Je me demande si ce n'est pas le cas en effet, ose-t-elle avouer à mi-voix.

— Enfin, Salomé, reprenez-vous ! Repentez-vous ! Faites pénitence !

De nouveau leur parvient du salon, assourdi, le babil de la télé.

— Il l'a rallumée ! Tout seul ! Allez voir si vous ne me croyez pas !

Nelson gagne à grands pas le salon, Pamela sur ses talons. Assis bien droit dans son fauteuil, Tony lui lance un regard indifférent, reporte son attention sur la télé qui diffuse un jubilé de la Divine Légion. Nelson écarte les bras en signe d'évidence.

— Eh bien, c'est Lord's Channel… Je ne vois pas ce qu'il y a d'anormal. Êtes-vous bien sûre, ma sœur, de ne pas avoir été tentée par le Diable ? Désirez-vous vous confesser ? Il nous arrive à tous, de temps à autre, d'éprouver des désirs et pensées coupables. Moi-même, qui suis pourtant plus aguerri que vous, n'en suis pas exempt. Une bonne confession permet de repousser la tentation, et au Seigneur de pardonner. Le désirez-vous, Salomé ?

— Oui… Je crois que… ce serait salutaire en effet.

— Biiien, sourit Nelson avec satisfaction. Venez avec moi dans le bureau de votre mari. Nous y serons tranquilles, et nous en profiterons pour étudier certains documents relatifs à votre héritage…

Prenant sans vergogne la main de Pamela dé-concertée, le jeune avocat l'entraîne vers le bureau de Fuller, lieu de maintes turpitudes dont la fange remonte malgré elle à sa mémoire.

Dans leur dos, Junior les regarde s'éloigner. Ses yeux gris sont plissés, la bave dégouline de ses lèvres étirées sur son menton, on dirait qu'il sourit. Sitôt claquée la porte, son regard revient au champ holo... qui clignote, se zèbre de parasites et se cale de nou-veau sur la chaîne de mangas. Sans le son : il veut écouter ce qui se passe dans le bureau.

Sous la mince couverture qui cache ses jambes étriquées, pour la première fois de sa vie, Tony bande.

Chapitre 12

SURVIVRE ENCORE

« Notre Mère la Terre est en colère, elle se venge, elle secoue le joug que l'homme blanc lui impose depuis des siècles. Le Visage pâle a tout saccagé, a déréglé les cycles naturels, a détruit l'harmonie du monde. Je vous le dis, mes frères, Notre Mère la Terre est déterminée à tous les tuer jusqu'au dernier, même si pour cela la nature doit être bouleversée pour des milliers d'années ; même si pour cela la plupart des êtres vivants doivent périr. Notre Mère la Terre n'a pas de pitié, elle ne triera pas les bons des mauvais comme le fait le dieu des Blancs. Nous périrons nous aussi, mes frères, si nous continuons à suivre la voie de l'homme blanc, à suivre sa piste empoisonnée qui ne mène qu'au désert. Mais nous pouvons encore changer de direction. Nous pouvons encore, comme les derniers peuples anciens de la planète, retrouver la voie de nos aînés, celle que nos pères et nos grands-pères ont perdue, mais que connaissent encore les esprits du vent, de l'eau, des arbres et des pierres. Mes frères, si nous voulons survivre, il est urgent de retrouver les modes de vie de jadis afin de nous adapter aux temps nouveaux. Il est urgent d'abandonner la voiture, l'électricité, Internet, toutes les insidieuses et falla-cieuses tentations des Blancs. Il est temps de marcher de nouveau pieds nus sur la terre sacrée, même si elle nous brûle : la résistance reviendra, et l'endurance, et la persévérance, et la patience. Nous devons réapprendre à vivre dans le désert, à nous satisfaire de peu, à marcher sous le soleil et dormir sous les étoiles. Nous devons reconquérir nos terres et en chasser le Visage pâle, ce grand destructeur. Mes frères, nous devons déterrer la hache de guerre ! Les Blancs sont à l'agonie, il est temps de les achever ! Alors seulement nous pourrons trouver l'harmonie des temps nouveaux, nous pourrons espérer que Notre Mère la Terre nous épargnera dans sa juste colère. Frères de toutes les tribus, unissons-nous pour ce combat ultime : celui de la vie contre la mort, de l'harmonie contre le chaos, de Wakan Tanka contre les démons blancs ! »

Vous venez d'entendre le chef shawnee Last Prophet Tenskwatawa, en direct sur K-Tribe radio. Vous pouvez réagir sur United Shawnee Nation.org : le chef Tenskwatawa se fera un plaisir de répondre à vos questions. « Tribune des tribus » est terminé, place maintenant à « Chants de la Terre » animé par Grand Plain Buffalo, après cet avis de notre sponsor New Era Teepees...

PRESSION

Réjouissons-nous, mes amis, il va enfin pleuvoir sur le Kansas ! En effet, les services météo nous annoncent que l'anticyclone qui sévit ici depuis un mois sera chassé par de grosses dépressions venues de l'ouest et du nord. Les températures vont chuter (24,7 °C hier à Topeka, c'est un record pour un mois de janvier) et les pluies s'abattront en rafales, provoquées par des orages supercellulaires. Hélas, on le sait, ces orages très violents sont générateurs de grêle, d'ouragans et surtout de tornades. Donc, mes amis, prenez dès à présent les précautions qui s'imposent, listées sur AccuWeather.com, rubrique « Gros temps ». Et n'oubliez pas de recueillir la précieuse eau de pluie dans vos citernes !

Mieux que le laissez-passer diplomatique délivré à contrecœur par Gary Jackson, c'est le cercueil d'Anthony Fuller qui ouvre à Rudy la porte des États-Unis. Un comité d'accueil l'attend en effet dans le hall d'arrivée de l'aéroport de Lawrence, un peu plus nombreux que celui qui a assisté à son départ : le conseil d'administration de Resourcing au grand complet, augmenté de quelques cadres et directeurs de filiales et sous la houlette d'Amy, la fidèle secrétaire ; un clerc de chez Grabber & Associates, remplaçant feu Sam Grabber ; Richard Fuller III, le père d'Anthony, qui s'efforce de rester digne, ainsi que John et Tabitha Bournemouth. Ne manquent que Pamela Hutchinson et sa famille...

L'aéroport municipal de Lawrence n'ayant pas de trafic international, les formalités douanières sont réduites au minimum : scans du cercueil et des bagages, contrôle de l'identité de chaque passager. Rudy se présente comme l'accompagnateur de Saibatou Kawongolo, cachée derrière de grandes lunettes noires d'aveugle à travers lesquelles elle ne voit effectivement rien. On se contente de son explication, corroborée par un fax de la clinique du Dr Kevorkian et par son laissez-passer. Seuls les deux pilotes auraient pu dégoiser la vérité, mais Rudy les a tellement menacés de massacrer toute leur famille s'ils ouvraient leur gueule qu'ils sont trop heureux, une fois sur le plancher des vaches, de s'éclipser le plus vite et discrètement possible.

Le comité d'accueil n'est évidemment pas là pour Rudy ni pour Saibatou, à qui l'on accorde à peine un regard. Seul Richard III interpelle le Hollandais pour lui demander des explications sur la mort de son fils. Il joue les ignorants :

— Je ne suis au courant de rien, monsieur. Je ne suis que l'accompagnateur de madame, qui est malvoyante...

— Vous avez voyagé dans l'avion de mon fils, je vous signale !

Rudy arbore un sourire niais.

— Voilà donc pourquoi il est si luxueux... Je m'étonnais en effet que le gouvernement burkinabé mette un tel avion à la disposition de ses ministres !

— Mon fils a-t-il été bien traité au moins ?

— Il a voyagé dans une soute réfrigérée, c'est tout ce que je puis en dire.

Fuller père est sollicité par un employé des pompes funèbres qui désire savoir dans quel ordre de préséance organiser le convoi qui suivra le défunt à sa dernière demeure. Le vieux capitaine d'industrie s'éloigne avec le croque-mort, dont la question donne une idée à Rudy : voilà un bon moyen de s'introduire dans l'enclave ! Au cours du voyage, il a profité de la connectique de bord pour se renseigner sur Eudora : il a découvert que l'enclave est protégée par une barrière plasmatique infranchissable, sauf à l'unique point d'entrée donnant sur la bretelle sud de la K10 Highway. Or les contrôles à ce point sont autrement plus draconiens que ceux de l'aéroport : Rudy n'a aucune chance de pénétrer dans Eudora sans un motif dûment notifié (et vérifié) ou s'il n'y est pas convié par un résident (lui aussi dûment identifié). Il a longuement tourné ce problème dans sa tête, sans lui trouver de solution viable. Voici l'occasion ou jamais : on sera moins pointilleux envers un convoi éploré conduisant au cimetière une célébrité locale…

Rudy rejoint Saibatou, un peu perdue dans ce grand hall métallique et froid.

— Madame Kawongolo, je suis vraiment désolé, une affaire urgente m'appelle, je ne pourrai pas vous accompagner jusqu'à la clinique. Mais un taxi se fera un plaisir de vous y conduire…

— Ne vous inquiétez pas pour moi, Rudy. Je saurai bien me débrouiller.

Son sourire incertain dément ses paroles. Navré de la laisser en plan, Rudy gagne le comptoir le plus proche, apostrophe l'hôtesse.

— Mademoiselle, s'il vous plaît ! Voudriez-vous appeler quelqu'un pour s'occuper de cette femme qui est aveugle ? Elle a besoin d'un taxi.

— Je vais m'en charger moi-même, monsieur, répond-elle en faisant le tour du comptoir.

— C'est très aimable à vous. Pourriez-vous également m'indiquer une agence de location de voitures ?

— Là-bas, au bout du hall. Vous voyez le logo Hertz ?

— Ah oui, merci !

Tandis que l'hôtesse rejoint Saibatou avec cette attitude compassée que les gens adoptent devant les handicapés, Rudy se dirige à grands pas vers le fond du hall, s'accoude au comptoir du loueur. Tout heureux d'avoir un client, celui-ci règle promptement son affaire : il ponctionne la moitié de ce qu'il lui reste d'euros et met à sa disposition une Toyota Cosma à hydrogène pour le week-end, à rendre à l'agence le lundi soir.

— Quelle est la route la plus pratique pour Eudora ? lui demande Rudy.

— La K10. La voiture est dotée d'un GPS à commande vocale, elle vous indiquera le chemin. Le mot-clé est « Cosma ». Vous pouvez même la programmer pour qu'elle y aille toute seule. Le mode d'emploi est dans la boîte à gants.

— Merci.

Dix minutes plus tard, Rudy fonce sur la rocade ceinturant la ville en direction de la K10. « Fonce » est un euphémisme : la Toyota refuse obstinément de dépasser la vitesse limitée. S'il sollicite l'accélérateur, elle émet un *bip* strident assorti d'une voix synthétique féminine :

— Vous n'êtes pas autorisé à dépasser la vitesse

limite. Désirez-vous que je prenne la conduite en charge ?

— Non, Cosma, grogne Rudy.

Il cherche un moyen de squeezer l'ordi de bord, n'en voit pas, lâche un soupir agacé. Résigné, il se dit qu'il arrivera malgré tout à rattraper le convoi funéraire : ce genre de procession, même motorisée, se déplace d'habitude à un train de sénateur, comme si l'on risquait d'effrayer le mort en allant trop vite.

Il le rejoint en effet sur la K10, quelques miles après la sortie de Lawrence. Il double les quatre dernières voitures, s'insère au milieu du convoi, règle sa conduite sur la lenteur générale. La Toyota s'en aperçoit aussitôt :

— *Bip !* Votre vitesse est inférieure au minimum autorisé sur une autoroute. Désirez-vous que je prenne la conduite en charge ?

— Non, Cosma !

— En ce cas, veuillez dépasser le véhicule qui vous précède, si les conditions de sécurité le permettent.

— Cosma, je ne dépasse personne. Je suis dans un convoi funéraire.

L'ordi de bord rumine l'information.

— Mes sincères condoléances. *Bip !*

D'elle-même, la Toyota allume ses feux de détresse. Rudy cherche comment les éteindre, mais les autres voitures l'imitent. Il les laisse donc clignoter.

Cette conduite relax lui permet d'observer le paysage qui jadis a dû être riant – collines moutonnantes, vallées ombragées, nombreux lacs et étangs, bois et bocages – et est désormais presque aussi moribond que la savane burkinabé : les collines sont pelées, les arbres rares et sans feuilles, la Wakarusa presque à sec. La moisine envahit les champs en larges plaques vert-de-gris, des couloirs de destructions témoignent de passages de tornades. Çà et là, des maisons ruinées, des fermes à l'abandon, un campement d'outers crasseux dans un terrain vague... L'autoroute est bordée par un haut grillage électrifié surmonté de barbelés, et surveillée de tous les points culminants par des caméras à longue focale. *La cambrousse doit être craignos par ici*, suppute Rudy. *Ou alors les riches qui prennent l'autoroute sont très parano...* Bientôt s'ouvre la bretelle menant à Eudora, qui donne sur Church Street, empruntée majestueusement par le convoi.

Lorsque celui-ci s'arrête, Rudy abaisse sa vitre et jette un œil à l'extérieur. Devant la tête de la file se dresse ce qui pourrait évoquer l'entrée d'un camp militaire : deux miradors munis de mitrailleuses et flanqués de guérites de contrôle, une double barrière coupant la route, augmentée d'un faisceau laser, un lance-roquettes et un blindé garés sur une aire de dégagement, des militaires (ou plutôt des miliciens) en armes. De part et d'autre des miradors s'érige un mur de plasma de quinze mètres de haut qui rougeoie faiblement dans le jour blanchâtre et s'étire loin au-delà des arbres et des broussailles. Même de sa position éloignée, Rudy a l'impression de l'entendre grésiller. Son cœur se serre tandis que Fuller père négocie avec les miliciens. Il voit l'un d'eux compter le nombre de véhicules, un autre remonter lentement la file, inspectant chaque voiture. Va-t-il être repéré, arrêté, éjecté *manu militari* ? Non : le faisceau laser est coupé, les barrières se soulèvent, Richard Fuller remonte dans sa voiture, les miliciens regagnent leur poste, le convoi s'ébranle de nouveau. Franchit le contrôle au pas... Rudy serre les fesses en passant entre les deux guérites, sous une arcade qui a tout l'air d'un portique de scan. Heureusement qu'il n'a pas apporté son flingue… Il est scruté par les types armés, portant un uniforme gris estampillé *Eudora Civic Corp*, qu'il évite soigneusement de regarder. Ils ne l'arrêtent pas… Ouf, il est passé. Le renard est dans le poulailler !

Rudy accompagne le convoi jusqu'au cimetière, sur le parking duquel tout le monde se gare. Il pose la Toyota à l'écart, attend patiemment que tous aient pénétré dans le cimetière, puis remet le contact et s'éloigne doucement.

Il gagne le centre-ville où il dégote un petit hôtel dans Main Street, près de la gare désaffectée. L'établissement est miteux, destiné à accueillir plutôt les ouvriers qui viennent bosser à Eudora que les invités des riches familles qui y résident. Il est tenu par un vieux qui éponge continuellement son front raviné en soupirant après le bon temps enfui, et lui loue pour un prix modique une chambre vétuste mais propre. Installé et rafraîchi à l'eau fortement chlorée qui coule chichement du robinet gargouillant, Rudy décide d'aller repérer les lieux. Il étudie le plan de la ville qu'il a imprimé dans l'avion, sur lequel il a entouré l'adresse de Fuller extorquée aux pilotes : c'est à l'ouest, au bout d'une voie sans issue donnant sur la 2076e Route est, dans une zone boisée parsemée d'étangs, bordée par la Wakarusa. Ce n'est pas très loin, il peut y aller à pied, ça lui dégourdira les jambes après toutes ces heures d'avion.

Le malaise s'empare de lui alors qu'il longe, sur la 12e Rue ouest, le parc de l'école élémentaire, semé d'une pelouse Evergreen® rongée par la moisine. C'est une sensation étrange et diffuse, pas vraiment une migraine, plutôt une *pression* à l'intérieur de son crâne, qui a tendance à ralentir ses mouvements, brouiller ses pensées. Il la met sur le compte du voyage, de la fatigue, du décalage horaire, peut-être de la barrière plasmatique dont il perçoit au loin le halo pourpre, et qui doit gravement ioniser l'atmosphère.

Il tourne à gauche dans Winchester Road, puis à droite dans la 1369ᵉ Route nord. Les maisons se font plus spacieuses, nichées dans des parcs arborés ceints de murs ou de grilles, aux entrées munies d'alarmes et de vidéosurveillance : le quartier chic de la ville… Rudy peine à marcher maintenant : la pression s'accentue douloureusement dans son occiput, il doit fournir un effort croissant pour continuer à mouvoir ses jambes, poser un pied devant l'autre… effort qui le fait grimacer et le trempe de sueur.

Parvenu dans la 2076ᵉ Route est, il n'a plus qu'un désir : faire demi-tour, prendre ses jambes à son cou. Pourtant ce qui l'entoure n'a rien de menaçant, au contraire : des étangs soigneusement paysagés, munis de pontons où sont amarrées des barques, bordés de saules et de roseaux, de grands arbres majestueux, des pelouses impeccables, des massifs fleuris, une ombre bienfaisante sous les ifs et les cyprès, le zonzon d'une tondeuse électrique au loin… D'où lui vient cette peur, cette frayeur irraisonnée qui lui fait battre le cœur, dresser les cheveux sur le crâne ?

Alors qu'il bifurque à grand-peine dans l'impasse menant à la propriété des Fuller – comme s'il marchait dans de la glu ou contre un ouragan –, Rudy comprend soudain : *Tony Junior.* Ce monstre a capté sa présence, ses intentions peut-être, et le repousse de toute sa force mentale.

Hin hin hin, entend-il au creux de l'oreille, ou plutôt dans sa tête. On dirait un ricanement d'hyène… Cela lui évoque furieusement le masque younyonsé qui lui a servi à hypnotiser et kidnapper Fuller. Une question angoissée fulgure soudain dans son esprit surchauffé : tout ça était-il prémédité ? Ce masque, cet enlèvement, cette virée finale dans le désert, était-ce inspiré par Tony Junior ? Rudy, Abou, Hadé auraient-ils été manipulés dès le début ? En ce cas, ce gamin cloné serait bien plus fort qu'ils ne le croient... et Rudy n'aurait aucune chance.

Fous le camp, sale macaque, entend-il encore, ou croit-il percevoir. Dents serrées, poings crispés, les traits déformés par l'effort et la panique, Rudy réussit à parcourir quelques mètres supplémentaires, à parvenir en vue du long portail barrant le fond de l'impasse, au-delà duquel il aperçoit, à travers sa sueur et ses larmes, une grande maison blanche entre les arbres, en forme de croix, au porche orné de colonnades... Mais la pression dans son cerveau devient trop forte, comme s'il se trouvait subitement plongé à mille mètres sous la mer. Son nez saigne, ses oreilles bourdonnent... Il ne tient plus, fait volte-face, repart en courant, ses jambes volent, il se sent poussé dans le dos par une puissante main invisible.

De retour à l'hôtel, essoufflé mais rendu à son état normal, Rudy s'affale sur le lit le temps de récupérer puis se relève et empoigne le cellulaire trouvé dans l'avion, sans doute oublié par Fuller. Il compose le numéro de Laurie. Elle met longtemps à décrocher.

— Laurie ? C'est Rudy !... Ah, je te réveille ? Désolé. (Il consulte l'heure : c'est le milieu de la nuit à Kongoussi.) Il faut que tu voies Abou d'urgence. ... Je le sais, qu'il est consigné ! Démerde-toi, c'est grave et important. ... Non, je ne peux pas t'expliquer. Lui le fera si tu y tiens… Oui, demain matin ça ira. Qu'il me rappelle, tu enregistres le numéro ?… O.K., je rappellerai juste après… Non, ça va, j'ai du crédit. Bonne nuit, Laurie. Excuse-moi encore de t'avoir réveillée.

TERRASSER LA BÊTE

> Nous autres, nous avons le moyen d'ouvrir les yeux la nuit, dans le *ndimsi*. Le *ndimsi*, c'est comme si nous étions dans la lumière. [...] Tu peux voir en Europe, tu peux voir là-bas et ailleurs encore, tout en restant chez toi. Le *ndimsi*, c'est ainsi : tu vois le mal et le bien.
>
> DIN (guérisseur douala, Cameroun).

— Mamie, j'ai besoin de ton aide...

— Je le sais, fils : Rudy est en danger, n'est-ce pas ?

Laurie est fort surprise de la réplique d'Hadé : elle et Abou viennent d'arriver, d'être introduits dans la case ; elle ne voit pas à quel moment il a pu mettre sa grand-mère au courant, vu qu'elle n'a même pas le téléphone. Il est vrai qu'Hadé a des « dons », Abou le lui a maintes fois répété. Lors de sa première visite, elle n'a pas vu ces dons à l'œuvre : elle n'a rencontré qu'une grosse vieille dame en colère contre son petit-fils, puis tout à fait charmante avec elle. Seuls les fétiches, masques et grigris ornant son logis peuvent attester qu'Hadé a commerce avec les esprits... ou avec les gens crédules. Or elle vient à l'instant de faire preuve de sa clairvoyance, ou plutôt de sa parfaite connaissance des manigances d'Abou et Rudy.

Laurie n'a découvert les dernières en date que tout à l'heure dans la voiture, sur la route de Ouahigouya. Bien sûr, elle se doutait de quelque chose : Rudy n'est pas parti aux États-Unis juste pour accompagner Saibatou Kawongolo. Son appel plutôt tendu, la nuit dernière, a confirmé les soupçons de la jeune femme. Suivant néanmoins ses instructions, elle s'est rendue de bon matin au camp militaire auprès du capitaine Yaméogo, lui a demandé si Abou pouvait passer un coup de fil urgent, rapport à sa grand-mère et à son «traitement». Bon prince, celui-ci a consenti : Abou a pu appeler Rudy sur le matériel de transmissions de l'armée. Suite à quoi il a sollicité auprès de son supérieur une permission exceptionnelle pour aller voir Hadé.

— Sergent Diallo, vous abusez de vos privilèges ! a tonné Yaméogo. Mais bon, s'est-il radouci, puisque votre grand-mère vous réclame, je vous autorise à vous rendre auprès d'elle après votre service, à condition que vous soyez à votre poste demain matin.

— À vos ordres, mon capitaine !

— Rompez !

Suite à quoi Yaméogo a glissé à Laurie un clin d'œil plutôt égrillard. Il pensait sans doute que cette histoire de grand-mère était du flanc, qu'elle était en manque d'Abou et qu'ils allaient passer la nuit à baiser... Elle y a d'ailleurs songé elle-même. Mais non, Abou devait réellement aller voir Hadé d'urgence, ce qu'il a confirmé à Rudy au téléphone :

— J'y serai vers huit heures du soir. Ça ira comme ça ?... Combien de décalage ? Six heures ? Ça tombe bien pour toi, non ?... O.K., bonne nuit, Rudy.

Laurie a rongé son frein toute la journée : c'était quoi ce nouveau plan scabreux ? Pourquoi ces cachotteries ? Ils n'allaient pas durer longtemps ensemble, si Abou commençait déjà à lui dissimuler des choses... Elle est venue le chercher en voiture à la fin de son service, à 18 h 30, et l'a attaqué bille en tête :

— Abou, tes conneries avec Rudy, ça suffit. T'as intérêt à tout m'expliquer, et j'estime avoir le droit de t'en empêcher si je juge que tu te lances dans une nouvelle galère !

Contrit, il lui a tout raconté : les raisons de la colère d'Hadé, l'influence néfaste et croissante de l'Ennemi, son lien avec la Divine Légion, la nécessité de le détruire, le dévouement – voire le sacrifice – de Rudy à cette mission, le soutien mental qu'Abou et Hadé peuvent lui apporter... Sidérée, Laurie a écouté sans mot dire, a hoché la tête à la fin avec une moue dubitative.

— Si je comprends bien, c'est une lutte du Bien contre le Mal que vous avez engagée... Vous allez combattre Satan, ou l'Antéchrist, terrasser la Bête tout comme saint Michel a terrassé le dragon ! C'est carrément mythologique !

— Je ne sais pas, Laurie. Ça va être difficile en tout cas. Et dangereux.

— T'es vraiment obligé de le faire ?

— Je dois réparer ma faute.

Que répondre à ça ? Elle n'a rien trouvé à redire. Elle a imaginé la participation d'Abou au combat de Rudy comme une sorte de concentration mentale, une méditation, tout au plus une autohypnose, à l'instar de ce conditionnement psychologique que l'on s'impose avant d'affronter une épreuve... le tout assorti du folklore de rigueur : incantations, consultation des cauris ou symboles ésotériques dans le sable, danse de masques peut-être, ou fétiche à l'image de l'Ennemi transpercé d'aiguilles...

Ce n'est rien de tout cela.

Hadé se dirige vers les bocaux qui garnissent une étagère, prend dans l'un d'eux une poignée d'herbes indéfinissables, une espèce de pierre ou de charbon noirâtre dans un autre, va jeter le tout dans l'étrange canari de terre orné de cauris, à l'ouverture étroite exhalant une fumerolle bleutée à la vague odeur d'encens. Aussitôt la fumée s'épaissit, devient âcre et brune, suffocante. Laurie plisse les yeux, se met à tousser.

— Viens ici, fils.

Abou se lève, rejoint sa grand-mère. Laurie constate qu'il tremble, que son regard est troublé.

— Est-ce que je dois sortir ? demande-t-elle.

Laurie sait qu'il y a chez les « sorciers » africains plusieurs niveaux d'apprentissage, et que certains ne peuvent s'accomplir en présence de profanes. Vu l'expression d'Abou, elle devine qu'il va vivre un moment pénible : la crainte la tenaille à présent, elle voudrait demeurer auprès de lui, le soutenir de son amour.

— Vous pouvez rester, Laurie. Abou aura besoin de votre soutien : il est lié à vous plus fort qu'à moi-même. Je vous préviens, ce ne sera pas agréable, mais vous ne devrez pas crier, ni lui parler, ni tenter de l'arracher de là où il sera. Vous me le promettez ?

— Je vous le promets, madame, opine-t-elle gravement.

Cette fois, Hadé n'a pas besoin de forcer Abou à plonger la tête dans la fumée : sur un signe d'elle, il la fourre de lui-même dans le trou du fétiche. Sa grand-mère se tient au-dessus, respire aussi à pleins poumons les effluves âpres et malodorants. *Hallucino-gènes*, suppose Laurie qui se retient de tousser, s'efforce de respirer le moins possible, sent malgré tout sa tête lui tourner... Autour du fétiche, Abou et Hadé échangent des paroles en moré dont elle ne saisit pas le sens, mais qu'elle devine chargées de pouvoir : Hadé adopte un ton incantatoire, les réponses d'Abou sont rauques, étouffées, répétitives.

Soudain il se rejette en arrière, les yeux exorbités, se cambre comme s'il avait reçu une décharge électrique, pousse des cris inarticulés puis :

— Je le vois, mamie ! Je le vois !

— Approche-toi de lui, fils. Approche...

Hadé poursuit en moré. Lentement, Abou se met à tourner sur lui-même en adoptant une démarche curieuse, les genoux levés très haut, les bras étendus battant lentement comme des ailes... Laurie réprime un cri de frayeur : le visage de son amant est transfiguré. Ses prunelles rondes comme des billes scintillent d'un éclat rougeoyant ; un rictus horrible, carnassier, retrousse ses lèvres et dévoile ses dents ; son visage gonflé est agité de soubresauts, même ses oreilles remuent ! Il tournoie de plus en plus vite autour d'Hadé qui pivote sur elle-même, les bras également écartés. Sa figure à elle n'a guère changé, d'après ce que Laurie peut en voir dans les épais torons de fumée. Il fait sombre dans la case, les derniers feux du couchant s'éteignent au-dehors, seule la lueur fuligineuse d'une lampe à huile repousse à peine les ténèbres envolutées de fumée. Laurie tousse, elle ne peut s'en empêcher, mais cela ne perturbe pas l'étrange ballet qui se déroule devant elle : Abou virevolte à une vitesse prodigieuse, il semble ne plus toucher terre ; au centre du cercle, Hadé évoque un derviche tourneur, son boubou déployé autour d'elle. La fumée tourbillonne aussi, et à la frange de ce vortex, dans les torsades obscures, Laurie croit entrevoir des formes… Elle cligne des yeux, se frotte les paupières : les formes persistent, vaporeuses mais prégnantes, animales, humanoïdes, ou un mélange des deux, d'autant plus menaçantes qu'elles sont indistinctes. Des pupilles s'allument, constellations de points jaunes ou rouges… *Des hallus, des hallus*, veut se persuader Laurie, mais elle ressent *physiquement* ces présences, elle croit percevoir des souffles, des murmures peut-être – on la frôle ! Elle s'écarte vivement, ne retient pas son cri cette fois, plaque sa main sur sa bouche : ne pas crier, a dit Hadé. Courageuse, elle ose se retourner… Quelque chose de noir et d'immense palpite ou bat des ailes dans l'obscurité. Paniquée, elle se rapproche d'Abou – qui la heurte, culbute et s'affale. Instinctivement, Laurie lui saisit la main. Mais il s'arrache et se met à tournoyer autour d'elle, rampant à toute allure, ou plutôt volant au ras du sol. À son tour Hadé bat des bras – des ailes ? – en une lourde danse circulaire qui paraît avoir pour but de maintenir à distance les *démons* (est-ce bien cela ?), les empêcher de fondre sur eux…

Soudain Abou s'immobilise, ramassé sur lui-même comme une panthère prête à bondir sur sa proie. Laurie entrevoit son visage dans la pénombre : il n'a plus rien d'humain. On dirait un de ces masques accrochés aux poutres de la case, aux dents hérissées, aux gros yeux globuleux, au mufle bestial. Même ses courts cheveux crépus sont hérissés sur son crâne en une couronne crépitante.

— *Maintenant !* crie Hadé.

Abou bondit – saut félin dans les ténèbres – et disparaît.

Il ne retombe pas plus loin, ne s'accroche pas aux poutres, ne passe pas à travers le toit de séko de la case, non – il *disparaît*, purement et simplement. C'en est trop pour Laurie, qui sent un déchirement horrible dans ses entrailles. Son cœur s'arrête de battre, elle sombre dans un néant rouge cotonneux.

Combien de temps reste-t-elle inconsciente, elle ne saurait le dire : quelques minutes ou des heures… Quand elle émerge, Abou est étendu par terre à ses côtés, agité de soubresauts violents qui le soulèvent parfois du sol, le souffle rauque et saccadé, les traits tordus par des tics atroces, ses globes oculaires roulant dans leurs orbites. Hadé est affalée dans son siège, bras pendants, elle semble épuisée. Les démons ont fui ou sont tapis dans les ténèbres. La fumée pestilentielle est un peu moins épaisse et suffocante.

Oubliant sa promesse, Laurie attrape la main d'Abou, secouée comme une cuisse de grenouille électrocutée. La serre fort tandis qu'elle projette sur lui tout son amour, sa tendresse, son désir. Murmure mentalement, pour lui et pour elle-même : *Je t'aime, Abou, tiens le coup, résiste, résiste, reviens-moi, j'ai besoin de toi, je t'aime, je t'aime…* Peu à peu Abou se calme, ses spasmes diminuent, les tics déformant ses traits sont moins violents, ses yeux cessent de rouler, sa respiration se fait plus ample… Seules ses jambes continuent de battre l'air, comme s'il marchait en quelque terre imaginaire.

Laurie reste longtemps prostrée contre lui, sa main serrant la sienne, absorbant son énergie qui se répand en son corps telle une lave incandescente. Abou s'apaise, il va peut-être s'endormir… Tout à coup un sursaut prodigieux le soulève du sol, il accomplit sur la tête et sans élan un salto arrière complet, se retrouve à plat ventre, se redresse d'un bond, s'agenouille les bras croisés sur le ventre, la tête sur les cuisses, gémissant comme s'il souffrait le martyre.

— Abou! Chéri! Que se passe-t-il? Tu as mal? s'écrie Laurie.

Elle-même sent sa main qui la brûle, comme si elle avait empoigné un tison ardent.

Abou redresse la tête: il est gris, en sueur, frissonnant. Ses yeux injectés de sang, au regard égaré, se posent sur Laurie affolée… accommodent, la reconnaissent. Il soupire, tente de sourire, s'assoit lourdement sur son arrière-train.

— La foudre…, exhale-t-il. C'est fini, je crois.

Hadé doit être du même avis car, répandue bras ballants dans son siège bas, la tête penchée de côté, elle s'est mise à ronfler.

ÉRADIQUER LE MAL

> Et je vis la Bête, les rois de la terre et leurs armées, rassemblées pour combattre le cavalier et son armée.
>
> La Bête fut capturée, et avec elle le faux prophète qui, par les prodiges opérés devant elle, avait séduit ceux qui avaient reçu la marque de la Bête et adoré son image. Tous deux furent jetés vivants dans l'étang de feu embrasé de soufre.
>
> Apocalypse de Jean, XIX, 19-20.

Moses Callaghan et ses onze apôtres s'invitent chez Pamela dès le lendemain de l'enterrement, pour midi. Ou plutôt, devine-t-elle à leur attitude, ils viennent prendre possession des lieux : ils visitent la villa de fond en comble, notent les meubles à déplacer, les pièces à réaménager, jettent par terre sans vergogne les bibelots ou éléments de décor qu'ils jugent indignes de la maison du Seigneur, y compris un grand portrait encadré de ses parents, que Pamela sauve *in extremis* de cet autodafé. Puis ils arpentent le parc, décident sans la consulter des transformations à lui apporter afin d'y accueillir les Élus – triés sur le volet et affirmant leur foi par un don sacrificiel – autorisés à visiter l'Esprit-Saint : ici, construire un parking, là, installer des stands, là-bas, bâtir une chapelle, combler l'étang, abattre les arbres couvrant ce tertre pour ériger une grande croix, transformer la piscine en bassin d'eau bénite… Robert Nelson fait le guide comme si la propriété lui appartenait, comme s'il avait déjà tout planifié : veule et servile, il approuve, acquiesce, opine, applaudit. Pamela les suit, interloquée : comment doit-elle prendre cela ? S'agit-il d'un insigne honneur qu'on lui accorde ou d'une violation de son domicile et de sa vie privée ?

Après quoi tous s'installent autour de la grande table dressée dans la salle à manger. N'ayant pas eu le temps de préparer un repas pour douze digne du révérend, Pamela a tout commandé chez le traiteur Greenbaum, qui alimente les fêtes et réceptions de l'enclave. Elle sait qu'elle n'aurait pas dû se fournir chez un Juif (« tous des traîtres et des ennemis du Christ », les maudit Callaghan) mais c'est vraiment le meilleur d'Eudora ; sinon, elle aurait dû se rendre à Lawrence ou à Kansas City… L'un des Apôtres glisse une remarque à l'oreille du révérend, qui hausse la tête et fronce ses gros sourcils.

— Je compte treize couverts. Salomé, désires-tu attirer sur nous le malheur ? Veux-tu que Satan s'invite à table ? Cherches-tu à blasphémer ? (Il balance son grand bras, jette une assiette de fine porcelaine qui se brise sur le carrelage.) Que la femme mange à la cuisine, là où est sa place !

Pamela rougit d'humiliation, sent germer en son cœur un ferment de révolte que Nelson ne la laisse pas exprimer :

— Maître, je me permets humblement de vous

rappeler que cette femme est la mère immaculée de l'Esprit-Saint, elle est donc sainte elle aussi : ce serait renier sa sainteté que de l'écarter. Offrons plutôt à son Fils de se joindre à nous, ainsi ce chiffre maléfique sera neutralisé.

Brave Robert, sourit Pamela, dont le cœur serré s'épanche en une onde qui la fait frissonner : l'amour ? Elle ressent soudain cette *chaleur* entre ses cuisses... Elle se détourne, honteuse, coupable d'éprouver des pensées impures, un désir de luxure en ce moment solennel. Lui revient à l'esprit cet instant fugitif où Nelson l'a embrassée sur la bouche dans le bureau d'Anthony, lors de sa dernière visite. Luttant violemment contre ses propres pulsions, elle l'a repoussé, a ôté la main du jeune avocat de son genou, s'est drapée dans sa dignité de veuve alors que son corps en feu criait : *Prends-moi, prends-moi !* Frère Ézéchiel n'a (hélas) pas insisté, s'est excusé, a justifié son geste en citant le Cantique des cantiques et en expliquant, d'une façon plutôt emberlificotée, que Pamela étant veuve désormais, les liens sacrés du mariage étaient rompus, que la Divine Légion autorisait les veuves à se remarier et procréer, qu'il fallait bien accroître le troupeau de l'Éternel Berger, que si Dieu a donné à l'homme et à la femme des organes pour s'accoupler il fallait s'en servir, sans bien sûr tomber dans la débauche et la prostitution... Hélas, hélas, l'instant de grâce était passé, et frère Ézéchiel n'a pas réitéré ses avances.

Callaghan se rend à l'argument de Nelson et va lui-même au salon chercher Tony Junior, briqué et vêtu de blanc. La figure fripée du clone reste impassible devant cette affluence dans sa demeure si vide d'ordinaire, mais ses yeux gris, seuls éléments mobiles de ses traits figés, détaillent chacun avec la précision et l'intensité d'un rayon laser. Moses l'installe à un bout de la grande table, Pamela pose sur son fauteuil la tablette pour le repas sur laquelle elle dresse le quatorzième couvert, se place à ses côtés pour le nourrir. Après la prière d'usage, chacun s'assoit à table, le révérend occupant l'autre extrémité, face à l'Esprit-Saint. Lui seul reste debout, dominant l'assemblée de ses deux mètres. Il étend de nouveau son long bras par-dessus mets et couverts, prend une épaisse tranche de pain dans la corbeille, la rompt en quatre en rendant grâces au Seigneur, distribue les morceaux à ses voisins en proférant :

— Ceci est mon corps donné à vous. Partagez-le en dévotion pour moi.

Puis il se verse un verre de vin qu'il lève au-dessus de sa tête, et déclame :

— Ceci est mon sang, donné à vous en une nouvelle alliance. Partagez-le afin que je vive en vous à jamais.

Pamela reçoit comme les autres un petit morceau de pain et une gorgée de vin, mais elle hésite à les avaler : tout élu qu'il soit, Moses Callaghan a-t-il le droit de se substituer à Jésus ? Nelson s'aperçoit de son trouble, lui frôle le bras de la main, lui glisse à mi-voix :

— Mangez et buvez, sœur Salomé. Le Christ ressuscité est à table avec nous aujourd'hui, or comme il ne peut lui-même partager le pain et le vin, le révérend le fait à sa place, voilà tout...

Tandis que s'achève cette eucharistie, Callaghan reste le regard fixé sur Junior, qui le transperce en retour de ses prunelles grises. Moses acquiesce d'un signe de tête, étend de nouveau ses longs bras et déclare d'une voix tonnante :

— Je vous le dis, mes frères, il est en route, il

n'est pas loin l'envoyé du Diable, le suppôt de Satan qui va chercher de nouveau à attenter à la vie du Ressuscité ! En ce moment même, il fourbit ses armes, il invoque ses démons ! (Chacun se dévisage, interloqué.) Non, reprend Callaghan, pas de traître parmi nous cette fois, pas de Judas à cette table. Le danger vient de l'extérieur, de l'étranger, des Nègres et des impies ! Redoublons de vigilance ! Mangeons à présent.

Tous prennent ces propos pour une sorte de parabole ou d'avertissement général, le révérend étant prompt à fustiger les Nègres, les juifs et les mécréants en toute occasion. Ils mangent donc de bon appétit, louant la maîtresse de maison pour ses talents culinaires, ce qui la fait rougir. (Doit-elle avouer qu'ils ingurgitent une nourriture préparée par des mains impures ? Non, non, c'est en elle qu'ils verraient la traîtresse, le nouveau Judas !) Sa confusion passe pour de la timidité, et par chance Callaghan ne la scrute pas de son regard terrible. Il est concentré avec ses proches collaborateurs sur des problèmes bien triviaux : éplucher l'héritage de Pamela, calculer quel pourcentage de la fortune de Fuller lui laisser, transférer l'acte de propriété à la Divine Légion, préciser la position et les prérogatives réelles de Pamela au sein de Resourcing, comment sont liées les diverses filiales, qui soudoyer, menacer, comment faire pression sur le conseil d'administration afin qu'il entérine la tutelle de Capital Investments, évaluer le chiffre d'affaires réel, étudier la possibilité d'une OPA, etc. Tout cela sans lui adresser la parole ni quérir son avis sur quoi que ce soit : son rôle à elle est de nourrir l'Esprit-Saint...

Lequel refuse de manger, se montre de plus en plus agité. Il gémit, émet des sons inarticulés, ses lèvres se

crispent, rejettent la nourriture que lui tend Pamela.
Il réussit même, au prix d'un effort qui le laisse pan-
telant, à se cabrer en arrière. Il pousse soudain un cri
perçant qui attire sur lui l'attention de toute l'assemblée.

— Seigneur, mon chéri, que t'arrive-t-il? Tu es
malade?

Pamela n'a jamais vu Tony ainsi. Il est en sueur,
son visage d'ordinaire coulé dans la cire est parcouru
de tics nerveux. Il bave, marmonne des borborygmes
entrecoupés de hurlements de souffrance – ou de terreur, comme semblent l'attester ses yeux exorbités,
injectés de sang. Un geste soudain, incontrôlé, de
son bras courtaud éjecte l'assiette de la tablette, qui
se fracasse par terre avec son contenu. Il s'arque, se
tord, remue comme s'il essayait de se lever!

— L'Esprit-Saint cherche-t-il à sortir de son enveloppe charnelle? suggère un des Apôtres.

— Combat-il contre une possession satanique?
envisage un autre.

— Assiste-t-on à un miracle? Va-t-il se lever et
parler? suppute un troisième.

— Peut-être lutte-t-il pour éradiquer son mal, renchérit le premier. Le pouvoir de guérison appliqué à
lui-même...

Tous se tournent vers le révérend, quêtant son
avis, seul valable et définitif. Mais Callaghan ne dit
rien. Assis droit au bout de la table, il scrute intensément Tony à l'autre bout, en proie à des affres et
tourments qu'il ne peut exprimer.

— A-t-il pris ses médicaments? demande Nelson
à Pamela. Peut-être fait-il une crise?

Elle secoue la tête, désemparée.

— Il refuse de les prendre. Je vais appeler le docteur Kevorkian.

— Salomé, ne te mêle pas de ça ! tonne Callaghan.

Il se lève d'un coup, renversant sa chaise, s'approche à grands pas de Tony, saisit entre ses larges paumes la petite figure tordue d'angoisse et de douleur.

— Ressuscité, Esprit-Saint, Fils du Seigneur, regarde-moi et dis-moi : ce sont les démons qui t'attaquent ? Les envoyés de cet adversaire dont tu m'as soufflé mot tout à l'heure ? Réponds-moi, je t'en conjure !

Il tourne de force la tête de Tony vers lui – ça craque dans son cou. Pamela se précipite, Nelson la retient, la serre contre lui. Immobilisé dans les mains d'acier de Callaghan, Junior lève sur lui ses yeux troubles et larmoyants, que fouaille Moses de son regard perçant. Tous deux restent un moment ainsi – un moment de tension qui électrise toute l'assistance. Soudain Callaghan lâche Tony, lève les bras au ciel.

— Aaaah ! Je le savais ! Je le savais ! *Vade retro, Satanas !* (Il se jette de nouveau sur Tony, brandit devant sa figure le gros crucifix en or serti de diamants qui pend sur sa poitrine.) Au nom du Père, du Fils et du Saint-Esprit, je t'ordonne, démon, de sortir de cet enfant ! Retourne en tes abîmes infernaux ! Ah, Seigneur, que Ton nom soit sanctifié, délivre-nous du mal et de la tentation ! Dehors, les chiens et les magiciens, les impudiques et les meurtriers, les idolâtres et les menteurs ! Arrière, démons ! Louange, honneur, gloire et pouvoir à Toi mon Seigneur Dieu tout-puissant, Celui qui était, qui est et qui vient ! Rejette Satan dans la géhenne, dans le lac de feu et de soufre !

Les incantations de Callaghan ne produisent aucun effet sur Junior qui s'agite de plus belle, comme secoué par des forces invisibles, les traits déformés par des grimaces horribles. Pamela veut encore se précipiter, Nelson la retient d'un bras ferme. Callaghan appelle son garde du corps, qui accourt :

— Luc, il y a quelqu'un là-dehors, je ne sais où, mais il n'est pas loin. Prends tes gars, trouvez-le et butez-le !

— Comment est-il ?

— C'est un étranger. D'après ce que j'ai vu, il a des cheveux noirs, raides, mi-longs, et une moustache tombante genre Viking. Il ne doit pas venir ici, en aucun cas. Tu as compris ?

Luc acquiesce d'un signe de tête, fait signe à trois Apôtres armés ; tous quatre s'éclipsent.

Une brève rémission a calmé Tony, qui s'est affalé dans son fauteuil. Moses s'abaisse à son niveau, un genou à terre, lui demande :

— Fils du Seigneur, peux-tu me parler maintenant ? Peux-tu m'en dire plus ?

La tête de Junior se tourne lentement vers le révérend, comme si elle pivotait avec peine sur un axe mal graissé. Il le fixe de ses yeux gris, troubles comme un lac balayé par le vent – soudain se dresse de toute sa petite taille dans son fauteuil, rejette la tête en arrière et hurle par trois fois :

— *Zindamba ! Zindamba ! Zindamba !*

Ce sont ses premières – et dernières – paroles.

LE BRAS ARMÉ DU SEIGNEUR

Je suis l'Élu et le Protégé du Seigneur, je suis Son verbe et Son bras armé, je suis le Prophète chargé d'annoncer Celui qui vient. On peut me comparer à Daniel ou Jean Baptiste : je n'en rougirais point. En vérité, je suis leur esprit réincarné. Comme eux, je suis invulnérable, aucune souffrance ne peut m'atteindre, car Dieu m'a choisi pour divulguer la bonne parole. Comme eux, un ange m'a averti que les temps nouveaux sont arrivés : l'Antéchrist et ses races décadentes seront anéantis, le nouveau Messie viendra qui fera régner sur terre l'ordre des justes. Annoncer et préparer Sa venue, trier le bon grain de l'ivraie, réunir l'armée du Cavalier blanc afin de combattre les hordes infernales, telle est la mission que Dieu m'a confiée. Un glaive acéré sort de ma bouche.

Moses Callaghan,
Dieu me parle (DL Publishings, 2024).

Rudy sort de son hôtel vers quatorze heures, armé d'un Beretta 9 mm acheté le matin même au drugstore local, et reprend, d'un pas faussement décontracté, le chemin de la propriété des Fuller. Au passage, il lance de discrets coups d'œil aux caméras de surveillance qu'il a repérées un peu partout : aux carrefours, au-dessus des magasins, intégrées aux lampadaires ou aux panneaux de signalisation… Pas le moment de se faire repérer par un comportement suspect. En son for intérieur, il prie pour qu'Abou soit bien chez Hadé, en train d'accomplir ce qu'ils ont prévu : accaparer suffisamment l'esprit de Tony Junior afin que Rudy puisse parvenir jusqu'à lui. Il a essayé d'appeler Laurie juste avant de partir, sans succès. Si elle a éteint son téléphone, c'est qu'elle doit être aussi chez Hadé… du moins Rudy l'espère. Rien ne garantit non plus qu'Abou et sa grand-mère parviendront à neutraliser le clone, voire à l'atteindre. Tout ça est très aléatoire, repose sur la croyance et la confiance, comme tout ce qui touche à la magie. Ça a déjà marché avec Fuller… alors Rudy y croit, il *veut* y croire.

Ce qui l'inquiète en outre, c'est l'avis de tempête diffusé ce midi à la télé de la cafétéria où il a mal déjeuné, et réannoncé en flash spécial sur le petit écran mural de sa chambre, peu avant qu'il ne la quitte : orages supercellulaires en formation à l'est du Kansas, haut risque de tornades, Douglas County en alerte maximum, différez vos déplacements, prévoyez de rejoindre vos abris ou ceux mis en place par l'État… Rudy est sorti quand même, impossible d'ajourner le plan maintenant. L'air est lourd, moite et suffocant. Il a du plomb fondu dans les veines, l'impression de nager dans un lac de poix. Le ciel a viré du bleu fade au blanc séreux, marbré de nodosités floues, tel un immense bol renversé de lait caillé. Dans les rues, la circulation déjà peu trépidante s'est faite rare : les quelques piétons pressent le pas, tête baissée ; les derniers véhicules glissent furtivement, comme s'ils craignaient de rompre le silence cotonneux qui s'est abattu sur la cité, ce calme de statu quo précaire déjà fissuré par des grondements sourds qui montent à l'horizon... Un drone survole Rudy en bourdonnant. Il se tasse sur lui-même, cœur battant : ça y est, il est repéré ? Non : c'est un appareil municipal qui se contente d'avertir les résidents en flashant au laser un message sur les vitres photosensibles :

ATTENTION – AVIS DE TORNADE IMMINENTE
INTENSITÉ F4 OU F5
REJOIGNEZ VOS ABRIS

Que faire ? S'abriter, au risque de tout faire foirer ? Tenter le coup quand même, au péril de sa vie ? Par ailleurs, cette tornade, en détournant l'attention, peut s'avérer une alliée précieuse... Rudy décide de continuer : il verra bien sur place, les Fuller possèdent sûrement un abri chez eux.

Tandis qu'il approche du quartier des résidences de luxe, il ne ressent plus, comme hier, cette pression sous le crâne, cet engourdissement des membres, cette peur sans objet qui l'incitaient à faire demi-tour : le clone ne le capte plus ou n'a plus la force de le repousser. Abou est donc bien à l'œuvre. Confiant, Rudy esquisse un sourire et allonge le pas.

Attention !

L'avertissement claque dans son esprit alors qu'il débouche dans la 2076ᵉ Route est, tout près du but. Au même instant, il aperçoit une silhouette au bout de la rue, d'où fuse un éclair – il se jette au sol. La détonation déchire le silence, soulevant une nuée d'oiseaux piaillants, la balle siffle au-dessus de Rudy qui roule derrière une voiture garée, tout en sortant le Beretta de son blouson. Il entend des courses sur le bitume, des fourrés froissés : ils sont plusieurs. Les pas se rapprochent autour de lui, ils essaient de le cerner. Accroupi contre la voiture, il observe les alentours immédiats, cherche un meilleur abri... Mouvement vif, à l'angle de sa vision. Il pivote, tire – un cri, l'homme s'affale sur le trottoir. Un de moins. Staccato d'une rafale : les vitres de la voiture volent en éclats, dont l'un lui entaille la pommette. La portière est criblée d'impacts au moment où Rudy bondit dans les buissons qui bordent la rue. La rafale l'accompagne, soulevant des gerbes de terre et de débris végétaux. Il tire au jugé, n'atteint personne.

S'ensuit un bref moment de calme : ses agresseurs doivent réviser leur déploiement. Qui sont-ils ? Des miliciens de l'Eudora Civic Corp mandés par Tony Junior ou sa mère ? Mais ceux-ci, police quasi officielle de l'enclave, l'auraient simplement arrêté, n'auraient pas monté ce guet-apens. Des bandits ? Des tueurs ? Des vigiles privés ? Rudy n'a pas le loisir de creuser ses hypothèses car la fusillade reprend, copieuse, arrosant le buisson derrière lequel il est tapi, par chance dans un creux masqué par la végétation ; les balles frôlent en vrombissant son corps écrasé dans la terre sèche. Ses adversaires n'ont sans doute pas de viseur thermique... La pluie d'acier cesse, il redresse prudemment la tête, tente de distinguer quelque chose à travers le feuillage. *Ka-klak* sur sa droite : un nouveau chargeur enclenché. Il se déplace légèrement, aperçoit le type à moitié sorti de derrière un arbre, qui cherche à le repérer aussi. Rudy vise posément – *feu !* L'homme lâche son arme, culbute contre le tronc. Et de deux ! Mais son tir a révélé sa position : nouvelle fusillade, plus précise. Rudy recule en rampant dans les fourrés – se heurte à un grillage. Merde ! Peut-il l'escalader ? Non, il est trop haut, et surmonté d'un triple rang de barbelés. Des froissements végétaux, à droite et à gauche. Cette fois, il est bien cerné : le grillage derrière lui, la rue vide devant, au moins un type armé de chaque côté. Grimper dans un arbre ? Il sera aussitôt repéré, alors que les massifs denses au ras du sol le cachent à la vue.

Levant les yeux, Rudy remarque alors que la lumière ambiante a fortement baissé, le ciel jaunasse a tourné au noir d'encre. Le vent s'est levé, secoue les frondaisons, les buissons, forcit de seconde en seconde… Rudy perçoit alors ce bruit croissant qu'il n'avait pas enregistré jusqu'à présent, attentif à la progression de ses adversaires : un mélange entre le roulement d'un lourd train de marchandises et le rugissement/sifflement d'un avion à réaction. Ça couvre les grondements croissants du tonnerre et ça s'approche à toute vitesse !

Nouveaux froissements des fourrés, course dans la rue – les tueurs détalent sans même chercher à s'abriter. Rudy les vise… mais ne tire pas, car les claques de vent le bousculent à présent, et ce brouhaha qui se rue dans son dos devient vraiment effrayant. Ça hurle et vrombit, le sol frémit, des objets volent dans le ciel, les cimes des arbres se couchent à rompre. Dans ce charivari, il perçoit des détonations sèches de bois brisé, des croulements, des fracas métalliques, des déchirements… *La tornade !* Elle arrive, elle fonce sur lui ! Lui, aplati dans des buissons, entouré d'arbres, environné de maisons, de voitures, d'un tas de choses que le tourbillon peut arracher du sol, qui peuvent s'écraser sur lui… Que faire ? Où aller ? Trop tard, Rudy, trop tard, tu n'as plus qu'à t'écraser, t'enterrer, te cramponner, et prier pour qu'elle t'épargne…

Ce qu'il fait, rampant du mieux qu'il peut au milieu du massif de plantes ornementales, s'agrippant aux racines qui lui paraissent noueuses et solides. Solides? Une tornade peut soulever un camion, emporter dans les airs une toiture entière… Ça y est, elle est là : en un tournemain, la Terre retourne au chaos originel. La pression fait saigner les oreilles et le nez de Rudy planté dans le sol, qui cherche vainement son souffle. Autour de lui le tohu-bohu est indescriptible, le vacarme au-delà du supportable. Il ferme les yeux, ne veut rien voir, sent le sol trembler, la terre tourbillonner, des pluies de débris le cingler, des choses craquer et fouetter l'air. Le buisson auquel il se cramponne se déracine, une bonne partie s'arrache et s'envole… Lui-même croit voler aussi, toujours ancré à son bois noueux, dents serrées, oreilles bouchées, poumons comprimés, suffoqué. Il virevolte au sein d'un capharnaüm de terre, de branches, de feuilles, ne sait plus où il est, encore au sol ou haut dans le ciel? Un grand crash métallique tout près, un immense claquement crépitant au loin, un éclair dantesque qui lui brûle les rétines à travers ses paupières closes, un fort relent d'ozone…

Et puis les éléments déchaînés s'épuisent, le fracas épouvantable s'abaisse aux grondements d'un orage presque normal, des milliers de débris retombent autour de lui, le ronflement/sifflement/vrombissement/hurlement fabuleux s'éloigne, accompagné de son cortège de destructions, le vent redescend à un niveau respirable. Rudy reprend son souffle, ose ouvrir les yeux, lever la tête… Les premières gouttes de pluie, énormes, noires et grasses, s'écrasent sur son visage terreux. Il se dresse avec peine sur ses jambes flageolantes…

Il ne reconnaît plus rien. Dans la semi-obscurité lézardée d'éclairs, vibrante de roulements de tonnerre, il ne distingue plus que ruines et dévastation : arbres abattus, massifs arrachés, fouillis végétal et décombres de toutes sortes jonchant la rue. La voiture derrière laquelle il s'était abrité de ses agresseurs gît sur le toit au milieu de la chaussée ; d'autres, plus loin, ont été pareillement bousculées ou écrasées par des arbres. Le grillage contre lequel il avait buté s'est enroulé autour d'un tronc sectionné net…

Rudy n'en revient pas d'avoir survécu. Il en comprend la raison un peu plus tard, tandis qu'il se fraye un chemin vers la maison de Fuller sous une pluie diluvienne : la tornade l'a juste frôlé, il n'en a subi que la frange, les bords du « buisson » ; le « tuba » proprement dit – la pompe aspirante et spiralante – l'a évité, c'est pourquoi il n'a pas été emporté par les tourbillons de 400 à 500 km/h qui y règnent. Il se souvient de ces images de tornades dévastant un côté d'une rue mais épargnant l'autre, ne ravageant que la moitié d'une maison, emportant une vache et la reposant, indemne, dans un autre champ deux cents mètres plus loin… Si Rudy n'avait pas été retenu par ces tueurs, qui sait où et dans quel état il aurait échoué ! Car, tandis qu'il progresse presque à l'aveuglette sous les hallebardes hachées par les éclairs, il réalise qu'il pénètre dans le couloir de la tornade, large de quelques centaines de mètres, où rien n'est resté debout : on dirait qu'un bulldozer géant, conduit par un dieu fou, a erré à travers la campagne en rasant tout sur son passage.

Le portail de la propriété des Fuller a été arraché, gît démantelé sur la route. Beaucoup d'arbres sont

tombés, y compris sur l'allée gravillonnée : Rudy
doit les contourner ou crapahuter au milieu des
branches brisées. L'allée débouche sur une cour où
sont garées plusieurs voitures – ou plutôt balancées
là en vrac : de guingois, entrechoquées, cabossées,
couvertes de débris, vitres brisées. L'une d'elles attire
son regard : une longue limousine Cadillac blanche,
immatriculée GOD 999, l'habitacle enfoncé sous une
énorme branche de mélèze, le capot avant arborant
fièrement une croix argentée... Toutes les autres
sont des voitures de luxe, mais celle-ci doit appartenir à une star. Une star, ici ? chez les Fuller ?

Rudy se frappe le front : la Divine Légion ! Les
tueurs qui l'attendaient... Bien sûr. Tony Junior les
a prévenus qu'il rôdait dans le coin ! Aïe, voilà qui
ne va pas faciliter sa tâche.

Redoublant de prudence, il se planque derrière
une grosse Buick dorée, étudie la villa qui s'étale
devant lui, vaste construction au perron de marbre
orné de colonnes grecques. D'après ce qu'il peut en
voir dans les flashs des éclairs et à travers la cataracte
qui se déverse du ciel anthracite, la maison a salement reçu : la toiture de l'aile droite s'est envolée, le
reste du toit est déchiré par de larges trouées, plusieurs fenêtres sont brisées, un arbre a chu sur un
pignon qui s'est affaissé. Pas de lumières à l'intérieur...

Rudy s'arrache de derrière la Buick et fonce vers
le perron. Nul coup de feu ne le cueille. Ils sont tous
morts là-dedans ? Il actionne la poignée de la lourde
porte de chêne : close, évidemment. Mais sur sa
droite des baies vitrées sont béantes. Beretta en
main, rasant le mur, il atteint la plus proche, scrute
l'intérieur à la faveur des éclairs : c'est un grand
salon dévasté, dans lequel il pleut à seaux. Il y pénè-

tre, ramassé sur lui-même, pistolet brandi, ses rangers crissant sur les éclats de verre, un bruit étouffé par le tonnerre qui rugit sans trêve.

Nouvelle salve d'éclairs – quelqu'un ! Il a vu quelqu'un au milieu du salon : une silhouette accroupie sous la pluie – non, agenouillée. À genoux devant… Oui, c'est bien un fauteuil roulant. Une petite forme ratatinée dans le fauteuil… qui soudain redresse la tête, darde sur Rudy deux yeux phosphorescents.

Sale macaque ! entend-il sous son crâne – soudain comprimé comme par un étau. Il tente d'avancer encore, de lever son arme, mais un voile rouge fluctue devant ses yeux, le sang coule à nouveau de son nez, sa cervelle va exploser ! Ses jambes ne le portent plus, il tombe à genoux lui aussi, ses oreilles sifflent, la pression devient intolérable… *Abou ! Fais quelque chose ! Il va me tuer !*

Ce n'est pas Abou qui vient au secours de Rudy, c'est l'orage. Le salon s'illumine d'une fulgurance livide qui explose en un craquement assourdissant, comme si la terre elle-même s'ouvrait en deux. Rudy est projeté en arrière, heurte le mur détrempé. Il est aveuglé, ses cheveux crépitent, des spasmes nerveux agitent ses membres, des ondes électriques lui tordent les nerfs, son cœur s'affole. Mais la pression sous son crâne a disparu. Peu à peu, le survoltage s'évacue de lui, la rémanence du flash s'efface de ses rétines. Il parvient à se relever, tremblant, titube vers le fauteuil roulant… Les éclairs qui lézardent le ciel en furie le lui montrent obligeamment : celui-ci est réduit à une carcasse carbonisée, contenant une chose fumante, calcinée, qui conserve encore une vague forme humaine. À côté est étendue une femme d'une quarantaine d'années, les cheveux roussis, les vêtements brûlés, la peau du visage noire et cloquée, sur laquelle est imprimée une expression d'intense surprise.

La foudre, comprend Rudy, abasourdi. La foudre a tué Tony Junior !

Un bruit provenant du fond du salon le ramène brutalement à la réalité. Un nouvel éclair, déchirant les nuées de part en part, lui révèle la présence d'une dizaine d'hommes. Remontés du sous-sol, ils sont tassés à l'entrée, dominés par un géant de plus de deux mètres dont les yeux brasillent sous ses sourcils broussailleux. Rudy lève aussitôt son flingue mais personne ne le regarde, ne semble avoir conscience de sa présence : tous fixent le fauteuil roulant et le petit corps charbonneux qui fume dedans.

Les lèvres de Moses Callaghan remuent muettement, finissent par former des mots qu'il exhale dans un souffle :

— *Eloï, Eloï, lama sabaqthani*[1] ?

Soudain le chef des gardes du corps aperçoit Rudy à proximité du fauteuil et du cadavre de Pamela.

— Là-bas ! C'est lui qui l'a tué ! s'écrie-t-il en dégainant son arme.

Il n'a pas le temps de s'en servir : Rudy était sur le qui-vive. Dans les flashs aléatoires des éclairs, il vide son chargeur sur la porte du salon d'où tous détalent en se bousculant tels des moutons dans un portail trop étroit. C'est la débandade, comme si la mort de Tony Junior leur avait ôté tout courage, toute volonté de se battre.

Rudy enclenche un nouveau chargeur dans son Beretta, atteint le seuil à pas de loup. Il compte trois

---

1. « Mon Dieu, mon Dieu, pourquoi m'as-tu abandonné ? » Paroles prononcées en araméen par Jésus sur la croix, peu de temps avant sa mort. (Matthieu, 27, 46, Marc, 15, 34.)

morts – non, deux : celui qui a crié et un autre, un
jeune aux cheveux en brosse, au visage avenant. Le
troisième est gravement blessé : c'est le géant aux
sourcils broussailleux. La pluie dégouline sur son
visage, dilue le sang qui macule sa poitrine. Il pose
sur Rudy un regard fiévreux, voilé.

— J'ai tout vu, articule-t-il d'une voix sifflante. Ce
n'est pas toi... qui as tué l'Esprit-Saint. C'est Dieu
Lui-même... Aahhh... (Ses traits se crispent en un
masque de douleur.) Je suis maudit.

— Moses Callaghan ?

Rudy reconnaît cette figure typique, taillée à la
hache, si photogénique dans les médias quand il
s'agit d'agiter un épouvantail.

— Et toi tu es... tu es... le bras armé du Seigneur... J'ai servi l'Antéchrist, je le sais à présent.
C'est l'enfer qui m'attend... le lac de feu... et de
soufre...

Callaghan trépasse sur ces mots, poussant un dernier râle de douleur et d'indicible terreur.

Les pieds traînants, le pistolet lourd, Rudy quitte
cette scène de massacre et de désolation, retourne
dans le parc ravagé, sous la pluie qui faiblit à présent,
sous l'orage qui s'éloigne. Il atteint la route encombrée, reprend d'un pas lent la direction de son hôtel
où l'attendent – peut-être – ses affaires et la Toyota
de location, si la tornade n'a pas réduit tout ça en
miettes. Il ne sait que faire ni où aller, à présent que
son but est atteint. Il est vidé, abattu, paumé... dans
un état proche de celui où il se trouvait quand il par-
courait Swifterbant inondé, à bord du Zodiac des
pompiers de Lelystad.

Tandis qu'il remonte Winchester Road, un peu
plus dégagée le long du parc de l'école élémentaire,
un nouveau bruit attire son attention, plutôt insolite

dans une enclave : un roulement de sabots. De nombreux sabots… qui débouchent soudain à l'angle de la 12e Rue ouest : une troupe à cheval.

Rudy cherche des yeux où se planquer, mais il n'y a rien autour de lui, que la rue déserte et le parc envahi de moisine. Et on l'a vu : la troupe se dirige droit vers lui. Alors il reste là, il attend : qu'a-t-il à perdre ?

Bientôt les cavaliers l'encerclent, pointent sur lui leurs fusils. Ils sont vêtus de jeans, de chemises ou tee-shirts, de vestes trempées, mais leurs longs cheveux noirs sont enserrés sous des bandeaux ornés de plumes, et leurs faces basanées sont bariolées de taches et traits de couleur.

Des Indiens. Sur le sentier de la guerre.

Des Indiens à Eudora ? Mais alors, réalise Rudy, ça signifie que la barrière de plasma a été détruite ! Il lève vers eux son visage crasseux – et éclate de rire.

VUE CLAIRE

Mesdames, messieurs, chers confrères,

Je suis heureux et fier de vous annoncer une nouvelle victoire de la voie génétique dans le traitement d'une maladie qui affecte des millions d'êtres humains. Une maladie qui jusqu'à présent n'a guère intéressé le monde occidental, encore peu touché – mais cela peut changer. Je veux parler de l'onchocercose. Non de la pathologie en elle-même qui, vous le savez, est une helminthiase provoquée par une filaire, *Onchocerca volvulus*, qui se traite par un protocole biochimique classique à base de diéthyl-carbamazine ou d'ivermectine, mais de ses conséquences : lésions sous-cutanées et surtout oculaires, du cristallin en particulier, pouvant entraîner une cécité définitive. Eh bien, chers confrères, cette cécité n'est plus qu'un mauvais souvenir. Désormais la possibilité existe, par un traitement génétique approprié, de refaire si je puis dire un œil neuf au patient. Ce traitement pourra sans doute être étendu à d'autres lésions ou pathologies oculaires – mes recherches se poursuivent en ce sens. Cependant, après mûre réflexion, j'ai décidé d'offrir ce traitement au continent le plus atteint, l'Afrique. Oui, vous avez parfaitement entendu, je n'ai pas dit vendre, mais bien *offrir*.

Extrait de l'allocution du Dr Kevorkian
au congrès annuel de l'OMS, 3 février 2031.

Le comité qui attend Saibatou Kawongolo à l'aéroport de Mopti, au Mali, est nettement plus important que lors de son départ quasi clandestin, deux mois plus tôt, à bord du BBJ 3-A d'Anthony Fuller. Outre Yéri Diendéré, sont présents Fatimata Konaté, le président du Mali Omar Songho et leurs ministres de la Santé respectifs, Laurie et Abou, Amadou Diallo, vice-président de la Banque africaine de développement et ex-mari de la présidente, un certain nombre de médecins maliens et burkinabés, plusieurs représentants d'ONG œuvrant dans le domaine de la santé. Et bien sûr une volée de journalistes.

Car l'Antonov Long Range Cargo spécialement affrété par la Chine qui ramène Saibatou du Kansas n'arrive pas à vide : ses vastes soutes sont remplies de caisses estampillées *World Health Organization – Generic Medicine.* Cette marque anonyme cache des millions de seringues scellées, remplies d'un liquide incolore, imprimées d'un code sibyllin : DNA-OCO47. Mais pour tous ceux qui attendent, ce produit porte un autre nom, bien plus parlant : Vue claire. Un nom trouvé par Saibatou elle-même, qui a été la première à en bénéficier, lors d'une conversation téléphonique avec Yéri : « Ma vue est claire, si claire ! De ma chambre, je peux distinguer les branches les plus minuscules des arbres au fond du parc... Oh, ma chérie, que j'ai hâte de te revoir, de contempler à nouveau la perfection de ton visage ! »

Malgré la chaleur étouffante de cette fin février, le comité d'accueil attend patiemment, dans le hall de l'aéroport transformé en étuve, l'arrivée de l'avion qui a du retard. Les présidents et leurs ministres discutent entre eux, à mi-voix, des termes de l'accord de partenariat qui les lie à la Chine, laquelle « souhaiterait » disposer du brevet de l'oco47 en échange de l'« effort financier » consenti pour affréter l'Antonov. Les médecins étudient, plus ou moins perplexes, l'e-mail envoyé à Fatimata par le Dr Kevorkian, décrivant l'action de l'oco47 sur la régénération du cristallin, les effets secondaires possibles mais non prouvés à long terme, et le protocole du traitement. Les membres des ONG, dont les camions sont prêts à être chargés dans la zone de fret, planifient, organiseurs en main, la première phase de la distribution. Amadou Diallo prend des nouvelles de son fils et fait connaissance avec Laurie, qu'il trouve « très belle et très charmante » ; Abou n'aime pas le regard que son père porte sur elle. Yéri Diendéré, enfin, qui aurait dû rester auprès de Fatimata écouter la conversation et noter les propositions émises, fait les cent pas dans le hall, fixant tour à tour la pendule et le tableau des arrivées. Fatimata n'a appris que très récemment quel lien l'unissait à Saibatou, intriguée par les nombreux appels de Yéri à cette clinique du Kansas et par sa nervosité – elle si flegmatique d'ordinaire – dans l'attente du résultat du traitement…

— Enfin, Yéri, s'est écriée la présidente excédée, pourquoi Saibatou t'intéresse-t-elle à ce point ? Qu'y a-t-il donc entre vous ?

— C'est mon amante, a avoué Yéri en rougissant, la figure dans les mains.

Fatimata est restée un moment bouche bée puis – à sa grande surprise – a éclaté de rire.

— Ça alors ! Je comprends à présent pourquoi je ne t'ai jamais vue avec un garçon, malgré tous les beaux prétendants qui soupirent après toi… Et pourquoi tu servais de modèle à Saibatou : je croyais que c'était pour te faire un peu d'argent… Dire que j'avais envisagé de te présenter à Abou !

— Vous ne me grondez pas, Fatimata ?

— Te gronder ? Pourquoi donc ? Je ne suis pas ta mère, tu es libre de tes choix, Yéri. Et franchement, aimer une grande artiste comme Saibatou, tu ne pouvais pas mieux choisir.

— Merci, Fatimata, merci !

Yéri s'est jetée sur elle et l'a embrassée, visiblement soulagée d'avoir enfin pu se décharger du fardeau de son secret sur la femme qu'elle estime par-dessus tout. Dès lors, la complicité déjà évidente entre la présidente et sa jeune secrétaire s'est encore renforcée : Fatimata a avoué à Yéri qu'elle aurait voulu avoir une fille comme elle, Yéri a rétorqué qu'elle considérait Fatimata comme sa vraie mère.

— Tu comprends, Fatou, les hommes ne s'intéressent qu'à mon cul. Les femmes, elles, voient que j'ai un cœur et une tête…

Enfin, le gros Antonov atterrit. Yéri ne tient plus en place. Elle se précipite dans le couloir des arrivées, franchit la douane sous les cris indignés des douaniers, est stoppée peu après par la police de l'aéroport. Elle se débat avec tant de rage et crée un tel esclandre qu'elle attire l'attention du président Songho lui-même.

— N'est-ce pas votre secrétaire là-bas, aux prises avec la police ? s'enquiert-il auprès de Fatimata.

— Mais si, c'est Yéri ! Que diable lui arrive-t-il ?

Tous deux s'approchent, suivis par une poignée de journalistes à l'affût d'un fait divers. Les policiers ont du mal à ramener Yéri dans l'aire réservée au public : elle se tortille comme une anguille et balance ses pieds partout, au point que l'un d'eux décroche une matraque de son ceinturon. Fatimata intervient :

— Laissez-la, s'il vous plaît ! C'est ma secrétaire, elle ne représente aucun danger.

— Elle a franchi une zone interdite sans autorisation ! argumente le flic.

— Eh bien moi, présidente du Burkina Faso, je la lui donne, l'autorisation ! C'est sa… sa tante qui vient d'atterrir présentement, elle a le droit de l'accueillir en privé. Vous êtes d'accord, président Songho ?

— Je ne vois rien qui s'y oppose, opine celui-ci. Relâchez-la, voulez-vous ?

Les policiers libèrent Yéri à contrecœur. Elle repart en courant dans les couloirs, déboule sur le tarmac chauffé à blanc sur lequel vient d'arriver le cargo, ses réacteurs sifflant et tremblant dans les ondes de chaleur qu'ils dégagent. Un chariot électrique vient accoler à la porte du cargo un escalier, que Yéri gravit quatre à quatre à peine immobilisé. À son sommet, la porte se rétracte en chuintant. Yéri s'engouffre à l'intérieur de l'appareil, se cogne à Saibatou qui s'apprêtait à en sortir. Elle se colle à son amante, la serre dans ses bras.

— Saibatou ! Mon amour ! Tu es revenue !

— Yéri ? C'est toi ?

La jeune secrétaire se recule brusquement, alarmée.

— Tu ne me vois pas ?

— Si…

De larges lunettes noires masquent les yeux neufs de Saibatou. Elle les relève lentement, baisse les yeux sur Yéri qui écarquille les siens. Si les globes

oculaires de l'artiste ont recouvré une blancheur
immaculée, ses iris jadis d'un noir profond ont
acquis une transparence de lac de montagne. Ce qui
lui confère un regard étrange, presque effrayant.

— Mon Dieu, Saibatou! Qu'est-ce qu'ils t'ont
fait?

— Un effet secondaire imprévu... Mais je t'assure
que je vois parfaitement clair. (Elle plisse les paupières, réprime une grimace.) La lumière me fait
encore un peu mal aux yeux, mais je vais m'y habi-
tuer, je suppose... (Saibatou enserre la taille fine de
Yéri, la contemple en souriant.) Je te vois, ma chérie. Je te vois si bien... trop bien!

— Trop bien? relève-t-elle, fronçant les sourcils.

— Je vois... je vois ton aura, Yéri. Je vois les
ondes et vibrations que tu dégages... C'est comme
un halo doré autour de toi. Je vois ton amour... Il
sort d'ici (elle plaque la main sur son ventre) et
s'enroule autour de moi en longs filaments cuivrés
qui me pénètrent et font palpiter mon cœur... Oui,
Yéri, je vois tout cela, sourit Saibatou devant l'air
ahuri de son amie.

Elles s'embrassent longuement, mêlant leurs
lèvres, leurs langues, leurs salives, sous le regard
amusé de l'hôtesse de l'air taïwanaise qui attend à la
porte de l'avion que son honorable passagère veuille
bien sortir. Puis Saibatou rechausse ses lunettes
noires et pose un pied prudent sur la plate-forme,
tenant fermement la main de Yéri. Les verres obscurs atténuent quelque peu l'ardeur du soleil, elle
distingue nettement les marches d'alu brillantes mais
son pas reste malgré tout peu assuré : résultat d'une
longue habitude...

— Cette aura, s'enquiert Yéri, tu la vois chez moi
seulement ou chez tout le monde ?

— Chez tout le monde. Par exemple, explique-t-elle en baissant le ton, je vois bien que de l'hôtesse qui nous suit émane des ondes vanille de sympathie... et que les deux gars, en bas, qui conduisent cet engin électrique, sont emplis envers nous d'un désir pourpre et malsain. Pouah ! Leur aura est affreuse.

— Mais... ça ne te gêne pas ?

— Me gêner ? Je trouve ça passionnant, au contraire ! Oh ! Yéri chérie, j'imagine les tableaux et portraits que je vais peindre à présent... Comme ils seront étranges, comme ils seront vrais !

TOMAHAWK

« Chaque parcelle de ce pays est sacrée dans l'esprit de mon peuple, chaque flanc de montagne, chaque vallée, chaque plaine, chaque bocage a été sanctifié par un événement heureux ou malheureux survenu à une époque depuis longtemps révolue. Les rochers eux-mêmes, apparemment muets et morts, transpirent sous le soleil le long du rivage silencieux et frémissent du souvenir important lié à la vie des miens. Quand le dernier homme rouge aura disparu de la surface de cette terre et que le souvenir des miens sera devenu un mythe parmi les hommes blancs, ces rivages s'animeront des morts invisibles de ma tribu. Lorsque les enfants de vos enfants se croiront seuls dans les champs, dans les magasins, sur les routes ou dans le silence des bois impénétrables, ils ne le seront pas. La nuit, quand les rues de vos villes et de vos villages seront silencieuses et que vous les croirez désertes, elles seront remplies par la foule des revenants qui occupaient autrefois cette belle contrée et continuent de l'aimer. L'homme blanc ne sera jamais seul. »

Chef indien SEATTLE, 1855.

L'attaque du ranch de John Bournemouth à Council Grove est lancée au petit matin, à cette heure blême et incertaine où le sommeil gagne, où la surveillance se relâche un peu, où l'on se dit qu'on a passé une nouvelle nuit tranquille, qu'il ne peut plus rien arriver maintenant. Elle commence par un immense éclair, livide et craquant, qui fuse sur plusieurs centaines de kilomètres le long des barbelés électrifiés qui enclosent les dix mille hectares du domaine, et qui fondent et s'effondrent, grillés par la surtension. En même temps, un train de micro-ondes à haute énergie génère un champ électromagnétique qui bogue et aveugle tous les drones, caméras de surveillance et armes à commandes électroniques à cent kilomètres à la ronde. L'éclair provient d'un survolteur haute tension à anti-retour produisant un courant pulsé de 200 000 volts, et les microondes d'un HERF (High Energy Radio Frequency), sorte de canon à micro-ondes UHF muni d'un émetteur toroïdal. Tous deux ont été volés quelques semaines plus tôt dans l'ex-enclave d'Eudora, et proviennent de l'équipement produisant la barrière plasmatique clôturant l'enclave. Ils ont été bricolés par Long John Goldenfinger (diplômé de la Haskell Indian Nations University en physique des particules et frère du chef shawnee Last Prophet Tenskwatawa) afin de pouvoir délivrer un maximum d'énergie en un minimum de temps, alimentés uniquement par une batterie de camion. Tout ce matériel a été apporté de nuit par un discret commando. Le survolteur a été connecté aux barbelés à un endroit où ils longent le lit à sec de la Neosho : un canyon bien commode, permettant d'échapper aux balayages radar. Quant au HERF, il a été pointé sur le ranch et déclenché par une simple commande. La première phase de l'attaque est donc un franc succès.

La deuxième phase est plus classique : déboulant en hurlant du canyon de la Neosho, deux clans de Shawnees et un d'Osages se ruent au galop sur le quartier général des vigiles désemparés, encore en train de contempler perplexes leurs écrans grésillant de neige électronique. La lutte est brève, sanglante, sans pitié. Les Indiens ont pour eux l'avantage des arcs et des flèches, ou de leurs antiques fusils et carabines. Sans visée laser, sans acquisition de cible optronique, sans tir autorégulé ni refroidissement par fluide électrostatique, les fusils d'assaut et mitrailleuses multicharge des vigiles sont peu efficaces, réduits à de gros engins enrayés ou imprécis en commandes manuelles. Des détachements foncent régler leur compte aux patrouilles en 4 × 4 disséminées autour du domaine, qui ont vu l'éclair de près et se demandent pourquoi leurs foutues bagnoles ne fonctionnent plus, pourquoi elles n'arrivent pas à joindre le QG. Les Indiens en profitent pour libérer et chasser dans la plaine vide les vingt mille têtes de bétail, sauf une vieille vache qu'ils réservent pour leur consommation. Le gros de la troupe s'occupe de massacrer les vigiles qui opposent une assez faible résistance. La seconde phase de l'attaque est donc également un succès : seulement trois Shawnees tués et un Osage blessé, aucun survivant parmi les cent cinquante gardiens du ranch de John Bournemouth.

Le gouverneur du Kansas, bouclé à double tour dans son immense villa décorée western – que sa domotique, également brouillée par la salve de micro-ondes, a plongé dans le noir et le silence –, est en train de pisser dans son pyjama. Il essaie frénétiquement d'appeler des renforts, la police, l'armée avec tous les appareils à sa disposition, mais plus aucun ne fonctionne. Il a tenté de s'enfuir, mais ni ses voitures ni son avion ne démarrent. Alors il s'est bouclé avec Tabitha (il peut au moins fermer les verrous à la main) et s'efforce de croire, contre toute évidence, que sa maison résistera à ce déferlement de sauvages.

La villa ne résiste pas plus de quelques secondes : les portes sont enfoncées, les volets arrachés, les vitres brisées. Les sauvages en question portent plumes et peintures de guerre à outrance, leur chef brandit le tomahawk signifiant « pas de pitié, pas de prisonniers ». Ils déferlent dans les 960 m² du ranch qu'ils dévastent méthodiquement, empilant sur le grand tapis en peau de bison du bar-saloon tout ce qui peut être utile et emporté.

Rudy, qui a suivi l'attaque en pick-up, pénètre à son tour dans le ranch, participe allègrement au pillage. C'est lui qui a eu l'idée de la bombe électro-magnétique : il s'est simplement souvenu de ce qu'il est advenu à son pays, suite à l'explosion de la digue… Des appareils conçus pour confiner des années durant une barrière de plasma à 40 000 volts autour d'une cité, a-t-il expliqué à Long John Goldenfinger, sont sûrement capables de bousiller n'importe quelle installation électronique. Or sans électronique, les Blancs sont foutus : c'est le retour à l'âge de pierre, ou du moins à la lampe à pétrole, qu'ils ont oublié. Excellente idée, a approuvé Last Prophet, qui a aussitôt réuni un pow-wow avec les anciens pour savoir s'il fallait introniser ce Visage pâle iconoclaste comme un frère shawnee ou le tuer comme les autres. L'intronisation a été approuvée à une large majorité, surtout quand Rudy a prouvé, au cours de l'épreuve obligatoire, qu'il savait tirer et se battre. Depuis, il participe à toutes les razzias... Il propose même des cibles, telles que les bureaux et antennes de la Divine Légion, ou les résidences de ses membres, dont il a trouvé un listing très intéressant dans la Buick dorée. En revanche, le gouverneur du Kansas est un objectif personnel de Tenskwatawa et sa tribu : brimés, spoliés, réprimés, confinés dans une réserve-dépotoir qui se réduisait d'année en année à une peau de chagrin, ils avaient une revanche à assouvir, des territoires à reconquérir, une vieille arnaque à effacer : celle dont a été victime leur ancêtre Paschal Fish Jr, qui en 1857 a cédé tout le territoire d'Eudora à une poignée d'immigrants allemands contre des colifichets, de la verroterie et des fausses promesses... Rudy a approuvé : le gouverneur, pourquoi pas ? Même tous les gouverneurs, à moins qu'ils ne fassent allégeance à la nation indienne locale et le prouvent en abandonnant leurs biens pour aller vivre sous un tipi. Last Prophet a ri : il aime bien ce Visage pâle et son humour désabusé. Rudy pourrait être un bon Indien...

C'est un Osage qui débusque Prosper, le domestique de Bournemouth, gris de terreur au fond d'une remise. Il libère le frère noir sans demander l'avis de personne – tous auraient été d'accord de toute façon.

Rudy a le privilège de dénicher John Bournemouth dans l'ultime refuge qu'il a pu trouver : les toilettes du premier étage.

— Pitié ! glapit l'obèse gouverneur, trempé d'urine et de sueur. Vous êtes américain, monsieur, comprenez-moi... Je n'ai fait de mal à personne...

— Je suis pas américain, je suis hollandais. Et je hais les gros WASP riches. Sors de là, tas de graisse !

Rudy le propulse dans les escaliers à coups de pied, le ramasse dans le salon tout geignant et pisseux, l'offre à Tenskwatawa campé bras croisés sur son butin, sa fierté et sa dignité, son tomahawk de guerre en travers de la poitrine.

— Tiens, chef, il est à toi.

— Me scalpez pas, je vous en prie ! crie Bournemouth d'une voix de fausset.

— C'étaient les Blancs qui scalpaient, pas les Indiens, rétorque Last Prophet d'un ton de profond mépris. Toi, tu mérites d'être assommé comme le porc que tu es, écrasé comme la vermine que tu es, brûlé comme la saleté que tu représentes.

D'un geste étonnamment rapide, le chef shawnee brandit son tomahawk et l'abat sur le crâne luisant de Bournemouth, qui éclate comme une pastèque trop mûre. Rudy s'est reculé – pas assez vite : il reçoit des giclées de sang, d'esquilles et de cervelle. Le gouverneur s'effondre sur les peaux de bisons issus de son propre élevage, qu'il a chassés lui-même.

Des cris aigus, à l'étage, détournent Rudy de cette scène affreuse, lui évitent de vomir sur le tapis. Un groupe d'Indiens descend par l'escalier en tenant par les poignets, les chevilles, la taille et les cheveux, une fille brune fort peu vêtue qui se débat en hurlant comme une furie. Ils la jettent aux pieds de leur chef, qui pose sur elle un regard indéchiffrable.

— On l'a trouvée sous son lit, dans sa chambre qui est un vrai lupanar, informe l'un des Shawnees.

— Sûrement la poule du gouverneur, suppose un autre. Ou une pute qu'il a engagée...

— Je suis son *épouse* ! s'écrie Tabitha en se relevant. (Elle fusille Tenskwatawa d'un regard indigné.) Et je n'admets pas qu'on me traite de cette façon !

— Tu n'es plus son épouse, rétorque Last Prophet. Regarde.

En un tournemain, il la fait pivoter face au cadavre

de Bournemouth, qui répand son sang et sa cervelle sur la peau de bison. Tabitha blêmit, a un haut-le-cœur, porte la main à sa bouche. Respire un grand coup, se retourne, toise de nouveau le chef shawnee.

— Je suppose que vous allez tous me violer, et me tuer ensuite ? (Elle se met à minauder, caressant ses seins nus pointant sous la nuisette.) Grand chef, je peux être juste à toi si tu veux… pour tout le temps que tu veux.

L'expression de mépris et de dégoût qui tord un instant les traits impassibles du Shawnee lui sert de réponse. Il adresse un signe de tête à Rudy, qui ne peut empêcher ses yeux de se promener sur ses formes dorées de mannequin.

— Tu la veux ?

Rudy hésite un instant : il y a longtemps qu'il n'a pas baisé… Elle est prête à tout pour sauver sa peau… Elle est vraiment canon, et il n'aura pas l'occasion de sitôt peut-être… Mais soudain il repense à Aneke et secoue la tête.

— Ce n'est qu'une pute.

— Tu as raison, opine Tenskwatawa.

D'un nouveau coup de tomahawk, il envoie Tabitha rejoindre son mari.

Ne trouvant plus personne de vivant dans la villa, les Shawnees vont fourrer leur butin dans le pick-up de Rudy, incendient le ranch, montent sur leurs chevaux nerveux et s'éloignent dans la grande prairie desséchée, en entonnant un très ancien chant de guerre.

SACRIFICE

Pathologies liées à l'exposition solaire
Statistiques 2030 (année de référence : 2000)
Carcinomes : + 287,3 %
Cataractes : + 63,1 %
Conjonctivites : + 54,8 %
Dermatoses : + 132,6 %
Immunodéficience : + 343,8 %[*]
Insolations : + 430,9 % (dont fatales : + 128,6 %)
Mélanomes : + 176,1 %

[*] Autres agents mutagènes possibles

Rapport 2031 de l'Organisation mondiale de la santé

Laurie ne va pas bien du tout. Elle se traîne comme une âme en peine dans les jardins de Kongoussi, parmi les rames de haricots verts, les rangs de tomates, les carrés de salades, les champs d'ignames, les plantations de dattiers, parsemés de capteurs d'irrigation bioprogrammée ; elle enjambe d'un pied incertain les tuyaux de Kevlar sous pression, les asperseurs hydrostatiques, les drains de goutte-à-goutte ; elle contourne en vacillant les pompes solaires de relevage plantées çà et là dans la colline, portant le logo Tensing sur leurs carters ; elle salue d'une main lasse les cultivateurs occupés à bêcher, biner, repiquer, récolter. Elle a du plomb dans les jambes et la tête qui tourne. Elle sue abondamment, a la peau qui brûle, des phosphènes dans les yeux, ses yeux qui larmoient et se voilent malgré les lunettes de soleil qu'elle porte désormais en permanence. Elle se sent fatiguée, si fatiguée…

Au début, Laurie pensait être seulement indisposée par la canicule en augmentation constante de l'été africain qui approche, avoir les yeux et la peau irrités par les vents de sable. Elle a mis des lunettes de soleil, s'est tartinée d'écran total, a avalé des antiparasites à large spectre, et n'en a soufflé mot à Abou qu'elle ne voulait surtout pas inquiéter. Malgré tout, il sentait bien son épuisement, que de longues siestes et nuits de sommeil ne chassaient pas, il voyait bien le cristallin de ses yeux bleus se voiler progressivement, les points noirs et grains de beauté sur sa peau de blonde s'élargir en taches brunâtres de mauvais aloi, de fines rides plisser le grain velouté de ses bras, de son cou, de ses cuisses… Abou se persuadait que ces symptômes n'étaient qu'un effet du sort jeté par le *wackman* de Kongoussi sur l'injonction de Félicité, qu'aimer Laurie de toute son âme et lui faire l'amour le plus souvent possible suffiraient à empêcher que le mal ne s'aggrave, ainsi qu'Hadé l'avait déclaré. Or c'en est venu à un point où ni l'un ni l'autre ne peuvent plus se voiler la face, faire comme si de rien n'était.

La découvrant avachie sur son bureau, haletante et trempée, Moussa l'a renvoyée chez elle en lui enjoignant de voir un médecin au plus tôt. Laurie est donc montée dans la petite Hyundai de fonction – tellement brûlante qu'elle a failli s'y trouver mal –

mais, au lieu d'obéir à son «patron», elle est allée chercher Abou dans les collines, où il a entrepris depuis trois mois de cultiver lui aussi un petit lopin de terre. Ayant définitivement renoncé à une carrière militaire, il envisage, à la fin de son service, de s'installer comme guérisseur. Comme cette activité ne rapporte guère, sinon quelques dons en nature, il s'est dit que posséder des poules et son jardin à soi assurait au moins la subsistance...

Abou est en train de contempler l'eau qui suinte des drains microporeux sillonnant sa parcelle, pas assez abondante à son avis – mais toute l'irrigation des collines est programmée par des ordinateurs Tensing depuis les bureaux de la CooBam –, quand il voit approcher Laurie sur l'étroit sentier de terre rouge séparant son jardin de celui du voisin. Il se redresse, sourire aux lèvres, qui s'efface rapidement. Elle n'a pas du tout une attitude normale : elle n'accourt pas vers lui pour se jeter à son cou, au contraire elle traîne les pieds, titube, trébuche... C'est lui qui se précipite – juste à temps pour la recevoir dans ses bras. Laurie s'est évanouie !

C'est trop grave cette fois, il n'y a pas un instant à perdre. Il la soulève – elle ne pèse pas lourd dans ses bras musclés, tant elle a fondu ces derniers temps –, redescend la colline mi-marchant mi-trottant, jusqu'à la piste où Laurie a laissé la voiture. Elle lui a appris à conduire, il ne se débrouille pas encore très bien mais, là, il faut qu'il assure, il y a urgence. Il trouve la clé dans la poche de son short, démarre, fait hurler le moteur, craquer les vitesses. La voiture dérape et tressaute dans les ornières de la piste, ce qui tire Laurie de sa léthargie.

— Abou ? Que... qu'est-ce tu fais ? Où tu vas ?

— Chez mamie, ma chérie. Tu ne vas pas bien du tout, là.

— C'est plutôt un médecin qu'il me faudrait…

— Un médecin ne peut rien contre les mauvais sorts, réplique Abou d'un ton catégorique.

— Alors laisse-moi conduire au moins…

— Tu n'es pas en état.

Il rejoint la route goudronnée dans laquelle il s'engage sans regarder, dérapant de nouveau. La Hyundai zigzague sur le bitume mais il parvient à la redresser, se faisant copieusement insulter par le pilote d'un scooter surchargé qu'il envoie dans le décor. Il traverse la ville à toute allure, phares allumés, actionnant sans cesse le klaxon, franchissant les carrefours sans ralentir, semant injures et zizanie dans son sillage – c'est par miracle qu'il s'engage indemne sur la route de Ouahigouya. À ses côtés, Laurie ne prend pas peur et ne lui adresse aucun reproche sur sa conduite dangereuse car elle s'est de nouveau évanouie.

Abou franchit les cent quinze kilomètres séparant Kongoussi de Ouahigouya en une heure à peine, ce qui est un record compte tenu de sa conduite aléatoire, de l'état plutôt déplorable de la route et de la circulation qui, sans être dense, est nettement moins anémique qu'au temps de la sécheresse. Là encore, il évite de justesse l'accident grave à plusieurs reprises, double au jugé sans se soucier de ce qui vient en face, frôle de nombreux piétons, cyclistes ou «moteurs» qui se sentent effleurés par le souffle torride de la mort, disperse un troupeau de chèvres, puis de vaches, sans en percuter une seule, maudit et insulté par les pasteurs peuls contraints de courir après leurs bêtes affolées, dispersées dans la savane. Enfin, il pose à l'entrée de la concession d'Hadé la voiture surchauffée, cliquetante, ahanante, plusieurs voyants dans le rouge, bipant de diverses alarmes. En extrait Laurie toujours inconsciente, la porte en courant devant sa grand-mère qui profite de la très relative « fraîcheur » du soir à l'ombre du tamarinier, en compagnie de Bana et Magéné.

— Mamie, mamie ! Laurie va très mal ! Je n'ai pas réussi à la protéger de l'envoûtement du *wackman*…

Abou la dépose doucement au pied de l'arbre, sur la natte d'où Bana et Magéné se sont levées.

— Quel envoûtement ? Quel *wackman* ?

— Celui que Félicité avait payé pour ensorceler Laurie, l'hiver dernier, tu te souviens ? Tu avais dit à cette époque que mon amour suffirait à la protéger !

Hadé s'agenouille avec peine devant Laurie, l'examine attentivement, palpe ses bras, son cou, son visage, glisse une main potelée sous son tee-shirt, écoute son cœur, tâte son plexus, son ventre… Elle lève la tête vers Abou, la secoue avec une moue dépitée.

— Décidément, tu ne retiens rien. À quoi te sert de voir dans le bangré, si tu ne vois même pas correctement ta chérie ? Tout le monde peut y arriver maintenant, avec cette médecine de Blanc qu'on distribue partout !

Hadé fait allusion à la Vue claire, cette thérapie génique censée réparer les lésions provoquées par l'onchocercose – qu'elle répare du reste, mais dont un effet secondaire est fort surprenant : certains patients soumis à ce traitement développent un don de « double vue », se mettent, à l'instar de Saibatou, à percevoir l'aura des gens, leurs émotions sous forme d'ondes lumineuses diversement colorées. Cela a provoqué un tel engouement que n'importe qui s'est mis à consommer de la Vue claire, à s'en rendre malade et pour un résultat nul, car ce don ne se manifeste que chez les sujets réellement traités pour l'onchocercose. Néanmoins, les ministres de la Santé des pays d'Afrique de l'Ouest ont dû se concerter pour interrompre la distribution gratuite de l'OCO47 et l'inscrire au tableau B des substances psychotropes, délivrées uniquement sur ordonnance. Ce qui n'a pas empêché un fructueux marché noir de s'installer, et de nombreux vendeurs d'amulettes et grigris de l'ajouter à leur panoplie : le produit miracle qui donne la clairvoyance ! Vois si ta femme t'aime vraiment grâce à la Vue claire ! La Vue claire te montre qui est ton ennemi ! Avec la Vue claire, démasque les menteurs et les hypocrites !

Toutefois, concernant Laurie, il s'agit de tout autre chose : poursuivant son initiation, Hadé tente d'inculquer à Abou à *voir* l'énergie qui circule en chaque être humain, reconnaître ses différentes formes, de quelles façons elle peut être altérée ou bloquée, et comment remédier à ces dysfonctionnements. Une autre façon d'utiliser le bangré, bien plus subtile qu'appeler les génies ou combattre les *zindamba*, ou même influer à distance sur l'esprit de quelqu'un. Or, à son grand dam, Abou ne montre guère sa compétence dans cet art délicat... Il est encore loin de se proclamer guérisseur comme il le souhaite.

— Regarde bien, fils : ne vois-tu pas qu'il n'y a aucune sorcellerie en Laurie ?

— Mamie, s'énerve Abou, ce n'est pas le moment de me donner une leçon ! Elle va peut-être mourir présentement !

— Tsss ! (Hadé hausse les épaules.) Elle est seulement trop faible, et complètement déshydratée.

Magéné, va chercher de l'eau dans mon canari. Tu y mets une pincée de sable gris, tu sais, celui qui est dans la calebasse au-dessus…

Magéné acquiesce et s'éclipse. À cet instant Laurie ouvre des yeux papillotants, entrouvre ses lèvres craquelées, murmure :

— J'ai soif…

— On est parti chercher de l'eau, ma chérie. (Abou se penche sur elle, l'embrasse : son haleine est sèche et brûlante.) Mamie va te soigner…

— Non, fils, intervient Hadé d'un ton sec. *Tu* vas la soigner. Observe-la, scrute-la comme je t'ai appris à le faire. Change ta vue, Abou ! *Vois !*

Malgré sa réticence et sa nervosité, il obéit à l'ordre impérieux de sa grand-mère. Accroupi sur ses talons, il se met à palper à son tour le corps amaigri de Laurie, à parcourir sa peau tavelée de mélanomes brunâtres comme s'il survolait un paysage, à chercher à distinguer, à travers les apparences, les courants d'énergie profonds… Il est interrompu dans sa concentration par le retour de Magéné portant un gobelet rempli d'une eau trouble. Il le lui prend des mains, fait boire Laurie qui presque aussitôt recouvre quelque couleur, un semblant de vigueur.

— Qu'est-ce tu me fais, Abou ? Tu me chatouilles… Il y a des gens…

— Chchtt, ma chérie. J'essaie de capter la maladie qui est en toi.

Il reprend son exploration, à la fois par les yeux et les mains, comme il a observé Hadé le faire tant de fois. Il sent le cœur de Laurie battre faiblement, ses organes gargouiller, ses muscles rouler sous ses doigts. Il sent cette chaleur étrange émaner de la peau de Laurie, qui par endroits en vient presque à le brûler. Un moment, il croit percevoir comme un halo rouge sombre autour d'elle, rayonnant par ces nombreuses taches brunes parsemant son corps. Mais l'effort de concentration l'épuise, son inquiétude et sa nervosité reprennent le dessus. Il s'assoit sur la natte, essuie du revers de la main son front perlé de sueur.

— Je n'y arrive pas, mamie, soupire-t-il. Je vois bien qu'elle a une maladie, mais j'ignore ce que c'est…

— Qu'as-tu vu? Raconte-moi en détail.

Abou lui explique tout ce qu'il a ressenti. Hadé hoche la tête en signe d'assentiment.

— Bien, fils. Ce n'est pas si mal pour un début. En tout cas, tu vois qu'il n'y a rien de sorcier là-dedans.

— Je ne sais pas… C'est quoi, mamie? Dis-le-moi!

— Tout bonnement un cancer de la peau. Dû au soleil.

Laurie se redresse, alarmée.

— J'ai le cancer, Hadé? Vous êtes sûre?

— Oui, ma fille. Plus quelques autres maux bénins, je dirais opportunistes, qui profitent de la faiblesse de vos défenses immunitaires. Ces maux-là se soignent aisément à l'aide de plantes et de remèdes. Quant au cancer…

— Ça se soigne aussi, affirme Laurie d'un ton ferme. J'ai entendu dire qu'on pouvait guérir 90% des cas par la chimiothérapie ou un traitement génétique…

— Sans doute, admet Hadé. Quand c'est pris à temps et qu'on a les produits à disposition. Mais vous, Laurie, votre cancer est déjà très avancé. Vous êtes restée trop longtemps au soleil… Vous avez oublié que vous avez une peau blanche, donc fragile.

— Que faire, alors?

— De deux choses l'une : soit vous retournez en Europe vous faire soigner par la chimiothérapie et la génétique. Ce sera long, coûteux, douloureux, pas certain de marcher, ça laissera forcément des traces, vous ne pourrez sûrement plus jamais vous exposer au soleil et serez peut-être obligée de suivre un traitement toute votre vie. Ça, c'est la voie de l'Occident.

— Et l'autre voie?

— En une nuit – cette nuit-là même –, je vous débarrasse de cette maladie.

— C'est vrai? (Un sourire d'espoir illumine le visage de Laurie.)

— Je n'ai pas fini. Cela veut dire que je prendrai la maladie en moi. Cela me coûtera un effort tel que je n'y survivrai sans doute pas. Ou, si je survis, je serai à mon tour tellement malade que ma vie ne vaudra plus grand-chose.

Laurie ouvre de grands yeux.

— C'est à ce prix, vraiment?

— C'est à ce prix, Laurie.

Elle et Abou échangent un long regard, dans lequel passent toute la crainte et l'indécision du monde. Enfin Laurie secoue négativement la tête.

— Non, Hadé. Je ne veux pas guérir au prix de votre vie. Je suivrai la voie occidentale. Même si je reste handicapée à vie. Même si… même si j'en meurs.

À ces mots, des larmes jaillissent spontanément des yeux d'Abou, qu'il s'efforce en vain de retenir. Laurie lui prend la main, la serre fort.

— Tu viendras avec moi, mon amour. Avec ce que tu sais déjà, tu parviendras sûrement à réduire les effets néfastes de la chimio…

— Ça, il ne faut pas y compter, rétorque Hadé. La médecine des Blancs est trop puissante, trop destructrice. Et puis êtes-vous certaine, Laurie, qu'Abou pourra vous suivre en Europe ?

— Je me battrai pour ça.

Mais en son for intérieur, Laurie sait bien qu'elle n'y pourra pas grand-chose. Les frontières de l'Europe sont fermées, bouclées, verrouillées. Le *limes* qui coupe en deux la Méditerranée est aussi infranchissable que la barrière plasmatique d'une enclave. Le taux d'immigration zéro est désormais la fierté de l'Europe... Moussa a été l'un des derniers à pouvoir aller y faire ses études, et il savait, en revenant au pays, que c'était sans retour. Tenter d'y emmener Abou autrement que clandestinement représentera un combat tellement long et difficile que Laurie risque d'y laisser sa peau – au propre et au figuré – bien avant de voir l'éventualité de la promesse de la délivrance d'un visa pointer à l'horizon de son espérance. Non, si elle envisage les choses d'un point de vue réaliste, c'est toute seule qu'elle retournera en Europe. Perdre Abou ou perdre Hadé... voilà, en vérité, les deux termes de l'alternative.

La vieille guérisseuse hoche la tête, un demi-sourire au coin des lèvres, comme si elle avait suivi le cheminement de ses pensées.

— Il y a une dernière chose que je ne vous ai pas encore dite...

— Quoi ? se rebiffe Laurie. J'ai le sida, en plus ?

— Non : vous êtes enceinte.

— *Quoi ?* Mais comment... Je n'ai pas encore eu mes règles...

— Vous ne les aurez pas.

— C'est vrai, mamie ? réagit Abou, son sourire séchant ses larmes. Elle est enceinte de moi ?

— Bien sûr, de toi, grand nigaud! (Hadé revient à la jeune femme adossée contre le tamarinier.) Très certainement, si vous suivez une thérapie génique ou chimique, on va vous avorter. Ce genre de traitement n'est guère compatible avec le développement de la vie…

C'en est trop pour Laurie, qui se prend la tête dans les mains. Cancéreuse, et enceinte par-dessus le marché… Jusqu'à présent, elle avait éradiqué tout désir de faire un enfant. Quel avenir aurait-il? Dans quel monde vivrait-il, ou plutôt survivrait-il? Alors que certains alarmistes ne donnent pas un siècle à l'humanité pour être éradiquée d'une planète qui ressemblerait de plus en plus à Vénus, mettre un bébé au monde représente pour elle la dernière connerie à ne pas faire. Or Abou est d'un avis tout différent: ils s'aiment, ils vivent ensemble, ils font un enfant, ils assurent l'avenir, c'est normal. «Pas des flopées, ni même deux: un seul. S'il n'y a personne pour nous succéder, à quoi bon vivre alors? Dans quel but?» Laurie a eu beau lui expliquer – le réchauffement climatique, l'effet Vénus, l'avenir plus qu'incertain de l'humanité –, Abou n'en a pas démordu: «Les Africains sont habitués à la chaleur, ils savent vivre dans le désert, ils survivront.» Admettons, peut-être une génération de plus… Puis viendra le moment où même les scorpions ne pourront plus résister. Alors un enfant, non merci. Ils en sont restés à ce statu quo, comprenant que c'était là un sujet de dispute, et ils ne veulent surtout pas se disputer.

— Alors, Laurie, que décidez-vous? lance Hadé. Si ce sont les scrupules qui vous rongent, considérez que je suis vieille, ma fille. Quoi qu'il en soit, je n'en ai plus pour longtemps… Tais-toi, fils, je sais ce que je dis. Guérir un cancer représenterait pour moi un accomplissement, le sommet de mon art en quelque sorte. L'œuvre de ma vie, après quoi je pourrais mourir en paix… Peut-être, à la rigueur, regretterais-je de ne pas avoir vu Abou développer son talent. Mais il connaît toutes les bases maintenant, il n'a plus qu'à travailler, persévérer. Il y arrivera avec l'aide de Magéné ici présente, qui en sait long côté plantes et remèdes… En vérité, il n'y a même pas à choisir : votre jeunesse, votre amour et l'enfant que vous aurez valent bien le sacrifice d'une vieille femme au crépuscule de sa vie. Debout, Laurie. Venez avec moi dans ma case.

— Non, Hadé, attendez, je ne… je ne peux pas accepter…

— Debout, j'ai dit ! Ou faut-il qu'Abou vous y porte ? Porte-la, fils.

— Oui, mamie.

Abou reprend Laurie dans ses bras. Elle se débat faiblement, renonce vite, enserrée dans les muscles d'acier de son amant. Il pleure à chaudes larmes, Laurie sent monter les siennes qui s'épanchent sur ses joues tavelées. Hadé, qui se dandine devant eux, se retourne en agitant son gros doigt :

— Ah, cessez de pleurnicher comme des gamins ! Vous êtes adultes, non ? Vous avez la vie devant vous ! Et puis, ajoute-t-elle un ton plus bas, si Abou m'aide vraiment d'une manière efficace, peut-être que je vivrai assez pour le voir naître, ce bébé…

Sur ces mots, elle écarte le rideau de batik devant sa porte et pénètre dans la pénombre odorante de sa case, suivie par Abou portant Laurie, tels deux jeunes mariés pénétrant dans la chambre nuptiale.

Bibliographie et discographie

Bibliographie

Yann Arthus-Bertrand, *La Terre vue du ciel*, La Martinière, 1999

Alain Bihr, *Le Spectre de l'extrême droite*, Les Éditions de l'Atelier, 1998

Pascal Boniface, *Les Guerres de demain*, Le Seuil, 2001

Octavia Butler, *La Parabole du semeur/La Parabole des talents*, Au Diable Vauvert, 2001

Denis Duclos, *Le Complexe du loup-garou*, Pocket/Agora, 1998

Kabire Fidaali, *Le Pouvoir du Bangré*, Presses de la Renaissance, 1987

Thierry Gaudin (dir.), *2100, récit du prochain siècle*, Payot, 1990

Amadou Hampâté Bâ, *Contes initiatiques peuls*, Pocket, 2000

Hervé Kempf (textes rassemblés par), *Coup de chaud sur la planète*, Librio/Le Monde, 2001

Edwige Lambert (dir.), *Désert*, Autrement, 1983

Alain Laurent, *Désirs de désert*, Autrement, 2000

Rachid Mimouni, *L'Honneur de la tribu*, Laffont, 1989

Théodore Monod, *Méharées*, Actes Sud, 1989

Jean-Marie Pelt, *La Terre en héritage*, Fayard, 2000

Ignacio Ramonet, *Géopolitique du chaos*, Galilée, 1997 ;
Guerres du XXIᵉ siècle, Galilée, 2002
Ichtiaque Rasool, *Système Terre*, Flammarion, 1993
Robert Sadourny, *Le Climat de la Terre*, Flammarion,
1994
Joseph E. Stiglitz, *La Grande Désillusion*, Fayard, 2002
Aminata Traoré, *Le Viol de l'imaginaire*, Fayard/Actes
Sud, 2002
Immanuel Wallerstein, *L'Utopistique, ou les choix politiques du XXIᵉ siècle*, L'Aube, 2000
Conflits futurs et armements (séminaire du Laboratoire de
stratégie de l'armement, 2002)
Revues : *Pour la science*, *Sciences et Avenir*…
Journaux : *Courrier international*, *Le Monde diplomatique*…
Sites Internet : infoguerre.com, fasonews.net, burkinaonline.bf, eudoraks.com, delaplanete.org, terresacree.org,
notre-planete.info, cybersahara.com, sahariens.info…
et Google pour le moteur de recherche.

Discographie

Juno Reactor (Angleterre-Afrique du Sud), Anathema
(Angleterre), Covenant (Suède), Fields of the Nephilim
(Angleterre), Flesh Field (États-Unis), Front 242
(Belgique), Front Line Assembly (Canada), Hocico
(Mexique), Icon of Coil (Norvège), Killing Joke (Angleterre), Kirlian Camera (Italie), Laibach (Slovénie), Leæther Strip (Danemark), Mesh (Angleterre), Neuroticfish
(Allemagne), Rachid Taha (Algérie), Siderartica (Italie),
Suicide Commando (Belgique), Tinariwen (Mali),
Transglobal Underground (Angleterre), Velvet Acid
Christ (États-Unis), The Young Gods (Suisse)…

Gratitude et remerciements

À Neuromancien, pour ses conseils techniques

À Nestor Ouedraogo, correspondant à Kongoussi (Burkina Faso)

À Licorne, pour ses critiques et son support quotidien

Ainsi qu'au Centre national du livre (CNL), pour la bourse d'aide à la création littéraire ; à la commune de Châteldon (Puy-de-Dôme), pour l'accueil en résidence d'auteur ; à Tony Bernard, maire de Châteldon, et Dominique Aloé, adjointe à la culture, pour leur soutien enthousiaste ;

à Mireille Rivalland et Pierre Michaut, des éditions L'Atalante, pour avoir cru tout de suite à ce projet... et l'avoir attendu avec patience !

à Thomas Bauduret, pour m'avoir trimballé en Harley parmi les polders néerlandais ; à Jean-Luc Boivent, pour sa documentation sur le désert ;

et à tous les auteurs et sites cités dans la bibliographie pour leur précieuse somme d'analyses et d'informations, et à tous les groupes et musiciens cités pour avoir contribué à l'ambiance de ce livre.

Contact
Site : http://www.noosfere.net/Ligny
Liste de diffusion : http://fr.groups.yahoo.com/group/
jmligny/

DU MÊME AUTEUR

Aux Éditions Denoël

Dans la collection Présence du futur
LA MORT PEUT DANSER (Folio Science-Fiction nº 482)
D.A.R.K.
YURLUNGGUR
FURIA !
BIOFEEDBACK
TEMPS BLANCS

Dans la collection Présence du fantastique
YORO SI

Dans la collection Présences
JIHAD

Aux Éditions L'Atalante

SEMENCES
EXODES (Folio Science-Fiction nº 558)
MAL-MORTS
AQUA™ (Folio Science-Fiction nº 526)

Aux Éditions ActuSF

INNER CITY
CHRONIQUES DES NOUVEAUX MONDES :
   LES OISEAUX DE LUMIERE (*En collaboration avec Mandy*)
   LA SAGA D'OAP TÄO
   LE VOYAGEUR SOLITAIRE
   LES CHANTS DE GLACE
   SURVIVANTS DES ARCHES STELLAIRES

Aux Éditions Hors Collection

SABLES MOUVANTS (*En collaboration avec Jean-Luc Boivent*)

Aux Éditions Baleine

LA BALLADE DES PERDUS
LE CINQUIÈME EST DÉMENT
LES CHANTS DES IA AU FOND DES RÉSEAUX

Aux Éditions Rivière blanche

RAZZIA (*En collaboration avec François Cossid, Jean-François Seignol,
   Julien Pailleron, Jean-Charles Marzin, Daniel Jetté, Patricia Célibert et
   Philippe « Fildefer » Maillard*)

Aux Éditions Fleuve noir

CYBERKILLER
CHRONIQUES DES NOUVEAUX MONDES :
   UN ÉTÉ À ZÉDONG
   ALBATROYS
SUCCUBES

Aux Éditions Livre de Poche Jeunesse

LES GUERRIERS DU RÉEL :
   UN PIÈGE MORTEL
   LE TRAQUEUR
   LES SEMEURS DE MIRAGES
   LES FABRICANTS DE RÊVES

Aux Éditions Syros

DES YEUX DANS LE CIEL

Aux Éditions Intervista

GREEN WAR

Composition : IGS-CP à L'Isle-d'Espagnac (16)
Achevé d'imprimer par Novoprint
à Barcelone le 5 avril 2018
Dépôt légal : avril 2018
1er dépôt légal dans la collection : septembre 2015

ISBN 978-2-07-046206-3./ Imprimé en Espagne.

334729